W0302103

Die Zwerge der Meere

Michael H. Schenk

Die Zwerge der Meere

Fantasyroman

Erstausgabe

Arcanum Fantasy Verlag
Dortmund

Die Zwerge der Meere

1. Auflage
Deutsche Erstveröffentlichung September 2010

Die Veröffentlichung dieses Werkes erfolgt auf Vermittlung der Autoren- und Verlagsagentur Peter Molden, Köln
Umschlaggestaltung: Carsten Winkel
Lektorat: Tanja Tyralla
Druck & Herstellung: CPI books GmbH, Leck

ISBN: 978-3-939139-11-9

www.zwerge-der-meere.de
www.arcanum-fantasy-verlag.de

Für
Lady Livian, Sandallom, Bomzibar,
Bislipur und alle Zwergenfreunde

»Möge der Grund stets reich
und die Axt stets scharf sein.«

Kontinente - Hauptinseln - Völker

1

Varnum nahm seine beiden Bartzöpfe nacheinander in die Hände und folgte aufmerksam jeder Flechtung des Haarverlaufes, bis hinunter zu den kleinen Lederbeuteln, welche die Enden verhüllten. Er war stolz auf seine Zöpfe. Trotz seiner Jugend reichten sie ihm bereits bis zu den Knien, genau das richtige Maß für einen Zwergenmann. Nur die blassen Spitzen an den ansonsten tiefroten Haaren verrieten, das Varnum gerade erst an der Schwelle stand, ein richtiger Mann zu werden. Wenn sie gleichmäßig tiefrot gefärbt waren, dann konnte er damit rechnen, Eindruck auf die Frauen und Mädchen zu machen. Tiefrote Zöpfe und den zweiten Namen, das brauchte er, um im Rang aufzusteigen und eine Frau suchen zu dürfen. Gefunden hatte er sie eigentlich schon. Besana, die hübsche junge Zwergin, die in der Heilerstube arbeitete. Sie ahnte wohl auch, dass Varnum mehr als nur ein Auge auf sie geworfen hatte, doch es war ihm noch nicht gestattet, sich ihr ernsthaft zu nähern. Man legte Wert auf die Traditionen des Zwergenvolkes, im Clan der Eldont´runod.

Er seufzte leise und legte die Zöpfe in den Nacken, um sie dort sorgfältig zu verknoten.

Oldrum, sein Freund, hatte das leise Seufzen gehört. Besorgt runzelte er die Stirn. »Ist alles in Ordnung? Oder müssen wir schneiden? Ich habe ein gutes Messer.«

»Ich habe selbst ein gutes Messer«, erwiderte Varnum und legte die Hand unbewusst an den Griff der stählernen Klinge, die in der rechten Beinscheide steckte. »Nein, Oldrum, alles ist in Ordnung.«

»Na schön, es ist deine Luft, um die es geht.« Oldrum strich über einen seiner eigenen Zöpfe. »Ich pumpe ja nur und du weißt, du kannst dich auf mich verlassen, aber wenn deine Zopfhaare in das Atemventil geraten…«

»Ich weiß. Ich tauche ja nicht zum ersten Mal.«

»Heute Morgen scheinst du ein bisschen gereizt, Varnum. Wenn du dich nicht wohl fühlst …?«

»Es ist alles in Ordnung«, bekräftigte Varnum. Entschuldigend sah er seinen Freund an und lächelte. »Wirklich. Ich habe schlecht geschlafen, das ist alles.«

Oldrum nickte und stützte sich auf den Schwengel der großen Luftpumpe, die am Rand der Taucherplattform stand. »Du musst ausgeruht sein und dich konzentrieren können.« Er sah Varnums Gesicht und grinste breit. »Schon gut, ich weiß, alles ist in Ordnung.«

»So ist es.« Varnum prüfte die Schnallen und Dichtungen seines Tauchanzugs. Er tat das, wie alles, was mit dem Tauchen zusammenhing, sehr sorgfältig. Sein Leben hing davon ab und nicht nur seines, denn sie würden in der Gruppe »unten« sein und schürfen.

Der Tauchanzug ähnelte einer Rüstung, die den Oberkörper vollständig umhüllte. An der Hüfte und den Armen befanden sich breite Ledermanschetten, die gut gefettet waren und mit Riemen eng geschlossen wurden. Es schnitt ein wenig ins Gewebe, aber nicht so, dass es besonders schmerzhaft gewesen wäre oder gar den Blutkreislauf unterbrochen hätte. Jeden Tag mussten die Teile überprüft werden. Eine Undichtigkeit konnte fatale Folgen haben. Natürlich ließ sich das nie ganz ausschließen, denn man musste sich ja in den Tauchanzügen bewegen. Meist waren es nur wenige Schlucke Wasser, die in den Helm sickerten, bis das Leder in der Nässe aufgequollen war. Im Süßwasser war das unproblematisch. Wenn es nicht zu viel wurde, konnte man es vielleicht aufsaugen. Im Salzwasser hingegen musste man den kleinen Schwamm benutzen, der vor dem Kinn befestigt war. Ein paar Tropfen Wasser im Helm nahm man einfach hin. Wurde es wirklich zu viel, dann blieb einem nur die Möglichkeit aufzutauchen und es erneut zu versuchen. Natürlich war das zeitraubend und umständlich, von der Gefahr einmal ganz abgesehen, und so versuchten die Zwergentaucher das Risiko so gering wie möglich zu halten. Dafür gab es die »Tonne«, die Varnum bald benutzen würde.

»Warte, ich helfe dir.« Oldrum packte den schweren, mit Metall gefassten, gläsernen Kugelhelm und hob ihn auf die Schultern des Freundes. »Moment, deine Zopfenden … Alles klar.«

Eine leichte Drehbewegung im Halsring, das metallische Schnappen der Scharniere und der Helm saß fest. Ab diesem Augenblick musste Varnum auf die Handreichungen des Freundes verzichten, denn nun war er auf die Luftzufuhr des Schlauches angewiesen.

Oldrum packte den Pumpenschwengel, begann ihn langsam auf und ab zu bewegen. Durch den dicken, noch aufgerollten Schlauch, drang ein Schwall abgestandener Luft. Es schmeckte nach Gummi, der in der Sonne aufgeheizt war. Dann wurde die Luft kühler und frischer.

Varnum zeigte dem Freund die Faust, zum Zeichen, dass alles funktioniere und ging an die Tonne.

Neben ihm traten noch fünf andere Zwerge an ebensolche Behälter, schritten die wenigen Stufen der Leitern hinauf und ließen sich langsam in die engen und hohen Fässer hinein gleiten. Das Wasser schlug über ihren Köpfen zusammen. Dunkles, gefärbtes Wasser, das ihnen sofort die Sicht nahm. Schon mancher Anfänger, der zu seinem ersten Tauchgang angetreten war, scheiterte an dieser Prüfung. Die Dichtigkeit der Helme hätte man auch im Meer prüfen können, nicht jedoch die Eignung zur Arbeit in ewiger Dunkelheit. Einige Zwerge hielten die Enge und Dunkelheit nicht aus und tauchten dann aus der »Tonne« auf, rissen sich panisch den Helm vom Kopf. Nein, die Arbeit unter Wasser war nicht jeden Zwerges Sache.

Der Helm schien dicht zu sein, aber Varnum hatte inzwischen Erfahrung genug, dass sich das letztlich erst in größerer Tiefe herausstellen würde. Sobald der Wasserdruck stieg, würden die Dichtungen und Anschlüsse erheblich belastet werden. Varnum drehte sich in der Tonne, kam nahezu zeitgleich mit den anderen Schürfern ans Tageslicht zurück. Erneut zeigte er Oldrum die Faust und trat dann, endlich, an den Rand der Plattform.

Die Stadt des Eldont´runod-Clans schwamm, durch ihre Treibanker fixiert, auf dem Südmeer. Das war ein Glück für die Zwerge, die an diesem Tag hinabtauchten. Hier war das Wasser glasklar und an dieser Stelle befand sich der Meeresboden in kaum zwanzig Metern Tiefe. Sie würden einen kurzen Weg und gute Sicht bei der Arbeit haben. Zumindest solange, bis ihre Arbeit den Schlamm und die Sedimente des Bodens aufwirbelte.

Die Tauchplattformen mit den Luftpumpen befanden sich rings um die schwimmende Stadt. Sie waren an den äußersten Flößen befestigt und auf jeder dieser Plattformen bereiteten sich nun Schürfergruppen darauf vor, in die Tiefe zu sinken und ihre Arbeit aufzunehmen.

Varnum nickte seinem Freund nochmals zu und vergewisserte sich, dass der Luftschlauch lose gerollt war und frei bewegt werden konnte. Dann ein letzter Griff an den Werkzeuggurt, an dem Hammer und Meißel hingen. Alles war an seinem Platz und in Ordnung und Oldrum würde darauf achten, dass ihm die Luft nicht zu knapp wurde. Natürlich musste Oldrum bald abgelöst werden, denn das Pumpen war schwere Arbeit. Varnum wusste, dass sein Freund die Plattform aber nicht verlassen würde, bis er selbst wieder gesund an die Oberfläche gelangt war. Oldrum war allzeit bereit einzuspringen, wenn er Varnum in Gefahr wähnte. Nicht umsonst waren die meisten Pumper und Schürfer in tiefer Freundschaft verbunden.

Varnum spürte die Kälte des Wassers an den Füßen, als er sich langsam ins Meer gleiten ließ. Kalt, aber nicht zu kalt. Er fragte sich, wie es wohl die Clans im eisigen Nordmeer anstellten, unter Wasser zu arbeiten, ohne zu erfrieren. Mit einem leichten Ruck kam er endgültig frei, das Wasser schlug über ihm zusammen. Er genoss diesen Moment, der ihm die Schwere nahm, spürte die Metallgewichte an den

Füßen, die ihn nach unten zogen. Sorgsam berechnet, damit es nicht zu schnell ging. Die Gewichte waren mit großen Schnallen versehen, damit man sie mit einem kurzen Griff lösen konnte.

Varnum konnte sich noch erinnern, wie man einst, als er noch ein kleiner Hüpfling des Clans gewesen war, seinen Vater aus den Fluten zog. Er war ertrunken, da sein Helm undicht gewesen war. Seinem Vater war es nicht mehr gelungen, die Gewichte zu lösen und frei zu kommen. Sie hatten ihn auf dem Meeresboden festgehalten und so stand der Tote auf makabre Weise auf dem Grund, bis man ihn entdeckte und ihn endlich nach oben brachte. Damals war Varnum zum Waisen geworden, denn seine Mutter war schon zuvor an Gelbsaftmangel gestorben. Die Fürsorge des Clans war es gewesen, die ihm Halt gegeben hatte. Trotz oder gerade wegen des schrecklichen Todes seines Vaters, war Varnum ebenfalls ein Schürftaucher des Clans geworden.

Er drehte sich leicht um die Achse und blickte nach oben. In dem kristallklaren Wasser sah er die Segmente der Stadt über sich und die Säcke der Treibanker, die sie in Position hielten.

Der Clan der Eldont´runod war relativ klein und zählte nur wenige tausend Häupter. Varnum wusste, dass es eine ganze Reihe sehr viel größerer Clans gab. Alle zehn Jahre trafen die Zwerge der Meere sich an einem zuvor vereinbarten Punkt irgendeines Meeres und dann war das Wasser von den schwimmenden Städten bedeckt. Man handelte miteinander und tauschte Erfahrungen und Geschichten aus. Die jungen Männer und Frauen im heiratsfähigen Alter wechselten dann oft den Clan, damit das Blut der Städte frisch blieb und vielfältig war. Varnum hoffte, er werde die Einwilligung zur Heirat mit Besana erhalten, bevor die nächste Zusammenkunft in zwei Jahren stattfand. In den anderen schwimmenden Städten würde man sich um die hübsche junge Frau reißen. Wenn Varnum ihr Herz bis dahin nicht erobert hatte, konnte es gut sein, dass sie in eine andere Stadt wechselte und ein anderer Mann sie in sein Heim führte.

Jeder Zwergenclan lebte in seiner eigenen Stadt, wie es auch die Clans an Land taten. Aber im Gegensatz zu den »Landfüßen«, betraten die Zwerge der Meere selten festen Boden. Eigentlich nur, um dort das kostbare Holz zu schlagen und das lebenswichtige Trinkwasser zu holen, wenn sie das Wasser des Meeres nicht nutzen konnten, auf dem ihre Stadt ankerte.

Die schwimmende Stadt bestand aus dutzenden riesiger fünfeckiger Flöße. Sie waren mit Tauen und Ketten miteinander verbunden, die sich im Falle der Gefahr voneinander lösen ließen. Bequeme Stege führten von einem Floß zum nächsten und alles war, durch den Wellengang, in einer stetigen Bewegung. Das Auf und Ab waren die Zwerge der Meere gewöhnt, Landfüßen hingegen bekam es nur selten und ihre Besuche waren meist nur kurz. Die Flöße bewegten sich beim Schwimmen stärker, als der Rumpf eines Schiffes. Als Varnum zum ersten Mal an Land gewesen war, hatte er die stetigen Bewegungen des Meeres unter seinen Füßen vermisst und war wie ein Betrunkener getorkelt und sogar gestürzt. Keiner hatte deswegen gelacht. Den Landfüßen erging es umgekehrt nicht viel besser, wenn sie erstmals auf See waren.

Auf den Flößen standen die Gebäude der Stadt und da die Flöße riesig waren, konnte man erstaunlich große und robuste Häuser errichten. Das mussten sie auch sein, um schwerem Wetter und Stürmen zu trotzen. Jedes Floß hatte einen Mast, an dem sich notfalls ein Segel setzen ließ, aber meist wurden sie geschleppt, wenn die Stadt ihren Ankerplatz wechselte. Dann glitt die Stadt, unter der Kraft zahlloser Ruder und ziehender Rammboote, behäbig über die See. Die inneren Flöße waren dem gesellschaftlichen Leben und der Unterkunft der Zwerge gewidmet. Dort schliefen die verheirateten Paare und die unverheirateten

Frauen. Dort gab es Wohnhäuser und Schänken, Läden und das Haus des Ältestenrats.

Alle unverheirateten Zwerge männlichen Geschlechts hatten ihr Heim im äußeren Ring der Stadt. So waren sie schnell auf Posten, wenn Gefahr drohte. Hier lagen auch die Küchen und Werkstätten des Clans, in denen offene Feuerstellen unterhalten werden mussten. Kein Feuer durfte auf den inneren Flößen brennen, wo es außer Kontrolle geraten und verheerende Wirkung haben mochte. Die Flöße der Stadt waren, in des Wortes wahrstem Sinn, die Lebensgrundlage des Clans. Auch wenn man von Wasser umgeben war, so konnte ein unkontrollierbarer Brand wichtige Flöße vernichten, bevor man die Stadt auflösen konnte. So richteten die Wächter der Nacht ihr Augenmerk besonders auf die wenigen Lampen der nächtlichen Beleuchtung.

An den äußeren Flößen lagen die Tauchplattformen, die Anlegestellen der Boote und Schiffe und die Lager mit den Handelswaren.

Tag und Nacht waren Boote unterwegs, um nach Gefahr und Fisch zu spähen. Manche Fischarten gingen tagsüber ins Netz, andere kamen erst in der Nacht an die Oberfläche. Den Zwergen war es gleich, wann der Fisch gefangen wurde, der ihre Mägen füllte.

Neben Fisch gehörten Getreide und Fleisch zu ihren Hauptnahrungsmitteln. Einige der Flöße waren dafür eingerichtet, auf ihnen Getreide zu ziehen und kleines Nutzvieh zu halten. Selbst Obst gedieh unter der sorgsamen Obhut der Frauen, aber es war nicht viel und seine Pflege war schwierig. Vor allem an der empfindlichen Gelbfrucht konnte rasch Mangel entstehen. Der Saft der Gelbfrucht schmeckte bitter und sauer zugleich und keiner hätte ihn ohne Notwendigkeit getrunken. Aber dieser Saft versorgte den Körper der Zwerge mit wichtigen Substanzen. Wenn er länger als drei Monate fehlte, begannen sich die Zähne zu lockern und fielen aus und wenn das geschah, war der Leib schon stark geschädigt. Der Betroffene konnte oft keine Nahrung mehr bei sich behalten und war damit dem Tod geweiht. Die Gelbfrucht gehörte also zu jenen Gütern, welche die Zwerge der Meere bevorzugt einhandelten. Das zweitwichtigste Gut war Gummi, gefolgt von Holz, das man jedoch notfalls selbst auf einer Insel schlagen konnte.

So bedeutsam die Gelbfrucht für die Gesundheit der Clans war, so kostbar war Gummi für ihre Arbeit. Es war teuer und selten und man sparte es ein, wo immer es ging. Daher bestanden die Dichtungen der Tauchanzüge aus Leder und nicht jenem viel flexibleren Material, das man für die Luftschläuche, Ventile und Pumpen brauchte.

Ein Luftschlauch musste sehr lang sein. Meist maß er knapp zweihundert Meter und war dick genug, damit die Pumpen Luft hindurch pressen konnten. Dabei musste er stabil und zugleich flexibel sein. In den Werkstätten des Clans wurde ein hervorragender Draht hergestellt, der in enge Spiralen gedreht wurde. Über diese Drahtspirale zog man eine Haut aus Gummi. Darüber kam eine Schutzschicht aus Stoff. Es waren die sensibleren Hände der Frauen, die das Wunder vollbrachten und einen solchen Atemschlauch herstellten. Die Schlauchmacherinnen genossen daher bei Schürfern und Pumpern hohes Ansehen. Alle Pflege des Materials konnte aber nicht verhindern, dass die Schläuche im Lauf der Zeit porös wurden.

Während Varnum dem Meeresboden entgegen sank, musterte er daher aufmerksam seinen Schlauch, ob irgendwo verräterische Luftblasen aufstiegen. Noch war Zeit zur Umkehr. War man unten auf dem Grund, konnte sich jeder Zeitverlust als tödlich erweisen.

In diesen Minuten des Abstiegs hatte keiner der Schürftaucher einen Blick für das Umfeld. Seine Aufmerksamkeit galt nun ganz der Funktionstüchtigkeit seines Tauchanzuges und des Schlauches.

Keiner von ihnen achtete, von einem flüchtigen Blick abgesehen, auf die Schönheit, die ihn umgab.

Die Reflexe des Sonnenlichtes spiegelten sich an der Oberfläche. Im kristallklaren Wasser bewegten sich Fische in erstaunlicher Vielfalt. Manche davon waren prächtig in ihren Farben und Formen, andere wirkten farblos und unscheinbar, suchten Schutz in der Größe ihres Schwarms. Hier gab es Jäger und Gejagte, aber die meisten Fische wurden einem Zwerg nicht gefährlich. Doch es gab auch die großen Dornfische und andere Räuber, die gelegentlich die Nähe der großen Schwärme suchten, um ihre Beute zu schlagen. Sie machten keinen Unterschied, wessen Fleisch sie kosteten. Diese Jäger waren der Grund, warum die Abfälle des Clans weitab der Stadt von Booten ins Wasser geworfen wurden. Dort sammelten sich dann die ewig hungrigen Schwärme und diese wurden von den Fischern der Zwerge und den Raubfischen gleichermaßen gejagt.

Unterhalb der schwimmenden Stadt befanden sich über den Schürftauchern noch andere Zwerge im Wasser. Axtschläger nannte man die Kämpfer der Zwergenclans, auch wenn sie keinesfalls nur mit der Axt kämpften. Sie waren ausgewählte Krieger, für den Kampf trainiert und beherrschten jede Waffe, über die das Zwergenvolk verfügte. Die sich nun als Wachen im Wasser befanden, trugen keine Tauchrüstungen, die ihre Beweglichkeit gefährlich eingeschränkt hätten und sie konnten ihre Luft gut einteilen. Sie hielten lange Speere in ihren Händen bereit. Ein schwacher Schutz, wenn die Räuber der Tiefe ernstlich angriffen.

Varnum spürte, wie der Wasserdruck anstieg. Wenigstens würden sie in einer bequemen Tiefe arbeiten, von der aus sie leicht und ohne Zwischenpausen an die Oberfläche aufsteigen konnten. Er blickte nach unten und sah den Meeresboden näher kommen.

Auch hier herrschte die Vielfalt der Farben. Riesige Korallenbänke erstreckten sich vor Varnums Augen, teilweise mit anderen Pflanzen bedeckt, zwischen denen Fische umher huschten oder sich verbargen. Dazwischen waren einige Stellen mit Sand zu sehen. Inmitten dieser Farbenpracht war eine rechteckige Fläche zu erkennen. Hier war der Grund aufgewühlt worden, zerhackt von Meißeln und Beilen.

So reich die Meere an Pflanzen und Tieren waren, so reich waren sie auch an anderen Rohstoffen. Die erfahrenen Zwerge hatten einen Instinkt dafür entwickelt, wo sich unter der Oberfläche Adern von Erzen, Gold oder Kristall finden ließen. Eisen war leicht zu finden. Die Pflanzen über einer solchen Ader sogen es über ihre Wurzeln auf und hatten meist eine rötliche Färbung. Auch Kristalle ließen sich rasch finden, denn ihre Strukturen erhoben sich über den Meeresboden. Manchmal nur Zentimeter, oft jedoch mehrere Meter hoch. Auch in der Nähe der momentanen Schürfstelle ragten ein paar Kristalle empor, wie die schimmernden Blüten einer Pflanze. Aber diese hoch wachsenden Kristalle waren meist von minderer Qualität und das Zwergenvolk nahm sie nur, wenn nichts Lohnenderes lockte.

Als die Stadt hier ihre Anker auswarf, da hatte der alte Birunt Hammerschlag sich höchstpersönlich ins Wasser begeben. Er hatte seinen Körper in einen Tauchanzug gequält, um mit seinen untrüglichen Instinkten festzustellen, ob sich hier der Abbau lohnte. Er war der älteste und erfahrenste Schürfer des Clans und trug den Ehrentitel des Schlagführers. Zusammen mit dem Ältesten und dem Axtführer, dem bedeutendsten Kämpfer, bildete Hammerschlag das Triumvirat, welches den Clan führte.

Birunt Hammerschlag hatte sich schließlich wieder aus seinem Anzug helfen lassen, einen Blick ins Wasser geworfen und ein leises »Kein goldener Grund, aber eine akzeptable Stelle«, gemurmelt. Wenn seine Instinkte nicht trogen, was sie sehr, sehr selten taten, versprach das einen guten Ertrag für den Clan. Ertrag, der sich in kostbare Handelsgüter umsetzen ließ.

Die Zwerge der Meere handelten mit den Zwergenstädten auf dem Land und mit den Reichen der Menschen. Das Menschenreich Telan war für den Clan der Eldont´runod der wertvollste Handelspartner, da es reichlich Gelbfrüchte besaß. Während die Zwerge der Lande über keine nennenswerten Schiffe verfügten und aufgesucht werden mussten, kamen die großen Handelsschiffe des Reiches Telan immer wieder zur schwimmenden Stadt, um Gold, Erze und Kristalle gegen Gelbfrucht, Gummi und andere Waren zu tauschen. Ein für beide Seiten gewinnbringendes Geschäft und auch hier achtete Birunt Hammerschlag mit Argusaugen darauf, dass der Clan nicht übervorteilt wurde.

Der alte Schlagführer hatte behauptet, an dieser Stelle gäbe es »akzeptable« Eisenerzvorkommen und die Schürftaucher hatten nun schon etliche Tage geschlagen und gegraben, aber nur wenige Erzbrocken hervor geholt. Die Ausbeute wurde in Netze gelegt, die man rasch zu den Booten an der Oberfläche zog und zur Schmelzerei brachte.

Varnum federte leicht in den Knien, als seine Füße den Boden berührten. Etwas Sand wirbelte auf, nahm kurz seine Sicht, um sich dann rasch wieder zu legen. Er schüttelte sich heftig, um festzustellen, ob sich an Helm, Schlauch oder Anzug etwas lockerte. Jetzt konnte er sich darauf konzentrieren, nachher, wenn er arbeitete, achtete er auf seine Hände und bemerkte einen Schaden vielleicht erst verspätet. Alles war in Ordnung. Ein wenig Sickerwasser im Helm, nicht einmal genug, um sich mit dem Schwamm vor seinem Kinn abzumühen.

Er sah sich um. Vor seinem Gesicht war der gläserne Helm abgeflacht und erlaubte eine passable Sicht. Zu den Seiten hingegen verzerrte die Rundung die Perspektive. Man musste sich daran gewöhnen und lernen, Entfernungen und Bewegungen richtig einzuschätzen.

Die anderen Schürfer waren längst auf dem Weg zur Schürfstelle und Varnum setzte nun einen der metallbeschwerten Füße vor den anderen. Langsam und stetig näherte er sich dem Arbeitsplatz.

Er blickte nach oben. Die Wachen schwammen noch immer dicht unter der Oberfläche und es würden stets einige von ihnen im Wasser sein, um die Schürfer vor Gefahr zu warnen oder sie, so gut es ging, zu verteidigen. Die Schürftaucher waren unbewaffnet, von dem obligatorischen Messer am rechten Bein abgesehen, auch wenn sich Beil und Meißel notfalls verwenden ließen. Aber kein vernünftiger Zwerg hatte das Verlangen, einem Dornfisch auf solch kurze Distanz zu begegnen. Speere wären hingegen zu hinderlich gewesen. Die Räuber der Meere waren so schnell, dass man sich kaum nach der Waffe bücken konnte, bevor der Jäger heran war.

Staub schien über dem Schürfgrund aufzuwirbeln. Die ersten Männer waren bereits an der Arbeit. Varnum beeilte sich, zu ihnen aufzuschließen. Erneut musterte er die Umgebung. Ein kleiner Schwarm Silberlinge teilte sich hastig, um sich hinter ihm wieder zusammenzuschließen. Keine Gefahr in Sicht. Kein Dornfisch und kein Beilkopf und auch keiner der seltenen Riesenkrebse, gegen die auch ein Speer nicht half, es sei denn, er traf durch das Maul ins Gehirn der Bestie.

In den letzten Tagen hatten die Schürftaucher eine beachtliche Grube ausgehoben und sie hofften, an diesem Tag endlich auf eine gewinnbringende Ader zu stoßen. Das Pochen ihrer Meißel drang durch das Wasser und sie ignorierten die Gefahr, dass dieses Geräusch die Dornfische anlocken könnte. Stetig fraßen sich die Werkzeuge in das Gestein, drangen immer tiefer.

Gelegentlich klang das Pochen heller und der betreffende Schürfer machte sich hoffnungsvoll daran, den getroffenen Brocken zu untersuchen. Immerhin, den einen oder anderen Erzklumpen fanden sie, aber noch immer nicht die lohnende Ader, die Birunt Hammerschlag hier vermutete.

Sie verständigten sich durch Handzeichen, die seit Generationen überliefert waren, und bemühten sich um den richtigen Rhythmus zwischen körperlicher Arbeit und dem begrenzten Angebot an Atemluft. Hier, zwanzig Meter unter der Oberfläche, konnte man nicht einfach kurz nach Luft schnappen, wenn sie knapp wurde. Jetzt, wo sie in dieser Tiefe waren, arbeiteten oben mehrere Männer an jeder Pumpe, denn es erforderte Kraft, die Luft bis nach unten zu pressen. Die kleinen Ventildeckel an den Halsverschlüssen bewegten sich im Takt und entließen überschüssigen Druck nach außen. Das Perlen aufsteigender Luftbläschen begleitete die Arbeiten ebenso, wie das Pochen der Werkzeuge.

Die Schürfgrube war inmitten eines Korallenfeldes angelegt und Varnum war es, der die Gefahr für einen der Schürftaucher erkannte.

Der Luftschlauch des Mannes war bei der Arbeit zwischen zwei Korallenstöcke gerutscht und rieb nun an einem davon entlang. Es war eine der abgestorbenen Korallen, die hart und scharfkantig waren und einen Schlauch rasch aufschlitzen konnten, wenn man nicht darauf achtete. Der Schürfer sah diese Gefahr nicht und Varnum konnte ihn ja nicht durch einen Zuruf warnen. Auch eine Geste hätte der andere Taucher kaum wahrgenommen, da er ihm den Rükken zuwandte.

In einer fließenden Bewegung warf er seinen Meißel. Der schwere Stahlbolzen glitt durch das Wasser, zielsicher zu dem gefährdeten Mann hinüber und schlug unmittelbar neben ihm in den Grund. Varnum sah, wie der Mann für einen Augenblick erstarrte und dann herumfuhr. Sofort gab er das Zeichen für Gefahr, deutete mit einer Hand auf seinen Atemschlauch und mit der anderen auf die Gefahrenstelle. Die hoch gerekkte Faust des Schürfers verriet, dass er verstanden hatte. Mit langsamen Bewegungen ging er zu den Korallenstöcken und befreite seinen Luftschlauch. Als er sich Varnum zuwandte, grinste er unter seinem Kugelhelm und nickte.

Nach zwei Stunden Schürfarbeit waren sie erschöpft und das galt sicher ebenso für die Pumper an der Oberfläche. Von dort erklang der Rückruf, als man an ein in das Wasser ragendes Eisen hämmerte. Drei langsame Schläge für den Rückruf, schnelle Schläge für den Fall drohender Gefahr. Der Schürfmeister der Gruppe gab ein Handzeichen und sie schoben die Werkzeuge in die Gürtel. Kein Schürfer ließ sein Werkzeug im Wasser zurück. Am Abend mussten sie es sorgfältig säubern und ölen, damit ihm kein Rost zusetzte und sie würden die Schneiden der Meißel schleifen, damit sie ihre Schärfe behielten. Die Schürftaucher gingen schwerfällig zu den Netzen hinüber, schnallten die Fußgewichte ab und während die Netze mit den Gewichten nach oben gezogen wurden, machten sich auch die Schürftaucher an den Aufstieg.

Varnums Schürfstelle war nicht die einzige. Um die Stadt herum erhoben sich nun auch andere Gruppen an die Oberfläche.

Fische stoben zur Seite, dann durchbrach Varnums Helm die Oberfläche. Ohne die Fußgewichte trieb er, einem Korken ähnlich, ohne große Kraftanstrengung auf die Stadt zu, gezogen von dem Luftschlauch, der langsam eingeholt wurde. Der junge Zwergenmann hielt den Schlauch fest, denn der war zwar stabil genug, aber er wollte das Anschlussstück entlasten.

Erleichtert erreichte er die Plattform, spürte die Hände, die unter seine Arme griffen und ihn endgültig hinaufzogen. Die Verschlüsse schnappten, der Helm wurde gedreht und Varnum sog gierig die frische Meeresluft in seine Lungen. Er liebte ihren Geruch und den leichten Wind, der über das Wasser strich und er konnte sich nicht vorstellen, an Land zu leben, wo es stets nach irgendwelchen Pflanzen stank.

Wie immer war Oldrum da und beugte sich besorgt zu ihm. »Und, wie war es? Habt ihr etwas gefunden?«

»Ein paar Brocken«, erwiderte Varnum ächzend. »Nicht der goldene Grund, würde ich sagen.«

Oldrum legte ihm die Hand auf die Schulter. »Birunt Hammerschlag hat sich noch nie geirrt. Ihr werdet schon noch etwas finden.«

Er benutzte kostbares Süßwasser, um das Salz von Varnums Körper zu spülen und half ihm, die Verschlüsse des Tauchanzuges zu öffnen. Er prüfte rasch, ob es im Bereich der Dichtungsmanschetten Verletzungen gegeben hatte. Varnum sah, wie sich ein älterer Zwerg von einer der anderen Plattformen näherte. Er war, wie alle Taucher, bis auf die knielange Hose nackt, hatte seine Bartzöpfe entknotet und drückte ein paar Tropfen Wasser aus ihnen heraus. Mit breitem Grinsen trat er zu Varnum.

»Du hast gute Augen, Jungschürfer. Sie haben mir meinen Schlauch und vielleicht auch mehr gerettet.« Er legte Varnum die Hand auf die Schulter. »Von Schürfer zu Schürfer, so wahr ich Heimur Sichelhieb bin, an diesem Abend gieße ich dir den Schlauch mit Gerstensaft voll. Das bin ich dir schuldig.«

Varnum lächelte. »Ein anderes Mal achtest du auf meinen Schlauch, Heimur Sichelhieb.«

»Wie es üblich ist, von Schürfer zu Schürfer.« Der Zwerg lachte und sah Oldrum dann freundlich an. »Und da deine gute Atemluft diesem feinen Schürfer den scharfen Blick ermöglicht hat, will ich auch deinen Schlauch füllen.«

»Die einzige Gelegenheit, bei der ich es zulasse, dass die Luft durch etwas anderes ersetzt wird.« Oldrum lächelte erfreut.

»Gut, dann ist es abgemacht. Bei Einbruch des Nachtdunkels im »Goldenen Grund«, ihr Herren.« Der alte Schürfer nickte ihnen zu und ging dann zu seiner Plattform zurück.

Ihr Arbeitstag war noch nicht vorbei. Nach einer längeren Pause, in der es das Material zu überprüfen galt, würden sie sich erneut hinabsinken lassen. Es lohnte nicht, in die Stadt zu gehen, also saßen sie nebeneinander, ließen die Füße ins Wasser hängen und genossen ihre Mahlzeit, die aus hartem Brot, Käse und gebratenem Fisch bestand. Das alles wurde mit Wasser hinunter gespült, dem man, des besseren Geschmacks wegen, einen kleinen Spritzer Wein zugegeben hatte.

Es war noch nicht ganz Mittag und die Sonne brannte unbarmherzig herunter. Varnum war, wie die anderen Männer, braungebrannt und genoss ihre Wärme.

Dann ging es wieder hinab.

Zwei Mal noch, unterbrochen durch eine Pause und als sie ihre Tagesarbeit erledigt hatten, war die erwartete Ader noch immer nicht gefunden. Wenigstens hatten zwei andere Schürfgruppen mehr Glück gehabt. Etwas Gold und Schwarzkristall waren gefunden worden.

Die beiden Freunde waren erschöpft und ausgelaugt. Varnum sehnte sich nach einer kurzen Mahlzeit und seiner Hängematte und hatte kein Verlangen, der Einladung des älteren Schürfers zu folgen.

»Natürlich gehen wir in den Goldenen Grund«, erwiderte Oldrum entschieden. »Du kannst den braven Heimur Sichelhieb nicht enttäuschen. So einer lädt nicht jeden Tag ein paar junge Hüpfer wie uns auf einen Schlauch Wein ein.«

Varnum seufzte entsagungsvoll und nickte dann zögernd. »Für mich reicht ein halber Schlauch. Den Rest kannst du haben. Nein, besser nicht«, fügte er grinsend hinzu, »ich brauche morgen meine Luft und will nicht, dass du an der Pumpe zusammenbrichst. Eigentlich solltest du auch nur einen halben Schlauch trinken, du verträgst ja nicht viel.«

Sie lachten sich an und stießen sich gegenseitig, bis sie die gerunzelte Stirn eines alten Schürfers sahen. Varnum räusperte sich und sie schritten mit betont ernsten Gesichtern an dem Mann vorbei, nur um dann in schallendes Gelächter auszubrechen.

Sie gingen über eines der Werkstattflöße und blieben einen Moment stehen. Es war noch Zeit bis zum Einbruch der Dunkelheit. Hier befand sich die Glaserei, in der Gebrauchsgegenstände aus Glas und die Taucherhelme gefertigt wurden. Der Glasbläser hatte gerade sein Blasrohr angesetzt und drehte einen glühenden Klumpen auf einer wertvollen Steinplatte. Es war ohnehin schon heiß und die zusätzliche Hitze machte den Aufenthalt in dem Raum nahezu unerträglich. Dem alten Mann lief der Schweiß über den Körper, während er Luft in den Klumpen blies, ihn gekonnt drehte und in die Form eines großen Topfes brachte. Genau im richtigen Moment, nahm er das Rohr von den Lippen und ein Gehilfe sprang hinzu, drückte mit einem Metall eine flache Stelle ins Material, die spätere Sichtfläche des Helmes.

Als der Mann das Rohr endgültig absetzte, wischte er sich Schweiß von der Stirn und sah die beiden Freunde an. Er wies auf Varnums Werkzeuggürtel, den er erst zu Hause abschnallen würde. »Schürfer, nicht wahr? Das hier wird einer eurer Helme. Auf meine Helme ist Verlass, ich nehme nur den besten Quarzsand, vom Strand von Hesgan. Einen feineren gibt es nicht, das könnt ihr glauben.«

Oldrum zog seinen Freund mit sich. »Komm schon. Wenn der seine Helme anpreist, wird er am Ende noch erwarten, dass wir ihm den Schlauch füllen.«

Gegenüber saßen mehrere Frauen und strichen kostbaren Gummi auf die Metallspirale eines neuen Schlauches. An anderer Stelle wurden gerade Fische abgeschuppt und entgrätet. Das Hämmern von Werkzeugen war zu hören, Stimmen, die durcheinander wirbelten und dazwischen huschten die kleinen Kinder entlang, immer neugierig, was es zu entdecken gab und bereit, sich die Zeit mit Spielen zu vertreiben. Nicht immer zum Vergnügen der Großen, aber meist sah man über ihren Unfug hinweg, erinnerte sich lächelnd an die eigene Jugend und dachte daran, dass Kinder die Zukunft eines jeden Clans waren.

Allmählich wurden die ersten Lampen entzündet. Sie wurden mit dem leicht zu gewinnenden und reichlich vorhandenen Fischöl betrieben. Nun würde man die Arbeiten an den offenen Feuern beenden, nur die Kochstellen würde man noch betreiben.

Sie strauchelten einen Moment, als sie gerade über einen der Stege auf das nächste Floß gingen, denn eine unerwartet kräftige Welle bewegte sich unter der Stadt entlang und ihre Flöße hoben und senkten sich im Gleichklang, bevor sie wieder zur Ruhe kamen. Keine Gefahr, sonst hätte einer der Ausguckposten längst Alarm geschlagen. Glücklicherweise kündeten sich Unwetter und Wellenstürme an und wer sich auskannte, wusste ihre Anzeichen früh zu deuten.

Sie erreichten die inneren Flöße mit den Wohnungen der Frauen und Mädchen und Oldrum begann unbewusst an seinen Bartzöpfen zu zupfen. Sie waren noch nicht ganz so lang und auch etwas heller, als die von Varnum, der sein Lächeln unterdrücken musste. Oldrum war ein wenig eitel, vor allem, seit er versuchte, die Aufmerksamkeit des anderen Geschlechts auf sich zu ziehen. Varnum beobachtete das leicht amüsiert und fand es eher lächerlich, wie der Freund die Zopfenden in die Hände nahm und lockend kreisen ließ, wobei er sich bemühte, die helle Farbe zu verdecken. Leider hatte er in der letzten Zeit festgestellt, dass Besana immer wieder auf die Zöpfe Oldrums blickte und das gefiel ihm, wenn er ehrlich zu sich war, überhaupt nicht.

Besana gefiel sicherlich jedem Zwergenmann. Eine frisch erblühte, frauliche Figur, ein langer Nackenzopf, der ihr bis zu den Knöcheln reichte und kupferrote Haare, die in kaskadenartigen Wellen über ihre Schultern fielen. Ein Anblick, der jeden Mann zu bestimmten Begehrlichkeiten verführen musste, zumindest, wenn noch eine Spur von Leben und ein Rest von Luft in seinem Atemschlauch waren.

Es gab eine Reihe von Schänken in der schwimmenden Stadt des Eldont´runod-Clans, aber keine war so berühmt und gleichermaßen berüchtigt, wie der »Goldene Grund«.

Eigentlich gehörte der »Goldene Grund« zu den Mythen des Zwergenvolkes, zumindest dem des Meeres. Der sagenhafte »Goldene Grund«, der endlosen Reichtum verhieß und wohl ebenso zum Reich der Legenden gehörte, wie Elfen oder Orks, obwohl die Landzwerge standhaft behaupteten, es gäbe sie. Aber Landfüße behaupteten viel, vor allem, wenn sie ihren Schlauch mit Wein gefüllt hatten.

Der Goldene Grund der Stadt war ebenfalls legendär. Hier kehrten sonst nur die Männer ein, die sich im Clan einen Namen erworben hatten. Hier war auch der Brauch entstanden, den Schlauch zu füllen. In allen Schänken wurde Wasser, Wein, Gerstensaft oder Brennwasser in Bechern, Pokalen oder Gläsern ausgeschenkt, nicht jedoch im Goldenen Grund. Irgendwann einmal, die Legende besagte, es sei der sagenumwobene Bislipur Keulenhieb selbst gewesen, hatte ein Schürftaucher alle Pokale, Becher und Gläser vom Tresen gewischt und ein abgeschnittenes Stück seines Atemschlauchs hochgehalten. Er war an jenem Tag nur knapp dem Tode entronnen, da der Schlauch gerissen war und so ließ er sich das abgeschnittene Stück mit Wein füllen, um auf sein Überleben anzustoßen. Die Schürftaucher, trotz oder wegen ihrer harten Arbeit immer für einen Spaß oder eine gute Geschichte zu haben, hatten die Idee begeistert aufgenommen. Seitdem wurden im Goldenen Grund die Schläuche gefüllt. In der überschwänglichen Art des Zwergenvolkes hatte man versucht, sich in der Länge der Schläuche zu übertreffen, bis der Ältestenrat eingeschritten war. So wurden nur noch Schläuche von einem halben Meter Länge zugelassen.

»Gerade genug, die Kehle anzufeuchten«, hatte der Wirt gemurmelt und zum Ausgleich ein paar Halbmeterschläuche besorgt, deren Durchmesser eine gewisse Verbesserung aufwies.

Auch Mantur Scherentod, der Wirt der Schänke, war eine Legende und das weit über den eigenen Clan hinaus. Er gehörte zu den wenigen Zwergen, welche die Begegnung mit einem Riesenkrebs nicht nur überlebt sondern den Gegner auch besiegt hatten. Scherentod wurde nicht müde, immer wieder davon zu berichten, wie er dem Schalentier seinen Meißel durchs offene Maul ins Gehirn gestoßen hatte. Größe des Meißels und des Tieres variierten durchaus, aber die Tat selbst war unbestritten. Später hatte der einstige Axtschläger sich im Kampf gegen Menschen bewährt, welche ein Schiff des Clans überfallen hatten. Menschlicher Abschaum, dessen schwarzes Schiff mit roten Segeln die erbosten Zwerge auf den Meeresgrund geschickt hatten.

Das Volk der Zwerge war kein kriegerisches Volk. Sicherlich, man schätzte eine zünftige Rauferei, vor allem, wenn man über einen längeren Zeitraum keinen Schürfgrund fand und sich die Zeit vertreiben musste, aber dabei begnügte man sich mit ein paar zerschlagenen Einrichtungsteilen und Zähnen. Bei einem wirklich ernsthaften Streit, bei dem Blut fließen könnte, schritten sofort die Axtschläger ein und brachten den Fall vor den Ältestenrat, dessen Entscheidung unumstößlich war.

Dennoch waren die Zwerge auch sehr wehrhaft. Sie verstanden es, zu kämpfen und scheuten sich nicht, ihr Leben in die Waagschale zu werfen, wenn der Clan oder einer der ihren bedroht war.

Varnum und Oldrum waren erst ein einziges Mal im Goldenen Grund gewesen. Vor etwas über einem Jahr, als man sie in den Kreis der Schürftaucher aufnahm. Eine besondere Feier, bei der Varnum seinen Werkzeuggürtel und Oldrum seinen Pumpenschwengel erhalten hatten, zusammen mit prall gefüllten Schläuchen und den besten Wünschen für die Zukunft und den Clan. Dieser Besuch war jedoch eine Ausnahme gewesen, denn hierher kam nur, wer zwei Namen trug oder von einem solchen Zwerg eingeladen war.

Als die beiden Freunde die Plattform erreichten, auf der sich die Schänke befand, ging die Sonne gerade unter. Ihr letztes Strahlen tauchte die Dächer der Häuser in rötlichen Schein und bald würden die Öllampen und das Licht der Sterne und des Mondes die einzige Helligkeit spenden.

Die Schänke war zweigeschossig erbaut und im unteren Geschoss gab es, wie in jeder schwimmenden Stadt üblich, keine Fenster, sondern nur die Tür. Sie ließ sich wasserdicht verschließen und das galt auch für die Fensterläden, denn die Kraft eines Sturmes mit seinen riesigen Wellen war überaus beachtlich.

Als die beiden Freunde die Tür öffneten, verstummten bei ihrem Anblick alle Gespräche. Die Blicke waren neugierig, denn den Anwesenden war klar, dass kein einfacher Schürfer ohne Grund eingetreten wäre. Hinter dem Tresen hatte Mantur Scherentod bereits die Stirn in Falten gelegt, als sich Heimur Sichelhieb umdrehte, herzlich auflachte und die Arme ausbreitete.

»Herein, ihr Herren. Ihr seid willkommen. Mantur, fülle uns drei neue Schläuche mit gutem Wein und achte mir auf den richtigen Durchmesser. Ohne die aufmerksamen Augen dieses jungen Schürftauchers stünde ich sonst ohne Atemschlauch auf dem Meeresboden.«

Die Gesichter der anderen Gäste wurden sofort freundlich und man nickte und prostete den Freunden zu, während sie zum Tresen hinübergingen. Mantur Scherentod hatte bereits drei beachtliche Schläuche in die Armbeuge geklemmt und begann sie aus einem noch beachtlicheren Krug zu füllen. Die Art, wie er dies tat, verriet, dass der Mann noch immer über ungewöhnliche Kräfte verfügte.

»Auf reichen Grund und langen Atem«, prostete Sichelhieb ihnen zu.

Nach wenigen Augenblicken schwirrte der Goldene Grund wieder von Gesprächen. Hier saßen erfahrene Schürfer mit alten und sehr alten Schürfern zusammen und tauschten Erfahrungen und Geschichten aus. Einer von ihnen kam zum Tresen herüber und sah den Wirt nachdenklich an.

»Sag einmal, Mantur Scherentod, du bist einer unserer erfahrensten Krieger und weit herumgekommen. Beantworte mir eine Frage, ja? Hast du je von Luft in Flaschen gehört?«

Oldrum lachte spontan, was ihm einen bösen Blick des Fragestellers eintrug. »Entschuldigt, aber das kann sogar ich beantworten.«

»Ah, du?«

»Aber ja. Wenn der Wirt die Flasche Wein geleert hat, dann ist sie voller Luft.«

Die Anwesenden lachten vergnügt und Sichelhieb schlug sich auf den Schenkel. »Eine Flasche voller Luft. Ha, das ist gut, sehr gut sogar. Ich fürchte, da wird es im Handel nicht viele Abnehmer geben.«

»Unsinn«, knurrte der Fragesteller. »Ich spreche von Luftflaschen für die Taucher. Nun, wenigstens für die Axtschläger, die im Wasser Wache halten.«

Sichelhieb fiel fast von seinem Schemel. »Ha, ich sehe es vor mir. Axtschläger, die an der Flasche nach Luft nuckeln, wie unsere Hüpflinge an der Brust ihrer Mütter. Flaschenhüpflinge!«

Es gab ein krachendes Geräusch, als der Fragesteller auf den Tresen hieb. »Nochmals, Unsinn! Man erzählt sich, der Clan der Tanae´runod hätte Flaschen erfunden, in die man Luft hineinpresst. Damit könnten die Wachen lange unter Wasser bleiben. Ganz ohne Schlauch und ohne zum Luftholen auftauchen zu müssen.«

»Selber Unsinn«, brummte Sichelhieb. »So etwas gibt es nicht und wird es niemals geben.«

»Das werden wir ja sehen, so wahr ich hier stehe.«

»Nun, besonders sicher stehst du nicht mehr.« Sichelhieb grinste breit und duckte sich rasch, als der andere Mann ausholte. »Langsam, Schürfer. Ich bin nicht auf Streit aus. Ich kann mir nur keine Flaschen mit gepresster Luft vorstellen.«

Mantur Scherentod beugte sich vor. »Hier, mein Freund, nimm einen frischen Schlauch. Statt die Fäuste anzustoßen, sollten wir lieber die Schläuche bewegen. Eine Flasche mit Luft ist kein Grund zum Streit. Oder hast du so ein Ding schon einmal gesehen?«

Der Fragesteller atmete ein paar Mal tief durch und zukkte dann die Schultern. »Hast recht, Wirt. Morgen gilt es wieder, auf die Steine einzuschlagen, schonen wir also unsere Fäuste.«

Sichelhieb lächelte versöhnlich. »In zwei Jahren ist die Zusammenkunft der Clans. Wenn wir dann eine solche Flasche mit gepresster Luft sehen, bekommst du von mir einen extragroßen Schlauch gefüllt.«

»Ah, das nenne ich ein Wort.« Der andere lächelte nun ebenfalls. »Also dann, auf reichen Grund und langen Atem.«

Varnum nippte an seinem Schlauch und gähnte dann herzhaft. Er war einfach müde und wollte sich endlich in seine Hängematte begeben. Oldrum seufzte entsagungsvoll, leerte hastig seinen Schlauch und die beiden Freunde verließen die Schänke.

Oldrums Schritt war nicht besonders sicher, als sie die Stadt zum Außenring mit ihren Schlafstellen durchquerten. Ein Streife gehender Axtschläger, der vor allem auf Feuergefahr achten sollte, beäugte sie misstrauisch und folgten ihnen eine Weile, um sicher zu sein, dass sie ihren Weg fanden. Schließlich erreichten sie das Floß, auf dem ihre Unterkunft stand. Ein lang gestrecktes, zweigeschossiges Gebäude, mit der hoch angesetzten Tür im unteren Bereich und Oldrum stolperte prompt über die Schwelle und wekkte einige der anderen Schläfer.

Varnum musste ihm in die Hängematte helfen und war froh, endlich die eigene ersteigen zu können. Er hatte sich kaum hingestreckt und die ersten, sanften Schaukelbewegungen gespürt, da fielen ihm auch schon die Augen zu. Seine letzten bewussten Gedanken galten mit Luft gefüllten Flaschen und ein stilles Lächeln lag über seinem Gesicht, während das Schnarchen der Schläfer den Raum erfüllte.

2

Wenn sie die Wellen nimmt, hat sie die Eleganz eines Schmiedehammers«, seufzte Pernat und klammerte sich an der Brückenreling fest. »Oder meinethalben auch die einer Dampframme.«

Soeben hob sich der Bug der Beovanaal erneut über einen Wellenkamm und als das Schiff ihn genommen hatte, wuchtete es mit der Gewalt seines Rumpfes ins Meer zurück. Ein Schwall Wasser fegte vom Bug herüber und während Pernat instinktiv den Nacken einzog, lachte Herios-Lar gutgelaunt auf. »Sie ist eben alt und kein junges Mädchen mehr. Aber dafür robust wie die Anstandsdamen der Königin.«

Herios-Lar liebte seine Beovanaal. Lange vor seiner Geburt hatte ihr Kiel zum ersten Mal Salzwasser gekostet und viele Jahre hatte sie zu den modernsten und schnellsten Schiffen der königlichen Marine gehört. Sie war der erste Kreuzer gewesen, den man mit Segeln und einer zusätzlichen Dampfmaschine versehen hatte. Damals hatten die Brennsteinkessel und das mächtige Schaufelrad am Heck ihr die enorme Geschwindigkeit von 25 Kilometern in der Stunde verliehen und sie war unabhängig von der Kraft des Windes gewesen.

Als Herios sie zum ersten Mal erblickte, hatte er sich auf Anhieb in sie verliebt, obwohl sie da schon fast 110 Jahre alt gewesen war und längst nicht mehr in der Flotte Telans diente. Die Konstruktion des Rumpfes, ihre Maschinen und Waffen waren veraltet und hielten einem Vergleich mit den Flottenneubauten nicht stand. Nur ihr Name erinnerte noch an die ruhmreiche Vergangenheit, denn nur die Kriegsschiffe des Königs durften das doppelte »a« in der Namensendung führen. Sie war in Privatbesitz übergegangen und diente einem neuen Herren, dem Handelshaus Tar. Eigentlich hieß sie nun Tar-Beovanaal, aber niemand, nicht einmal der Handelsherr selbst, nannte sie so. Trotz ihres langen Lebens war sie robust und zuverlässig. Jetzt befuhr sie seit 150 Jahren die Meere der Welt, hatte viele Kapitäne kommen und gehen sehen und vielleicht würde auch Herios-Lar nicht der letzte Kommandant auf ihrer Brücke sein.

»Mit allem gebührenden Respekt, Kapitän«, rief Pernat gegen den Lärm der schweren See an, »Sie ist alt, robust, schwerfällig und …«

»Ja, ja, ich weiß. Sie ist das älteste noch schwimmende Schiff im Reich Telan.« Herios-Lar beugte sich weit vor, als die Beovanaal sich den nächsten Wellenkamm empor arbeitete, lachte erneut auf, als sie auf dem Kamm abkippte, lehnte sich weit zurück und jauchzte vergnügt, als der runde Bug ins Wasser zurück klatschte. Die See ergoss sich in mächtigem Schwall über das einsame Buggeschütz vor der Brücke, letztes Zeugnis einer glorreichen Vergangenheit. »Und sie wird noch lange schwimmen, Pernat, noch sehr lange.«

Der hölzerne Rumpf ächzte in seinen Verbänden und vom Heck war das Rauschen des Schaufelrades zu vernehmen, das einen Moment leer drehte, bevor es wieder in sein Element griff.

Pernat hatte seinen Entschluss, zur See zu fahren, nie bereut. Er liebte sie, wie sein Kapitän sie liebte. Nur die innige Verbindung von Herios-Lar mit dem alten Schiff konnte er nicht nachvollziehen. Es war nicht nur das älteste Schiff Telans sondern auch, nach seiner festen Überzeugung, das unbedeutendste des Handelshauses Tar.

Rund sechzig Meter lang, eine maximale Breite von zwölf Metern am Heck, dazu der hölzerne Rumpf, der nur unterhalb der Wasserlinie mit Kupfer beschlagen war, um dem Bewuchs mit Algen und Muscheln entgegen zu wirken. Ein runder, bauchig wirkender Bug, wo die neuen Schiffe eine schnittige Form aufwiesen, die das Wasser zu zerteilen schien. Nein, Pernat träumte von einer Position auf einem der modernen Handelsschiffe, wenn er schon nicht auf einem der Flottenkreuzer dienen konnte.

Die Brücke der Beovanaal befand sich am Ende des vorderen Drittels auf dem Oberdeck, dahinter folgten die beiden Ladeluken mit ihren Kränen. Am Heck ragte der dünne, pfeifenartige Schornstein der Dampfmaschine auf, deren ewig hungriger Kessel mit Brennstein und Wasser gefüttert werden musste. Hinter dem Heck wirbelte ein steter Vorhang von Spritzwasser auf, begleitet vom Klatschen des Schaufelrades. Die modernen Schiffe verfügten über Propeller, die sich rasch und effektiv unter Wasser drehten.

Nein, die Beovanaal war nicht Pernats Traum, aber ihr Kapitän Herios-Lar gehörte unbestritten zu den erfahrensten Seefahrern des Reiches und wenn Pernat sich einem Mann in Freundschaft verbunden fühlte, dann diesem schlanken und kauzigen Seeoffizier, der in diesem Augenblick seiner Freude freien Lauf ließ und nur wenig Würde zeigte. Das Schiff hätte Pernat jederzeit gegen ein anderes getauscht, nicht jedoch seinen Kommandanten und solange Herios-Lar auf der Brücke der Beovanaal stand, würde Pernat ihm und dem Schiff gleichermaßen dienen.

»Das Wetter beruhigt sich, Kapitän«, brüllte der Steuermann. Er stand an dem großen Steuerrad auf der Brükke und war ebenso nass, wie die beiden Offiziere. Das Schiff verfügte nicht einmal über ein Brückenhaus, nur über ein kleines Regendach, das von Pfosten gehalten wurde. Direkt hinter der Brücke erhob sich der Vordermast mit den Rahen des Großsegels. Der Hintermast stand vor dem Schornstein und seine Rah und eingeholten Segel waren vom Ruß der alten Maschine geschwärzt.

Die grauen Wolken am Himmel rissen auseinander und das erste, goldgelbe Licht der Sonne warf blitzende Reflexe auf die Wellen, die sich langsam beruhigten und an Kraft verloren. So schnell, wie der Sturm entstanden war, flaute er auch wieder ab und nach wenigen Minuten glitt die Beovanaal, scheinbar bedächtig, über ihrem Spiegelbild dahin.

»Wenigstens konnten wir die Ladeluken rechtzeitig schließen«, brummte Pernat. »Die verdammten Gelbfrüchte sind enorm empfindlich. Ein Spritzer Salzwasser und sie sind verdorben.«

»Das wäre verdammt übel für unsere kleinen Freunde«, seufzte Herios-Lar. Er sah seinen Ersten Offizier lächelnd an. »Das ist übrigens auch einer der Vorteile unseres alten Mädchens. Kein anderes Handelsschiff fährt die schwimmende Stadt der Zwerge an. Du genießt das Privileg, Pernat, als einer der wenigen im Reich, die Herren Zwerge zu kennen.«

»Hm.« Pernat empfand das als zweifelhaftes Privileg. Zwar fand er die Zwerge durchaus beeindruckend, aber fühlte sich zwischen ihnen eher unwohl. Sie reichten ihm gerade bis zum Bauchnabel, obwohl Pernat kein ungewöhnlich großer Mann war. Sich in ihren Gebäuden zu bewegen, war eine Qual, da sie nicht für die Bedürfnisse eines Menschen eingerichtet waren. Immerhin, die kleinen Herren waren herzliche und liebenswürdige Geschöpfe, wenn man ihnen nicht auf die Füße trat oder sie zu übervorteilen trachtete. Er fand ihre Weise, auf dem Meer zu leben und unter seiner Oberfläche zu arbeiten, höchst bemerkenswert und bewunderte sie für den Mut, den sie dabei unzweifelhaft bewiesen. Er selbst hingegen war froh, immer wieder festen Boden betreten zu können. Die Vorstellung, sein Leben einem gläsernen Helm und einem Schlauch anzuvertrauen, erschreckte ihn zutiefst.

»Nun komm schon, Pernat, alter Freund, gib es zu, die Beovanaal hat auch ihre Vorzüge.«

»Wenigstens sind wir auf See«, grunzte der Erste Offizier und sah seinen Kommandanten dann lächelnd an. »Und das Schiff bewegt sich immerhin.«

Herios-Lar warf den Kopf in den Nacken und lachte schallend. Dann schlug er seinem Freund auf die Schulter. »Eines Tages wirst du an Deck eines anderen Schiffes stehen, Pernat, aber ich garantiere, dann wird dir bewusst, dass du die alte Beovanaal vermissen wirst.« Die See war nun glatt und ruhig und der Kapitän beschattete seine Augen. »Reich mir einmal das Teleskop, Pernat. Ich glaube, wir nähern uns der Zwergenstadt.«

Klickend glitten die Segmente des Teleskops auseinander und Herios-Lar suchte den Horizont ab. Dann verharrte die Linse an einem festen Punkt. »Na also«, brummte der Kapitän zufrieden. »Fast genau über dem Bug. Rudergänger, zwei Strich Rechtsweisend und dann gerade darauf zu.«

»Zwei Strich Rechtsweisend und gerade darauf zu«, bestätigte der stämmige Rudergänger und legte den neuen Kurs durch Drehung am Rad.

»Keine zwei Stunden mehr und wir sind bei unseren kleinen Freunden«, sagte Herios-Lar. »Sie werden sich freuen, uns und unsere Gelbfrüchte zu sehen. Die können sie immer brauchen.«

»Auch der Handelsherr Tar wird sich darüber freuen.« Pernat stützte sich auf die Reling und registrierte, wie rasch sich das Holz nach dem Regensturm trocken und heiß anfühlte. »Es ist ein gutes Geschäft für den Herrn. Billige Früchte für kostbare Metalle und Kristalle.«

»Ja«, knurrte Herios-Lar unbehaglich. »Wenn ich nicht wüsste, wie notwendig die kleinen Herren die Gelbfrüchte brauchen, würde ich glatt behaupten, der Handelsherr zieht die Zwerge über den Tisch.«

»Angebot und Nachfrage bestimmen nun einmal den Preis.«

Erneut lachte Herios-Lar, doch diesmal klang es weniger froh. »Du gehörst wirklich auf ein Handelsschiff und nicht auf einen Flottenkreuzer. Weißt du, ich habe nichts gegen einen guten Gewinn, Pernat, aber ich weiß, unter welchen Umständen die Zwerge das Metall und die Kristalle aus dem Meer holen. Tapfere kleine Kerle, dass muss ich schon sagen. Ich fände nicht den Mut, unter Wasser zu arbeiten.«

Pernat sah auf die hölzernen Planken des Schiffes. »Auch ich fühle mich über Wasser wohler.« Er löste die Hände vom Handlauf. »Ich werde nach der Ladung sehen, um sicher zu sein, dass alles in Ordnung ist, wenn wir anlegen.«

Herios-Lar nickte und hörte, wie sein Erster Offizier die kleine Treppe zum Deck hinunter stieg. Über eine weitere Treppe betrat Pernat dann das Frachtdeck. Alles wirkte eng, zweckgebunden und ein wenig schmutzig, aber die zwölfköpfige Mannschaft der Beovanaal hatte meist andere Sorgen, als sich um Sauberkeit zu kümmern. Die Maschine war ebenso alt, wie das übrige Schiff. Sie verschlang mehr Brennstein, als die modernen Kreuzer, ihre Kolben hatten zu viel Spiel und die Dampfleitungen wurden immer wieder geflickt. Einige Schaufeln des mächtigen Heckrades waren ausgetauscht, bei anderen schien dies dringend erforderlich. Hin und wieder ging eine Stange oder Welle entzwei und die Maschine musste gestoppt werden, damit die erforderlichen Reparaturen ausgeführt werden konnten. Dann kamen gelegentlich doch noch die Segel zum Einsatz.

Vorne im Bug befanden sich die Mannschaftsquartiere. Zwei lange Kammern, in denen jeweils vier der Männer untergebracht waren. Daran schlossen sich die kleine Küche, die Vorratskammer und der Aufenthaltsraum an. Eine Krankenstube gab es nicht mehr, seit das Schiff unter der Handelsflagge des Hauses Tar fuhr. Der Handelsherr hatte den Platz für Brennsteinvorrat nutzen wollen. Pernat war erleichtert, dass es während seiner Dienstzeit bislang zu keiner ernsten Verletzung gekommen war.

Direkt unter der Brücke befanden sich die Kammern der Schiffsoffiziere und da die Beovanaal nur Kommandant und Ersten Offizier hatte, waren es zwei bescheidene Räume. Direkt dahinter folgten die beiden Frachträume und diese glänzten vor Sauberkeit. Das Schiff mochte wenig reinlich sein, aber auf die Ladung wurde geachtet und Pernat ließ nicht die geringste Schlamperei durchgehen.

Hinter den Laderäumen, zum Heck hin, lagen die Vorratsräume für den Brennstein und der kleine Maschinenraum, in dem zwei Maschinisten ihre Arbeit verrichteten. Die alte Anlage war hungrig nach Brennstein und Wasser und benötigte ständig die Schmierung durch Fette und Öle. Ihr Stampfen und Hämmern hatte längst das Gehör der Maschinisten geschädigt und der Rest der Besatzung war froh, nur selten ins Heck gehen zu müssen und das ihre Unterkünfte im Bug lagen.

Pernat kontrollierte in den Lagerräumen zunächst die Luken an der Decke, dann die Wände. Nirgends war Feuchtigkeit zu erkennen. Er ging sehr sorgfältig und gewissenhaft vor, trat mit seiner Öllampe dicht an das Holz, danach überprüfte er jede der gestapelten Kisten. Schließlich nickte er zufrieden und ging wieder zur Treppe, als er von oben die Befehle des Kapitäns hörte. Offensichtlich waren sie nun nahe der Stadt und bereiteten sich auf das Anlegemanöver vor.

Als Pernat ins grelle Sonnenlicht zurückkehrte, sah er die schwimmende Stadt der Zwerge nur wenige hundert Meter voraus. Rechts der Beovanaal glitt eines der Kampfschiffe der Zwerge durch die Wellen und gab ihnen das Ehrengeleit. Es war kaum vier Meter breit und zwanzig Meter lang und mit geringem Freibord über dem Wasser. Ein scharf geschnittener und nach oben gebogener Bug und ein hoher Aufbau am Heck. Keine Masten und Segel, aber auf jeder Seite eine Reihe Ruder, die das Fahrzeug sehr schnell und gefährlich machten. Seine Hauptwaffe war ein stählerner Rammsporn unterhalb der Wasserlinie. Einem hölzernen Schiff konnte ein solches Ruderkampfschiff sehr gefährlich werden. Es konnte jeden Segler ausmanövrieren und wenn das Rammen nichts half, würden die Zwerge, mit ihrer typischen Agilität, den Gegner entern und niederkämpfen.

Dennoch gehörte dieses Zwergenschiff einer vergehenden Epoche an. Gegen die metallenen und hochbordigen Kreuzer der Flotte Telans würde es keine Chance haben, selbst wenn deren Lichtdruckkanonen es nicht zuvor aus dem Wasser brannten.

»Ich dachte, sie hätten wenigstens Segel.« Pernat wies zu den Ruderern hinüber. »Stattdessen mühen sie sich mit den Rudern ab.«

»Unterschätz die kleinen Herren nicht«, ermahnte Herios-Lar. Er winkte den Zwergen zu und lachte fröhlich. »Das da, zwischen den Ruderbänken, das ist ein Mast. Wenn sie wollen, können sie durchaus ein Segel setzen und die Burschen verstehen sich aufs Segeln.« Er drehte sich kurz zum Steuermann um. »Zudem sind diese Rammboote sehr gefährlich. Nicht nur für gesetzte Damen wie unsere Beovanaal. Sieh dir den Rammsporn an. Scharf geschnitten und massiv. Er würde selbst der stählernen Seitenwand eines modernen Kreuzers zusetzen.« Der Kapitän grinste, als er Pernats zweifelnden Blick bemerkte. »Maschine Viertelkraft zurück, Dormos, sonst rammen wir die Stadt und unsere Kunden würden darüber nicht sehr erfreut sein.«

Dormos grinste breit und zwischen seinem Vollbart zeigte sich ein lückenhaftes Gebiss. »Viertelkraft zurück, Kapitän.«

Die Beovanaal rüttelte sich, als das Schaufelrad gegen ihre Fahrt ankämpfte und sie verlangsamte. Herios-Lar und Dormos waren erfahren und hatten den richtigen Moment abgepasst. Mit einem unmerklichen Ruck und begleitet vom Ächzen des Rumpfes, legte sich das Schiff mit der linken Seite an eine der Plattformen der Stadt. Herios-Lar stieß seine Hand in die Luft, aber Dormos kuppelte bereits die Maschine aus und zog an der Schnur, die durch ein Rohr zum Maschinenraum führte. Dort klingelte ein Glöckchen und die Maschinisten legten Hebel um. Dampf entwich pfeifend aus den seitlichen

Entlastungsrohren und das Schaufelrad kam endgültig zum Stillstand.

Der Rumpf des Frachtschiffes ragte hoch über die Plattform auf und die Brücke war auf gleicher Höhe mit den meisten der Dachgiebel in der Zwergenstadt. Die Beovanaal rieb sich an den polsternden Säcken, die zum Schutz der Plattform an ihren Seiten hingen. Matrosen warfen Leinen hinüber und Zwerge fingen sie auf und machten sie gekonnt an den metallenen Pollern fest. Erst als einer der Zwerge die Hand hob, wurde der breite Steg des Schiffes auf die Plattform gesenkt.

Herios-Lar nickte zufrieden. »Lass uns die kleinen Herren begrüßen, Pernat. Und verhalte dich respektvoll. Sie können empfindlich sein.«

Pernat nickte. »Keine Sorge, Kapitän, das tue ich. Aber ich will ein Auge auf die Lademannschaft haben. Wir haben zwei Matrosen, die noch nie Zwerge gesehen haben und du kennst das lose Mundwerk unserer Seefahrer.«

Ein Zwerg in knielanger Jacke aus weichem rotem Leder, die mit goldenen Fäden bestickt war, trat auf die Plattform und breitete seine Arme aus. Über sein breites Gesicht glitt ein freudiges Lächeln. »Kapitän Herios-Lar, es ist mir eine Freude, dich und deine Beovanaal zu sehen.«

»Die Freude ist auf meiner Seite, Herr Klugweil.« Der Kapitän meinte dies ehrlich, denn an dem Lächeln des Zwerges war nicht die Falschheit, die typisch für viele Händler war. »Ich komme früher als erwartet, ich weiß.«

»Du und deine Mannschaft, ihr seid willkommen«, versicherte Theon Klugweil, Handelsherr der Stadt. Da Theon entschieden kleiner als sein menschlicher Geschäftspartner war, ging dieser vor ihm in die Hocke, so dass sie sich zum Gruß die Hände auf die Schultern legen konnten. »Sei auch du gegrüßt und willkommen, Pernat, und auch du, Steuermann Dormos.« Theon winkte dem grinsenden Seemann. »Dein Anlegemanöver war gekonnt wie immer.«

Dormos strich sich erfreut über den Vollbart. Er hatte schon manchen Becher mit dem freundlichen Herrn Theon Klugweil geleert und freute sich auf den kommenden Abend, denn die Ankunft des Schiffes war stets ein Grund für ein kleines Fest des Zwergenclans.

»Ich vermute, du hast wieder Gelbfrüchte für uns?« Theon strich eine Falte aus seiner Jacke und warf einen Blick auf das Schiff, der gleichgültig wirkte. Aber Herios-Lar wusste, dass der Handelsherr den Tiefgang und die Zuladung der Beovanaal einschätzte. »Wir haben immer Bedarf an Gelbfrüchten, wie du weißt.«

»Und das Handelshaus Tar hat immer Bedarf an Metallen und Kristallen.«

Theon schlug dem Kapitän freundschaftlich an die Hüfte. »Wir werden uns schon einig werden.«

»Und wie üblich«, seufzte Herios-Lar, »wird der Handel nicht ganz fair sein.«

Der Zwerg nickte verständnisvoll. »Glaube mir, ich kenne deine Sorge. Wir Zwerge sind nicht dumm und wissen, dass dein Handelsherr uns gerne übervorteilt. Aber wir nehmen es hin, denn Metall und Kristall finden wir oft genug, auch wenn es mühsam ist. Aber die Gelbfrucht ist ein Mangel, den wir beheben müssen. Das weiß dein Handelsherr, Kapitän.« Theon nickte zu seinen Worten. »Er wird dir einen Preis aufgetragen haben, nicht wahr?«

»Es wäre leichter für euch, wenn ihr mehr Weißkristall handeln könntet, Freund Theon. Der ist nämlich bei uns eine Mangelware. Zumindest, seitdem die königliche Flotte ihn für den Bau der Lichtdruckkanonen benötigt.«

»Guter Weißkristall ist schwer zu finden«, seufzte Theon. »Sicher, kleinere Kristallstrukturen finden wir häufig, aber ihr braucht Säulen von beachtlicher Größe.«

»Zwei Meter und mehr, mein Freund.« Herios-Lar kratzte sich im Nacken. »Sonst lässt sich nicht genug Lichtkraft darin speichern, um ein Schiff zu brennen.«

Der kleine Handelsherr schüttelte melancholisch den Kopf. »Es ist seltsam, wie oft ihr Menschen von Krieg sprecht und ihn führt. Wir Zwerge sind da anders. Wir wollen in Frieden leben und gestehen dies auch Anderen zu.«

»Aber das nützt nichts, wenn man euch den Frieden nicht lässt.«

»Das Meer ist gewaltig, mein menschlicher Freund, und lässt Raum für jeden.«

»Manchmal beneide ich dein kleines Volk, Theon Klugweil. Und ich glaube, mein Freund, dass die Welt nicht so friedlich ist, wie du erhoffst. Denk an die Kristallstädte deines Volkes. Sie stehen in ständigem Kampf gegen Orks und andere Feinde. Auch mein Volk muss kämpfen.«

Theon nickte. »Vielleicht muss es das. Immerhin seid ihr ein Landvolk und Landmänner sind stets neidisch aufeinander. Die Clans der See hingegen sind nicht neidisch und niemand erhebt Anspruch auf die See. Dafür ist sie einfach zu gewaltig und erhaben. Zudem wäre es schwer für ein Landvolk, uns anzugreifen. Das Meer ist für uns wie ein riesiger Festungsgraben.«

»Ich hoffe, es wird so bleiben und dein Volk kann weiter in Frieden leben«, wünschte Herios-Lar von ganzem Herzen. »Bislang ist kein Feind aufgetreten, der die Freiheit der Meere bedroht.«

»Aber ich weiß, dass euer Reich Telan eine mächtige Kriegsflotte unterhält.«

»Ja, das tun wir, mein Freund. Wir sind gerne vorbereitet, verstehst du?«

»Schiffe kosten Geld und ihr Unterhalt ist aufwändig«, brummte der Zwerg. »Eine Kriegsflotte ist ein kostspieliges Vergnügen.«

»Auch ihr habt Kriegsschiffe.« Herios-Lar wies auf das Ruderschiff neben der Beovanaal.

»Oh, man kann mit ihnen kämpfen«, bestätigte Theon und lächelte verschmitzt. »Sehr gut sogar. Aber eigentlich nutzen wir sie zum schleppen der Stadtflöße. Aber unsere

Herren Axtschläger, welche die Rammboote bemannen, schätzen es gar nicht, wenn wir sie als Stadtschlepper bezeichnen. Sie haben ihren Stolz, die Freunde der Axt.«

Herios-Lar nickte. »Lass uns auf den Grund meines Besuches zurückkommen. Je eher wir die Gelbfrüchte umgeladen haben, desto besser. Über den Preis werden wir uns schon einig.« Er sah sich kurz um. »Bei meinem letzten Besuch sagtest du, ihr versucht, die Gelbfrüchte selbst zu ziehen.«

»Natürlich. Wir wären dumm, wenn wir es nicht wenigstens versuchten. Aus etlichen Kernen haben wir Setzlinge gezogen, aber es ist schwer, sie am Leben zu erhalten. Nur wenige kommen durch. Man braucht gutes Wasser, guten Boden und gute Luft. Unsere Luft ist immer ein wenig feucht und auch salzhaltig. Das bekommt den Früchten nicht sonderlich gut. Vielleicht wachsen sie daher nur auf den größeren Inseln.«

»Nun, mein Freund, jeder Kapitän eines Handelsschiffes darf auch ein wenig Handel auf seine eigene Rechnung treiben, wie du weißt.«

»So ist es Brauch, auch bei uns.« Theon sah den menschlichen Kapitän forschend an. »Aber ich entnehme deinen Worten eine besondere Bedeutung.«

Herios-Lar lächelte. »Sorge dafür, dass meine Mannschaft am Abend gut beschäftigt ist, dann können wir einen privaten Handel schließen.«

»Mit beschäftigt meinst du sicher, dass sie nicht bei Sinnen sein soll?«

Herios-Lar zuckte harmlos die Schultern. Theon grinste. »Du machst mich neugierig, mein menschlicher Freund. Also, was hast du vor?«

»Ich habe eine Kiste mit unseren Setzlingen in die Ladung geschmuggelt. Handelsherr Tar darf das natürlich nicht wissen und wenn er es erfährt, wird er glauben, ich wolle sein Geschäft schädigen. Es sind gute Setzlinge, Theon, mein Freund.«

Der Blick des kleinen Handelsherren war mehr als interessiert. »Und was willst du dafür haben?«

»Ich habe deine Freundschaft, Handelsherr Theon Klugweil, und die deines Clans, und das ist mir mehr als genug.«

Der Zwerg nickte bedächtig und schwieg einen Moment. Was sollte man auf diese offenen und aus tiefstem Herzen kommenden Worte erwidern?

Herios-Lar lächelte sanft. »Aber einen gewissen Gegenwert erwarte ich schon, mein Freund. Wenn wir später bei einem Becher Wein zusammensitzen, dann erwarte ich, eine gute Geschichte zu hören.«

Theon lachte laut auf. »Du wirst sie hören, mein Freund, du wirst sie hören.«

Sie traten ein wenig zur Seite, als einige Zwerge mit Tragegeschirren herankamen. Auf dem Deck des Schiffes hoben Matrosen die Lukendeckel von den Frachträumen. Dormos persönlich übernahm es, den Ladekran zu bedienen. Mit dem leisen Quietschen alter Zahnräder und dem Ächzen der Winde, bewegte sich der lange Lastarm. Männer hakten im Laderaum die Kisten ein, traten rasch zur Seite, weil sie der Tragfähigkeit des altersschwachen Krans nicht richtig trauten. Eine Kiste nach der anderen, wurde aus dem Bauch der Beovanaal gehoben und auf die Plattform gesenkt.

Theon Klugweil hielt sein kleines Notizbuch in der Hand, sah aufmerksam zu, wie die Kisten rasch auf die Waage gestellt, gewogen und geöffnet wurden. Auch wenn er wusste, dass Herios-Lar die Ladung stets sorgfältig prüfte, musste er sichergehen, dass die kostbaren Gelbfrüchte keinen Schaden genommen hatten. Der menschliche Kapitän hätte sich auch gewundert, wenn der kleine Mann auf die Kontrolle verzichtet hätte. Auch wenn sie befreundet waren, so war Klugweil ein fähiger Handelsherr, der seine Verantwortung ernst nahm.

Kiste auf Kiste wurde von den Trägern aufgenommen und rasch zu den beiden Flößen getragen, wo sich die Lager und Zuchtbeete der Früchte befanden. Sie lagen an entgegen gesetzten Orten der schwimmenden Stadt, damit ein Schaden nicht alle Vorräte vernichtete.

Herios-Lar war zufrieden. Auch die beiden neuen Matrosen benahmen sich gut. Zwar warfen sie immer wieder verstohlene Blicke auf die Zwerge, aber sie versuchten ihre Neugier in Grenzen zu halten und behandelten die kleinen Herren mit Respekt.

Schließlich war die Arbeit getan. Die Besatzung des Schiffes und die Zwerge legten eine wohlverdiente Ruhepause ein, denn bald würde die Gegenleistung des Zwergenclans im Rumpf der Beovanaal verschwinden. Barren aus Eisen und Gold, und Kristalle verschiedener Beschaffenheit und Größe. Nur zwei Kisten, eine geringe Fracht, nichtsdestoweniger würde sie dem Handelshaus Tar einen guten Gewinn bringen.

Zwergenfrauen brachten Krüge mit Wasser, dem man etwas Wein beigefügt hatte, sowie Körbe mit Brot und Fisch. Während die so unterschiedlichen Männer gemeinsam aßen, kamen sie rasch ins Gespräch. Auch wenn ihre Größe verschieden war, so verband sie das Meer, auf dem sie lebten und fuhren.

Herios-Lar kannte die Zwerge nun seit vielen Jahren, aber er war noch immer vom Anblick ihrer Frauen überrascht. Sie hatten die Größe der Männer, waren aber deutlich zierlicher. Sie erinnerten an eine kräftig gebaute Menschenfrau und hatten in der Regel eine offene und liebenswerte Art. Eine manchmal raue Herzlichkeit, die auch Herios-Lars Seeleuten gefiel. Scherze zwischen Männern und Frauen waren wohl in allen Häfen der Welt gleich, wie der Kapitän bei sich dachte.

»Lass Dormos als Ankerwache an Bord«, sagte Herios-Lar zu seinem Ersten Offizier. »Das reicht. Die Herren Zwerge bestreifen mit ihren Schiffen die Umgebung der Stadt und wir sind unter guten Freunden. Heute Abend werden wir die Gesellschaft der Zwerge genießen.«

Pernat nickte. »Im Fallenden Meißel, vermute ich.«

»Wo sonst?« Herios-Lar lachte.

Zwei Stunden später waren die beiden schweren Kisten im Frachtraum verstaut und Pernat kontrollierte die Luken sorgfältig, bevor er Herios-Lar zunickte. Dieser zwinkerte Dormos zu, der auf der kleinen Brücke der Beovanaal stand und rief die übrige Besatzung zu sich.

»Die meisten von euch kennen den Fallenden Meißel. Und ihr kennt die Wirkung des Weins, den die kleinen Herren ausschenken.« Er sah einige der Männer wissend lächeln und hob mahnend die Hand. »Morgen werden wir wieder auf See gehen. Ihr dürft euch betrinken, Männer der Beovanaal, aber auch wenn ihr morgen einen Brummschädel habt, erwarte ich, dass der Griff eurer Hände sitzt. Und behandelt mir die kleinen Herren und ihre Frauen mit Respekt und Freundlichkeit.«

»Keine Sorge, Kapitän«, erwiderte einer der ältesten Matrosen. »Wer das nicht beachtet, bekommt das Tau und hat seine letzte Reise auf unserer braven Beo gemacht.«

Herios-Lar lachte leise auf. »Es wäre das erste Mal, dass einer meiner Matrosen das Tau spürt und ich denke, wir alle können darauf verzichten.«

Es gab strenge Regeln an Bord eines Schiffes, damit die Disziplin bewahrt wurde. Lange Zeiten auf See und das Zusammenleben auf engem Raum, konnten zu Streitigkeiten oder Nachlässigkeit führen. In der verschworenen Gemeinschaft der Beovanaal hatten die Männer zueinander gefunden und nur ein einziges Mal hatte es bösen Streit gegeben, den Dormos mit seinen gewaltigen Fäusten rasch geregelt hatte. Aber auf den größeren Schiffen und den Kreuzern der Flotte, auf denen Hunderte von Männern und Frauen fuhren, kam es gelegentlich zu Verstößen, die dann mit dem Tau geahndet wurden. Der Betreffende wurde nach den königlichen Artikeln bestraft, in denen für jedes Vergehen eine Strafe festgelegt war. Es war die unangenehme Pflicht des Ersten Offiziers, sie zu vollstrecken und die entsprechende Anzahl der Schläge mit dem Tauende auszuführen. Pernat hatte noch nie »das Tau geschwungen« und war insgeheim froh darüber. Ein Tauende konnte, je nach Kraft der Schläge, üble Verletzungen am Rücken hervorrufen und Pernat hatte schon Seeleute gesehen, deren Rücken voller Narben gewesen waren.

Begleitet von einer fröhlichen Schar Zwerge und dem Handelsherrn Theon Klugweil, machte sich die Besatzung auf den Weg zum Fallenden Meißel. Die Schänke lag in der Nähe der Anlegeplattform und war von ihrem Besitzer den menschlichen Bedürfnissen angepasst worden. Der Wirt hatte bereitwillig die Zwischendecke herausgenommen und einige Tische und Bänke anfertigen lassen, die den Maßen der Menschen entsprachen. Damit seine Gäste sich auf Augenhöhe gegenüber sitzen konnten, waren die Tische parallel zu den Wänden aufgestellt. An der Wandseite waren Podeste gezogen worden, so dass die Zwerge dort erhöht saßen. In der Mitte der Schänke war eine große Tanzfläche freigelassen worden, die direkt an den Tresen grenzte. Auch hier standen etliche der Schemel auf kleinen Podesten. Die Zwerge nahmen diese Unbequemlichkeit gerne auf sich, da sie sich als höfliche Gastgeber zeigen wollten.

Es war noch ein wenig Zeit, bis zum Einbruch der Dunkelheit, aber der »Fallende Meißel« war bereits gut besucht, als die Mannschaft der Beovanaal mit ihren Begleitern eintraf. Die Ankunft des Menschenschiffes hatte sich herumgesprochen und war für das gesellige Zwergenvolk ein Grund für eine der kleinen Feiern, die sie so sehr schätzten. Entsprechend würde es auch in den anderen Schänken hoch hergehen und die Wachen würden besonders aufmerksam sein, dass jeder sicher nach Hause gelangte und kein Streit ausbrach.

Herios-Lar und Theon hatten sich an einen kleinen Tisch gesetzt, von dem aus sie einen guten Überblick über das Treiben hatten. Einige der Matrosen der Beovanaal hatten ihre Instrumente mitgebracht. Flöten, mit Saiten bespannte

Streichbretter und die beliebten Schlagtrommeln. Letztere waren kaum faustgroß und stammten noch aus jener Zeit, da auch das Reich Telan über Ruderschiffe verfügte, bei denen der Takt geschlagen werden musste. Die Matrosen begannen sofort, eine der beschwingten Melodien zu spielen, die in Telan so populär waren und der Rhythmus wurde bereitwillig von Händen und Füßen der anderen Gäste aufgenommen. Andere gingen auf die Tanzfläche und fröhliches Gelächter erklang, wenn die unterschiedlich großen Tänzer versuchten, im Takt zu bleiben und die Füße der anderen zu verschonen.

Becher und Krüge kreisten, und die Trinkgefäße der Herren Zwerge entsprachen nicht ganz dem Volumen, das ein gestandener Seemann aus Telan gewohnt war.

Als eine Zwergenfrau den Krug von Herios-Lar nachfüllen wollte, legte Theon Klugweil rasch seine Hand darüber. »Nein, keinen Wein mehr. Bring uns etwas von dem Götterstoff unserer Landbrüder. Ich will sehen, wie es unserem Freund schmeckt.«

»Götterstoff?«

Theon lachte leise auf. »Vielleicht auch ein Stoff der finsteren Mächte. Ich weiß nicht, woraus unsere Brüder des Landes ihn fertigen, aber sie nennen ihn Blor. Eine glasklare Flüssigkeit, die es in sich hat, wie du gleich feststellen wirst.«

Die Frau brachte einen neuen Krug und schenkte ihnen ein, wobei sie Herios-Lar neugierig musterte. Er erwiderte ihren Blick mit freundlichem Lächeln.

Die hübsche Zwergenfrau schien unsicher, doch dann fasste sie sich ein Herz. »Diese Bräune deiner Haut, Menschenwesen, hast du sie überall?«

Herios-Lar schüttelte überrascht den Kopf und Theon lachte auf. »Du musst ihre Neugier verstehen. Sie hat noch nie zuvor Menschen gesehen und zudem ist Besana die Tochter unserer Heilerin und erlernt selbst diese Kunst. Da ist ihre Wissbegier sicher verständlich.«

Die junge Frau nickte ernst. »Dann scheint eure Haut wie die unsere beschaffen zu sein und sich nur unter der Sonne zu bräunen. Aber eure Haare sind anders. Sie sind kürzer und feiner, als die unseren. Ihr tragt auch nicht alle einen Bart. Wächst er nicht bei Jedem?«

»Oh doch, bei uns Männern schon«, entgegnete Herios-Lar gutmütig. »Aber jeder von uns kann sein Barthaar so schneiden, wie es ihm gefällt.«

»Ich wette, Besana würde gerne einen von euch Menschen aufschneiden, um zu sehen, wie ihr Innen beschaffen seid.« Theon lachte schallend.

Die junge Zwergin sah den Handelsherrn nachdenklich an. »Immerhin sind es unsere Freunde, wie du sagst, Herr Klugweil. Wie sollen sie von unseren Heilern versorgt werden, wenn wir nicht wissen, wie sie beschaffen sind?«

»Keine Sorge, sie sind wie wir.« Theons Stimme klang unvermittelt ernst. »Ich sprach mit den Brüdern vom Lande, die an der Seite der Menschen kämpften. Sie haben genug Tote von ihnen gesehen und mir versichert, dass sie ebenso beschaffen sind, wie wir. Nur ein wenig größer.« Er hob seinen gefüllten Becher an. »Und nun lass zwei alten Männern die Freude, etwas von dem Blor zu kosten.«

Während die Zwergin davon ging, sah Theon ihr wohlgefällig nach. »Ein kluges Mädchen und sehr schön. Gerät sehr nach ihrer Mutter, mein Freund.«

»Ich kann mir gut vorstellen, dass die Männer des Clans hinter ihr her sind.«

»Vor allem zwei«, bestätigte der kleine Handelsherr. »Ein Schürfer und ein Pumper. Zwei Freunde.«

»Das klingt nicht gut, Theon. Eine Frau kann schnell zwischen zwei Freunde treten.«

»Sprichst du da aus Erfahrung, mein großer Freund?«

»Mag sein.«

Der Zwerg spürte, dass er da bei seinem menschlichen Freund einen wunden Punkt berührte und hob rasch seinen Becher. »Lass uns den Blor kosten und dann sag mir, wie du ihn findest.«

Der Kapitän hatte bei den Zwergen bislang nur Wein und Gerstensaft getrunken und unterschätzte offensichtlich die klare Flüssigkeit, denn er nahm einen kräftigen Schluck. Er brauchte eine Weile, um wieder zu Atem zu kommen und nickte Theon mit gerötetem Gesicht zu.

»Götterstoff, nicht wahr?«, brummte der Handelsherr zufrieden.

»Wenn man ihn in Maßen trinkt«, ächzte Herios-Lar. »Ansonsten ein Gebräu der Finsternis. Mit dem sich wahrscheinlich der Rost von unserer Dampfmaschine entfernen lässt.«

Theon lehnte sich zufrieden zurück. »Wie dem auch sei. Ob du ihn trinken oder für deine, äh, Dampfmaschine nutzen willst, ich werde dir ein Fässchen davon mitgeben. Ah, still, jetzt kommt etwas Besonderes.«

Ein Zwergenpaar trat auf die Tanzfläche und die anderen machten ihm erwartungsvoll Platz, denn beide trugen Zupfinstrument und Flöte des Zwergenvolkes. Die schwarzen Strähnen in ihren Haaren verrieten ihr hohes Alter. Andächtige Stille herrschte, als das Paar eine der schwermütigen Balladen seines Volkes zum Besten gab. Beide verfügten über beeindruckende Stimmen und die helle Stimme der Frau ergänzte sich auf harmonische Weise mit dem tiefen Bass des männlichen Sängers. Einige der Begriffe waren den Matrosen aus Telan fremd, da sie für den Kulturkreis der Zwerge typisch waren, aber die Geschichte einer unglücklichen Liebe, die verstand jeder Seemann. Als das Paar schwieg, schienen seine Stimmen noch für einen Moment im Raum zu schwingen, bevor die anderen Gäste begeistert mit Händen und Füßen stampften.

Der Mann und die Frau dankten es, in dem sie eine flotte Melodie zu spielen begannen und mit den fröhlichen Klängen war die Schänke erneut von unbeschwertem Gelage erfüllt.

Als Herios-Lar den richtigen Zeitpunkt für gekommen hielt, nickte er Theon verschwörerisch zu. Der kleine Handelsherr gab dem Wirt einen Wink und zwei stämmige Zwerge trugen ein kleines Fass heran.

»Der Blor gibt uns den Grund, zu deinem Schiff zu gehen, Kapitän«, sagte Theon augenzwinkernd und im Gefolge der Fassträger zogen sich die beiden Freunde aus dem Trubel der Schänke zurück. Inzwischen war es Nacht geworden und der Mond und die Sterne warfen ihr Licht auf die Stadt. Der warme Schein von Öllampen erhellte den Weg zur Anlegeplattform.

Dormos stand noch immer auf der Brücke. Er hatte sich einen Schemel geholt, die Füße gemütlich auf die Reling gelegt und paffte ein Pfeifchen. Als er die beiden näher kommen sah, erhob er sich und beugte sich über den Handlauf.

»Es tut mir leid, dass ich dir das Vergnügen verderben musste, Dormos«, sagte Herios-Lar freundlich. »Im Fallenden Meißel geht es hoch her.«

»Kein Problem, Kapitän.« Dormos hob seine Pfeife an. »Ich habe mein Pfeifchen und einen Krug Wein bei mir und die See leistet mir Gesellschaft. Zudem«, er zwinkerte Theon zu, »dient es ja einem guten Zweck.«

»Haben die Anderen etwas bemerkt?«

Der alte Seemann wusste, was Herios-Lar damit meinte. »Die beiden Neuen haben nichts davon bemerkt. Pernat hat sie an Deck eingeteilt und Monros und Malkwin haben die beiden Kisten geschickt zur Seite geschoben. Eine mit Setzlingen und eine mit Mutterboden.«

»Mutterboden?« Theon sah den Kapitän überrascht an.

»Nun, ihr müsst die Setzlinge ja irgendwo reinsetzen, nicht wahr? Ich denke, es dürfte euch auch an guter Erde mangeln. Viel konnte ich nicht an Bord schaffen, aber sie ist vom besten Acker meines Vaters.«

»Dann danke ich dir und auch deinem Vater, mein Freund.« Theon blickte zu Dormos hinauf. »Und auch dir danke ich. Wir haben hier etwas mitgebracht, was dich für die Einsamkeit auf der Brücke entschädigen wird.«

»Wie erwähnt, Handelsherr, ich habe mein Pfeifchen und …«

Dormos verstummte überrascht. Er blickte auf seine Hand, die auf dem Handlauf der Reling lag. »Da ist etwas. Etwas hat das Schiff berührt.«

Herios-Lar winkte ab. »Das Schiff wird gegen die Plattform gestoßen sein.«

Dormos schüttelte den Kopf. »Nein, Kapitän, das war es nicht. Da. Da ist es wieder.« Dormos beugte sich über die Reling. »Es kommt von unten. Aus dem Wasser.«

Die beiden Anderen traten näher heran und starrten ebenfalls ins Wasser.

»Da ist etwas.« Theon deutete nach unten. »Ein Schatten unter dem Schiff.«

»Verdammt, jetzt kann ich es auch sehen.«

Dormos nickte. Von oben hatte er die bessere Sicht. »Ist ein Wal, Kapitän.«

»Ein Wal?«

»Ein Wal, Kapitän. Ich würde sagen, es ist ein junges Männchen. Die Tentakel sind noch sehr hell und nicht besonders lang. Gut zu erkennen, jetzt, wo er direkt unter dem Schiff liegt.«

»Verdammt«, fluchte Herios-Lar erneut. »Das fehlte noch.«

»Wie kommt ein Tentakelwal unter euer Schiff, mein Freund?«, fragte der kleine Handelsherr irritiert.

»Es ist die Zeit, in der sich die Wale paaren«, brummte der Kapitän. »Jetzt, bei Vollmond und von unten betrachtet, ähnelt der Rumpf der Beovanaal den Umrissen eines Walweibchens, zumal das Schaufelrad von unten, wenigstens ungefähr, wie die paarungsbereit eingerollten Tentakel eines Weibchens aussehen kann. Der Bursche da ist in der Brunft und will sich mit unserem Schiff paaren.«

Fröhliches Gelächter klang auf, aber Herios-Lar schüttelte den Kopf. »So witzig ist das nicht, ihr Freunde. Ich habe die Paarungsspiele der Tentakelwale einige Male sehen können und da geht es ziemlich heftig zu. Zwar kann der Bursche dem Rumpf nichts anhaben, aber er könnte die Schaufeln des Rades zerquetschen.«

Theon Klugweil zupfte sich an den Bartzöpfen. »Das wäre nicht gut. Schön, ich lasse ein paar Axtschläger der Wache holen. Die können den Wal mit ihren Speeren vertreiben.«

»Wenn er nur verletzt wird, gerät er derart in Wut, dass er alles Mögliche anstellen kann«, wandte Dormos ein. »Am Besten warten wir ab, bis er aufgibt.«

»Das kann lange dauern, glaube mir. Diese Walmännchen sind zähe Burschen. Wenn wir Pech haben, hängt der noch morgen Mittag unter dem Schiff, reibt sich am Rumpf und zerlegt in seiner Liebeslust das Schaufelrad mit seinen Tentakeln. Nein, Dormos, wir müssen ihn irgendwie loswerden.«

»Warte, wie wäre es damit?« Theon deutete auf das Fäschen mit Blor, welches die Helfer auf die Plattform gestellt hatten. »Es lässt sich mit Wasser verdünnen. Diese Wale sind sehr empfindlich, was die Veränderung des Wassers angeht. Wenn wir das Blor hineingießen …«

»Schade um das Zeug, aber es ist einen Versuch wert.« Herios-Lar wies unter das Schiff. »Versuchen wir es.«

Die Fassträger öffneten es, hoben es an den Rand der Plattform und begannen den Inhalt ins Wasser zu kippen.

»Hoffentlich bringt es ihn nicht um«, murmelte einer der Zwerge. »Ein solcher Kadaver unter der Stadt und hier wimmelt es in zwei Stunden von Dornfischen. Dann ist es erst einmal vorbei, mit dem Schürfen.«

»Hoffentlich wirkt es überhaupt.«

Es wirkte.

Erst begann die Beovanaal unmerklich zu schaukeln, dann waren einige Schläge zu hören, als das Walmännchen hektisch mit den Tentakeln peitschte. Wasser wirbelte einen Moment auf, dann verschwand der Schatten unter dem Schiff.

»Armer Kerl«, sagte Dormos mitfühlend. »Der hat sich von dieser Nacht sicherlich mehr versprochen.«

Herios-Lar lächelte erleichtert. Sein Schiff schien keinen Schaden genommen zu haben. »Zudem hat er morgen vielleicht einen ansehnlichen Brummschädel.«

»Etwas von dem Blor ist noch übrig«, meldete einer der Zwerge, der in das Fass hineinstarrte.

»Schön, ich denke, wir sollten jetzt die Kisten vom Schiff holen«, sagte Theon. »Danach können wir uns zu Dormos gesellen und uns unbeschwert einem weiteren Becher zuwenden.«

»Auch zwei Bechern, mein Freund, auch zweien.«

3

Birunt Hammerschlag sah Varnum und Oldrum mahnend an, nachdem sie mit deutlicher Verspätung in den Fallenden Meißel traten. »Nachdem wir nun die Ehre haben, auch unsere jüngsten Schürfer und Pumper willkommen zu heißen«, knurrte er heiser, »kann ich ja endlich beginnen.«

Das Menschenschiff war vor zwei Tagen aufgebrochen und seitdem erfüllte die Schänke wieder ihren ursprünglichen Zweck. Dieser bestand nicht nur darin, den Zwergen Alkohol und Vergnügen zu bieten, sondern auch am Morgen die Arbeiten einzuteilen oder die Männer tagsüber mit Erfrischungen und Nahrung zu versorgen. Daher lagen die Schänken, mit Ausnahme des Goldenen Grundes, an den vier Außenseiten der schwimmenden Stadt. Jede von ihnen versorgte die Schürfer und Pumper einer ganzen Stadtseite und erst am Abend wurde sie für das Vergnügen des Zwergenvolkes freigegeben.

Fast dreißig Schürftaucher und noch weit mehr Pumper standen um die Tanzfläche herum, auf der sich Birunt aufgebaut hatte und grimmig die Fäuste in die Seiten stemmte. Seine Laune war offensichtlich nicht die Beste und die beiden Freunde bemühten sich, nicht weiter aufzufallen, auch wenn sie nicht der Grund für die Verstimmung des Schlagführers waren.

»Es missfällt mir, was wir bislang gefunden haben«, bekannte der alte Schürfer. »Die anderen drei Seiten waren glücklicherweise erfolgreicher, sonst sähe es noch schlechter aus. Aber wir hinken hinterher. Ein paar läppische Erzbrokken und Kristallfragmente, das ist ausgesprochen mager.«

»Vielleicht müssen wir nur tiefer schürfen«, warf einer der Männer ein. »Deine Erfahrung hat dich nie getrogen, Schlagmeister, also muss auch etwas zu finden sein.«

Birunt Hammerschlag stieß einen undefinierbaren Laut aus. Die Bemerkung des Schürftauchers war vielleicht ermutigend gemeint, aber sie bedeutete auch, dass Birunts Erfahrung durch einen guten Fund bestätigt werden musste, sonst litt sein Ruf. »Ja, vielleicht müssen wir noch ein wenig tiefer schürfen«, sagte er zögernd. »Oder wir graben an der falschen Stelle. Wie dem auch sei«, er straffte seine Gestalt und sah die Männer eindringlich an, »wir werden heute eine neue Suche starten. Die Hälfte geht in die Grube, die andere sucht, so weit die Schläuche reichen. Ich hoffe, wir finden etwas Lohnendes, denn die Stadt wird erst die Anker einholen, wenn die anderen Seiten ihre Gründe abgeerntet haben.«

Zustimmendes Gemurmel erhob sich. Die vier Seiten der Stadt standen immer in einem spielerischen Wettbewerb und bislang war ihre Seite deutlich im Hintertreffen.

Birunt räusperte sich. »Noch eines, Schürfer. Die Sucher werden Körbe mitnehmen. Die Frauen wollen Tang und Muscheln für die Abendmahlzeit zubereiten.«

Kollektives Stöhnen erfolgte. Die Körbe, in denen Wasserpflanzen und Muscheln gesammelt wurden, waren unhandlich und behinderten die Taucher.

»Ich weiß, Männer, ich habe den Frauen gesagt, wir hätten schon genug zu tun und sie sollten eine der anderen Seiten wählen.« Birunt zuckte die Schultern. »Aber die müssen ebenfalls ihren Teil beitragen. Immerhin«, er lächelte grimmig, »kommt ihr dem Boden näher, wenn ihr euch nach Tang und Muscheln bückt. Vielleicht erkennt ihr dann eher einen lohnenden Fund. Und nun auf, zu euren Anzügen und Pumpen, Männer. Auf reichen Grund und langen Atem.«

Automatisch und wenig begeistert stimmten die Männer ein und die Versammlung löste sich auf. Heimur Sichelhieb, jener Schürfer, der einige Tage zuvor die beiden Freunde in den Goldenen Grund eingeladen hatte, legte Varnum die Hand auf die Schulter. »Wir beide gehören zu den Suchern, mein junger Freund. Zusammen mit zwölf anderen Männern. Wollen wir hoffen, dass wir etwas finden. Bleib in deiner Strecke und halte die Augen offen, ich spüre in meinen Knochen, dass wir heute etwas Wertvolles entdecken.«

Als sie zu ihrer Plattform kamen, standen dort ein paar Frauen, welche die großen Drahtkörbe mit sich führten. Eine von ihnen war Besana und Varnum grinste erfreut, als er sie erkannte. Leider lächelte auch Oldrum und Varnum hoffte, dass sein Lächeln einer anderen Frau galt. Immerhin war der Freund ja nicht wählerisch. Allerdings war Besana die hübscheste von allen …

Varnum verspürte einen Anflug von Eifersucht, als die Augen der hübschen Zwergin, wenigstens seiner Meinung nach, länger als nötig auf Oldrum ruhten. »Achte nicht so sehr auf die Frauen«, wies er den Freund zurecht. »Heute habe ich meine Hände mit dem Taststock und dem blöden Korb voll. Da habe ich keine Hand frei, um auf den Schlauch zu achten. Achte also darauf …«

»Ja, ja, das er nicht auf dem Boden schleift«, erwiderte Oldrum auflachend. »Keine Angst, wir haben noch drei gute Pumper dabei und ich werde persönlich darauf achten, dass bei dir nichts schleift.«

Varnum legte den Tauchanzug an und der Freund half ihm, die Manschetten dicht zu machen. Dann warf er einen raschen Blick auf Besana und kontrollierte seine Bartzöpfe und den Sitz der kleinen Lederbeutel an ihren Enden. Schließlich legte er sie in den Nacken, verknotete sie und nickte seinem Freund zu.

Der ergriff den schweren Kugelhelm und hob ihn auf die Schultern des Tauchanzugs. Die leichte Drehbewegung im Halsring, das metallische Schnappen der Scharniere und Oldrum packte den Pumpenschwengel, begann ihn langsam auf und ab zu bewegen.

Varnum zeigte die Faust, alles war in Ordnung und trat an die Tonne. Während er die Dichtigkeit von Anzug und Helm überprüfte, knotete einer der anderen Männer eine Halteleine an den ersten Sammelkorb. Als er wieder an den

Rand der Plattform trat, drückte Oldrum ihm den Korb in die eine und die Suchstange in die andere Hand.

Varnum spürte den aufmunternden Klaps des Freundes, dann sprang er ins Wasser. Erleichtert spürte er die Kühle, welche die Hitze des Tages von ihm nahm. Rechts und links von ihm waren andere Schürfer auf dem Weg nach unten, einige hatten die Schürfgrube bereits erreicht. Vorbei an zwei Wachen mit ihren Speeren, sank er nach unten.

Knapp jeder zweite Schürfer der jeweiligen Stadtseite würde an diesem Tag nach einer potenziellen Schürfstätte suchen. Jeder von ihnen würde, die Stadt immer im Rücken, einen Streifen des Meeresbodens abgehen und mit der Suchstange zwischen Pflanzen und Korallen umhertasten. Niemand steckte seine Hand in ein potenzielles Versteck, aus dem eine Wasserschlange, ein Krebs oder Raubfisch auftauchen konnte. Die Stangen gaben Sicherheit, denn sie schreckten auf, was sich verbarg und konnten es notfalls auf Distanz halten.

Die Füße mit den angeschnallten Gewichten berührten den Boden und wirbelten den Grund auf. Varnum prüfte den Helm auf Sickerwasser und warf einen Blick auf den Atemschlauch. Alles war in Ordnung und durch das klare Wasser konnte er undeutlich Oldrum erkennen, der über den Rand der Plattform gebeugt stand, und den Luftschlauch führte.

Der Sammelkorb behinderte ihn. Er hätte es sinnvoller gefunden, wenn man einige Schürftaucher damit beauftragt hätte, die Körbe zu füllen, damit die anderen sich dann besser auf die Suche konzentrieren konnten. Hoffentlich fanden sie wenigstens Erze oder Kristalle, die den Abbau lohnten.

Rechts von Varnum ging Heimur Sichelhieb, links neben ihm ein anderer Schürfer. Ihre Linie war weit auseinander gezogen und die Gefahr, ein lohnendes Vorkommen zu übersehen, war durchaus vorhanden. Ihre Füße wirbelten Sediment auf, Fische flüchteten vor ihnen. Varnum achtete darauf, in keine der abgestorbenen Korallen zu treten, die ihm sofort die Füße zerschnitten hätten.

Eher missmutig stieß er die Suchstange in den Grund, zog sie hervor, wenn er keinen Widerstand spürte und untersuchte eine andere Stelle. An den Stellen, an denen die Wasserpflanzen sehr dicht wuchsen, stocherte er sicherheitshalber mit der Stange hinein, dann rammte er sie in den Boden und schnitt mit seinem Messer die grünen Büschel ab und stopfte sie in den Sammelkorb. Dann ging es weiter, Schritt für Schritt.

Gelegentlich warf er einen Blick um sich, um nach Gefahr zu spähen und zu sehen, ob einer der anderen Sucher schon Erfolg hatte. Bei einem schien dies tatsächlich der Fall zu sein. Er reckte triumphierend die Suchstange hoch und rammte sie dann an der Fundstelle in den Boden. Der Mann nahm Hammer und Meißel aus seinem Werkzeuggürtel und begann die Stelle sorgfältig zu untersuchen.

Der Anblick spornte Varnum an und er stieß seine eigene Stange mit neuem Elan in den Boden. Zwei Mal stieß er auf harten Widerstand und beim zweiten Mal klang es metallisch. Aber als er die Stelle näher in Augenschein nahm, erwies sich der Fund als kümmerlicher Brocken. Er fand einen Kristallstock mit roten Säulen, aber sie waren trübe, ein Zeichen dafür, dass sie abstarben. Vielleicht war der Boden ausgelaugt oder ein größerer Fisch war mit voller Wucht dagegen geschwommen und hatte die Zentralader geschädigt. Es konnte auch eines der seltenen Seebeben gewesen sein. In jedem Fall war der Kristallstock ruiniert. Er musste frisch geschlagen und poliert werden, nur dann behielt er seinen Glanz, wenn die Zentralader gekappt wurde.

Der Suchgang über den Meeresboden erwies sich zunehmend als kräftezehrende Tortur. Die vorangegangenen Tage hatte Varnum knapp unterhalb der Plattform gearbeitet und das Gewicht des Atemschlauches kaum gespürt. An diesem Tag jedoch, musste er gegen den steten Zug des Schlauches ankämpfen, denn Oldrum bemühte sich, ihn nicht über den Boden schleifen zu lassen. Es war abzuschätzen, dass der Widerstand der lebenswichtigen Nabelschnur bald zu groß werden würde.

Er schob erneut ein paar Büschel der langblättrigen Wasserpflanzen zur Seite und musste einen erschrockenen Schrei unterdrücken.

Zwischen dem Grün hervor grinste ihn ein blanker Totenschädel an.

Varnums Herz schlug wie rasend, aber es gelang ihm, die aufkeimende Panik zu bezwingen. Wem immer der Schädel gehört hatte, war schon lange tot und sicher keine Gefahr mehr. Er fand seinen Atemrhythmus wieder und trat erneut vor. Nun erkannte er auch andere Knochen, von den fast zerfallenen Resten der Bekleidung umgeben. Noch immer umgab eine metallene Spange die knöchernen Füße des Toten.

Der junge Schürftaucher beruhigte sich wieder. Dies war ein Mann des Zwergenvolkes, den man vor langer Zeit der See übergeben hatte, wie es die Tradition der Clans der Meere verlangte. Varnum wusste, dass die Spange als Gewicht diente, damit der Tote rasch versank. Zudem sollte er nicht zur Oberfläche treiben, wenn sich sein Körper zersetzte. Der Name, Clan und die Verdienste des Mannes waren in die Plakette eingraviert. Obwohl er neugierig war, scheute er davor zurück, die Gravur zu betrachten und wandte sich ab, um dem Toten die ewige Ruhe zu belassen.

Gerade, als er sich abwenden wollte, sah er einen anderen hellen Schimmer am Boden. Ganz in der Nähe des Verstorbenen. Abermals trat er näher, streckte zögernd die Suchstange aus. Konnte es sein?

Er fand keine Antwort auf die Frage, denn aus den Augenwinkeln sah er ein silbriges Blitzen im Wasser. Angespannt sah er in die Richtung. Hatten seine Augen ihn getäuscht? Hatten die Reflexe des Sonnenlichtes im Wasser ihn genarrt? Eine Schliere im Glas des Kugelhelms? Varnum verharrte unbeweglich und seine Augen schienen das Wasser durchbohren zu wollen. Nichts. Oder doch?

Ja, da war wieder ein silbriger Schimmer. Dicht über dem Boden und er kam näher. Jetzt sah Varnum auch die hoch aufragende Rückenflosse. Ein Dornfisch, und wo einer dieser Jäger war, befanden sich auch andere.

Er hielt die Suchstange nach oben, zog sein Messer und schlug die stählerne Klinge rhythmisch in schnellen Schlägen gegen das Metall. Das Wasser leitete das Alarmsignal zu den anderen Männern. Sie reagierten augenblicklich. Auch wenn sie die Ursache des Signals nicht sofort erkannten, war seine Bedeutung klar. Raus aus dem Wasser! So schnell wie irgend möglich.

Schürfer ließen ihre Meißel fallen, Sammelkörbe sanken achtlos zu Boden und, die Beile in den Händen, lösten die Männer hastig die Gewichte von den Füßen. Wer fertig war, zog kurz an seinem Atemschlauch. Zwei Mal in rascher Folge, eine kurze Pause und ein dritter Zug.

Oben auf den Plattformen würde nun Hektik einsetzen. Die erfahrenen Pumper würden die Schwengel nun eine Spur schneller bewegen, dem Atem eines erregten Schürfers angepasst, der wusste, dass es um sein Leben ging. Die anderen Männer auf der Plattform würden nun, Hand über Hand, schnell und mit gleichmäßigem Zug, die Schläuche einholen. Bei aller Eile durfte der Atemschlauch nicht beschädigt werden.

Die dicht unter der Oberfläche schwimmenden Wachen spähten nach der Ursache der Gefahr, ihre Hände umklammerten die Speere. Ihre Möglichkeiten waren beschränkt. Sie konnten die Luft nur für kurze Zeit anhalten und das bedeutete, dass der Schutz ihrer Speere erst wirksam wurde, wenn die Schürfer sich der Oberfläche näherten.

Aus dem silbrigen Schimmer waren mehrere geworden, die nun, auf Grund des Schalls, zielstrebig in Richtung Varnum schwammen. Noch waren die Körper ohne exakte

Konturen, wenn man von den Rückenflossen absah, aber der junge Schürfer hatte kein Verlangen, die Gebisse und Dornen der Raubfische aus nächster Nähe zu sehen.

Die anderen Schürftaucher hatten schon einen guten Vorsprung, als er endlich selbst die Gewichte abwarf und sich mit Schwung vom Meeresgrund abstieß. In seiner Hektik hatte er vergessen, an seinem Schlauch zu ziehen, aber Oldrum passte auf. Varnum spürte, wie er von dem Schlauch durchs Wasser gezogen wurde. Schnell, aber nicht schnell genug.

Die Körper der Dornfische waren jetzt deutlich zu erkennen und der vorderste schwamm gerade an dem toten Zwerg vorbei. Sein lang gestreckter Körper glitt mühelos durch das Wasser, dass sein angestammtes Element war. Dornfische waren Tötungswerkzeuge von hoher Effizienz. Maximale Geschwindigkeit bei minimalem Bewegungsaufwand, zwei armlange Dorne vorne am Kopf und ein Gebiss, welches mühelos die Knochen eines Zwerges zerkleinern konnte. Doppelt so lang wie ein Menschenmann und hungriger als eine Schar junger Zwerge. Es war der Tod, der da auf Varnum zueilte und Varnum wusste, dass er sterben würde, wenn kein Wunder geschah.

Er hielt Messer und Beil in den Händen, ruderte verzweifelt mit den Beinen. Vom Atemschlauch rückwärts gezogen, sah er die Annäherung der Dornfische. Atemberaubend in ihrer Schönheit und ebenso tödlich. Er wagte es nicht, nach oben zu sehen. Wo blieben die Axtschläger mit ihren Speeren?

Varnum schätzte, dass er den halben Weg nun zurükkgelegt hatte. Der Zug an seinem Schlauch war stärker geworden. Vielleicht hatten die Männer auf der Plattform in dem klaren Wasser erkennen können, in welcher Gefahr er schwebte und zogen schneller. Er hatte nichts dagegen, schneller in Sicherheit zu gelangen, aber er fürchtete um die Haltbarkeit des Atemschlauches.

Da Helm und Halsstück des Tauchanzuges durch die Scharniere miteinander verbunden waren, konnte er sie nicht alleine lösen. Ohne den Anzug und die Glaskugel auf seinem Kopf, hätte er längst oben sein können. Warum dauerte es so lange?

Der führende Dornfisch war fast heran. Sein senkrecht stehendes Maul öffnete sich in Erwartung einer ausgiebigen Mahlzeit. Varnum konnte die beiden Zahnreihen mit ihren tödlichen Dreiecken erkennen und es gab nur eine Möglichkeit dem Angriff zu begegnen. Er spannte die Muskeln an, wartete auf den richtigen Augenblick.

Der Dornfisch war da, sein Maul weit geöffnet und schon schnappte der Räuber zu.

Varnum zog blitzartig die Beine an den Leib, so eng er konnte und hieb mit dem Beil zu. Das Wasser bremste den Schwung seines Schlages, aber er hatte Glück. Der Angreifer wollte im Reflex seine Richtung ändern, um eines der Beine doch noch zu erwischen und schwamm dabei direkt in die stählerne Schneide. Das Beil traf nicht richtig, aber der Fisch wurde dicht hinter dem Maul verletzt. Blaugrünes Blut quoll hervor, während er zur Seite auswich, um erneut anzugreifen.

Die nachfolgenden Dornfische hatten die Verletzung ihres Führers bemerkt und instinktiv schnappten sie nach der neuen Beute. Ein kurzer Wirbel aus silbrigen Körpern entstand im Wasser, eine Wolke aus Blut breitete sich aus, aus der sich einzelne Fleischbrocken lösten, die langsam zum Meeresboden taumelten, aber von gierigen Mäulern gepackt wurden, bevor sie ihn berührten.

Es dauerte nur wenige Augenblicke, in denen der verletzte Dornfisch zerteilt wurde, kostbare Augenblicke, die Varnum näher an die schwimmende Stadt brachten.

Ein Speer zischte an ihm vorbei, dann ein zweiter, aber beide verfehlten ihr Ziel und beeindruckten die sich erneut nähernden Räuber nicht. Varnum spürte einen Ruck und wie er an Geschwindigkeit verlor. Sofort begriff er, dass der Atemluftschlauch gerissen war. Ausgerechnet jetzt, so kurz vor der rettenden Plattform. Hoffentlich hielt die Gummimembrane, die verhindern sollte, dass nun das Wasser in den Helm strömte. Hinter sich hörte er das Rauschen entweichender Luft aus dem Schlauch und er schrie auf, als er eine harte Berührung spürte.

Im ersten Moment glaubte er, einer der Dornfische habe ihm den Dorn in den Leib gerammt oder zugebissen, aber er spürte keinen Schmerz, nur unangenehmen Druck. Mit brutaler Gewalt wurde er unvermittelt durchs Wasser gerissen. Ein Schlag traf seinen Rücken, erneut schrie er auf, sah Wellen an seinen Helm schwappen und wusste, dass er endlich oben war. Die Luft begann knapp zu werden und er war noch nicht in Sicherheit.

Rechts und links wurden Speere ins Wasser geschleudert, Hände packten die Riemen seines Tauchanzugs und zerrten ihn rücksichtslos aus dem Wasser. Er stöhnte, als er hart auf die Bretter der Plattform prallte, aber in diesem Moment war es das schönste Gefühl, dass er sich vorstellen konnte.

Er rang nach Luft, fühlte Hände, die an ihm waren und wie mit einem letzten Ruck der Taucherhelm von seinem Kopf gezerrt wurde. Keuchend lag er da, hörte Stimmen, die er nicht verstand und sog gierig die frische Seeluft in seine Lungen. Erst langsam fand er zu sich.

Heimur Sichelhieb kniete neben ihm und grinste breit. »Glück gehabt, mein junger Freund«, sagte er mit Erleichterung in seiner Stimme. »Ich habe mich selten so über einen Fang gefreut.«

Varnum begriff erst, als Heimur den stählernen Fanghaken aus den Riemen des Tauchanzugs befreite. Normalerweise wurden damit große Fische aus dem Wasser gezogen, aber Heimur hatte es gewagt und in Varnums größter Not die überdimensionale Angelleine nach ihm ausgeworfen. Der Haken hatte sich in den Riemen verfangen und die vereinte Muskelkraft der Männer hatte den jungen Schürftaucher gerettet.

Varnum tastete schwach über das stählerne Oberteil seines Tauchanzugs. »Ich hatte Glück, dass die Rüstung mich schützte und du nichts Wertvolles getroffen hast, Heimur Sichelhieb.«

Dessen Grinsen wurde noch breiter. »Du hattest Glück, dass ich überhaupt etwas getroffen habe, mein Freund. Meine Augen sind nicht mehr die Besten.«

Varnum nickte schwach, dann schwanden ihm die Sinne.

4

Eigentlich kannte jeder Ort im Reiche Anram eine Legende, die sich um ihn rankte, zumindest aber eine Geschichte, die sich zu erzählen lohnte, wenn die Winterabende kalt und lang waren. Geschichten von magischen Wesen, spannenden Jagden oder geheimnisvollen Ereignissen. Von Zauberern war dann die Rede, von Monstern, die sich in den Wäldern verbargen und sogar von Elfen und Zwergen wurde erzählt, wenn die Abende besonders lang waren. Die meisten Erwachsenen schenkten diesen Geschichten keinen Glauben, aber sie eigneten sich gut, die Kinder nachts im Bett zu halten.

Die Orte an der Küste hatten besonders viele Geschichten zu erzählen, denn zu den unwirtlichen Wintern kamen noch die Schlechtwettertage hinzu, an denen keiner der Fischer aufs Meer hinausfahren konnte. Man konnte von geheimnisvollen Meerungeheuern hören, verwunschenen Fischen und verlockenden Seejungfrauen.

Benderskart lag an der Westküste des Reiches Anram und es hatte mit einer ganz besonderen Geschichte aufzuwarten, denn dies war eine für die es, dem Augenschein nach, sogar einen Beweis gab. Es gab Legenden und Lieder über das geheimnisvolle Volk der Zwerge, welches einst im Reich gelebt haben sollte. So geheim und verborgen, dass man es nicht zu Gesicht bekam. Niemand konnte ernsthaft an seine Existenz glauben, bis … Ja, bis man nach Benderskart kam und dem Sere Fennegman begegnete.

Fennegman war ein ungewöhnlich kleiner und sehr kräftiger Mensch und unzweifelhaft ausgewachsen, da er rotes struppiges Haar und einen ebensolchen Bart hatte, der ihm bis weit auf die Brust reichte. Er sah aus, wie man sich einen Zwerg nur vorstellen konnte und sein Erscheinen in Benderskart lag lange zurück. Sehr lange, so dass sich selbst die Ältesten kaum daran erinnern konnten. Fennegman war in den besten Jahren und wenn man ihn so sah, dann erinnerte man sich an die alten Geschichten und dass sie erzählten, die Zwerge seien langlebige Wesen.

Andererseits waren Zwerge keine Menschen. So erzählte man wenigstens. Fennegman hingegen musste ein Mensch sein, denn er hatte die schönste Jungfrau im Dorf geheiratet und inzwischen einen stattlichen Sohn, der mit seinen vierzehn Jahren den Vater um Haupteslänge überragte.

Als Fennegman nach Benderskart gekommen war, da hatte man ihn zunächst verspottet und der kleine Mann hatte sich mit Humor und nötigenfalls Körperkraft gewehrt. Er war ein rauer und vortrefflicher Schläger, wie einige der alten Bewohner zu berichten wussten, aber zugleich ein Kämpfer von großer Ehre, der nie auf einen Gegner einschlug, der hilflos am Boden lag. Am meisten beeindruckte jedoch seine Hilfsbereitschaft und niemand, der in Not geriet, wurde jemals von Fennegman abgewiesen.

Vielleicht war das ja der Grund warum die blonde Henafraw seinem Werben nachgegeben hatte. Obwohl sich die Bewohner von Benderskart nicht einig waren, wer wem den Antrag gemacht hatte. Fennegman wirkte in diesen Dingen eher unbeholfen. Er war nun einmal kein Mann der starken Worte, sondern der starken Taten. Aber die beiden heirateten und man konnte sich kein ungleicheres Paar vorstellen. Die schlanke und frauliche Henafraw neben ihrem kleinen und stämmigen Fennegman. Aber niemand lachte darüber und beide waren glücklich miteinander und bekamen ihren Sohn Torbjong.

Die Familie besaß ein kleines Haus, oben auf der Düne über dem eigentlichen Dorf und lebte, wie so viele, vom Fischfang. Es musste etwas Magisches an Fennegman sein, denn trotz seines geringen Wuchses war er es, der stets den größten Fang mit nach Hause brachte oder die anderen untrüglich zu jenen Stellen führte, wo die Schwärme darauf warteten, in die Netze zu springen.

An diesem Tag würden die Händler nach Benderskart kommen. Frischen Fisch zu handeln lohnte sich nicht, man fing ihn nur für den Bedarf des Ortes. Aber die Bewohner nahmen die Fische aus, salzten sie und hingen sie zum Trocknen an die Luft. Das machte den Fisch haltbar und er war vor allem in Herbergen und Schänken beliebt, da er sich sehr gut mit viel frischem Bier hinunterspülen ließ. Die Truppen des Reiches und Reisende wiederum schätzten ihn wegen des hohen Nährwertes und seiner Unempfindlichkeit gegen Fäulnis.

Die Männer, die wie Fennegman mit ihren Booten dem Strand zustrebten, erwarteten ein gutes Geschäft. Die Trokkengestelle am Strand hingen voller Fisch und in ihren Booten brachten sie genug, um sie wieder aufzufüllen.

Die Boote waren verhältnismäßig groß, wenn man bedachte, dass sie von einem einzelnen Mann gerudert oder gesegelt werden konnten. Normalerweise arbeiteten drei Fischer zusammen, denn die Netze mussten über das hochbordige Heck hereingezogen werden. Der Bug lief spitz zu, damit das Fahrzeug die Wellen leise und leicht durchschnitt und war nach oben als breite Standplattform ausgearbeitet, von der aus man Netze oder Speere werfen konnte. An beiden Seiten des Bugs waren Augen aufgemalt, die der Besatzung den Weg wiesen und Böses fernhielten. In der Mitte konnte ein kleiner Mast mit einem einzelnen Segel aufgerichtet werden. Notfalls konnte es von dem Mann bedient werden, der zugleich die Ruderpinne am Heck führte.

An diesem Tag waren Wandeman und Losterman mit Fennegman hinausgefahren. Sie alle hatten Söhne, die den ganzen Tag an den Fischgestellen gearbeitet hatten und nun ihren Vätern zuwinkten, deren Boote sich langsam näherten.

»Ich hoffe, die Handelsherrn werden nicht geizig sein«, brummte Losterman und tauchte im Gleichmaß mit Wandeman das Paddel ins Wasser.

»Die sind immer geizig.« Fennegman lehnte an der Ruderpinne und strich mit der freien Hand durch seinen buschigen roten Bart. »Es sind halt Händler und die streben nach Gewinn. Jedes Mal müssen wir acht geben, dass sie uns nicht mit leerem Beutel über den Tisch ziehen.«

»Ich brauche neue Türbeschläge für mein Haus.« Losterman warf einen kurzen Blick zu seinem kleinwüchsigen Freund. »Du weißt ja, Schloochman ist ein hervorragender Schmied, aber er lässt sich seine Arbeit auch hervorragend bezahlen.«

Fennegman nickte verständnisvoll. »Wenn ich den ganzen Tag in der Hitze einer Esse stehen müsste, würde ich es mir auch hervorragend bezahlen lassen. Nein, ich bin froh, hinaus aufs Meer zu fahren und die frische Seeluft zu atmen.«

»Du musst die verdammten Beschläge ja auch nicht bezahlen.« Losterman sah zum Strand, wo sein Sohn winkte. »Der verdammte Bengel hat sich mit einem Freund an die offene Tür gehängt und damit geschaukelt. Da muss ja der beste Beschlag brechen.«

»Du solltest deinen Sohn weniger gut füttern.« Wandeman lachte. »Dann hätte die Tür auch gehalten.«

»Die Tür habe ich selbst gezimmert und sie hat gehalten«, knurrte Losterman. »Die Beschläge sind es, die nicht hielten.«

»Wir werden guten Lohn für die Arbeit bekommen, Freunde«, sagte Fennegman beschwichtigend. »Und sollte es nicht für deine Beschläge reichen, Losterman, dann gebe ich dir von meinem Teil ab.«

»Du bist ein wahrer Freund, Fennegman«, erwiderte Losterman und nickte. »Das bist du wahrhaftig, auch wenn du auf diese Weise nie ein reicher Mann werden wirst.«

»Ich habe eine wunderbare Frau, einen ebensolchen Sohn, das Meer und gute Freunde.« Der kleine Mann lachte gutmütig. »Nach welchem Reichtum sollte ich da streben?«

Losterman nickte. »Du bist ein wahrhaft glücklicher Mann.«

»Ich freue mich jedenfalls auf ein frisches Bier in Tolkmans Schänke.« Wandeman leckte sich über die Lippen. »Er hat ganz frisch gebraut.«

»Mir ist es lieber, wenn es ein wenig abgestanden ist.« Losterman zuckte die Schultern. »Ich will Bier trinken und nicht Mund und Gesicht voller Schaum haben.«

Fennegman räusperte sich. »Bis die Arbeit getan und der Handel geschlossen ist, wird es ohnehin abgestanden sein. Wir müssen den Fang erst ausnehmen, salzen und aufhängen. Morgen ist es dazu zu spät. Dann ist er verdorben oder die Seevögel schnappen ihn sich.«

Vielleicht hätten sie Zeit gespart, wenn sie den Fang schon im Boot vorbereitet hätten. Aber sie wollten die Abfälle nicht über Bord werfen, denn das lockte die Raubfische an. Ein Schwarm Raubfische vertrieb die anderen Fische und dann konnte es sein, dass sie tagelang keinen ordentlichen Fang machten. Sie konnten die Fische auch nicht bis zum morgigen Tag liegen lassen, schon jetzt kreisten einige Seevögel kreischend über ihnen und waren auf leichte Beute aus. So würden die Männer ihren Fang, wie gewöhnlich, an Land zubereiten und die Abfälle im Sand vergraben.

»Es wird spät werden bis wir fertig sind.«

Fennegman nickte. »Das ist gut. Wenn die Händler warten, dann werden sie durstig. Etwas Bier oder Wein wird ihre Zunge und den Geldbeutel lockern.«

Die älteren Söhne des Ortes kamen heran, als die Boote ans Ufer stießen und halfen den Männern, sie hoch auf den Strand zu ziehen und die Netze zu entladen. Die Mädchen waren, wie die Frauen, damit beschäftigt, die Häuser und den Haushalt zu führen. Eine strikte Einteilung, die der Tradition entsprach und von niemandem gebrochen wurde. Ein Händler hatte einmal erzählt, es gäbe Länder, in denen das anders sei, aber der Mann hatte sicher nur aufschneiden wollen und niemand hatte ihm Glauben geschenkt.

Sie hoben die triefenden Netze aus den Booten und schwatzten miteinander, denn es war ein guter Tag gewesen. Oben am Strand, wo Benderskarts Häuser vor den Fluten geschützt waren, stand eine Gruppe aus Händlern und sah interessiert zu. Mit Sicherheit hatten sie längst die Trockengestelle untersucht, um die Qualität der Handelsware zu prüfen. Wie üblich würden sie Mängel anführen, um den Preis zu drücken, wie üblich würden die Fischer dagegen halten und schließlich, nach viel Gefeilsche und Bier, würde man sich einig werden und alle würden zufrieden sein.

Ihre Söhne hatten Bottiche mit salziger Lake bereitgestellt und sie leerten die Netze in die Behälter. Ein Teil von ihnen würde sich der Fische annehmen, ein anderer der kostbaren Netze. Obwohl sie nur selten den Meeresboden berührten und kaum die Gefahr bestand, dass sie an Felsen oder Korallen Schaden erlitten, konnten sich Fäden des feinen Gespinstes gelöst haben. So wurden die Netze geprüft und gelegentlich fanden die Nadeln der Fischer eine schadhafte Stelle, die es auszubessern galt.

Fennegman warf einen Blick auf den Horizont. Es war spät geworden. Höchste Zeit, mit der Arbeit fertig zu werden, zu Hause etwas zu essen und dann in der Schänke den Handel abzuschließen.

Er zog das scharfe Messer aus dem Gurt und begann gekonnt, die Köpfe der Fische abzutrennen, sie zu öffnen und die Innereien mit der Gräte zu entfernen. Die Köpfe wurden aufgehoben, aus ihnen ließ sich eine schmackhafte Suppe bereiten, der Rest wanderte in andere Behälter, um nachher vergraben zu werden. Die Jungen standen bereit, fingen die Fische auf und salzten sie. Danach wurden sie auf die kleinen Spieße gesteckt und an die Gestelle gehängt. Die Väter würden es kontrollieren, obwohl die Söhne inzwischen erfahren genug waren. Die Händler machten dazu die üblichen, bedenklichen Gesichter, aber Fennegman sah die Gier in ihren Augen.

Während er sich auf die Arbeit konzentrierte, spürte er, wie sein Sohn Torbjong neben ihn trat. »Sie haben sich unterhalten, die Händler«, murmelte er, während er frisches Salz aus einer Kiste nahm. »Auf halber Strecke zum Dorf, als sie glaubten, wir könnten sie nicht mehr hören. Sie kennen die scharfen Ohren unserer Familie nicht.«

Fennegman grinste. »Und? Sind sie zufrieden mit der Ware?«

»Mehr als das. Und die Preise sind gestiegen. Angeblich lässt der König Vorräte anlegen.«

»So, tut er das, der König?« Die Majestäten in der fernen Hauptstadt interessierten Fennegman und die übrigen Dorfbewohner kaum. Aber das mit den gestiegenen Preisen, dass war wirklich wichtig. Freiwillig würden die Händler nicht davon berichten. »Gut, dass du es mir gesagt hast, mein Sohn. Ich werde mich danach richten. Aber nun geh schon vor. Deine Mutter soll etwas Ordentliches auf den Tisch stellen.«

Fennegman und die anderen schritten zwischen den Gestellen hindurch. Aber ihre Söhne hatten alles richtig gemacht, die fertige Ware abgenommen und die Gestänge mit Meerwasser gesäubert. Die neuen Fische hingen in langen, ordentlichen Reihen und in mehreren Ebenen übereinander. Trotzdem sahen sie genau hin, berochen den einen oder anderen Fisch und schmeckten das Salz. Jetzt konnten sie Fehler noch korrigieren, am kommenden Morgen würde es dafür zu spät sein.

»Gut«, sagte Losterman schließlich. »Vergraben wir die Abfälle und machen wir, dass wir etwas Ordentliches in den Magen bekommen. Wir brauchen eine gute Grundlage, es wird sicherlich lange und feuchte Verhandlungen geben.«

Torbjong war schon vorausgeeilt, so wie alle Söhne ihren Vätern vorauseilten, damit die Ehefrauen ihnen den gebührenden Empfang erweisen konnten. Als Fennegman den Pfad zu seinem Haus entlang ging, der mitten durch die Dünen führte, genoss er es, den weichen Sand an seinen bloßen Füßen zu spüren. Ein paar Seevögel schwirrten über den Trockengestellen umher, aber der hohe Salzgehalt der eingeriebenen Fische würde sie abhalten, mehr als einen Bissen zu nehmen.

Henafraw erwartete ihn und wie es sich gebührte, öffnete sie die Tür, bevor ihr Mann sie berührte, trat vor das Haus und kniete sich rechts der Tür auf dem rechten Bein nieder. Torbjong folgte und tat dies auf der linken Seite mit dem linken Bein. So, wie es die Tradition für die Geschlechter eines Hauses vorschrieb.

»Sei willkommen in deinem Heim, Sere Fennegman«, sagte Henafraw mit geneigtem Haupt. »Alles ist wohl gerichtet.«

Wie erwähnt, Fennegman war ein ungewöhnlich kleiner Mann und obwohl seine geliebte Frau vor ihm kniete, befanden sie sich in Augenhöhe und er konnte das belustigte Funkeln in ihren Augen erkennen. Würdevoll reckte er sich. »Wie es sich für Haus und Weib eines ehrbaren Mannes gebührt.«

Er schritt an ihnen vorbei und spürte, wie sie sich nacheinander aufrichteten, erst der Sohn, da er männlichen Geschlechts war, dann die Mutter, doch sie durfte dem Ehemann zuerst ins Haus folgen, da sie in der Rangfolge über dem Kind rangierte.

Als Torbjong die Tür in den Riegel fallen ließ, mussten seine Eltern wieder einmal über die Zeremonie lachen, die so gar nicht ihrer Lebenseinstellung entsprach. Henafraw kniete sich auf den Boden und umarmte ihren Mann und sie gönnten sich einen innigen Kuss, der von Torbjong mit einem Seufzen quittiert wurde.

»Ich habe Hunger«, brummte der Vierzehnjährige.

Fennegman grinste breit. »Ich auch, mein Sohn, ich auch.« Er drohte dem Sohn schelmisch mit dem Finger.

»Aber lass es in der Öffentlichkeit nicht an Respekt fehlen. Du weißt, wie sehr die Leute Wert darauf legen.«

»Bah, hinter dem Rücken des Dorfältesten drehen sie ihm eine Nase«, erwiderte der Junge.

»Nun, ich hoffe, du tust das nicht, junger Mann.« Fennegmans Blick wurde ein wenig streng. »Der Sere Amderman hat es nicht verdient, dass man über ihn spottet. Er mag nun alt und gebeugt sein, seine Augen mögen trübe werden und seine Ohren taub, aber sein Verstand ist noch immer scharf und er hat sich ehrbare Verdienste um Benderskart erworben.« Der kleine Mann legte seinem Sohn die Hand auf die Schulter. »Denke immer daran, dass wir alle sterblich sind und eines Tages ebenso alt und gebeugt sein werden. Auch wir wollen dann hoffen, dass man uns den gebührenden Respekt erweist.«

»Nun redet nicht so viel, ihr hungrigen Seevögel.« Henafraw trug dampfende Schüsseln zum Tisch und begann die Teller zu füllen. »Das Essen wird kalt. Du bist übrigens heute mit dem Abwasch an der Reihe, mein Gebieter.«

»Schon wieder?« Fennegman seufzte leise. »Verdammt, ich sollte die Haustüre offen lassen, damit alle hereinsehen können. Dann bliebe mir das erspart.« Er lächelte dabei und nahm das Brot, um es anzuschneiden. »Ah, heute geht es ohnehin nicht. Die Händler sind da.«

Torbjong sah seine Mutter ernst an. »Das stimmt.«

»Das weiß ich.« Henafraw lächelte. »Außerdem würde dein Vater mich niemals belügen. Na schön, Fennegman, dann wirst du zwei Tage in Folge abwaschen.«

Der kleine Mann zuckte die Schultern. »Das ist nur gerecht.« Er teilte das Brot aus. »Bist du mit deiner Arbeit vorangekommen?«

»Das Kleid ist fast fertig. Es ist noch genug Stoff geblieben, so dass ich Torbjong noch eine neue Brottasche machen kann.«

»Sehr gut. Aus der alten verliert er schon die Krümel.« Fennegman stieß seinen Sohn an und musste sich dazu ordentlich recken. »Im Dorf sagt man schon, man könne seiner Spur am Geschrei der Seevögel folgen.«

Torbjong erwiderte nichts und löffelte eifrig vor sich hin. Schließlich hielt er inne und sah seinen Vater fragend an. »Sollte ich nicht langsam etwas vom Handel lernen, Vater? Die Vorbereitung der Fische beherrsche ich nun und im Fang bin ich auch nicht schlecht.«

»Das ist wahr«, stimmte Fennegman zu. »Und nun willst du ein wenig am Handel schnuppern?«

Torbjong grinste breit und nickte eifrig.

Henafraw räusperte sich. »Ich würde vermuten, er will eher am Bier schnuppern.«

Fennegman sah seinen Sohn streng an. »Ist das so?«

Vor acht Jahren hatte es in Benderskart die letzte öffentliche Auspeitschung gegeben. Einer der Fischer hatte versucht, einen Nachbarn zu übervorteilen. Sechs Hiebe hatte es ihm eingebracht, denn Diebstahl, Betrug oder Lüge wurden in den Dörfern des Reiches nicht geduldet. In den großen Städten mochte das anders sein, aber nicht in den kleinen Gemeinschaften, in denen alle aufeinander angewiesen waren. Wer die Unwahrheit sagte, bekam dies zu spüren und es geschah öffentlich, auf dem Platz vor dem Gemeindehaus.

Torbjong nickte ernsthaft. »Ich hörte, das gehört zum Handel.«

»Auch das ist wahr.« Fennegman strich ein paar Krümel aus seinem struppigen roten Bart. Er sah seine Frau an, die verständnisvoll lächelte, dass aber zu verbergen suchte. Da der kleine Mann keine Ablehnung in ihrer Haltung erkennen konnte, nickte er langsam. »Gut, du sollst heute einen kleinen Einblick in den Handel bekommen.« Er lachte leise auf. »Und einen kleinen, sehr kleinen Schluck vom Bier.«

Torbjong stimmte in das Lachen der Eltern ein. Er wusste, dass sein Vater mit sich reden ließ. Zudem sprach Fennegman nach abgeschlossenem Handel gerne dem Bier zu. Oft in einem Maße, dass er den Weg nach Hause nicht auf die kürzeste Weise nahm. Henafraw nahm es hin, denn die Händler kamen nicht oft und das einzige Übel, welches Fennegmans Trunkenheit begleitete, war die Tatsache, dass er dann oft die Balladen der Fischer sang, nicht unbedingt zur Erbauung von Henafraws Ohren.

»Schön, ihr Zwei, dann solltet ihr euch nun auf den Weg machen«, sagte die hübsche Frau entschieden. »Ich werde mich dem Abwasch widmen und euch dann folgen.«

Torbjongs Gesicht wurde etwas länger. Mit dem Vater ließ sich verhandeln, aber Henafraw war eisern in ihren Entscheidungen. Er würde wohl nicht viel mehr als etwas Schaum vom Bier abbekommen. Immerhin, es war ein Anfang.

5

Die Lagune lag an der Westküste des Kontinents und ein hufeisenförmiges Gebirge schloss sie fast vollkommen ein und schützte sie. Zwischen dem Wasser und dem Gebirge gab es einen viele Kilometer breiten Streifen mit fruchtbarem Land und riesigen Wäldern. Nur zwei Pässe führten in das dahinter liegende Land. Vielleicht war die Lagune einst der Krater eines gewaltigen Vulkans gewesen, nun befanden sich hier der große Hafen und die Hauptstadt des Reiches Telan.

Die schmale Zufahrt zwischen dem offenen Meer und der Lagune wurde von mächtigen Geschützbatterien gedeckt, die den Schiffen und der Stadt Schutz vor jedem Angriff von See boten. Massive Festungswerke deckten die Gebirgspässe und inmitten der Lagune war eine künstliche Insel entstanden, auf der sich eine weitere Festung erhob.

Lange, gemauerte Kais führten ins Wasser, an denen die Schiffe Telans und der Händler anderer Völker festgemacht waren. Boote verschiedenster Größe und Beschaffenheit wimmelten zwischen den Schiffen umher, beluden und entluden sie, lotsten Neuankömmlinge zu ihren Liegeplätzen und geleiteten andere aufs offene Meer hinaus. Hoch aufragende Masten stolzer Segelschiffe waren ebenso zu erkennen, wie die dünnen Schlote der dampfgetriebenen Schiffe des Reiches Telan. Die mächtigen Rümpfe der Handelsschiffe dominierten, während ein Teil des natürlichen Hafens den tödlichen Kampfschiffen vorbehalten war.

Um den Hafen herum zog sich ein dichter Ring von Lagerhallen, Werkstätten, Händlern und Schänken, daran schlossen sich die Häuser der Stadt an. Sie waren aus dem weißen Stein errichtet, den man im Gebirge reichlich fand und ihre hohe und grazile Architektur kündete von den Fähigkeiten ihrer Erbauer. Der Handel blühte und die Stadt Alatan war der Umschlagplatz für jene Waren, die über die

Meere hinweg, bis in die Provinzen im Hinterland transportiert oder von diesen in die Stadt gebracht wurden.

Einst war das Reich Telan nicht mehr als ein nomadisierender Stamm gewesen. Einer von vielen Clans, die sich gegenseitig befehdeten. Über viele Jahrtausende hinweg hatten sie von der Hand in den Mund gelebt und der Überlebenskampf gegen andere Clans und die Natur hatte wenig Raum gegeben, um eine hohe Kultur entwickeln zu können. Das Leben war in starren, fast ritualisierten Bahnen verlaufen, bis ein Mann die Clans erstmals vereint hatte. Er war es gewesen, der die Stadt Alatan erbauen ließ, da er den Vorteil des schützenden Gebirges und der Lagune erkannte. Von hier dehnte sich das Reich aus, trieb Handel mit anderen Völkern und wuchs. Nun beherrschte Telan den größten Teil des Kontinents, hatte seine Gegner besiegt und Verbündete gefunden. Es gab keine Feinde, die seine Grenzen ernsthaft bedroht hätten. Wohlstand und ein gewisses Maß an Dekadenz herrschten im Königreich.

Dennoch gab es Menschen, denen das erreichte nicht genügte und einer dieser Menschen war Grund für die Reise des Königs gewesen, der mit einer kleinen Eskorte zu den östlichen Grenzen aufgebrochen war. Nun war der König zurück und trieb sein Pferd die lange Straße entlang, die zum Palast führte. Er ritt durch das breite Tor, über den kiesbestreuten Weg, direkt zum Hauptgebäude, wo er absaß und die Zügel einem Bediensteten zuwarf.

»Führ ihn ein wenig herum, bevor du ihn weiter versorgst«, befahl er dem Mann, nickte den beiden Ehrenwachen am Portal zu und betrat die angenehme Kühle des Gebäudes.

Achtlos zog er den Helm vom Kopf, warf ihn einer Frau zu und die Absätze seiner Reiterstiefel knallten auf dem Marmorboden der Halle.

»Wo ist sie?«

Der Angesprochene verneigte sich hastig. »In Eurer Bibliothek, Hoheit.«

Erneut salutierten Ehrenwachen, als der Mann durch einen Korridor schritt, kurz vor den beiden Türflügeln aus kostbaren Hölzern verharrte, und sie dann aufstieß. Ein großer Raum wurde sichtbar, an drei Seiten von hohen Regalen umgeben, angefüllt mit Büchern und alten Schriften. An der Stirnseite, gegenüber der Tür, war ein riesiges Fenster zu erkennen. An einer Seite des Raumes stand ein massiger Schreibtisch, daneben eine Ruhegruppe mit Liegen. Auf einer von ihnen lag eine Frau, die ihren Kopf hob und ihm entgegen sah.

»Du stinkst nach Schweiß und Pferd.«

Leos-Hod-Telan, König und Herr über das Reich und seine Provinzen, nickte und beugte sich vor, um seiner Frau einen Kuss auf die Wange zu hauchen. Ein symbolischer und geschäftsmäßiger Kuss, der nichts mehr von der Leidenschaft beinhaltete, die beide einst füreinander empfunden hatten.

»Ich bin scharf geritten, meine Liebe.« Der Telan des Reiches schritt zu seinem Schreibtisch und öffnete die Spange seines Umhangs, den er achtlos über die Rückenlehne des Stuhles warf. »Dein Bote erreichte mich auf dem Rückweg und so habe ich mich beeilt.« Er warf ihr einen forschenden Blick zu. »In deinem Schreiben steht etwas von einer Gefahr für das Reich.«

»Ich wusste, dass dich das zur Eile antreibt.«

Er sah in ihr lächelndes Gesicht. Noch immer war Jania-Hoda-Tela eine atemberaubende Schönheit und sie wusste dies auch. »Treib keine Spiele mit mir, Jania.«

Sie richtete sich halb auf der bequemen Liege auf, nahm zwei Weintrauben und zerdrückte sie genüsslich in ihrem Mund. Eine sinnliche Handlung, die ihr die Zeit verschaffte, die Antwort zu überlegen. Sie musterte ihren Gemahl und König.

Leos-Hods beste Jahre waren vorbei, aber er war noch immer ein stattlicher Mann. Er hatte noch immer die charismatische Ausstrahlung, der sie einst verfallen war. Er trug nicht das am Hof übliche, weich fließende Gewand, sondern eine schlichte Uniform, an der nichts auf seinen Rang hinwies. Nur der Helm mit dem königlichen Wappen war kostbarer gearbeitet, als bei einem einfachen Kämpfer üblich. Um seinen Hals trug er die schlichte goldene Kette mit dem Siegel des Königs. Der Reitbesatz der Hose war fleckig und die kniehohen Stiefel waren staubig vom langen Ritt.

»Wie war es bei deinen kleinen Lieblingen?«

Der König runzelte die Stirn. »Was soll das? Du schreibst von Gefahr und fragst nach den Schonosch? Sie sind mit Sicherheit keine Gefahr für das Reich.«

»Aber eine Gefahr für dich, mein König.« Sie lächelte. »Nun, vielleicht keine Gefahr. Aber deine kleinen Lieblinge bringen dich in Bedrängnis, Telan der Telaner.«

»Nenne sie nicht meine Lieblinge«, knurrte er.

»Aber sie sind es doch, nicht wahr?« Ihr Lächeln vertiefte sich. »Jeder weiß das.«

»Sie sind keine Schoßtiere.« Leos-Hod nahm Glas und Karaffe vom Schreibtisch und schenkte sich Wasser ein. »Sie sind ein eigenständiges Volk von hoher Kultur.«

»Sie sind Primitive«, erwiderte sie verächtlich. »Sie sitzen auf ihrem reichen Land und nutzen es nicht. Sie sind zu dumm, es zu nutzen.«

»Unsinn«, sagte er unwirsch. »Sie sind keineswegs primitiv. Sie sehen manche Dinge anders als wir und streben nicht nach Besitz.«

»Womit wir beim Punkt wären.« Sie streckte eine Hand aus und der König füllte ihr ein anderes Glas, reichte es ihr. »Jolos-Tar, Handelsherr des Hauses Tar.«

Leos-Hods Gesicht verfinsterte sich. »Jolos-Tar? Ich verstehe. Er hat noch nicht aufgegeben, nicht wahr? Aber das würde auch nicht zu seinem gierigen Wesen passen.« Er sah sie kalt an. »Darin passt er hervorragend zu dir.«

Jania-Hoda lachte leise auf. »Eifersüchtig? Das passt nicht zu dir, mein König.«

»Solange es hinter verschlossenen Türen bleibt«, knurrte er, »kannst du treiben, was immer du willst. Sofern du dabei nicht vergisst, dass du die Tela des Reiches bist.«

»Keine Sorge, Leos, ich wähle mir mein Vergnügen sorgfältig aus.«

Leos-Hod hoffte, dass das Verhältnis seiner Frau ein gut gehütetes Geheimnis war. Noch dazu, da es sich um den Handelsherrn Jolos-Tar handelte, von dem sie sich regelmäßig besteigen ließ. Tar war nicht nur ein mächtiger Handelsherr, sondern auch Mitglied im Senat und ein politischer Gegner. Er suchte zwischen den Schenkeln der Königin nicht nur seine Freuden, sondern auch ihre Unterstützung und Leos ahnte, dass sie dem Handelsherrn mehr zutrug, als ihm lieb war. Er konnte dieses Verhältnis jedoch nicht ohne öffentlichen Skandal beenden und den konnte und wollte der König nicht riskieren. Zu viel stand auf dem Spiel, zu sehr musste er sich gegen die Habgier von Männern wie Tar behaupten, denen der persönliche Reichtum wichtiger war, als das Wohl des Reiches.

Leos-Hod-Telan scheute keinen offenen Konflikt. Als Telan vor zehn Jahren einem Korsarenüberfall begegnen musste, der einer der anderen Städte gegolten hatte, da hatte der König in vorderster Linie gekämpft. Er wusste mit Schwert und Bolzenwaffe umzugehen, wenn er den Feind vor sich sah. Aber inzwischen begegnete er Feinden, denen er mit anderen Waffen entgegen treten musste. Männern, wie dem Handelsherrn Jolos-Tar.

Vor zwanzig Jahren war man dem Volk der Schonosch zum ersten Mal begegnet. Es war ein genügsames und friedfertiges Volk, das im Inneren des Kontinents lebte. Telan hatte das Gebiet der Schonosch respektiert, aber einige Handelshäuser hatten erkannt, wie reich das Land dieser Wesen an wertvollen Bodenschätzen war. Das Handelshaus Jolos-Tar hatte mehrere Zwischenfälle provoziert und die Truppen des Reiches waren mobilisiert worden, um die Ermordung mehrerer Handelsgehilfen zu rächen. Der

König war persönlich zur Grenze gereist, um über die Herausgabe der Mörder zu verhandeln, bevor es zum Krieg kam. Dabei hatte er die Schonosch näher kennengelernt und erkannt, welch hohe Kultur sie besaßen und mit welchen Mitteln der Handelsherr Jolos-Tar versucht hatte, einen Krieg zu provozieren, dem die Aneignung des Gebietes der Schonosch folgen sollte, verbunden mit der Ausbeutung ihrer Bodenschätze durch das Haus Tar. Für Leos-Hod-Telan hatte es keinen Zweifel gegeben, wer die Schuld zu tragen hatte und so hatte er die Truppen heim geschickt und dem Handelsherrn Tar Wiedergutmachung auferlegt. Zudem sicherte nun eine kleine Garnison die Grenze zum Gebiet der Schonosch, mit der Einwilligung ihres Stammesrates.

Inzwischen war der König gelegentlich zu diesem Volk gereist, hatte viel über ihre Kultur und ihre magischen Fähigkeiten gelernt und war zu ihrem Freund geworden. Diese Freundschaft hatte ihm allerdings die unversöhnliche Gegnerschaft des Handelsherrn Tar eingebracht.

Unglücklicherweise gehörte Jolos-Tar dem Senat des Königreiches an und verfügte über Geld und Macht. Wo immer Tar die Gelegenheit fand, schwächte er die Position des Königs, um seine eigene zu stärken. Da die Königswürde nicht mit dem Erbrecht erlangt, sondern durch Wahl des Senats verliehen wurde, konnte es gut sein, dass Tar darauf wartete, selbst zum König ernannt zu werden. Es war also verständlich, das Leos nicht besonders glücklich darüber war, dass Jolos und Jania das Bett, und sicher auch manche Palastinterna, miteinander teilten. Wenigstens hatte der König starken Rückhalt im Volk und bei der Mehrheit des Senats.

Leos-Hod-Telan ging langsam durch die Bibliothek und trat an das große Fenster. Es bot einen prächtigen Ausblick auf einen großen Teil der Stadt und die Lagune. »Was will Tar von mir?«

»Oh, er kann es dir selber sagen. Er ist hier, im Palast. Ich denke, du bist gewillt ihn zu empfangen oder täusche ich mich?«

Er sah sie an, unterdrückte seinen aufsteigenden Zorn. Wahrscheinlich hatte Tar erst vor kurzem das Bett der Königin gewärmt. »Nein, natürlich werde ich ihn empfangen.«

»Schön.« Jania griff nach einer gedrehten Schnur, die über der Ruhegruppe von der Decke hing. »Dann werde ich ihn rufen lassen.«

»Danach wirst du bitte die Bibliothek verlassen«, sagte er leise. »Deinen Andeutungen habe ich entnommen, dass es um eine Angelegenheit des Reiches oder Senats geht.«

»Ich werde ohnehin erfahren, was du entscheidest.«

»Sicher.« Seine Stimme war kalt. »Während er zwischen deinen Schenkeln liegt.«

Ihr Lächeln verlor an Freundlichkeit. »Manchmal frage ich mich, warum wir einander geheiratet haben.«

Für einen Moment nahm das Gesicht des Königs einen wehmütigen Ausdruck an. »Weil wir uns einst geliebt haben. Aber das ist lange her.«

Sie erwiderte seinen Blick forschend und nickte dann langsam. »Ja, es ist lange her.«

Sie schien noch etwas hinzufügen zu wollen, aber da klopfte es an die Tür der Bibliothek. Die Königin zuckte die schmalen Schultern. »Ich werde deinem Willen entsprechen und den Raum verlassen. Ich mag es nicht, wenn Männer wie eifersüchtige Rüden aufeinander prallen.«

Während sie den Raum verließ, trat Jolos-Tar ein.

Der Handelsherr des Hauses Tar war eine imposante Erscheinung und es gewöhnt, sich in Szene zu setzen. Das üppige Leben hatte seine Gestalt beachtlich gerundet und er versuchte, seinen stattlichen Bauch unter kostbaren Stoffen und Schmuck zu verbergen. Er wirkte behäbig, aber man durfte ihn nicht unterschätzen. Sein Geist war scharf und seine Zunge spitz und dies kombinierte Jolos mit der Fähigkeit, seine Gegner zu täuschen.

»Königliche Hoheit, es ist mir eine Freude, Euch wieder wohlbehalten im Palast zu wissen. Angelegenheiten von großer Bedeutung verlangen Eure Entscheidung.«

»Treten Sie näher, Handelsherr Tar.« Leos trat wieder an seinen Schreibtisch, deutete auf einen Stuhl und setzte sich. »Nehmt Platz und erklärt mir Euer Begehren.«

Tar ließ sich seufzend nieder. »Ihr seht mich in tiefer Sorge und Betrübnis, Eure Hoheit. Drei der besten Schiffe Telans sind auf hoher See verschwunden.«

Schiffe des Hauses Tar, sonst hätte der Handelsherr allenfalls Befriedigung darüber empfunden, dass die Konkurrenz unter den Verlusten litt, wie der König vermutete. »Es bleiben immer wieder Schiffe auf See, Handelsherr. Niemand beherrscht das Meer. Es gibt und nimmt, wie die Gezeiten kommen und gehen.«

»Ich rede nicht von einem Unglück, Hoheit.« Das Gesicht des Handelsherrn verzog sich zu einem Lächeln, das der König als schmierig empfand. »Die drei Schiffe verschwanden in kurzer Zeit in einem eng begrenzten Seegebiet.«

»Also möglicherweise Korsaren.« Der König legte die Fingerspitzen aneinander. »Obwohl es mich überraschen würde, wenn sie erneut einen Übergriff wagen. Wir haben sie damals vernichtend geschlagen und ihre Schiffe verbrannt. Nur eines ließen wir entkommen.«

»Es könnte eine andere Gruppe dieser Bestien sein«, stieß Tar hervor. »Ich erwarte, dass Ihr Schiffe entsendet und diese Mörder bestraft, Eure Majestät.«

»Eine Strafexpedition entsenden?« Leos lachte leise auf. »Wenn es einen Überfall auf deine Schiffe gegeben hat, Handelsherr, dann sind die Angreifer längst fort.«

»Dann verlange ich Begleitschutz für meine Schiffe.«

»Du verlangst?« Der König erhob sich hinter seinem Schreibtisch, stützte sich auf die Tischplatte und sah den Handelsherrn drohend an. »Ich kenne meine Pflichten, Handelsherr Tar, und Sie brauchen mich nicht daran zu erinnern.«

»Natürlich nicht, Eure Hoheit.« Tar hielt dem Blick des Königs stand. »Aber die Kapitäne der Handelsschiffe wären beruhigt, wenn ich mit der Nachricht zu ihnen zurückkehre, dass Eure Majestät alles tun werden …«

» …für die Sicherheit der Handelswege zu sorgen, nicht wahr?« Leos lächelte kühl. »Und für die Sicherheit Ihres Profits.«

»Eure Hoheit, Ihr tut mir Unrecht.« Der Handelsherr räusperte sich. »Das Reich blüht durch den Handel auf. Die drei verschwundenen Schiffe sind ein Anzeichen von Gefahr, die ganz Telan betreffen kann.«

Der König nickte. »Dem stimme ich zu.« Er trat hinter dem Schreibtisch hervor und schritt, an dem Handelsherrn vorbei, zu einem der Wandregale. Nachdenklich betrachtete er eine dort aufgespannte Karte. Schließlich wandte er sich Tar wieder zu.

»Hören Sie zu, Handelsherr Tar und hören Sie mir genau zu. Die Flotte von Telan kann nicht jedem Handelsschiff Geleit geben. Dazu gibt es zu viele Handelsschiffe und zu wenige Kriegsschiffe. Jedes der Häuser würde den gleichen Schutz beanspruchen und dies mit Recht tun, das wissen Sie, Handelsherr.« Der König kam wieder zu seinem Schreibtisch zurück und lehnte sich mit dem Gesäß an. »Ich kann auch keine Strafexpedition befehlen, wenn wir den Schuldigen und das Ziel nicht kennen. Wenn Sie also Schutz für ihre Schiffe wollen, dann müssen Sie bedenken, dass dieser Schutz allen Schiffen gleichermaßen gelten muss.«

Jolos-Tar erwiderte den Blick des Königs. »Was werdet Ihr also unternehmen, Eure Hoheit?«

»Das Königreich von Telan ist groß und seine Grenzen müssen geschützt werden. Also haben wir eine große Armee. Wir treiben Handel mit fernen Reichen über weite Distanzen und so müssen auch die Seewege geschützt werden. Dazu braucht die Flotte Schiffe, Handelsherr. Viele Schiffe.«

Tar wusste, worauf der König anspielte. »Schiffe kosten Geld. Sie müssen gebaut und unterhalten werden und ihre

Besatzungen erwarten gute Bezahlung. Wollt Ihr Euch nun dafür rächen, dass ich im Senat die Zustimmung zum Ausbau der Flotte verweigerte? Mit allem Respekt, Eure Hoheit, doch eine so mächtige Flotte lässt sich nur durch einen mächtigen Feind rechtfertigen.«

»Es geht mir nicht um Ihre Zustimmung im Senat«, behauptete Leos-Hod-Telan und wusste, dass der Handelsherr dies nicht glaubte. »Es geht um Ihr Verständnis, dass uns Schiffe fehlen.«

»Also wollen Eure Hoheit nichts unternehmen?«

»Natürlich werde ich etwas unternehmen, Handelsherr.« Der König seufzte. »Ich werde Schiffe entsenden, die nach den verschwundenen Handelsschiffen suchen. Und ich werde Ihrer Bitte entsprechen und den Handelsschiffen Schutz durch die Flotte gewähren. Aber das ist mit einer Bedingung verknüpft.«

»Und mit welcher, Eure Hoheit?«

»Wie ich erwähnte, die Flotte hat nicht genug Schiffe, um jedes Handelsschiff zu begleiten. Ab sofort werden daher die Handelsschiffe in gefährlichen Seegebieten nur im Konvoi fahren.«

»Eure Majestät, ich muss protestieren. Das schränkt die Möglichkeiten des Handels ein.« Tar schüttelte schockiert den Kopf. »Manchmal ist es schon schwer genug, die Ladung für ein einzelnes Handelsschiff aufzutreiben. Wenn nun mehrere …«

»Einem Konvoi kann ich auch eine Eskorte durch die Flotte beigeben«, warf der König ein.

Handelsherr Tar seufzte abgrundtief. »Nun ja, die meisten Routen sind sicher. Zumal unsere Schiffe sehr schnell und stark sind. Nur das Südmeer bereitet mir Kummer. Mir und den anderen Handelshäusern, natürlich.«

»Natürlich.« Der König lächelte. »Allerdings hat das Haus Tar den Hauptanteil am südlichen Handel.«

Tar zuckte die Schultern. »Wie die Fügung es bestimmte, Eure Hoheit.«

»Der südliche Handel«, murmelte Leos-Hod-Telan versonnen. »Über das Südmeer ins Königreich der Anram. Ein mächtiges Reich, wie wir es sind, wenn nicht noch mächtiger.«

»Glaubt Ihr …?«

»… das die Anram hinter dem Verschwinden der Schiffe stecken?« Der König schüttelte den Kopf. »Niemals. Wir haben gute Beziehungen zu den Anramern. Sie hätten nicht den geringsten Grund zu Feindseligkeiten.«

Leos reckte sich. »Ich werde mich mit Admiral Merent-Kai beraten, Handelsherr. Aber wenn Sie mich nun entschuldigen würden? Ich habe einen langen Ritt hinter mir.«

»Natürlich, Eure Hoheit.« Tar erhob sich ächzend. »Es freut mich, in Eurer Hoheit immer wieder einen zupackenden Mann und entschlossenen Kämpfer zu finden.«

»So wie es mich freut, in Ihnen, Handelsherr Jolos-Tar, immer wieder einen Mann zu erkennen, der seinen Vorteil hinter dem Allgemeinwohl zurückstellt.«

Beide brachten die Lügen glatt über die Lippen, mit jenem geschäftsmäßigen Lächeln, das Politik und Handel ihresgleichen lehrten.

Als der Handelsherr gegangen war, fühlte Leos-Hod sich noch stärker beschmutzt, als zuvor. Dennoch kam er nicht umhin, die Sorge des Händlers zu teilen. Dass drei Schiffe innerhalb kürzester Zeit in einem begrenzten Seegebiet verschwanden, verhieß Unheil und der König war nicht der Mann, der in Ruhe abwartete, bis es ihn ereilte.

Er zog an der gedrehten Schnur und wartete, bis ein Bediensteter hereinsah. »Sende einen Boten zu Admiral Kai. Er soll mich aufsuchen, sobald es ihm möglich ist.«

Was braute sich da im Süden zusammen?

6

Du willst wirklich schon wieder runter?« Oldrum sah seinen Freund zweifelnd an. »Du bist gerade erst den Dornfischen entkommen und kannst froh sein, noch zu leben. Du solltest dich besser noch erholen.«

Heimur Sichelhieb schüttelte den Kopf. »Er hat Recht. Nach so einem Erlebnis ist es richtig, schnell wieder ins Wasser zu steigen. Glaubt mir, je weniger man darüber nachdenkt, desto besser ist es.« Er legte die Hand auf Varnums Schulter. »Es stimmt, unser Leben als Schürftaucher mag nicht besonders leicht sein. Sobald unsere Füße das Wasser berühren, sind wir von Gefahr umgeben. Aber ich bin stolz darauf, ein Zwerg der Meere und kein Landfuß zu sein und kann mir kein anderes Leben vorstellen. Denk an Schönheit und Gewinn, die unter der Wasseroberfläche warten.«

»Denk an die Gefahren, die dort lauern«, mahnte Oldrum.

»Ah, verflucht, du redest wie ein Landfuß«, fuhr Heimur auf und sah Oldrum grimmig an. »Ihr Pumper habt euch nicht zu beklagen. Eure Arbeit ist schwer und die Verantwortung groß, dass will ich bereitwillig zugeben. Aber euch bedrohen keine Dornfische, keine schadhaften Schläuche oder Anzüge. Nicht jeder Zwerg der Meere ist berufen, unter Wasser zu gehen. Dieser hier, Varnum, der ist es. Er hat den Wasserblick, ich kenne das. Den lassen das Meer und seine Schönheit unter Wasser nicht los. Es ist seine Bestimmung. Also stelle dich dem nicht entgegen.«

»Das tut er nicht, Heimur Sichelhieb«, sagte Varnum beschwichtigend und schloss die letzten Riemen und Schnallen seines Tauchanzugs. »Er ist einfach besorgt um meine Sicherheit.«

»Dann soll er auf Pumpe und Schlauch achten«, brummte Heimur. »Zumal du nun einen neuen Schlauch hast, der sich erst bewähren muss.«

»Ich werde meine Arbeit schon machen«, knurrte Oldrum.

»Und du willst nochmals in denselben Suchstreifen, den wir gestern schon begingen?« Der alte Schürftaucher legte seine roten Haarzöpfe mit den schwarzen Alterssträhnen in den Nacken und verknotete sie.

»Ja, in denselben Streifen.« Auch Varnum verknotete nun seine Zöpfe. »Ich glaube, ich habe dort etwas gesehen, kurz bevor die Dornfische angriffen.«

»Hm.« Heimur nickte. »Ich hoffe, deine Augen haben dich nicht getäuscht und wir finden etwas Wertvolles. Der gestrige Tag war ein ziemlicher Reinfall.«

Wenig später schlug das Wasser über ihren Glashelmen zusammen. Die anderen Schürfer waren bereits bei der Arbeit. Einen letzten Tag hatte Birunt Hammerschlag der bisherigen Schürfgrube zugestanden. Fand man auch heute nichts, würde man die Stelle aufgeben. Da die Sucher am vorherigen Tag nichts Lohnenswertes entdeckt hatten, schufteten sie mit den anderen in der Grube. Nur Heimur und Varnum waren davon ausgenommen, da der junge Schürfer an jene Stelle zurück wollte, an welcher er den seebestatteten Zwerg gefunden hatte. Zu gut hatte sich ihm das verheißungsvolle Blinken eingeprägt, das er an jener Stelle gesehen hatte. Oder wenigstens glaubte, gesehen zu haben. Er wollte Gewissheit und da kein Zwerg der Meere über einen guten Fund im Ungewissen bleiben wollte, hatten Heimur und Birunt zugestimmt, dort erneut zu suchen.

Oben, an der Oberfläche, standen ein paar Wolken am Himmel und der junge Schürfer war immer wieder fasziniert, welche Auswirkungen Sonne, Wolken und auch Regen auf das Leben unter Wasser hatten. Die golden und silbern gleißenden Reflexe der Wasseroberfläche, die Schatten und Lichter, die über den Meeresgrund zu huschen schienen, gepaart mit der Farbenpracht der Pflanzen und Fische.

Die beiden Zwerge stapften nebeneinander über den Grund. Zwei kleinere Krebse nahmen hastig Reißaus, eine kleine Gruppe Regenbogenfische ballte sich schützend um ein paar Jungfische zusammen. An einer anderen Stelle hatte ein Stechling eine Muschel zwischen abgestorbene Korallen getrieben, sie dort eingekeilt und stach mit seinem scharfen Maul immer wieder zwischen die Schalen der Beute, um sie zu öffnen und an das weiche Innenleben zu gelangen. Auch die Zwerge schätzten im Allgemeinen den Genuss von Muscheln, Varnum konnte dem glibberigen Zeug jedoch nichts abgewinnen.

Er legte seine Hand an den Arm des älteren Schürfers, der sich ihm zuwandte, und wies zu der Stelle. Die Überreste des Zwerges waren undeutlich zu erkennen und Heimur reckte zur Bestätigung die Faust nach oben. Vorsichtig gingen sie weiter. Einmal strauchelte der alte Schürfer, als abgestorbene Korallen unter ihm nachgaben, aber er fing sich und sein Schlauch erlitt keinen Schaden.

Varnum deutete auf die Schramme, die Heimur sich zugezogen hatte. Sie blutete und das war gefährlich, denn die Räuber der Meere witterten jeden Hauch davon schon aus großer Entfernung. Erneut nickte der Schürfer und nestelte an seinem Werkzeuggürtel, um die fettgetränkte Binde herauszuholen, die jeder Schürfer bei sich trug. Varnum half ihm, sie anzulegen und den Knoten gut festzumachen. Heimur stapfte einige Male mit dem Fuß auf, reckte die Faust hoch und sie gingen weiter.

Schließlich erreichten sie die Stelle und der alte Schürfer verharrte einen Moment respektvoll vor dem Toten, bevor er Varnum folgte, der ein Stück weiter gegangen war.

Hier, ganz in der Nähe, hatte Varnum das Glitzern gesehen. Er hoffte, dass seine Augen ihn nicht enttäuscht hatten und suchte den Boden sorgfältig ab. Zentimeter um Zentimeter, damit ihm nichts entging. Er wollte sich schon enttäuscht abwenden, als er den Schimmer wieder sah. Erregt schritt er näher, spürte den Zug des Luftschlauches. Dort vorne, nur wenige Schritte entfernt, fast verdeckt von blühenden Korallen.

Als Varnum sein Ziel erreichte, konnte er kaum glauben, was er da vor sich sah. Vielleicht war es nicht der Goldene Grund, aber es war verdammt nah daran. Ein Fund von ungeheuerem Wert.

Der Meeresboden fiel hier ein Stück ab, ein Graben zog sich zwischen den Korallen entlang und in diesem Graben erhob sich der gewaltigste Kristallstock, den Varnum jemals gesehen hatte. Fünf Säulen aus schimmerndem Weißkristall, die Blüte des Stocks, und in ihrer Mitte ragte eine sechste Säule auf, eine Säule von immensem Ausmaß.

Er spürte kaum, wie Heimur Sichelhieb neben ihn trat und sah den alten Schürfer erst an, als der ihm mehrmals auf die Schulter schlug. Durch den Helm war das breite Grinsen Heimurs zu sehen, der mit der Hand nach oben wies, in Richtung der Stadt. Es fiel Varnum schwer, sich von dem Anblick zu lösen, aber der alte Zwerg wies erneut nach oben und schließlich reckte der jüngere zögernd die Faust nach oben.

Die anderen Zwerge auf der Plattform waren sichtlich überrascht, die beiden Schürftaucher so schnell wiederzusehen. Aber jeder Gedanke an Gefahr wurde zur Seite geschoben, als sie die strahlenden Gesichter unter den Helmen erkannten. Rasch zog man Heimur und Varnum auf die Plattform und öffnete ihre Helme.

Birunt Hammerschlag sah sie erwartungsvoll an. »Ihr beiden seht aus, als hättet ihr endlich den Goldenen Grund gefunden.«

»Nah dran, nah dran«, keuchte Heimur etwas kurzatmig. »Vielleicht nicht der Goldene Grund, aber ich sage dir, Birunt, alter Freund, wir sind verdammt dicht an ihm dran.«

In Birunts Gesicht zeigte sich Anspannung, während er erregt an seinen Bartzöpfen zupfte. »Erzähle.«

Heimur schüttelte den Kopf und wies auf Varnum. »Diese Ehre gebührt dem Finder.«

Der junge Schürfer errötete ein wenig, denn ihm war bewusst, was der Fund für den Clan der Eldont´runod bedeutete. Nie zuvor war ein solcher Fund gemacht worden.

»Eine Säule aus weißem Kristall, Schlagführer. Mindestens zwanzig Meter hoch und zwei im Durchmesser.«

»Unmöglich«, ächzte Birunt. »So etwas gibt es nicht.«

»Dort unten steht sie«, bestätigte Heimur grinsend. »Dazu noch fünf Säulen mit dem halben Maß.«

Birunt schüttelte benommen den Kopf. »Du bist dir sicher, Heimur? Deine Augen sind nicht mehr die jüngsten, wie du selber sagst.«

»Weißer Kristall, schimmernd und ohne jeden Makel.«

Birunt wirbelte herum. »Bringt mir meinen Anzug und den Helm. Dieses Wunder muss ich mit eigenen Augen sehen.« Er sah Varnum freudig an. »Wenn es so ist, und ich zweifle noch immer, dann hast du dir deinen zweiten Namen verdient, Schürfer Varnum.«

Als der alte Schlagmeister ins Wasser eintauchte, wurde er von mehreren anderen Schürfern begleitet. Varnum saß noch immer auf der Plattform und löste gedankenversunken die Riemen und Schnallen der Tauchrüstung. Der zweite Name! Sollte es möglich sein, dass er ihn erhielt, weil er diesen Fund gemacht hatte? Sollte er durch den weißen Kristall in den Kreis der ehrwürdigen Schürfer aufsteigen, das Recht der Ehe erhalten? Besana …

Mochten die aufgeregten Männer auf den Plattformen nun auch vom Goldenen Grund träumen, Varnums Gedanken weilten ganz woanders.

7

Es war ein guter Handel für Fennegman und die anderen Fischer gewesen und wieder einmal bedauerte der kleine Mann, dass ein so guter Handel anderntags mit einem so schmerzenden Schädel bezahlt werden musste.

»Sere Fennegman, wenn du glaubst, ich lasse dich so aus dem Haus gehen, dann hast du dich getäuscht.« Henafraws Stimme duldete keinen Widerspruch und obwohl sie die Lautstärke kaum gehoben hatte, verzog der kleine Mann schmerzlich das Gesicht. »Du stinkst nach Bier und an deinem schönen Bart kann man die Anzahl der Gläser erkennen.«

Da hatte sie durchaus recht, wie Fennegman betrübt feststellte. Aber den Bart nun zu bürsten, wäre sehr unangenehm gewesen. »Frische Seeluft wird mir gut tun«, sagte er würdevoll, »und die reinigende Kraft des Seewassers wird auch dem Bart nicht schaden.«

Henafraw musste auflachen und obwohl Fennegman ihr Lachen sehr schätzte, schmerzte auch dies in seinen Ohren. Bedauernd nahm er seine Brottasche vom Haken neben der Tür, tätschelte die Hand seiner Frau, die entsagungsvoll seufzte und dann einen kritischen Blick auf Torbjong warf. Er fiel zu ihrer Zufriedenheit aus und sie gab dem Sohn einen aufmunternden Klaps. »Achte darauf, dass dein Vater sich nicht zu weit über den Bootsrand beugt«, flüsterte sie. »Er ist heute nicht besonders sicher auf seinen Beinen.«

Der Vierzehnjährige grinste und folgte dann seinem Vater zum Strand hinunter.

»Ein schöner Morgen«, rief Losterman gut gelaunt zu ihrer Begrüßung. »Es war ein sehr erfolgreicher Abend gestern.«

»Auch für den Sere Tolkman«, murmelte Fennegman. »Unser Wirt hat sicher das beste Geschäft von allen gemacht.«

»Soll Torbjong heute mit hinaus?« Wandeman deutete auf die pralle Brottasche des Jungen.

»Er hat am Bier geschnuppert«, erwiderte Fennegman, »da kann er auch an der Seeluft schnuppern.«

Losterman lachte auf. »Auch meiner hat am Handel geschnuppert. Verdammt, ich habe dem Bengel gesagt, er soll es probieren, nicht mehr als einen Mund voll. Du weißt ja, wie stark Tolkmans Bier ist, wenn er es frisch gebraut hat. Heute wird mein Junge wohl keine Arbeit leisten, verdammt.«

»Wir werden schon zurechtkommen«, meinte Fennegman beruhigend. »Dein Junge ist fleißig und er wird gutmachen, was er heute versäumt.«

»Will ich ihm auch geraten haben.« Losterman fuhr sich über das Gesicht und es gab ein leicht schabendes Geräusch. An diesem Morgen hatte er die übliche Rasur verpasst. »Ach, verdammt, mir erging es damals nicht besser und ich hatte nicht die Ausrede, einen Handel zu schließen. Weißt du, Fennegman, mein Freund, damals nahm mich mein Vater in die Schänke mit, da wir …«

»Irgend etwas geht da vor sich«, brummte Fennegman unvermittelt. »Oben, im Dorf.«

Sie verharrten und hoben lauschend die Köpfe. Ganz schwach waren Rufe zu hören, die aus Benderskart kommen mussten.

»Du hast recht.« Wandeman ließ das Netz sinken, das er gerade in seinem Boot ordnete. »Jetzt kann ich es auch hören. Du hast wirklich gute Ohren.« Er schwang sich über die Bordwand und sprang in den Sand. »Was mag da los sein? Ob ein Feuer ausgebrochen ist?«

Die Fischer und ihre Söhne ließen ihre Arbeit stehen und liegen und eilten die lange Düne hinauf, hinter der sich der Ort befand.

»Ich kann keinen Rauch sehen«, ächzte der rundliche Pilkman. »Es kann noch nicht lange brennen.«

Die Häuser von Benderskart bestanden aus Lehm und Holz, denn beides fand man reichlich in der Gegend. Der Lehm war gebrannt, denn die schweren Regenstürme der Schlechtwetterzeit hätten den Häusern sonst übel mitgespielt. Die Dächer waren mit Lehm gedeckt und so konnte sich ein Feuer nur schwer ausbreiten.

Je näher sie dem Kamm der Düne kamen desto deutlicher wurden die Rufe. Nein, keine Rufe, es waren Schreie der höchsten Not und als die Männer und Jungen endlich oben ankamen, erkannten sie entsetzt den Grund. Menschen rannten zwischen den Häusern umher, scheinbar planlos und in blinder Panik, verfolgt von seltsamen Kreaturen, die sich auf sechs Gliedmaßen fortbewegten und mit tödlichen Kieferzangen nach den Bewohnern schnappten.

»Ein Überfall«, keuchte Wandeman.

»Kein Überfall«, sagte Fennegman grimmig, der ein wenig später oben anlangte, da seine Beine etwas kürzer waren. Aber er war der erste, der die Situation überblickte. »Das da ist blanker Mord. Denen geht es nicht um Beute. Sie wollen töten, wer immer das auch ist.«

»Meine Frau, meine Kinder ...« Losterman starrte leichenblass zum Ort. »Los, Männer, wir müssen ihnen helfen!«

Er stürmte einfach los und sein Sohn und einige andere folgten ihm, die anderen wurden von Fennegmans Stimme zurückgehalten, der sich mit ausgebreiteten Armen vor sie stellte. »Wollt ihr sterben? Jene im Ort, sie sind schon tot.«

Sie starrten ihn verwirrt, ja wütend an.

»Geh aus dem Weg, Fennegman«, schrie ein stämmiger Fischer. »Wenn du zu feige bist, ich bin es nicht. Ich lasse es nicht zu, dass diese ... diese ... dass sie unsere Familien töten!«

Der Mann schlug nach Fennegman, der in einer eleganten Drehung auswich und als der Stämmige losrannte, stellte der kleine Mann ihm ein Bein und warf sich mit einem Satz auf seinen Rücken. Blitzschnell drehte er einen Arm des Mannes auf den Rücken, griff in dessen Haarschopf und zwang ihn so, nach Benderskart zu blicken.

»Kannst du es sehen, du Narr? Bei allen Seeteufeln, gäbe es eine Möglichkeit, den unseren beizustehen, dann würde ich der erste sein, der hinüberrennt. Seht euch diese Wesen an! Mit was wollen wir sie töten? Mit unseren Fischspeeren oder den Messern? Verdammt, seht doch hin! Wir haben nichts, mit dem wir diese Kreaturen töten können.«

Er hatte recht.

Viele Menschen, die zuvor auf die Straßen geeilt waren, versuchten nun verzweifelt, wieder in die Häuser zu gelangen, um dort Schutz zu finden. Aber die Bohlentüren, so stark sie auch sein mochten, hielten dem Ansturm der Angreifer nicht lange stand. Andere Bewohner hatten sich auf dem zentralen Platz gesammelt, wo der Älteste, Sere Amderman und der Schmied Schloochman versuchten, eine Verteidigung zu organisieren. Ein oder zwei Jagdbogen, einige Speere und massive Knüppel waren die Waffen. Ein einziges Schwert wurde geschwungen. Jene alte und verschrammte Klinge, die der Wirt Tolkman hinter seinem Tresen aufgehängt hatte und die von angeblichen Ruhmestaten kündete. Diese Männer hatten einen Ring um Frauen und Kinder gebildet und stemmten sich den Angreifern entgegen. Sie hatten keine Chance gegen die starken Kieferzangen.

Fennegman war froh, keine Details sehen zu müssen. »Wir müssen retten, was zu retten ist«, sagte er eindringlich. »Die Boote sind unsere einzige Fluchtmöglichkeit, an Land werden die Kreaturen uns erwischen und töten.« Er deutete auf einige der Männer. »Ihr bereitet mit Wandeman die Boote vor. Sie müssen in seichtes Wasser, damit wir rasch ablegen können. Torbjong, mein Sohn, du wirst mit den anderen Jungen zu unserem Haus eilen. Nehmt an Vorräten und Trinkwasser, was ihr findet und bringt es her. Und beeilt euch.«

Der Weg zu Fennegmans Haus schien noch relativ sicher. Die Angreifer begnügten sich im Augenblick damit, Benderskart heimzusuchen, wo sie mehr als genug Opfer fanden.

Fennegman zog den Kopf des unter ihm liegenden Mannes zur Seite. »Und du, wenn du wirklich so wagemutig bist, dann folge mir. Wir werden versuchen, von den Menschen Benderskarts so viele wie möglich zu retten.«

Der Mann starrte ihn ungläubig an und als Fennegman von ihm abließ und auf den Ort zurannte, nickte er und folgte dem kleinen Mann. Hinter ihnen begannen die anderen, nach kurzem Zögern, Fennegmans Anweisungen zu folgen. Immer wieder warfen sie schockierte Blicke zurück, während sie erneut zum Strand hinuntereilten, um die Boote vorzubereiten.

Die Fangboote schienen das einzige Fluchtmittel und das Meer der einzige Fluchtweg zu sein. Dazu brauchten sie Nahrung und Trinkwasser. Hastig wurden Fische von den Trockengestellen gezerrt und in die Rümpfe geworfen, Eimer und Fässer folgten, Speere und Netze wurden bereitgelegt.

Fennegman und der andere, er hieß Malteman, rannten auf Benderskart zu und je näher sie kamen, desto mehr fragten sie sich, welche Tollkühnheit sie dazu antrieb, denn alle Instinkte schrien danach, diesen Ort weit hinter sich zu lassen. Aber da waren die Menschen, die den Angreifern praktisch hilflos ausgeliefert waren.

Fennegmans Beine schmerzten. Er war körperliche Arbeit gewohnt, aber er brauchte auf seinem Boot und am Strand nie weit und schnell zu laufen. Ächzend blieb er stehen. »Warte, wir müssen sie zu uns rufen«, keuchte er. »Rufen … müssen wir.«

Malteman hörte ihn nicht. Er rannte weiter und würde bald den Rand des kleinen Dorfes erreichen. Er begann zu schreien, winkte dabei mit den Armen, um die Menschen auf sich aufmerksam zu machen. Einige sahen ihn wohl, denn er deutete dann zum Strand hinunter. Fennegman warf einen raschen Blick zu seinem Haus, das ein gutes Stück abseits auf der Düne stand. Torbjong hatte es soeben erst erreicht, begleitet von einer Gruppe Jungen.

Henafraw würde wissen, was zu tun war und sie würde sich beeilen.

Von Losterman und seinem Sohn war Nichts zu sehen, aber das war auch kein Wunder. Was in Benderskart vor sich ging war unübersichtlich. Soweit Fennegman sehen konnte, bewegten sich nur noch die Bestien in den Straßen. Lediglich auf dem Marktplatz schien es noch schwachen Widerstand um Schloochman und den Ältesten zu geben. Leblose Menschen lagen in den Straßen und viele von ihnen waren grausam verstümmelt. Der Tod machte keinen Unterschied in Geschlecht und Alter.

Zwei Frauen und zwei Kinder rannten auf Fennegman zu, herbeigerufen durch Maltemans Geschrei. Fennegman winkte. »Zum Strand! Hinunter zu den Booten!«

Er glaubte nicht, dass sie ihn überhaupt hörten. Die weit aufgerissenen Augen schienen fern jeden Verstehens. Eine der Frauen presste einen Säugling an ihre Brust, stolperte und fing sich gerade noch. Fennegman seufzte schwer und sah erneut nach Benderskart hinüber.

Er glaubte für einen Augenblick, Losterman erkennen zu können, war sich aber nicht sicher. Fennegman ballte die Hände hilflos zu Fäusten. Hätte er eine wirkliche Waffe besessen, so hätte er kaum gezögert, sich in den Kampf zu stürzen. Vielleicht war es daher gut, dass er keine besaß. Er wäre, wie die anderen, einen sinnlosen Tod gestorben.

Am Ortsrand von Benderskart tauchte nun tatsächlich Losterman auf und Fennegman winkte ihm hastig zu. Der Fischer zerrte seine Frau und seine Töchter mit sich, von seinem Sohn war nichts zu sehen. Eines der Mädchen knikkte ein und ihr Vater zog es rücksichtslos mit sich, ihre Beine schleiften strampelnd über den Sand. Fennegman begriff, welches Grauen die Familie erlebt haben musste und es war noch nicht vorbei.

Hinter den Fliehenden erschien der chitingepanzerte Leib eines Angreifers und er zögerte nicht, die Verfolgung aufzunehmen.

»Beeilt euch«, schrie Fennegman und eilte der Familie entgegen. Er hatte keine Vorstellung, was er gegen die Bestie unternehmen könnte, aber er konnte auch nicht tatenlos zusehen, wie sich der Tod Losterman und den Seinen näherte.

Diese Kreaturen bewegten sich unglaublich schnell. Dabei schienen sich ihre Leiber zwischen die sechs Gliedmaßen zu ducken und die Unterseiten der drei Körpersegmente berührten fast den Boden. Fennegman fiel auf, wie ruhig der Körper wirkte, während sich die Gliedmaßen hektisch bewegten. Die Kieferzangen waren leicht geöffnet und die Facettenaugen des Wesens wirkten matt und ohne Leben.

Losterman befand sich zwischen Fennegman und dem Verfolger und der würde die Familie lange vor dem kleinen Mann erreichen. Fennegman beeilte sich, spürte schmerzhafte Stiche in der Seite und überlegte fieberhaft, welche Waffe ihm verfügbar war. Er hatte nur das Fischmesser, welches in seinem Gürtel steckte. Eine kümmerliche Waffe gegen die mächtigen Kieferzangen. Er tastete an die Scheide und berührte dabei auch den Gürtel. Der Gürtel …

Immerhin, der Gürtel bestand aus breitem und dickem Leder und er hatte eine schwere Metallschließe. Wenn man mit Wucht zuschlug, konnte diese Schnalle üble Verletzungen hervorrufen, vielleicht sogar bei dieser Kreatur. Jedenfalls würde sie Fennegmans Reichweite vergrößern. Während des Laufes löste er die Schnalle, nahm das Fischmesser in die eine und den kräftigen Lederriemen in die andere Hand.

Das Wesen hatte die Lostermans fast erreicht und machte im vollen Lauf einen Satz nach vorne. Die Frau war ein Stück hinter ihrem Mann und die Bestie sprang auf ihren Rücken und die Zangen schlossen sich. Losterman schien das nicht bemerkt zu haben, aber das kleine Mädchen, das er mit sich zerrte, sah die Bestie und schrie gellend. Ihre Schwester, durch die Hand der toten Mutter festgehalten, hatte keine Chance. Schon setzte der Angreifer zum nächsten Sprung an. In diesem Moment wandte sich der fliehende Fischer um und sah das springende Rieseninsekt.

Er hob abwehrend einen Arm und Fennegman schrie wütend auf, als er den Freund zu Boden stürzen sah, unter dem Leib des Angreifers begraben. Aber Losterman lebte noch, strampelte mit den Beinen und versuchte, den Kopf des Insekts von sich fort zu drücken. Wieder schlossen sich die Kiefer und der abwehrend erhobene Arm fiel abgetrennt zu Boden.

»Verfluchte Bestie!« Fennegman war heran und instinktiv schlug er mit der schweren Metallschnalle nach dem schwarzen Facettenauge. Die Kreatur stieß ein Pfeifen aus, sprang instinktiv von Losterman weg, der sich schreiend aufrichtete und taumelnd auf die Füße kam.

Der schwer verletzte Fischer ließ seine kleine Tochter los, umklammerte den Armstumpf und torkelte weiter zum Strand, angetrieben vom Instinkt. Das Mädchen stand da, schrie in wahnsinnigem Schreck und war zu keiner Bewegung fähig.

Fennegman versuchte abermals, das Auge des Wesens zu treffen, doch es wich aus, die Zangen packten das Kind und töteten es. In ohnmächtigem Zorn schleuderte der kleine Mann sein Messer und es drang in das verletzte Auge. Es drang bis über den Griff ein, doch die Kreatur schien es nicht sonderlich zu behindern. Zwischen ihre Gliedmaßen geduckt, schien sie Fennegman zu belauern und ihre blutigen Zangen schlossen und öffneten sich langsam.

Dann sprang die Kreatur.

Fennegman ließ sich auf den Rücken fallen und schlug mit dem Gürtel zu.

Irgendwo verhakte sich die Schnalle zwischen den gespreizten Zangen, als die Kreatur über den Fischer hinweg flog. Fennegman hielt sich krampfhaft an seiner kümmerlichen Waffe fest und spürte, wie er von einer unwiderstehlichen Gewalt mitgezogen wurde, als das Wesen über ihn hinweg setzte.

Fennegman war klein, aber er war außerordentlich kompakt und schwer. Er wirkte wie ein Anker, und die Kreatur wurde im Sprung herumgerissen. Fennegman glaubte, sein Arm werde aus der Schulter getrennt, spürte harten Chitin an seinem Leib, als der Angreifer einen regelrechten Überschlag machte und krachend auf dem Rücken landete. Pfeifend blieb das Wesen liegen und strampelte schwach mit seinen Gliedmaßen.

Der kleine Mann spürte den zuckenden Unterleib des Wesens an seinem eigenen Körper, riss den Gürtel instinktiv frei und nutzte die Gunst des Augenblicks. So schnell ihn seine Beine trugen, hastete er zum Strand hinunter.

Links von sich sah er eine Gruppe Menschen, die aus der Richtung seines Hauses kamen und gerade die Boote erreichten. Er sah Henafraw und wusste, sie würde in Sicherheit gelangen.

Sein Boot war das einzige, was schon tief genug im seichten Wasser lag, um schnell abgestoßen zu werden. Die anderen lagen noch halb auf dem Strand und die Fischer und ihre Söhne, wenigstens jene, die dort zu sehen waren, halfen einem halben Dutzend Dorfbewohnern, die es irgendwie zum Strand hinunter geschafft hatten.

Fennegman erreichte Losterman, der durch den Blutverlust geschwächt war und sich kaum noch auf den Beinen halten konnte. So gut es ging, stützte er den Freund.

Torbjong eilte seinem Vater entgegen und gemeinsam gelang es ihnen, den Schwerverletzten ins Boot zu heben.

»Sie kommen!«

Köpfe ruckten herum, Augen weiteten sich erschrocken, als dunkle Schatten auf dem Kamm der Düne erschienen.

»Stoßt ab, wir müssen ins tiefe Wasser«, keuchte Fennegman und griff nach einem der Paddel.

Torbjong griff sich das andere und Henafraw knotete notdürftig einen Tuchstreifen um Lostermans Armstumpf, damit er nicht verblutete. Auch Wandeman war im Boot und griff nach der Ruderpinne. Sie ruderten verzweifelt und das Boot begann sich langsam, aber stetig, ins tiefere Wasser zu bewegen.

An den anderen Booten schrien Menschen und während die einen entsetzt auf die Kreaturen starrten, die nun über die Düne strömten, schoben die anderen die Fischerboote vom Sand ins Wasser.

Die Kreaturen kamen ihnen zuvor.

Hilflos mussten Fennegman und die anderen zusehen, was am Strand geschah.

Sie waren in Sicherheit, sie wussten es, denn die Kreaturen schienen davor zurückzuschrecken, ins Wasser zu springen und hätten sich die anderen Boote nur wenige Meter weiter im Wasser befunden, ihre Insassen wären wohl gerettet gewesen.

»Lasst uns rudern«, murmelte Fennegman.

Henafraw und Wandeman schluchzten leise. Torbjong starrte benommen zum Ufer zurück und Losterman war nun bewusstlos geworden, so dass ihm der Anblick erspart blieb.

Fennegman räusperte sich. »Kommt, wir müssen hier fort.«

»Wo … Wo sollen wir denn hin?«, stöhnte Wandeman.

»Wir fahren nach Swagenkart. Rund fünfzig Kilometer die Küste entlang.« Fennegman deutete instinktiv in die Richtung. »Dort werden wir Hilfe finden. Und wir müssen die Truppen des Königs verständigen.«

»Sie sind tot«, flüsterte Henafraw. »Sie sind alle tot.«

»Nicht alle«, erwiderte Fennegman heiser. »Wir sind noch am Leben. Aber wenn wir jetzt nicht rudern, kann sich das schnell ändern.« Er stieß seinen Sohn auffordernd an. »Vorwärts, mein Sohn, wir werden den Mast aufrichten und das Segel setzen. Das macht es leichter.«

Hinter dem kleinen Fischerboot blieb Benderskart zurück.

Ein kleines Dorf, das ihnen Heimat gewesen und nun ein Ort des Todes war.

8

Fünf Tage noch, bis Anram.« Ena stand über den Kartentisch gebeugt und steckte den Kurs mit dem Stechzirkel ab. »Wir haben eine schnelle Fahrt gemacht.«

Nossem nickte und wusste nicht recht, was ihm mehr Freude machte. Die gute Fahrt der Mel-Herikat oder das verlockende Gesäß seiner Ersten Offizierin. Anfangs hatte er Vorbehalte gehabt, einen weiblichen Offizier an Bord zu nehmen, so etwas konnte unter der männlichen Besatzung Unruhe auslösen, vor allem, wenn man lange auf See war. Aber ihre Fähigkeiten hatten ihn überzeugt. Sie hatte das richtige Gespür für die See und ein natürliches Gefühl für das Verhalten des Schiffes. Navigation und Berechnung beherrschte sie, wie Nossem sich insgeheim eingestand, besser und schneller als er. Vielleicht lag dies an seinem Alter, denn immerhin fuhr er nun seit fünfzig Jahren zur See. Er war mit dem Handelshaus Mel groß geworden und kommandierte nun dessen neuestes und schnellstes Schiff.

»Und wir werden guten Gewinn machen.« Ena richtete sich auf und zeigte ihre erfreuliche Vorderseite.

Eigentlich war alles an der jungen Frau erfreulich. Überaus erfreulich. Wenn Nossem ein wenig jünger gewesen wäre, nur drei oder vier Jahre … Der Kapitän seufzte leise. Ena sah ganz so aus, als hätte sie mächtig Feuer im Kessel und wenn er an seine alten Knochen dachte, war es wohl besser, sich mit der Vorstellung zu begnügen, welche Freuden Ena einem Mann bereiten konnte.

»Das Haus Mel wird guten Gewinn machen«, korrigierte er und trat an den Handlauf der Brücke zurück. »Immerhin, es wird eine gute Prämie für uns abfallen.«

Ena trat neben ihn, das Teleskop in den Händen. Der enge Sitz ihrer Offiziersuniform hatte längst die Aufmerksamkeit des Rudergängers erregt, wie Nossem missmutig feststellte. Aber konnte er dem Mann vorwerfen, was ihn selbst beseelte? Verdammt, sie war eine fähige Offizierin, aber sie brachte Unruhe in seine Gedanken und die der Mannschaft. Vielleicht war es besser, sie bald von Bord zu befördern. Sie würde wohl ohnehin schnell die Kapitänswürde erlangen, auch wenn die Handelshäuser sich noch immer gegen weibliche Kapitäne sträubten.

»Traditionalisten.«

»Was?« Nossem sah die junge Frau verwirrt an.

»Es sind Traditionalisten, die Handelsherren«, erwiderte sie lächelnd. »Daher haben sie etwas gegen Frauen am Ruder.«

Der Kapitän errötete. Wie viel von seinen Gedanken hatte er unbedacht laut ausgesprochen? Er räusperte sich. »Traditionalisten, ja. Aber das, äh, gehört nun einmal zur Seefahrt.«

»Den Handelsherrn Tar wird jedenfalls der Schlag treffen, wenn er entdeckt, dass wir »seine« Route befahren.« Ena kicherte belustigt und zog das Teleskop auseinander.

»Hoffentlich«, brummte Nossem. »Ich mag den Handelsherrn Tar nicht. Er verdrängt immer mehr der kleineren Handelshäuser. Seit die alten Segler verschwinden, ist es für die Kleinen sehr kostspielig, ein neues Schiff in Dienst zu stellen und konkurrenzfähig zu bleiben.«

Nossem wandte sich um, lehnte sich an den Handlauf und wies über das Schiff. »Ich habe noch auf den Seglern gelernt, Ena. Ein unvergleichliches Erlebnis. Man spürt förmlich, wie das Schiff lebt. Wie der Wind seine Segel füllt und der Rumpf darauf reagiert. Man hört das Knarren des Holzes, das Summen der straff gespannten Takelage und Wanten. Bei Wind und Wetter muss man in die Masten, Segel setzen, Segel bergen … Das ist wahre Seemannschaft, Ena, wahre Seemannschaft.«

»Das mag sein.« Sie sah ihn nachdenklich an. »Aber es gehört der Vergangenheit an. Die Zukunft gehört Schiffen, wie unserer Herikat. Schnell und unabhängig vom Wetter.«

»Vom Wind, doch nicht vom Wetter.« Er lächelte wehmütig. »Auch dieses Schiff ist dem Gesetz der See unterworfen. Aber ich gebe gerne zu, dass wir mehr Fracht laden können, als ein Segler und dass wir jedem davonfahren. Nun, vielleicht mit Ausnahme der Mel-Harkon.«

»Dein alter Segler?«

»Mein erstes Kommando als Kapitän. Nie gab es einen schnelleren Segler«, stimmte Nossem zu. »Aber jetzt … Jetzt ist die Harkon alt und befährt nur noch die Küstengewässer. Ein Segler gehört auf die freie See, Ena, auf die freie See. Nur dort kann er seine Segel voll entfalten.«

Die junge Erste Offizierin spürte die Wehmut des alten Kapitäns und wollte sie nicht vertiefen. »Wir sind schnell vorangekommen, Kapitän. Aber die Rückfahrt wird länger dauern. Wir müssen gegen die Strömung der Südfurt fahren.«

»Ja, das wird uns Kraft und Brennstein kosten.« Nossem reckte sich ein wenig. »Wir werden in Anram zusätzliche Vorräte an Bord nehmen. Das wird den Gewinn ein wenig schmälern.«

Die Herikat war ein besonderes Schiff. Das kleine Handelshaus Mel hatte einen Kompromiss geschlossen und aus der Not eine Tugend gemacht. Man hatte einen Flottenkreuzer aufgekauft und umgebaut. Die Herikat war noch als Segler im Bau gewesen, als die königliche Flotte unvermittelt auf Dampfkraft umstellte. Das Schiff umzurüsten, wäre für die Flotte nicht lohnend gewesen, aber für das Handelshaus Mel bot sich diese Möglichkeit an. Das Handelshaus hatte eine der neuesten Dampfmaschinen einbauen lassen, deren Verbrauch geringer und Leistung höher als bei den alten war.

Mel hätte auch gerne auf das mächtige Schaufelrad am Heck verzichtet und eine Antriebswelle mit Propeller verwendet, der sich vollständig unter dem Wasser bewegte. Aber diese großen Propeller waren sehr aufwändig in der Herstellung und entsprechend teuer. Zudem war diese

Antriebsart von den königlichen Konstrukteuren erfunden worden und der König war so schlau gewesen, die neuen Propeller lediglich zu vermieten. Des Königs Werft behielt sich den Bau der Anlagen vor und die Handelshäuser mussten jedes Jahr eine stattliche Steuer entrichten, wenn sie eines ihrer Schiffe damit ausrüsten wollten. Zum ersten Mal hatte der König damit dem Raubbau der Händler entgegengewirkt, die schon oft Entwicklungen der königlichen Konstrukteure für sich übernommen hatten. Aufgrund der Kosten verzichtete man bei den meisten Handelsschiffen auf die Propeller und auch die Herikat musste mit dem üblichen Schaufelrad fahren.

Da die Herikat allerdings über die neueste Dampfkraftanlage verfügte, war sie schneller als die anderen Handelsschiffe und erreichte fast die Geschwindigkeit eines Kampfkreuzers. Die Unterbringung der 30-köpfigen Besatzung war bescheiden, da Maschine und Brennstein viel Raum beanspruchten und das Handelshaus Wert auf ausreichende Laderäume legte, aber damit hatte man sich arrangiert.

Ena hatte das Teleskop vor Augen und suchte routinemäßig den Horizont ab. »Schiff Rechtsweisend voraus«, sagte sie unvermittelt. »Ein Segler.«

»Ein Segler?« Nossem ließ sich von ihr das Teleskop geben. »Keiner von uns. Unsere fahren nur noch an den Küsten«, seufzte er. »Wohl einer aus Anram.«

Sie sah, wie er das Schiff suchte. »Zehn Grad über den Bug Rechtsweisend.«

»Ah, ja, ich habe es.« Nossem glich die Schiffsbewegungen aus, aber die Linse wollte nicht stillhalten. »Ena«, sagte er hilfesuchend.

»Sofort, Kapitän.«

Sie trat vor ihn, ging ein wenig in die Knie, so dass er das Teleskop auf ihre Schulter legen konnte. Für einen Moment vernahm er den leicht süßlichen Geruch eines Duftstoffes, suchte erneut nach dem fremden Schiff. »Ah, ich habe es«, wiederholte er. »Ja, ein großer Rahsegler. Hat alle Segel gesetzt und kommt uns schnell entgegen. Zwei Stunden, vielleicht weniger, und er wird uns passieren.«

»Wir sollten vorsichtig sein.« Ena richtete sich wieder auf. »In diesem Gebiet sollen zwei Schiffe verschwunden sein.«

»Ja, das habe ich auch gehört.« Nossem schob das Teleskop mit einem vernehmlichen Klicken zusammen und reichte es ihr zurück. »Falls es Korsaren sein sollten, werden sie sich wundern. Wir brauchen nur gegen den Wind zu fahren und können ihnen mühelos entkommen.« Er lachte. »Wenn sie gegen den Wind kreuzen müssen, können sie uns niemals einholen.«

»Wenn die Maschine mitmacht.«

»Dafür wird Jorodorn schon sorgen. Du kennst ihn, auf seine Maschinen lässt er nichts kommen. Ich denke, er schläft sogar bei ihnen.« Nossem bemerkte ein kurzes Zukken von Anas Augen. Konnte es sein? Jorodorn und Ena? Nun, das ging ihn nichts an, Beziehungen waren auf den Schiffen nicht verboten, wohl weil es ohnehin kaum Frauen an Bord gab. Bei der Flotte war das anders. Gab es dort ein Verbot? Ach, es interessierte ihn eigentlich nicht. Solange beide ihre Arbeit taten und kein Unfrieden entstand, sollte es ihm recht sein.

»Er hält ziemlich genau auf uns zu.« Ena beschattete ihre Augen gegen die Sonne. »Er wird uns in geringem Abstand passieren.«

»Das gefällt mir nicht.« Kapitän Nossem überlegte. »Wenn es ein Korsar ist, kann er schnell den Kurs ändern und versuchen, uns zu entern oder zu rammen.« Er sah den Steuermann an. »Solange wir nicht wissen, was seine Absicht ist, werden wir auf Distanz achten. Henmar, Kurs zehn Grad Linksweisend.«

Der Bug der Herikat schwenkte ein wenig von dem näher kommenden Segler fort.

»Sie korrigieren ebenfalls und kommen weiter auf«, stellte Ena fest.

»Das Teleskop«, brummte Nossem. Erneut betrachtete er das fremde Schiff. »Ich kann Pfortendeckel an seiner Breitseite erkennen. Das ist definitiv ein Kriegsschiff und kein Händler. Ah, halt, da steigen Tücher am Vormast empor. Hier, Ena, sieh du sie dir an. Deine Augen sind besser, als meine.«

»Das Zeichen von Anram«, murmelte sie. »Das darunter scheinen Signaltücher zu sein, aber ihre Abfolge scheint mir sinnlos.«

»Wenigstens wissen wir nun, dass es ein Schiff der Anramer ist.« Nossem wirkte erleichtert. »Wahrscheinlich sucht es Kontakt zu uns. Vielleicht wollen sie nur plaudern, vielleicht bringen sie auch wichtige Nachrichten.« Er legte die Hände auf den heißen Handlauf der Brücke. »Ich hoffe nur, sie haben keine Krankheit in Anram und verwehren uns nicht das Einlaufen in den Hafen. Das wäre verdammt ärgerlich.«

Vor Jahren hatte Nossem mit einem anderen Schiff einen solchen Fall erlebt. In einer Hafenstadt war damals eine Seuche ausgebrochen und sie hatten wochenlang in Quarantäne gelegen und schließlich nur mäßigen Gewinn eingefahren.

»Sie kürzen Segel«, meldete der Steuermann überflüssigerweise, denn die beiden Offiziere konnten ebenfalls erkennen, wie die unteren Großsegel an den Masten des Seglers nach oben zu schrumpfen schienen. »Sie nehmen Fahrt weg.«

»Offensichtlich wollen sie wirklich mit uns reden.« Nossem nickte. »Nun, wir wollen unseren Handelspartnern gegenüber höflich sein.«

Er trat an das Metallrohr, das von der Brücke in den Rumpf der Herikat führte und zog an der Leine, die eine Glocke im Maschinenraum zum Klingen brachte. Er wusste, welcher Lärm dort herrschte und wartete geduldig, bis er einen Gegenzug spürte. Auf allen Schiffen war die Signalübermittlung mittels der Glockenschnur einheitlich geregelt. Ein kurzer Ruck signalisierte Fahrt voraus, zweimal gezogen die Rückwärtsfahrt und dreimal das Abstellen der Maschine. Eine kurze Pause, dann wurde erneut gezogen. Einmal für kleine Fahrt, bis zu dem viermaligen für maximale Geschwindigkeit.

Nossem signalisierte kleine Fahrt voraus und das Schaufelrad am Heck begann sich langsamer zu drehen. Die Bugwelle begann in sich zusammen zu fallen, als das Schiff an Fahrt verlor und nur noch langsam über das Meer zu kriechen schien.

Das Schiff aus Anram war nun auch mit bloßem Auge gut zu erkennen, aber Ena nahm nochmals das Teleskop vors Auge. Sie stutzte, setzte es kurz ab und sah erneut hindurch. Als sie zu Nossem herumfuhr, konnte er den Schrecken in ihren Augen erkennen.

»Das ist kein Schiff aus Anram! Dort sind keine Menschen an Bord, Kapitän. Nicht einmal menschenähnliche Wesen.«

Nossem nahm ihr das Teleskop aus den Händen. »Fluch der Verdammnis, was ist das?« Er erbleichte. »Bei allen Göttern und den finsteren Abgründen, was ist das?«

»Kapitän! Wir müssen Kurs ändern«, sagte Ena hastig. »Was immer das für Geschöpfe sind, sie haben bestimmt keine guten Absichten.«

»Was?« Nossem setzte das Teleskop ab. Er schien unter Schock zu stehen.

Ena fuhr herum. »Ruder hart Linksweisend! Wir müssen gegen den Wind an ihm vorbei!« Hastig griff sie nach der Signalschnur, gab das Zeichen für volle Fahrt voraus. Dabei musterte sie das andere Schiff. »Es wird knapp«, ächzte sie, »aber wir können es schaffen.«

Nossem schien erst jetzt zu sich zu finden. »Verdammt, Ena, was hast du vor? Du läufst ihm ja direkt vor den Bug!«

Das Stampfen der Dampfmaschine wurde lauter und für einen Moment erzitterte der Rumpf der Herikat, als sich das Schaufelrad schneller bewegte und das Schiff wieder beschleunigte. Der Bug schwang unter dem neuen Kurs hart nach links.

»Wir fahren vor seinem Bug vorbei«, sagte die Erste Offizierin hastig. »Gegen den Wind.«

»Er wird uns rammen«, schrie Nossem entsetzt. »Wir sind zu langsam und er kracht uns direkt in die Bordwand.«

Der Kapitän wollte sich zum Rudergänger umdrehen, aber Ena hielt ihn fest. Eine Ungeheuerlichkeit, denn sie widersetzte sich ihrem Kommandanten. »Kapitän Nossem, wenn wir es nicht tun, dann kommt er verdammt dicht an uns heran und wird uns entern. Wollen sie, dass diese … diese Viecher … zu uns an Bord gelangen?«

»Bei allen Göttern«, keuchte Nossem.

Der alte Seemann schien vollkommen verwirrt und unentschlossen. Ena konnte das auf gewisse Weise verstehen. Er fuhr schon ein Menschenalter zur See und hatte Stürmen und Korsaren getrotzt, aber was da auf sie zukam, war etwas vollkommen anderes. Eine tödliche Gefahr, die aus einem Albtraum entsprungen schien.

»Kapitän«, zischte sie, »die Männer sehen auf uns.«

Nossem schluckte schwer und nickte dann. Ihre eindringlichen Worte schienen ihn an seine Pflichten zu erinnern. »Natürlich, Ena.« Er räusperte sich. Abschätzend betrachtete er den Kurs und die Geschwindigkeit der beiden Schiffe. »Sie setzen wieder alle Segel. Ihr Götter, das ist … ist widerlich.«

Er meinte nicht das Setzen der Segel an sich. Aber die Gestalten, die sich dort in den Wanten und Masten bewegten, hatten nichts Menschenähnliches an sich auch wenn sie ungefähr die Größe eines Menschen hatten.

Dort bewegten sich Leiber aus braunschwarz glänzendem Chitin, in der Mitte eingeschnürt. Auf sechs spinnendünnen Beinen bewegten sie sich rasch und sicher, weitaus gewandter, als ein Mensch dies gekonnt hätte. Ein flacher, lang gestreckter Schädel, ebenso gepanzert, wie der Leib, mit zwei großen, ovalen Augen, darunter ein Mundschlitz, gesäumt von zwei kräftigen Zangen.

»Sie gleichen den Insekten aus unseren Gärten und Wäldern«, sagte Ena leise. »Aber sie sind viel größer und sie sind intelligent. Sie handhaben das Schiff, als hätten sie nie etwas anderes getan.«

»Aber es ist ein Schiff aus Anram«, ächzte Nossem.

»Sie müssen es erobert haben und ich glaube, am Schicksal der Mannschaft kann es keinen Zweifel geben.«

»Dann sind wir verloren.« Nossem wies mit einer müden Bewegung auf den Feind. »Das dort ist immerhin ein Kriegsschiff, was diese Bestien sich genommen haben. Unsere arme Herikat hat nicht einmal eine Waffe an Bord. Ein paar Beile, Spieße und Messer, aber was sollen sie gegen solche Wesen nutzen?«

»Wir schaffen es.« Ena umklammerte den Handlauf.

Stampfend schob sich die Herikat durch die See. Sie waren noch einige Dutzend Meter vor dem Feind, als sie seinen Bug passierten. Auf dem Vordeck des anramischen Kriegsschiffes drängten sich die fremden Wesen, ihre Facettenaugen strahlten eine stumme Drohung aus. Neben dem Stampfen der Maschine und den Geräuschen der Schiffe, war ein seltsames Schaben und Klicken zu vernehmen.

Nur wenige Männer der Herikat waren an Deck und sie alle starrten entsetzt zum Feind hinüber. Immer weiter schob sich ihr Schiff vorbei und es sah ganz so aus, als könnten sie doch entkommen.

»Sie legen neuen Kurs«, stellte Ena fest.

Die Fremden waren geschickt und erfahren. Statt auf den neuen Kurs der Herikat einzuschwenken, legten sie Gegenruder und ihr Bug schwang rasch zum Heck des telanischen Schiffes.

»Zu spät«, knurrte Nossem. »Sie werden uns niemals entern können.«

»Ich fürchte, das haben sie auch nicht vor.« Enas Hände krallten sich förmlich in den Handlauf. »Wenigstens noch nicht. Da, die Geschützpforten öffnen sich.«

»Ihr Götter.« Nossem starrte auf die Breitseite des Gegners, an dem sich die Geschützluken öffneten. Die stumpfnasigen Rohre der Kanonen wurden ausgerannt. »Oh, ihr Götter.«

Das fremde Schiff verschwand hinter einer Wand aus wirbelndem, braungelbem Qualm, aus dem orangegelbe Blitze zur Herikat zuckten. Ein heißer Sturm schien das Schiff zu erfassen.

Ena wusste, dass sie entsetzt schrie, aber der Schrei ging in dem krachenden Donner unter, der die Breitseite des Gegners begleitete. Massive Eisenkugeln hämmerten gegen den Rumpf oder rasten über das Deck.

Ein Matrose, am Bug der Herikat, verschwand einfach, mitgerissen vom Explosionsdruck der Breitseite oder einem ihrer Geschosse. Teile der Reling zerbarsten und ihre Splitter summten als bösartige Geschosse umher. Der Ladekran vor der Brücke knickte ein, stürzte auf das Vorschiff und erschlug einen weiteren Mann. Der Kopf des Rudergängers verschwand in einer Wolke aus Blut und Gewebe, für einen Moment stand der Rumpf noch am Ruder, dann brach er zusammen. Die Brücke erbebte, als ein oder zwei Geschosse einschlugen.

All dies geschah für Ena in erschreckender Lautlosigkeit. Nur langsam kehrte ihr Gehör zurück und sie hörte die Schreie der entsetzen Besatzungsmitglieder und der Verwundeten. Vor der Brücke, neben dem gestürzten Ladekran, hockte ein Mann, dem der Arm abgerissen war und schrie erbärmlich.

Ena fand erneut schneller zu sich, als Nossem und der Kapitän zuckte zusammen, als sie ihn am Arm packte, befürchtete wohl, er sei gerade von einem Geschoss getroffen worden. »Gebt die Befehle, Kapitän«, brüllte sie ihn an. »Rasch, handelt!«

Nossem war einfach überfordert.

Ena fluchte grimmig, trat an das Steuerruder, das haltlos zu wirbeln begann und legte erneut Kurs. »Kümmert euch um den Verletzten auf dem Vordeck«, befahl sie und warf einen Blick auf den Feind. Sie spuckte wütend aus. Die Kanonen verschwanden im Rumpf des Gegners, wurden jetzt nachgeladen.

»Wir sind verloren«, stammelte Nossem.

»Wir schwimmen noch und wir machen noch Fahrt«, erwiderte sie kalt. »Und der Feind braucht Zeit, die Kanonen neu zu laden.«

Die beiden Schiffe entfernten sich rasch voneinander, da sie entgegengesetzten Kurs hatten. Ena wusste, dass der Gegner das nun ändern würde, um die Verfolgung aufzunehmen. Und er würde versuchen, die Herikat zum Krüppel zu schießen, damit sie ihm nicht entkommen konnte.

»Ich brauche Meldung«, schrie sie. »Was ist unter Deck? Verluste? Was ist mit der Maschine? Haben wir ein Leck?«

Der hölzerne Rumpf war mit Metallplatten verstärkt worden. Ena glaubte nicht, dass eines der Geschosse den Rumpf durchschlagen hatte, aber die enormen Erschütterungen beim Aufprall einer Kugel konnten Platten lösen und Planken zerbersten lassen.

Nossem taumelte zum rückwärtigen Teil der Brücke, um den Feind im Auge zu behalten. Ein Matrose erschien auf der Treppe, die ins Schiffsinnere führte. »Lirnut hat sich den Arm gebrochen, aber ansonsten ist alles wohl. Wir haben einen Wassereinbruch beim Spant Zwei, aber das schafft die Pumpe. Verdammt, was ist überhaupt los?«

Der Mann kam ein Stück höher und sah nun das Feindschiff, welches fast quer zum Heck der Herikat lag. »Ach, du dicker Dung«, keuchte er.

Im gleichen Moment feuerte der Feind seine zweite Breitseite.

Das telanische Schiff bot ihm das Heck und damit nur eine schmale Silhouette, aber wenn jetzt ein Geschoss traf, musste es verheerende Wirkung haben und genau das geschah.

Rund um das Heck schien die See unter den Einschlägen zu kochen. Ein Geschoss pfiff dicht über Ena hinweg, ein anderes traf über dem Schaufelrad ins Heck, zertrümmerte die dort dünne Panzerung, verlor aber so viel an Energie, dass es anschließend harmlos ins Wasser stürzte. Ein anderes Geschoss traf nahezu gleichzeitig dieselbe Stelle, durchschlug den Rumpf und raste dann durch den Maschinenraum weiter, bis es, irgendwo unterhalb der Brücke, in einem Stapel Kisten stecken blieb. Auf seinem Weg tötete es einen der Maschinisten, zerfetzte zwei Stützbalken und einen Wassertank und verstümmelte zwei andere Matrosen im Unterdecksgang.

Am Folgenschwersten war der Treffer im rotierenden Schaufelrad. Eine der Kugeln traf die sich drehenden Schaufeln, fetzte sie auseinander und zerstörte die Antriebsachse. Mit dem entsetzlichen Quietschen gequälten Metalls kam das Schaufelrad zum Stehen und seine Trümmer wirkten als zusätzliche Bremse. Schlagartig verlor die Herikat an Geschwindigkeit.

»Wir sind verloren«, ächzte Kapitän Nossem.

Sie hatten keine Fahrt mehr im Schiff und auch keine Ruderwirkung. Die Herikat begann in den Wind zu drehen, wurde zum Spielball von Wind und Wellen, während der Gegner erneut näher kam.

»Sie werden entern«, keuchte Ena. »Alle Mann zu den Waffen! Nehmt Beile, Messer, was immer ihr findet!« Sie schloss kurz die Augen, stieß einen wütenden Fluch aus. »Und bleibt unter Deck, bis ich es euch sage.«

Wenn die Besatzung sich an Deck drängte, konnte der Feind versucht sein, erneut zu feuern. Aber das hatte er eigentlich nicht mehr nötig. Die Herikat war wehrlos und konnte nicht mehr entkommen. Das gegnerische Schiff schloss rasch auf, kam drohend näher. Der Segler war etwas größer und hatte einen höheren Rumpf als die Herikat. Es würde leicht für den Feind sein, an Bord zu gelangen.

Ena sah sich nach einer Waffe um, fand einen schweren Bootshaken mit stählerner Spitze und langem Stiel. Er ähnelte dem primitiven Spieß eines Soldaten und diente eigentlich dazu, Boote oder Treibgut heranzuziehen oder vom Rumpf fern zu halten.

Das Deck des Gegners wimmelte von den insektenartigen Angreifern und Ena wusste, dass sie und die Besatzung der Herikat keine Chance hatten. Aber kampflos zu sterben, kam ihr nicht in den Sinn. Fieberhaft überlegte sie, sah sich an Deck ihres Schiffes um. Ja, ihres Schiffes, denn Nossem war nicht mehr in der Lage, es zu führen. Teilnahmslos stand er am Handlauf der Brücke und starrte dem Feind entgegen. Er hatte sich wohl mit dem Tod abgefunden.

»Verdammt, Kapitän«, fluchte Ena, »versuche wenigstens, ein paar von den Biestern mitzunehmen, statt dich einfach erschlagen zu lassen.«

Sie wollte den richtigen Moment abpassen und die Mannschaft an Deck rufen, wenn das gegnerische Schiff seine Wurfleinen herüber schleuderte, um sich mit der Herikat zu verbinden. Aber sie hatte den Feind unterschätzt. Die Fremden mussten über enorme Körperkraft verfügen. Noch bevor die Leinen geschleudert wurden, duckten sich einige der Gestalten und stießen sich ab.

Entsetzt sah Ena, wie die fremden Wesen durch die Luft flogen und mit erstaunlicher Sicherheit das Deck der Herikat erreichten. Eines verfehlte und stürzte ins aufspritzende Wasser, zwei schafften es nur, sich mit zweien ihrer Beine an die Reling zu klammern, aber sie waren stark genug, sich an Bord zu ziehen. Fast zwanzig von ihnen standen jedoch an Deck und zögerten nicht, anzugreifen.

Ena wusste, dass sie verloren war, aber hier oben, auf dem Deck, würde sie noch schneller sterben und in der Nähe des Todes wurde jede Sekunde kostbar. Sie achtete nicht auf Nossem, der wie gelähmt dastand, sprang von der niedrigen Brücke aufs Deck hinunter und rammte dabei den Bootshaken nach vorne, direkt in die Brust eines Insekts.

Sie spürte, wie der scharfe Metallhaken auf den Chitinpanzer traf und daran abglitt. Aufschreiend erreichte sie die Treppe, fiel förmlich die Stufen hinab. Männer fingen sie auf, sahen sie leichenblass und in Todesangst an.

»Haltet sie auf, so gut ihr könnt«, keuchte Ena. »Die Treppe ist eng und sie können nur einzeln herunterkommen. Haltet sie auf, ich muss zum Maschinenraum.«

»Das Rad ist zerstört«, rief ihr einer der Männer nach. »Wir können nicht mehr fahren und der Feind ist schon an Bord.«

Man hörte das Poltern, mit dem sich Wurfleinen in die Reling bohrten, dann kam der Ruck, mit dem die Rümpfe aneinanderstießen. Der Ausstieg zum Oberdeck verdunkelte sich, als das erste Insekt auf die Treppe stieg. Es schritt mühelos mit dem Kopf voran und die kräftigen Kieferzangen und die schwarzen Facettenaugen strahlten eine tödliche Drohung aus. Instinktiv begannen die Matrosen, mit ihren primitiven Waffen auf das Wesen einzuschlagen.

Ena hörte die Schreie der Furcht und des Todes, während sie den Gang entlang hastete und endlich den Maschinenraum erreichte. Nur der Maschinist Jorodorn und ein weiterer Matrose befanden sich hier und sie starrten Ena angespannt und ängstlich entgegen.

»Wir werden sterben«, ächzte der Matrose mit angstgeweiteten Augen.

»Das werden wir«, sagte Ena seltsam beherrscht. »Aber ein paar von den Bestien, können wir mit ins Grab nehmen.« Sie wies auf die Dampfmaschine. »Steht sie noch unter Druck?«

Jorodorn nickte mechanisch. »Sicher steht sie noch unter Druck. Aber es gibt nichts mehr, was sie antreiben kann.«

»Heize sie hoch, so rasch du kannst, Jorodorn.« Sie lächelte kalt. »Und blockiere das Sicherheitsventil.«

Die beiden Männer begriffen sofort und während der Matrose automatisch den Kopf schüttelte, nickte Jorodorn mit grimmigem Gesicht. »Ich brauche ein paar Minuten.«

»Ich verschaffe sie dir.«

Ena hastete in den Gang zurück. An der Treppe fand ein wildes und einseitiges Gemetzel statt. Gegen die dicken Chitinpanzer der Insektenwesen kamen die Matrosen mit ihren kurzen Beilen, Messern und Spießen nicht an. Obwohl fast fünfzehn Mann unter Deck gewesen waren und sich den Eindringlingen entgegen stellten, konnten sie gegen Panzer und Kraft der Angreifer nichts oder nur wenig ausrichten. Sechs oder sieben der Matrosen lagen bereits tot am Boden, während nur eines der Insekten am Fuß der Treppe lag. Aber obwohl ihm zwei der Beine abgeschlagen waren und ein Spieß in die Einschnürung des Leibes gerammt war, schnappte es noch immer mit seinen Kieferzangen nach den Verteidigern, erwischte einen am Arm und biss diesen durch.

Ein zweites Insekt kroch über seinen Artgenossen hinweg, klickte mit seinen Zangen und sprang mitten zwischen die Matrosen. Aus einem Wirbel von Leibern spritzte Blut hervor. Ein Arm klatschte neben Ena an die Wand und fiel zu Boden. Ein oder zwei Matrosen lösten sich aus dem Kampf, versuchten verzweifelt, sich irgendwo im Schiff zu verbergen.

Ena war eigentlich überrascht, dass sie selbst keine Todesangst empfand. Vielleicht, weil sie sich damit abgefunden hatte, sterben zu müssen. Sie nahm den Bootshaken fest in die Hände, sprang vor und stieß ihn gegen das Insekt. Dieses fuhr gerade herum, richtete sich drohend auf und öffnete seine Kieferzangen. Der spitze Haken fuhr genau zwischen sie, drang in die Mundöffnung des Wesens und Ena schrie triumphierend auf, als sie fühlte, wie Gewebe nachgab. Sie stieß nach, sah, wie das Insekt nach hinten stürzte. Aus den Augenwinkeln sah sie eine Bewegung, wandte den Kopf und sah gerade noch die geöffneten Kieferzangen eines anderen Angreifers.

Jorodorn hatte den Kessel mit Brennstein gefüttert, fachte das Feuer mit einem Blasebalg an. Er hatte das Sicherheitsventil geschlossen und mit einem Tuch festgebunden und in seine Todesangst mischte sich die grimmige Gewissheit, dass der Kessel dem enormen Druck bald nicht mehr standhalten würde. Er wandte sich um, als er das Krachen an der geschlossenen Tür hörte.

Der andere Matrose hielt einen schweren Maulschlüssel umklammert, mit dem sonst die Schrauben der Antriebswelle nachgezogen wurden. Wie hypnotisiert starrte er auf die Tür, deren Holz unter einem zweiten Aufprall zerbarst. Der Schädel eines Insekts erschien, mit wütend schnappenden Zangen.

Der Matrose hieb mit dem Werkzeug zu, panisch und mit hektischen Schlägen. Eine der Kieferzangen brach und eine grünliche Flüssigkeit spritzte umher, bis der Angreifer seinen Kopf zurückzog. Das Gesicht des Mannes verzerrte sich hoffnungsvoll, aber schon erschien der nächste Feind, ließ seinen gepanzerten Leib gegen das Holz krachen und riss die Tür aus den Angeln. Einer Halskrause gleich, hing sie um den Hals des Geschöpfes, das sofort nach dem Matrosen schnappte.

Jorodorn sah den Mann sterben und hörte das gequälte Pfeifen des Sicherheitsventils. »Nun komm schon, du Bestie«, stieß er grimmig hervor. »Hol dir dein Fressen. Aber ich schwöre dir, der Bissen bleibt dir im Halse stekken.«

Als hätte das Wesen ihn verstanden, wandte es sich ihm zu und duckte sich zum Sprung.

Der Kessel hielt dem Druck nicht mehr stand.

Die Explosion sprengte den Maschinenraum auseinander, zerfetzte, was sich in ihm befand. Das Oberdeck barst über dem Raum auseinander. Trümmer wirbelten als tödliche Geschosse umher. Der Boden des Maschinenraums wurde, wie von einer gewaltigen Faust, nach unten aus dem Rumpf geschlagen. Das Heck der Herikat riss auseinander und die Druckwelle hatte den Verbund des Rumpfes derart beschädigt, dass das Wasser augenblicklich ins Schiff drang.

Ein Teil der Trümmer traf das feindliche Schiff. Einer der Masten knickte ein, Segel gingen in Fetzen. Der Druck der Detonation traf den Unterwasserrumpf des Seglers, der dicht an der Herikat festgemacht hatte. Die hölzerne Bordwand wurde über mehrere Meter eingedrückt. Ein gewaltiges Leck entstand und das Schiff begann sich sofort auf die Seite zu legen, als das Wasser mit großer Gewalt in den Rumpf schoss.

Als die Überreste der Herikat und ihrer Besatzung sanken, nahmen sie das fremde Schiff und ihre Mörder mit sich auf den Meeresgrund. Nur ein paar treibende Leichen und Trümmer trieben noch auf dem Wasser und verrieten, dass hier das vierte telanische Schiff Opfer der geheimnisvollen Angreifer geworden war.

9

Varnum hatte das Gefühl, seine Schultern müssten wund und ausgekugelt sein, von dem zahlreichen Schulterklopfen, dass er in den letzten Stunden über sich ergehen lassen musste. Birunt Hammerschlag war zu dem Kristallstock hinabgetaucht, um sich selbst von dem Fund zu vergewissern und als er wieder auftauchte, konnte er seine Begeisterung nicht verbergen.

Varnums Entdeckung war sicherlich der größte und bedeutsamste Fund, der je gemacht worden war, zumindest, was die Größe der Weißkristallsäule betraf. Selbst in den Kristallstädten an Land hatte man Derartiges noch nie gefunden und man hätte das mit Sicherheit erfahren, denn aus solchen Funden entstanden die Legenden des Zwergenvolkes.

»Diese Säule Weißkristall wird zur Legende werden«, hatte Birunt Hammerschlag versichert. »Über diesen Fund wird man Lieder schreiben und ihn besingen.« Der Schlagmeister hatte freundschaftlich auf Varnums Schulter geschlagen. »Und ebenso wird man den Namen des Schürfers besingen, der den Fund machte.«

Varnum strahlte, denn kein Zwergenmann hatte etwas dagegen, wenn sein Name durch die Legenden weiterlebte. Die Säule würde ihm wohl tatsächlich zu seinem zweiten Namen verhelfen, denn kein Zwerg wurde besungen, der über nur einen Namen verfügte. Da der zweite Name von den Ältesten des Clans verliehen wurde, war er gespannt, welchen die drei Männer für ihn auswählen würden.

»Du bist zu beneiden«, seufzte Oldrum. »Die Säule und dein Name werden zur Legende. Du wirst deinen zweiten Namen bekommen.«

»Nichts daran ist schlecht«, erwiderte Varnum stolz.

»Wer singt schon über uns Pumper?« Oldrum saß betrübt am Rand der Plattform und ließ seine Füße im Wasser kreisen. »Alle singen über die Schürfer, aber wer denkt an uns?

Ohne unsere Arbeit an den Luftpumpen könnte kein Schürftaucher unter Wasser arbeiten.«

»Ja, das ist wahr.« Varnum setzte sich neben den Freund.

»Es ist ungerecht«, brummte Oldrum. »Man sollte auch über uns Pumper singen.«

»Wir alle sind ein Teil des Ganzen«, zitierte Varnum einen Satz, der ihm in der Ausbildung vermittelt worden war. »Vom Schürfer bis zur Fischfrau, die das Essen bereitet. Der Ruhm des Einzelnen fällt auf die Gemeinschaft des Clans, ebenso wie seine Schande.«

»Schön gesagt.« Oldrum starrte ins Wasser hinab. »Aber über die Fischfrau singt man nicht. Und auch nicht über uns Pumper.«

Varnum konnte die Frustration des Freundes verstehen. Tröstend legte er ihm die Hand auf die Schulter und spürte überrascht, wie Oldrum sich ihm entzog.

»So ist nun einmal unsere Tradition«, sagte Varnum leise. »Die Bestimmung des Zwergenvolkes ist es nun einmal, nach Erzen und Kristall zu schürfen. Außerdem«, er versuchte seinen Freund aufzumuntern, »gibt es in den Kristallstädten an Land nicht genug Wasser und keine Pumper.«

»Aber bei uns, den Zwergen der Meere, bei uns gibt es genug Wasser und Pumper.«

Oldrums Griesgrämigkeit begann Varnum zu ärgern. Schließlich konnte er nichts dafür, die Säule gefunden zu haben und dass man keine Lieder über die Atemluftpumper schrieb. »Ich hätte gedacht, du würdest dich, wie die anderen, über den Fund freuen. Stattdessen sitzt du da und beschwerst dich, weil man keine Lieder über die Pumper singt.«

»Über Pumper singt man keine Lieder und sie bekommen auch keinen zweiten Namen«, knurrte Oldrum. »Jedenfalls nicht fürs Pumpen.«

Varnum glaubte zu verstehen und sah den Freund betroffen an. »Geht es darum? Um den zweiten Namen?«

»Es ist ungerecht.« Oldrum richtete sich auf und erhob sich. Er sah auf den Freund hinunter und seine Stimme war unfreundlich. »Du bekommst jetzt deinen zweiten Namen und Besana. Dabei hattest du nur Glück.« Seine Stimme wurde wütend. »Und ohne meine Luft, hättest du überhaupt nichts gefunden!«

Varnum empfand die Vorwürfe als ungerecht. Erregt sprang er auf. »Das weiß ich auch, verdammt. Ohne Luft kann keiner von uns Schürfern arbeiten. Ist das ein Grund, mich anzufeinden? Und wenn du begehrliche Blicke auf Besana wirfst, dann ist es immer noch ihre Entscheidung, wen von uns sie erwählt.«

»Na, wen wird sie wohl wählen?«, brüllte Oldrum. »Doch wohl den mit dem zweiten Namen! Wen denn sonst?«

»Was soll das Geschrei?« Zwischen den Häusern auf dem nächsten Stadtfloß tauchte Heimur Sichelhieb auf. Sein Gesicht war zorngerötet, als er heranstapfte und sich vor den beiden Freunden aufbaute. »Habt ihr nichts Besseres zu tun, als euch wie zwei wilde Fischweiber anzukeifen?«

»Er neidet mir den zweiten Namen«, stieß Varnum grimmig hervor.

»Niemand neidet einem Mann den zweiten Namen«, erwiderte Heimur. »Es erfüllt den ganzen Clan mit Stolz, wenn ein Mann sich ihn erwirbt.«

»Oldrum schon.« Varnum wies anklagend auf den Freund. »Er ist eifersüchtig. Wegen Besana.«

»Ah.« Heimur stapfte mit einem Fuß auf. »Ich hätte es mir denken können. Wenn zwei Männer in Streit geraten, steckt meist ein Weib dahinter.« Er sah Oldrum an. »Stimmt das?«

Der errötete und schwieg verstockt. Heimur schüttelte den Kopf. »Narren, seid ihr, alle beide. Besana wird nach ihrem Herzen entscheiden und nicht nach dem Namen. So, wie jede Frau, die etwas taugt. Wenn sie ernsthaft einem von euch zugetan ist, dann wird sie ihn auch erwählen.« Er sah Oldrum eindringlich an. »Und wenn der keinen zweiten Namen hat, dann wird sie warten, bis er ihn erlangt.«

»Dann ist es zu spät«, platzte Oldrum heraus. »Bis dahin ist die Zusammenkunft der Clans und dann wird sie uns verlassen!«

»Blödsinn.« Heimur stapfte erneut auf. »Wenn sie dich liebt, hat sie das Recht im Clan zu bleiben, bis auch du deinen zweiten Namen hast.« Der alte Schürfer räusperte sich. »Jeder Zwerg kann sich den Namen verdienen. Du weißt selbst, wie viele gute Pumper den zweiten führen. Dazu braucht man keinen besonderen Verdienst. Arbeite gut, und du wirst ihn bekommen. Wenn es an der Zeit ist.«

Oldrum machte nicht den Eindruck, als würden ihn die Worte von Heimur Sichelhieb beschwichtigen. Sein Blick war finster, den er dem alten Schürfer und Varnum zuwarf. Wortlos wandte er sich ab und verschwand, noch immer sichtlich wütend, zwischen den Häusern.

»So ein verdammter Unsinn«, fluchte Heimur. »Streit zwischen Schürfer und Pumper ist nicht gut. Das mindert die Aufmerksamkeit bei der Arbeit. Es ist schlecht für die Männer und schlecht für den Clan.« Er musterte Varnum. »Beende das.«

Der junge Schürfer erwiderte den Blick des Älteren verwirrt. »Was?«

»Der Streit«, knurrte Heimur ungeduldig. »Schaff ihn aus der Welt. Du kannst nicht unter Wasser gehen, wenn du in Streit mit deinem Pumper bist.«

»Und wie soll ich das machen?« Fast hätte Varnum selbst mit dem Fuß gestampft. »Mir liegt nichts an dem Streit. Oldrum hat ihn angefangen.«

»Aber du kannst ihn beenden.« Heimur legte ihm die Hand auf die Schulter.

»Oldrum hört mir nicht zu.«

»Dann ist er ein Narr. Kein Weib darf zwischen Schürfer und Pumper stehen.« Heimur überlegte kurz und zupfte dabei mit der freien Hand an einem seiner Bartzöpfe. »Liegt dir etwas an Besana? Ja, ich kann es an deinem Gesicht sehen. Liegt ihr etwas an dir?«

»Das weiß ich nicht.«

»Liegt ihr etwas an Oldrum?«

»Das weiß ich ebenso wenig.«

»Verstehe.« Heimur nickte. »Aber die Vorstellung behagt dir nicht, nicht wahr?« Der alte Schürfer lachte leise. »Schön, dann musst du das klären, bevor du und Oldrum ein wirkliches Problem bekommen. Geht beide zu ihr und sprecht mit ihr.«

»Mit Besana sprechen?« Varnum sah Heimur betroffen an.

»Mit wem sonst? Etwa mit ihrer Mutter Nendia? Ha, die würde euch beiden den Atemschlauch knicken, dass kannst du mir glauben.« Heimur grinste nun breit. »Nein, es geht euch um die schöne Besana. Nur sie kann bestimmen, wen sie erwählen würde.« Der alte Schürfer trat zurück. »Es kann natürlich auch sein, dass sie keinen von euch beiden erwählt. Offen gesagt, könnte ich das verstehen. Ihr führt euch auf wie zwei Narren und nicht wie Zwergenmänner.«

Varnum biss sich auf die Lippen und strich unruhig über seine Zöpfe. »Schön äh, ich … ich werde es versuchen.«

»Nein, du wirst es tun«, sagte Heimur in bestimmendem Tonfall. »Verdammt, mein Junge, verknote deine Zöpfe und habe Mut. Besser, es fällt eine rasche Entscheidung, als dass du und Oldrum euch entzweit. Ausgerechnet jetzt, wo du beinahe den Goldenen Grund gefunden hast.«

Erneut schlug Heimur dem jungen Schürfer aufmunternd auf die Schulter.

Die Anspielung auf seinen großartigen Fund war für Varnum in diesem Moment weder Erleichterung, noch Ansporn. Er hätte sich lieber einem Schwarm Dornfische gestellt, als nun von Besana eine Entscheidung zu erwarten.

10

Es war Nacht geworden. Alatan, die Hauptstadt des Reiches Telan, lag im Licht des Sternenhimmels und der Lampen, die Straßen und Gebäude erhellten. Die Schiffe hatten ihre Ankerlichter gesetzt und bewegten sich sanft in einer Dünung, mit der ein schwacher Wind über die Lagune strich. Er brachte den leicht salzigen Geruch der See mit sich und König Leos-Hod-Telan stand am geöffneten Fenster der Bibliothek und genoss die Kühle der Nacht, nach der Hitze des Tages.

Er trug das weit fallende und lose Gewand, das bei den vornehmen Bürgern üblich war. Der einzige Schmuck war die Halskette mit dem königlichen Siegel. Leos hatte insgeheim nur Verachtung für jene Menschen übrig, die ihren Besitz zur Schau stellten, obwohl einige von ihnen zu seinen Freunden oder wenigstens Verbündeten, gehörten.

»Ein friedvolles Bild, nicht wahr?« Merent-Kai, Admiral der Flotte und engster Freund des Herrschers, trat zu Leos und blickte in Richtung des nächtlichen Hafens.

»Wollen wir hoffen, dass es uns erhalten bleibt, alter Freund.«

So, wie der schlanke König ein Mann des Landes war, so war der stämmige Merent ein Mann der See. Inzwischen war sein Haupthaar weniger geworden und sein Vollbart nahezu weiß, aber seine Bewegungen waren elastisch und seine Augen ebenso scharf, wie sein Verstand. Merent-Kai stammte aus keiner vornehmen Familie und hatte als junger Matrose auf einem Schiff der Flotte begonnen. Über die Jahre hinweg war er aufgestiegen, hatte ein eigenes Kommando erhalten und war, nach der Seeschlacht von Enjant, in den Stand eines Vornehmen erhoben worden. Nun war er der Admiral der Flotte und befehligte des Königs Schiffe.

Leos legte seine Hand auf die Schulter des Freundes und wies zum Hafen. »In deinen Augen liegt immer eine gewisse Sehnsucht, wenn du zum Hafen hinübersiehst.«

»Manchmal wünschte ich mir, ein einfacher Kapitän zu sein und die Planken meines Schiffes unter mir zu spüren. Als Befehlshaber der Flotte habe ich zu viel mit Papier zu tun und zu wenig mit Wasser«, seufzte Merent. »Die Berichte über die Fahrten der Schiffe und die Ereignisse an Bord, die Beschaffung von Vorräten, der Bau und die Reparatur der Schiffe ... Bei allen Göttern, Leos, die See fehlt mir. Ich komme viel zu selten auf das Wasser hinaus.«

»Nun, gelegentlich nimmst du an einer Streiffahrt teil«, schmunzelte der König.

»Viel zu selten«, brummte der alte Seemann. »Und nur in küstennahen Gewässern, damit ich notfalls rasch wieder in der Admiralität bin. Zudem wird mancher meiner Kapitäne nervös, wenn ihm sein Admiral auf die Finger sieht.« Er lächelte. »Ging mir früher nicht anders.«

Der König wandte sich vom Fenster ab und ging zu seinem Schreibtisch zurück, wo eine Karaffe mit zwei Gläsern stand. »Ich kann dich gut verstehen. Auch ich genieße es, wenn ich einmal die Stadt verlassen kann. Aber ich brauche dich hier mein Freund und du weißt warum das so ist.«

Der Admiral nickte mit grimmigem Gesichtsausdruck. »Oh ja, ich weiß es nur zu gut.« Er folgte dem König, nahm ein Glas mit verdünntem Wein und sie prosteten sich zu. Als Merent das Glas absetzte, blickte er abermals zum Fenster. »Als das Reich Telan gegründet wurde, da haben alle das gleiche Ziel verfolgt. Das Wohl und die Sicherheit Telans. Nun haben wir schon lange Frieden und wir sind satt und faul geworden.«

»Und gierig.«

Merent-Kai lachte. »Auch das. Zumindest einige von uns. Aber nicht alle Senatoren und Handelsherren sind wie Jolos-Tar. Es gibt auch andere, die ihre persönlichen Interessen hinter denen des Reiches zurückstellen.«

»Du hast Tar heute im Senat gehört, mein Freund.«

»Ja, er ist ein guter Schauspieler. Wer ihn nicht kennt, würde ihm die vergossenen Tränen sicherlich abnehmen.«

Der Admiral war versucht, auf den Boden zu spucken, unterließ es aber. »Aber er hat, wie ich leider eingestehen muss, nicht ganz Unrecht. Drei verschwundene Schiffe sind ein Grund zur Besorgnis.«

»Alle auf der Handelsroute nach Anram.«

Admiral Merent-Kai nickte. »Eben das beunruhigt mich. Wir haben sehr ausgedehnte Handelsrouten. Die Schiffe der Handelsherren fahren auf allen Meeren und wir kennen viele Völker und Nationen, mit denen wir Handel treiben. Immer wieder werden Schiffe von Korsaren aufgebracht oder fallen dem Meer zum Opfer, viele verschwinden, ohne eine Spur zu hinterlassen. Aber der Flotte fehlen die Kreuzer, um jedem Schiff Geleit zu geben. Die südliche Route galt bislang auch als relativ sicher.«

»Was sich nun vielleicht geändert hat.« Der König schritt zu der Regalwand, aus der er die Karte des Reiches Telan hervorzog. Kopfschüttelnd schob er sie zur Seite und wählte eine andere, mit der er zum Schreibtisch zurükkehrte.

Merent-Kai half ihm, sie zu entrollen und Gewichte auf die Enden zu legen. Es war die Karte der Welt, wie Telan sie kannte. Ein Teil davon war selbst erkundet, aber das meiste beruhte auf Informationen anderer Völker und Händler. Große Bereiche waren ganz ohne Eintrag und unerforschtes Gebiet.

»Das Reich Anram kennen wir gut«, sinnierte der König. »Es herrscht über einen ähnlichen Kontinent, wie den unseren, hat aber weniger fruchtbare Gebiete und ausgedehnte, unerforschte Wüsten. Anram handelt mit uns und anderen Völkern. Sie sind eine starke, aber friedliche Nation. Manchmal ein wenig schwierig und empfindlich, aber es gab nie Streit mit ihnen. Daher sehe ich nur zwei Möglichkeiten. Entweder bestreift ein Korsarenschwarm die Gewässer zwischen Anram und Telan oder Anram ist von Krieg bedroht und unsere Schiffe sind in diesen Konflikt geraten.«

»Auf dem Land der Anram lebt kein Volk, das es bedrohen könnte.« Der Admiral nippte an seinem verdünnten Wein. »Und die Flotte Anrams ist stark. Zwar nur Segler, aber sie verfügen über Sprengpulverkanonen. Kein Korsarenschwarm würde es wagen, einen massierten Angriff gegen die Küsten Anrams vorzutragen.«

»Also denkst du auch an Korsaren, die an der Südroute auf der Lauer liegen.«

»Etwas anderes kann ich mir kaum vorstellen.« Der Admiral stellte sein Glas ab. »Aber ich bin erfahren genug, um nichts auszuschließen.« Er sah den König ernst an. »In jedem Fall müssen wir ein paar Augen auf die Südroute richten und nach dem Verbleib der verschwundenen Schiffe forschen.«

»Wie Tar und der Senat es erwarten.«

Der Admiral nickte. »Und wie die Sicherheit Telans und seiner Handelswege es verlangen.«

»Schön, du bist der Admiral«, sagte Leos gedehnt. »Was schlägst du vor?«

»Das zu tun, was du als Landkrieger ebenfalls tun würdest. Einen Spähtrupp entsenden. In diesem Fall ein paar moderne Kreuzer, die das Seegebiet absuchen.« Er sah den König forschend an. »Bis in die Gewässer von Anram hinein.«

»Aber mit Fingerspitzengefühl, mein Freund. Mit viel Fingerspitzengefühl. Auch wenn wir gut miteinander auskommen, könnten die Anram empfindlich reagieren, wenn wir ein Geschwader in ihr Hoheitsgebiet entsenden.«

»Kein Geschwader. Nur ein paar Kreuzer. Die Anram werden das verstehen. Sie sind ebenso an der Sicherheit der Seewege interessiert, wie wir.«

Der König betrachtete die Karte und nickte dann. »Du hast recht, das ist unser gemeinsames Interesse. Ein Geschwader könnten sie als unhöflich empfinden. Als sähen wir die stolzen Anram außerstande, in ihren eigenen Gewässern das Recht aufrecht zu erhalten. In der Beziehung sind sie sehr eigen in ihrem Ehrempfinden.«

»Wir wären da nicht anders.«

»Stimmt.« Sie lächelten sich an und der König schenkte ihnen nach. »Also schicken wir nur ein paar Kreuzer. Ich werde ihnen eine Grußbotschaft an die Anram mitgeben und mit meinem Siegel versehen. Darin bitte ich Anram um Unterstützung bei der Suche.«

»Das werden sie uns gerne gewähren. Es sind tapfere und aufrechte Männer. Wir haben ja schon gemeinsam gegen die Schwärme der Korsaren gekämpft. Ich werde schnelle und starke Schiffe auswählen«, brummte der alte Seemann. »Stark genug, feindliche Schiffe zu stellen und aufzubringen und schnell genug, zu entkommen, falls die Gefahr zu groß ist.«

»Schön, mein Freund, dann fertige die Befehle aus.«

11

Es war später Nachmittag und sie waren nun mit dem kleinen Fischerboot seit Stunden auf See. Fennegman hatte mit Torbjong und Wandeman den Mast aufgestellt und verspannt und das kleine Dreieckssegel gesetzt, aber es ging kaum Wind.

»Wir lassen uns treiben und schonen unsere Kräfte«, hatte Fennegman vorgeschlagen. »Ich kenne die Strömung gut. Sie treibt uns an der Küste entlang. Erst wenige Kilometer vor Swagenkart müssen wir wieder rudern.«

»Ich hoffe nur, wir werden dort Hilfe finden.« Henafraw betrachtete Losterman, der im Bug des Bootes lag und leise stöhnte. Als er aufgewacht war, hatte er erbarmungswürdig geschrien und sie waren froh, als ihn die Bewusstlosigkeit erneut gnädig umfing. »Schon allein wegen ihm. Der Stumpf wird brandig.«

»Ich weiß«, seufzte Fennegman. »Ich konnte es riechen.«

»Brandig?« Wandeman sah zu dem schwer verletzten Freund. »Bei den Göttern, er hat schon seine Familie und den Arm verloren und jetzt hat er auch noch Wundbrand?«

»Wer weiß schon, was diese Biester beim Biss absondern.« Fennegman zuckte die Schultern. »Wir können nur den Verband wechseln und die Wunde mit frischem Seewasser waschen. Aber wir kommen nur an den Stumpf. Der Brand ist höher, über der Abbindung und die können wir nicht noch höher legen. Da können wir ihm gleich den Hals zuschnüren.«

»Diese verfluchten Bestien«, schrie Wandeman wütend und schüttelte die Faust gegen die leere See. »Warum haben sie uns überfallen? Wir haben niemandem etwas getan! Niemandem!«

»Es waren keine Menschen.« Fennegman sah seine Frau ernst an. »Ich weiß nicht, ob diese Kreaturen einen Grund benötigen, uns so etwas anzutun.«

»Alle tot.« Wandeman schüttelte benommen den Kopf. »Alle Familien, alle Freunde, alle … Alle!«

Henafraw legte ihm in einer beruhigenden Geste die Hand an den Arm. Wandeman legte den Kopf an ihre Schulter und begann zu schluchzen.

Fennegman sah beschämt zur Seite. Er konnte den Fischer gut verstehen. Sehr gut sogar. Ihnen allen war elend zumute und Fennegman hätte selbst weinen können. Aus Trauer und aus Wut. Aber er hatte eine Aufgabe und musste sehen, dass sie alle überlebten.

»Warum fährst du so weit draußen, Vater«, flüsterte Torbjong. »Die Küste ist kaum zu sehen.«

»Weil die Wachschiffe des Königs so weit draußen fahren, um uns rechtzeitig vor Korsaren zu warnen.« Der kleine Mann lächelte gequält. »Doch dieser Feind kam nicht von See und sie konnten uns nicht vor ihm warnen.«

»Meinst du, wir finden ein Schiff des Königs?«

»Ich weiß es nicht. In jedem Fall werden wir Swagenkart finden.«

»Und Hilfe für den armen Sere Losterman.«

»Ja, ich hoffe es.«

Torbjong biss sich auf die Lippen. »Meinst du, sie waren auch dort?«

Fennegman zuckte die Schultern. Er deutete auf eines der Fässer. »Wie viel Wasser haben wir noch?«

»Genug bis Swagenkart.« Torbjong warf einen kurzen Blick zu dem Schwerverletzten. »Jedenfalls kannst du dich auf mich verlassen, Vater.«

Fennegmans Lächeln war warm, als er sich vorbeugte und seinem Sohn die Hand auf die Schulter legte. »Ich weiß.«

Sie hatten sich immer auf intensive Weise verbunden gefühlt, doch für diesen Augenblick galt es in besonderem Maße. Henafraw strich sanft über Wandemans Kopf und ihr Blick verriet, dass sie die Gefühle von Mann und Sohn teilte.

»Ich glaube, es kommt etwas Wind auf«, brummte Fennegman und deutete auf das Segel, das sich zögernd bauschte. »Gerade richtig. Wenn wir Glück haben, erreichen wir Swagenkart noch vor dem Abend.«

Aus dem zögernden Lufthauch wurde eine kräftige Brise, die das kleine Fischerboot vor sich hertrieb. Fennegman steuerte und während das Wasser an den dünnen Planken vorbeirauschte, stillten sie Hunger und Durst und flößten Losterman, als er kurz erwachte, etwas Wasser ein.

Der frische Wind hielt an und sie brauchten nicht zu rudern. Am frühen Abend kam Swagenkart in Sicht. Es war ein Fischerdorf, welches Benderskart ähnelte und sich doch völlig von ihm unterschied. Auch hier war der Ort annähernd rechteckig angelegt und von kleinen Gassen durchzogen, aber die Häuser waren aus Naturstein errichtet und mit Holzschindeln abgedeckt.

Fennegman bemerkte sofort, dass etwas nicht stimmte. »Keine Kochfeuer und die Boote liegen alle am Strand«, murmelte er. Der kleine Mann reckte sich ein wenig und beschattete seine Augen. »Ich kann keine Bewegung in den Straßen erkennen.«

»Auf die Entfernung kann man ohnehin nicht viel erkennen«, erwiderte Wandeman aber sie alle wussten, dass es eine trügerische Hoffnung war. In den Gassen war keine Bewegung zu sehen, aber dort lagen seltsame, längliche Bündel, wahllos verstreut und sie ahnten, was sie dort vorfinden würden. Es blieb ihnen nichts anderes übrig, sie mussten nachsehen, was sich in Swagenkart ereignet hatte, denn falls sie hier wirklich keine Hilfe fanden, benötigten sie Vorräte, um ihre Reise fortzusetzen.

In ahnungsvollem Schweigen steuerten sie das Fischerboot an den Strand. »Ihr bleibt im Boot«, sagte Fennegman leise. »Es reicht, wenn ich mich umsehe.«

»Du wirst nicht alleine gehen.« Wandeman langte nach einem der Fischspeere.

Fennegman sah ihn eindringlich an. »In diesem Fall, mein Freund, werden vier Augen auch nicht mehr sehen, als meine zwei.«

»Du hast noch Familie.« Das Boot stieß mit leisem Knirschen auf Grund, nur wenige Schritte vom Ufer entfernt. »Ich habe meine verloren.«

»Kein Grund, ebenfalls den Tod zu suchen.« Fennegman hielt den Freund fest. »Meine Augen und Ohren sind besser als deine, Wandeman. Ich kann eine Gefahr spüren, während du noch ahnungslos durch die Gegend läufst. Du kennst meinen Spürsinn.«

Wandeman biss sich auf die Unterlippe. »Das ist wahr.«

Fennegman sah den Blick seiner Frau und sie war keineswegs seiner Meinung. Aber sie widersprach nicht, da sie seine Entschlossenheit spürte. Instinktiv nahm der kleine Mann seinen Gürtel, wickelte das weiche Ende einmal um sein Handgelenk und schwang probeweise die schwere Schnalle, die ihm schon gute Dienste geleistet hatte. Er nikkte den anderen zu, sprang vom Boot und spürte, wie das Wasser seine Beine umspülte.

»Dreht das Boot und haltet euch bereit sehr schnell abzustoßen.«

Er warf keinen Blick zurück, ging langsam auf das schweigende Fischerdorf zu. Fennegman glaubte nicht, dass ihm hier noch Gefahr drohte. Er hatte nicht übertrieben, denn seine Instinkte waren gut, weit besser als die anderer Männer und er hätte es gefühlt, wenn etwas oder jemand auf ihn gelauert hätte. Dennoch würde er dem Tod begegnen, auch das wusste er instinktiv. Je näher er Swagenkart kam, desto mehr wurde aus dieser Ahnung Gewissheit.

Fennegman zuckte zusammen, als hinter ihm ein gellender Schrei ertönte. Er wandte sich erschrocken um und sah Henafraw und Wandeman, die sich über Losterman beugten. Der Schwerverletzte war aus seiner Bewusstlosigkeit erwacht und litt starke Schmerzen. Fennegman seufzte. In Swagenkart würde es keinen Heiler für den armen Kerl geben.

Er ging weiter, setzte grimmig Fuß vor Fuß und blieb am Ortsrand stehen. Der Wind trieb landeinwärts und Fennegman war froh, denn die länglichen Bündel in den Straßen waren das, was er erwartet hatte.

Wie Benderskart war auch Swagenkart wohl am frühen Morgen angegriffen worden und auch hier hatten die Bewohner keine Chance gehabt, sich zu wehren. Viele lagen zwischen ihren Häusern, andere würde Fennegman in den Gebäuden finden. Er hätte sich den Anblick gerne erspart, aber es gab Dinge, die er und die anderen zum Überleben brauchten. So ignorierte er den Anblick der verstümmelten Leiber und des blutgetränkten Bodens und ging langsam weiter. Er ersparte es sich, nach Überlebenden zu suchen, denn er würde keine finden. Langsam und methodisch blickte er in die Häuser und er brauchte alle Kraft, um das zu tun.

Die Kreaturen hatten gemordet, aber sie schienen nichts entwendet zu haben. Alles schien an seinem Platz, sofern es beim Kampf nicht zerstört worden war.

Fennegman fand zwei große und stabile Säcke und begann sie zu füllen. Er suchte sorgfältig aus, denn das Angebot war reichlich. Warme Überjacken, ein gutes Messer, Brot und Trockenfleisch, Gelbfrucht und zwei Flaschen mit Alkohol, mit dem sich Wunden säubern und trübe Gedanken verdrängen ließen. In einem Haus fand er eine Holzfälleraxt. Sie war sehr langstielig, fast zu lang für ihn und sie hatte eine massige und ein wenig stumpfe Schneide. Er schwang sie zur Probe und nickte zufrieden. Das war besser, als ein Gürtel.

Am Brunnen lagen mehrere Leichen. Menschen, aber auch einer der Fremden. Eine eisenverstärkte Stange ragte aus einem Auge der Kreatur.

Fennegman strich sich über den langen Bart. »Ja, am Auge sind sie verwundbar.«

Er hatte es unbewusst gesagt und erschrak fast vor dem Klang seiner eigenen Stimme. Der kleine Mann fand einige Wasserflaschen, die er am Brunnen auffüllte, hing sie sich um und stapfte dann mit seiner Beute zum Strand zurück.

Lostermans Schreie waren verstummt. Er lag wieder schlaff und reglos am Bug. Der Armstumpf war geschwollen und gerötet, wirkte auf obszöne Weise wie eine reife Frucht.

Fennegman spürte die Blicke und unausgesprochenen Fragen der anderen, als er durch das Wasser stapfte und die Sachen ins Boot hob. Torbjong und Wandeman beugten sich vor, nahmen sie entgegen und halfen ihm. Erst als sich der kleine Mann schweigend ans Heck setzte und nach der Ruderpinne langte, räusperte sich Wandeman. »Und?«

»Sie waren hier.« Was sollte er mehr sagen? Sollte er das Grauen schildern, das er gesehen hatte? Sie waren in Benderskart dabei gewesen und wussten, was hier vor sich gegangen war.

»Und jetzt?« Henafraws Stimme war leise.

Er sah seine hübsche Frau an und leckte sich über die Lippen. »Nach Norden, die Küste entlang. In Richtung auf die Hauptstadt.«

»Das sind über dreihundert Kilometer.« Wandeman kratzte sich am Hals und sah Losterman an. »Das wird er nicht überstehen.«

»Unterwegs kommen wir noch an anderen Dörfern vorbei.« Der kleine Mann warf einen Blick zum Ufer. »Aber ich glaube nicht, dass es dort anders sein wird. Obwohl man das natürlich nicht wissen kann.«

»Sie können nicht überall gewesen sein.« Henafraw schüttelte langsam den Kopf. »Und irgendwo müssen doch auch die Truppen des Königs sein.«

»Ja, irgendwo.« Fennegman zwang sich zu einem sanften Lächeln. »Daher fahren wir zur Hauptstadt. Wenn wir die Truppen irgendwo finden, dann dort.«

Torbjong zog das kleine Segel auf.

Der Wind stand günstig und sie konnten nur hoffen, einem gnädigen Schicksal entgegen zu fahren.

12

Der Schürftrupp hatte den Sockel des Kristallstocks freigelegt und stand nun rund um die aufragenden Säulen des Weißkristalls. Von den anderen Stadtseiten waren weitere Schürftaucher gekommen. Keine der Stadtseiten wollte zurückstehen, wenn es galt, den wertvollen Fund zu bergen, allerdings durften die anderen Schürfstellen deshalb nicht vernachlässigt werden.

Auch Varnum befand sich unter den Schürfern und zum ersten Mal fühlte er sich unter Wasser nicht wohl. Er empfand ein leichtes Unbehagen, während er atmete und blickte immer wieder, eher unbewusst, zu dem langen Atemschlauch, der über den Meeresboden lief und dann vor der schwimmenden Stadt zur Oberfläche aufstieg. Manchmal hatte er das Gefühl, weniger Luft als sonst zu bekommen, obwohl das sicher täuschte. Auch wenn Oldrum kein freundliches Wort mit ihm gewechselt hatte, war er ein zu pflichtbewusster Pumper, um in seiner Arbeit nachlässig zu werden. Dennoch war Varnum beruhigt, dass sein Freund nicht als Einziger an der Pumpe stand.

Noch immer stand Besana zwischen ihnen, das fühlte Varnum überdeutlich. Er hatte sich vorgenommen, Heimur Sichelhiebs Aufforderung zu folgen und mit der hübschen Zwergenfrau zu sprechen, aber am gestrigen Abend war es zu spät dazu gewesen und in der Zwischenzeit hatte sich keine Gelegenheit ergeben. Aber vielleicht war es auch so, dass Varnum sich vor der Aussprache scheute. Er wusste nicht, ob und wie Besana sich entscheiden würde und er empfand Furcht davor, sie könne sich gegen ihn entscheiden.

Vielleicht ergab sich heute die Gelegenheit, sie anzusprechen, denn heute würde der Clan der Eldont´runod feiern, heute würde der Ältestenrat ihm den zweiten Namen verleihen.

Aber zuvor galt es, den kostbaren Weißkristall zu bergen und das erschien weit schwieriger, als Varnum schon vermutet hatte.

Eine fünfkantige Säule aus weißem Kristall, zwanzig Meter hoch und zwei Meter im Durchmesser, hatte ein enormes Gewicht. Die Säule musste in kürzester Zeit gefällt und in die schwimmende Stadt gebracht werden, damit man sie rechtzeitig schleifen und polieren konnte. Sobald man die Säule aus dem Kristallstock löste, würde die Kristallader in ihrem Inneren absterben. Dann wurde der Kristall von Innen heraus milchig und trübe. Da half dann später keine Politur mehr, ein milchiger Weißkristall war ohne Wert. Innerhalb einer Stunde musste ein solcher Fund in der Schleiferei sein. Dort würde man die absterbende Kristallader herausbohren und den Kanal, in dem sie verlief, sorgfältig schleifen und polieren. Nur dann blieb der Wert erhalten.

Der einzigartige Fund stellte den Clan vor mehrere Probleme. Abbau der Säule, Transport in die Stadt und die Bearbeitung mit Werkzeugen, die für diese Größe erst geschaffen werden mussten.

Birunt Hammerschlag würde, als Schlagmeister des Clans, die Entscheidung zu treffen haben, wie man die Probleme löste. Alle Schürftaucher sahen daher aufmerksam zu, wie der alte Mann langsam um den freigelegten Kristallstock herum ging. Zwei Helfer achteten auf den Atemluftschlauch Birunts, der sich immer wieder mühevoll bükkte, gelegentlich mit dem Hammer an die Säulen klopfte und ein bedenkliches Gesicht zeigte. Schließlich schien der Schlagmeister zu einem Urteil gekommen zu sein und wies mit dem ausgestreckten Arm nach oben.

Es war das Zeichen für alle, sich wieder an die Oberfläche zu begeben.

An der Oberfläche angelangt, waren die Schürftaucher ebenso gespannt, wie die Pumper, als sich Birunt den Helm abnehmen ließ und mit leisem Ächzen die Riemen und

Schnallen seines Tauchanzugs löste. Er ließ sich Zeit, legte die Ausrüstung mit bedächtigen Bewegungen ab, entknotete seine Bartzöpfe und drückte zunächst ein wenig Wasser aus ihren schwarzen Enden.

»Nun, was ist, Birunt?« Heimur Sichelhieb hielt es schließlich nicht mehr aus und ergriff für die anderen das Wort. »Spann uns nicht so auf die Folter.«

»Es will gut überlegt sein«, sagte der Schlagmeister langsam. »Es ist eine sehr große und sehr schwere Säule.«

»Unzweifelhaft«, stimmte Heimur drängend zu. »Und? Bekommen wir sie aus dem Grund?«

»Nun, wenn wir sie zerteilen würden, wäre es kein Problem.«

Ein Stöhnen ging durch die Reihen der Zwerge. Heimurs Augen verengten sich. »Bist du dem Wahnsinn verfallen? Einen solchen Fund zerstückeln?«

Birunt grinste. »Ich habe gesagt, es wäre kein Problem, es zu tun, alter Freund. Ich sagte nicht, dass wir das tun sollten.« Er lachte leise auf. »Nicht bei dieser Säule. Nicht bei diesem Fund.«

»Gut.« Heimur und die anderen wirkten erleichtert. »Aber wie schaffen wir sie nach oben? Auch wenn wir alle Schürfer einsetzen, werden wir diese Masse nicht bewältigen können.«

»Nein, das können wir nicht. Nicht in einem Stück.« Birunt hob beschwichtigend die Hand. »Aber die Stadt kann es.«

»Die Stadt?« Heimur sah den alten Schlagmeister ungläubig an. »Sollen Frauen und Kinder an Tauen ziehen, die wir um die Säule legen?«

»Selbst das würde nicht gehen.« Birunt schüttelte den Kopf. »Der Meeresgrund ist hier von Korallen bedeckt und von Furchen durchzogen. Hätten wir guten Sandboden, könnte es vielleicht gehen, aber nicht bei dieser Bodenbeschaffenheit. Nein, nein, ihr Schürfer und Pumper, ich meine etwas anderes. Die Stadt selbst, muss die Säule heraufbringen. Wir müssen die Stadt direkt über die Säule schwimmen und verankern. Am Besten ihre Mitte, denn dort haben wir die größten und stabilsten Flöße. Passt auf, ich zeige euch, wie ich es meine.«

Der Schlagmeister machte eine auffordernde Bewegung mit der Hand und ein Zwerg trat vor und schüttete Sand auf den Boden der Plattform, den er rasch glatt strich. Dieser Sand wurde normalerweise bei Sturm verwendet, um die Polstersäcke zwischen den Flößen zu füllen.

Birunt nahm einen Suchstock und begann Linien zu ziehen. »Ein Floß in der Stadtmitte muss entfernt werden, so dass eine Lücke entsteht. Dann verankern wir die Stadt direkt über dem Kristallstock. Auf den Flößen, um die Mitte herum, errichten wir unsere stärksten Ladekräne. Wenigstens zwei auf jedem Floß, damit nichts schief geht, wenn ein Tau reißen sollte.«

»Das könnte gelingen«, murmelte Heimur.

»Es muss gelingen, sonst ist der Fund für uns verloren«, sagte Birunt entschieden. »Es wird viel Arbeit erfordern, ihr Männer des Clans, aber der Gewinn ist groß.«

»Wir können die Säule nicht weit tragen«, sinnierte Heimur. »Sie ist schwer und der Transport kostet viel Zeit. Ich schlage vor, direkt am Hebeloch die Schleiferei vorzubereiten. Die Halle des Ältestenrats ist groß genug, die Säule aufzunehmen und dort zu bearbeiten. Wir müssten nur die Werkzeuge nach dort bringen und vorbereiten.«

»Vor allem einen riesigen Bohrer«, wandte ein Schürfer ein.

»Die Ältesten werden nicht begeistert sein«, meinte ein anderer.

»Unsinn«, brummte Birunt. »Ich bin einer der drei Ältesten und ich bin begeistert.«

»Dann sollten wir uns beeilen.« Einer der Schürftaucher wies zum Horizont. »Es sieht mir ganz nach einem Sturm aus. Einem schweren Sturm und wenn er uns bei der Bergung der Säule trifft, wird es verdammt übel.«

Die anderen blickten in die Richtung, in die der Mann wies. Am fernen Horizont, kaum zu erkennen, war ein dunkler Streifen zwischen Wasser und blauem Himmel zu erkennen.

Einige Hände hoben sich, prüften die Windrichtung.

Heimur wirkte besorgt. »Das sieht mir nach einem sehr schweren Sturm aus. Er kann uns verdammt schnell erreichen. Vielleicht wechselt der Wind noch und er zieht an uns vorüber.«

»Darauf können wir uns nicht verlassen.«

Varnum räusperte sich. »Vielleicht sollten wir abwarten, bis der Sturm vorüber ist.«

»Ihr wisst, welche Gewalt ein schwerer Sturm hat. Er kann die Flöße über viele Kilometer vor sich her treiben und dann ist der Fund für uns verloren. Wir würden ihn kaum wieder finden.«

Heimur wiegte den Kopf und zupfte nervös an seinen Bartzöpfen. »Wenn er uns erwischt, während wir die Säule bergen, kann die ganze Stadt verloren gehen. Zumindest würde sie schweren Schaden erleiden.«

Birunt Hammerschlag stützte sich einen Moment auf den Suchstock und sein Blick pendelte zwischen jener Stelle, wo sich der wertvolle Fund unter Wasser befand, und dem fernen Horizont, wo sich der Sturm ankündigte. »Dies ist eine Entscheidung, die nur der Ältestenrat der Eldont´run-od entscheiden kann. Da dies schnell geschehen muss, werde ich ihn sofort einberufen.«

Der Schlagmeister verließ die Plattform und stapfte über das nächste Floß auf die Stadtmitte und die Halle des Ältestenrats zu. Die anderen Zwerge folgten dicht gedrängt. Jeder wollte wissen, wie die Beratung der drei Ältesten verlaufen würde und welche Entscheidung er fällte.

Schon kurz darauf füllte sich die Halle. Es war ein großer, kuppelartiger Bau aus massiven Balken und Bohlen. In der Mitte befand sich ein Podest mit den drei Stühlen der Ältesten. Hier trafen sie gemeinsam die Entscheidungen, die über Wohl und Wehe des Clans entschieden und hier sprachen sie, wenn es erforderlich war, Recht bei Streitigkeiten.

Die anderen Zwerge nahmen auf den umlaufenden Bänken Platz, während Birunt Hammerschlag in Begleitung der beiden anderen Ältesten, zu den Stühlen schritt. Esbort Wolkensturm, Axtführer und Kriegsherr des Clans, und Bernbrat Wellenschlag, ein sehr alter und gebeugter Zwerg, dessen Haare schon vollständig schwarz geworden waren und dessen Zöpfe bis zu den Knien reichten.

Bernbrat war ein hoch angesehener Mann, der in den letzten Jahren allerdings an Elan verloren hatte und nun oft zögerte, wo er einst rasch entschieden hätte. Auf ihn würde es in dieser Versammlung jedoch besonders ankommen. Das Triumvirat sollte eine einstimmige Entscheidung fällen, aber es konnte Unstimmigkeiten geben und der Vorsitzende entschied dann, welcher Beschluss gefasst wurde. Der Vorsitz war davon abhängig, um welche Angelegenheit es ging. Birunt hatte den Vorsitz, wenn es um das Schürfen ging, Esbort hatte ihn inne, wenn ein Kampf drohte, aber Bernbrat stand allen Entscheidungen vor, welche die Stadt und den Clan selbst betrafen und das war an diesem Tag unzweifelhaft der Fall.

Bernbrat Wellenschlag ordnete umständlich sein Gewand, während er sich ächzend auf seinen Stuhl sinken ließ und dann seine Bartzöpfe ordnete, während seine Blikke über die Versammlung schweiften. Gelegentlich hob er grüßend die Hand, wenn er einen der alten Männer erblikkte, mit denen er Jugend und Abenteuer geteilt hatte und seine Augen verharrten kurz, als er zwischen den Männern eine einsame Frauengestalt erblickte. Er blinzelte irritiert, was eine Frau in der wichtigen Versammlung verloren hatte, bis er die Heilerin Nendia erkannte.

Natürlich nahmen nicht alle Zwergenmänner an der kurzfristig einberufenen Versammlung teil, aber das war eigentlich nie der Fall. Irgendwo wurden immer ein paar Hände gebraucht und die Versorgung und die Sicherheit der Stadt mussten gewährleistet sein.

»Nachdem wir nun soweit sind«, war die brüchige Stimme von Bernbrat zu vernehmen, »soll jener seine Stimme erheben, der den Rat einberufen hat. In welcher Angelegenheit ist der Vorsitz zu treffen?«

»Es geht um die Bergung der großen Säule«, rief ein ungeduldiger Schürfer.

Birunt sah den Mann scharf an und mahnte ihn zu mehr Respekt vor dem Rat.

Bernbrat zupfte an einem seiner Zöpfe. »Dann ist es eine Angelegenheit der Schürfer und Birunt Hammerschlag hat den Vorsitz.«

Esbort Wolkensturm stützte sich auf seine mächtige Streitaxt, ohne die er kaum anzutreffen war. »Die Säule mag der Grund der Versammlung sein, aber es geht um die Sicherheit der Stadt.«

»Schön«, murmelte Bernbrat, »dann hast du das Wort.«

»Birunt will die Säule bergen und die Stadt dafür benutzen, aber es zieht ein Sturm auf«, brummte Esbort.

»Ah, so ist es meine Sache«, seufzte Bernbrat. »Schön, Birunt, trag deine Angelegenheit vor.«

Birunt wusste, dass die Zeit drängte und beschränkte sich darauf, seinen Plan in knappen Worten zu schildern. Bernbrat hörte aufmerksam zu, wiegte nachdenklich das Haupt und schwieg eine Weile, als der Schlagmeister geendet hatte.

»Wenn ich dich richtig verstehe, Birunt Hammerschlag, willst du die Stadt auseinandernehmen und erneut zusammensetzen, um diese Säule zu bergen?«

»Ja.«

»Obwohl uns ein Sturm bedroht?«

Birunt nickte. »Sonst ist die Säule verloren.«

»Dann setz eine Boje und wir werden sie wieder finden.«

Esbort räusperte sich und pochte mit dem Stiel seiner Axt auf den Boden. »Wenn der Sturm stark ist, hält es keine

Boje auf dem Grund. Nur die Masse der Stadt kann ihm widerstehen.«

Bernbrat seufzte schwer. »Die Stadt soll über der Säule ankern und den Sturm abreiten?«

»Ich weiß, es ist nicht ohne Gefahr«, räumte Birunt ein.

»Nein, gewiss nicht.« Bernbrat zog an seinen Bartzöpfen und schien in Gedanken versunken. Keiner der anderen Zwerge sprach, alle starrten gebannt auf den Ältesten. Erneut seufzte dieser und hob dann seinen Blick. »Auch wenn der Gewinn immens erscheint, können wir die Sicherheit der Stadt deswegen nicht aufs Spiel setzen«, sagte er leise. »Dennoch widerstrebt es mir, auf den Fund zu verzichten. Ich entscheide daher, dass die Stadt geteilt wird. Ein Ring von Hebeplattformen wird über der Fundstelle verankert. Der Rest der Stadt wird sich darauf vorbereiten, dem Sturm zu widerstehen.«

Geraune erhob sich. Der Älteste hatte einen Kompromiss gefunden, der allen gerecht wurde. Bernbrat hob die Hand. »All dies muss nun in großer Eile geschehen, aber bevor der Rat auseinander geht, will ich noch eine erfreuliche Pflicht erfüllen. Ist der Schürfer Varnum in unserer Mitte?«

»Er ist es, Ältester«, versicherte Heimur rasch und schob den jungen Schürfer nach vorne.

»Schön.« Bernbrats Augen sahen Varnum forschend an. »Eigentlich sollte dies eine feierliche Zeremonie sein, mit der großen Versammlung des Clans und einem angemessenen Gelage. Doch in diesem Fall drängt die Zeit und ich will deine Namensgebung nicht verzögern, denn ich gehe davon aus, dass du bei der Bergung des Fundes dabei sein wirst, nicht wahr?«

Es war keine Missachtung von Varnum, die den Alten zu diesem Schritt bewog. Im Gegenteil es war ein kluger Schachzug. Jene Männer, die während des Sturms bei den Bergungsflößen ausharrten, würden besonders gefährdet sein. Sollte Varnum getötet werden, so konnte man ihn immerhin mit seinem zweiten Namen an die See übergeben.

Bernbrat Wellenschlag erhob sich mit leisem Ächzen und winkte Varnum näher. »Es ist die Sitte in den Clans der Meere, dass ein verdienter Zwerg auch einen wohlverdienten Namen erhält. Dein Name, Schürfer des Eldont´runod-Clans, wird künftig die Bedeutung deiner Entdeckung hervorheben. Ab diesem Moment bist du Varnum Säulenfund, ehrenhafter Schürfer der Eldont´runod, und berechtigt und verpflichtet, deinem Namen und dem Clan Ehre einzulegen.«

Bernbrat legte dem jungen Schürfer die Hände auf die Schultern und die anderen Zwerge begannen zustimmend mit den Füßen zu stampfen. Esbort Wolkensturm schlug den Takt mit dem Stiel seiner mächtigen Streitaxt, bis Bernbrat zurücktrat.

»Und nun, ihr Männer des Clans«, sagte der Älteste mit erstaunlich fester Stimme, »geht an die Arbeit, denn die Zeit drängt und der Sturm naht.«

Die anderen Zwerge rissen Varnum mit sich und während sie aus der Halle des Ältestenrates strömten, schlugen ihm immer wieder Hände aufmunternd und anerkennend auf die Schultern.

Varnum fühlte sich benommen. Er hatte sich die Zeremonie feierlicher vorgestellt, denn sonst wurde ein gewaltiges Aufhebens darum gemacht, aber Bernbrat hatte Recht, die Zeit drängte. Und, nichtsdestoweniger, Varnum hatte nun seinen zweiten Namen.

Varnum Säulenfund. Ein Name, der Klang hatte.

Nun galt es, die Weißkristallsäule, der er seinen Namen verdankte, auch in Sicherheit zu bringen.

13

Die Legenden besagten, in der Schöpfung habe jedes Ding und Lebewesen seinen Sinn. Mit seinen Stärken und Schwächen sei es ein Teil der Welt und erfülle einen bestimmten Zweck. Jedem Wesen werde eine besondere Fähigkeit verliehen, die es einzigartig mache. Die Fähigkeit der Sendar bestand darin, zu überleben.

Sie waren Insekten mit sechs Beinen, die in kurzen Greifzangen endeten und die doppelte Länge des weichen Leibes hatten. Unter ihren großen Facettenaugen saßen zwei Kieferzangen, stark genug, um Pflanzenreste und Blätter zu zerkleinern, aber zu schwach, einem Feind ernstlichen Schaden zuzufügen. Die Schöpfung schien nichts Sonderliches für sie getan zu haben, denn in der Nahrungskette ihrer Heimat waren sie das unterste Glied. Ihr Leben bestand aus Nahrungssuche und Vermehrung und die enorme Anzahl ihres Nachwuchses erhielt ihre Art. Es waren die Grundlagen der Arterhaltung, wenn man sich rasch genug vermehrte und nicht zu viele Feinde hatte.

Ihre Heimat war eine gewaltige Wüste, die im Westen von einem riesigen Gebirgszug begrenzt wurde und an den anderen Seiten vom Meer umgeben war. Ein endlos erscheinendes Land aus Sanddünen, die vom ewigen Wind abgetragen und an anderer Stelle neu aufgeschichtet wurden. Tagsüber brannte die Sonne mit gnadenloser Hitze und zwang die Bewohner der Wüste, unter der Oberfläche Schutz zu suchen, in der Nacht sanken die Temperaturen, bis selbst der Sand zu gefrieren schien. Ein Land der Extreme, aber nicht ohne Leben.

Die Sendar gruben ihre Bauten in den Boden der Wüste, tief in den Sand, um Schutz vor den Feinden und den wechselnden Temperaturen zu finden. Ein Sekret ermöglichte es ihnen, den Sand dauerhaft zu erhärten. In den ausgedehnten Gängen und Kammern wimmelte es von ihnen, stets beschäftigt, Schäden am Bau auszubessern, ihn zu erweitern, Nahrung zu beschaffen und die empfindlichen Eier zu beschützen, die das Überleben des Volkes gewährleisteten. Immer wieder mussten neue Gänge angelegt werden, wenn der Wind die alten Zugänge verschüttete.

Es gab Wasserstellen, ja ganze Seen, die über die endlosen Weiten verteilt waren und um das Wasser herum grünte und blühte es in überraschender Vielfalt. Die Bäume waren niedrig und von kegelförmigem Wuchs, ihre Wurzeln reichten enorm tief in den Grund, um den Pflanzen auch bei Stürmen Halt zu geben, zudem konnten sie so den tiefen Grundwasserspiegel nutzen. Schilfartige Gräser mit bunten Blüten erstreckten sich zwischen den Bäumen und waren eine Symbiose mit ihnen eingegangen. Sie hatten ihre Wurzeln zu einem Geflecht verbunden, einem Teppich gleich, der seine Triebe durch die Rinden der Bäume bis zu deren Wasseradern führte. Als Gegenleistung breiteten sich die Gräser weit über die Baumgrenzen aus, transportierten den Samen ihrer riesigen Verwandten und sorgten so für seine Ausweitung. In diesen grünen Oasen lebten Vögel, die sich von den Fischen der Seen ernährten und deren Kot die Pflanzen düngte.

Auch dort, wo es keine sichtbaren Wasserstellen gab, hatte sich das Leben seine Nischen erobert. Es existierten große Felder mit kugelförmigen Pflanzen, die nicht im Boden wurzelten. Zwischen ihren nadelartigen Blättern ragten lanzenartige Triebe hervor, welche die Pflanzen verlängern oder verkürzen konnten. Dies befähigte sie, sich, wenn auch langsam, über den Sand zu rollen, sich in ihm zu verankern und Nährstoffe aus den tieferen Schichten zu nutzen. Oft zogen sie die Triebe ein und ließen sich einfach vom Wind über den Wüstenboden wehen, lösten ihre Felder auf und fanden sich zu neuen zusammen.

Käfer, Schlangen und Skorpione waren auf der steten Suche nach Nahrung und Wasser und dies galt auch für die einzigen größeren Jäger, die sechsbeinigen Warfs, wechselwarme Echsen mit Schuppenhaut und einer langen knöchernen Schnauze, mit der sie im Sand nach Beute wühlten.

Für größere Insekten, Schlangen, Nagetiere und die Warfs waren die kleinen Sendar leichte Beute. Zusätzlich bedrohten sintflutartige Regenfälle ihre unterirdischen Bauten, konnten einen ganzen Stamm in seinen Kammern und Gängen ertränken. Die Gefahren waren zahlreich und groß und die Anzahl der Bauten der Sendar schrumpfte, bis sie fast vor ihrer Ausrottung standen.

Die Jahrmillionen veränderten die Sendar.

Ihre Leiber wurden kräftiger, ein Panzer aus Chitin schützte sie und ihre Kieferzangen wurden stärker. Als einzelnes Insekt waren sie noch immer Beute doch sie lernten, in Gruppen zu kämpfen und größere Gegner durch die Flut ihrer Kämpfer zu überwältigen. Ihre Sinne und die Fähigkeit zum Denken begannen sich langsam zu entwickeln, ein Prozess, der sich über unendliche Zeiten zu erstrecken schien.

Die Sendar waren einem harten, ja brutalen, Auswahlverfahren unterworfen. Diejenigen die überlebten, wurden zäher und widerstandsfähiger, wuchsen und gewannen an Kraft. Sie lernten dazu, spezialisierten sich in Arbeiter und Krieger. Sie nahmen ihre Verluste hin und lernten daraus. Die Zahl ihrer Stämme nahm ab, stabilisierte sich. Sie hatten nur noch wenige und kleine Gelege, aber mit jeder neuen Generation wurden sie stärker.

Sie stiegen in der Nahrungskette auf, begannen selbst zu jagen und traten in direkte Konkurrenz mit den Warfs. Erst waren es die großen Reptilien gewesen, welche die Bauten der Sendar fanden und die Stämme vernichteten, nun suchten die Horden der Sendar die Gelege der Warfs auf. Sie warteten nicht mehr, bis die Feinde zu ihnen kamen, sie stöberten sie auf, machten sie zu ihrer Beute. Die Sendar wuchsen, entwickelten Taktiken, ihre einstigen Jäger zu überwinden und löschten sie schließlich aus.

Abermals vergingen viele Jahre und die Stämme der Sendar wuchsen erneut. Immer größere Entfernungen mussten zurückgelegt werden, um die erforderliche Nahrung heranzuschaffen. Nur ein einziger Feind war noch geblieben, der ihnen das Überleben streitig machte.

Sie selbst.

Als die Nahrungsquellen schwanden, war es nur natürlich, die konkurrierenden Bauten zu vernichten und über unzählig scheinende Jahrtausende hinweg währten die Kriege der Stämme.

Die Kriege machten sie abermals stärker. Erneut schrumpfte ihre Zahl, aber ihre Leiber wuchsen, ihre Panzer wurden dicker und die Kieferzangen tödlicher. Vor allem aber machten die Kriege sie intelligenter. Sie lernten das strategische Denken, das Planen von Hinterhalten und komplizierte Bewegungen in der Schlacht.

Die Kriege schärften die Intelligenz der Sendar und brachten sie erneut an den Rand der Vernichtung. Die Kämpfe hätten ewig fortgesetzt werden können, denn die Stämme waren annähernd gleichwertig, keiner konnte den anderen endgültig bezwingen. Aber es entsprach nicht ihrer Art, aufzugeben.

Dann, endlich, dominierte einer der Stämme. Nicht durch brutale Gewalt sondern indem er sich mit einem anderen verbündete. Gemeinsam unterwarf man die anderen Bauten und als die Kämpfe endeten, kam es zu einer erneuten Blüte des geeinten Volkes.

Die Vereinigung der Stämme hatte entscheidenden Einfluss.

Die Verständigungsformen wurden vielfältiger. Aus den Duftsignalen ihrer Drüsen und den Klicklauten ihrer Kieferzangen, entstand eine komplizierte Symbolsprache. Aus in den Sand gezogenen Linien entwickelten sich Symbole, Grundlagen einer Schrift, mit der Wissen vermittelt und für folgende Generationen aufbewahrt werden konnte. Man ritzte die Zeichen mit einer Fingerklaue in angefeuchteten Sand und besprühte diesen später mit dem Sekret, welches ihre Bauten so haltbar machte. Die Sandtafeln der Archivkammern bewahrten die Geschichte der Sendar und alles, was ihr Volk erlernte.

Sie lernten, die vorhandenen Nahrungsquellen zu pflegen. Kugelpflanzen wurden zusammengetrieben, riesige Felder mit Mauern aus sekretgehärtetem Sand umgeben, Bewässerungskanäle angelegt, die von den Wasseroasen heranführten. Viele Pflanzen starben, bis die Sendar herausfanden, welche Mineralien sie zum Leben benötigten. Die Stämme entdeckten ein Verfahren, diese Mineralien aus dem Wüstenboden zu filtern und den Kugelpflanzen zu verabreichen.

Eine weitere Nahrungsquelle waren die großen Seen, die sie bislang nicht hatten nutzen können. Kein Sendar war in der Lage, zu schwimmen. Ihre schweren Leiber versanken sofort und sobald die Atemschlitze am Hinterleib ins Wasser eintauchten, war der betreffende Sendar dem Tod geweiht. Aber sie bemerkten, dass Holz schwamm und ihnen Auftrieb gab. Flöße entstanden, dann erste, primitive Boote, von Rudern getrieben. Aus Pflanzenfasern entstanden Netze, mit denen sie fischten, so erfolgreich, dass die Seen bald keine Nahrung mehr boten.

Als die Sendar dies erkannten, wussten sie, dass es nur zwei Möglichkeiten gab, den Fortbestand ihrer Rasse zu gewährleisten. Eine drastische Reduzierung ihrer Population oder die Erschließung neuer Gebiete.

Auch wenn sie nun wussten, dass es Hilfsmittel gab, um auf dem Wasser zu schwimmen, scheuten sie instinktiv vor dem eigentlich tödlichen Element zurück, zumal sie entdeckten, dass jene Wasser, welche ihr Herrschaftsgebiet auf drei Seiten einschlossen, mit tödlichem Salz versehen waren. So blieb nur ein Weg, der eine gewisse Aussicht auf die Erschließung neuer Ressourcen bot – der Weg über das gewaltige westliche Gebirge.

Trotz ihrer Fähigkeiten, Hindernisse zu überwinden, benötigten sie Generationen, bis sie einen begehbaren Pass fanden und eine weitere, bis sie entdeckten, dass er sich nur im Hochsommer nutzen ließ, wenn seine Wege nicht zugefroren waren.

Das Land jenseits des Gebirges war zugleich überwältigend und erschreckend für die Sendar. Nie zuvor hatten sie ein Land von solcher Fülle gesehen. Sie fanden riesige grüne Ebenen, von Gräsern, Blumen und Bäumen überwuchert. Der Reichtum an Leben war erstaunlich. Große Herden hornbewehrter Tiere dominierten und grasten die Ebenen ab. Der Kundschaftertrupp, welcher die Überquerung des Gebirges überlebt hatte, aber geschwächt war, stillte seinen Hunger und entschloss sich, erst wieder zu Kräften zu kommen, bevor man das neue Land erkundete.

Wie richtig diese Entscheidung war, entdeckten die Sendar, als sie auf eine Gruppe Horntiere stießen, die von zwei fremdartigen Wesen gejagt wurden. Sie töteten mit metallenen Feuerrohren, aus denen kurze Flammen und Rauch stießen. Es waren seltsame, viergliedrige Lebewesen mit blasser und weicher Haut und die Natur hatte ihnen keinen Panzer und keine Kieferzangen gewährt. Schutzlos wirkende Kreaturen, aber sie waren befähigt zu denken, wie die Feuerrohre verrieten und die künstlichen Häute, mit denen sie sich verhüllten.

Die Kundschafter der Sendar folgten den Viergliedrigen zu deren Bau.

Auch er war anders als das, was die Insektenwesen erwartet hätten. Er befand sich nicht innerhalb schützenden Sandes, sondern war auf der Oberfläche errichtet worden. Kein Wall schützte die einzelnen Kammern, die in einer verwirrenden Anordnung errichtet waren und aus einem Material bestanden, das dem gehärteten Sand der Sendarbauten ähnelte. Oben, auf den Wänden, waren sie mit Holz und Erde bedeckt.

Die fremden, auf zwei Gliedern gehenden Wesen, waren erschreckend unterschiedlich. Während sich die Sendar nur wenig in ihrer Körpergröße unterschieden und ihre Panzer farblich nur zwischen einem kräftigen Rot und tiefem Schwarz variierten, gab es bei den Viergliedrigen viel mehr Unterschiede. Größe sowie die Beschaffenheit des Kopffells wichen stark voneinander ab, einige hatten Beulen am Oberkörper und schienen sich in besonderer Weise um den Nachwuchs zu bemühen, der zwischen den großen Exemplaren umherlief.

Die Sendar erkannten rasch, dass es gut war, die Viergliedrigen zunächst zu beobachten. Diese Wesen glichen die Weichheit und Schutzlosigkeit ihrer Leiber durch den Gebrauch von Waffen aus und beherrschten die Kraft des Feuers. Diese merkwürdigen Viergliedrigen konnten gefährlich werden und bevor man sich entschied, wie mit ihnen zu verfahren war, musste man mehr Informationen über sie erhalten. Es musste noch weitere Bauten geben, denn eines Tages kamen andere Viergliedrige, die auf dem Rücken von anderen viergliedrigen Wesen saßen und seltsame Kisten mit sich führten, die sich auf drehenden Scheiben bewegten. Diese Viergliedrigen verließen den Bau nach einigen Tagen wieder und mussten zu einem anderen Stamm gehören. Wie stark und zahlreich waren die Stämme dieser Wesen?

Zwei Kundschafter fingen eines dieser Wesen und fanden ihre Vermutung bestätigt, dass es sich mühelos überwältigen ließ. Leider starb es viel zu schnell, aber die Kundschafter hatten das Feuerrohr erbeutet und beobachtet, wie es bedient wurde. Sie hatten sich den Vorgang sehr genau eingeprägt und es gelang ihnen, die Waffe in Betrieb zu nehmen. Nun wussten sie, dass es nicht Feuer und Rauch waren, die töteten, sondern ein Eisenstück, was man vor einem Pulver in das Rohr stopfen musste. Dieses Eisenstück konnte einem Sendar Schaden zuzufügen, wie sie im Versuch feststellten. Aber es musste dazu in den aufgerissenen Rachen oder in eines der Facettenaugen treffen. Diese Erkenntnis kostete sie vier gute Krieger, würde aber vielen anderen das Leben retten.

Die Wirkung des Feuerrohrs beeindruckte den Kundschaftertrupp nur wenig. Die Waffen waren nicht sehr effektiv und der Ladevorgang langwierig. Die Viergliedrigen konnten nur ein oder zwei Eisenstücke damit werfen, bis ein Krieger sie erreichte und im Nahkampf waren die fremden Wesen praktisch schutzlos. Dennoch waren die Sendar beeindruckt, denn die Viergliedrigen schufen sich Werkzeuge und Waffen, welche die Nachteile ihrer Leiber, wenn auch unvollkommen, ausgleichen sollten. Zudem waren die Beherrschung des Feuers und die Bearbeitung von Metall wichtige Erkenntnisse, die dem Volk nutzen konnten.

Der Trupp schickte Krieger über den Gebirgspass zurück und informierte die Große Matriarchin der Sendar. Sie musste entscheiden, was zu tun war.

Die Große Matriarchin entsandte Natar-Inedel-Eins, die Matriarchin des Stammes der Inedel, mit einem starken Kampftrupp. Ihre Botschaft war eindeutig. Die Stämme brauchten das neue Land, um ihr Überleben zu sichern und die Viergliedrigen waren Fressfeinde. Sie mussten vernichtet werden, aber da sie unzweifelhaft intelligent waren und man ihre genaue Zahl und Stärke nicht kannte, würde man sie aus dem Verborgenen beobachten, bis der Zeitpunkt gekommen war, sie in einem einzigen Schlag zu vernichten.

Sie zu töten war möglicherweise keine große Schwierigkeit. Aber wie brachte man sie dazu, ihr Wissen zu verraten? Man brauchte eine Verständigungsmöglichkeit und die Bereitschaft, sie anzuwenden. Natar-Inedel-Eins fand eine Lösung. Die Viergliedrigen waren ebenso besorgt um ihre Brut, wie jeder Stamm der Sendar. Vielleicht konnte man sie zur Zusammenarbeit nötigen, indem man ihre Maden mit dem Tod bedrohte.

Im ersten Schritt musste eine sichere Basis geschaffen werden, von der aus man vorging und in der man die gefangenen Viergliedrigen verhören konnte. Dieser Bau durfte nicht entdeckt werden, nichts durfte auf die Anwesenheit der Sendar hinweisen.

Als die kleine Gruppe, bestehend aus wenigen tausend Kriegern und Arbeitern mit der Errichtung ihres Baus begann, erkannten sie auch den Grund, warum die Viergliedrigen auf der Erde gebaut hatten. Nach wenigen Metern fruchtbaren Bodens stieß man auf harten und felsigen Grund. Es war schwierig, in ihn einzudringen, stellenweise sogar unmöglich. Erstmals errichteten die Sendar ihren Bau ebenfalls an der Oberfläche. Damit er dennoch unentdeckt blieb, schufen sie eine Lichtung innerhalb eines der dichten Wälder und machten sich einige Beobachtungen des Feindes zunutze. Sie brannten Stein aus der weichen Erde und lernten, ihn mit ihrem Sekret fest zu verbinden, weit fester, als dies den Viergliedrigen möglich gewesen war. Den kuppelartigen Bau, mit seinen Gängen und Kammern, bedeckten sie mit Erde und Pflanzen.

Erkundungstrupps schwärmten durch das reiche Land, auf der Suche nach anderen Viergliedrigen und sie fanden sie. Offenbar gab es eine ganze Reihe verschieden großer Bauten. Die meisten waren klein und wurden nur von wenigen hundert Viergliedrigen bewohnt. Andere waren sehr groß und von mächtigen Wällen umgeben. Auf diesen standen viele Feuerrohre, von einer Größe, die Gefahr verhieß.

Natar-Inedel-Eins ließ jenen kleinen Bau überfallen, den man zuerst entdeckt hatte.

Wie man erwartet hatte, war der Widerstand kläglich und man verlor nur zwei Krieger, während man viele der Viergliedrigen einfangen konnte. Man schaffte sie in den geheimen Bau und brannte den der Fremden nieder. Würden andere kommen, sollten sie glauben, die Bewohner seien einem Feuer zum Opfer gefallen.

Nachdem einige der Maden vor den Augen der anderen getötet worden waren, versuchten die Ausgewachsenen, den Rest zu bewahren. Nur mühsam stellte sich für die Sendar ein Erfolg ein. Jeder Begriff aus dem Leben der Viergliedrigen musste ein Äquivalent in der Symbolsprache finden, aber als es soweit war, begannen die Sendar zu lernen. Einige der Viergliedrigen erkannten die drohende

Gefahr, verweigerten sich und versuchten jene abzuhalten, die zur Zusammenarbeit bereit waren. Dennoch erfuhr das Volk der Insekten viel vom Feind. Als der Informationsfluss versiegte, tötete man die nutzlosen Viergliedrigen.

Aber sie hatten zuvor Hinweise auf einen Bau gegeben, der, viele Tage entfernt, an einem See lag. Dort baute man Flöße, die mit der Kraft des Windes fuhren. Natar-Inedel-Eins sandte Boten mit dem eroberten Wissen der Viergliedrigen über das Gebirge und einen Trupp, der sich das Wissen der Windkraft aneignen sollte.

Jahre vergingen, in denen die Sendar im Verborgenen blieben und immer wieder einzelne Viergliedrige oder kleine Bauten überfielen, um sich ihr Wissen anzueignen. Aber es wurde offensichtlich, dass die Gefangenen immer weniger dazu bereit waren, ihr Wissen zu teilen und sie reagierten sehr empfindlich, wenn man ihnen einzelne Gliedmaßen abbiss, um sie zum Reden zu bringen. Die Viergliedrigen schienen auch zu spüren, dass in ihrem Land etwas nicht stimmte, denn eines Tages marschierten viele Hundert von ihnen durch das Land und sie führten große Feuerrohre mit sich, an denen die runden Scheiben befestigt waren.

Die Sendar kannten die Wirkung dieser großen Feuerrohre nicht, spürten aber, dass sie weit gefährlicher waren, als die kleinen, denen sie bislang begegnet waren. Diese Viergliedrigen schützten ihre schwachen Leiber zusätzlich durch eine metallene Haut, die sie fast vollständig bedeckte. Es waren unzweifelhaft die Krieger der Fremden und Natar-Inedel-Eins wies ihre Kämpfer an, sich versteckt zu halten. Es war noch zu früh zuzuschlagen, denn die Stämme mussten erst das Gebirge überwinden und sich zum Kampf sammeln.

Ein unglücklicher Zufall führte einige Krieger der Sendar mit einem kleinen Reitertrupp der Viergliedrigen zusammen und zwei der Reiter entkamen zu dem größeren Trupp. So blieb Natar-Inedel-Eins nichts übrig, als die verfügbaren Kämpfer rasch zusammenzurufen und gegen den Feind zu führen.

Es war eine überraschende und beinahe tödliche Erfahrung für die Sendar.

Die Viergliedrigen hatten die großen Feuerrohre in einer Linie aufgestellt, als sich die Sendar vor ihnen sammelten. Die Furcht und das Entsetzen der metallbedeckten Wesen waren förmlich zu riechen, als sie die Insekten vor sich sahen, aber sie wichen nicht zurück und kämpften. Die großen Feuerrohre spuckten große Eisenstücke, die blutige Schneisen in den Sturm der Sendar schlugen und als diese nahe heran waren, waren es keine großen Eisenstücke, sondern eine Vielzahl von kleinen, die jedes der Rohre ausspukkte. Dann waren die Sendar zwischen den Metallbedeckten.

Als das Gemetzel endete, war Natar-Inedel-Eins von der Wirkung der großen Feuerrohre schockiert. Der Sturm hatte sie hunderte von Kriegern gekostet, viele waren verstümmelt und mussten getötet werden. Sie begriff, wie verlustreich der Ansturm gegen die Bauten des Feindes werden konnte und wie gut er vorbereitet sein musste.

Keiner der Metallbedeckten war entkommen und Natar-Inedel-Eins sendete hastig ihre Boten. Die Sendar mussten dem Feind zuvorkommen und ihn überwältigen, bevor er eine Möglichkeit fand, ihr Volk abzuwehren.

So entsendeten die Stämme der Sendar ihre Krieger. Zu Hunderttausenden strömten sie über den Gebirgspass, formierten sich in dem neuen Land zu großen Horden, denen die Ziele sorgfältig zugewiesen wurden. Sie sollten sich in der Nähe der feindlichen Bauten verborgen halten und zu einem genau festgelegten Zeitpunkt zuschlagen. Natar-Inedel-Eins hatte die Ehre, den größten Bau der Viergliedrigen anzugreifen. Er lag direkt am Wasser, umgeben von einer starken Mauer.

Hier gab es gewaltige Segelflöße, die auf dem Meer fuhren und zahlreiche Feuerrohre trugen. Diese Flöße waren es, welche Natar-Inedel-Eins zunächst vom Angriff abhielt.

Bevor sie die Bauten an Land vernichteten, mussten sie einen Weg finden, die Flöße auf dem Wasser zu vernichten. Gab es noch andere Stämme der Viergliedrigen, durften sie von den Flößen nicht zu Hilfe gerufen werden. Wenn diese Flöße nicht auf dem Wasser fuhren, lagen sie an langen Stegen fest, die mit dem Land verbunden wurden und Natar-Inedel-Eins hoffte darauf, ihre Krieger so schnell in den Bau hinein führen zu können, das man die Flöße erreichte, bevor sie sich vom Land lösten.

Dann stürmte das Volk der Sendar gegen die Wälle und die Feuerrohre schleuderten ihre Eisenstücke und brachten vielen der Angreifer den Tod. Sie stürmten über die toten Leiber hinweg, erreichten die Wälle und sie kletterten übereinander, bis sie die Kronen der Mauern überwinden konnten. Das zuvor einseitige Gemetzel wandelte sich. Nun waren die Sendar mitten unter den Verteidigern und die metallenen Panzer der weichen Leiber boten kaum Schutz gegen die Kieferzangen des Volkes.

Vier Tage wurde das Land der Viergliedrigen mit Tod überzogen und nur wenige von ihnen wurden verschont, so, wie die Große Matriarchin es befohlen hatte.

Auch die Flöße wurden genommen. Nur wenige von ihnen waren auf See und ankerten nicht an den Stegen des Baus, wo sie erstürmt werden konnten. Jene auf See entkamen. Aber die Sendar würden ihnen folgen, würden die Flöße des Feindes zu ihren eigenen machen.

Natar-Inedel-Eins hatte am Sturm auf den großen Bau der Viergliedrigen teilgenommen und nun, da der Kampf vorüber war, ging sie im typischen, leicht wiegenden Gang der Sendar durch die Straßen, um das Ausmaß der Beute zu begutachten.

Wilka-Inedel-763 begleitete sie und erstattete mit dem Klicken seiner Kieferzangen Bericht. »Die großen Feuerrohre auf den Wällen haben uns zugesetzt, aber als wir auf die Mauern gelangten, haben wir sie gebissen. Die kleinen Waffen taugen nicht viel, aber die großen sind gefährlich.

Wir haben vor den Wällen ein Drittel unserer Kämpfer verloren, in den Kammern des Baus jedoch nur wenige. Im Kampf Zangen gegen Zangen sind sie leicht zu beißen.«

Über Jahrmillionen waren die Kieferzangen die einzigen Waffen der Sendar gewesen und für sie war der Begriff des Beißens mit dem des Tötens identisch.

Natar-Inedel-Eins hatte jene Kammern des Baus aufgesucht, die auf der Kuppe eines Hügels standen. Umgeben von zahlreichen Bäumen, standen hier beeindruckende Bauten aus weißem Stein, mit hohen Säulen und zahlreichen, verwirrenden Ornamenten. Hier hatte der Herr der Viergliedrigen gelebt und hier hatte es den letzten, erbitterten Widerstand gegeben. Die Metallgeschützten hatten ihre großen Feuerrohre sogar in den Gängen aufgestellt und keine Rücksicht darauf genommen, welche Schäden sie den Kammern zufügten. Genutzt hatte es ihnen nichts. Zwischen Trümmern lagen die toten Sendar und Viergliedrigen, meist grauenhaft verstümmelt. Ihr Blut war bis zu den Decken der Kammern gespritzt.

Auf ihren sechs Beinen stiegen sie mühelos über die Trümmer hinweg. »Es leben noch einige hundert der Viergliedrigen«, berichtete Wilka-Inedel-763.

»Ich hoffe, es sind genug, um uns ihr Wissen zu vermitteln.« Natar-Inedel-Eins sah den Kriegsführer an. »Die Große Matriarchin will genug von ihnen, damit sie uns dienen können. Wir müssen den Feinden über das Wasser folgen und wenn wir sie auf dem Wasser bekämpfen wollen, dann müssen wir ihre Feuerrohre benutzen.«

»Wir haben viele von ihnen erobert. Viele Hundert und in den anderen Bauten ist das ebenso.«

»Die Feuerrohre nützen uns nichts, wenn wir keine Eisenstücke und keinen Feuersand mehr haben.«

»Wir haben große Vorräte gefunden.«

»Sie werden rasch aufgebraucht sein.« Natar-Inedel-Eins klickte nachdenklich mit ihren Kieferzangen. »Wir brauchen die Viergliedrigen, damit sie uns mehr davon beschaffen.«

»Sie werden das nicht freiwillig tun.«

»Das werden sie.« Natar-Inedel-Eins schüttelte ärgerlich den Kopf, als Schmutz von einer beschädigten Decke auf ihre Augen rieselte. »Wie die Große Matriarchin in ihrer Weisheit beschlossen hat, werden wir einen Bau der Viergliedrigen für sie belassen. Dort sollen sie leben und sich vermehren, immer der Tatsache gewiss, dass ihr Leben zwischen unseren Zangen liegt. In jedem Stamm ist der Instinkt verankert zu Überleben. Sie werden unseren Willen erfüllen, damit ihr Stamm am Leben bleibt.«

»Wir haben die ersten Segelflöße ausgeschickt, um nach den entkommenen Viergliedrigen zu suchen. Es wird schwierig. Das Wasser ist nicht unser Element und wir können keiner Duftspur folgen.«

»Wir werden es lernen.« Natar-Inedel-Eins wiegte ihren Kopf. »So, wie wir immer gelernt haben.«

14

Ihrer telanischen Majestät Schlachtkreuzer Envaar gehörte fraglos zu den modernsten und schnellsten Schiffen der königlichen Marine. Erst vor einem halben Jahr dem nassen Element übergeben, hatte die Envaar ihre Probefahrt absolviert und alle Tests mit Bravour überstanden. Vor vier Wochen hatte sie wieder am Kai der königlichen Werft in Alatan festgemacht und die Konstrukteure hatten sie offiziell an die Besatzung übergeben.

Der neue Kreuzer unterschied sich erheblich von den bisherigen Konstruktionen und das galt nicht allein für seine beachtliche Größe von 150 Metern Länge und einer maximalen Breite von 18 Metern. Zum ersten Mal hatte man einen hölzernen Rumpf nicht zusätzlich mit stählernen Platten gepanzert, sondern einen Ganzmetallrumpf aus genieteten Stahlplatten gebaut. Wie üblich war das Metall zum Schutz gegen Witterung und Rost mit einem weißen Schutzanstrich überzogen. Der Rumpf verbreiterte sich ein wenig zur Wasserlinie hin, was das Schiff besonders stabil machte. Der Bug war scharf geschnitten und weit nach oben gezogen, um die Aufbauten vor Spritzwasser zu schützen und den Kreuzer leicht durch die Wellen gleiten zu lassen. Direkt am Bug war das Wappen der königlichen Marine zu erkennen, ein strahlend blaues Schild mit der gepanzerten Faust und dem von ihr gehaltenen Schwert des Reiches Telan.

Die Envaar war auf Geschwindigkeit ausgelegt und verfügte über drei Antriebspropeller unter dem Heck. Die Antriebswellen und die anderen Maschinen des Kreuzers wurden von vier Dampfmaschinen angetrieben. Die Vorratsräume für den Brennstein waren, als zusätzlicher Schutz für die Besatzung, entlang der Wasserlinie angebracht und dienten auch der Trimmung des Kreuzers. Bei der Probefahrt hatte das Schiff unglaubliche vierzig Kilometer in der Stunde zurückgelegt.

Auch die Aufbauten bestanden aus Stahl und zogen sich vom vorderen Drittel bis dicht an das Heck. Sie wurden von der Brücke und dem Ausguckmast überragt. Die Brücke hatte, von vorne gesehen, die Form eines plumpen »T« und die Ausläufer des oberen Balkens ragten über die seitlichen Bordwände hinaus. Direkt hinter der Brücke stand der hohe Mast. Eine Röhre aus Stahl, in der sich eine Sprossenleiter befand, die zur ebenfalls gepanzerten und überdachten Aussichtsplattform führte. Von hier aus wurde das Meer beobachtet und das Feuer des Schiffes geleitet. Dahinter ragte die spitze Pyramide des Hauptsammlers auf. Zwischen dem Aufbau und der Plattform spannten sich die Leinen, an denen im Bedarfsfall die Gefechtsfahne oder Signalflaggen gesetzt wurden.

Zweihundertsiebzig Männer und Frauen gehörten zur eigentlichen Besatzung des Kreuzers, dazu kamen noch einmal hundertzwanzig Seesoldaten der königlichen Marine. Die meisten lebten, eng zusammengepfercht in spartanischen Unterkünften, entlang der Längsachse des Schiffes. Dort befanden sich auch die drei Aufenthaltsräume, die der Versorgung der Besatzung und ihrer kärglichen Freizeitgestaltung dienten. Ein Raum für die seemännische Besatzung, einer für die Soldaten und der dritte für die Offiziere beider Gruppen.

Die bisherigen Kreuzer Telans hatten über maximal vier schwere Waffen verfügt, die Envaar hingegen verfügte über sechs der schweren Lichtdruckkanonen. Eine vorne, unmittelbar vor der Brücke, eine hinten am Heck und die vier anderen in seitlichen Waffengondeln.

Diese Waffengondeln waren stählerne Plattformen, die auf massigen Auslegern rechts und links aus dem Rumpf ragten und zusätzlich mit spinnbeinenartigen Streben abgestützt waren. Sie befanden sich frei über dem Wasser, das mehrere Meter unter ihnen hindurch schäumte und waren durch schmale Stege mit dem Rumpf verbunden.

Die sechs Lichtdruckkanonen sahen sich zum Verwechseln ähnlich. Eine dicke, plump wirkende und mannshohe Scheibe, aus der vorne ein langer und grazil wirkender Stab herausragte. An seiner Spitze befand sich ein silbrig schimmernder Trichter, der, zum Schutz gegen Spritzwasser, mit einer Hülle verdeckt war. Oben, in der Mitte der Scheibe, erhob sich ein langer Zylinder, kaum einen Meter im Durchmesser und gute zehn Meter hoch. Die Zylinder endeten in kleineren Ausführungen der spitzen Pyramide, die sich hinter dem Beobachtungsturm befanden. Diese Pyramiden konnten auseinandergeklappt werden, so dass sie einer geöffneten Blüte ähnelten. Dies waren die so genannten Sammler, ohne die keine der Lichtdruckwaffen funktioniert hätte.

Einer dieser Sammler bereitete der Besatzung Sorgen.

Zwei Männer und eine Frau bewegten sich vorsichtig auf dem metallenen Steg entlang, der die linke vordere Waffengondel mit dem Schiff verband. Die Gitterroste schwangen leicht unter dem Gewicht der Menschen, und bei den Bewegungen der Envaar bewahrten sie nur der kleine Handlauf und ihre geschmeidigen Bewegungen davor, ins Meer zu stürzen. Jeder von ihnen war erleichtert, die Plattform der Gondel zu erreichen, die ihnen festeren Halt bot, aber nicht viel Platz, denn die Basis der Waffe nahm den meisten Raum in Anspruch.

»Ich habe heute Morgen nachgemessen, Kapitänin«, schrie einer der Männer gegen das Stampfen der Maschinen und das Klatschen der Wellen an. »Die Säule zeigt nur achtzig Prozent Sättigung. So viel dürfte sie über Nacht nicht verlieren.«

Der Sprecher klammerte sich an das schlanke Rohr der Lichtdruckkanone und wies auf den hohen Zylinder. »Wie Sie wissen, Kapitänin, hatten wir gestern gutes Sonnenlicht und ich hatte alle Sammler geöffnet. Es ist genug davon in den Weißkristall des Lichtspeichers gelangt. Er müsste volle Leistung zeigen. Wenigstens fünfundneunzig Prozent, ein wenig Schwund ist ja normal.«

Die schlanke Frau, in der Uniform eines Kapitäns der königlichen Marine, glich unbewusst die Bewegungen ihres Schiffes aus und musterte den Zylinder. »Könnte der Sammler defekt sein?«, rief sie. »Ein Fehler in der Politur?«

»Unmöglich, ich habe alle Sammlersegmente persönlich überprüft«, stellte der zweite Mann fest. »Zudem haben sie auf der Probefahrt alle die volle Leistung gezeigt.«

An der Reling standen mehrere Männer und Frauen und sahen den dreien aufmerksam zu. Für den Fall der Fälle hielten sie Rettungsleinen bereit. Niemand suchte normalerweise eine der Waffengondeln bei voller Fahrt auf, aber die Kapitänin hatte darauf bestanden, die Geschwindigkeit der Envaar nicht zu reduzieren.

»Ein ziemlicher Leichtsinn«, murmelte einer dieser Männer und umklammerte den Handlauf. »Wenn einer bei dieser Fahrt ins Wasser stürzt, ist es vorbei.«

Ein anderer nickte. »Den ziehen die wirbelnden Propeller an und dann gibt es Hackfleisch. Ich habe das ein Mal erlebt und glaubt mir, ich habe kein Verlangen, das noch mal ansehen zu müssen.«

»Immerhin, sie hat Mut.«

Es war klar, wer damit gemeint war, aber der erste schüttelte den Kopf. »Das ist kein Mut, das ist Leichtsinn. Wenn wir das täten, würde sie uns zusammenstauchen, darauf könnt ihr wetten.«

Einer der weiblichen Matrosen sah die Männer ärgerlich an. »Wir haben königliche Order ohne Verzögerung zu fahren und wissen nicht, was auf uns zukommt. Wollt ihr auf einen Feind treffen, wenn eine der Kanonen nicht funktioniert?«

Der Mann mit der Rettungsleine grinste. »Dass du sie verteidigst ist mir schon klar. Ist ja der erste weibliche Kapitän in der Flotte, noch dazu auf dem neuesten Schiff.«

»Das klingt, als hättest du etwas dagegen.«

Der Mann zuckte die Achseln. »Eine Frau als Kapitän? Als Matrose oder Seesoldat, ja. Auch als Offizier. Aber als Kommandant?«

»Sie ist der beste Kapitän der Flotte«, sagte die Frau eifrig.

»Es heißt, sie sei ein Liebling des Königs«, erwiderte einer der anderen. »Nur deshalb habe sie das Kommando über die Envaar erhalten.«

»Ihr werdet jedoch mit Sicherheit nicht zu den Lieblingen des Königs gehören«, ertönte eine kalte Stimme hinter ihnen. »Zumindest nicht, wenn ihr weiter so sinnloses Gewäsch von euch gebt.«

Sie fuhren herum und sahen einen stämmigen Mann in der roten Uniform der Seesoldaten vor sich. Die weißen Aufschläge an seinen Jackenärmeln verrieten, dass es sich um den Kommandeur der schiffseigenen Truppe handelte. Major Beltron war kein Mann aus vornehmer Familie und hatte sich vom einfachen Soldaten hoch gedient. Er hatte in vorderster Linie gekämpft, als feindliche Schiffe aufgebracht und erobert wurden und trug an der rechten Wange eine entstellende Narbe, Erinnerung aus dem Kampf gegen die Eingeborenen einer Insel. Obwohl er von seinen Seesoldaten viel abverlangte, war er bei den Männern und Frauen sehr beliebt, was auch an seiner rauen, aber offenherzigen Art lag.

Beltron trat zu der Gruppe und blickte zur Waffengondel hinüber. »Die Kapitänin hat recht, Leute. Sie trägt letztlich die Verantwortung für das Schiff und für seine Sicherheit. Niemand kann ihr das abnehmen und wenn etwas nicht in Ordnung ist, dann muss sie sich selbst davon überzeugen. Sie kann und darf sich nicht einfach auf das Wort eines Anderen verlassen.« Er sah die Männer und Frauen spöttisch an und dabei verzog sich die Narbe in seinem Gesicht, so dass es sardonisch wirkte. »Bevor ihr das nicht begreift, werdet ihr niemals in eine verantwortliche Position aufsteigen können.«

»War nicht so gemeint, Major«, lenkte einer der Matrosen ein.

Beltron stieß ein leises Knurren aus. »Setzt Vertrauen in Kapitänin Jalena-Gaheni. Sie hat es verdient. Und nun will ich keinen mehr hier herumlungern sehen, der hier nichts verloren hat.«

Der Offizier der Seesoldaten bemerkte, wie einige der Männer und Frauen verschwanden und sah dann zur Waffengondel hinüber. »Ein verdammtes Risiko«, murmelte er so leise, dass es keiner der anderen verstehen konnte, »aber sie hat Mut.«

Die Envaar tauchte in ein Wellental und ein Schwall Wasser durchnässte die drei Personen an der Waffe. Neben der Kapitänin handelte es sich um den Ersten Offizier Hosmut und den Waffenoffizier Marten, die sich ächzend und prustend festhielten.

»Die Sammler sind völlig einwandfrei«, wiederholte der Erste Offizier eindringlich. »Die Politur ist hervorragend und sie lassen sich exakt auf die Sonne ausrichten. Das Licht wird in den Speicher geleitet und dort gesammelt.«

»Ich weiß, wie die Waffe funktioniert«, sagte Kapitänin Jalena-Gaheni mit ärgerlicher Stimme.

»Ich wollte Sie nicht belehren, Kapitänin«, erwiderte Hosmut und wandte hastig das Gesicht, als erneut ein Schwall Wasser über ihnen zusammenschlug. Die See war ein wenig unruhig, sonst wären sie auf den hohen Gondeln vor der Nässe sicher gewesen.

»Auch der Kanonenlauf ist einwandfrei.« Der Waffenoffizier wies auf den stabartigen Lauf der Waffe. »Ich fürchte, es liegt am Speicher.«

Die »Blüten« der Sammler konnten auf die Sonne ausgerichtet werden und reflektierten ihr Licht dann nach unten, in den Zylinder hinein, in dem sich eine Säule aus reinstem Weißkristall befand. In ihr konnte das Sonnenlicht gespeichert und verstärkt werden, eine Besonderheit der Struktur des Weißkristalls, die kein anderer Kristall aufwies. Über ein Prisma aus Weißkristall konnte die gespeicherte Energie in den Lauf der Lichtdruckkanone geleitet werden. Das Prisma war so gearbeitet, dass es durch einen Hebel gesteuert werden konnte. Wenn es den Speicher verschloss, sammelte dieser seine Energie, bis er voll war und die Sammlerpyramide wieder geschlossen wurde. Legte man den Hebel um, leitete das Prisma die Energie in den Lauf der Waffe. Auch hier befand sich eine Säule aus Weißkristall, in die man allerdings Ringe aus speziell geschliffenem Rotkristall eingearbeitet hatte. Der Rotkristall warf das Licht in dem Lauf immer wieder zurück, bis es einen enormen Sättigungsgrad erreicht hatte. Nach zwei Sekunden war die Intensität so hoch, dass aus der trichterartigen Mündung ein gleißender Lichtbalken schoss. Ein Impuls unvorstellbarer Hitze und hohen Drucks, denn die thermische Gewalt beinhaltete kinetische Energie, die dort, wo der Lichtdruckimpuls, das Lichtdruckgeschoss, auftraf, eine verheerende Wirkung entfachte. Stahl und Holz verdampften förmlich und zugleich war die Aufprallwucht so hoch, dass Planken und Platten eines Schiffes zerschlagen werden konnten. Die Waffengondeln mussten beim Schuss einen Teil dieser Wucht auffangen und schwangen dann bedenklich in ihren Aufhängungen. Kein angenehmer Aufenthaltsort für die beiden Kanoniere, die hinter der Säule des Speichers in ihren Sitzen angeschnallt waren.

Für die neuen Matrosen der königlichen Marine war es immer eine überwältigende Erfahrung, zu erkennen, dass Licht nicht nur tödliche Hitze, sondern auch Kraft entfalten konnte. Auf eine so effektive Weise, dass das Königreich Telan seine schweren Waffen vollständig auf Lichtdruckkanonen umgestellt hatte. Da es nur selten bedeckten Himmel im Königreich gab und die Speicher die Energie über viele Tage halten konnten, schmälerten ein paar Tage schlechten Wetters die Kampfkraft nicht sonderlich.

Vorausgesetzt, die Speicher aus Weißkristall waren in Ordnung und dies schien bei dieser Waffe nicht der Fall zu sein.

Kapitänin Jalena-Gaheni hielt sich mit einer Hand an der Waffe fest und wischte sich Spritzwasser aus den Augen. »Wenn es wirklich am Speicher liegt, können wir nichts machen.« Sie sah den Waffenoffizier fragend an. »Oder haben Sie irgendwo ein gutes Stück Weißkristall herangeschafft, von dem ich nichts weiß?«

Waffenoffizier und Kapitänin lächelten sich flüchtig an. Jeder Offizier war bestrebt, das Bestmögliche für sein Schiff zu erreichen. Was die Werft an Ersatzteilen mit auf See gab, entsprach gerade den Mindestanforderungen und nicht immer den Erfahrungen der Besatzungen. So versuchten die Offiziere oft auf wenig offiziellen Pfaden an zusätzliche Teile heranzukommen.

Marten machte eine bedauernde Geste. »Sie wissen, wie schwierig es ist an Weißkristall heranzukommen. Jeder will den verdammten Kristall haben und Säulen von der Größe, wie sie für einen Speicher benötigt werden, sind heiß begehrt. Tut mir leid, Kapitän, ich kann Ihnen eine Menge Dinge bieten, aber keinen Speicher, den wir gegen diesen austauschen könnten.«

»Verflucht.« Niemand wusste, ob die Kapitänin damit den fehlenden Weißkristall meinte oder die erneute Dusche aus salzigem Meerwasser. »Na schön. Welchen Sättigungsgrad kann sie halten, sagten Sie?«

»Achtzig habe ich gemessen«, knurrte Marten. »Aber das heißt nicht, dass der Speicher das hält. Wenn er defekt ist und die Kristallstruktur geschädigt wurde, wird er immer mehr an Lichtkraft verlieren.«

»Also müssen wir ihn aufladen, so oft die Sonne es erlaubt«, seufzte Jalena.

»Und das Beste hoffen«, ergänzte der Erste Offizier Hosmut.

»Gehen wir wieder an Bord.« Jalena wies zur Reling hinüber und erkannte Major Beltron zwischen einigen Matrosen. »Ich schlage vor, wir ziehen erst ein paar trockene Sachen an und dann treffen wir uns auf der Brücke.«

Die Kapitänin nickte dem Major zu und ging dann an ihm vorbei zum Deckaufbau. Direkt neben der Treppe, die zur Brücke hinauf führte, befand sich das Kapitänsquartier. Im Vergleich zu den anderen Mannschafts- und Offiziersquartieren eine königliche Behausung. Zwei mal vier Meter, so dass hier nicht nur ein schmales Bett und ein

Schrank, sondern auch ein Schreibtisch mit Stuhl und eine kleine Duschkabine ihren Platz fanden.

Jalena-Gaheni zog die nassen Sachen aus, trat in die Dusche und betätigte die Handpumpe. Sie nahm die übliche Seemannsdusche, da man nie wusste, wie lange das Schiff mit seinem Trinkwasservorrat auskommen musste, bevor es ihn auffrischen konnte. Sie machte einen Schwamm nass und rieb sich damit das salzige Wasser vom Leib, auf den Luxus einer richtigen Dusche musste sie verzichten. Es gab Offiziere, die gewisse Vorrechte für sich in Anspruch nahmen, aber Jalena gehörte nicht zu ihnen. Während sie eine trockene Uniform anzog, betrachtete sie sich in der polierten Metallfläche des Spiegels.

Sie war nicht mehr die Jüngste und das Leben und die See hatten ihre Spuren hinterlassen. Sonne und Wind hatten ihr zugesetzt, wie jedem Menschen, der lange Jahre auf dem Meer verbracht hatte und Jalena war mit vierzehn Jahren der Marine beigetreten. Die hohe Stellung ihrer Familie in Alatan hatten es ihr ermöglicht, direkt als Offizierskadett aufgenommen zu werden und sie hatte ihr Leutnantsexamen mit Bravour bestanden. Sie diente dem König auf mehreren Schiffen und war schließlich Erster Offizier auf dem Kreuzer Tikunamaar geworden. Ihre Bewertungen waren vorzüglich, dennoch hatte ihre Karriere gestockt. Fünfzehn Jahre war sie als Erster Offizier eingesetzt worden, auf drei verschiedenen Schiffen und trotz ihrer wohlwollenden Beurteilungen blieb ihr ein eigenes Kommando verwehrt. Es war frustrierend gewesen, denn andere überholten sie und führten längst eigene Schiffe. Männer mit weniger Erfahrung und weniger bestandenen Kämpfen, als sie vorweisen konnte. Ihre Familie hatte in der Admiralität und im Senat interveniert, doch erfolglos. Erst ihr Einsatz gegen zwei Korsarenschiffe hatte die Wende gebracht. Der Kapitän ihres Kreuzers war zu Beginn des Gefechtes gefallen und Jalena hatte es fortgeführt und zwei Korsarenschiffe gleichzeitig niedergekämpft. Es war die Begeisterung des Volkes, die den Senat schließlich zwang, ihr das Kapitänspatent zu geben. So hatte sie den Rang eines Kapitäns erhalten, ihren größten Erfolg und zugleich ihre größte Niederlage.

Sie war ein »überzähliger« Kapitän. Ein Kommandant ohne Schiff, denn der Senat schien keines finden zu können, dass einen neuen Kapitän benötigte. Obwohl es die Schiffe des Königs waren, entschied der Senat darüber, wer sie befehligte. Dies sollte die Gewaltenteilung zwischen König und Senat manifestieren und verhindern, dass die Flotte zu einem einseitigen Instrument der Macht wurde.

So konnte Jalena nicht einmal mehr zur See fahren, denn kein Kapitän hätte einen zweiten an Bord geduldet und sie musste sich damit begnügen, für die königliche Werft die Probefahrten neuer Schiffe vorzunehmen, damit diese an ihren planmäßigen Kapitän übergeben werden konnten. Bei diesem frustrierenden Dienst hatte sie den Bau der Envaar beobachtet, sich augenblicklich in das entstehende Schiff verliebt und alles daran gesetzt, es als Kommando zu erhalten.

Admiral Merent-Kai gehörte zu ihren Fürsprechern, aber erst als König Leos-Hod-Telan sich ausdrücklich für sie einsetzte, gab der Senat nach. Hinter den verschlossenen Türen musste es heftige Worte gegeben haben, zwischen einem Großteil des Senats einerseits und dem König, dem Admiral und einer kleineren Senatsfraktion andererseits. Was den Senat zum Einlenken bewegte, blieb Jalena verborgen und es hatte sie auch nicht sonderlich interessiert.

Sie erhielt das Kommando über die Envaar, über ihr Schiff. Der einzige saure Tropfen in diesem süßen Wein war der Erste Offizier Hosmut. Der Senat hatte Jalena nicht gestattet, Einfluss auf die Wahl ihres Stellvertreters zu nehmen und einen Mann eingesetzt, der das Wohlwollen des Senats besaß. Ein Mann, der zuvor für das Handelshaus Tar gefahren war. Damit hätte Jalena leben können, wenn sich nicht bald der unangenehme Charakter des Mannes offenbart hätte.

Hosmut war ein schnell aufbrausender Mann, der keine Nachlässigkeit durchgehen ließ und auch geringe Verfehlungen streng ahndete. Verfehlungen, denen ein anderer Offizier mit ein paar mahnenden Worten begegnet wäre, die Hosmut jedoch die Möglichkeit gaben, seine Macht auszuspielen. Jalena schätzte Offiziere nicht, die das ohnehin harte Leben der Besatzung noch härter machten.

Sie zog die kurze Uniformjacke glatt, legte den Waffengurt mit der Bolzenpistole um ihre schlanken Hüften und verließ dann ihre Kabine, um sich auf die Brücke zu begeben. Der Ehrenposten der Seesoldaten präsentierte sein Bolzengewehr und sie nickte der Frau freundlich zu, schritt an ihr vorbei in das Brückenhaus.

»Kapitän auf der Brücke«, meldete der wachhabende Leutnant und salutierte kurz. »Südkurs liegt an, volle Fahrt und keine besonderen Vorkommnisse, Kapitänin.«

Sie dankte, nickte den beiden Rudergängern am großen Steuerrad zu und prüfte die Eintragungen im Schiffsbuch. Nach einem Blick auf die Karte trat sie an eines der vorderen Brückenfenster, die durch Panzerblenden bis auf einen schmalen Sehschlitz verschlossen werden konnten. »Gehen Sie auf Marschfahrt herunter, Leutnant. Das schont unsere Brennstoffvorräte und wir sind bislang ungewöhnlich schnell vorangekommen.«

»Auf halbe Fahrt, gleicher Kurs«, befahl der Leutnant prompt und einer der Rudergänger wiederholte die Anweisung.

Auf der Treppe polterten Schritte und Hosmut trat ein. »Eine ärgerliche Sache, dass mit der Kanone«, sagte er unvermittelt und stellte sich neben Jalena. »Es hätte Marten auffallen müssen.«

»Es ist ihm aufgefallen«, erwiderte sie lakonisch. »Er hat uns ja darauf aufmerksam gemacht.«

»Das meine ich nicht.« Hosmut legte die Hände auf den Rahmen des offenen Fensters und fluchte leise, als er sich die Finger am heißen Metall verbrannte. »Es hätte ihm vorher auffallen müssen.«

»Sie waren bei der Probefahrt dabei«, erinnerte Jalena ihn verärgert. »Auch Sie haben keinen Mangel festgestellt.«

Der Erste Offizier errötete ein wenig. »Ich hatte mich um viele Dinge zu kümmern. Marten nur um seine verdammten Kanonen.«

»Ist ein Speicher montiert, kann man ihn nicht auseinander nehmen, ohne den Weißkristall zu schädigen.« Jalena sah ihren Stellvertreter eindringlich an. »Da er auf der Probefahrt einwandfrei funktionierte, war kein Schaden ersichtlich. Wir werden ihn bei unserer Heimkehr austauschen lassen. Bis dahin werden wir zurechtkommen.«

»Nun, es ist Ihre Verantwortung, Kapitänin.«

»Daran brauchen Sie mich nicht zu erinnern.«

Sie spürte, das Hosmut ihr das Kommando neidete. Er war der Offizier gewesen, den der Senat gerne zum Kapitän der Envaar gemacht hätte. Schon dahingehend war es eine wenig glückliche Entscheidung, ihn nun unter ihrem Kommando einzusetzen. Vielleicht war er deshalb frustriert und ließ dies an den Untergebenen aus. Der Erste Offizier stellte immer das Bindeglied zwischen Kapitän und Besatzung dar, aber bei Hosmut hatte sie das Gefühl, dass er eher bestrebt schien, einen Keil dazwischen zu treiben. Er tat dies auf eine perfide Weise, gegen die Jalena machtlos war, denn er nutzte die Vorschriften des Seegesetzes gegen sie aus.

Die Bestrafungen an Bord waren eine Angelegenheit des Ersten Offiziers. Er verhängte das Strafmaß und ließ die Strafen vollziehen. Nur bei schweren Vergehen, wie Diebstahl oder einer Gewalttat, wurde der Kapitän hinzugezogen. Der Kapitän stand also im Allgemeinen außen vor, aber Hosmut zog seine Kommandantin immer in den Vorgang hinein, indem er sie vorab informierte und die Strafe dann »mit dem Wissen der Kapitänin« ausführen ließ. Für die Besatzung vermittelte dies den Eindruck, als sei Jalena mit den Bestrafungen einverstanden, obwohl sie in Wahrheit kaum Einfluss darauf hatte. Es wäre akzeptabel gewesen wenn Hosmut dabei Augenmaß bewiesen hätte, aber das war nicht der Fall.

»Wir sind jetzt zwei Wochen auf See und erreichen bald die Hoheitsgewässer der Anram«, stellte Hosmut mit einem Blick auf die Karte fest. »Es wundert mich, auf der südlichen Route noch keinen anderen Schiffen begegnet zu sein.«

Jalena-Gaheni nickte. »Die Handelshäuser haben ihren Kapitänen untersagt, die Südroute zu befahren, bis man weiß, was mit den verschwundenen Schiffen geschehen ist.«

»Aber es müssten Schiffe unserer Handelsherrn in Anram sein, die sich auf der Rückreise befinden. Oder Schiffe aus Anram, die auf dem Weg zu uns sind, um Handel zu treiben. Aber die See ist leer.«

Erneut nickte Jalena. Sie trat zu ihrem Ersten Offizier an die Karte. »Wir fahren direkt auf der Route. Die anderen vier Kreuzer sind rechts und links von uns. Bei klarem Wetter haben wir eine Sichtweite von vierzig Kilometern bis zum Horizont. Wir fahren mit jeweils achtzig Kilometern Abstand zueinander. Dicht genug, um ein Schiff zu erkennen, dass sich zwischen uns bewegen will und weit genug, um einen breiten Korridor zu befahren.«

»Ein Suchstreifen von 320 Kilometern ist nicht viel, gemessen an der Größe des Seeraums«, wandte Hosmut ein.

»Stimmt. Aber wir haben nur fünf Schiffe.« Jalena zukkte die Schultern. »Wir fahren den Suchstreifen direkt auf Anram zu. Wenn wir Anram erreichen, nehmen wir Kontakt zur dortigen Marine auf, dann fahren wir einen weiteren Suchstreifen. Aber ich denke, wenn etwas geschehen ist, und das muss es wohl, wenn drei Schiffe spurlos verschwinden, dann wird es in diesem Seegebiet geschehen sein. Zeit ist für die Handelshäuser Geld und keiner ihrer Kapitäne weicht ohne Grund von seiner Route ab, denn ein

Umweg kostet Zeit und Brennstein. Kein Handelsherr würde ihm das ohne Not danken.«

Hosmut nickte. Er war lange genug auf den Schiffen des Hauses Tar gefahren, um das zu wissen.

»Ich habe für Sonnenuntergang eine Bestrafung angesetzt«, sagte er unvermittelt.

Jalena runzelte die Stirn. »Die Disziplin ist Ihre Sache, Hosmut. Aber Sie sollten bedenken, welchen harten Dienst die Besatzung versieht.«

»Dies ist ein Kriegsschiff des Königs und wenn es zum Kampf kommt, müssen wir auf die bedingungslose Disziplin der Mannschaft vertrauen«, knurrte Hosmut.

»Die Disziplin alleine nützt nichts.« Jalena richtete sich von der Karte auf. »Die Mannschaft muss auch mit dem Herzen dabei sein. Nicht allein die Waffe entscheidet, Erster, auch die Hand, die sie führt und das Herz, das ihr Mut verleiht.«

»Die Besatzung ist neu und keinen Kampf gewöhnt.« Hosmuts Stimme klang abweisend. »Wenn ihr Mut versagt, muss die Disziplin sie zwingen.«

»Es ist eine gute Mannschaft«, sagte Jalena beschwichtigend. »Ihr Mut wird sie nicht verlassen, wenn die Offiziere ihr Vorbild sind. Der Respekt der Männer und Frauen lässt sich nicht mit der Peitsche erzwingen, man muss ihn sich durch Leistung verdienen.«

»Die Frau hatte Nachtwache am Heck und ist eingeschlafen.« Hosmut sah die Kapitänin kalt an. »Auf Wache zu schlafen, ist ein schweres Vergehen. Zwölf Peitschenhiebe sind das Maß.«

Jalena hörte eine gemurmelte Bemerkung hinter sich und wandte sich um. Einer der Rudergänger, ein bulliger Mann mit Vollbart, räusperte sich. Sie nickte ihm zu. »Sag, wenn du etwas sagen willst, Matrose.«

»Sie hat auf Wache geschlafen, weil sie drei Wachrunden hintereinander versah. Die andere Wachgängerin war durch einen Sturz verletzt und nicht bei Sinnen. Erst als sie gefunden wurde, hat man bemerkt, dass Elatena die Runde der Verletzten übernommen hat.«

»Dann hätte sie selbst für Ablösung sorgen müssen«, knurrte Hosmut.

Der Rudergänger sah ihn bitter an. »Dazu hätte sie ihren Posten, wenn auch kurz, verlassen müssen und dafür hätte sie von Ihnen erst recht die Peitsche bekommen.«

Jalena sah Hosmut grimmig an. Nur mühsam konnte sie ihren Zorn unterdrücken. »Danke für deine Worte, Rudergänger. Ich bin überzeugt, der Erste wird ein gerechtes Strafmaß finden.«

Sie trat zum linken Außenausleger der Brücke und gab Hosmut einen Wink, ihr zu folgen, damit die anderen ihre Worte nicht hörten. Wenn sie und ihr Stellvertreter nicht einer Meinung waren, mussten sie das unter sich ausmachen. Sie durfte die Position Hosmuts nicht schwächen, denn wenn sie ausfiel, musste er das Kommando übernehmen und die Mannschaft musste ihm folgen.

»Was soll das, Hosmut?«, zischte sie verärgert. »Wussten Sie davon?«

»Nein«, räumte er zögernd ein. »Aber das hätte die Matrosin schließlich sagen können.«

»Wahrscheinlich hat sie es aus Angst vor Ihrer Peitsche nicht getan.« Sie sah ihren Stellvertreter eindringlich an. »Die Mannschaft braucht Vertrauen in Ihre Fähigkeiten und nicht in Ihre Härte. Es wäre Ihre Aufgabe gewesen, den Sachverhalt zu klären.«

Hosmut presste die Kiefer aufeinander und nickte errötend. »Schön, ich werde künftig darauf achten.«

»Das will ich auch hoffen. Und wandeln Sie das Strafmaß um.«

»Es ist verhängt.«

Jalenas Blick wurde drohend. »Es ist falsch und das wissen Sie, Hosmut. Niemand hat das Recht, auf einer falschen Entscheidung zu beharren. Das macht einen Fehler nicht besser, sondern verschlimmert ihn. Geben Sie der

Matrosin eine weitere Extrawache. Aber erst, nachdem sie sich gründlich ausgeschlafen hat.«

»Wenn das Ihr Wunsch ist, Kapitänin?«

»Es ist mein Wunsch und es ist mein Wille.« Jalena wies in das Halbdunkel der Brücke. »Wenden Sie ihre Macht als Erster Offizier mit Bedacht an, Hosmut. Sie haben kein Recht, sie zu missbrauchen.«

Seine Hände ballten sich zu Fäusten. »Ich wende nur das geltende Recht an.«

»Hier draußen braucht es mehr, als nur das geltende Seerecht.« Sie atmete mehrmals tief durch und zwang sich zur Ruhe. »Hier draußen sind alle aufeinander angewiesen, Hosmut.«

An der Art, wie er sich versteifte, erkannte Jalena, das seine Worte an ihm abzuprallen schienen.

»Wenn das alles ist, Kapitänin?«

»Ja, das ist alles«, sagte sie bitter. »Sie können sich entfernen.«

Als er sich umwandte, hielt ihre Stimme ihn für einen Augenblick zurück. »Eine Sonderwache für die Matrosin, nachdem sie geruht hat. Und noch ein Letztes, Erster Offizier Hosmut: Sollte ich feststellen, dass Ihr Verhalten ungerecht ist und Unfrieden unter die Mannschaft bringt, dann werde ich mich nicht scheuen, Ihnen die Peitsche aus den Händen zu nehmen.«

Als Hosmut wortlos ging, lehnte Jalena sich seufzend an das Brückengeländer. Welcher Gegner ihr auf See drohte, wusste sie nicht, aber welchen Feind sie an Bord hatte, das spürte sie mit aller Deutlichkeit.

15

Losterman schrie vor Schmerzen. Der Schwerverletzte wurde im Bug des kleinen Fischerbootes hin und her geworfen. Immer wieder stieß er mit seinem Armstumpf gegen die Bordwand, obwohl Henafraw versuchte, ihn festzuhalten. Aber die Bewegungen des Bootes waren hektisch und kaum vorauszusagen.

Eigentlich war es kein besonders starker Regensturm, der über sie hinwegfegte. Nicht stärker, als in dieser Küstenregion und Jahreszeit üblich. Aber der starke Wind hatte das Boot weiter auf das offene Meer hinaus gedrückt und alle Versuche von Fennegman und Wandeman, dem entgegenzuwirken, waren ohne Erfolg geblieben.

Einem kleinen Segler hätte der Sturm wenig zugesetzt, aber dies war ein Fischerboot, das sonst nur dicht unter der Küste fuhr und einem Sturm auswich. Die niedrige Bordwand und der flache Rumpf machten es zum Spielball von Wind und Wellen. Fennegman saß an der Pinne und hielt in der einen Hand das Steuerholz, in der anderen die beiden Führungsleinen des halb gerafften Segels. Torbjong und Wandeman waren vollauf beschäftigt, Wasser aus dem Boot zu schöpfen. Immer wieder ritt das Fischerboot auf einem Wellenkamm, um dann in das nächste Wellental einzutauchen. Es tauchte hart ein und nahm jedes Mal Wasser auf. Fast zu viel, um es rechtzeitig entfernen zu können, obwohl Torbjong und Wandeman einen der Fangkübel dafür benutzten. Und jedes Mal, wenn eine Erschütterung durch das Boot lief, schrie Losterman in wildem Schmerz auf.

Von seinem Armstumpf stieg ein fauliger Geruch auf, den auch der starke Wind nur unvollkommen vertreiben konnte und der Arm oberhalb der Abbindung sah aus, als würde er jeden Augenblick aufbrechen. So sehr sich die Insassen des Bootes ihrem verletzten Freund verbunden fühlten, so sehr hofften sie zugleich, ein gnädiges Schikksal werde ihn von seinem Leiden erlösen. Die letzten Tage hatten sie kaum Ruhe gefunden, denn Lostermans Schreie verstummten selten, auch wenn sie inzwischen eher einem Krächzen glichen.

»Rechts ausgleichen«, schrie Fennegman gegen den Sturm an. »Rechts! Rechts!«

Eine Böe hatte das Boot gepackt und drückte es auf die Seite. Verzweifelt warfen sie sich gegen die rechte Bordwand, hielten sich krampfhaft fest und lehnten sich weit über, um ein Gegengewicht zu bilden. Dennoch stieg das Boot immer höher und drohte zu kentern. Fennegman hatte die Ruderpinne zwischen Arm und Körper geklemmt und zog verzweifelt an den Führungsleinen, um das Segel gegen den Winddruck zu führen. Das kleine Fahrzeug glitt mit hoher Fahrt und erschreckender Seitenneigung durch die Wellen und Henafraw, die mit einer Hand Losterman festhielt, schrie erschrocken auf.

Vielleicht wären sie tatsächlich gekentert, wenn die Böe nicht gekippt wäre.

»Links! Links ausgleichen«, schrie Fennegman und hustete, als Spritzwasser in seinen Mund drang.

Das Boot schlug auf ebenen Kiel, neigte sich zur Gegenseite, aber nun konnte Fennegman mit Ruder und Segel ausgleichen.

Sie alle waren bis auf die Haut durchnässt. Keiner wusste, wie lange dieser Sturm nun schon tobte, aber sie alle waren dem Ende ihrer Kräfte nahe.

Schließlich ließ die Kraft des Sturmes nach. Mit einer unerwarteten Plötzlichkeit, dass sie es zunächst kaum glauben konnten. Dann riss die finstere Wolkendecke auf, Sonnenlicht trat hervor und sie wussten, dass sie es überstanden hatten. Aber nicht, ohne in Mitleidenschaft gezogen worden zu sein.

Drei Handbreiten stand das Wasser im Boot, das somit kaum aus dem Wasser ragte. Sie schöpften hastig und stellten dabei fest, dass Losterman für immer verstummt war.

Er musste in den letzten Augenblicken des Sturms unbemerkt verstorben sein.

In einer Mischung aus Trauer und Erleichterung musterten sie den Toten.

»Er war ein guter Fischer und Freund«, murmelte Wandeman. »Ich denke, es ist gut, dass er nun erlöst ist.«

»Er ist nun wieder mit seiner Familie vereint.« Henafraw strich dem Toten durch das nasse Haar. »Er wird nun seinen Frieden gefunden haben.«

»Gut, werfen wir ihn über Bord«, sagte Fennegman leise. Er lächelte schwach. »Hier unter uns kann er nicht bleiben, dass wisst ihr. Er war ein Fischer und hat von den Fischen gelebt. Es ist ein angemessener Ruheplatz, wenn er nun unter ihnen weilt.«

»Wir sollten ihn in gesegneter Erde vergraben«, meinte Wandeman. »So, wie es Brauch ist.«

»Bis wir Land erreichen treibt uns der Gestank von Bord.«

Fennegmans Worte klangen gefühllos, aber er hatte recht.

»Ich will nicht, dass ihn die Fische fressen.« Wandeman strich sich über das Kinn. »Das wäre nicht richtig, verstehst du?«

»An Land, da fressen ihn die Würmer.«

Henafraw räusperte sich. »Hört auf. Es spielt keine Rolle, auf welchem Weg sein Körper in die Ewigkeit übergeht. Fennegman, wir werden den kleinen Anker nehmen und seine Füße damit umwickeln. Dann wird er schnell in die Tiefe gleiten.«

Der kleine Mann strich sich durch den Bart. Wenn sie an einen flachen Strand gelangten, würden sie den Anker ohnehin nicht benötigen. Sie konnten das Boot hoch hinaufziehen oder nötigenfalls an einen aufgestellten Speer binden. »Schön, nehmen wir den Anker.«

Vielleicht hätte es viel über Losterman zu erzählen gegeben, aber keiner von ihnen fand die richtigen Worte und so glitt der Leichnam Minuten später über die Bordwand und versank in der ewigen Finsternis der tiefen See.

»Ein Segel.« Torbjong stieß seinen Vater aufgeregt an und deutete zum Horizont. »Da draußen ist ein Segel.«

Sie alle beschatteten ihre Augen gegen das grelle Licht. Am Horizont, wo noch die letzten Ausläufer des Sturmes tobten, war ein Segel zu erkennen. Das helle Tuch hob sich scharf gegen die dunklen Wolken und die See ab.

»Ein kleines Schiff«, meinte Fennegman. »Aber es ist ein Zweimaster.«

»Ein Schiff des Königs?«

»Korsaren haben meist dunkle Segel«, brummte der kleine Mann. »Ja, ich glaube, es ist ein Schiff des Königs.« Er lächelte schwach. »Eigentlich wird es auch Zeit, dass wir wieder einmal ein wenig Glück haben.«

Sie nahmen Kurs auf das ferne Schiff und dessen Besatzung musste sie ebenfalls gesehen haben, denn der kleine Zweimaster änderte seine Richtung und begann sich ihnen zu nähern. Als der Wind ein wenig drehte, nickte Fennegman. Er hatte eigentlich nichts anderes erwartet, dennoch verspürte er Erleichterung, denn am Heck wehte die Flagge des Königreiches Anram.

16

Am Horizont hatten sich die dunklen Wolken zu einer massiv erscheinenden Wand aufgetürmt, aus deren Schwärze immer wieder Blitze zuckten. Es war offensichtlich, dass sich dort ein schwerer Sturm zusammenbraute und ebenso deutlich, dass er die schwimmende Stadt erreichen würde. Die Zwerge des Clans der Eldont´runod arbeiteten fieberhaft, um ihre Stadt auf den Sturm vorzubereiten und zugleich die kostbare Säule aus Weißkristall zu sichern.

In unglaublich kurzer Zeit hatte man die fünfeckigen Flöße der Stadt voneinander gelöst und aus ihnen zwei Gruppen gebildet. Eine kleine über der Fundstelle des Kristalls und eine weitere, in der die Stadt erneut zusammenfand. Die Polstersäcke zwischen den Flößen wurden überprüft und nachgefüllt, Leinen und Taue angestrafft und Ersatzleinen bereitgelegt, falls eine nachgab und ausgetauscht werden musste. Alle losen Gegenstände wurden aufgenommen und in die Gebäude gebracht, wo man sie sorgsam sicherte, damit nichts zu Bruch ging oder zu einem gefährlichen Geschoss wurde. Eine Gruppe Taucher schwamm unter den Flößen entlang, suchte nach Schwachstellen in ihren Verbindungen und auf den Flößen waren andere unterwegs, welche dies von oben taten. An zwei Flößen schienen die Leinen nicht mehr sicher, welche die Stämme miteinander verbanden, aber es blieb keine Zeit, sie auszutauschen. Eifrig wurden metallene Beschläge heran gebracht und mit langen Nägeln ins Holz getrieben, um die Leinenfasern zu entlasten.

Kochstellen wurden gelöscht, die kostbare Glut in steinernen Gefäßen verschlossen. Hühner und Rinder protestierten, als sie in enge Boxen getrieben wurden, damit sie beim hohen Seegang nicht durcheinander gewirbelt wurden. Schwimmfähiges Material wurde bereitgelegt. Wenn eines der Gebäude oder Flöße Schaden erlitt und die

Bewohner ins Meer gerissen wurden, sollten sie wenigstens eine Überlebenschance haben.

Die Axtschläger der Stadt zogen die Fischerboote auf die Flöße, deckten sie ab und fixierten Leinen an metallenen Ringbolzen, damit die Boote nicht fortgespült werden konnten. Die Männer entkleideten sich, damit keine nasse und schwere Bekleidung sie behindern konnte und banden sich Leinen um die Taillen. Sie würden im Sturm bei den Booten ausharren und wenn andere Stadtbewohner vom Ertrinken bedroht wurden, würde es ihre Aufgabe sein, ihr Leben in die Waagschale zu werfen.

Die Ausguckplattformen der Stadt wurden mit zusätzlichen Spannleinen fixiert, auch hier stiegen nun Axtschläger hinauf, banden sich an den Masten fest, um über die Stadt zu wachen.

Die Stadt hatte schon manchen Sturm überstanden und durch ihre Konstruktion hatte sie gute Voraussetzungen, auch dieses Unwetter mit seinem hohen Wellengang abzureiten. Der Verbund der Flöße konnte den Wellenbewegungen, bis zu einer gewissen Grenze, nachgeben, sich ihnen anpassen und sich selbst dort auf ihnen bewegen, wo eine starre Konstruktion unter der Kraft der See zerborsten wäre.

Die Ruderschiffe des Clans wurden bemannt und ihre Besatzungen mussten, ähnlich der schwimmenden Stadt, hinnehmen, was auf sie zu kam und es über sich ergehen lassen.

Acht Flöße waren aus der Stadtmitte gelöst worden und über der Fundstelle des Weißkristalls zu einem Ring verbunden worden. Die Öffnung in der Mitte sollte genau über dem Kristallstock bleiben und man hoffte dies mit Winden, Ankern und viel Muskelkraft zu bewerkstelligen. Die Fundamente für die Bergungskräne waren bereits errichtet, aber die Kräne selbst lagen festgezurrt am Boden. An ihrer Stelle standen nun die massigen Trommeln der Ankerwinden auf den Podesten und noch immer waren Zwerge dabei, beides fest miteinander zu verbinden. Zwischen den Podesten standen Pumpen und die Atemschläuche von Tauchern liefen ins Wasser hinab. Einige Schürftaucher waren hinabgestiegen, um den Fund von unten zu sichern und auf die Ankertaue zu achten. Zwar würden diese tapferen Zwerge vom Sturm als solches verschont bleiben, aber ihre Arbeit war lebensgefährlich, denn über ihnen würden die Flöße auf den Wellen tanzen und die Gefahr war groß, dass einer der Atemschläuche dabei riss.

Eiserne Anker gruben sich in den Meeresgrund und die paar Dutzend Zwerge, die auf den Bergungsflößen ausharrten, betrachteten mit Sorge den näher kommenden Sturm.

»Vielleicht sollten wir eines der Flöße direkt am Kristallstock festmachen«, rief Heimur Sichelhieb gegen den stärker werdenden Wind an.

»Geht nicht.« Birunt Hammerschlag spürte, wie das Floß leicht angehoben wurde und glich die Bewegung mühsam aus. »Wenn das Floß abgetrieben wird, zieht es am Stock und kann seine Ader schädigen. Dann ist der Kristall für uns verloren.«

»Hoffentlich reichen die Winden aus.« Sichelhieb warf einen abschätzenden Blick auf die Podeste. »Wir müssen schnell reagieren, wenn es gelingen soll und wir werden viel Kraft dafür benötigen.«

»Ich hoffe, der Sturm dauert nicht zu lange und die Kraft unserer Arme reicht aus«, brummte Hammerschlag.

Über die Winden wurden die Ankertaue gesteuert. Je nach Wellengang mussten sie angespannt oder nachgelassen werden, damit die Flöße stets über der Fundstelle schwammen. Sie würden sehr schnell reagieren müssen und viel Kraft benötigen. Die lange Erfahrung des Lebens auf See und vieler überstandener Stürme waren nun wichtig. Vielleicht gelang es ihnen so, die Bewegungen der Wellen im Voraus zu erahnen und sich rechtzeitig darauf einzustellen.

Birunt Hammerschlag spürte erneut, wie sich das Floß unter seinen Füßen bewegte. »Die Wellen werden kürzer«, brummte er missmutig. »Sie kommen schneller und werden höher.«

»Ja«, seufzte Heimur, »der Sturm kommt näher. Bald wird er da sein. Zu wenig Zeit, alle Vorbereitungen zum Abschluss zu bringen.«

»Genug Zeit, mein Freund.« Der Schlagführer blickte um sich. »Wo steckt Varnum?«

»Du meinst Varnum Säulenfund?«, fragte Heimur grinsend.

Sein Freund nickte und lachte auf. »Du hast recht. Wenn ein Mann erst so kurz im Besitz seines zweiten Namens ist, muss man sich die Zeit nehmen, ihn zu nennen.« Er nickte bedächtig. »Ich kann mich gut erinnern, wie ich den Meinen erhielt. Weißt du, Heimur, mein Freund …«

»Der Sturm«, erinnerte dieser eindringlich.

»Ja, richtig, der Sturm.« Birunt legte die Hände vor den Mund. »Varnum Säulenfund! Zum Schlagführer!«

»Was hast du mit ihm vor?« Heimur runzelte die Stirn, als sich das Floß deutlich hob, zur Seite neigte und dann wieder aufrichtete. »Bei den Wasserstrudeln von Enbort, der Sturm ist noch weit, aber das Wasser wird heftig.«

»Eben deshalb soll er zu uns kommen. Ich will unseren jungen Helden im Auge behalten«, sagte Birunt auflachend. »Ich will weder unseren kostbaren Fund noch seinen Finder verlieren. Das gäbe eine schlechte Legende für den Clan.«

Die acht großen Flöße, welche den Bergungsring bildeten, begannen sich immer stärker zu bewegen. Noch waren die Bewegungen nicht so heftig, dass sie den Verbund oder seine Position zur Säule gefährdeten, aber es würde nicht mehr lange dauern. Ein Sturm auf See steigerte sich nicht kontinuierlich. Er kündete sich an, begann scheinbar harmlos, um sich dann rasant zu steigern und mit verheerender Wucht zuzuschlagen.

»Wir sollten die Schürfer heraufrufen.« Heimur wies auf die Öffnung im Ring der Bergungsflöße und die Atemschläuche. »Wenn die Bewegungen stärker werden …«

»Du hast recht, Heimur. Sag den Pumpern Bescheid, die Männer sollen heraufkommen. Das Risiko unter Wasser wird zu groß.«

Der alte Schlagmeister blickte auf die Sturmfront. Sie war deutlich näher gekommen. Es war, als zöge ein schwarzer Vorhang über den Himmel. Ein Teil war noch immer wolkenlos blau, doch der wurde zunehmend kleiner. Noch lagen die Flöße und die schwimmende Stadt in strahlendem Sonnenschein, aber die Wellen waren stärker und nun setzte ein leichter Nieselregen ein.

»Beeilt euch, holt sie endlich herauf«, brüllte Heimur und deutete auf die Atemschläuche.

Varnum Säulenfund kam von einem der anderen Flöße heran gelaufen, hinter sich Oldrum, der Helm und Atemschlauch des Freundes trug. Varnum war bereits dabei, seine Tauchrüstung anzulegen, aber Birunt schüttelte den Kopf. »Keiner taucht mehr hinab. Es ist zu gefährlich. Helft den anderen, die Schürfer heraufzuholen, bevor der Sturm da ist.«

Es waren kaum fünfzig Zwerge auf den Bergungsflößen, denn der Aufenthalt hier war weit gefährlicher, als in den Gebäuden der Stadt. Die Männer würden nur wenig Halt finden und keinen Schutz vor Sturm und Nässe. Zehn der Schürfer waren noch im Wasser und die anderen Zwerge eilten zu den Podesten und dem inneren Rand der Flöße. Quietschend wurden die Pumpenschwengel bewegt, Hände packten die Atemschläuche und zogen langsam, aber mit kraftvollen Bewegungen an ihnen, damit die Schürftaucher nach oben kamen. Andere Männer legten die eingeholten Schlauchlängen sorgfältig in weite Buchten, damit kein Knick entstand und die Luft einwandfrei strömen konnte. Die ersten Helme durchstießen die Oberfläche und die Taucher wurden rasch auf die Plattformen gezogen.

Neben Heimur Sichelhieb stürzten plötzlich mehrere Zwerge rücklings zu Boden und der alte Schürfer stieß einen erbitterten Fluch aus. Einer der Atemschläuche war gerissen.

Auch wenn der betroffene Schürfer alle Gewichte abgeworfen hatte, um sich leichter zu machen, würden die Tauchrüstung und der Helm es ihm schwer machen, die Oberfläche zu erreichen und es war schwierig, die Ausrüstung unter Wasser abzulegen.

Ein Klatschen ertönte, als Varnum Säulenfund sich ohne Zögern ins Wasser stürzte. Er hatte seine eigene Rüstung inzwischen abgelegt und war bis auf seine Hose nackt. Anfeuernde Rufe der anderen Männer waren zu hören, als der junge Schürfer abtauchte.

Varnum war froh, dass die Sonne noch über den Flößen stand und den Meeresgrund erleuchtete. Er konnte den in Not befindlichen Schürfer erkennen, der wieder nach unten absackte und gerade den Boden berührte. Der Mann versuchte verzweifelt, die Riemen und Schnallen der Rüstung zu lösen und hatte es bereits geschafft, die vorderen mit seinem Messer zu durchschneiden. An die hinteren kam er jedoch nicht heran und der Helm begann sich mit Wasser zu füllen.

Varnum hatte, wie die meisten Zwerge der Meere, das Schwimmen gelernt, vor allem das Tauchen und seine kräftigen Muskeln halfen ihm, sich dem um sein Leben kämpfenden Mann zu nähern. Dessen Anstrengungen wurden immer verzweifelter. Nur eine kleine Luftblase stand noch im Helm und der Mann hatte den Kopf in den Nacken gelegt, um den geringen Luftvorrat zu nutzen. Noch immer bemühte er sich, die Messerklinge an die Riemen am Rücken zu führen, aber seine Bewegungen wurden bereits unkonzentriert und hektisch.

Varnum konnte die in Todesangst aufgerissenen Augen des Zwerges erkennen, als er ihn endlich erreichte, aber der Schürfer begriff sofort, dass der junge Mann seine einzige Chance aufs Überleben war. Kaum noch einer kontrollierten Bewegung fähig, streckte er den Arm aus, so dass Varnum das Messer ergreifen konnte. Das nasse Leder der Riemen erwies sich als überraschend zäh, aber es gelang ihm, sie zu durchtrennen.

Der Schürfer verlor das Bewusstsein, während Varnum sich gegen seinen Leib stemmte, um Tauchrüstung und Helm von seinem Oberkörper zu zerren. Eine Blase verbrauchter Luft stieg auf und endlich fiel die schwere Ausrüstung auf den Meeresgrund. Varnum ließ auch das Messer fallen, griff unter die Arme des Mannes und stieß sich kraftvoll vom Boden ab.

Der Leib des Schürfers behinderte ihn und nun wurde auch für Varnum die Luft knapp. Er stieß sie langsam aus, aber er erkannte erbittert, dass seine Kraft und Luft nicht reichen würde, den Mann und sich selbst an die Oberfläche zu bringen. Er begriff, dass sein Rettungsversuch zum Scheitern verurteilt war. Gerade, als er seinen Griff lösen wollte, hörte er das typische Geräusch, mit dem Körper ins Wasser eintauchten und erkannte zwei stämmige Körper, die rasch und zielstrebig auf ihn zu tauchten.

Hände packten ihn und den Ertrinkenden, zerrten sie mit sich nach oben.

Varnums Kopf durchstieß die Wasseroberfläche, gierig schnappte er nach Luft, schluckte Wasser und hustete. Er war kaum noch bei Sinnen, während jemand ihn zu den Flößen hinüberzerrte. Seine Schulter stieß schmerzhaft gegen Holz, wurde blutig aufgeschrammt, dann war er in Sicherheit.

Noch immer hustend und nach Atem ringend, lag er auf dem Bauch, registrierte kaum, wie neben ihm der reglose Körper des Schürfers abgelegt wurde. Auch er lag auf dem Bauch und Birunt Hammerschlag trat in der Grätsche über den Mann und hob dessen Leib an der Taille an, damit das Wasser aus den oberen Atemwegen abfließen konnte. Während die Zwerge versuchten, den Mann wiederzubeleben, fand Varnum langsam zu sich.

Heimur schlug ihm anerkennend auf die Schulter. »Das war leichtsinnig, junger Freund, aber recht gehandelt.«

Birunt richtete sich ächzend auf und schüttelte resigniert den Kopf. »Hat keinen Zweck mehr. Er ist von uns getaucht.«

Varnum schloss enttäuscht die Augen. Heimur schüttelte betrübt den Kopf. »Gräme dich nicht, Varnum Säulenfund. Du hast dein Bestes versucht, aber manchmal fordert das Meer seinen Tribut von uns.«

Unvermittelt wurde der schwache Nieselregen zu einem Platzregen, dessen Tropfen fast schmerzhaft auf die nackte Haut prasselten. Birunt sah auf die Sturmfront und stieß einen heftigen Fluch aus. »Sucht euch einen Halt, Männer, da kommt er und er kommt mit aller Macht!«

Sie kannten die Gewalt der Stürme und wie schwer es war, dabei den Halt nicht zu verlieren. Schon mancher Zwerg war den Brechern des aufgewühlten Meeres zum Opfer gefallen. In fieberhafter Eile hatten die Männer daher Schlaufen am Boden der Flöße befestigt. Einige aus Lederriemen, andere aus Leinen.

Der tote Schürftaucher rollte herum, als eine Welle die Flöße anhob und in ein Wellental tauchen ließ. Varnum konnte sich gerade noch an einer Schlaufe festklammern, sonst hätte das Wasser ihn vom Floß gespült. Heimur und Oldrum waren neben ihm, schlangen eine Leine um seinen Arm.

»Richtig herumwickeln, damit sie sich nicht löst«, brüllte Heimur.

Andere Männer klammerten sich an die Podeste, auf denen die Ankerwinden standen. Hastig schoben sie die Füße in vorbereitete Halteschlaufen, legten sich Leinen um die Taillen und packten entschlossen die Kurbeln der Winden.

Sie konnten sehen, wie die schwarze Wand über das Wasser auf sie zu eilte, begleitet von immer heftigeren Windböen und Regen.

»Haltet euch fest«, schrie Birunt Hammerschlag und krallte die Hände in seine Halteschlaufen. »Jetzt geht es los.«

Der Sturm war da.

Wie von einer gewaltigen Faust, wurden die Flöße angehoben, richteten sich steil auf, als die erste Woge sie packte, erreichten den Wellenkamm und klatschten aufspritzend in das dahinter befindliche Wellental. Schon war die nächste Woge heran, noch bevor die Flöße sich aufrichten konnten und schlug über ihnen zusammen. Für die Zwerge auf den Bergungsflößen begann ein furchtbarer Ritt, auf und ab, auf und unter dem Wasser.

Varnum spürte, wie das Floß mit ihm und den anderen unter dem Wasser verschwand. Das Wasser wirbelte, überall schienen Blasen und Schaum aufzusteigen und nahmen die Sicht. Er konnte nicht einmal jene Männer erkennen, die in seiner unmittelbaren Nähe waren und sich, wie er selbst, verzweifelt an die Schlaufen klammerten. Dann stieg das Floß steil an, er tauchte wieder empor, schnappte keuchend nach Luft und spürte, wie das Floß erneut nach unten kippte.

Sturm peitschte die Wellen, das Wasser war eisig kalt und hart, traf schmerzhaft die Körper der Männer. Holz rieb in seinen Verbindungen, knarrte protestierend, irgendwo brach eine Leine mit peitschendem Knall. Schreie waren zu hören und niemand wusste, wem sie galten. Der Sturm war so heftig, dass Varnum nicht einmal Zeit fand, Furcht zu empfinden. Er war viel zu sehr beschäftigt, sich festzuhalten und nach Luft zu ringen.

Sein Körper wurde angehoben, löste sich vom Floß und schlug mit brutaler Gewalt auf das Holz zurück. Eine der Schlaufen gab nach, Varnum konnte spüren, wie das Leder zu reißen begann, krallte sich verzweifelt am Rest des Riemens fest. Entsetzt sah er vor sich einen Zwerg über das Floß wirbelnd und schreiend in der tobenden Gischt verschwinden.

Sie hatten gehofft, das Floß mit den Ankerwinden über der Fundstelle halten zu können, aber Varnum glaubte nicht, dass jemand bei diesem Chaos noch an einer Winde arbeiten konnte. Dennoch wandte er den Kopf und versuchte, eine der Winden auf den Podesten zu erkennen. Undeutlich sah er sie durch die dichten Regenschleier und sah überrascht zwei Zwerge, die brüllend und fluchend dem Sturm trotzten. Die Schlaufen und Halteleinen schnitten in die Haut der Männer ein, die wie die Wahnsinnigen an der Kurbel der Winde drehten. Es war unmöglich, die Bergungsflöße in Position zu halten, aber diese Zwerge waren nicht bereit, aufzugeben. Varnum hielt sich nicht für einen Feigling aber er glaubte nicht, diesen Mut aufbringen zu können.

Die Bergungsflöße tanzten wie Korken auf den Wellen, nur um dann von ihnen verschlungen zu werden. Erneut riss eine der Leinen, welche die Flöße miteinander verbanden und einer der Prallsäcke zwischen den Flößen platzte unter der hohen Belastung. Drei Zwerge krochen zu einer gebrochenen Leine, erreichten sie. Eine Sturzsee brach über sie herein, riss einen in den Tod, die beiden anderen hakten ihre Füße in Schlaufen und versuchten verzweifelt, die gerissene Leine zu flicken, damit die Flöße im Verbund blieben.

Erneut wirbelte ein Körper an Varnum vorbei, aber diesmal schaffte er es, eine Hand aus der Schlinge zu befreien und den Mann zu packen, der sonst unrettbar vom Floß gespült worden wäre. Er erkannte Oldrum, der sich mit verzerrtem Gesicht an seinen Arm krallte und versuchte, eine der anderen Schlaufen zu finden. Irgendwie schaffte er es und die beiden Freunde grinsten sich mit verzerrten Gesichtern an. Eine Folge harter Schläge erschütterte ihr Floß, ließ ihre Zähne klappern und Varnum hätte sich fast ein Stück der Zunge abgebissen.

Dann, mit einem Mal, war es vorbei.

Sie merkten es zuerst gar nicht, waren noch viel zu sehr darauf konzentriert, sich festzuklammern und nach Luft zu schnappen. Erst allmählich setzte sich die Erkenntnis durch, dass die Flöße wieder ruhig auf dem Meer lagen, dass es wieder Hell um sie herum wurde.

Sie konnten kaum begreifen, dass sie es überstanden hatten.

Zögernd richteten sie sich halb auf, hielten noch immer die lebensrettenden Schlaufen fest, sahen sich unsicher um.

»Auf, ihr Zwerge«, krächzte eine heisere Stimme, die unverwechselbar Birunt Hammerschlag gehörte. »Auf die Beine ihr Männer des Clans. Eure Hände werden gebraucht.«

Varnum und Oldrum grinsten sich an, als hätte es nie eine Spannung zwischen ihnen gegeben. Zu sehr waren sie erleichtert, noch am Leben zu sein. Aber die Freude währte nur kurz, denn als sie sich stöhnend aufrichteten und ihre zerschlagenen Glieder reckten, sahen sie, was der Sturm dem Clan angetan hatte.

Eines der acht Bergungsflöße war zerschlagen, nur seine Balken trieben noch, durch ein paar Leinen gehalten, im Kreis mit den anderen. Was sich auf ihm befunden hatte, war verschwunden. Auf einem anderen Floß hatte sich der am Boden liegende Bergungskran aus seiner Verankerung gelöst, die Ankerwinde zerschlagen und einen der Zwerge ins Meer geschleudert. Winde und Besatzung auf Varnums Floß waren ebenfalls verschwunden.

Sturm und Wasser hatten ihnen zugesetzt und jeder von ihnen hatte Schrammen und Abschürfungen erlitten, einige sogar Brüche an Armen oder Beinen. Aber sie waren die Glücklichen, denn sie hatten überlebt und mancher gute Zwerg hatte seine ewige Reise zum Meeresgrund angetreten.

»Fünfzehn der Unseren haben wir verloren«, stellte Birunt mit bitterer Stimme fest. »Fünfzehn tapfere und gute Zwerge.«

»Wollen wir hoffen, dass die Stadt mehr Glück hatte«, ächzte Heimur Sichelhieb. »Immerhin waren sie dort besser geschützt, als wir hier, auf den offenen Flößen.«

»Wir haben die Position gehalten«, stellte ein anderer verwundert fest, als er ins Wasser hinab blickte. »Ein paar der Anker sind gerissen, aber ich kann den Kristallstock erkennen. Wir haben es tatsächlich geschafft und die Säule nicht verloren.«

»Fünfzehn der unseren«, knurrte ein Schürfer mit gebrochenem Arm. »War es das wert?«

»Wir müssen nach der Stadt sehen«, entschied Birunt. »Man wird unsere Hilfe brauchen.«

»Und wir die Hilfe der Stadt.« Heimur beschattete seine Augen und sah eines der Ruderschiffe, das ihnen entgegen strebte. »Ich kann die Stadt nicht erkennen. Sie muss abgetrieben worden sein.«

Die Zwerge in dem Schiff waren erschöpft und ausgelaugt. Sie hatten schwer gekämpft, um mit ihren Rudern gegen den Sturm zu halten.

»Zwei Männer haben wir in einer Sturzsee verloren«, sagte einer traurig. »Ein anderes Schiff sahen wir sinken. Eben tanzte es noch auf den Wellen, dann kippte es ab und bevor es sich aufrichten konnte, kam eine andere Woge und zog es hinab.«

»Lasst uns nach der Stadt sehen«, murmelte Birunt.

Sie passten nicht alle in das Ruderschiff und einige Gesunde blieben bei den Verletzten zurück, um sie notdürftig zu versorgen, bis man Hilfe aus der Stadt fand. Das Schiff strebte unter der Kraft der Ruderer rasch über das Wasser und bald tauchte die Silhouette der schwimmenden Stadt auf. Schon aus der Ferne war zu erkennen, dass sie ebenfalls gelitten hatte. Zwei der Ausgucktürme waren verschwunden und einige der Gebäude wirkten seltsam schief. In der ihnen zugewandten Seite klaffte eine Lücke zwischen den Flößen.

Als sie näher kamen, sahen sie lose Trümmer im Wasser schwimmen und die Leiche einer Frau. Sie zogen sie aus dem Wasser und nahmen sie mit. Heimur hielt die Tote wie ein kleines Kind in den Armen. »Ich habe noch nie einen solchen Sturm erlebt«, sagte er leise. »Und ich habe schon manchen Sturm in meinem Leben abgeritten.«

»Ja, es war ein schwerer Sturm.«

Sie schwiegen beklommen, als sie die Stadt erreichten und an einem der Flöße festmachten.

Die vorderen Häuser hatten die größte Wucht der Wogen abbekommen und waren teilweise erheblich beschädigt, aber sie waren nicht zerstört worden und hatten ihre Bewohner, wenigstens größtenteils, zuverlässig geschützt. Das war zu erkennen, als die Ankömmlinge das wimmelnde Leben auf den Flößen sahen. Überall waren Männer, Frauen und die größeren Kinder dabei, Verletzte zu versorgen und die Zerstörungen zu beheben, so gut es eben möglich war.

Einige Gebäude wurden mit Balken provisorisch abgestützt, damit man ohne Einsturzgefahr in ihnen arbeiten konnte, an anderen wurden bereits die Schäden ausgebessert. Der Clan der Eldont´runod reagierte auf die Katastrophe mit der typischen Beherztheit des Zwergenvolkes. Die ersten Kochstellen wurden in Betrieb genommen, denn eine warme Mahlzeit würde den vielen durchnässten und frierenden Stadtbewohnern gut tun.

Die Gruppe um Birunt Hammerschlag erkannte Esbort Wolkensturm in einer Schar seiner Axtschläger, die noch immer nackt waren. Auch Esbort hatte sich noch nicht wieder angekleidet, sah den Schürfern und Pumpern aus Birunts Gruppe entgegen und legte dabei seine Streitaxt über die Schulter.

»Es war hart, aber nicht zu hart«, sagte der Axtführer mit ernstem Gesicht. »Das Meiste hat der äußere Stadtring abbekommen, aber das hat die inneren Bauten geschützt. Die Verbindungen der Flöße haben gehalten. Ein paar gingen natürlich zu Bruch, aber nicht genug, um die Flöße zu trennen.« Seine Stimme senkte sich. »Es sieht so aus, als hätten wir einige gute Männer und Frauen verloren. Eines der Häuser wurde an der Nordseite vollkommen zerstört. Wahrscheinlich war etwas im Wasser, was mit großer Wucht dagegen schlug. Ein großes Holz, ein Boot, das sich losgerissen hatte oder ein Meeresbewohner, der dagegen geschleudert wurde. Jedenfalls ist das Haus zerschlagen und jene, die in ihm waren, sind nun zum Meeresgrund gegangen.« Er seufzte leise. »Wenigstens waren keine Hüpflinge darinnen.«

Die Kinder des Clans, seine Zukunft, waren in Sicherheit gewesen und das war immerhin ein schwacher Trost, bei den Leben, die man verloren hatte.

Esbort wies mit der Axt um sich. »Wie viele gestorben sind, muss erst noch festgestellt werden. Es sind auch noch nicht alle Schiffe wieder da. Ich fürchte, sechzig oder siebzig Leben sind von uns gegangen und ich will hoffen, das die Zahl nicht steigt.«

Heimur blickte über die Schulter des Axtführers. »Dort hinten sehe ich Nendia. Sie kann uns sicher mehr sagen.«

Sie blickten der hübschen Heilerin entgegen, die langsam zwischen den Gebäuden entlang ging, immer wieder anhielt, um Mut zuzusprechen oder etwas aus ihrer Heilertasche zu verteilen. Aus dieser Entfernung war die Ähnlichkeit mit ihrer Tochter Besana verblüffend. Als sie Esbort und Birunt erkannte, beschleunigte sie ihre Schritte.

»Es ist gut, dass ich euch finde, Mitglieder des Rates.« Sie wies hinter sich. »Bernbrat Wellenschlag ist schwer gestürzt und hat sich den Kopf angeschlagen. Er ist noch immer ohne Sinne und meine Tochter Besana bemüht sich um ihn. Solange er als Ältester nicht entscheiden kann, müsst ihr für ihn sprechen. Es muss eine Entscheidung gefällt werden.«

»Was zu tun ist, wird getan«, sagte Esbort in bestimmtem Ton. »Die Hände des Clans sind schon an der Arbeit.«

»Es geht nicht allein um die Versorgung der Verletzten und die Reparatur der Stadt«, seufzte die Heilerin. Nendia sah die beiden Ratsmitglieder eindringlich an. »Eins der Flöße mit den Trinkwasserfässern ging verloren und bei einem anderen wurden die Fässer zerschlagen.«

Esbort verengte die Augen und wiegte seine Axt nachdenklich in den Händen. »Ich verstehe. Wie lange werden die Vorräte noch reichen?«

»Wenn wir das Wasser rationieren? Noch gute drei Wochen.«

»Dann müssen wir welches besorgen und zwar schnell.« Birunt kratzte sich im Nacken, bemerkte, dass er seine Zöpfe noch verknotet hatte und löste sie. Während er das Wasser aus ihnen heraus drückte, dachte er nach, wie man an seinem konzentrierten Gesichtsausdruck erkennen konnte. »Die nächste Insel, auf der wir Trinkwasser finden, ist Eniatol. Nicht ungefährlich, dort leben Eingeborene.«

»Aber wir brauchen das Wasser«, wandte Esbort ein. »Und wir finden auf Eniatol auch Holz für die Reparatur der Stadt.«

Birunt nickte. »Wir brauchen Schiffe, neue Fässer und eine gute Mannschaft mit Axtschlägern, mein Freund.«

»Aber zunächst«, Esbort wies erneut um sich, »müssen wir hier ordnen, was zu ordnen ist.«

»Und wir müssen«, stellte Heimur betrübt fest, »unsere Toten dem Meer übergeben.«

17

Niemand führte nachts ein Gefecht auf See, denn man musste den Feind sehen können, um ihn zu bekämpfen, aber es war ein beeindruckendes Schauspiel, unter dem nächtlichen Sternenhimmel eine Lichtdruckkanone abzufeuern. Dieses Erlebnis würde noch beeindruckender werden, da Kapitänin Jalena-Gaheni einen Test aller Waffen angeordnet hatte. Da es nur um die Funktionsfähigkeit und nicht die Zielgenauigkeit ging, hatte sie den Kanonieren die Auflage gemacht, die Speicher nicht unter fünfzig Prozent sinken zu lassen und der dienstfreien Mannschaft erlaubt, dem Spektakel beizuwohnen. Mit den Seesoldaten waren es fast dreihundert Männer und Frauen, die sich an der Reling der Envaar drängten und zusahen, wie die Kanoniere auf ihre Posten eilten.

Der Vollmond stand dicht über dem Horizont und tauchte die See, gemeinsam mit dem Funkeln der zahllos scheinenden Sterne, in silbriges Licht. Der Kreuzer glitt unbeleuchtet durch die See, nur von der Brücke und den beiden Treppenaufgängen war der Schein von Lampen zu sehen. Dennoch war es hell genug, um alles gut erkennen zu können.

Harbart war Kanonenführer am rechten vorderen Lichtdruckgeschütz, jener Waffe, die der Kapitänin und dem Waffenoffizier Sorgen bereitete. Harbart teilte ihre Besorgnis, denn er spürte, dass die Envaar bald kämpfen würde und empfand es nicht sonderlich verlockend, mit einer Waffe kämpfen zu müssen, die nicht absolut funktionsfähig war.

Zusammen mit seinem zweiten Schützen ging er mit sicheren Schritten über den Steg zur Kanonenplattform, entfernte den Mündungsschutz, trat hinter die Waffe und ließ sich in den rechten Sitz gleiten. Nur Augenblicke später schnallte sich sein Nebenmann fest. Der brauchte erst aktiv zu werden, falls Harbart ausfiel und nicht mehr zum Kämpfen in der Lage war.

Harbart führte erst die üblichen Tests durch. Vor ihm befanden sich eine Kurbel und ein Hebel, unter seinem rechten Fuß ein großes Pedal. Mehr brauchte er nicht, um die Waffe bedienen zu können.

Er legte eine Hand an die Kurbel, begann sie zu drehen und spürte, wie der Kanonenturm einwandfrei reagierte und langsam nach rechts und dann nach links schwenkte. Die Waffe drehte sich störungsfrei und lautlos auf dem gut gefetteten Zahnkranz ihres Lagers. Als er den Hebel betätigte, senkte und hob sich der Lauf der Waffe. Harbart nikkte zufrieden und hütete sich, das Pedal zu betätigen, welches das Prisma steuerte.

»Seite und Höhe einwandfrei«, wandte er sich an seinen Nebenmann.

Auch der bediente nun nacheinander zwei Kurbeln. »Sammlerverschluss und Mündungsklappen einwandfrei.«

Harbart blickte zur Kommandobrücke hinauf und streckte die rechte Hand hoch. »Kanonenturm Zwei ist feuerbereit«, meldete er.

Die Hauptwaffen des Kreuzers waren nummeriert. Die Türme Eins und Sechs befanden sich an Bug und Heck, an der rechten Seite die Waffen Zwei und vier, gegenüber die Geschütze Drei und Fünf. Als alle Waffen ihre Bereitschaft gemeldet hatten, gab Kapitänin Jalena-Gaheni einen Befehl und Waffenoffizier Marten gab die Waffen frei.

Da kein Ziel angewiesen war, wurde das Umfeld des Schiffes in sechs Segmente aufgeteilt und jedes der Geschütze konnte nun nach Belieben feuern.

Im günstigsten Fall konnte die Envaar mit vier Lichtdruckkanonen auf dasselbe Ziel schießen, ansonsten mit wenigstens dreien, wenn man das Feuer nicht auf verschiedene Feinde verteilen musste.

Harbart betätigte Kurbel und Hebel und schwenkte Turm Zwei zur Seite, trat das Pedal und das im Weißkristallspeicher gesammelte Licht traf den Kanonenlauf mit seiner Weißkristallsäule und den Sättigungsreflektoren. Keine zwei Sekunden später spürte Harbart den Ruck des Abschusses.

Ein greller weißer Blitz zuckte über die See, begleitet von einem leisen Zischen, das vom Verdampfen der in der Luft befindlichen Wassermoleküle herrührte. Der Blitz traf die See und warf eine Säule kochenden Wassers empor, war längst erloschen, während in der Schussbahn noch dünne Schwaden von Wasserdampf hingen. Harbart hielt das Pedal gedrückt und im Abstand von zwei Sekunden feuerte die Waffe regelmäßig, bis die abgeschirmte Sichtscheibe an dem Speicher sich auf fünfzig Prozent verdunkelt hatte.

»Fünfzig und Aus«, murmelte Harbarts Nebenmann, aber der hatte bereits das Pedal frei gegeben und das Prisma in Sperrstellung gleiten lassen.

Auch aus den anderen Türmen waren die heißen Sonnenblitze hervor geschossen und hatten dem Kreuzer das Aussehen einer Flackerlampe gegeben, wenn seine Umrisse beim Abschuss kurzfristig in gleißender Helligkeit angestrahlt wurden.

Man konnte auch bei schwerem Wetter mit den Waffen feuern, aber ihre Wirkung ließ dann extrem schnell nach. Jeder Wassertropfen in der Luft, nahm dem Strahl Energie, bis sie aufgebraucht war.

»Sobald die Sonne aufgeht, müssen wir den Sammler öffnen«, sagte Harbart und blickte zur Brücke empor.

Der andere Kanonier nickte. »Bin gespannt, wie viel bis dahin aus dem Speicher raus ist. Die haben uns in der Werft einen verdammt miesen Weißkristall angedreht.«

»Ich denke nicht, dass die Werft Schuld hat.« Harbart drehte den Waffenturm in Ruhestellung und schnallte sich los. »Ich wette, die haben sich von einem der Handelsherren übervorteilen lassen. Eine verdammte Schande, dass die Flotte nicht selbst nach gutem Weißkristall suchen kann. Dann hätten wir solche Probleme nicht.«

»Waffentest beendet«, ertönte Martens Stimme von der Brücke. »Waffen sichern.«

»Ab sofort Nachtdunkel und Ruhe auf dem Schiff.« Das war die Stimme des Ersten Offiziers gewesen und Harbart spuckte missmutig aus.

»Ich mag diesen verdammten Kerl nicht«, brummte er und half seinem Kanonier, sich aus dem Sitz zu lösen.

»Wer mag den schon?« Sie umrundeten beide vorsichtig die Waffe und prüften die Temperatur des Mündungstrichters, bevor sie den Schoner über dem Laufende befestigten. »Ich habe gehört, beim Handelshaus Tar ist er raus geflogen. Wahrscheinlich hat er da auch so breite Schultern gemacht.«

Harbart schüttelte den Kopf. »Der ist nicht rausgeflogen. Der wollte das Kommando über die Envaar haben.« Er lachte leise. »Ein Glück, dass er es nicht bekommen hat.«

»Jedenfalls führt Hosmut sich so auf, als hätte er es.« Der Kanonier schlug kameradschaftlich an Harbarts Arm. »Komm, lass uns noch einen Becher leeren, bevor alles dicht gemacht wird.«

Die dienstfreie Besatzung machte sich daran, unter Deck zu verschwinden. Nachtdunkel und Ruhe besagte, dass für das Schiff die Nachtruhe galt. Wer keinen Dienst zu versehen hatte, musste sein Quartier aufsuchen um die Ruhe der anderen nicht zu stören. Da viele neue Matrosen und Soldaten an Bord waren, die noch nie das nächtliche Feuer einer Lichtdruckkanone erlebt hatten, hatte die Kapitänin eine Ausnahme gestattet, aber nun trieben die Stimmen der Unteroffiziere und Obermatrosen die Männer und Frauen in ihre Unterkünfte.

Die Mannschaftsmesse war natürlich geschlossen, aber Harbart gehörte als Kanonenführer zu den Obermatrosen und hatte Anspruch auf eine Kammer, die er mit einem anderen Mann teilte. Dorthin ging er mit seinem Freund und Kanonier. Sie gingen über die hölzerne Treppe ins Unterdeck hinunter, dann noch tiefer ins Unterwasserdeck, wo sich die meisten Schlafräume befanden. Sie erreichten den langen Mittelgang, der sich vom Bug zum Heck erstreckte. Vorne, wo sich die Quartiere der Seesoldaten befanden, stand einer von ihnen Posten und glich mit leicht wiegendem Körper die Bewegungen des Schiffes aus. Das Bolzengewehr ruhte lässig in der Armbeuge des Mannes, der zu dösen schien. Wer lange zur See fuhr, beherrschte es, im Stehen zu schlafen und ein sechster Sinn alarmierte diese Männer und Frauen bei Gefahr oder wenn sich ihnen ein Vorgesetzter näherte.

Harbart und sein Freund erreichten die kleine Kammer und schoben den Vorhang zur Seite, als sich ein Stück entfernt die massive Stahltür öffnete, die in den Maschinenraum führte. Zwei Männer erschienen, die den Gang entlang hasteten. Ihre verschwitzten Gesichter zeigten, dass sie zu den Maschinisten gehörten. Schweiß glänzte an ihren nackten Oberkörpern.

»Na, wieder zu wenig Brennstein in den Kesseln?«, fragte Harbart gutmütig.

Der ältere der beiden Männer schniefte missmutig. »Achte du lieber darauf, dass dir die Sonne in deinem Speicher nicht ausgeht.«

»Komm, lass sie«, meinte Harbarts Freund. »Die haben es schwer genug. Ich möchte nicht in der verfluchten Hitze des Maschinenraums arbeiten und die Kessel mit Wasser und Brennstein füttern.«

Harbart nickte den Maschinisten zu und wollte gerade in der Kammer verschwinden, als er die Stimme des Ersten Offiziers hörte.

»Was geht da vor sich?« Hosmut verließ die Treppe und hielt die beiden Maschinisten auf. »Warum rennt ihr bei Nachtdunkel und Ruhe noch durch den Gang?« Es gab nur einen Grund, warum die Männer das taten und Hosmut kannte ihn genau. Er lachte spöttisch. »Zu wenig Brennstein für die Nacht herangeschafft, was? Und jetzt macht ihr einen gewaltigen Lärm, in dem ihr durch die Gänge trampelt und die ganze Besatzung weckt, weil ihr neue Säcke holen müsst, was?«

Der ältere Maschinist sah den Ersten Offizier errötend an. »Wir schreien jedenfalls nicht so herum, wie Sie, Erster Offizier.«

Hosmut versteifte sich. »Ach.« Er musterte den Mann, als habe er Unrat vor sich. »Es ist Nachtdunkel und Ruhe angeordnet und ihr beiden verstoßt dagegen.«

»Die Kessel müssen gefüttert werden, sonst gehen die Feuer aus.«

»Was ihr nicht sagt.« Hosmut grinste kalt. »Das bringt jedem von euch eine Extrawache. Weil ihr die Nachtruhe verletzt. Und noch eine oben drauf, weil ihr nicht rechtzeitig Vorräte in den Maschinenraum gebracht habt.« Er musterte den älteren Maschinisten. »Und du, mein Freund, bekommst noch eine Dritte, weil es dir offensichtlich an Respekt vor einem Offizier des Königs mangelt.«

Harbart konnte sehen, wie der Maschinist die Fäuste ballte, aber der Mann beherrschte sich, wenn auch mühsam. »Verstanden«, presste er mühsam hervor und salutierte mit einer Bewegung, die eher beleidigend als respektvoll war.

Hosmut starrte den Maschinisten abschätzend an, aber dann entließ er ihn mit einer lässigen Handbewegung. »Beeilt euch mit den Brennsteinsäcken«, sagte er kalt. »Und achtet auf die Trimmung. Ich will nicht, dass ihr sie mir versaut, ist das klar?« Die Brennsteinvorräte waren entlang der Schiffsachse und der Bordwände verstaut. Sie mussten gleichmäßig abgetragen werden, damit der Trimm des Schiffes nicht verändert wurde und es gleichmäßig auf ebenem Kiel blieb. »Und wenn ich in einer halben Stunde nochmals auf meiner Runde hier vorbeikomme, will ich keinen von euch mehr sehen. Und das mir Ruhe herrscht, ist das ebenfalls klar?«

Die beiden Maschinisten nickten und machten sich hastig an ihre Arbeit. Hosmut sah nun Harbart und dessen Freund an. »Nachtdunkel und Ruhe. Das gilt auch für euch beide.«

»Wir müssen noch die Werte vom Kanonentest eintragen«, log Harbart ungerührt.

Der Erste Offizier räusperte sich und nickte zögernd. »Schön, aber macht mir keinen Lärm.«

Harbarts Freund seufzte leise, als Hosmut wieder die Treppe hinauf stieg. »Ein verfluchter Bastard ist das.«

»Du sprichst von einem Offizier des Königs«, mahnte Harbart und drohte seinem Freund schelmisch mit dem Zeigefinger. »Mehr Respekt, mein Freund.« Er lachte leise. »Sonst brennt Hosmut dir ebenfalls eine Sonderwache auf den Buckel.«

»Ich habe schon manchen Offizier des Königs erlebt«, knurrte der Kanonier und setzte sich auf Harbarts schmales Bett. »Es waren einige darunter, die mir nicht besonders fähig erschienen. Aber keiner, der sich so aufführte, wie dieser arrogante Bastard.«

»Der Kerl tut dem Schiff nicht gut«, meinte Harbart und zog eine Flasche Brennwasser aus seinem Geheimversteck. Sorgfältig prüfte er den Flüssigkeitspegel, immerhin konnte es sein, dass der Mann, mit dem der das Quartier teilte, sie gefunden hatte. Er nickte zufrieden, zog den Korken und nahm einen tiefen Schluck, bevor er sie weiterreichte. »Und er tut der Mannschaft nicht gut.«

»Das kannst du laut sagen.« Der andere trank ebenfalls und wischte sich seufzend den Mund. »Guter Stoff. Der bringt den Lauf zum Glühen. Wo hast du den her?«

»Das bleibt mein Geheimnis.« Harbart nahm die Flasche wieder an sich und schob sie wieder ins Versteck zurück. Er war ein Freund einer gelegentlichen Aufmunterung, aber er hätte sich niemals betrunken. Nicht, so lange das Schiff auf See war. Darin war Harbart eisern.

»Die Mannschaft redet über ihn.«

»Über den Ersten?«

»Wen sonst.«

»Und?«

Harbarts Freund schielte begehrlich auf das Versteck der Flasche, aber Harbart schüttelte den Kopf. Der Kanonier zuckte bedauernd die Schultern. »Der eine oder andere wäre schon bereit, den Ersten bei Nacht und Nebel über Bord zu schubsen.«

Der Kanonenführer erstarrte und sah seinen Freund eindringlich an. »Hör zu, mein Freund, ich mag den Kerl auch nicht, aber er ist nun einmal unser Erster Offizier, auch wenn uns das nicht gefällt. Auf diesem Schiff wird es keinen Unfall und keine Meuterei geben, damit das klar ist.«

»Der Kerl macht uns fertig, wenn wir ihn nicht fertig machen«, ereiferte sich der andere. »Letzte Woche wurde Garent ausgepeitscht. Nur sechs verfluchte Hiebe. Hast du dir mal seinen Rücken angesehen? Verdammt, die Wirbel liegen bloß. Die Peitsche oder das Tau zu spüren weil man Dung gebaut hat, das ist in Ordnung. Ist auf allen Schiffen so. Aber dieser Dreckskerl hat Spaß daran, die Peitsche zu schwingen. Ich sage dir, es dauert nicht mehr lange, und entweder geht der Kerl über Bord oder …«

»Oder?« Die Stimme klang sanft, fast verführerisch und die beiden Männer blickten schockiert zum Vorhang der Kammer. Die Frau die dort lehnte, schien die reine Verführung zu sein, wenn man davon absah, dass sie die rote Uniform der Seesoldaten trug. Sie lehnte am Rahmen der Türöffnung und hatte die Arme unter ihren beeindruckenden Brüsten verschränkt. Sie lächelte warmherzig, aber ihre blauen Augen lächelten dabei nicht mit.

»Nichts«, sagte Harbarts Freund hastig. »Gar nichts.«

»So?« Seesoldatin Isuna sah sie abschätzend an. »Irgendwie glaube ich, etwas von »über Bord gehen« gehört zu haben.«

»Ach so, das«, murmelte Harbart. »Äh, ja, wir sprachen darüber, wie riskant es ist, bei Seegang über den Steg zum Geschütz zu gehen. Ist wirklich ganz schön riskant.«

»Genau«, versicherte sein Freund. »Da landet man verdammt schnell im Wasser.«

»Aha.« Isunas Stimme klang neutral. »Na, dann will ich mal hoffen, dass keiner von euch bei Seegang über Bord geht.« Sie stieß sich ab und zog ihre Uniformjacke glatt. »Und jetzt haltet Nachtdunkel und Ruhe. Der Erste dürfte gleich wieder seinen Rundgang machen.«

Harbart und sein Freund nickten erleichtert, als die Seesoldatin sich abwandte.

Der Kanonier erhob sich von Harbarts Bett und lächelte verkniffen. »Trotzdem, beim nächsten Sturm …«

Er verstummte, denn Isuna war stehen geblieben und wandte sich um. Ihr Blick war kalt und drohend. »Keiner fällt beim nächsten Sturm über Bord, klar?«

Als der Kanonier sich hastig an ihr vorbei drückte, sah die Seesoldatin ihm kurz nach, bevor sie Harbart musterte. Ihr Blick war nicht zu deuten. Schließlich nickte sie leicht, als erneut Schritte auf der Treppe erklangen.

»Nachtdunkel und Ruhe, Kanonenführer Harbart«, sagte sie leise.

Der nickte beklommen. »Nachtdunkel und Ruhe.«

18

Ena-Inedel-31717 führte die Klaue ihres vorderen Armbeines nachdenklich über den Handlauf der Reling. Sie spürte die Glätte des Holzes, die gleichermaßen von der sorgfältigen Bearbeitung und der häufigen Benutzung zu kündigen schien. Sie betrachtete die gedrechselten Streben, dann das große Steuerrad am Heck. Zwei ihrer Krieger standen dort und erwarteten ihre Befehle, aber sie ließ sich Zeit.

Ihre Klauen pochten leise auf den Holzplanken. Das Holz war glatt, würde noch glatter werden, wenn das Wasser es nässte. Die Klauen der Sendar würden darauf keinen guten Halt finden. Entlang der Reling waren die Bewegungen kein Problem. Es war von Vorteil, dass die Krieger sechs Glieder hatten, statt der wenigen der Viergliedrigen. Sie konnten sich festhalten und immer noch kämpfen. Oder die vielen Leinen bedienen, die man zur Führung dieses Schiffes benötigte.

Einer der Krieger sah zu, wie sie die Leinen und Blöcke betastete, mit denen die Rahen des großen Schiffes bewegt wurden. »Sie haben beeindruckende Flöße gebaut, die Viergliedrigen.«

Ena-Inedel-31717 sah den Krieger abschätzend an. Genau zwischen seinen Facettenaugen verlief eine helle Schramme über seinen Panzer. Die Spur eines Geschosses, das sein Ziel nur knapp verfehlt hatte. Dieser Kämpfer hatte in vorderster Linie gestanden und seinen Gegner gebissen, ein guter Krieger, dem eine Antwort gebührte. »Ja, sie bauten gute Flöße.«

»Mich verwirren die vielen Stricke«, bekannte der Krieger.

»Mich auch.« Es war keine Schande, das einzugestehen. Es war eine zunächst verwirrende Vielzahl von Leinen, die das Schiff zu überziehen schien. »Aber inzwischen kennen wir ihren Sinn und wissen, wie sie zu handhaben sind.«

»Ich bin froh, dass ich nur das Rad bewegen muss.« Der Krieger klickte mit seinen Kieferzangen. »In diese hohen Stangen hinauf zu klettern, so hoch über dem Wasser, und dann die Tücher zu setzen, die das Floß antreiben, das gefällt mir nicht.«

»Es muss getan werden, damit sich das Floß bewegt.«

»Ich weiß.« Der Krieger wies mit einem Armbein über das Oberdeck des Schiffes. »Wir haben es schon geübt und ein paar gute Krieger verloren. Sie stürzten von den Stangen ins Wasser.«

»Sie hätten sich besser festhalten müssen. Die Viergliedrigen sind auch nicht ins Wasser gefallen und sie hatten weniger Glieder als wir.«

Unter ihnen war ein Quietschen und Rumpeln zu hören. Ena trat an die gegenüberliegende Reling und sah nach unten. Entlang der Bordwand öffneten sich die Pforten der großen Feuerrohre. Es geschah noch langsam und ungleichmäßig, nicht mit der Präzision, die Ena von ihren Kriegern erwartete. Aber mit jedem Mal wurde es ein wenig besser, ihre Kämpfer begriffen schnell, worauf es ankam.

Die Rohre stießen ins Freie und Ena-Inedel-31717 sah einen anderen Krieger am Ruder zusammenzucken, als die Rohre brüllten und Feuer, Rauch und Eisenstücke ausspukkten. Sie musterte den Kämpfer und machte eine Geste mit ihren vordersten Armbeinen. »Du wirst gehen. Ich werde keinen Krieger auf meinem Floß dulden, der beim Klang der Feuerrohre zögert. Geh und schicke mir einen anderen Raddreher.«

Der Krieger neigte demutsvoll den Schädel und trabte davon. Ena sah den anderen an. »Diese Rohre werden noch oft brüllen und viele andere werden das auch tun. Die auf unseren Flößen und die auf den Flößen der Viergliedrigen. Keiner darf versagen. Wenn wir versagen, wird das Floß sinken und jeder auf ihm ist dem Tod geweiht. Also werden wir siegen und das können wir nur mit Kriegern, die nicht beim Brüllen der Feuerrohre zucken.«

»Ich verstehe«, bestätigte der Kämpfer.

Das Prinzip des Segelns hatten die Sendar rasch verstanden und auch wenn die Leinen, Blöcke, Rollen und vielfältigen anderen Dinge zunächst verwirrend schienen, die zur Handhabung eines großen Segelschiffes erforderlich waren, begriffen die Sendar schnell die Zusammenhänge. Zu Tausenden schwärmten sie über jene Schiffe, die noch im Hafen der Hauptstadt Anrams lagen. Mit immer größerem Geschick wurden Segel gesetzt und eingeholt oder die großen Feuerrohre in den Bäuchen der Kampfschiffe gehandhabt.

»Auf dem Wasser müssen wir aus der Ferne töten«, stellte Ena-Inedel-31717 fest. »Wir können den Feind nicht mit unseren Zangen beißen und sind auf die Feuerrohre angewiesen.« Als sei dies ein Stichwort gewesen, feuerte das Schiff erneut eine Breitseite ab. Noch immer ungleichmäßig und zögernd, doch auch das verbesserte sich zusehends. Die Kommandantin des Schiffes pochte unbewusst mit einer Klaue auf die Planken. »Wir werden viel von den Eisenstücken und dem Sprengpulver benötigen, damit wir die Mäuler der Feuerrohre stopfen können.«

»Die Viergliedrigen wissen, dass sie für uns arbeiten müssen, wenn sie und ihre Brut überleben wollen«, versicherte der Krieger.

Ena nickte in einer überraschend menschlich wirkenden Geste. »Wenigstens können wir über die Zeichen mit ihnen sprechen und sie empfinden Furcht. Das wird sie antreiben.«

»Es sollen Metallgerüstete entkommen sein.«

»Ja, aber nicht viele.« Die Kommandantin vernahm das Rumpeln, mit dem die Geschütze in den Rumpf zurückgezogen wurden, um neu geladen zu werden.

Es hatte Krieger gekostet, diesen Vorgang zu beherrschen. Das Sprengpulver wurde in Beuteln vorne in die Mündung der Waffe geschoben und musste ganz nach hinten gestoßen werden, damit zwischen dem Ende der Kanone und dem Pulver kein Hohlraum entstand. Das runde Eisenstück musste vor dem Pulver festgerammt werden. Über dem Pulver befand sich ein kleines Loch im Lauf. Es musste mit losem Pulver aufgefüllt und dann mit einer Lunte gezündet werden. Das entzündete dann auch die Hauptladung und trieb das Eisenstück aus dem Lauf. Die Waffe wurde nach wenigen Schüssen sehr heiß und nach jedem Schuss musste der Lauf mit einem nassen Schwamm ausgewischt werden, da sonst glühende Funken zurückblieben, die eine Pulverladung zum falschen Zeitpunkt entzünden konnten. Ebenso musste darauf geachtet werden, beim Auswischen und Setzen der neuen Ladung das Zündloch zu verschließen. Für die Viergliedrigen war das leicht, da sie einen ledernen Daumenschutz benutzten, die Sendar hatten sich mit hölzernen Stäben beholfen.

Immer wieder kam es zu schweren Unfällen, bei denen die Kanonen explodierten und ihre Bedienungsmannschaften in den Tod rissen. Zwei der eroberten Schiffe hatten die Sendar dadurch verloren, aber sie lernten rasch. Ihre Hauptsorge galt nun dem rechtzeitigen Nachschub an Eisenstücken und Pulver.

Ena-Inedel-31717 blickte zur Stadt hinüber.

Die letzten Brände waren gelöscht und es hing nur noch wenig Rauch über der Stadt. Man hatte die Überlebenden der Viergliedrigen zusammengetrieben. Unter strenger Bewachung versorgten sie sich selbst und einige von ihnen begannen inzwischen, zum Schutz ihrer Brut, mit den Sendar zusammen zu arbeiten. Es waren noch keine Boten von den anderen Bauten eingetroffen, aber Ena war zuversichtlich, dass man sie ebenfalls eingenommen hatte. Sicherlich würden einige Viergliedrige ins Hinterland geflohen sein und sich dort verbergen, doch sie würden keine Gefahr für das Volk sein. Selbst auf dem Höhepunkt ihrer Macht, hatten sich die Metallgepanzerten als zu schwach erwiesen.

Die Schiffskommandantin erkannte auf einem der Stege einen Krieger, der längs über dem Schädel einen blauen

Streifen aufwies. Ein Bote der Großen Matriarchin und Ena klickte erfreut mit den Kieferzangen. Unzweifelhaft würde er den ersehnten Befehl überbringen, endlich den Flößen des Feindes zu folgen und auch sie zu vernichten.

Ena gefiel es nicht sonderlich, sich auf das endlose Meer hinaus zu begeben und doch war sie neugierig auf das, was ihr dort begegnen würde. Das Land, das sie nun von den Viergliedrigen erobert hatten, würde die Stämme der Sendar auf viele tausend Generationen ernähren können, aber eine gute Matriarchin musste auch für die ferne Zukunft planen.

Die Flöße des Feindes waren nicht sinnlos aufs Wasser hinaus geflohen, das spürte Ena. Nein, dort draußen, jenseits der endlosen Wasser, musste es noch andere Länder geben, die dem Volk der Sendar eine Zukunft bieten konnten.

19

Es pochte leise an der Tür der Kajüte, aber Sere Tellman hatte zuvor die schweren Schritte erkannt, die unverwechselbar zu dem fülligen Leib Theodmans gehörten. »Komm herein, Segelmeister.«

Theodman sprengte fast den Rahmen der kleinen Tür und schien die kleine Heckkajüte des Kapitäns förmlich auszufüllen. Wie der Mann mit dem zerfruchten roten Gesicht und der wettergegerbten Haut es schaffte, bei der Marineverpflegung so korpulent zu bleiben, war Tellman ein Rätsel. Wahrscheinlich hortete der findige Mann geheime Vorräte oder hatte sich mit dem Koch ausnehmend gut gestellt, um gelegentlich eine Extraration abzustauben. Der Kapitän war durchaus bereit, das in Theodmans Fall zu tolerieren, denn es gab wohl kaum einen besseren Segelmeister in der anramischen Flotte.

Theodman legte die Knöchel der Fäuste zum Ehrengruß aneinander. »Wenn es Ihnen Recht ist, Kapitän … Der Sere Fennegman und die Sera Henafraw sind jetzt da.«

»Gut, sie sollen hereinkommen.« Tellman lehnte sich in seinem gepolsterten Stuhl zurück. »Sonst alles wohl, Theodman?«

Der korpulente Mann wiegte den Kopf. »Wir machen gute Fahrt und werden die Hauptstadt im ersten Licht der Morgendämmerung zu Gesicht bekommen.«

Tellman lächelte schwach. »Und? Komm schon, Theodman, du hast das Ohr der Mannschaft.«

Der Segelmeister zuckte die Schultern. »Na ja, die Männer sind verunsichert, Kapitän. Was diese Fischer da berichtet haben, das klingt schon verdammt übel.« Theodman zögerte kurz. »Glauben Sie, dass da wirklich etwas dran ist? Ich meine, dass jemand unsere Fischerdörfer überfällt und alle massakriert?«

»Ich fürchte, ansonsten wären die Leute nicht in ihrer Nussschale aufs Meer hinaus gefahren.« Tellman seufzte leise. »Nun, spätestens morgen werden wir es erfahren.«

»Ja, Kapitän.« Theodman wandte sich ab und zögerte dann. »Ist jedenfalls komisch, dass wir bislang keinem anderen Streifenschiff begegnet sind.«

»Das hat wenig zu besagen, Theodman, das weißt du. Es gibt immer zu wenig Schiffe und ein zu großes Seegebiet, dass wir bestreifen müssen. Und jetzt schick mir die Fischer herein.«

Theodman nickte und als sein mächtiger Körper die Tür freigab, traten Fennegman und Henafraw ein. Tellman war immer wieder überrascht, wie ungleich dieses Paar erschien. Hätten Gesicht und Bart nicht das Alter des kleinen Mannes verraten, so hätte der Kapitän ihn für einen Sohn der Frau gehalten. Er nickte den beiden freundlich zu. »Ich hoffe, Sie sind mit der Unterbringung zufrieden?«

Fennegman nickte. »Es ist mehr, als wir erwarten konnten. Ich weiß, wie klein der Raum auf einem solchen Schiff ist.«

Tellman musterte den kleinen Mann. Schwang da Kritik an seinem Seefalken in den Worten mit? Nein, wohl eher nicht. Der Fischer bemühte sich um Verständnis. Tellman lächelte leicht. »Wir haben selten Gäste an Bord. Vor allem keine Familien. Wir werden alle mit einer gewissen Unbequemlichkeit rechnen müssen, aber wir werden unser Ziel morgen erreichen.«

Manchmal, glücklicherweise eher selten, kam ein höherer Offizier an Bord, der das Schiff und seine Mannschaft inspizierte und zu diesem Zweck ein paar Tage begleitete. Dann begann stets das, was man unter den Besatzungen als »Stühle rücken« bezeichnete. Der Kapitän überließ seine Kabine dem hohen Gast und zog in die des Ersten Offiziers. Der wiederum zog in die des Segelmeisters, welcher den ihm Untergebenen aus der Koje warf. Jeder war froh, wenn der hohe Gast das Schiff wieder verließ und man sein gewohntes Quartier zurück erhielt. In diesem besonderen Fall hatte Kapitän Tellman wenig Einbußen, denn die Eheleute hatten die Kabine des Ersten Offiziers und ihr Sohn Torbjong und der Fischer Wandeman waren bei den Mannschaften untergebracht. Die Kabine des Ersten Offiziers war ohnehin frei gewesen, denn er war zwei Tage zuvor bei einem unglücklichen Sturz ums Leben gekommen und Tellman würde erst im Hafen Anrams einen Ersatzoffizier bekommen.

Sere Tellman, Kapitän des anramischen Kriegsschiffes Seefalke, legte seine Fingerspitzen aneinander und sah das Paar forschend an. »Ich habe Ihren Bericht, Sere Fennegman, mit ziemlicher Skepsis vernommen, das will ich nicht leugnen. Wir hatten in den letzten Tagen eine stetige Brise und sind damit an der Küste entlang gefahren. In der Zeit haben wir scharf Ausguck gehalten, ob es Anzeichen gibt, die Ihren Bericht erhärten.« Der Kapitän sah einen Anflug von Unwillen im Gesicht Fennegmans und machte eine beschwichtigende Geste. »Verstehen Sie mich nicht falsch, Sere. An Ihren Worten gibt es sicher keinen Zweifel. Aber was für Ihr Dorf und den Nachbarort zutrifft, muss nicht für alle Küstendörfer gelten. Allerdings mehren sich die Anzeichen, dass Ihre Befürchtung wahr ist.«

Der kleine Mann strich sich über den struppigen Bart. »Es sind keine Boote draußen. Nicht wahr, das beunruhigt Sie, Kapitän?«

»Sie sind Fischer, Sere Fennegman und wissen wohl am Besten, dass die Fangboote normalerweise draußen wären. Wir hätten sie sehen müssen und, glauben Sie mir, wenn wir auch nur eines entdeckt hätten, dann hätte ich Kurs darauf genommen, um die Besatzung zu befragen. Aber kein Boot ist auf See und das ist ungewöhnlich. Sehr ungewöhnlich.«

»Ich hörte vom Segelmeister, dass die Seefalke morgen den Hafen erreicht.«

»Das wird sie, Sere Fennegman.« Tellman lächelte. »Wenn der Segelmeister das behauptet, dann würde ich mein Leben darauf setzen.« Sein Gesicht wurde wieder hart und sein Blick forschend. »Ich bin Seemann, Sere und Sera, kein Landmann. Daher muss ich euch nochmals fragen, ob ihr jemals Anzeichen dieser Kreaturen bemerkt habt. Gab es Spuren, gab es Berichte von Reisenden oder wenigstens Gerüchte?«

Fennegman und Henafraw schüttelten ihre Köpfe.

Sere Tellman seufzte schwer. »Ich kann es kaum glauben. Es müssen Landlebewesen sein und sie müssen sich extrem gut verborgen gehalten haben, denn sie müssen zahlreich sein. Sonst hätten sie kaum so viele Dörfer gleichzeitig überfallen können.« Der Kapitän blickte kurz aus den verglasten Heckfenstern. »Zahlreich und intelligent. Auch wenn ihr nicht von Waffen berichtet habt, so müssen diese Kreaturen klug und planvoll vorgehen, wenn sie einen so umfassenden Angriff koordinieren.«

Sere Tellman legte erneut die Fingerspitzen aneinander. »Nun, ich danke euch, Sere und Sera. Ihr könnt euch nun entfernen.«

Tellman bemerkte kaum, wie die beiden seine Kajüte verließen. Er lehnte sich in seinem Stuhl zurück und ließ den Blick nachdenklich durch sein Quartier schweifen. Es war nicht besonders groß, aber im Gegensatz zu den anderen Unterkünften an Bord, wirkte die Kapitänskajüte nahezu fürstlich. Sie war eher breit als lang, da sie sich über die Breite des Schiffes erstreckte und dabei kaum vier Meter in dessen Länge einnahm. Rechts war eine Kammer abgeteilt, in der Sere Tellmans Schlafkoje stand, der Rest der Kabine diente ihm als Arbeitsraum, Kartenablage und zugleich als Messe für die höheren Dienstgrade der Seefalke. An der linken Seite stand das Regal mit Karten und einigen ausgewählten Büchern, in denen der Kapitän manchmal las, wenn die eintönigen Seepatrouillen einen Anflug von Langeweile aufkommen ließen. Das war nicht oft der Fall, denn Tellman liebte die See und er liebte die Seefalke.

Der kleine Zweimaster war sein erstes Kommando, sein erstes eigenes Schiff. Zuvor war er als Erster Offizier auf einem großen Zweidecker gefahren und es war eine Umgewöhnung gewesen, nun auf einem so kleinen und räumlich beengten Schiff zu fahren. Aber im Vergleich zu einem Zweidecker war die Seefalke ein extrem schnelles Schiff und reagierte lebhaft auf Wind und Wellen.

Sere Tellman hatte Glück gehabt, dieses Kommando zu erhalten. Die Seefalke war ein neues Schiff, erst vor einem Jahr ins Wasser des Meeres geglitten. Sie verfügte über zwei Masten, deren Takelung und Segelsetzung für ein anramisches Schiff ungewöhnlich waren. Der hohe Vordermast vorne war wie gewöhnlich rahgetakelt und führte an den breiten Querhölzern das typische rechteckige Hauptsegel. Der Hintermast hingegen war gaffelgetakelt und etwas niedriger. An ihm wurde ein großes, dreieckiges Segel aufgezogen, welches nicht quer zur Längsrichtung des Schiffes gespannt wurde, sondern mit seinem unteren Gaffelbalken nach rechts oder links geführt werden konnte. Es war ein neuer Seglertyp Anrams, der nicht umsonst als Jagdschiff bezeichnet wurde. Der Seefalke verfügte über zwanzig mittlere Pulverkanonen, jeweils zehn in jeder Breitseite. Wie bei allen anderen Schiffen standen die Waffen hinter Pforten, aber auf dem Oberdeck und nach oben nur durch einen schmalen Laufgang geschützt, der sich rechts und links über die Längsseite des gesamten Decks zog. So blieb das Unterdeck der Besatzung und den Vorräten vorbehalten und all jenen Dingen, die ein schnelles Schiff am Leben hielten.

Sere Tellman erhob sich von seinem Stuhl, der, wie alle anderen Einrichtungsgegenstände, fest am Boden verschraubt war. Er blickte nochmals durch die verglasten Heckfenster, die offen standen und lauschte dem leisen Knarren der Ruderzüge und dem Murmeln der rauschenden Hecksee. Schließlich nickte er unbewusst und legte seinen Waffengurt mit einschüssiger Pulverpistole und Säbel an und verließ die Kajüte.

Durch einen schmalen Gang, von dem die Kabinen der anderen Schiffsoffiziere und Meister abzweigten, erreichte er das Deck und hörte den leisen Pfiff, den der wachhabende Rudergänger ausstieß, um alle darauf hinzuweisen, dass der Kapitän nun an Deck war. Selbst die Müßiggänger nahmen sofort den Anschein von Beschäftigung auf, grüßten den Kommandanten und sahen zu, wie er über den Seitengang auf das Heck schritt, wo sich das große Steuerrad befand.

Es waren die letzten Stunden der Nacht und das klare Licht der Sterne begann dem Dunst des heraufdämmernden Morgens zu weichen. Die milchigen Schwaden vermittelten den Eindruck, der Seefalke sei ein Geisterschiff, welches sich ohne Segel bewegte, denn diese waren im Dunst nicht zu erkennen. Tellman kannte aus Erfahrung die Einsamkeit, die das für den Ausguck, hoch oben in der Mastplattform, bedeutete. Auch wenn man es besser wusste, so drängte sich einem das Gefühl auf, als befände man sich alleine auf hoher See und der Mast rage einfach aus den Wellen empor.

»Kurs bugweisend und leichte Fahrt«, meldete Segelmeister Theodman, der neben dem Rudergänger stand. »Alles ist ruhig.«

Tellman nickte und blickte abschätzend zum Bug. Selbst der Vormast war kaum zu erkennen. Unter anderen Umständen hätte Tellman sein Schiff gestoppt und beigedreht liegen lassen, denn die Gefahr einer Kollision war groß, wenn sich ein anderes Schiff in der Nähe befand. Da half es auch nicht, dass der Mann am Bug in regelmäßigen Abständen in seine Muschel stieß, deren klagender Ton weit im Nebel trug. Tellman und die anderen Besatzungsmitglieder vertrauten in dieser Lage blindlings auf die legendären Fähigkeiten des Segelmeisters.

»Noch eine Stunde bis zum Morgenlicht«, sagte Tellman abschätzend.

Theodman nickte. »Und wir werden die Hauptstadt eine Handbreit rechtsweisend vom Bug sehen.«

»Wenn du das sagst, Segelmeister, dann wird es so sein.«

Theodman nickte erneut. Falsche Bescheidenheit entsprach nicht seinem Charakter. Er glich die Bewegungen des Schiffes auf seinen säulenartigen Beinen aus und beobachtete seinen Kapitän. Sie waren nun seit einem Jahr auf dem Schiff zusammen und Theodman glaubte, der junge Kapitän tauge für den Seefalken. Seine Seemannschaft war, nach Theodmans Meinung, in Ordnung und das sollte schon etwas heißen. Allerdings war das Schiff noch nie in einen Kampf gegangen und der wahre Wert des Kapitäns würde sich erweisen, wenn sich die Kanonenpforten zum Gefecht öffneten.

»Noch eine halbe Stunde zum Morgenlicht«, sagte Theodman leise.

Kapitän Tellman nickte. »Gut, dann gib das Signal zum Wecken. Die Männer können noch etwas Essen und dann sollen sie auf Kampfstationen. Wenn das Licht des Tages anbricht, wird es unser Schiff bereit finden.«

Theodman teilte die unheilvollen Gefühle des Kapitäns. Kein Fischerboot auf See, kein Streifenschiff in Sicht … »Die Männer sind bereits wach, Kapitän.«

Tellman konnte das gut verstehen. Zu viel hing von diesem Tag und seinen Entdeckungen ab.

»An Deck«, erklang der Ruf des Ausgucks. »Die Nebel senken sich.«

»Halte scharf Ausguck«, rief Tellman mit aneinander gelegten Händen nach oben. Er sah den Segelmeister an. »Merotjong?«

Theodman grinste. »Unser jüngster und unser bester Ausguck.«

»Gut so.«

Zwei Männer kamen vom Unterdeck hoch, grüßten den Kapitän durch ein Nicken mit dem Kopf und schoben die Gurte mit den kleinen Trommeln gerade. Dann zogen sie die Schlegel und begannen den langsamen Wirbel zu schlagen, der die Mannschaft auf die Kampfstationen rief.

Minuten später war die Seefalke bereit. Keinen Augenblick zu früh, denn der Nebel riss auseinander und die Stimme Merotjongs klang triumphierend und aufgeregt. »An Deck, Küstenlinie rechtsweisend, eine Handbreite über dem Bug! Ich kann das Leuchtfeuer Anrams erkennen!«

Tellman warf einen Blick auf Theodman, der lächelnd auf seinen Füßen wippte.

Der Dunst wich, als habe jemand einen Vorhang auseinander gezogen und die Küste Anrams hob sich scharf abgegrenzt gegen das Wasser ab. Das hohe Leuchtfeuer der geschützten Hafenzufahrt war zu erkennen, noch weit entfernt, aber deutlich sichtbar.

»An Deck! Rauch über der Stadt!«

Tellman sah, wie einige Männer sich hastige Blicke zuwarfen. »Kurs halten und aufkommen.«

Das Schiff hielt stetig auf die Hafeneinfahrt zu, die sich langsam in der Küstenlinie abzeichnete. Nun wurde auch sichtbar, was der junge Ausguck schon erkannt hatte. Über der fernen Hafenstadt hingen Schwaden aus dunklem Rauch, die langsam verwehten und offensichtlich nicht von Kochstellen herrührten.

Der direkte Blick auf die Stadt war ihnen noch verwehrt, denn dazu mussten sie in die Einfahrt hinein. Tellman sah Theodmans fragenden Blick und nickte. »Kurs halten und langsame Fahrt.«

»Wir sind sehr wendig«, murmelte der Segelmeister.

Tellman wusste, was der erfahrene Seemann damit andeuten wollte. Sollte es zum Äußersten kommen, würde das kleine Schiff in der Lage sein, im Hafenbecken zu wenden und ihn schnell wieder zu verlassen. Wenn ihnen kein anderes Schiff dazwischenkam und der Wind mitspielte.

Die Hafeneinfahrt öffnete sich, wich vor ihnen auseinander, als der Zweimaster zwischen die hoch aufragenden Klippen glitt und nun, als die Stadt vor ihren Augen lag, waren entsetzte Schreie zu hören.

Tellman biss sich auf die Unterlippe. »Schiff zur Wende, scharf Rechtsweisend und hohe Fahrt!«

Die einzige Bewegung auf den Anlegestellen und Schiffen im Hafen kam von dunklen Leibern, die sich auf sechs Gliedmaßen fortbewegten. Niemand brauchte laut auszusprechen, was das bedeutete.

Anram, die Hauptstadt des Reiches, war gefallen.

Wieder war es Nacht und der Kreuzer Envaar glitt überraschend leise über das ruhige Meer. Mit sanftem Zischen teilte der scharfe Bug die Wellen, die mit leisem Klatschen am Rumpf entlang glitten. Selbst das Stampfen der Dampfmaschinen klang gedämpft, denn das Schiff fuhr mit halber Fahrt und nur zwei der Brennsteinkessel waren in Betrieb. Die wenigen Wachen an Deck schritten gemächlich über die Planken, blieben gelegentlich stehen und starrten aufs Meer hinaus. Hoch oben, im so genannten Vogelnest, unterhielten sich leise die beiden Ausguckmatrosen und spähten dabei nach Gefahren für das Schiff aus, aber alles war ruhig.

Mond und Sterne warfen silbrige Reflexe auf die schwache Dünung und ein Stück entfernt spritzte immer wieder Wasser auf. Dort schwamm ein Tentakelwal parallel zum Kreuzer, als suche er Anschluss an eine Herde oder einen brünstigen Partner. Gelegentlich drehte sich das riesige Lebewesen auf den Rücken und zeigte seine hellere Bauchseite, ein Zeichen dafür, dass es sich wohl fühlte. Es war ein ausgewachsenes Exemplar und es gab keinen Feind, der sich an ein solches herangetraut hätte. Nur kranke und altersschwache Tentakelwale wurden gelegentlich von einem Schwarm Dornfische angegriffen, aber in der Regel warteten diese, bis das gewaltige Opfer gestorben war, denn auch im Todeskampf war ein Wal ein gefährlicher Gegner.

Auf der Brücke standen die beiden Rudergänger am großen Steuerrad und bemühten sich, einen aufmerksamen Eindruck zu machen, obwohl sie seit Stunden auf ereignislosem Posten standen und die anstehende Ablösung herbeisehnten. Ihre unfreundlichen Blicke galten dem Rücken von Hosmut, der Wachoffizier der Nachtwache war. Die einzelne Lampe über dem Kompassgehäuse warf einen schwachen Schimmer, der die Brücke kaum erhellte.

Der Erste Offizier hatte die Arme auf den Rücken gelegt und die Hände verschränkt. Die Bewegungen seiner Finger verrieten Unruhe. Gelegentlich wippte er auf den Hacken seiner Schuhe.

Auf der rechten Treppe zur Brücke waren Schritte zu hören. In der Nacht wirkte die Uniform von Major Beltron nahezu schwarz, nur wo das Licht der Lampe hinfiel, war das kräftige Rot zu erahnen.

Hosmut sah den Kommandanten der Seesoldaten mit hochgezogenen Augenbrauen an. »Major? Eigentlich sollte jetzt die Ablösung mit Leutnant Pheros antreten.«

Beltron nickte den beiden Rudergängern zu. »Wenn Sie etwas Zeit haben, Erster, dann würde ich Ihnen gerne etwas zeigen. Vorne, am Turm Eins.«

»Nun, das muss warten. Ich habe Brückendienst.«

»Es dauert nicht lange und der Turm ist ja direkt vor der Brücke.«

Hosmut runzelte die Stirn und zuckte dann die Schultern. Er warf einen raschen Blick auf die Rudergänger. »Achtet mir ja auf den richtigen Kurs und die Geschwindigkeit.«

Als die beiden Offiziere von der Brücke verschwanden, spuckte einer der Rudergänger aus. »Von mir aus, können beide über Bord fallen und für immer verschwinden.«

Er sprach aus, was viele Besatzungsmitglieder dachten.

Als die Envaar aus Alatan ausgelaufen war, hatte jeder Stolz empfunden, auf dem neuesten Kreuzer der königlichen Marine zu dienen. Die Männer und Frauen waren Freiwillige, wie alle Angehörigen der königlichen Truppen, und bereit, die Unbequemlichkeiten in der Enge des Schiffes auf sich zu nehmen. Der Dienst war nicht sonderlich leicht, doch das hatte auch keiner erwartet. Aber die Schikanen des Ersten Offiziers riefen den immer stärkeren Unmut der Männer und Frauen hervor. Die Stimmung an Bord kippte, obwohl das Schiff erst wenige Wochen auf See war. Während man Hosmut mit zunehmendem Hass betrachtete, wurden allmählich auch die Seesoldaten, die eigentlich dem Schutz des Schiffes und seiner Mannschaft dienten, mit wachsendem Misstrauen beobachtet. Die alten Legenden aus vergangenen Jahrhunderten, über Meutereien, die von Seesoldaten blutig erstickt wurden, machten die Runde. Plötzlich erhielt der Umstand, dass sie Soldaten eigene Unterkünfte und eine eigene Messe benutzten, eine düstere Bedeutung. Der raue aber herzliche Ton zwischen Matrosen und Soldaten schwand und wenn zwei von ihnen miteinander sprachen, wurden sie von den anderen skeptisch beobachtet.

Major Beltron hatte dies ebenso bemerkt, wie seine Truppe und die Kapitänin, und der erfahrene Soldat war in höchstem Maße besorgt. Nie zuvor hatte er von einem Fall gehört, bei dem in so kurzer Zeit zwischen Schiffsführung und Mannschaft ein unterschwelliger Ton der Feindseligkeit aufgetreten wäre. Beltron war nicht der Mann, der bis zu einer Explosion wartete, wenn er sie verhindern konnte.

Hosmut und der Major standen nun auf dem Vordeck neben Turm Eins und der Erste Offizier betrachtete abschätzend die Lichtdruckkanone. »Also, Major, was soll mit Turm Eins los sein? Es wurde kein Schaden gemeldet.«

Der nächtliche Sternenhimmel und der Widerschein auf dem Wasser, boten gute Sicht und der Major sah Hosmut abschätzend an, während er den Waffengurt mit der Bolzenpistole löste und ablegte. »Wären Sie ein Offizier des Königs, dann bräuchte ich dies jetzt nicht zu tun«, sagte er leise. »Aber Sie sind kein Offizier des Königs, Sie haben sich nur als solcher verkleidet.«

»Was soll das?« Hosmut sah Beltron verwundert an.

»Wären Sie ein Mann, dann würde ich Sie fordern und wir würden unsere Klingen kreuzen.« Beltron knöpfte seinen Waffenrock auf und sah, wie Hosmut im Sternenlicht erbleichte. »Aber Sie sind nicht einmal ein Mann.« Er hing die Jacke über den Kanonenlauf. »Sie sind ein armseliger Bastard, der Freude daran hat, andere Menschen zu quälen. Der seine Macht missbraucht, um sich am Elend anderer Menschen zu erfreuen.«

»Verdammt, Major, ziehen Sie die Uniform wieder an«, ächzte Hosmut. »Was soll diese …«

»Im Grunde sind Sie ein ungezogenes Kind«, knurrte Beltron. »Und ich denke, Ihre Eltern haben Sie einfach zu spät übers Knie gelegt. Ich hoffe«, er reckte sich, »das lässt sich nachholen, bevor noch größerer Schaden entsteht.«

Hosmut wich zurück, sah den anderen Offizier schockiert an. »Wenn Sie mich anfassen, Major, dann werden Sie das bereuen. Ich stehe unter dem Schutz des Handelsherrn Tar.« Als Beltron unbeeindruckt näher trat, leckte der Erste Offizier sich über die Lippen. »Tar hat hohe Verbindungen, Major. Wenn Sie mich anrühren, wird der König Sie entlassen. Sie müssen wissen, ich bin ein Sohn des Handelsherren.«

»Ah.« Beltron lächelte schwach. »Einer seiner heimlichen Bastarde? Nun, Hosmut, das beeindruckt mich nicht. Auch ich habe Freunde. Auf jedem Schiff der Flotte gibt es Seesoldaten, Sie verstehen? Sie haben nun zwei Möglichkeiten, Erster Offizier Hosmut. Sie werden künftig ein vorbildlicher und gerechter Offizier des Königs sein oder Ihren Dienst quittieren.«

»Niemals«, keuchte Hosmut.

»Oh, das werden Sie. Aber zunächst werde ich Ihnen wohl den Hintern versohlen müssen.«

Der Erste Offizier wusste, dass der Major es ernst meinte. Er versuchte, Beltron durch einen schnellen Hieb zu treffen, aber der hatte ihn kommen sehen, wich aus und drehte Hosmut den Arm auf den Rücken. Während er den Ersten Offizier zwang, sich vorzubeugen, lachte Beltron kalt.

»Keine Sorge, Hosmut, es wird keine bleibenden Schäden hinterlassen. Aber Ihr Hintern wird Sie einige Zeit daran erinnern, wie es wohl ist, wenn Sie anderen Schmerzen zufügen.«

Die beiden Rudergänger auf der Brücke hörten gedämpfte Schreie und leises Klatschen. Der Ältere trat an die vorderen Brückenfenster und spähte zum Vordeck hinab.

»Was geht da vor sich?«, fragte der andere leise.

»Kümmere dich um das Ruder«, brummte der Ältere.

»Verdammt, das hört sich nach einem Kampf an, Hennerk. Nun sag schon, was da los ist.«

Der Ältere gönnte dem Ersten die Abreibung von ganzem Herzen. Eigentlich hätte er nichts lieber getan, als seine Schadenfreude durch das ganze Schiff zu verbreiten. Aber Hennerk war einer der erfahrenen Matrosen der Envaar und wusste, welche Schwierigkeiten dem Major drohen könnten, wenn der Vorfall bekannt wurde. Vor allem, wenn jemand nicht dicht hielt und an Land davon erzählte.

»Beltron zeigt dem Ersten ein paar Kniffe für den Faustkampf«, brummte Hennerk. »Ist gut, falls uns ein Feind entert. Nichts, worüber du dir das Maul zerreißen solltest, ist das klar?«

Er sah den anderen Rudergänger an, der verwirrt nickte.

Nach einigen Minuten erschien Major Beltron auf der Brücke, untadelig wie immer. Er bemerkte die fragenden Blicke der beiden Rudergänger. »Der Erste fühlt sich unwohl«, sagte er in neutralem Tonfall. »Ich übernehme seine Wache bis zur Ablösung.«

»Sie sind aber Soldat und kein Seeoffizier«, meinte der jüngere Rudergänger zweifelnd.

»Halts Maul«, knurrte Hennerk. Er sah den Major an und lächelte unmerklich. »Auch ein Seesoldat kann sich ja mal um das Wohl des Schiffes kümmern.«

Für einen Moment grinsten sich Hennerk und Beltron an, bevor sie an eines der Brückenfenster traten und nebeneinander auf das Meer hinausstarrten.

»Kurs und Geschwindigkeit?«, fragte der Major.

»Süd über den Bug weisend«, erwiderte der jüngere Rudergänger. »Auf halber Fahrt.«

»Recht so«, brummte Beltron.

Hennerk grinste verstohlen. Vielleicht hatte Beltrons »Gespräch« mit dem Ersten etwas bewirkt. In jedem Fall würde Hosmut in den nächsten Tagen sehr behutsam auf seinem Hintern sitzen.

21

Siebenundfünfzig Männer und Frauen hatte man in Tücher genäht, ihre Füße zusammengelegt und mit einer schweren Metallplakette versehen, auf denen die Namen standen, dann hatte man die Toten dem Meer zur letzten Reise übergeben. Jenen, die der Sturm aus der Stadt gerissen hatte oder die mit den beiden Ruderschiffen versunken waren, konnte man diese Ehre nicht zuteil werden lassen, aber man gedachte auch ihnen. Alle Arbeit ruhte, bis der letzte Tote ins Wasser geglitten war, von sanften Händen geleitet, als hielte man einen neugeborenen Hüpfling.

Als es vorbei war, stützte sich Esbort Wolkensturm seufzend auf seine riesige Axt und sah die Zwerge an, die in dichten Reihen die Westseite der mitgenommenen Stadt säumten. »Der Ehre ist nun Genüge getan und wir werden ihrer in unseren Balladen und Legenden gedenken. Doch nun, ihr Männer und Frauen von Eldont´runod, müssen wir uns wieder um die Lebenden kümmern.«

Er pochte kurz mit dem Axtstiel auf den Boden und die Versammlung löste sich in zahllos scheinende Einzelwesen und Gruppen auf.

Birunt Hammerschlag trat zu seinem Freund, blickte nachdenklich auf die Stelle, wo das letzte Opfer des Sturms verschwunden war. »Sie werden uns fehlen, mein Freund.«

Wolkensturm nickte. »So wie die beiden gesunkenen Schiffe und die zerschlagenen Fässer«, sagte er pragmatisch. »Ich sorge mich nicht um das Wohl der Toten, Birunt, aber um das der Lebenden.«

»Wir haben nun alles überprüft. Acht Flöße sind so schwer beschädigt, dass wir sie nicht reparieren können. Die Leinen sind schnell ersetzt, aber viele Stämme sind zerborsten und wir müssen neue schlagen. Theon Klugweil hat alle Fässer überprüfen lassen. Hundertzwanzig haben wir verloren und sie sind schwer zu ersetzen. Bei Fässern brauchen wir gut abgelagertes Holz und daran fehlt es.«

»Ich weiß. Frisches Holz gibt noch zu sehr nach. Dennoch werden wir Fässer aus frischem Holz fertigen müssen, damit wir genug Fässer bereit haben. Morgen werden wir die Gruppe zusammenstellen, die uns Wasser und Holz besorgt.«

»Du solltest Varnum Säulenfund dazu abstellen.«

»Warum sollte ich das tun?«

»Ach, du weißt doch, wie es ist«, brummte Birunt. »Einige von uns glauben noch immer an den Grimmzwerg in der Tiefe des Meeres, der eifersüchtig darüber wacht, dass wir ihm seine Schätze nicht entreißen.«

»Und?« Esbort legte seine Axt in die Armbeuge und zupfte verwirrt an seinen Bartzöpfen. »Was hat das mit Varnum zu tun?«

Birunt wirkte verlegen. »Es hat mit Varnum und seinem Säulenfund zu tun. Und mit dem Sturm.«

»Ich verstehe.« Esbort Wolkensturm schüttelte ungläubig den Kopf. »Einige glauben also, der Sturm sei die Rache des Grimmzwerges, weil wir versuchen, das Weißkristall zu bergen?«

Der alte Schlagführer nickte betrübt. »Oder weil wir die Ruhe des Toten störten, der die Fundstelle bewachte.«

Esbort stieß den Stiel seiner Axt wütend auf den Boden. »Verdammte Narren. Abergläubisches Volk. Alle haben gleichermaßen gejubelt, als der Kristallstock gefunden wurde und alle waren dafür, ihn für den Clan zu schürfen.«

»Nun ja, aber der Sturm …«

Der Axtschläger musterte seinen Freund. »Nun sag mir nicht, dass du auch an solchen Unsinn glaubst?«

Birunt zuckte die Schultern. »Es war ein ungewöhnlich heftiger Sturm, das lässt sich nicht leugnen.«

»Aha. Ein ungewöhnlich großer Fund und ein ungewöhnlich starker Sturm und schon steigt der Grimmzwerg aus der Tiefe?« Esbort stieß ein leises Knurren aus. »Verflucht, mein Freund, der Grimmzwerg mag die Hüpflinge erschrecken, wenn sie nicht folgsam zu Bett gehen, aber doch keine gestandenen Schürfer, wie du einer bist.«

»Das Wasser ist hier nicht tief«, murmelte Birunt. »Da ist es leicht für den Grimmzwerg …«

»Hör mir auf, mit dem verdammten Grimmzwerg.« Erneut stieß Esbort die Axt auf den Boden, diesmal mit der Schneide und sie grub sich tief ins Holz. Verärgert zog er sie wieder heraus. »Das fehlte mir noch, wenn sich jetzt alter Aberglauben ausbreitet. Wir haben Probleme genug.«

»Eben, mein Freund, genau so ist es. Probleme, die wir zuvor nie hatten.« Birunt zog an seinen Zöpfen und nickte bedächtig. »Der Verlust der Leben, die zerstörten Flöße und Fässer, all die Schäden an der Stadt und die Säule steht noch immer auf dem Grund. Dann der alte Bernbrat Wellenschlag, der noch immer nicht bei Sinnen ist.«

»Ja, und das Meer, das so schrecklich nass ist«, knurrte Esbort verächtlich. »Birunt Hammerschlag, du gehörst, wie ich, zum Rat unseres Clans. Ich hoffe sehr, dass du diesen Unsinn nicht noch verbreitest. Wir müssen uns auf die Erfordernisse konzentrieren und ich will nicht, dass sich die Männer und Frauen vor dem angeblichen Zorn des Grimmzwerges ducken.«

»Ja, du hast sicherlich recht.« Birunt leckte sich über die Lippen und sah den Freund an. »Wir könnten ja eine kleine Beschwichtigungszeremonie abhalten. Ein paar Opfergaben für den Grimmzwerg und …«

Esborts Blick war drohend. »Ich will nichts Dergleichen hören. Seit langem haben wir keine …«

»Eben, genau so ist es.« Der Schlagmeister nickte bedächtig. »Schon lange wurde keine Zeremonie mehr abgehalten. Ist es da ein Wunder, wenn der Grimmzwerg zürnt?«

»Dann solltest du dich vor ihm in Acht nehmen«, riet der Axtführer. »Denn du warst es immerhin, der sich entschieden für die Bergung des Weißkristalls einsetzte. Sprachst du nicht vom Goldenen Grund, mein Freund?«

»Nun, vielleicht erwähnte ich etwas Ähnliches.« Birunt wurde das Gespräch unangenehm und er scharrte mit einem seiner Füße am Boden. »Nun, äh, mein Freund, ich will noch einmal mit einem der Schiffe zu den Bergungsflößen hinüber. Wie du erwähntest, haben wir ja noch viel zu tun.«

Esbort legte ihm die Hand auf die Schulter. »Dieser Sturm war schwer, Birunt, mein Freund. Aber solche Stürme gab es auch zuvor. Denk an die Legenden, in denen berichtet wird, das ganze Clans von Stürmen und dem Meer verschlungen wurden. Es ist nicht Varnums Schuld und nicht die der Säule. Wenn, dann ist es unsere Schuld, denn wir entschlossen uns, zu bleiben und den kostbaren Kristall zu schürfen. Denke daran, bevor du vom Zorn des Grimmzwerges sprichst.«

Birunt Hammerschlag nickte, aber er tat es ohne Überzeugung. Esbort sah ihm nachdenklich nach, während der Schlagmeister zu einem der anderen Flöße schritt. Der Axtführer legte abermals die schwere Axt über seine Schulter und ging dann in die andere Richtung. Er nickte Männern und Frauen aufmunternd zu und ging auf ihre Scherze ein. Der Clan der Eldont´runod hatte schon viel überstanden und man durfte diesen Sturm nicht überbewerten. Aber wenn einen die Gewalten der Natur trafen, dann war man versucht, dafür eine Erklärung zu suchen, vor allem, wenn man geliebte Zwerge verloren hatte. Man suchte nach einem Grund, warum Mann oder Frau gestorben waren, fühlte sich schuldig, selbst davongekommen zu sein. Esbort hatte das selbst schon erlebt, wenn er nach einem Kampf zu den Überlebenden gehört hatte. Dann fragte man sich, warum man selbst am Leben geblieben war, während andere gute Axtschläger gefallen waren.

Esbort ging gemächlich zu einem der größeren Gebäude hinüber. Über der erhöhten Tür hing ein Schild an einer eisernen Kette. Es bewegte sich leise quietschend, so wie sich die Flöße der schwimmenden Stadt auf den Wellen des Meeres bewegten. Aus dem metallenen Schild war die Form eines Heilkrautes herausgearbeitet worden, das Zeichen der Heilerzunft des Zwergenvolkes.

Birunt schritt die beiden Stufen hinauf und betrat das Gebäude. Es bestand aus drei Ebenen. In der unteren hatte die Heilerin Nendia ihren Behandlungsraum eingerichtet. Er nahm die gesamte Grundfläche des Gebäudes ein, nur unterteilt von den massiven Balken, welche die oberen Stockwerke stützten. An den Wänden befanden sich niedrige, aber sehr breite Fenster, die man mit Sturmläden verschließen konnte. Im Augenblick standen sie offen, damit frische Luft und Licht eindringen konnten. Einige Zwerge saßen auf den Bänken und sahen Esbort neugierig entgegen, nickten grüßend.

Nendia stand in der Mitte des Raumes, umgeben von Tischen und Regalen, in denen sie Binden, Töpfe und Tiegel, Krüge und Schalen aufbewahrte, die mit den Utensilien ihrer Zunft gefüllt waren. Sie war gerade dabei, ein gebrochenes Bein zu schienen und blickte nur kurz auf, als Esbort näher trat.

»Ich hoffe, du fühlst dich wohl, Axtführer«, murmelte sie. »Im Augenblick reicht die Anzahl meiner Hände nicht aus, alle zu versorgen. Viele Knochenbrüche und Verstauchungen, dazu Abschürfungen und Beulen. Wenn Besana mir nicht helfen würde, wüsste ich nicht, wie ich all das bewerkstelligen sollte.«

»Mir geht es gut, Heilerin Nendia.« Esbort sah sich um und fand einen freien Schemel. »Ich wollte nach Bernbrat Wellenschlag fragen. Wie geht es dem Ältesten?«

»Unverändert.« Sie wies mit dem Kopf nach oben. »Er liegt oben, bei den schwerer Verletzten. Du kannst ruhig hinauf gehen, aber es wird wenig Zweck haben. Er ist noch immer ohne Sinne.«

»Wird er sie wieder finden?«

»Das kann ich nicht sagen.« Sie zuckte die Achseln. »Der Schlag war sehr schwer. Immerhin, die Beule bildet sich zurück, das ist ein gutes Zeichen. Aber ich kann dir nicht sagen, wie es innerhalb seines Schädels aussieht. Glücklicherweise«, sie lächelte flüchtig, »haben wir Zwerge sehr harte Schädel.«

»Ich werde nach ihm sehen«, brummte Esbort. Er sah zu, wie sie das gebrochene Bein mit weichem Material polsterte und hielt bereitwillig die Schienen, damit sie diese mit Binden festlegen konnte. »Wir werden bald einen Trupp ausschicken, der Holz und Trinkwasser holt.« Er sah zu ihren Regalen. »Ich denke, du wirst ihn begleiten wollen.«

Nendia nickte. »Das würde ich gerne. Du weißt, dass ich immer frische Kräuter brauchen kann. Aber im Augenblick gibt es zu viel zu tun. Aber Besana kann den Trupp begleiten. Sie kennt sich gut aus und weiß, welche Pflanzen ich gebrauchen kann.«

Nendia war immer in Sorge um die Gesundheit des Clans und das war nur zu verständlich. Im Gegensatz zu ihren Brüdern und Schwestern, die in den Kristallstädten an Land lebten, war es für die Zwerge der Meere nur selten möglich, festen Boden zu betreten und nach den Pflanzen zu suchen, die lebenswichtige Grundstoffe oder heilsame Substanzen enthielten. Zwar ließen sich auch diverse Wasserpflanzen nutzen, aber die Heilerin nahm jede Gelegenheit wahr, einen Landtrupp zu begleiten, um ihre Vorräte aufzufrischen oder zu erweitern.

»Gut«, sagte Esbort. »Ich werde nach oben gehen und nach Bernbrat sehen. Ich gebe dann später Bescheid, wenn der Trupp aufbricht.«

Er erhob sich und stieß mit dem Kopf gegen eine Öllampe, die über dem Behandlungsplatz hing. Mit einem entschuldigenden Blick auf die Heilerin, brachte er die stark pendelnde Lampe wieder zur Ruhe und ging dann zu der breiten Treppe hinüber, die ins erste Obergeschoss führte. Dort lagen jene Patienten in ihren Betten, welche die Heilerin in ihre Obhut nahm. Das kleine Dachgeschoss diente Nendia und ihrer Tochter Besana als Quartier.

Die Treppe hatte breitere und tiefere Stufen als gewöhnlich, damit man sie auch mit einer Trage bequem ersteigen konnte. Für einen gesunden Zwerg wie Esbort war dies eher unbequem. Mit seltsam trippelnden Schritten ging er die Stufen hinauf und war erleichtert, oben anzukommen.

»Seid gegrüßt, ihr guten Zwerge«, sagte er freundlich.

Sieben schwerer verletzte Männer und Frauen lagen hier in den Betten, zu denen auch Bernbrat Wellenschlag gehörte. Esbort nickte Besana zu, die am Bett des Ältesten stand und seinen Kopfverband wechselte. Der Axtführer ging zu jedem der Zwerge und nahm sich die Zeit, mit den Verletzten zu sprechen, bevor er sich Bernbrat zuwandte.

»Die Schwellung ist zurückgegangen«, sagte Besana unaufgefordert. Sie feuchtete ein sauberes Tuch an, faltete es und legte es über Bernbrats Stirn. »Aber er hat Fieber und das gefällt mir nicht. Eigentlich dürfte er kein Fieber haben«, ergänzte sie und die Besorgnis in ihrer Stimme war unverkennbar. »Aber er hat es und das kann auf eine Verletzung im Schädel hinweisen.«

»Wir haben harte Schädel«, murmelte Esbort betroffen. Er zog an seinen Bartzöpfen.

»Wenn das Fieber steigt und sich eine Schwellung zeigt, dann werden wir den seinen öffnen müssen.«

»Was?« Esbort sah sie überrascht an.

»Den Schädel.« Besana wies auf Bernbrat. »Wir werden ihn vielleicht öffnen müssen.«

Esbort spürte, wie er bleich wurde und sah unbewusst auf seine Axt.

Besana folgte seinem Blick. »Nein, nicht auf solche Weise, Axtführer. Keine Sorge, meine Mutter weiß, was man machen muss.«

»Es ist nicht gut, einen Schädel zu öffnen«, ächzte Esbort. »Nun, bei einem Feind natürlich schon. Aber nicht bei einem Freund.«

»Es gibt Verletzungen, bei denen das geschehen muss.« Nendia war Esbort gefolgt und trocknete gerade ihre Hände an einem Tuch ab. »Manche Beulen wachsen nicht nach Außen sondern nach Innen. Blut kann dort gerinnen und auf das Gehirn drücken. Dann muss es entlastet und das Blut entfernt werden.«

Esbort erschauerte. »Von solcher Kunst habe ich noch nie gehört, Heilerin. Ich vermag einen Schädel zu knacken, selbst wenn er durch einen Helm geschützt ist, aber ich kann mir nicht vorstellen …«

»Beruhige dich, Axtführer. Sollte es erforderlich werden, dann hat Besana recht, ich weiß, was zu tun ist. Aber noch ist es nicht soweit. Vielleicht sinkt das Fieber.«

Esbort nickte hastig. »Das, äh, wird es sicherlich.«

Er fragte sich, woher die Heilerin wissen wollte, wie man einen Schädel öffnete. Zudem, es war vielleicht keine Schwierigkeit, einen Schädel zu knacken, doch er konnte schwerlich offen bleiben. Ihn schauderte erneut. Er respektierte die Kunst der Heiler, aber manchmal war sie ihm unheimlich.

Er sah, wie Nendia ein scharfes Messer zückte. »Du … du willst doch nicht …?«

Die Heilerin lachte auf. »Unsinn, Esbort Wolkensturm. Ich will neue Tücher schneiden, keine Hälse oder Schädel.«

Esbort räusperte sich mehrmals. »Nun, äh, ich werde dir Bescheid geben, wenn der Landtrupp aufbricht.«

Der stämmige Axtführer verließ hastig das Heilergebäude. Manchmal war ihm die Heilerin nicht nur unheimlich, manchmal konnte sie ihm sogar Furcht einjagen. Nun, wenigstens ein klein wenig Furcht.

22

Die beiden Matrosen im Vogelnest entdeckten es zuerst. Die lange Stahlröhre des Mastes, in dem die Sprossenleiter auf die Ausgucksplattform führte, leitete den Schall in die Brücke hinunter. Ein wenig hohl, aber deutlich, waren die Worte zu verstehen. »Schiff voraus! Rechtsweisend zehn Grad über dem Bug!«

Automatisch zog Kapitänin Jalena-Gaheni das Teleskop auseinander und setzte es an. »Ich sehe es. Helle Segel, also kein verdammter Korsar.«

»Könnt ihr etwas Genaueres erkennen?«, rief Hosmut zur Plattform hinauf. Er war an die Öffnung getreten, die Mastrohr und Brücke miteinander verband.

»Kleines Schiff, zwei Masten«, schallte es zurück.

»Kurs setzen auf zehn Grad Rechtsweisend«, befahl die Kapitänin und ließ das Teleskop zusammenschnappen. »Das sehen wir uns näher an. Das erste Schiff seit Wochen.«

»Ja, ich dachte schon, wir wären ganz allein auf dem Meer«, brummte Rudergänger Hennerk.

Hosmut sah ihn missbilligend an, verzichtete aber auf eine Bemerkung. Ein wenig ungelenk trat der Erste Offizier neben die Kommandantin und der alte Rudergänger konnte sich ein heimliches Grinsen nicht verkneifen. »Segel«, sagte Hosmut nachdenklich. »Also mit Sicherheit kein Schiff von uns. Wahrscheinlich ein Schiff aus Anram.«

»Es kann auch ein Händler eines anderen Volkes sein«, erwiderte die Kapitänin. »Wir werden es bald erfahren. Wir halten nun direkt darauf zu.«

»Gefechtsbereitschaft?«

Jalena sah den Ersten Offizier kurz an und nickte dann. »Aber nur für die Türme. Keine Soldaten und keine Gefechtsfahne, Erster. Wenn es ein Freund ist, will ich ihn nicht erschrecken.« Sie lächelte knapp. »Aber es kann nie

Schaden, auf alles vorbereitet zu sein. Zudem ist es eine gute Übung.«

Hosmut trat zum rechten Brückenrand, ergriff die dort hängende Glocke und schlug sie mehrmals an. Der durchdringend helle Ton hallte durch das Schiff. »Bereitschaft für die Waffentürme!«, rief er. »Bereitschaft für die Türme!«

Die Schritte der Kanoniere und Kanonenführer waren zu vernehmen, die über die Treppen an Deck stürmten und dann über die Stege zu ihren Waffen eilten. Major Beltron tauchte auf, nickte Hosmut knapp zu und betrat dann an ihm vorbei die Brücke.

»Ein Schiff?«

Jalena nickte. »Zweimaster unter Segeln.«

»Keiner von uns«, stellte Beltron lakonisch fest.

Die Envaar fuhr mit halber Kraft und näherte sich schnell dem entgegen kommendem Schiff. Allmählich wurden Details erkennbar.

»An Brücke«, kam es vom Ausguck. »Ein Kanonenschiff. Es ist beschädigt. Die Segel wehen frei aus. Sieht aus, als würde es sinken, der Bug liegt tief im Wasser.«

Erneut musterte die Kapitänin das fremde Schiff. »Er hat Recht«, brummte sie überrascht. Sie reichte das Teleskop an Beltron. »Liegt vorne sehr tief im Wasser. Die Segel scheinen nur noch Fetzen zu sein.«

Beltron nickte. »Und niemand an Bord zu sehen. Aber es scheint wirklich ein Kanonenschiff aus Anram zu sein.« Er reichte sein Teleskop an Hosmut. »Sie haben die jüngeren und besseren Augen.«

Der Erste Offizier nahm das Instrument mit einer zögernden Bewegung entgegen. »Ich kann Tote an Deck erkennen. Das Schiff ist keinesfalls in einem Sturm havariert. Es wurde angegriffen.«

Jalena-Gaheni nickte. »Gefechtsalarm für das Schiff. Alle auf Kampfstationen. Volle Bereitschaft.«

Der Erste Offizier gab die Befehle weiter. Sofort schien an Bord des Kreuzers das Chaos auszubrechen. Doch die Hektik hatte System und jedes Mitglied der Mannschaft kannte seine Rolle, hatte sie schon auf der Probefahrt des Kreuzers immer wieder geübt. Die häufigen, gelegentlich gnadenlos wirkenden Übungen, zahlten sich nun aus.

In den Quartieren und Aufenthaltsräumen sprangen Männer und Frauen auf, um die Envaar kampfbereit zu machen. Es gab feste Aufgaben für Unterdeck und Oberdeck. Unter Deck wurden in Windeseile alle losen Gegenstände verstaut und befestigt, Säcke mit Brennstein und Kanister mit Wasser wurden zum Maschinenraum gebracht, um die dortigen Vorräte zu ergänzen und die hungrigen Schlünde der Dampfmaschinen zu füttern. Bald würde das nicht mehr möglich sein, denn andere Trupps begannen die wasserdichten Panzertüren zu schließen, die den langen Mittelgang in Segmente teilten. Lecksicherungstrupps nahmen vorbereitete Balken, Metallstempel und Werkzeug auf, verteilten sich im Unterwasserschiff, damit sie bei einem Schaden sofort reagieren konnten.

Der Schiffsheiler und seine Helfer stürmten aus dem kleinen Krankenrevier des Kreuzers, das kaum in der Lage war, die vielen Verwundeten aufzunehmen, die es bei einem Gefecht geben konnte. Sie eilten in die große Mannschaftsmesse und während die Helfer zwei Tische vorbereiteten, breitete der Heiler seine Instrumente aus. Im Nebenraum wurden die Kochfeuer, bis auf eines, gelöscht. Dieses würde heißes Wasser für den Heiler bereithalten. Eimer wurden in die Messe gebracht. Solche mit Sand, den man um die Tische auf den Boden streute, damit der Heiler bei einem Eingriff nicht auf dem Blut ausrutschte und andere, die für die Abfälle der Operationen vorgesehen waren.

Die Seesoldaten legten die breiten Kampfgurte mit den Patronentaschen um und nahmen ihre schweren Bolzengewehre auf. An den Treppen, den Niedergängen, bezogen einige zur Sicherung gegen feindliche Enterer Posten und um Mannschaftsmitglieder an der Flucht, vom Oberdeck in die relative Sicherheit des Unterdecks, zu hindern. Andere hasteten an Deck, um ihre Stationen längs des Schiffes einzunehmen. Vier Mann bezogen Wache auf der Brücke.

Das Dröhnen der Soldatenstiefel unterschied sich deutlich von dem schwachen Geräusch der Bordschuhe oder der nackten Füße der Matrosen. Auf den alten Segelschiffen hatten alle Matrosen barfuß gearbeitet, damit sie leichter in die Masten aufentern konnten. Bei den neuen Dampfschiffen war dies nicht mehr erforderlich und mancher Mann und manche Frau war erleichtert, die Füße durch Schuhe gegen die aufgeheizten Planken des Decks schützen zu können. Dennoch gab es, vor allem unter den älteren Mannschaftsmitgliedern, einige, welche es noch immer bevorzugten, auf das beengende Schuhwerk zu verzichten.

Die Kanonentürme waren bereits bemannt und nun eilten weitere Matrosen an Deck, nahmen die Positionen ein, die ihnen dort im Gefecht zugewiesen waren. Dann legte sich angespanntes Schweigen über das Schiff. Hosmut wandte sich der Kapitänin zu. »Gefechtsbereitschaft hergestellt. Sechs Minuten, Kapitänin.«

»Eine gute Zeit«, murmelte Beltron.

Jalena spähte durch ihr Teleskop. »Gefechtsfahne setzen.«

Am hohen Turm der Aussichtsplattform stieg die riesige Fahne empor, zeigte jedem potenziellen Feind die gepanzerte Faust und das Schwert Telans.

»Turm Zwei signalisiert vierzig Prozent Sättigung im Speicherkristall«, meldete Hosmut.

»Verflucht«, knurrte Beltron. »Die hatten heute Morgen den Sammler weit offen und der Speicher war wieder voll.«

»Das Weißkristall ist fehlerhaft und verliert immer mehr an Leistung«, brummte Jalena. »Wenigstens sind die anderen Türme bereit.« Sie sah Beltron ernst an. »Es sieht allerdings nicht so aus, als drohe uns von dem Schiff eine Gefahr.«

Damit hatte sie unzweifelhaft recht.

Der Kreuzer Envaar näherte sich zusehends dem fremden Schiff und dessen Schäden wurden nun auch ohne Teleskope offensichtlich. Der Segler trieb nahezu fahrtlos, was kein Wunder war. Die meisten Segel waren zerfetzt und hingen in langen Streifen im schwachen Wind, die anderen wiesen Löcher und Risse auf, die wohl von Geschossen stammten. Leinen waren gerissen und baumelten herab. Es war ein Zweimaster mit einer einzelnen Reihe Kanonenpforten in der Breitseite und das Schiff hatte unzweifelhaft im Kampf gestanden und hatte ihn verloren. Ein Teil der Pforten war noch fest verschlossen, die anderen zum Gefecht geöffnet, einige davon hingen schief in ihren Scharnieren. Nur zwei Geschütze reckten ihre Mündungen nach außen. In einer Pforte war der Oberkörper eines Mannes sichtbar, dessen Kopf fehlte. Sein Blut war an der Bordwand herabgesickert.

Ein Teil der dicken Bohlen, aus denen der Schiffsrumpf bestand, war von massiven Geschossen eingedrückt, armlange Splitter ragten hervor. Die Schäden mussten teilweise bis unter die Wasserlinie reichen, denn das Schiff sackte allmählich tiefer, da es Wasser aufnahm. Der Bug lag bereits tief und die See stand dicht unterhalb der geöffneten Pforten. Nicht mehr lange, und sie würde durch die Öffnungen eindringen. Dann würde der Segler sehr schnell sinken.

»Ich glaube, dort finden wir keine lebende Seele mehr«, seufzte Jalena.

»Nein, das Schiff treibt steuerlos. Wer immer es angegriffen hat, er hat es nicht in Besitz genommen.«

»Wozu auch? Noch eine oder zwei Stunden und es wird endgültig sinken und spurlos von der Oberfläche verschwinden.« Jalena schob das Teleskop erneut zusammen und steckte es in ein Futteral unterhalb des Brückenfensters. »Wir werden an Bord gehen. Vielleicht finden wir heraus, gegen wen sie gekämpft haben. Stellen Sie ein

Enterkommando zusammen, Major.« Sie wandte sich an die Rudergänger. »Kurs und Fahrt angleichen.«

Beltron gab seine Befehle. Die Envaar fuhr einen engen Halbkreis, glich ihren Kurs und ihre Geschwindigkeit dem treibenden Wrack an. Langsam und behutsam näherte sich der Kreuzer. Eine Gruppe Seesoldaten hielt sich an der Stelle bereit, wo sich die beiden Rümpfe berühren würden. Durch die weit auslegenden Kanonenplattformen an ihren Breitseiten würde die Envaar nicht längsseits gehen können. Sie würde mit dem Bug an den Segler anlegen. Doch dafür war dieser konstruiert worden. Er bot im Notfall eine breite, ausladende Rampe für ein Enterkommando. Das Manöver war schwierig, da der Segler sich langsam bewegte und rasch abtreiben konnte, ohne dass der Kreuzer dies ausgleichen konnte. Daher hasteten auch zwei Trupps von Matrosen zum Bug, um beide Schiffe mit Wurfleinen zu verbinden.

Dann war es soweit.

Ganz sanft stießen die beiden Schiffe aneinander. Wurfleinen flogen hinüber und ihre stählernen Haken krallten sich in die Reste der hölzernen Reling. Auf dem Deck des Wracks waren Leichen zu erkennen und eine von ihnen bewegte sich unter dem schwachen Stoß und rollte zur Seite, als herrsche noch immer etwas Leben in ihr. Aber auf diesem Wrack lebte niemand mehr, das zeigten die zahlreichen Toten und Blutflecken, die an Deck sichtbar waren.

»Seesoldaten vor«, befahl Beltron.

An der Spitze einer Gruppe von zwanzig Männern und Frauen setzte er über. Am Heck des Wracks lagen die Decks fast auf gleicher Höhe und der metallene Steg, den man hastig vom Bug übergelegt hatte, wies nur eine geringe Neigung auf. Die Soldaten schwärmten sofort auf das Deck des fremden Schiffes aus, sicherten mit ihren Waffen die Niedergänge, die ins Innere des Schiffes führten. Eine Gruppe verschwand unter Deck, tauchte nach einigen Augenblicken wieder auf und gab dem Major ein Zeichen.

Erst jetzt gab Beltron der Kapitänin das Zeichen, ebenfalls überzusetzen. Sie übergab Hosmut das Kommando und ging zum Bug der Envaar, der sich im leichten Wellengang an der Bordwand des Seglers rieb. Matrosen sicherten den Steg mit Leinen und Jalena ignorierte das unangenehme Gefühl, dass sie automatisch beschlich, als sie das Wrack betrat.

Schweigend betrachtete sie die Spuren eines erbitterten Kampfes.

Planken waren gesplittert, Blut auf dem Holz getrocknet. Kerben waren überall zu erkennen, wo Äxte oder Schwerter ins Holz gefahren waren. Das Ruderrad war halb zerstört. Ein massives Geschoss hatte ein gutes Drittel des Doppelrades und der Trommel mit sich gerissen, über welche die Ruderzüge geführt waren. Dort, am Steuer des Schiffes und an den beiden Niedergängen, die ins Innere führten, lagen die meisten Toten.

Jalena zuckte kurz zusammen, als sie an der Reling den abgetrennten Kopf eines Mannes erkannte. Die aufgerissenen Augen schienen sie anklagend anzustarren, bis der Schädel sich im Wellengang drehte.

»Unter Deck sieht es weit schlimmer aus«, sagte eine Unterführerin mit bleichem Gesicht. »Dort liegen eine Menge Leichen.«

Jalena nickte gedankenversunken. »Ich muss sie mir ansehen.« Sie deutete zum Heck des Wracks. »Sie haben keine Gefechtsfahne gesetzt.«

Beltron nickte. »Ja, sie müssen völlig überrascht worden sein. Sie haben sich zwar noch zur Wehr gesetzt, aber sie wurden unzweifelhaft überrascht.«

»Ein fremdes Schiff hätte sie niemals unvorbereitet getroffen«, seufzte Jalena.

»Ein eigenes Schiff, mit einer meuternden Besatzung?« Beltron biss sich auf die Lippen.

»Oder ein eigenes Schiff, welches zuvor vom Feind erobert wurde und sich als scheinbarer Freund näherte.« Sie sah den Major ernst an. »Das hat es schon gegeben.«

»Eine hinterhältige Niedertracht«, knurrte Beltron. »Man kämpft unter seiner Fahne oder seinem Zeichen. Selbst die Schwarmschiffe der Korsaren tun das. Ohne die eigene Fahne gesetzt zu haben, das … das wäre …«

»Unehrenhaft?« Jalena lachte kalt. »Wer hier kämpfte, dem ging es nicht um Ehre. Die Besatzung wurde gnadenlos niedergemacht. Kommen Sie, Major, sehen wir uns unter Deck um.«

»Sie sollten sich beeilen, Kapitänin«, meinte einer der Seesoldaten. »Es kann nicht mehr lange dauern, bis das Schiff versinkt.«

Da das Schiff sich zum Bug deutlich neigte, war der Abstieg über die Treppe unbequem. Unter Deck waren die Spuren des Kampfes noch weit brutaler, denn hier sah man die Opfer in dichten Gruppen. Dutzende von Männern waren hier gestorben. Einige wohl an ihren Geschützen und durch die Kugeln des feindlichen Schiffes, wie die Verstümmelungen verrieten. Ein Matrose lag unter seinem umgestürzten Geschütz, schrecklich verbrannt von dem glühend heißen Rohr. Blut war bis zu der niedrigen Decke hinauf gespritzt.

»An den Niedergängen wurde besonders erbittert gekämpft.« Jalena betastete Splitter und Kerben in der Treppe und dem Umfeld. »Sie wollten verhindern, dass der Feind unter Deck gelangte. Dort vorne hat man sogar ein Geschütz gedreht, um die Treppe unter Feuer zu nehmen. Verdammt, dabei hätten sie sich selbst das halbe Heck weggeschossen. Was für ein Wahnsinn muss hier getobt haben?«

»Wer oder was auch immer dieses Gemetzel angerichtet hat, man kannte keinerlei Gnade. Diese Verstümmelungen sind furchtbar.«

Jalena wies über die Toten. »Sehr vielen fehlen Kopf oder Gliedmaßen. Das ist ungewöhnlich. Es ist viel leichter, einem Mann die Klinge in den Leib zu rammen, als ihm den Kopf oder Arm abzuschlagen.«

Beltron nickte und untersuchte einige der Toten genauer. »Ich finde keinerlei Wunden von Äxten, Spießen oder Schwertern. Als hätte der Feind eine wahnsinnige Freude daran empfunden, den armen Männern die Gliedmaßen abzutrennen. Furchtbar.«

Sie zuckten zusammen, als hinter ihnen ein Dröhnen erklang. Eine massive Kanonenkugel hatte sich, aufgrund der Neigung des Wracks, aus ihrem Gestell gelöst und rollte nun polternd über die Planken auf den Bug zu.

»Wir sollten das Schiff verlassen.« Beltron wies nach vorne. »Das Wasser erreicht fast schon die vorderen Pforten. Bald strömt es ein.«

»Ziehen Sie die Truppe vom Schiff zurück. Ich will nur noch rasch in die Heckkabine des Kapitäns gehen.« Jalena sah, wie Beltron sie zweifelnd ansah. »Nun gehen Sie schon, Major, ich komme gleich nach.«

Während die Seesoldaten das Wrack verließen, begab Jalena sich in die Unterkunft des Kapitäns. Wenig später erschien sie an Deck und begab sich zum Heck des Schiffes. Beltron nickte anerkennend, als sie endlich wieder an Bord der Envaar anlangte.

»Ich hätte selbst daran denken sollen«, räumte er ein.

Das Holz des Wracks schien zu stöhnen, als es sich ruckartig ein Stück vorneigte.

»Halbe Fahrt zurück«, befahl Jalena. »Das Wasser strömt über die Pforten ein. Ich will nicht in den Sog geraten, obwohl ich kaum glaube, dass er uns etwas anhaben wird.«

Stampfend löste sich die Envaar von dem anramischen Kriegsschiff. Am Heck des Seglers bewegte sich buntes Tuch, die Fahne des Königreiches von Anram. Die Kapitänin hatte es an die Reste der Reling geknotet.

»Wenn sie auch nicht unter ihrer Fahne kämpfen konnten«, sagte sie nun leise, »so mag ihre Fahne sie doch zur letzten Ruhe geleiten.«

Ohne dass ein Befehl gegeben worden wäre, ging die Besatzung der Envaar in den Ehrensalut, als das Wrack nun unter die Wasseroberfläche glitt und langsam in die Tiefe des Meeres eintauchte. Blasen stiegen auf, einige Trümmer und Leichenteile waren zu sehen, während die Masten verschwanden und das Heck sich immer steiler erhob. Als letztes verschwand die Fahne Anrams im Wasser. Der Sog des Schiffes nahm auch die Toten in die Tiefe und schließlich kündeten nur noch einige Holzteile vom Untergang des Seglers.

Jalena-Gaheni stieg wieder zur Brücke empor. Sie sah Hosmut ernst an, noch ganz unter dem Eindruck dessen, was sie alle gerade erlebt hatten. »Von jetzt an bleibt die Kampfbereitschaft bestehen. Ein Drittel auf Stationen, die anderen in Bereitschaft.«

Sie trat an das Brückenfenster. »Kurs aufnehmen, Süd, dreiviertel Fahrt«, befahl sie.

Während die Rudergänger bestätigten, trat Hosmut neben sie. Jalenas Blick war kalt und drohend, während sie auf die See blickte. »Wer auch immer den Segler überrascht und überwältigt hat, die Envaar wird sich weder überraschen noch überwältigen lassen.«

23

Theon Klugweil stand am Steg der Plattform und machte nachdenklich seine Zeichen in die Tontafel. Abschätzend betrachtete er sein Schiff. Als Handelsherr des Clans verfügte er über die drei einzigen größeren Schiffe der schwimmenden Stadt. In ihren dickbauchigen Rümpfen wurden Waren aller Art transportiert, von feinen Stoffen bis zu halb gezähmtem Vieh. Im Gegensatz zu den flachen und mit einem Rammsporn versehenen Ruderschiffen, waren die Handelsschiffe mit zwei hohen Masten versehen, an denen dreieckige Gaffelsegel aufgezogen werden konnten. Eigentlich schätzten Zwerge keine luftigen Höhen und das war auch der Grund, warum man nicht die breiten oberen Mastausleger für Rahsegel verwendete. Hier befand sich ein riesiger Ausleger im unteren Mastbereich, an dem die Basis der Dreiecksegel festgemacht war. Über Leinen und Rollen wurden deren Spitzen dann bis unter die Ausgucksplattformen hoch gezogen. So brauchten nur jene Zwerge nach oben aufzuentern, die sich auch auf den Blick in die Ferne konzentrieren konnten und nicht ängstlich bemüht waren, den Halt nicht zu verlieren. So mutig die Schürfer der Meere auch in den Tiefen der See waren, so nah an den Wolken fühlten sie sich nicht wohl.

Für Theon Klugweil hatte es nie eine Alternative zu den Segeln gegeben. Ruder erforderten viele Zwerge und deren Quartiere und Verpflegung kosteten wertvollen Frachtraum. Da die Schiffe der Zwerge der Meere aus Holzmangel nicht sonderlich groß waren, war Platz doppelt kostbar.

Eines der Schiffe war unterwegs zum Handel mit einer der Kristallstädte an Land und Theon standen nur zwei zur Verfügung, um das überlebenswichtige Wasser und Holz zu transportieren. Daher achteten er und seine Männer sehr genau darauf, dass die Fässer in Ordnung waren, die man an Bord der Schiffe brachte. Normalerweise wurden die Fässer auf ihre Dichtigkeit überprüft, in dem man sie füllte.

Aber sie hatten nicht genug Wasser zur Verfügung, um es dafür verwenden zu können. Auch eine Überprüfung mit dem salzhaltigen Meerwasser verbot sich, da man die Fässer danach ausspülen musste. Man hätte es dennoch tun können, aber dann die Fässer auf der Insel auswaschen müssen. Das nahm Zeit in Anspruch, viel Zeit und die Insel, die man anlaufen würde, bot nicht nur Trinkwasser und Holz, sondern auch unfreundliche Eingeborene.

Theon machte erneut ein Zeichen, sah seinen Steuermann an, der oben auf Deck stand und sah dessen nicken. »Zweihundertfünfzehn Fässer«, brummte der Händler. »Wir sind voll bis zur Oberdeckkante.«

Der Steuermann nickte erneut. »Die Herren Axtschläger werden wenig Platz finden. Vor allem auf der Rückfahrt, wenn wir noch die Stämme laden.«

Theon schob Tontafel und Stift hinter seinen Leibriemen und strich nachdenklich über seine Bartzöpfe. »Wir werden sie außen am Rumpf anbinden. Das schafft Raum an Deck.«

»Ist aber nicht ungefährlich. Wenn sie beim Wellengang an die Bordwand schlagen, kann sie Schaden erleiden. Ich würde vorschlagen, sie am Heck anzubinden und zu schleppen.«

»Du hast recht, ich hätte selber darauf kommen sollen«, seufzte Theon. »Achte darauf, dass alles gut verstaut ist und wir die Fässer schnell ausladen und wieder einladen können. Ich war erst ein Mal auf dieser verfluchten Insel und, glaube mir, dieser Besuch reicht mir.«

»Der Axtführer stellt eine gute Mannschaft an Axtschlägern auf«, erwiderte der Steuermann. »Und die Arbeitstrupps sind auch noch da. Wir werden mit Allem fertig, was sich uns in den Weg stellt.«

Theon lächelte wehmütig. »Man merkt, dass du noch nicht dort warst, mein Freund.« Der Handelsherr des Clans der Eldont´runod seufzte leise. Er hielt nicht viel von Gewalt, die wertvolle Leben und Besitz zerstörte, wo der

Handel doch gegenseitigen Wohlstand brachte. Aber manchmal halfen keine Worte und dann musste man in der Lage sein, sein Leben zu verteidigen. Auch Theon hatte es, wie jeder Zwerg, gelernt, mit einer Axt umzugehen, sie aber noch nie ernstlich gegen einen Feind schwingen müssen. »Ich werde nach Esbort Wolkensturm sehen und ihm sagen, dass die Schiffe bereit sind. Auch bei günstigem Wind werden wir zwei Tage benötigen, um die Insel zu erreichen und je eher wir aufbrechen, desto eher werden wir zurück sein.«

Der Handelsherr machte sich auf den Weg, den Axtführer des Clans zu suchen. Wahrscheinlich würde er im Zentrum zu finden sein, wo er für alle gleichermaßen zu erreichen war. Noch immer wurde in der schwimmenden Stadt gehämmert und gesägt, um Schäden zu beheben, aber das Material begann knapp zu werden. Esbort Wolkensturm war im Augenblick der Fels in der Brandung der auf ihn einstürmenden Bedürfnisse.

Die Schmiede wollten Metall und Brennstein, da ihre Vorräte zu Neige gingen, die Viehhüter brauchten Futter für das Hornvieh, die Schreiner brauchten Holz, die Seiler Pflanzen für die Taue, die Schneiderinnen Wolle und Leder für die Kleidung, und sie alle brauchten Holz und Wasser. Noch gab es genug Trinkwasser, aber Esbort musste das letzte Holz mit Bedacht ausgeben. Mancher aufflammende Streit war zu schlichten, was der Ratsherr Wolkensturm mit Verständnis und gelegentlich aufbrausendem Temperament zuwege brachte.

Esbort saß in der Ratshalle, die nahezu unversehrt geblieben war und versuchte die erforderliche Geduld aufzubringen, den Männern und Frauen zuzuhören, die ihm ihre Anliegen unterbreiteten. In dieser Situation vermisste er Bernbrat Wellenschlag besonders, denn der Älteste des Rates hatte eine Weisheit und Ruhe, die das hohe Alter mit sich brachte und die Esbort fehlte. Das wurde dem Axtführer der Stadt zunehmend deutlich, wenn das typische Temperament des Zwergenvolkes bei den Antragstellern durchbrach.

Mit erzwungen gleichgültiger Miene hatte er dem heftigen Disput zweier Zwerge gelauscht, die gleichermaßen nach Holz verlangten und die weißen Knöchel der Hand, mit der er seine Axt hielt, verrieten, wie sehr er sich beherrschen musste. Schließlich stieß er den stumpfen Stiel mehrmals hart auf den Boden. »Ruhe, verdammt«, brüllte er wütend. »Was ist das für ein Benehmen, hier in der Halle des Rates? Ihr schnattert durcheinander wie Federvieh.«

Er deutete mit der Schneide auf einen der beiden Kontrahenten, einen der Schmiede der Stadt. »Du, bring dein Begehren vor.«

Der Schmied sah den anderen triumphierend an und rekkte trotzig sein Kinn vor. »Du weißt, ich bin ein guter Schmied, Ältester Wolkensturm und ich mache gute Arbeit.« Er strich an seinen Bartzöpfen entlang. »Nach dem Sturm haben sich viele Beschläge und Eisen gelockert oder sind verbogen. Sie müssen ersetzt oder repariert werden. Und wir brauchen neue Nägel, viele davon.«

»Und dafür brauchst du Eisen«, brummte Esbort.

»Ach, daran mangelt es mir noch nicht. Vieles von dem alten lässt sich einschmelzen und neu bearbeiten. Ich verstehe mich darauf, das Eisen zu erhitzen und zu falten und mit kraftvollen Schlägen …«

»Ich will dein Eisen nicht erwerben, Schmied.«

»Ja, nun, also, ich muss es erhitzen, Axtführer.« Der Schmied zupfte erneut an seinen Bartzöpfen. »Ohne Hitze kann ich es nicht …«

» …falten und mit kraftvollen Schlägen, ich weiß.« Esbort stieß ein vernehmliches Knurren aus und musterte grimmig die Versammlung der Männer und Frauen, die sich in der Ratshalle drängten. »Zur Sache, Freund Schmied. Was benötigst du?«

»Nun, bei dem schweren Sturm … Du weißt, Esbort Wolkensturm, es war ein sehr schwerer …« Der Schmied errötete und nickte hastig. »Holz, das ist es, was ich brauche.« Er ignorierte den wütenden Protest des Schreiners, der neben ihm stand. »Die Brennsteinvorräte wurden nass und brauchen noch Zeit, um ausreichend zu trocknen. Um die Beschläge und Nägel zu fertigen, brauche ich Hitze. Holz brennt nicht so heiß, wie der Brennstein, aber mit meinem guten Blasebalg vermag ich …«

»Verstehe, verstehe«, sagte Esbort hastig und gebot dem Schmied, zu schweigen. Esbort sah den Schreiner an. »Nun sehe ich auch dein Problem. Du willst sicher das Holz für deine Arbeiten, nicht wahr?«

»Türen, Fenster und Sturmläden müssen gerichtet werden, damit wir auf den nächsten Sturm vorbereitet sind«, sagte der Schreiner hastig. »Auf den Viehflößen müssen die Gatter repariert werden, von den Möbeln in den Häusern ganz zu schweigen. Ich bin ein guter Schreiner und gewiss kein Holzverschwender, Esbort Wolkensturm, aber ohne Holz …«

»Gut, gut, schon verstanden.« Esbort sah die Versammelten scharf an. »Noch jemand, der Brennstein oder Holz begehrt?«

»Ich muss kochen, Axtführer«, rief eine Frau und einige andere stimmten ihr eifrig zu.

»Die Aussichtsplattform im Süden ist noch nicht gerichtet«, wandte ein Axtschläger ein. »Wenn Gefahr droht, können wir sie nicht rechtzeitig erkennen.«

Erneut begannen die Stimmen durcheinander zu schwirren, bis Esbort die Axt mehrmals wuchtig auf den Boden stieß. »Ruhe!«

Esbort erhob sich. »Die gröbsten Schäden sind beseitigt«, sagte er mit erhobener Stimme. »Wenn kein zu schwerer Sturm kommt, wird die Stadt ihn überstehen. Ich sagte, ihr sollt ruhig sein, verdammt!« Erneut schlug der Stiel auf den Boden. »Morgen werden wir aufbrechen und Wasser und Holz herbei holen. In wenigen Tagen wird kein Mangel mehr herrschen. Vorrang hat die Aussichtsplattform im Süden. Sie muss hergerichtet werden.«

»Ja, typisch Axtschläger«, rief eine männliche Stimme.

»Die Plattformen geben uns einen hohen Stand und die Möglichkeit, Gefahr aus der Ferne zu erkennen«, brüllte Esbort wütend. »Das hat Vorrang vor einer warmen Mahlzeit, einem bequemen Bett oder eisernen Nägeln!« Er sah zur Tür hinüber, in der ein Zwerg auftauchte und eifrig winkte. »Verdammt, was ist?«

»Die Heilerin ruft nach dir. Es geht um Bernbrat.«

Ein Raunen ging durch die Versammlung. Alle sorgten sich um den Ältesten des Clans und Esbort schulterte seine Axt und trat vom Podest herunter. »Geht nun wieder an eure Arbeit, ihr Männer und Frauen des Clans. Ich werde euch sagen, was es neues von Bernbrat gibt.«

Er stapfte an den anderen vorbei und folgte dem Boten zum Haus der Heilerin. Die meisten anderen folgten, denn jeder war neugierig, was es wohl gab.

Nendia empfing den Axtführer mit besorgtem Gesicht. »Das Fieber ist nicht gesunken und ich kann nun eine Schwellung am Schädel fühlen.«

Esbort erblasste ein wenig. »Ich verstehe. Du willst seinen Schädel öffnen?«

»Ich fürchte, ich muss es tun, Esbort Wolkensturm, oder unser Ältester wird seine letzte Reise antreten.«

Der Axtführer seufzte vernehmlich und nickte dann zögernd. »Sag mir, was du benötigst.«

»Es ist alles vorbereitet, Esbort. Aber ich kann noch ein paar kräftige Hände gebrauchen.« Sie sah ihn auffordernd an. »Es ist ein schwieriger Eingriff und der Älteste darf sich dabei nicht bewegen. Leider habe ich nicht genug Leonemen-Kraut, um ihm die Schmerzen zu nehmen.«

Esbort räusperte sich. »Gib ihm Brennwasser. Wenn er genug davon getrunken hat, verspürt er ebenfalls keinen Schmerz mehr.«

»Das geht nicht, Esbort.« Nendia zuckte bedauernd die Schultern. »Du weißt selbst, wie sehr der Genuss von

Brennwasser unser Temperament steigert. Wir werden streitbar und das Blut fließt schneller.«

»Keiner würde es wagen, den Ältesten anzurühren«, knurrte Esbort grimmig.

»Ich meine nicht das Blut einer netten Schänkenschlägerei«, wandte sie ein. »Aber das Brennwasser macht das Blut dünner, du verstehst? Es fließt schneller.«

Esbort kratzte sich im Nacken. So richtig verstand er nicht, was sie damit meinte. Erneut seufzte er. »Sag einfach, was zu tun ist und es wird getan werden.«

»Rufe noch zwei deiner kräftigsten Axtschläger.«

Schließlich gingen sie ins Obergeschoss hinauf, wo Bernbrat Wellenschlag auf seinem Bett lag. Die schöne Besana war gerade dabei, seinen Kopf mit einer scharfen Klinge zu rasieren.

»Achte darauf, dass keine Haare dort verbleiben, wo ich schneiden und bohren muss«, sagte Nendia zu ihrer Tochter und deutete auf einen Tisch. »Den stellt mir in die Mitte des Raumes, wo ich gutes Licht habe. Legt Decken darauf, damit Bernbrat weich liegt. Ihr müsst ihn nachher gut festhalten. Ich will ihn nicht anbinden, denn seine alten Knochen sind empfindlich. Eure Hände können ihn gefühlvoller festhalten.« Sie sah Esbort und seine Axtschläger forschend an. »Wenn es euch übel wird, dann sagt es rechtzeitig. Ich will nicht, dass mir einer von euch auf den armen Bernbrat stürzt.«

»Jeder von uns hat schon seine Axt in Blut getaucht«, brummte einer der Axtschläger.

»Nun, wie ihr meint.« Sie deutete auf eine Frau, die an einem der anderen Patienten stand. »Bring mir jetzt die sauberen Tücher und das heiße Wasser.«

Die Heilerin trat zu Bernbrat, beugte sich vor und untersuchte den rasierten Schädel. »Sehr gut, Besana. Du musst immer daran denken, dass jede Form von Schmutz in der Wunde oder auch nur ein Haar, zu bösen Entzündungen führen kann. Hast du ihn dort geschnitten?«

Nendia wies auf eine deutliche Wölbung am Schädeldach, wo ein paar Blutstropfen hervor quollen und über den Schädel rannen. Besana nickte. »Es lag an der Beule.«

Nendia legte ihrer Tochter die Hand auf die Schulter. »Ich werde dort schneiden. Komm, säubern wir uns, während Esbort und die Axtschläger Bernbrat auf den Tisch heben.«

Wenig später lag der Alte auf dem Tisch und Esbort spürte die Sorge um den alten Freund, während er der Heilerin und ihrer Tochter bei den Vorbereitungen zusah. Was er sah, erfüllte ihn mit beachtlichem Unbehagen. Ein merkwürdiger Bohrer, der wie ein Ring aussah und sehr feine Zacken aufwies, die üblichen scharfen Messer und einen metallenen Löffel. Dazu Nadel, Zwirn, Tuchstreifen und ein Tiegel mit einer übel riechenden, schwarzen Masse, deren Zusammensetzung er lieber nicht wissen wollte.

»Alles Bestens«, brummte er, als er die skeptischen Blikke seiner Männer sah. »Die Heilerin weiß, was sie tut.«

Nendia sah die Axtschläger auffordernd an. »Haltet ihn gut fest. Er ist zwar nicht bei Sinnen und dürfte nichts spüren, aber ich muss sicher sein, dass er sich nun nicht bewegt. Du, Esbort, halte seinen Kopf zwischen deinen Händen. Nein, etwas höher. Gut so.«

Der Schnitt durch die Kopfhaut des alten Freundes setzte dem Axtführer noch nicht zu. Aber als die Heilerin ein kleines Stück der Schwarte zur Seite klappte, kurz Blut abtupfte und dann den ringförmigen Bohrer ansetzte, da wandte er doch den Kopf.

»Hier ist der Knochen gesplittert«, murmelte die Frau nachdenklich. »Nur ein kleines Stück, aber es sieht aus, als sei ein Teil davon in den Schädel eingedrungen. Das hier ist getrocknetes Blut.« Sie beugte sich vor. »Es riecht nicht entzündet, das ist gut.«

Esbort hörte das leise Knirschen, mit dem sich Metall in Knochen fraß und spürte über seine Hände den leichten Druck, denn Nendia dabei ausübte. Er sah die aufgerissenen Augen eines seiner Axtschläger und schüttelte den Kopf. »Nicht hinsehen.«

Hendebart Zweischlag ächzte vernehmlich. Er gehörte zu Esborts erfahrensten Männern und scheute keinen Kampf, aber der Anblick dessen, was Nendia nun tat, war zuviel für ihn. Sein Gesicht verlor die Farbe und der stämmige Mann begann unmerklich zu schwanken. Dann fiel er haltlos hintenüber.

Nendia war auf ihre Arbeit konzentriert, assistiert von Besana, die kurz den Kopf wandte. »Schafft ihn zur Seite. Ein anderer soll an seine Stelle treten.«

Zwei Männer traten heran, zogen Hendebart rasch vom Tisch fort und Esbort erkannte überrascht Varnum Säulenfund, der seinen Platz einnahm. »Das hier ist blutiges Handwerk«, brummte Esbort. »Es könnte dir zuviel werden.«

Auch Varnums Gesichtsfarbe war heller als gewöhnlich, aber er schüttelte entschlossen den Kopf. Fest und sicher packten seine Hände zu.

»Es ist geronnenes Blut«, seufzte Nendia. »Da, Besana, kannst du den Knochensplitter sehen? Ein großes Glück für Bernbrat. Warte, ich halte fest, dann kannst du ihn mit dem kleinen Greifer herausziehen.«

»Wir werden bald aufbrechen, um Wasser und Holz zu holen«, sagte Esbort leise zu Varnum, um sich und die anderen ein wenig abzulenken. »Theons Schiffe müssten nun vorbereitet sein.«

Varnum bemerkte die unausgesprochene Aufforderung im Blick des Axtführers. »Ich würde gerne mitfahren.«

»Das wollte ich hören«, schnaufte Esbort erleichtert.

Varnums Blick war ein wenig traurig. »Hast du vom Grimmzwerg gehört, Axtführer?«

»Wer hat das nicht?«, murmelte einer der anderen Männer.

Esbort sah den Kämpfer mahnend an. »Manche Männer und Frauen sind noch immer ein wenig abergläubisch«, knurrte er leise. »Sie glauben noch immer an den Grimmzwerg ihrer Kindertage oder den Schwarzen Lord der Finsteren Mächte, fern im Osten. Legenden aus alten Tagen.«

»Wie der Goldene Grund«, sagte Varnum leise.

»Das ist etwas anderes. Den gibt es wirklich.« Esbort errötete ein wenig. »Ich weiß, noch haben wir ihn nicht gefunden, aber eines Tages wird das der Fall sein.«

»Auch den Grimmzwerg gibt es.« Einer der Männer sah sich vorsichtig um, als könne das unheimliche Wesen hinter ihm lauern. »Denkt an den Sturm. Denkt an den Säulenfund. Ein toter Zwerg wies den Weg. Ein böses Omen, sage ich euch.«

»Es sieht gut aus.« Nendia hob den Blick und sah die Männer an. »Ich werde eine kleine Goldplatte über die Öffnung legen. Bei einem jüngeren Mann wäre es wohl nicht erforderlich, aber Bernbrat ist schon ein wenig betagt. Seine Knochen werden nur schwer wieder heilen. Besana, vernähst du dann die Wunde?«

Varnum sah zu der hübschen Zwergin, die konzentriert arbeitete. Bei dem herrschenden Licht schien ihre Augenfarbe zwischen einem kräftigen Blau und einem irisierenden Grün zu wechseln, ein Anblick, der Varnum irritierte und zugleich faszinierte. Für einen kurzen Moment trafen sich ihre Augen und Varnum spürte eine Welle von Hitze durch seinen Körper jagen.

Auf der Treppe wurden schwere Schritte hörbar und jemand hüstelte unterdrückt. »Wie weit ist es?«, erklang Theon Klugweils Stimme. »Hier unten gibt es viele besorgte Männer und Frauen.«

»Sag ihnen, es geht dem Ältesten gut«, versicherte Nendia. »Die Wunde ist vernäht und alles ging gut. Jetzt müssen wir die nächsten Tage abwarten. Sinkt das Fieber, wird er wieder gesund werden.«

»Eine gute Nachricht.« Theon zog erfreut an seinen Bartzöpfen. »Dann können wir wohl aufbrechen, Esbort Wolkensturm. Die Schiffe sind bereit.«

Der Axtführer nickte erleichtert. »Dann lasst uns nicht mehr zögern. Ich kann ein wenig frische Seeluft brauchen.«

24

Der Untergang des anramischen Kriegsschiffes war nicht spurlos an der Besatzung der Envaar vorüber gegangen. Beim Auslaufen aus dem telanischen Hafen Alatan war die Gefahr nur imaginär und weit entfernt gewesen, aber der Anblick des sinkenden Seglers hatte den Männern und Frauen vor Augen geführt, wie nahe der Tod war. Es war ein bedrückender Anblick für einen Seefahrer, ein Schiff versinken zu sehen und das verschonte weder die erfahrenen noch neuen Matrosen an Bord. Für eine Weile schienen viele unter einer Art Schock zu stehen, aber dann wandelte sich die Stimmung und machte einer ernsthaften Entschlossenheit Platz. Sie wussten nun, dass der königliche Kreuzer einer Gefahr entgegen fuhr und würden alles daran setzen, dass ihr Schiff nicht das Schicksal des Seglers teilte.

Die Zeit von Nachtdunkel und Ruhe war gerade vorüber und am Horizont erschien das Glühen des Morgenrotes, dass die Konturen des Schiffes in rötliches Gleißen tauchte. In den Kochstellen wurden die Feuer für das Frühstück geschürt, verschlafene Männer und Frauen bereiteten sich auf Wachwechsel und Tagesdienst vor.

Kanonenführer Harbart gehörte zu den Ersten, die an Deck eilten. Die Sorge um seinen Turm Zwei trieb ihn über den Verbindungssteg und als sein Kanonier ihm folgte, hörte der das entsagungsvolle Seufzen Harbarts.

»Die Sättigung im Speicherkristall ist über Nacht auf zehn Prozent gesunken.« Harbart trat wütend gegen die Bettung der Waffe. »Turm Zwei können wir vergessen. Verfluchter Dung, dieser verdammte Weißkristall taugt nicht einmal als Schmuckstein.«

»Das wird die Kapitänin nicht freuen«, brummte der Kanonier.

»Was wird mich nicht freuen?«

Harbart blickte auf und sah die Kommandantin neben seinem Freund stehen. »Turm Zwei ist auf zehn Prozent runter, Kapitänin.«

»Ich verstehe.« Jalena-Gaheni schürzte enttäuscht die Lippen. Sie war ebenfalls gerade erst aufgestanden und schloss nun den letzten Knopf ihrer Uniformjacke. »Die Waffe fällt also aus, Kanonenführer?«

»Wir hatten gestern gute Sonne, Kapitänin, und den Sammler weit offen. Trotzdem kamen wir bis zum Abend nur auf fünfunddreißig Prozent Sättigung.«

»Die über Nacht auf Zehn gesunken sind.« Jalena betrachtete nachdenklich die Lichtdruckwaffe. »Ein letzter Versuch bleibt uns noch.« Sie sah zum Aufbau des Schiffes, wo sich hinter dem Mast des Ausgucks der Hauptsammler erhob.

»Ziemlich riskant«, seufzte Harbart. »Das Schiff muss ruhig liegen, wenn wir eine Kristallleitung legen sollen. Und wir haben es erst ein einziges Mal geübt.«

Jalena nickte. »Wir werden es trotzdem versuchen. Die See ist ausnehmend ruhig und es gefällt mir nicht, auf eine meiner Waffen verzichten zu müssen.«

Der Kanonenführer zuckte die Schultern. »Nun, es ist wohl einen Versuch wert.«

Die Kapitänin sah ihn ernst an. »Du trägst dabei das größte Risiko, Kanonenführer. Zusammen mit deinem Kanonier.« Sie sah zu Harbarts Freund. »Es ist nur richtig, wenn ich euch die Entscheidung überlasse.«

Die beiden Männer sahen sich kurz an und nickten dann zögernd. »Versuchen wir es, Kapitänin.«

Die Envaar war als erstes Schiff der königlichen Marine Telans mit einem Hauptsammler versehen worden. Ein Sammler mit Weißkristallspeicher, der wesentlich größer als jene war, die sich auf den Lichtdruckkanonen befanden. Dieser Hauptsammler hatte keine feste Verbindung zu den Waffen, dennoch war es sein Zweck, diese mit Energie zu versorgen. Allerdings nur, wenn das Schiff fest verankert war. Die Envaar hatte von ihren Konstrukteuren die Möglichkeit erhalten, als schwimmende Batterie zu dienen und so einen Hafen oder eine Küstenstadt zu schützen. Dabei wurden starre Verbindungsleitungen, aus Prismen und Weißkristall, vom Hauptsammler zu den Waffen errichtet, welche ihnen Energie zuführten. Diese Verbindungsleitungen waren jedoch sehr empfindlich gegen Belastungen und konnten daher nur aufgebaut werden, wenn das Schiff vollkommen ruhig vor Anker lag.

Jalena-Gaheni trat auf die Brücke, nahm die Grüße der Wache entgegen und trat neben Leutnant Pheros. »Wir werden versuchen, Turm Zwei mit dem Hauptsammler zu verbinden. Treffen Sie die erforderlichen Vorbereitungen, Leutnant.«

Der junge Offizier erbleichte ein wenig, salutierte und gab dann die notwendigen Befehle.

Matrosen erschienen an Deck und am Aufbau wurde eine Klappe geöffnet, hinter der Röhren, Streben und Winkelelemente sichtbar wurden, alle sorgfältig gesichert. Die Männer und Frauen begannen einige der Teile zu lösen, eine andere Gruppe entfernte ein Stück der Reling. Rechts und links des Steges, der zu Turm Zwei führte, wurden stützende Elemente verankert, während Harbart und sein Kanonier Melekas den Sammler des Kanonenspeichers öffneten und ein Verbindungsstück am oberen Ende anbrachten. Am Hauptsammler wurde ein anderes Prisma angebracht. Zwischen beiden Teilen begann die Leitung Gestalt anzunehmen. Im Grunde bestand sie aus schlanken Säulen Weißkristall, die mit einer schützenden Metallröhre umgeben waren.

»Seid vorsichtig«, mahnte Waffenoffizier Marten nervös. »In den Kristallen darf kein Bruch entstehen. Achtet darauf, ob ihr ein klirrendes Geräusch hört, das zerspringendem Glas gleicht.«

Seine Unruhe war nur zu verständlich, denn eine geborstene Kristallleitung, deren Schaden nicht bemerkt und die mit Lichtenergie durchflutet wurde, konnte eine verheerende Katastrophe auslösen. Ein einziges Mal war dies geschehen, glücklicherweise bei einem Versuch und es hatte nur wenige Leben und den alten Kreuzer Vespanaar gekostet. Eine geborstene Leitung hatte die Sonnenenergie als glühenden Strahl durch das Deck in den Maschinenraum des Schiffes geleitet. Ein verheerender Zufall, der zur Explosion der Dampfkessel und des Kreuzers geführt hatte.

Metallene Manschetten wurden über die Verbindungen gelegt und behutsam festgezogen. Marten prüfte jedes der Segmente der Leitung und ihre Stützen, deutete an zwei Stellen auf die Schrauben und ließ sie etwas fester ziehen. Schließlich wandte er sich Jalena-Gaheni zu und nickte.

»Maschine auf Neutral, Schiff treiben lassen«, befahl die Kapitänin den Rudergängern. »Hosmut, achten Sie darauf, dass wir nicht seitlich in die Strömung geraten.«

»Ich habe einen Treibanker am Heck vorbereitet, Kapitänin.«

Jalena nickte anerkennend. »Ein guter Gedanke, Erster. Lassen Sie ihn ausbringen, sobald wir still liegen.«

Harbart schob sich in seinen Sitz an der Lichtdruckkanone. Melekas beugte sich zu ihm. »Das solltest du nicht tun. Du weißt, wie gefährlich es ist.«

»Ich muss die Anzeige des Speichers im Auge behalten, mein Freund. Der Hauptsammler bringt eine verdammte Menge an Lichtenergie. Das kann den defekten Weißkristall überlasten. Ich muss notfalls die Waffe auslösen, um den Kristall vorm Bersten zu schützen, sonst zerreißt es uns den Turm.«

»Besser der Turm, als du, Harbart.«

Harbart schüttelte den Kopf und schnallte sich in seinem Sitz an. Melekas biss sich auf die Unterlippe und seufzte ergeben. Schließlich schob er sich in seinen eigenen Sitz. Als er den Blick des Freundes sah, zuckte er die Schultern. »Du kannst nicht Waffe und Speicher gleichzeitig bedienen, mein Freund. Immerhin, es ist unser Turm, nicht wahr?«

»Bereit?«, fragte Marten. Als Harbart bestätigte, gab der Waffenoffizier das Zeichen zum Hauptsammler.

Inzwischen trieb die Envaar fahrtlos mit der Strömung und der Treibanker am Heck hielt sie in der richtigen Position. Das Meer war ruhig und wirkte spiegelglatt, gute Voraussetzungen, dass der Versuch gelingen konnte. Dennoch war die Anspannung der Mannschaft spürbar, als das erste Prisma am Hauptsammler des Kreuzers eingekuppelt wurde. Dann folgte das zweite Prisma.

Alle starrten gebannt auf Harbart und Melekas. Der letztere nickte. »Energie kommt. Der Speicher füllt sich. Die Leitung funktioniert einwandfrei.«

»Gut. Ich will sicher gehen«, brummte der Kanonenführer. »Bei achtzig Prozent schalten wir ab. Unser Weißkristall ist nicht in Ordnung und ich will nicht, dass …«

Sie alle hörten das harte Klingen und wussten, was es zu bedeuten hatte. Melekas sah seinen Freund leichenblass an. »Unser Speicher!«

Harbart öffnete das Prisma zum Kanonenrohr, um den Speicher zu entlasten. »Auskuppeln!«, brüllte er dabei und hörte, wie Marten die Anweisung wiederholte. »Der Speicher brennt durch!«

Harbarts Versuch, den Speicher durch Abschuss der Waffe zu entlasten, schlug fehl. Er wusste es sofort, als sich kein Lichtdruckgeschoss löste. »Raus hier, Melekas! Raus, oder wir werden gebraten.«

Beide Kanoniere lösten fieberhafte ihre Anschnallgurte, aber der von Harbart verhakte sich.

»Auskuppeln!«, brüllte Waffenoffizier Marten und gab hektische Zeichen mit den Händen.

Die Hebel der Prismen wurden umgelegt, aber auch hier ging etwas furchtbar schief. In einer der langen Schutzröhren, in denen sich eine der Weißkristallsäulen der Energieleitung befand, begann sich eine Blase zu bilden. In Sekundenbruchteilen wölbte sie sich auf, platzte und an einer Seite fuhr ein greller Lichtblitz hervor. Es war keine thermische Gewalt, die Material oder Menschen verdampft hätte, denn es handelte sich nur um Restenergie, die sich in der abgekuppelten Leitung befand. Aber das grelle Licht ließ drei der Matrosen auf der Stelle erblinden. Schreiend schlugen sie die Hände vor die Augen und taumelten über das Deck.

Melekas hatte sich aus seinem Sitz erhoben, beugte sich über Harbart, um ihm zu helfen, den Gurt endlich zu öffnen. In dem metallummantelten Speicher von Turm Zwei klirrte es abermals und auch hier erschienen im Metall kleine Blasen, die sich rasend weiteten. Endlich war der Gurt des Kanonenführers geöffnet und Harbart stemmte sich aus dem Sitz hoch. Seine Augen waren schreckgeweitet, während der Freund ihm auf den schmalen Steg zerrte.

»Deckung!«, schrie die Kapitänin, die das ganze von der Brücke aus beobachtete. »Auf den Boden! Der Speicher brennt durch!«

Harbart spürte den brutalen Schlag, mit dem sein Freund Melekas ihn vom Steg ins Meer stieß, schrie kurz auf, bis er eintauchte und das Wasser über ihm zusammenschlug. Melekas wollte folgen, aber er sollte es nicht mehr schaffen.

Mit einem harten Knall zerbarst der Speicher von Turm Zwei. Teile der Metallhülle und des zerplatzenden Weißkristalls zischten nach allen Richtungen durch die Luft, trafen Melekas im Rücken und töteten ihn auf der Stelle. Neben Jalena-Gaheni schlug ein armlanger Kristallsplitter in die Panzerung der Brücke, unter dem Hauptsammler wurde eine Matrosin von einem Metallfragment der Speicherhülle erschlagen. Für Sekunden hörte es sich an, als fiele starker Regen, während die großen und kleinen Teile den Kreuzer und Besatzungsmitglieder trafen oder harmlos ins Meer schlugen. Der Zahnkranz, in dem die Lichtdrukkkanone auf dem Ausleger gelagert war, schmolz durch, der lange Lauf knickte ab, ein Ächzen schien durch das Metall zu gehen.

Harbart war noch unter Wasser, hörte kaum Geräusche, sah aber die grelle Lichtentwicklung über sich. Er strampelte mit den Beinen, ruderte mit den Armen. Die wenigsten Seeleute Telans konnten schwimmen und Harbart hatte es nie gelernt. Dennoch kam er der Oberfläche näher, spürte, wie die nasse Uniform an ihm zog. Ein Schatten war über ihm, der sich bewegte und der Kanonenführer erkannte entsetzt, dass es der Ausleger von Turm Zwei sein musste, der sich da bewegte und abknickte. Ein seltsames Rauschen war unter Wasser zu hören, als die Konstruktion sich vom Schiff löste und ins Meer stürzte.

Nur wenige Meter von Harbart entfernt sanken die Überreste des Turms mitsamt Ausleger und Steg in die Tiefe und er sah schockiert einen leblosen Körper, der vom Sog der Waffe mitgezogen wurde und dabei Blut verströmte. Es war sein Freund Melekas, auch wenn er kaum noch zu erkennen war.

Harbart schrie unter Wasser auf, verlor kostbare Atemluft und schluckte Wasser, versuchte panisch, an die Oberfläche zu gelangen. Er hatte die Hoffnung fast aufgegeben, als es ihm doch noch gelang und er keuchend nach Luft schnappte.

»Kümmert euch um die Verwundeten«, befahl Jalena-Gaheni, die sich am Brückenhandlauf festhielt und benommen auf den Kristallsplitter starrte, der dicht neben ihr in der Panzerung steckte. »Hosmut, sagen Sie dem Kundigen Bescheid, dass er hier oben gebraucht wird.«

Der Erste Offizier nickte, gab Befehle und trat dann neben die Kapitänin. »Bei allen Göttern, wie konnte das nur geschehen?«

»Fragen Sie nicht mich, Hosmut.« Jalena sah ihn grimmig an. »Fragen Sie die Werft und, vor allem, fragen Sie den Handelsherrn, der uns den minderwertigen Kristall angedreht hat.«

Hosmut errötete ein wenig und verzichtete auf eine Erwiderung. Am vorderen Niedergang tauchte der Heiler des Kreuzers auf. Der Kundige Oneres gehörte zu den fähigsten Medizinern des Königreiches und es war für die Mannschaft ein Glücksfall, dass er sich zum Dienst auf der Envaar verpflichtet hatte. Er hätte ein bequemes und geachtetes Leben an Land und eine vornehme Heilerstube führen können, aber den Kundigen reizte es, die Lebensbedingungen der Schiffsbesatzungen aus nächster Nähe zu studieren.

Gefolgt von zwei Helfern hastete Oneres zum Ort, wo sich die Katastrophe ereignet hatte.

Inzwischen bemühten sich Seesoldaten und Matrosen um die Verletzten und zogen die tote Matrosin am Hauptsammler zur Seite. Oneres ging zu den erblindeten Männern und untersuchte rasch ihre Augen. »Bringt sie nach unten, in meine Stube«, entschied er. »Bei zweien von ihnen sind die Augen nur geblitzt. Sie werden bald wieder sehen können, aber ich muss sie dennoch behandeln. Der hier bedarf größerer Fürsorge.«

Der Verletzte schluchzte auf und jeder konnte es ihm nachfühlen. Oneres Worte waren verheerend für den Mann. Der grelle Lichtblitz hatte bei ihm die Netzhäute zerstört und der Matrose würde für den Rest seines Lebens blind und auf die Wohlfahrt des Königs angewiesen sein.

Der Kundige legte ihm mitfühlend die Hand auf die Schulter. »Ich will tun, was ich kann, mein Freund, darauf kannst du dich verlassen.« Er wandte sich den anderen zu und nickte. Als sie den Geblendeten nach unten führten, seufzte Oneres leise. »Einen Arm oder ein Bein zu verlieren, ist schon hart genug, aber das Augenlicht …«

Glücklicherweise gab es nicht viele Verletzte, denn Marten hatte darauf geachtet, dass nur die erforderlichen Personen auf Deck waren. Die meisten hatten nur Schrammen und Schnittverletzungen erlitten, keine, die so schwer war, dass sie den Dienst nicht mehr versehen konnten. Eine

Gruppe Matrosen hatte dem erschöpften Kanonenführer Harbart eine Rettungsleine zugeworfen und zog ihn nun an Bord.

»Damit hat sich das Problem mit Lichtdruckkanone Zwei wohl erledigt«, sagte Major Beltron lakonisch, als er auf die Brücke trat. »Wir haben ja nun keinen Turm Zwei mehr.« Er sah die Kapitänin forschend an. »Die Envaar ist somit nicht mehr voll einsatzbereit. Eigentlich müsste sie nun in die Werft.«

Die Kapitänin nickte und lächelte den Kommandeur ihrer Seesoldaten an. »Eigentlich.«

»Wie ich es sagte.« Beltron blickte aufs Deck hinunter und auf die Überreste des Steges von Turm Zwei. »Unsere Kampfkraft ist eingeschränkt, aber wir sind nicht wehrlos.«

Jalena-Gaheni nickte erneut. »Panzerung und Maschinen sind intakt und wir haben noch immer fünf Kampftürme. Wir stehen nun relativ dicht am Land von Anram.«

»Ich denke, wir sollten uns dort umsehen«, brummte der Major. »Aber es ist natürlich Ihre Entscheidung. Sie sind die Kommandantin und ich bin nur ein einfacher Seesoldat, kein Seefahrer.«

Jalena lachte auf. »Sie haben mehr Erfahrung auf See, als viele von meiner Mannschaft.«

»An Deck!« Der Ruf klang hohl verzerrt durch die Sprachröhre der Aussichtsplattform. »Segel am Horizont! Bugweisend Rechts auf fünfzehn Grad!«

Automatisch trat Hosmut an die Röhre. »Könnt ihr Genaueres erkennen?«

Die Stimme schwieg einen Moment. Jalena-Gaheni schob ihr Teleskop auseinander und begann die See abzusuchen. Da meldete sich der Ausguck erneut. »An Deck! Zwei Schiffe, dicht beieinander! Sie haben Kurs geändert und kommen genau auf uns zu!«

»Also, haben sie uns gesehen«, stellte Beltron fest.

Jalena lächelte. »Es wäre leicht, ihnen davon zu fahren.

Wir sind weit schneller als jeder Segler. Aber ich will sie mir ansehen. Vielleicht sind es Schiffe aus Anram.«

»Oder Schiffe des unbekannten Feindes«, wandte Hosmut ein.

Die Kapitänin sah ihn an. »Das lässt sich feststellen.«

25

Die Eldont´eana wiegte sich sanft in den Wellen. Handelsherr Theon Klugweil stand auf der vorderen Brücke und hatte missmutig die Arme vor der Brust verschränkt. Mit skeptischem Blick starrte er auf die See hinaus, die sich glatt und ruhig ausbreitete. »Kein Hauch kräuselt die Wellen«, seufzte er und stützte sich auf den Handlauf. Er sah nach unten, auf den gerundeten Bug seines Flaggschiffes, der sich direkt unter der vorderen Brücke befand. »Keine noch so kleine Kräuselung am Bug. Wir liegen still, als hätten wir Anker geworfen. Verdammtes Pech, das wir in diese Flaute geraten sind. Verdammtes Pech.«

»Wir hätten die Ruderschiffe mitnehmen sollen.« Esbort Wolkensturm reckte sich. Er trug nun die volle Rüstung eines Axtschlägers, mit Kettenhemd, Harnisch und Helm. Der Helm zeigte an der Stirn ein fünfeckiges Wappen und dieses wiederholte sich in dem ebenfalls fünfeckigen Schild, welches der Axtführer nachlässig auf das Deck gestellt hatte. Seine mächtige, zweischneidige Kampfaxt hing an ihrem Trageriemen auf seinem Rücken. Esbort litt furchtbar unter der glühenden Sonne, aber er versuchte, es nicht zu zeigen. Seinen Männern erging es nicht besser und sie beneideten die Matrosen des Handelsherrn, die leicht bekleidet waren und denen nicht der Schweiß unter dem Metallschutz hervor sickerte. »Die Ruderschiffe hätten uns schleppen können.«

Theons Rudergänger schüttelte den Kopf. »Um unsere beiden Schiffe zu schleppen, hätten wir alle Kampfschiffe des Clans benötigt.«

Esbort seufzte. Sie durften die schwimmende Stadt nicht schutzlos zurücklassen, daher hatten sie auf die geplante Eskorte verzichtet. Dafür hatte der Axtführer eine starke Streitmacht seiner Männer auf die Schiffe gebracht. Hundertundfünfzig Mann auf jedem der Transporter, knapp ein Drittel der Streitmacht des Clans der Eldont´runod.

Vor fünf Tagen waren die beiden verfügbaren Handelsschiffe aufgebrochen. Ihr Ziel war die große Insel Eniatol, auf der man schon gelegentlich Trinkwasser und Holz besorgt hatte. Meist ging es nur um Trinkwasser, das man schon in Strandnähe auffüllen konnte und so war der Aufenthalt normalerweise sehr kurz. Kurz genug, um nicht in zu gefährlichen Kontakt mit den Eingeborenen zu kommen. Auch wenn die Zwerge niemals mehr nahmen, als sie unbedingt benötigten, wachten die Bewohner der Insel eifersüchtig über ihre Ressourcen und verteidigten sie erbittert.

»Ich hoffe, wir haben Glück und die Eingeborenen lassen uns in Ruhe.« Theon Klugweil starrte in die Richtung, in der die Insel lag. Vor zwei Tagen waren ihre Konturen am Horizont erschienen und seitdem nicht näher gekommen. Der bis dahin beständige Wind war vollständig zum Erliegen gekommen und kein Hauch wölbte die Segel der beiden Schiffe.

»Schnell rauf, schnell runter«, brummte Esbort. »So ist es immer gewesen.« Er sah den Handelsherrn schulterzuckend an. »Aber dann brauchten wir auch immer nur Wasser, das wir in der Nähe des Strandes aufnehmen konnten und mussten nicht so viel Holz schlagen, wie dieses Mal. Die Eniatols hatten nie die Zeit, ihre Krieger rechtzeitig zu sammeln, um uns wirklich gefährlich zu werden. Dieses Mal müssen wir länger bleiben. Wir brauchen viel Wasser und viel Holz.«

»Das wird viel Ärger geben.« Theon seufzte schwer.

»Wir sind gut gerüstet. Ich habe dreihundert gute Axtschläger unter Waffen, damit kann ich die Burschen eine Weile aufhalten.« Esbort sah den Handelsherrn eindringlich an. »Deine Männer müssen nur rasch arbeiten.«

»Das werden sie, das werden sie«, versicherte Theon. Er wandte sich dem Deck zu. »Macht die Segel nass. Vielleicht hilft es ein wenig.«

Esbort sah ihn überrascht an und der Handelsherr lächelte unmerklich. »Viel wird es nicht helfen, ich weiß. Wenn der Wind schwach ist, nehmen wir Seewasser und gießen die Eimer über die Segel aus. Wenn ihre Fasern feucht sind, quellen sie auf und werden dichter. Dann lässt sich der Wind leichter mit ihnen fangen.«

»Wenn Wind da ist.« Esbort stieß ein grimmiges Knurren aus.

Der Axtführer wollte seinen Männern einen Wink geben, aber Theon hielt ihn kopfschüttelnd zurück. »Meine Männer sind die Arbeit in den Masten gewöhnt und sie werden nicht durch so viel Metall behindert, wie deine Axtschläger, Freund Esbort.«

Um die Segel gut zu durchnässen, mussten sie gesetzt sein, damit das Wasser jede Fläche traf. Matrosen ließen Eimer an langen Leinen ins Meer, zogen sie gefüllt herauf und reichten sie von Hand zu Hand an jene Zwerge, die an den Masten empor gestiegen waren und den Inhalt dann auf die Segel schleuderten.

Theon sah die junge Besana auf der hinteren Brücke seines Schiffes. »Sie macht mir Sorgen. Sie wird Kräuter sammeln.«

»Natürlich wird sie das.« Esbort stieß erneut das leise Knurren aus. »Schließlich lernt sie das Handwerk des Heilers und wir alle wissen, wie gerne ihre Zunft im Grünen herum wühlt.«

»Sie wird kein Auge für die Gefahr haben und sich vom Strand entfernen.«

»Das wird sie«, bestätigte Esbort. »Und meine Axtschläger werden sie gut im Auge behalten.«

»Wind kommt auf«, rief einer der Zwerge vom hinteren Mast herab.

Alle Augen blickten zu den Mastspitzen empor, an denen sich lange Stoffstreifen befanden. Einer von ihnen bewegte sich schwach, fast zögernd.

»Kein Wind«, knurrte Esbort. »Nicht einmal ein Hauch davon. Diese Bewegung scheint mir eher vom Schnaufen deiner Männer zu rühren, so schwach ist sie.«

»Unsinn.« Theon befeuchtete den Finger und runzelte die Stirn. »Wir bekommen Wind, Esbort. Nicht viel, aber es wird reichen.«

»Es muss reichen.«

Auch der zweite Stoffstreifen bewegte sich nun und ein Seufzen schien durch die Zwerge zu gehen, als sich das hintere Segel unmerklich wölbte.

»Der Wind kommt quer zu unserer Fahrtrichtung.« Theon leckte sich über die Lippen. »Wir werden kreuzen müssen, aber das macht nichts. Hauptsache, wir kommen endlich wieder in Fahrt.«

»Was meinst du, mein Freund, wann werden wir Eniatol erreichen?«

»Das hängt, wie so vieles in unserem Leben, vom Wind ab, Esbort.«

»Hoffen wir auf einen starken Wind.« Der Axtführer spähte zu der fernen Insel. »Wenn er schwach ist, brauchen wir lange, bis wir die Insel erreichen. Die Eniatols werden unsere Annäherung bemerken und dann Zeit haben, sich auf uns vorzubereiten.«

Theon folgte sorgenvoll dem Blick des Freundes. »Da magst du Recht haben. Zumal es nur eine Stelle gibt, die für uns zum Anlegen geeignet ist. Dort werden sie uns erwarten.«

»Wenn sie uns frühzeitig entdecken und wir ihnen die Zeit geben.«

Der Handelsherr lächelte halbherzig. »Dann lass uns auf einen sehr kräftigen Wind hoffen.«

Der Wind war mäßig und verlor zudem immer wieder an Kraft. Dennoch kamen die Schiffe nun wenigstens vom Fleck und näherten sich der Insel.

Eniatol bot aus der Ferne einen idyllischen Anblick. Ein grüner Hügel schien sich aus dem Meer zu erheben, überragt von einer Reihe niedriger Berggipfel. Je näher man der Insel kam, desto deutlicher wurde der weiße Saum zwischen Meer und Grün, ein Strand aus weißem Sand, der die Insel wie ein Ring umgab. Vor dem Strand schien das Meer an einigen Stellen zu schäumen, dort brachen sich die Wellen an den Felsen eines Riffs, die gelegentlich die Oberfläche durchbrachen.

»Wir müssen an den westlichen Strand«, rief Theon seinem Rudergänger zu. »Nur dort bleibt das Wasser so tief, dass wir dicht an den Strand gelangen. Benlur, komm nach vorne. Wir müssen durch das Riff und deine Augen sind die Besten.«

Der Handelsherr tupfte sich Schweiß von der Stirn. »Rund um die Insel ist das Wasser sehr flach, bis an das Riff heran. Nur im Westen haben wir eine Stelle, wo das Meer schon wenige Meter vom Ufer steil abfällt. Dort müssen wir ankern, denn dort können wir Stege ans Ufer legen und können es uns ersparen, Wasser und Holz mit den Booten zu transportieren. Sehr hilfreich, da wir es eilig haben.«

Esbort nickte wortlos. Er stand mit seinem Freund ganz vorne am Bug, neben ihnen der Matrose Benlur, der aufmerksam über die Reling starrte und dem Rudergänger Kommandos zurief.

Die Handelsschiffe des Zwergenvolkes waren sehr ungewöhnliche Konstruktionen, nicht nur, was ihre Segel betraf. Diese Schiffe hatten eine vordere und eine hintere Brücke und von beiden aus, konnten sie gesteuert werden. In schwierigen Gewässern oder bei komplizierten Anlegemanövern, konnten beide Steuerruder gleichzeitig genutzt werden, was den Zwergenschiffen eine unvergleichliche Beweglichkeit gab. Wie ihr menschlicher Freund Herios-Lar einmal eingeräumt hatte, schienen die Clanschiffe »auf dem Handteller« drehen zu können.

Die Eldont´eana glitt langsam über das Wasser, tastete sich behutsam auf das Riff zu. Durch das kristallklare Wasser konnte man sich rasch in der Tiefe verschätzen und die ersten Male hatten die Zwerge ständig loten müssen. Auch jetzt waren sie darauf vorbereitet, aber bislang hatte Benlur die Lotleine nicht angefordert. Der erfahrene Seefahrer hatte zufrieden festgestellt, dass die Gezeitenbewegungen die Fahrrinne nicht verändert hatten und er hatte sich die erforderlichen Grund- und Geländemarken gut eingeprägt. Esbort bemühte sich um einen stoischen Gesichtsausdruck, während dicht am Schiff die gefährlichen Felsen vorbei glitten. Eine falsche Steuerbewegung, und sie liefen auf und die scharfkantigen Zacken würden den hölzernen Rumpf mühelos aufschlitzen. Einmal schien es ihm, als würde einer der Felsen sich in den Bug rammen, aber die Eldont´eana schob sich darüber hinweg.

Theon hatte Esborts Blick bemerkt und legte ihm kurz die Hand auf die gepanzerte Schulter. »Auch mit schwerer Ladung werden wir nicht auflaufen. Zumindest nicht, solange Flut ist. Allerdings müssen wir verschwinden, bevor mit der Abenddämmerung die Ebbe einsetzt.«

»Nun, wir haben ohnehin nicht vor, lange zu bleiben.« Da sie nur noch wenige hundert Meter vom Ufer entfernt waren, wandte sich der Axtführer an seine Männer. »Haltet euch bereit. Wir werden den Strand sofort überqueren und in den Rand des Dschungels eindringen. Dort halten wir die Stellung, bis die Eldont´nerevee Anker wirft und wir Verstärkung haben.«

Esbort blickte zu dem nachfolgenden Handelsschiff. »Ner evee«, murmelte er. »Goldener Grund. Hoffentlich finden wir ihn hier wirklich. Wenigstens, was Wasser und Holz angeht.«

Mittschiffs ballten sich die Männer. Axtschläger aus Esborts Streitmacht und Matrosen der Besatzung. Einige hatten das kleine Katapult bemannt, was mittschiffs zwischen den Masten stand. In einem Seegefecht war es eher eine symbolische Waffe. Ein Handelsschiff musste sich auf seine Schnelligkeit verlassen, denn es konnte niemals die Kampfkapazität eines Kriegsschiffes erreichen.

Benlur gab seine Kommandos, während Esbort und seine Männer misstrauisch auf den Strand spähten. Nichts Verdächtiges war zu sehen, aber das hatte nichts zu besagen. Hunderte, ja tausende von Feinden, konnten sich am Dschungelrand verborgen halten, ohne vom Schiff aus entdeckt zu werden. Ein paar Schildkröten sahen den Neuankömmlingen träge entgegen, scharrten im Sand, der nach wenigen Zentimetern dunkel und feucht wurde. Ein gutes Stück rechts der Ankerstelle war ein kleiner Wasserlauf zu erkennen, der aus dem Dschungel ins Meer floss.

Mit vernehmlichem Klatschen schlug der Steg vom Oberdeck in den Sand. Esbort sah seine Männer eindringlich an. »Siebzig Mann gehen hundert Meter in den Dschungel, Dreißig gehen weitere zwanzig Schritte weiter vor, als Vorposten. Der Rest bildet am Strand die Reserve. Ich erwarte, dass ihr leise seid. Denkt daran, dass wir uns hier an Land befinden. Hier gibt es Äste am Boden und den Bäumen, die ihr zerbrechen könntet und die Lärm machen. Achtet also darauf, wohin ihr eure Füße setzt. Ah, und hier gibt es kleine Kriechtiere. Dass mir niemand herumschreit, verstanden? Schlagt einfach zu oder tretet die Mistviecher platt.« Er zog seine Axt von der Schulter und lockerte seine Arme. »Schön, Axtschläger von Eldont´runod, gehen wir an Land. Und bleibt …«

Was er hatte sagen wollen, kam zu spät. Einige der Männer waren übereifrig, eilten an ihm vorbei und sprangen schon auf halbem Weg von dem Steg herunter. Verdutzt stellten sie fest, wie tief sie in den feuchten Sand einsanken.

Esbort verkniff sich ein grimmiges Lachen. Zwerge mochten nicht besonders groß sein, aber ihre Leiber waren kompakt und schwer. Ohne ihre mächtigen Lungenflügel hätten sie im Wasser niemals schwimmen können. »Helft ihnen da raus«, knurrte er schließlich. »Und seid leise. Je mehr Lärm wir machen, desto größer ist die Gefahr, das die Eingeborenen uns entdecken.«

»Falls das nicht schon geschehen ist«, seufzte er in Gedanken. Er hielt einen der Männer zurück. »Du gehst dort auf den Hügel. Von dort hast du einen guten Überblick. Gib Zeichen, wenn du eine Gefahr erspähst.«

Der Wald war ungewohntes Gebiet für die Zwerge der Meere, aber die meisten fanden sich instinktiv zurecht, obwohl ihnen die mächtigen und dicht stehenden Pflanzen Unbehagen einflößten. Zwei oder drei Mal hörte man das Schlagen einer Axt, gelegentlich das Knacken eines brechenden Astes. Aber insgesamt bezog Esborts Streitmacht ihre Posten in überraschender Lautlosigkeit.

Theon Klugweil ermahnte seine Männer ebenfalls. »Zuerst die Fässer. Erst wenn diese gefüllt und wieder an Bord sind, machen wir uns an das Schlagen von Holz. Es macht Lärm und der Schall trägt im Dschungel weit. Falls die Eniatols zu schnell auftauchen, will ich wenigstens das Trinkwasser in Sicherheit wissen.«

Neben den hundertfünfzig Axtschlägern hatte man achtzig Matrosen und Arbeiter auf jedem der Schiffe untergebracht. Mehr war nicht möglich, denn auf der Rückfahrt würde man neben den gefüllten Wasserfässern eine Menge Holz mitführen. Zumindest, wenn alles glatt verlief und die Eniatol keine vehementen Einsprüche erhoben.

Die beiden Ladekräne der Eldont´eana wurden ausgeschwenkt, hoben die leeren Wasserfässer aus dem Bauch des Handelsschiffes an den Strand. Männer trugen sie zu dem Wasserlauf, begannen sie zu füllen, während nun auch die Eldont´nerevee Anker warf. Auch hier stürmten sofort die Axtschläger an Land, wurden die Fässer an Land gesetzt. Hektische Betriebsamkeit herrschte am Strand. Im Dschungel hingegen vermieden Esborts Männer jeden Lärm, spähten zwischen Bäumen und Schlingpflanzen hindurch und lauschten, ob sich eine Gefahr näherte. Immer wieder suchten sie den Blickkontakt mit dem Nebenmann. Der ungewohnte Wildwuchs und Lärm des Dschungels machte die Männer nervös. Sie umklammerten Äxte und

Schilde, spürten, wie ihnen der Schweiß in Strömen unter den Rüstungen hervor zu sickern schien.

Hendebart Zweischlag, jener Zwerg, der bei der Öffnung von Bernbrat Wellenschlags Schädel ohnmächtig geworden war, gehörte zu jenen Axtschlägern, die am Strand in Bereitschaft standen. Seine Augen verengten sich, als er die hübsche Besana erkannte, die mit unbeschwertem Lachen vom Steg in den nassen Sand sprang und dann, erneut auflachend, ihr Gewand anhob, um sich von Varnum Säulenfund auf festen Untergrund helfen zu lassen. Die Beiden hatten sich große Taschen umgehängt und eilten auf den Dschungel zu.

»Verdammt, Weiber gehören nicht an Bord eines Kriegsschiffes«, brummte Hendebart missmutig.

»Ist kein Kriegsschiff«, wandte einer der anderen Axtschläger ein. »Ist ein Handelsschiff.«

»In Diensten des Clans.« Hendebart sah den anderen mit funkelnden Augen an. »Und im Augenblick ist es ein Kriegsschiff. Oder zumindest etwas Ähnliches.«

»Mich stört sie nicht.« Der Axtschläger strich grinsend über seine Bartzöpfe. »Sie ist sehr hübsch.«

»Das gilt auch für einen Dornfisch, bis man ihm begegnet.« Hendebart beobachtete, wie Varnum und Besana im grünen Bewuchs verschwanden. »Bei den Finsteren Abgründen, sie werden keine Augen für Gefahren haben.«

»Ja«, stimmte der andere zu und lachte leise auf. »Besana schielt nur auf ihre Kräuter und Varnum Säulenfund schielt nur auf Besana.«

»Das gefällt mir nicht.« Hendebart wog seine Axt in den Händen. »Sie werden bei all ihrer Schielerei nicht merken, wenn ein Anderer ebenfalls schielt, und zwar auf sie beide.«

»Die Vorposten werden uns warnen, falls sich die Eingeborenen nähern.«

»Hm.« Hendebarts Erwiderung verriet seine Zweifel. Er blickte zu dem Hügel hinüber, auf dem sich der Ausguck befand. Der dortige Zwerg lag dicht unterhalb der Hügelkuppe, so dass er gerade noch über sie hinweg sehen konnte. Offensichtlich war keine Gefahr zu erkennen, denn der Mann reckte sich, sah kurz zum Strand und gähnte dabei herzhaft.

Besana und Varnum waren inzwischen in den Dschungel eingedrungen. Für beide war dies ein überwältigendes Erlebnis, denn keiner von ihnen hatte die Insel Eniatol zuvor schon einmal betreten. Varnum fühlte sich, wie die meisten Zwerge der Meere, zwischen dem üppigen Grün ein wenig unwohl, aber Besana strahlte vor Glückseligkeit. Immer wieder blieb sie stehen, starrte die Vielfalt der Pflanzen mit offenem Mund an oder zupfte Gräser, Kräuter und Pilze und stopfte sie in die Umhängetaschen, die sich zunehmend ausbeulten.

Hinter ihnen, am Strand, wurden schließlich die letzten Trinkwasserfässer verladen und die Matrosen nahmen Äxte und dicke Leinen mit in den Dschungel. Theon Klugweil und einer der Schreiner der schwimmenden Stadt schritten an den Bäumen entlang und bestimmten jene, die gefällt werden sollten.

»Nicht zu jung und nicht zu alt und vom richtigen Maß«, murmelte der Schreiner immer wieder und betastete die Rinde der Stämme. »Und von geradem Wuchs.«

Ab und zu schlug der alte Zwerg, dessen Bartzöpfe bereits tiefschwarz gefärbt waren, gegen einen der Stämme und Theon drückte dann einen Nagel ins Holz, von dem ein roter Tuchstreifen herabhing.

»Weiter Innen stehen die besseren Stämme«, seufzte der Schreiner. »Aber es braucht Zeit, sie zwischen den anderen hervor und zum Strand zu ziehen.«

Er sah Theon hoffnungsvoll an, aber der schüttelte den Kopf. Erneut seufzte der alte Zwerg. »Ja, ich dachte es mir. Eine Schande, Handelsherr Klugweil, eine wirkliche Schande. Wir haben so selten die Gelegenheit, an Land zu gehen und ordentliche Stämme zu schlagen. Viel zu selten.

Und dann immer diese Hetze. Wie soll man da genug gutes Holz für all die viele Arbeit finden?«

Theon Klugweil nickte verständnisvoll. Er überschlug die Anzahl der markierten Stämme und wandte sich um. Auf sein Zeichen eilten die Holzfäller heran. Jene, die auch in die Masten des Schiffes aufstiegen, kletterten nun in die Bäume und banden die Taue an, mit denen der Sturz der Stämme dirigiert werden sollte.

Das Pochen der Äxte begann durch den Dschungel zu dringen. Esbort Wolkensturm setzte den Helm wieder auf die schweißnassen Haare und verknotete seine Zöpfe im Nacken. »Augen und Ohren offen halten, Axtschläger«, rief er gedämpft. »Gebt es weiter und haltet euch verborgen. Die Eingeborenen verstehen sich darauf, sich in diesem Grünzeug zu bewegen.«

Die weniger erfahrenen Zwerge spürten die Anspannung, welche jene beherrschte, die schon auf Eniatol gewesen waren.

»Meinst du wirklich, dass sie kommen werden, Axtführer?«, fragte Esborts Nebenmann.

Der nickte bedächtig. »Es ist nur die Frage, wann sie auftauchen und wie stark sie sein werden.«

Hendebart Zweischlag war sich ebenso sicher. Er fürchtete den Feind nicht, auch wenn er ihn respektierte. Hendebart hatte schon gegen die Eingeborenen gekämpft. Als Einzelkämpfer beeindruckten sie ihn nicht sonderlich, aber er wusste, wie gefährlich sie werden konnten, wenn sie in Mengen auftraten.

»Der hat es gut. Liegt faul in der Sonne und schnarcht vor sich hin.«

Hendebart sah seinen Nebenmann irritiert an. »Was meinst du?«

»Kardem Brennweiß.« Der Axtschläger deutete zum Hügel hinauf. »Liegt die ganze Zeit da und rührt sich nicht.«

Hendebart fuhr herum und starrte zum Hügel. Der Posten lag noch immer am Hügelkamm und rührte sich tatsächlich nicht. Sollte er wirklich eingeschlafen sein? Der erfahrene Axtschläger zögerte kurz, dann legte er die Hände an den Mund und rief den Mann an. Als dieser nicht reagierte, zuckte Hendebart ärgerlich mit den Schultern. Es war ja kein Wunder bei all dem Lärm, den die Holzfäller nun veranstalteten. Seufzend bückte er sich nach einem Stein, nahm Maß und warf ihn mit aller Kraft. Gebannt folgte sein Blick dem Geschoss, das direkt neben dem Posten aufschlug.

Der Posten reagierte nicht.

Für Hendebart gab es keinen Zweifel. »Sie sind schon da«, stieß er grimmig hervor. »Berbruk, eile zu den Holzfällern. Sie müssen sofort zu den Schiffen zurück. Du, Jestim, du suchst den Axtführer und sagst ihm, dass der Posten tot und der Feind nah ist. Los, eilt euch! Und keinen unnötigen Lärm. Wenn die Eniatols bemerken, dass wir von ihrer Anwesenheit wissen, werden sie sofort angreifen und im Augenblick zählt jede Minute.«

»Und du?«

Hendebart Zweischlag verknotete seine Bartzöpfe im Nacken und zückte seine Streitaxt. »Ich sehe nach der Heilerin. Wäre eine verdammte Schande, wenn ihr etwas zustoßen würde.«

Tatsächlich hatte Besana das Gefühl für Zeit und Ort verloren. Sie hatte sich ein gutes Stück von dem schützenden Schirm der Axtschläger entfernt und Varnum Säulenfund war viel zu sehr damit beschäftigt, seinen sehnsüchtigen Gedanken nachzuhängen, als das er die Gefahr bemerkte, der sie sich zunehmend genähert hatten. Inzwischen waren die Umhängetaschen prall gefüllt, doch die junge Zwergenfrau fand immer wieder ein Gewächs, welches sie noch nicht kannte.

»Dieses rote Leuchten ist sehr intensiv«, sagte sie neugierig und ging auf einen dichten Busch zu, in dem drei intensiv schimmernde Blüten zu erkennen waren. »Es sieht fast wie Rotkristall aus.«

Besana streckte ihre Hand aus, als die Blüten unvermittelt blinzelten.

Die junge Zwergin schrie erschrocken auf und war, ebenso wie Varnum, für einen Moment wie erstarrt. Das Gebüsch teilte sich, Äste brachen und direkt vor Besana richtete sich ein Eniatol auf. Nie zuvor hatten sie einen der Eingeborenen gesehen und der Anblick ließ die junge Frau erneut aufschreien.

Der Körper wirkte extrem flach, wenn das Wesen sich an den Boden duckte, aber als es sich aufrichtete, überragte es die Zwergin um mehr als einen Meter. Der Leib war grünschwarz gefleckt, wirkte im Stehen sehr breit und erhob sich auf zwei spinnenartigen Beinen. Ebenso dünn waren die beiden Arme, die eine hölzerne Keule hielten, an deren Stiel ein schwerer Stein fixiert war. Der dreieckige Schädel mit dem breiten, schlitzartigen Mund, zeigte drei halbkugelige Augen, in deren rot glühenden Augäpfeln eine gelbe Iris zu schwimmen schien.

Besana war wie gelähmt und Varnum überwand seinen Schock, als er begriff, in welcher Gefahr sie schwebten. Blindlings stürmte er nach vorne. »Zurück, Besana!«

Sie schrie abermals auf, strauchelte und stürzte über eine Wurzel. Der Sturz rettete ihr das Leben, denn der mit Wucht geführte Schlag der Keule verfehlte sie. Noch während Besana mit schreckgeweiteten Augen auf dem Rücken lag, holte der Eniatol bereits zum nächsten Hieb aus.

Mit einem verzweifelten Aufschrei stürzte sich Varnum auf die Kreatur. Sein Angriff schien sie zu überraschen, denn der instinktiv geführte Abwehrschlag traf Varnum zwar, wurde jedoch durch die gefüllte Umhängetasche abgemildert. Als sie aufeinander prallten, spürte der junge Zwerg überrascht, wie leicht das Wesen war. Der Körper fühlte sich ledrig und zäh an und das Wesen stieß einen leisen Pfiff aus, als Varnum auf ihm landete und es zu Boden drückte.

»Lauf, Besana!«, schrie er und versuchte, den Eingeborenen fest zu halten.

Die junge Zwergin erhob sich keuchend vom Boden, schien für einen Moment unentschlossen, bevor sie einen dicken Ast aufhob und nach dem Gegner schlug.

So leicht der Körper auch schien, so stark waren seine Muskeln. Varnum spürte, dass er unterliegen würde. Er versuchte, sich mit dem Feind herum zu rollen, so dass Besana ungehindert zuschlagen konnte, aber die breite Form des Körpers verhinderte das. So bemühte er sich, die Arme der Kreatur festzuhalten, sah erschauernd, wie sich das Maul öffnete und seltsam dreieckige Zähne nach ihm schnappten. Erneut pfiff das Wesen, als Besanas provisorische Keule einen seiner Arme traf. Der nächste Hieb traf jedoch Varnums Schulter und lähmte sie fast.

Varnum stieß ein entsetztes Keuchen aus und fühlte, wie die Kreatur es schaffte, eines ihrer dünnen Beine zwischen ihre beiden Körper zu ziehen. Er spürte, wie der Druck anstieg und wusste, dass der Eingeboren ihn gleich von sich schleudern würde.

Plötzlich war ein Schatten neben ihnen, Besana wurde von einem harten Stoß zur Seite geschleudert und die Schneide einer Axt blitzte auf. Die Klinge fuhr haarscharf an Varnum vorbei, mitten in den Schädel des Eniatol, der schlagartig erschlaffte.

»Nach so einem brauchst du nicht mit dem Stöckchen zu schlagen«, ertönte Hendebart Zweischlags Stimme. »Für so einen braucht es guten Stahl und einen kräftigen Arm.«

Der Axtschläger beugte sich vor und zerrte seine Axt frei, zog Varnum vom Boden hoch, der sich stöhnend die Schulter hielt. »Kannst du laufen?«

Das Knacken von Ästen war zu hören und das Geräusch näherte sich beängstigend schnell. »So schnell, wie ein Dornfisch schwimmt«, keuchte Varnum.

»Dann los.« Hendebart wies mit der Axt. Varnum erkannte schaudernd, dass sie mit zähem, rotem Blut bedeckt war. »Diese Richtung und so schnell uns unsere Beine tragen. Ihr voran, ihr jungen Hüpflinge. Ich gebe euch Deckung.«

Besana war trotz allem nicht bereit, ihre hinderlichen Umhängetaschen aufzugeben und Varnum griff in einen der Schulterriemen und zerrte die junge Zwergin mit sich, so schnell sie laufen konnten. Hendebart war dicht hinter ihnen. »Nicht umsehen«, keuchte der alte Axtschläger. »Das kostet nur Zeit. Wir merken schon, wenn sie uns an den Zöpfen hängen.«

Varnum verfluchte die Höhe von Wurzeln und Ästen, die an ihren Kräften zehrten, da man sie im Sprung überwinden oder überklettern musste. Das kostete Zeit und er dachte an die langen und spinnendünnen Beine der Eingeborenen, die ihnen ein schnelles Vorankommen erlaubten.

Zunächst waren die Geräusche nur hinter ihnen gewesen, aber nun schienen sie sich auch zu den Seiten auszubreiten.

»Schneller«, ächzte Hendebart. »Es wird ein knappes Rennen. Dort vorne müssen unsere Axtschläger sein. Beeilt euch, es ist nicht mehr weit.«

Als Schürftaucher hatte Varnum schon erlebt, wie ihm unter Wasser die Luft knapp geworden war, als sein Schlauch einmal einen Knick bekommen hatte. Damals hatte er nach Luft geschnappt und keine bekommen, weil keine da gewesen war. Hier schnappte er nach Luft, die reichlich vorhanden war, aber er hatte die Empfindung, sie nicht in seine keuchenden Lungen ziehen zu können. Glühende Stiche tobten in seinen Seiten und seiner Brust und er fragte sich, wie Besana und der alte Axtschläger diesen Lauf überstanden.

Hinter ihnen, unangenehm dicht, war ein Krachen zu hören. Trotz Hendebarts Mahnung wandte Varnum sich um und sah den alten Axtschläger, der gestolpert und gestürzt war. Keuchend saß er am Boden, schnappte nach Luft und deutete hilflos mit der freien Hand in die Richtung, in der sich der rettende Strand und die Schiffe befinden mussten.

»Renn weiter und sag Esbort Bescheid«, rief Varnum Besana zu, dann wandte er sich dem alten Axtschläger zu.

»Du bist ein verdammter Narr«, knurrte der, als Varnum ihn auf die Beine zog, »aber du hast das Herz eines echten Axtschlägers.«

Gemeinsam taumelten sie weiter und das Brechen der Äste war nun bedrohlich nah. Dazwischen waren leise Pfiffe zu hören, mit denen sich die Eingeborenen wohl verständigten. Varnum ächzte, als eine Keule dicht an seinem Kopf vorbei zischte. Ihm fehlte die Kraft für einen Schrei, seine Beine schienen unter ihm nachgeben zu wollen und er fühlte, wie Hendebart schwer an ihm zog.

»Schlagt sie!«

Esbort Wolkensturms mächtige Stimme dröhnte und eine Schar Zwerge sprang zwischen den Bäumen hervor. Einer der Axtschläger taumelte zurück, als eine Keule seinen Schild traf, aber die anderen stürmten vor und in Sekunden befanden sich die Zwerge und die Eniatol in einem erbitterten Kampf auf Leben und Tod.

Der Zwerg, dessen Schild getroffen worden war, richtete sich wieder auf und starrte auf die mächtige Beule in seinem Schild. Dann hastete er zu Varnum und Hendebart. »Kommt, es ist nicht mehr weit.«

»Besana«, ächzte Varnum.

»Schon weit voraus.« Der Axtschläger zog sie mit sich. »Und beeilt euch, sonst ist alles umsonst. Esbort kann sie nicht lange aufhalten, es sind zu viele von ihnen.«

Wie viele Eingeborene es waren, wurde ihnen bewusst, als die Dschungelpflanzen unvermittelt auseinander wichen und sie den weißen Strand vor sich sahen.

Rechts und links von ihnen schien es von Eniatol zu wimmeln. Dicht gedrängt stürmten sie gegen die dünnen Linien der Axtschläger an. Zwerge und Eingeborene lagen in ihrem Blut, Matrosen bemühten sich, Verletzte aus den Kampflinien zu retten, während andere versuchten, noch ein paar der lebenswichtigen Stämme zu sichern. Auf den beiden Schiffen waren die Katapulte eingeschwenkt und schleuderten Ladungen von Steinen in die Angreifer. Sie fügten den hinteren Reihen Verluste zu, würden aber nicht lange feuern können, denn die Vorräte an Steinen waren begrenzt. Wahrscheinlich ließen Theon und der andere Kapitän den Ballast aus den Rümpfen holen, um genug Munition zu haben. Man würde die Fracht aus Holz und Wasserfässern entsprechend stauen müssen, damit die Schiffe wieder richtig im Wasser lagen.

Erleichtert sah Varnum die hübsche Besana an Bord der Eldont´eana. Mehr als einen kurzen Blick konnte er nicht auf sie werfen, denn jeder Arm wurde benötigt, um dem Ansturm der Angreifer zu begegnen.

Die Eniatol strömten aus dem Dschungel hervor. Mit langen, seltsam federnd wirkenden Sätzen überbrückten sie die geringe Distanz zwischen dem Saum der Pflanzen und der Verteidigungslinie am Strand. Nur auf diesem kurzen Weg waren sie durch die Katapulte verwundbar und der Hagel an Geschossen ließ bereits merklich nach. Die vorderen Eingeborenen überragten die Zwerge deutlich und ihre Schläge kamen daher von oben. Die Axtschläger hatten Mühe, die überraschend wuchtigen Schläge mit den Schilden abzufangen und versuchten gleichzeitig, ein Ziel für ihre Äxte zu finden.

Irgendwo tauchte Esbort Wolkensturm aus dem Getümmel auf, sah Varnum und brüllte ihm zu, gefälligst nicht tatenlos herum zu stehen, es gäbe genug Arbeit für alle Äxte, womit er fraglos Recht hatte. Esbort wartete Varnums Reaktion nicht ab sondern tauchte, seine Axt wirbelnd, in den Kampf zurück.

Die Schreie und das angestrengte Grunzen der Zwerge mischten sich mit den pfeifenden Lauten, welche die Eniatol ausstießen. Gelegentlich war ein schmerzerfüllter Aufschrei oder ein qualvolles Stöhnen zu hören, wenn einer der Männer von der Übermacht überwältigt zu Boden ging. Die Zwerge der Meere hielten sich erstaunlich gut, wenn man die überragende Größe und gewaltige Anzahl ihrer Gegner betrachtete. Zum einen halfen ihnen die kompakte

Robustheit ihrer Körper und ihre Behändigkeit, zum anderen hielten ihre stählernen Rüstungen viel von den Schlägen ab. Vor allem die fünfeckigen Schilde wiesen bereits zahllose Beulen auf. Ein Stück hinter der Linie, die immer mehr die Form eines Halbkreises annahm, lagen eine Handvoll Zwerge mit gebrochenen Armen oder Beinen, einer von ihnen lag reglos auf dem Rücken und sein Helm war auf eine Weise eingebeult, dass er sich wohl nie wieder aus eigenen Kräften erheben würde.

Varnum rannte zu dem Toten, hörte anfeuernde Zurufe der Verletzten, während er Schild und Kampfaxt aufnahm und sich zu den Verteidigern gesellte.

Ein einzelner Eniatol war eine relativ leichtgewichtige Kreatur, aber in ihrer Menge wirkten sie erdrückend. So sehr die Axtschläger sich auch dem Druck entgegen stemmten, sie mussten immer weiter zurückweichen. Ihre Füße hinterließen tiefe Furchen im Sand des Strandes, so als schöbe die Menge der Eingeborenen die Eindringlinge ins Meer zurück. Aber in gewisser Weise war das wohl auch so.

Der junge Schürftaucher stand in der dritten Reihe, stemmte sich mit jenem Arm, der den Schild hielt, gegen den Rücken des vor ihm stehenden Zwerges. Mit der anderen hielt er die ungewohnte Streitaxt. Er zuckte zusammen, als er einen Stoß spürte und der neben ihm stehende Axtschläger wies mit der blutbefleckten Axt über sich. »Achte nicht auf den Rücken des Vordermannes, sondern auf den Himmel, Schürfer. Die Hiebe kommen von oben und nicht von vorne.«

Der Mann machte eine Ausfallbewegung und als Varnum nach oben blickte, erkannte er, dass der Axtschläger den Kolbenhieb eines Eniatol abgefangen hatte, der dem jungen Schürfer gegolten hatte. Blass nickte er dem Mann dankbar zu.

»Wir können ihnen nicht standhalten«, rief eine kräftige Stimme hinter Varnum. Es war Hendebart Zweischlag, der sich offensichtlich erholt hatte. Er stand wohl schon eine Weile im Kampf, denn was von seiner Rüstung und seinem Bart zu sehen war, triefte vom Blut der Feinde. »Wir müssen weichen, Axtführer, sonst überrennen sie uns.«

Als sei dies ein Stichwort gewesen, sprangen in diesem Augenblick tatsächlich etliche der Eingeborenen über die Verteidiger hinweg und landeten hinter ihnen im Sand. Hendebart wartete nicht, bis einer der Gegner wieder sicher auf den Beinen stand, sondern trennte den Leib eines Eingeborenen mit einer kreisförmigen Bewegung auf und sprang schon den nächsten an.

Esbort Wolkensturm wandte kurz den Kopf. Abermals sah er, wohl eher zufällig, Varnum an. »Lauf zu Theon und frag ihn, wie weit er ist. Wir können sie nicht mehr lange aufhalten.«

Von den Eniatol zusammengedrängt, wurde die Linie der Zwerge immer kürzer. Einige der Axtschläger konnten sie nicht verstärken, da sie damit beschäftigt waren, die Verwundeten und Toten zu bergen. Was auch immer geschehen mochte, sie würden keinen der ihren auf Eniatol zurücklassen.

Varnum rannte über den weißen Sand auf die Anlegestelle zu. Männer brachten Verwundete über den Steg an Bord und Theon stand oben an der Reling und sah bekümmert zu. Die Katapulte feuerten nun nicht mehr und das zweite Schiff hatte bereits losgemacht und setzte Segel. Als Theon den jungen Schürfer erkannte, legte er die Hände vor den Mund, um seine Stimme zu verstärken. »Sag dem Axtführer, er soll sich zurückziehen. Es kommen noch immer Eniatol aus dem Dschungel und wenn die Axtschläger sich nicht beeilen, werden sie die Insel nicht wieder verlassen.«

Varnum nickte und beeilte sich, Theons Worte zu übermitteln.

»Die hintere Reihe, nehmt die Verwundeten auf und zieht euch auf das Schiff zurück! Die anderen, haltet stand!«

Varnum packte mit an und sie trugen und zerrten verletzte Männer mit sich an Bord des Schiffes. Theons Matrosen hatten kräftige Leinen gespannt, welche die Eldont´eana mit Pflöcken am Strand verbanden. Die Anker waren bereits eingeholt und Matrosen standen bereit, die Segel zu setzen und die Leinen zu kappen, damit man rasch vom Land freikam.

Der Druck auf die Axtschläger wurde unerträglich und Esbort Wolkensturms Stimme erhob sich über den wilden Kampf. »Zum Sturm und Schlag auf mein Kommando, ihr Axtschläger des Clans! Zum Schiff, ihr Männer, eilt euch!«

Für einen Augenblick schienen die Eniatol verwirrt, als die Zwerge ihrem Druck plötzlich nachgaben. So schnell ihre Beine sie trugen, hasteten Esborts Männer über den Strand, auf das rettende Schiff zu. Hinter ihnen ertönte ein triumphierendes Zischen und Pfeifen, dann setzten die Eingeborenen nach. Mit ihren federnden Sätzen war es ihnen ein leichtes, die fliehenden Zwerge einzuholen.

Als die ersten Axtschläger den Steg erreichten, gab Esbort das Kommando. »Jetzt, ihr Männer! Schlagt sie!«

Eben noch in wilder Flucht begriffen, wandten sich die Zwerge um und griffen an.

Die Eniatol wurden von der ungestümen Attacke völlig überrascht. Die Vorderen hatten schon ihre Keulen zum Schlag erhoben, als die kleinen Männer sich ihnen stellten und ihre scharfen Äxte wirbeln ließen. Die Axtschläger wussten, worauf es ankam und nahmen keine Rücksicht auf sich selbst und schon gar nicht auf den Feind. Jetzt galt es, jetzt mussten sie die Eingeborenen auf eine Weise treffen, welche die Eniatol, wenigstens für eine Weile, zurüktrieb.

Es gibt Lebewesen, die für den Kampf mit dem Schwert, der Lanze oder dem Bogen geboren scheinen. Aber im Umgang mit der Axt erreicht kaum ein Kämpfer die Fertigkeiten eines Axtschlägers der Zwerge. In diesem verzweifelten Gegenangriff setzten die Axtschläger ihre letzten

Kraftreserven ein. Viele hatten die Schilde über den Rücken gehängt und ließen ihre langstieligen Kampfäxte in kreisenden Bewegungen wirbeln. Als gleiße ein silbriger Schimmer vor den Männern, der einen Regen fremden Blutes hervorrief.

Männer fielen, doch die Wucht des Angriffes war so groß, dass die Eniatol zurückwichen.

Esbort erkannte die Absetzbewegungen des Feindes, stekkte zwei Finger in den Mund und stieß einen gellenden Pfiff aus.

So schnell, wie die Zwerge eben noch vorgestürmt waren, ergriffen sie nun ihre Verwundeten und Gefallenen und hasteten erneut zum Schiff.

Wieder sammelten sich die Eniatol, strömten erneut über den Strand, aber die Axtschläger schafften es alle an Bord.

»Kappt die Leinen!«, brüllte Theon Klugweil und die Äxte seiner Matrosen gruben sich in die Halteleinen. »Setzt die Segel und legt Ruder!«

Man fand nicht die Zeit, den Steg einzuholen. Auch seine Verbindung wurde gewaltsam getrennt und er schlug aufklatschend ins Wasser. Die Eldont´eana wankte kurz, als der Zug der Halteleinen schlagartig nachließ und sie ein paar Meter vom Strand freikam.

Einige der Eingeborenen wateten ins Wasser, aber ihre Körper waren offensichtlich zu leicht, um darin stehen zu können. Zwei oder drei sprangen mit langen Sätzen und erreichten die Bordwand, zogen sich nach oben, um von den Äxten der Zwerge empfangen zu werden. Knatternd füllte sich das Hauptsegel und das Schiff legte sich leicht über, als es auf den Ruderdruck reagierte.

»Wir haben es geschafft«, seufzte Theon Klugweil erleichtert.

»Aber wir haben es teuer bezahlt«, brummte Esbort grimmig. Er musterte die hingestreckten Toten und Verwundeten an Deck. »Dennoch ist es ein geringerer Blutzoll, als ich befürchtet habe. Einen solchen Kampf habe ich gegen die Eingeborenen noch nie erlebt.«

Hendebart Zweischlag trat an seine Seite. »Ja, dieses Mal wollten sie es wohl wissen.«

»Sie sind nicht umsonst gestorben, die guten Herren«, murmelte Theon. »Wir haben Wasser und wir haben Holz. Mehr als genug.«

Esbort zog einen Lappen aus der Tasche seiner Hose und wischte Blut von seiner Axt. »Es wird auch eine Weile reichen müssen. So bald werden wir uns hier nicht mehr sehen lassen können.«

»An Deck«, erklang ein alarmierender Ruf von der Mastspitze. »Ruderschiffe umrunden das Land!«

»Verflucht, die Burschen sind zäh.« In Esborts Stimme klang widerwillige Anerkennung mit. Zusammen mit Theon und Hendebart trat er an die Reling und blickte in die Richtung, in die der Ausguck wies.

»Mit gutem Wind, sind wir schneller als sie.« Theon musterte die Ruderschiffe der Eniatol. Es waren gut drei Dutzend, die sich langsam und zielstrebig bewegten und wohl versuchten, dem Schiff den Weg zu verlegen. Als der Handelsherr zum Segel blickte, seufzte er abgrundtief. »Ich fürchte nur, der Wind ist nicht mit uns.«

Die anfängliche Brise, die das Schiff so rasch vom Strand entfernt hatte, kam offensichtlich zum erliegen. Schlaff hingen die Segel herab und während die Eldont´eana fast fahrtlos in der schwachen Strömung trieb, näherten sich die Ruderschiffe der Eniatol mit tödlicher Zielstrebigkeit.

26

Ena-Inedel-31717 ließ sich zufrieden auf vier ihrer Armbeine nieder und blickte über das Deck des anramischen Schiffes. Sie hatte ihre Mannschaft in den letzten Tagen gnadenlos gescheucht und dies hatte sich ausgezahlt. Wer es nicht besser wusste, konnte glauben, dieses Schiff sei schon immer mit Sendar gefahren. Ihre Krieger bedienten die Segel, Taue und Waffen des Feindes, als seien es schon immer ihre eigenen gewesen.

Hark-Inedel-241217, ein Männchen niederen Ranges, hatte ein Gespür für das Verhalten des Schiffes entwickelt und Ena musste anerkennen, dass er Wind und Wellen besser einzuschätzen verstand, als sie selbst. Er hatte sich ebenfalls auf die hinteren Armbeine niedergelassen und führte das große Ruderrad des Schiffes mit den beiden vorderen Gliedmaßen, als habe er nie etwas anderes getan.

Ena sah zu, wie einige Krieger in die Masten hinauf stiegen und wandte sich dann ihrem Steuermann zu. »Wenn du dich weiter so bewährst, Hark-Inedel-241217, wirst du vielleicht bald einen kürzeren Namen und höheren Rang erhalten«, lobte sie ihn. Sie klickte amüsiert mit ihren Kieferzangen. »Wer weiß, vielleicht darfst du eines Tages sogar ein Ei befruchten?«

Er scharrte vergnügt mit einem der Armbeine. »Da muss ich noch weit aufsteigen, Herrin des Schiffes. Die Befruchtung ist nur jenen gestattet, deren Zahl nicht mehr als drei Ziffern umfasst.«

»Wer weiß?« Sie trat an die Heckreling und sah auf das schaumige Wasser der Hecksee hinunter. »Wenn unsere Fahrt erfolgreich ist, wird vieles möglich sein.«

Sie sah zu dem Schiff hinüber, das ein Stück neben ihnen fuhr. Es war ein wenig größer als ihr eigenes und trug mehr Feuerrohre. Die dortige Herrin hatte einen höheren Rang, sie führte die Wasserstreife an, wie man die Mission der Schiffe inzwischen nannte. Ena war von der Führung der höheren Kriegerin nicht beeindruckt. Der Segeldrill war mäßig und die Feuerrohre stießen ungleichmäßig aus ihren Pforten. Ena war überzeugt, dass sie die Matriarchin leicht von ihren eigenen Qualitäten würde überzeugen können. Eine Kriegerin musste etwas riskieren, wenn sie aufsteigen wollte und dazu musste sie ihr tödliches Handwerk präzise beherrschen. Die Herrin des anderen Schiffes beherrschte es nicht. Jedenfalls nicht so gut, wie Ena selbst.

»Weißwolken über dem Wasser«, meldete ein Ausguck aus der Mastspitze.

Ena klickte überrascht mit den Kieferzangen. »Was soll das heißen? Was für Weißwolken?«

Der Krieger kletterte, mit dem Kopf voran, vom Mast und trat vor sie. »So etwas habe ich noch nie gesehen. Es sieht ein wenig so aus, wie der Rauch, der von Kochfeuern und Schmieden der Viergliedrigen aufsteigt, aber der Rauch ist nicht dunkel sondern ganz hell, fast weiß.«

»Auf dem Wasser gibt es kein Feuer, das brennen könnte.« Ena schob den Ausguck zur Seite und trabte zum vorderen Mast. »Ich werde es mir selber ansehen.«

Der Krieger war nicht beleidigt und folgte ihr zur Mastspitze. »Dort drüben. Einen halben Arm nach rechts, dicht unter dem Horizont.«

»Ja, ich kann es sehen. Merkwürdig, du hast Recht. Es steigt auf, wie der Rauch eines Feuers, aber es ist weiß. Dampf. Es könnte erhitztes Wasser sein.«

»Aber es gibt nichts, was auf dem Wasser brennt. Das hast du selbst gesagt.«

»Ich weiß, was ich gesagt habe.« Sie klammerte sich mit vier Armbeinen am Mast fest und die äußeren Nikhäute legten sich zum Schutz gegen die grelle Sonne über ihre Facettenaugen. »Es sind keine Segel, wie von einem Schiff Anrams. Trotzdem glaube ich, dass sich dort ein Schiff befindet. Ich kann es spüren.«

»Ein Schiff, das mit weißem Rauch fährt?«

»Es gibt viele Dinge, die wir noch nicht kennen.« Sie blikkte zum benachbarten Schiff hinüber. Dort hatte man den Rauch noch nicht erkannt. Wahrscheinlich verdeckte Enas Schiff dem anderen die Sicht. »Vielleicht ist es ja Land, von dem der weiße Rauch aufsteigt. Aber ich glaube, es ist ein Schiff.«

»Sicherlich ein merkwürdiges Schiff, wenn es mit weißem Rauch fährt.«

»Egal, wie merkwürdig es auch sein mag, es wird von Menschenwesen erbaut worden sein.« Sie klickte amüsiert mit den Kieferzangen. »Und Menschenwesen sind weich und lassen sich leicht töten.«

»Ja, das stimmt.« Der Ausguck wies auf das andere Schiff. »Soll ich der Herrin der Wasserstreife signalisieren?«

»Wir warten noch. Der Rauch kommt näher. Bald werden wir sehen, was es ist.«

Eine knappe Stunde später wusste Ena, dass sie Recht hatte. Wieder hing sie oben an der Mastspitze und klickte aufgeregt mit den Kieferzangen. »Ein Schiff. Ein seltsames Schiff, aber ein Schiff. Es ist weiß und hat keine Segel. Scheinbar dient der weiße Rauch seinem Antrieb. Es wird interessant sein, es sich anzusehen.«

»Glaubst du, das es Menschen sind, Herrin?«

»Was sonst? Von uns ist es nicht, also ist es der Feind. Signalisiere der Oberherrin.« Sie klickte vergnügt. »Sie hat das fremde Schiff noch immer nicht erspäht.«

Ena rieb sich gespannt die vorderen Armbeine. Ein wirklich interessantes Schiff. Es war anders als die des Reiches Anram. Aber sie würden sich ihm ebenso nähern, wie dem anramischen Schiff, das sie vor einiger Zeit versenkt hatten. Unter dem Stoffzeichen der Menschen. Die Menschen würden dem Stoffzeichen blind vertrauen, bis es zu spät war. Hoffentlich gab es wenigstens einen guten Kampf. Menschen ließen sich furchtbar leicht töten und ohne guten Kampf würde es keinen Ruhm und keinen Aufstieg in der Hierarchie der Sendar geben.

27

Esbort Wolkensturm und Theon Klugweil standen am Bug der Eldont´eana und sahen den sich nähernden Ruderschiffen der Eniatol entgegen. Eigentlich konnte man sich nicht einmal sicher sein, ob es sich wirklich um Schiffe handelte. Die Rümpfe waren sehr flach und linsenförmig. Es gab keine Segel und auch keine richtigen Ruder. Während die Wasserfahrzeuge näher kamen, erkannte man, dass sich einige der Eingeborenen außen an den Fahrzeugen festhielten und diese antrieben, in dem sie mit ihren flachen Leibern seltsam wellenförmige Bewegungen machten.

»Ihre flachen und breiten Körper machen es ihnen leicht«, brummte Theon. »Sie sind schneller, als unsere Ruderschiffe.«

»Sie wären noch schneller, wenn ein Schwarm Dornfische in der Nähe wäre.« Esbort lachte kalt. »Aber wenn man diese Biester mal braucht, sind natürlich keine da.«

»Ich vermute eher, dass die Eingeborenen sich vor den Raubfischen nicht zu fürchten brauchen.« Theon blickte kummervoll zu den Masten. »Kein Wind in Sicht. Kein Hauch zu spüren.«

»Immerhin ist die Eldont´nerevee in Sicherheit.« Esbort sah zu dem anderen Schiff hinüber, das sich zunehmend entfernte. »Seine Fracht wird das Überleben der Stadt sichern.«

Theon erblasste ein wenig. »Glaubst du, sie werden uns überwältigen? Wir hätten unsere Ruderschiffe mitnehmen sollen. Vielleicht … Vielleicht hätten sie uns schleppen können.«

»Sie sind nicht hier, also sei nicht närrisch.« Esbort stieß den Stiel seiner Axt auf die Planken. »Und sie hätten uns keinesfalls schleppen können. Nicht unter diesen Umständen. Ein Ruderschiff muss sich frei bewegen können, um zu einer tödlichen Waffe zu werden. Mit einem Schlepptau am Heck wäre es selbst nur ein Opfer. Nein, Theon, die Ruderschiffe des Clans sind nicht hier und wir müssen selbst um unser Überleben kämpfen.« Erneut stieß die Axt auf den Boden. »Immerhin, in den Schiffen des Feindes sind weniger Eingeborene, als wir an Land fanden.«

»An Bord der Eldont´eana sind auch weniger Zwerge, als die Eniatol an Land fanden.«

»Dennoch ist das Zahlenverhältnis günstiger.« Esbort seufzte. »Sie haben, genau wie wir, keine Fernkampfwaffen. Also müssen sie an Deck kommen, wenn sie uns schaden wollen. Wahrhaftig, ich liebe meine Axt und lasse nichts auf ihre Klinge kommen, aber manchmal wünschte ich mir doch, wir verfügten über Pfeil und Bogen oder die Wurflanzen unserer Brüder an Land. Nun gut, die Burschen müssen erst einmal an Bord klettern und das werden wir ihnen schwer machen, Theon, mein Freund.«

Hendebart Zweischlag trat mit Varnum heran. Der alte Kämpfer stieß ein leises Grunzen aus und strich dann über die Schneide seiner Waffe. »Axtarbeit nähert sich. Verdammt, Esbort, vor einigen Tagen glaubte ich noch, die Klinge werde Rost ansetzen, doch nun scheint es mir, als bliebe kaum die Zeit, sie von Blut zu befreien.«

»Sie werden uns nicht den Gefallen tun und nur von einer Seite angreifen.« Esbort blickte über das Deck. »Sie werden rundum an der Eldont´eana festmachen und wie ein Schwarm Sprintfische über uns herfallen. Aber diesmal können wir von oben schlagen und das werden wir nutzen. Sie dürfen ihre Schädel nicht über die Reling bekommen.«

Varnum räusperte sich und Esbort sah ihn an. »Was ist?«

»Die Katapulte.«

Theon schüttelte betrübt den Kopf. »Wir haben kaum noch Steine im Kiel. Fast der ganze Ballast ist draußen und mein schönes Schiff schon bedenklich instabil. Eine schwere Welle und es könnte kippen.«

»Zudem sind die Katapulte bei diesen schnellen Zielen zu ungenau«, knurrte Esbort. »Ah, ein schnelles Ruderschiff, das könnte durch ihre Boote hindurch schneiden und sie auf den Grund schicken …«

»Ich meinte auch nicht, dass wir mit den Katapulten schießen«, wandte Varnum ein und errötete ein wenig. »Aber diese Boote dort sind aus Holz und Esbort meinte, ein Ruderschiff würde sie schneiden können.«

»Es sind keine Ruderschiffe da«, knurrte Esbort und stieß abermals seine Axt auf das Deck.

Inzwischen kamen die Eingeborenenfahrzeuge näher. Die Eniatol hatten wohl erkannt, dass das Zwergenschiff ihnen nicht entkommen konnte und ließen sich Zeit, um ihre Kräfte für den Kampf zu schonen.

»Also, die Katapulte sind nicht genau genug«, sagte Varnum leise, »aber ihre Steine würden ein solches Boot sicherlich zertrümmern?«

»Bestimmt«, sagte Theon entschieden.

»Schön, dann warten wir, bis die Boote an unserem Schiff anlegen und werfen dann die Steine von oben hinunter.«

Esbort verschluckte sich und grinste dann breit. Auflachend schlug er Varnum auf die Schulter, was diesen vernehmlich ächzen ließ. »Verflucht, warum ist mir diese Idee nicht selbst gekommen? Ob sie weit entfernt oder an unserer Bordwand sinken … Hauptsache, sie sinken.« Der Axtführer kratzte sich im Nacken und zupfte dann mit einer Hand an seinen Bartzöpfen. »Steine, Theon. Wir brauchen Steine und jede Menge davon.«

»Ich habe keine …«

»Das will ich nicht wissen«, stieß Esbort grimmig hervor. »Eben sagtest du, du hättest noch Ballast.«

»Er ist kaum noch diesen Begriff wert. Das Schiff wird kentern, wenn …«

Im Augenblick schien es Theon Klugweils Schicksal zu sein, nicht aussprechen zu dürfen. Diesmal wurde er von Varnum unterbrochen. »Die schweren Wasserfässer als Ballast nach unten und die Steine als Wurfgeschoss an Deck. Das müsste doch gehen.«

Theon ächzte. »Und wenn ich meine schöne Eldont´eana an der schwimmenden Stadt entlade, kippt sie um und sinkt.«

»Bah, die Schürfer holen dir vorher ein paar schöne Steine vom Meeresgrund hoch, nicht wahr?« erneut schlug Esbort Varnum auf die Schulter und der junge Schürfer nickte benommen.

Der Handelsherr der Zwergenstadt schlug sich in die Hände und atmete tief durch. »Schön, wie ihr meint, meine Freunde.«

Nachdem er sich entschlossen hatte, handelte Theon mit der gebotenen Eile. Er rannte über das Deck, brüllte seine Kommandos und Matrosen hasteten unter Deck. Esbort hingegen verteilte seine Axtschläger entlang der Reling. Viel zu wenige kampffähige Männer für die Länge des Decks. Der Axtführer legte Varnum die Hand auf die Schulter und dieser zuckte unwillkürlich zusammen. Von den aufmunternden Schlägen des alten Kämpfers schmerzte ihm jeder Muskel. »Wenn deine Idee nicht funktioniert, dann wird es böse enden, Varnum Säulenfund. Aber wenn sie funktioniert, wird man eine Ballade über diesen Tag schreiben.«

»Seid gefälligst leise«, rief Hendebart Zweischlag grimmig, als eine Ladung schwerer Steine neben ihm an Deck polterte. »Diese verdammten Burschen müssen nicht gleich wissen, was wir mit ihnen vorhaben.«

Die Wasserfahrzeuge der Eingeborenen waren nun sehr nahe. Das drohende Zischen und Pfeifen der Geschöpfe war zu hören. Einige reckten kampfeslustig ihre Keulen und von Bord der Eldont´eana aus sah man, wie sich die Gruppe der Boote zu teilen begann, um das Handelsschiff einzuschließen. Am Strand hatte sich eine Unzahl weiterer Eniatol versammelt. Sie konnten dem Schauspiel zusehen und waren sich sicher, dass an diesem Tag eine Vielzahl von Zwergenschädeln eingeschlagen würde.

»Wartet, bis sie an die Bordwand stoßen«, befahl Esbort. »Kein Stein darf daneben gehen.«

Direkt unter dem Bug, wo sie standen, schlug eines der Wasserfahrzeuge an den hölzernen Rumpf der Eldont'eana.

»Dir gebührt die Ehre«, brummte der Axtführer und wies auf einen der schweren Ballaststeine. »Du darfst den Ersten werfen.«

Varnum hob den Stein an und ächzte leise. Der Stein hatte Äonen in Strandnähe im Meer gelegen und war von den Wellen glatt geschliffen worden. Er war rundlich wie ein Geschoss und Varnum hob ihn erst auf die hölzerne Reling, sah für einen Moment nach unten, direkt in die glühenden Augen der Eniatol. Die ersten beiden versuchten bereits, an der Bordwand Halt zu finden, als Varnum den Stein entschlossen anhob und dann mit Kraft nach unten warf.

Es gab ein splitterndes Geräusch und heftiges Pfeifen bei den Eingeborenen. Der Stein zerschmetterte den Schädel eines Eniatol und schlug dann auf den hölzernen Rumpf. Er hatte noch immer genug Wucht, die dünne Holzwandung zu zerschlagen. Instinktiv stieß Varnum einen jubelnden Schrei aus, als Wasser in kräftigem Schwall ins Fahrzeug eindrang.

Eniatol zischten und pfiffen und versuchten, an der Bordwand des größeren Schiffes Halt zu finden, während ihr Fahrzeug unter ihnen versank. So effektiv sie auch schwimmen und ein Boot antreiben konnten, wenn sie sich an ihm festklammerten, so schienen sie doch keine wirklich guten Schwimmer zu sein. Jene, die im Wasser landeten, ruderten mit Armen und Beinen und versuchten verzweifelt, am Schiff empor zu klettern oder das nahe Ufer zu erreichen.

Auch an anderen Stellen waren nun das Krachen einschlagender Steine und das zufriedene Rufen der Zwerge zu hören. Varnum hob einen zweiten Stein auf und sah aus den Augenwinkeln, wie einer der Eniatol die Reling packte. Bevor das Geschöpf sich herauf ziehen konnte, beugte Esbort sich vor und spaltete ihm den Schädel. »Ein Tag für eine Ballade«, knurrte der Axtführer zufrieden. »Und für eine verdammt lange Ballade, noch dazu.«

Varnum ließ den Stein in ein anderes Boot fallen, grinste die Eniatol dabei an, die jedoch nicht ganz so hilflos waren, wie der junge Schürfer angenommen hatte.

»Vorsicht!« Hendebart packte Varnums auf dem Rücken verknotete Bartzöpfe und zog, aber es war fast zu spät.

Immerhin, die geschleuderte Keule hätte ihr Ziel, Varnums Schädel, beinahe verfehlt. Aber nur beinahe. Der junge Schürftaucher spürte einen brutalen Schlag an der Stirn und wie er nach hinten geworfen oder gerissen wurde, dann wurde es Nacht um ihn.

28

Segelmeister Theodman und Kapitän Tellman wirkten unerschütterlich, wie sie neben dem Rudergänger am Heck der Seefalke standen. Sie nutzten einen stetigen Wind, der den kleinen Zweimaster mit sich über das Meer führte. Stunde um Stunde und Tag um Tag. Man merkte an den Blicken und dem ungewöhnlichen Schweigen der Mannschaft, dass sich schlechte Stimmung ausbreitete und die beiden Männer konnten das gut verstehen.

»Wende einleiten, Kapitän?« Theodmans Stimme klang ruhig und respektvoll wie immer.

»Wende einleiten«, bestätigte Tellman.

Der Segelmeister gab die erforderlichen Kommandos und Seeleute sprangen an die Leinen und enterten in den Vordermast, um die Segel auszurichten, als das Ruder gelegt wurde und das Schiff langsam herum schwang, bis es auf Gegenkurs gegangen war.

Tellman hörte einige gemurmelte Bemerkungen von Seeleuten und ignorierte sie, wirkte unbewegt, wie schon seit Tagen. Er wusste, welche Sorgen die Mannschaft plagten und ihm erging es nicht anders. Aber er war der Kommandant und sie erwarteten von ihm, dass er sie führte. Doch jetzt, in dieser Situation, wusste Tellman nicht, wie und wohin er seine Männer führen sollte und er versuchte dies vor ihnen zu verbergen. Vielleicht gelang ihm das sogar recht gut, aber Segelmeister Theodman konnte er nicht täuschen.

»Die dritte Wende, die Küste entlang«, bemerkte Theodman beiläufig und trat etwas näher, um seine Stimme zu senken. »Welchen Sinn soll das haben, bei allem Respekt, Kapitän?«

Tellman biss sich auf die Unterlippe, warf einen raschen Blick zum Rudergänger und nickte dann unmerklich. »Ich kann und will mich nicht damit abfinden, dass wir nicht einmal einem anderen Streifenschiff begegnen. Diese

Bestien mögen das Land überrannt haben, aber wir hatten doch Schiffe auf See. Wo, bei allen Teufeln der Finsternis, sind sie?«

»Ich weiß es nicht.« Theodman musterte die Segel und stieß einen schrillen Pfiff aus. »Strafft mir die Leinen vom Hauptsegel! Es hängt schlaff wie mein Magen!« Seine Stimme wurde erneut zu einem Flüstern. »Vielleicht gingen die anderen Schiffe den Bestien ahnungslos in die Falle, als sie den Hafen anliefen.«

»Das glaube ich nicht«, erwiderte Tellman bestimmt. »Einige, ja, das will ich einräumen. Aber niemals alle. Es müssen noch welche von uns auf See sein.«

»Selbst wenn, Kapitän … Die See ist groß und Schiffe können sich darin verlieren ohne einander zu begegnen. Wir müssen überlegen, was nun zu tun ist, Kapitän. Wir, das Schiff, wir alle brauchen Ihre Entscheidung, Sere Tellman.«

Der Kapitän trat an die Heckreling und blickte auf die Flagge Anrams, die stolz im Wind auswehte. Waren sie nun die Einzigen, die dieses Zeichen noch führten? Waren das große Reich Anram und seine stolze Flotte unter den Leibern der Bestien untergegangen? Er konnte das einfach nicht glauben.

»Na schön, Segelmeister.« Tellman stieß sich von der Reling ab. »In einer Stunde kommst du mit dem Geschützmeister in meine Kajüte. Dann werden wir besprechen, was zu tun ist.«

Zum Höchststand der Sonne, als der Wachwechsel vorgenommen wurde, musterte Tellman die auf dem Deck zur Musterung angetretene Mannschaft. Was er sah, gefiel ihm nicht. Die Männer begannen sich gehen zu lassen, pflegten ihre Uniformen nicht wie gewohnt. Da hing ein Hemd aus der Hose, dort fehlte ein Knopf, ein anderer hatte sein Halstuch nicht ordentlich gebunden. Die Haltung war respektvoll, aber da war keine Erwartung in den Blicken, keine Hoffnung in den Augen. Die Disziplin begann zu zerfallen und er war erschrocken, in welch kurzer Zeit dies geschah. Theodman hatte Recht, es war höchste Zeit, der Mannschaft und dem Schiff wieder ein Ziel zu geben.

Eine knappe halbe Stunde später saßen Kapitän Tellman, Segelmeister Theodman und Geschützmeister Karnman in der Heckkajüte. Tellman war mit seinem Kapitänspatent der einzige wirkliche Offizier, aber die beiden anderen nahmen auf einem so kleinen Schiff einen ähnlichen Status ein.

»Irgendwo auf Anram an Land zu gehen, macht keinen Sinn«, stellte Karnman fest und beugte sich über die Karte, die sie auf dem Tisch des Kapitäns ausgebreitet hatten. »Vielleicht sind diese Biester ja nicht überall, aber ich denke, das Risiko, ihnen zu begegnen, wäre zu groß.«

»Wenn sie das Reich wirklich erobert haben, dann werden sie seine Küsten beobachten. Von dort droht ihnen dann die einzige Gefahr.« Theodman strich sich über seinen fülligen Bauch und stieß herzhaft auf. »Und da wir kein Signalfeuer oder Hilfesignal von Land aus gesehen haben, vermute ich, dass sie das Reich tatsächlich überwältigt haben.«

»Es muss noch Menschen geben«, sagte Tellman entschieden. »Sie können das Reich nicht restlos überrannt haben. Die königlichen Truppen sind stark und gut bewaffnet.«

»Mag sein«, knurrte Theodman und in seiner Stimme schwang die Verachtung eines Seemanns gegenüber den Landbewohnern mit, »aber von des Königs Heer ist nichts zu sehen.«

»Auch nicht von der Marine«, warf Karnman ein. »Außer uns.«

»Jedenfalls werden wir früher oder später an Land gehen müssen.« Tellman lehnte sich leicht zurück. »Wir müssen schließlich Trinkwasser und Proviant aufnehmen.«

Karnman nickte. »Pulver und Kugeln haben wir noch genug. Die Magazine sind gut gefüllt.«

»Es kam ja auch noch nicht zum Kampf. Das kann sich schnell ändern und dann haben wir keine Basis, wo wir Nachschub empfangen können.« Der Kapitän legte die Fingerspitzen aneinander. »Wir könnten versuchen, eines der Küstendepots anzulaufen.«

»Direkt zwischen die Zangen der Bestien?« Theodman schüttelte den Kopf. »Keine gute Idee. Wir haben nicht einmal Soldaten an Bord, die eine Landmannschaft schützen könnten. Die Batterien des Schiffes können uns an Land kaum decken.«

»Das ist wahr.« Er beugte sich vor und musterte die Eintragungen der Karte. »Ich denke, es ist am sinnvollsten, wenn wir auf die nördliche Handelsroute zuhalten und langsam auf ihr kreuzen. Es sind Handelsschiffe von uns draußen und mit etwas Glück, werden wir einem begegnen. Hier, diese kleine Inselgruppe, Theodman, sie liegt an der Route und ich meine, dort könnten wir Proviant und Trinkwasser aufnehmen.«

Auch der Segelmeister beugte sich nun vor, strich sich nachdenklich über das Kinn und nickte zögernd. »Die Inseln der vollen Hand. Heißt so, weil die Inseln wie eine Handfläche mit ihren Fingern aussehen. Ja, hier auf dem Mittelfinger, da gibt es gutes Wasser und Früchte. Das Holz dort, es taugt nicht viel, aber man kann es für Reparaturen verwenden.«

»Wir werden die Inseln der vollen Hand ansteuern«, entschied Tellman. »Ich hoffe, dass wir auf dem Kurs einem anderen Schiff begegnen. Irgendwo gibt es noch Schiffe der Flotte und wenn wir uns sammeln, dann können wir vielleicht zu einem Gegenschlag ausholen.«

»Mit allem Respekt, Kapitän«, Karnman lachte freudlos, »aber was sollen ein paar Schiffe, wenn wir denn welche finden, ausrichten, wo ein ganzes Landreich nichts bewirken konnte?«

»Wir werden sehen.« Tellmans Augen wurden kalt. »Aber irgendwie und irgendwann, werden diese Bestien bezahlen.«

»An Deck!« Der Ruf des Ausgucks drang durch das kleine Oberlicht herein. »Segel Rechtsweisend voraus!«

»Den Göttern sei Dank.« Tellman sah die anderen auffordernd an und rollte die Karte zusammen. »Nun wissen wir bald mehr. Wenigstens sind wir nicht mehr alleine auf See.«

Sie gingen oder rannten alle an Deck. Auch die wachfreie Mannschaft und die Familie von Fennegman. Tellman sah sogar den Fischer Wandeman, der sich in den letzten Tagen kaum hatte blicken lassen und sehr bedrückt wirkte. Aber jetzt sahen sie alle hoffnungsvoll auf die fernen Segel.

»Kurs legen und alle Segel setzen«, befahl der Kapitän. »Ich will nicht, dass der Bursche uns einfach davonfährt. Er scheint uns noch nicht gesehen zu haben.«

»Ja, ein lausiger Ausguck«, brummte Theodman und warf einen Blick zur eigenen Aussichtsplattform.

Tellman folgte dem Blick des Segelmeisters und sah dann Merotjong an. Der Mann oben war gut, aber das jüngste Mannschaftsmitglied, wenn man von Fennegmans Sohn Torbjong einmal absah, war Merotjong und er hatte schon oft bewiesen, dass er ein hervorragender Ausguck war. Auf einen knappen Wink des Kapitäns enterte der junge Matrose in den Vordermast auf.

»An Deck«, rief er sofort. »Ein Dreimaster der Marine und er hat uns nun gesehen. Sie nehmen Kurs auf uns!«

Jubel ertönte. An Merotjongs Worten konnte kein Zweifel bestehen. Wenn er sagte, es sei ein Schiff der königlichen Marine Anrams, dann verhielt es sich auch so. Selbst Tellman war die Erleichterung anzusehen.

Nur Theodman wirkte noch seltsam angespannt. Er beschattete seine Augen, um das andere Schiff besser beobachten zu können. »Nicht nur ein lausiger Ausguck«, knurrte er, »sondern auch lausige Segelbeherrschung. Die Segel des Vordermastes kommen ungleich herum. Den Segelmeister würde ich mir gerne mal vornehmen.«

»Vielleicht ein neues Schiff«, warf Fennegmans Sohn Torbjong ein.

Einer der Matrosen warf ihm einen spöttischen Blick zu und spuckte in die See. »Sind immer genug erfahrene Seemänner an Bord. Die bringen es den Neuen schon bei, mein Junge.«

Sere Tellmann beobachtete das näher kommende Schiff. Nur langsam wurde unter der riesigen Pyramide der Segel der hölzerne Rumpf erkennbar. Noch war die Entfernung zu groß, um die Details erkennen zu können, aber der Bug verriet unzweifelhaft die Hand anramischer Werftmeister.

»Das ist die Faust von Anram«, rief Merotjong wenig vorschriftsmäßig. »Ich kann ihr Bugwappen erkennen.«

»Verdammt, hat der Bursche gute Augen«, brummte Theodman anerkennend.

Sere Tellmans Gesicht erstarrte. Für Sekunden starrte er wie benommen auf das andere Schiff, bevor er herumwirbelte. »Die Trommeln schlagen! Alle Mann auf Kampfposition!«

Theodman und die anderen starrten ihn verwirrt an, bis der Segelmeister plötzlich erblasste. »Ihr Götter. Sie lag im Hafen.«

»So ist es«, sagte Sere Tellman grimmig. »Sie lag im Hafen, als wir einlaufen wollten. Sie kann nicht von unseren Männern bemannt sein.«

»Verflucht, Männer, worauf wartet ihr noch?«, brüllte Theodman. »Ihr habt den Kapitän gehört! Auf Kampfstation!«

Die Männer waren noch immer verwirrt, aber sie begannen den Befehl zu befolgen. Trommeln wurden geschlagen und die Mannschaft verfiel sofort in die Routine langer Übung, um sich und den Seefalken auf den Kampf vorzubereiten.

»Ich hätte es wissen müssen«, brummte Theodman missmutig. »Verdammt, ich hätte es einfach erkennen müssen. Keine unserer Mannschaften segelt derart schlecht.«

»Ich hoffe nur, dass sie ebenso schlecht schießen.« Tellman sah auf Fennegmans Familie und den Fischer Wandeman. »Unter Deck, und zwar sofort. Die Seefalke geht in den Kampf und ich will euch nicht an Deck haben.«

Lederne Schutzhüllen wurden von den Kanonen gelöst, die schweren Waffen zurückgezogen, damit sie für den ersten Schuss geladen werden konnten.

»Die Faust von Anram ist ein Zweidecker mit 54 Kanonen«, sinnierte Tellman und sah Karnman an. »Geschützmeister, ich will bei der ersten Salve Pfeifer! Nur die linke Batterie! Nur die Linke! Und jeder verdammte Schuss muss sitzen! Und die Pforten bleiben noch geschlossen!«

Karnman nickte. »Ich werde jede Kanone selber ausrichten, Kapitän, verlassen Sie sich auf mich.«

»Riskant«, sagte Theodman leise. »Pfeifer haben keine große Reichweite. Wenn diese Bastarde mit Vollkugeln schießen, haben sie eine viel größere Reichweite und können uns erwischen, bevor wir ihnen Eins verpassen.«

»Du sagtest vorhin, die Segelübung des Feindes sei schlecht.«

»Es gibt keine schlechtere, Kapitän.«

»Und ich sage dir, Segelmeister, ihre Geschützübung wird ebenso mies sein.«

Theodman strich sich über den dicken Bauch und grinste. »Das mag stimmen, Kapitän, das mag wirklich stimmen.«

Pulversäcke wurden in Mündungen gesteckt und in die Kammern geschoben, Pfropfen und Kugeln angesetzt und fest gestoßen. Zündpulver kam auf die Pfannen und die Kanoniere hielten die Lunten bereit. Mannschaftsmitglieder trugen weitere Ladungen zu den Waffen der linken Batterieseite. Obwohl das Schiff 160 Mann Besatzung hatte, reichte sie kaum aus, beide Batterien gleichzeitig zu bedienen und dabei die Segel zu handhaben. Nur im äußersten Notfall kämpfte ein Schiff gleichzeitig nach zwei Seiten. Tellman hatte sich für die linke Batterie entschieden und würde also so manövrieren, dass deren zehn Waffen zum Einsatz kamen.

»Sie sind wirklich miese Segler.« Theodman wirkte bei dieser Bemerkung allerdings sehr zufrieden. »Wir haben den Windvorteil und können sie auf beiden Seiten nehmen. Sie wollen sie über den Bug nehmen, Kapitän?«

»Das Manöver muss zeitlich genau stimmen, Segelmeister. Legen wir das Ruder zu früh, dann riechen sie den Braten und drehen mit. Dann steht es Breitseite gegen Breitseite. Ihre 27 Kanonen einer Seite gegen zehn von den unseren. Aber ich denke, sie sind lausige Schützen.«

»Legen wir zu spät Ruder, dann rammen sie uns mittschiffs.« Theodman grinste. »Verlassen Sie sich ganz auf mich. Ich sorge schon dafür, dass wir die Bastarde vom Bug zum Heck bestreichen können.«

»Und ich sorge dafür«, warf Karnman ein, »dass sie danach keinen Mast mehr stehen haben.«

Noch immer war die Entfernung zu groß, um das Feuer zu eröffnen. Aber alles war bereit und die Trommeln waren verstummt. Erwartungsvolles Schweigen hatte sich über das Schiff gesenkt, begleitet vom Knarren des Rumpfes, dem leisen Flappen der Segel und dem Klatschen der Wellen.

»Männer, hört mich an.« Tellman spürte, dass es an der Zeit war, ein paar Worte an seine Besatzung zu richten. Er sah, wie sich ihm ihre Köpfe zuwandten. »Was nun geschieht, ist auch für mich nur schwer zu begreifen. Anram, unser geliebtes Land, ist angegriffen worden und, so wie es aussieht, gefallen. Niemand von uns weiß wirklich, was geschehen ist und was in Zukunft geschehen wird. Jeder von uns hofft, dass wir nicht die letzten freien Männer Anrams sind. Aber was wir wissen ist, dass auf jenem Schiff dort vorne der Feind ist. Jener unbarmherzige Feind, der Männer, Frauen und Kinder erbarmungslos getötet hat. Aber dieser Feind dort, er wird nicht auf Wehrlose treffen sondern auf ein kampfstarkes Schiff des Königreiches Anram.«

Die Männer sahen zu ihm und ihre Gesichter waren schwer zu deuten. Karnman stellte einen Fuß auf eine seiner geliebten Kanonen und als er keine Reaktion bei den

Männern sah, reagierte er instinktiv. »Machen wir Fischfutter aus ihnen«, brüllte er mit aller Kraft. »Senden wir sie zu den Dornfischen hinunter!«

Ein paar Männer stimmten zögernd ein, aber dann wurden sie alle mitgerissen. Tellman seufzte erleichtert und sah Theodman mit dünnem Lächeln an. »War nicht besonders gut, was, Segelmeister?«

»Ging so.« Theodman hakte die Daumen hinter seinen Leibgurt. »Jedenfalls sind Sie ein besserer Redner, Kapitän, als die Bastarde da drüben Segler.« Er grinste flüchtig. »Ist gleich so weit.«

Sere Tellman blickte nach Vorne. Nun wurden Einzelheiten an Bord der Faust von Anram erkennbar und es war offensichtlich, dass sie keine menschliche Besatzung mehr trug. Dass diese Kreaturen das Reich überrannt hatten, war sicherlich eine Sache, aber dass sie in den wenigen Tagen gelernt haben sollten, mit den fremden Segelschiffen und Kanonen umzugehen, dass war etwas ganz Anderes. Irgendwie konnte er es noch nicht glauben, obwohl er nun sah, wie sich die Waffenpforten der Faust von Anram öffneten.

»Die Geschützübungen sind genau so schlecht, wie der Umgang mit den Segeln«, rief Karnman scheinbar gut gelaunt.

Tellman und Theodman sahen sich kurz an und nickten sich zu. »Ruder Hartlage rechts«, brüllte der Kapitän. »Pforten auf und Feuer frei!«

»Stütz Ruder!« Theodman sah, wie die beiden Gefechtsrudergänger das Rad herumwirbelten. Die Seefalke legte sich über und der Segelmeister trat hinzu und half den beiden Männern. Unglaublich schnell und agil reagierte der kleine Zweimaster und schwang herum. Von dem verwirrten Gegner lösten sich ein paar Schüsse, die weit ab ins Meer schlugen.

Leise knarrend schwangen die Waffenpforten der Seefalke auf und die zehn Kanonen der linken Breitseite stießen ihre Mündungen gleichzeitig ins Freie. Karnman machte sein Versprechen wahr und rannte an den Geschützen entlang, während das Schiff den Bug des Gegners passierte und gab im richtigen Moment den Feuerbefehl.

Die Kanonen brüllten nacheinander auf und ihre Geschosse gaben ein grelles Pfeifen von sich. Statt mit den üblichen Vollkugeln feuerten die Waffen mit Kettengeschossen. Zwei Halbkugeln, die durch eine Kette miteinander verbunden waren und die beim Abschuss wild in der Luft trudelten. Auf größere Entfernung war damit kein Schaden anzurichten, aber hier war die Distanz nur kurz und die wirbelnden Metallteile fegten vom Bug zum Heck des Gegners.

Karnman und seine Kanoniere hatten gut gezielt. Bersten und Splittern war zu hören, während die Takelage und Segel der Faust von Anram zerfetzt wurden. Der Vordermast wurde kurz über dem Deck abgeschlagen, neigte sich, kippte vornüber und zerschlug den Bug, der Mittelmast wurde auf halber Höhe angeschlagen, hielt sich einen Moment und stürzte dann zur Seite.

»Hartlage rechts«, befahl Tellman. »Wir wollen ihm nicht vor die Breitseite geraten. Volle Wende und dann geben wir ihm Vollkugeln in den Bug.«

Die Kreaturen, welche das angeschlagene Schiff bemannten, waren überfordert. Der zur Seite gekippte Mittelmast zog das halb wracke Schiff herum, seine Kanonen feuerten unregelmäßig und nur eine Kugel pfiff dicht am Heck der Seefalke vorbei, die agil wendete und dann nacheinander zehn massige Vollkugeln in den Bug des Schiffes feuerte. Das Schiff war dem Untergang geweiht und jene, die es besetzt hielten, schienen dies nun erkannt zu haben. Doch keine der Kreaturen sprang ins Wasser. Stattdessen strebten sie den höheren Deckteilen zu, um ihr Schicksal noch hinauszuzögern.

Umsonst.

Es dauerte kaum eine Stunde, dann sank die Faust von Anram über den Bug auf den Meeresgrund, begleitet vom Jubel der Mannschaft der Seefalke.

Sere Tellman sah schweigend zu, starrte grimmig auf die Fahne des Königreiches, die als letztes von der Meeresoberfläche verschwand.

»Das nächste Mal wird es vielleicht nicht so einfach werden«, murmelte Theodman.

»Ich weiß, sie werden lernen.« Der Kapitän umklammerte die Reling so fest, dass die Knöchel seiner Hände weiß hervortraten. »Aber auch wir werden lernen, Segelmeister. Es mag sein, dass diese Kreaturen unser Land beherrschen, Theodman. Aber die See, die werden wir ihnen streitig machen.«

29

Der Königspalast in der Hauptstadt des Reiches Telan war sicherlich ein imposanter Bau, ebenso wie die Häuser der Handelsherren, die zusätzlich mit ihrem Wohlstand protzten, aber dennoch ragte die Admiralität aus all diesen Bauwerken heraus. Nicht aufgrund ihrer Größe, und ihre Bedeutung stand sicher hinter der des Palastes zurück, doch es war ein Bau, der Geschichte zu atmen schien. Generationen von seefahrenden Telanern hatten hier ihre Spuren und Andenken hinterlassen. Die Erinnerungsstücke unzähliger Forschungsexpeditionen und bestandener Seekämpfe füllten die Gänge und Räume der Admiralität. Skulpturen und Gemälde, bis hin zum Heckkastel der berühmten Ionasaar, des Flaggschiffes der Schlacht der Korallenbänke. Als man das alte Schiff vor Jahrhunderten abwrackte, hatte man den reich verzierten Heckaufbau erhalten und in der Eingangshalle der Admiralität aufgebaut, Zeugnis für den Ruhm der Seestreitkräfte Telans.

Die gewaltige Halle wurde von meerblauen Säulen getragen und von einer Kuppel gekrönt, die in schwarzem Stein und weißem Kristall den Sternenhimmel zeigte, der den Seefahrern so lange Jahre als ausschließliche Navigationshilfe gedient hatte. Von der Halle zweigten die langen Gänge ab, die zu den unzähligen großen und kleinen Räumen führten. Hier schlug das Herz der Flotte, wie man im Volksmund sagte, doch jeder Angehörige der Admiralität akzeptierte, dass Telans Macht zur See auf den Besatzungen der Schiffe beruhte. Sie waren die Werkzeuge, deren Stahl in der Admiralität geschmiedet wurde.

Hier konstruierte man die Schiffe, vom kleinen Beiboot bis zum großen Schlachtschiff und hier konstruierte man auch die Maschinen, mit denen sie erbaut und angetrieben wurden. Hier handelte man um die Rohstoffe, die für den Erhalt der Flotte lebensnotwendig waren und hier sorgte man sich um die Männer und Frauen, welche die Schiffe bemannten. Diese Sorge endete nicht, wenn ein Besatzungsmitglied auf See geblieben war. Man gedachte der Toten in Ehren und ihr Leiden und Sterben ermahnte die Lebenden, Sorgfalt in allen Arbeiten und Entscheidungen zu üben.

Dies galt in besonderem Maße für den kommandierenden Admiral der Flotte.

Jedes Mal wenn Merent-Kai, amtierender Admiral und Freund des Königs, den Weg zu seinem Amtsraum nahm, musste er durch einen besonders langen Gang schreiten. Boden und Wände waren in schlichtem Weiß gehalten, die Wände in dunklem Blau. In sie waren die Namen jener eingefräst, die auf See gefallen oder verschollen waren. Jeder Name, von Anbeginn der Schrift und es gab einen Gang im Königspalast, der dieselbe Funktion für die Landstreitkräfte hatte.

Als Merent-Kai an diesem späten Nachmittag durch den Gang schritt, verharrte er zum ersten Mal seit langer Zeit und sah die scheinbar endlosen Namenskolonnen ganz bewusst an. Auf schmerzliche Weise war ihm klar, dass noch viele Namen ihren Platz an dieser Wand finden würden. Wohlstand und Freiheit des Reiches Telan wurden oft genug mit dem Blut seiner Männer und Frauen erkauft.

Merent-Kai war lange zur See gefahren und es gab dort so vieles Neues zu entdecken. Er freute sich über jeden friedlichen Kontakt und es gab nicht wenige Eingeboreneninseln oder große Völker, mit denen Telan handelte. Aber nicht alle Lebewesen waren friedlich und dies erforderte eine Macht zur See, die in der Lage war, die wichtigen Handelswege zu schützen. Nun schien es, als sei man erneut auf eine Gefahr gestoßen.

Merent-Kai seufzte leise und ging dann weiter auf seinen Amtsraum zu. Die beiden Ehrenposten salutierten und er nickte ihnen freundlich zu. Yalvar, sein Sekretär, erwartete ihn bereits und hielt einen Becher heißen Kräutertrank für den Admiral bereit, der sich ächzend in seinen Sessel sinken ließ und die vorbereiteten Schriftstücke zu sich heranzog.

»Ihre Majestät und der Rat sind bereits auf dem Weg und werden bald eintreffen«, erinnerte Yalvar mit leiser Stimme und schenkte Merent-Kai nach.

»Ich muss erst den Bericht der Werft über den Zustand der Eretanaar lesen«, knurrte der Admiral. »Man wird Fragen haben, die es zu beantworten gilt und ich schätze es nicht, die Antworten nicht zu kennen. Gibt es Neues vom verletzten Kapitän?«

»Man konnte ihn nur kurz befragen.« Yalvar rückte seine Sehhilfe auf die Nase zurück und lächelte gutmütig. »Die Kundigen sagen, er werde genesen.«

»Gut.« Merent-Kai nickte unbewusst. »Er hat mehr Glück, als viele von seiner Besatzung.«

Es pochte höflich an der Doppeltür und eine der Wachen sah herein. »Ihre Majestät und der Rat sind eingetroffen.«

Automatisch schritt Yalvar zur Seite, während Merent-Kai sich höflich erhob, um seine Gäste zu begrüßen. Es war eine wichtige Angelegenheit des Reiches, zu welcher der König und der Hohe Rat zusammentrafen. Wäre es um einen Vorfall an Land gegangen, so hätte man sich im Amtsraum Ihrer Majestät getroffen, aber das Ereignis hatte auf See stattgefunden.

So wie im Amtsraum des Königs eine riesige Karte des Reiches Telan vorhanden war, so gab es in dem des Admirals eine riesige Karte der Welt, wie sie bekannt war. Hier waren die Landmassen nur in ihren Umrissen angedeutet, doch dafür jede entdeckte Insel vorhanden.

»Eure Majestät, Hohe Räte, ich heiße Euch willkommen«, grüßte der Admiral freundlich. Er deutete auf die bereitgestellten Sitzmöbel. »Es betrifft eine Angelegenheit des Wassers und sie scheint mir ernst genug, so dass ich Euch eingeladen habe.«

»Wir haben die Eretanaar im Hafen liegen sehen«, brummte Handelsherr Jolos-Tar missmutig, »und so, wie das Schiff aussieht, muss es wohl ernst sein.«

König Leos-Hod-Telan nickte freundlich und hob die Hand, gebot Schweigen. »Der Hohe Admiral hat sicher die vergangenen Stunden genutzt, um sich die Antworten auf jene Fragen zu verschaffen, die uns nun bewegen. Admiral?«

Merent-Kai sah seinen Freund und König ernst an und schritt dann zu der in den Boden eingelassenen Karte. Sie bestand aus farbigem Stein und zeigte viele Details, da sie fast zehn Meter durchmaß. Die Scheibe der Welt, wie Telan sie kannte.

»Die Eretanaar gehörte zu einem Suchgeschwader aus fünf Schiffen, welches die südliche Handelsroute in Richtung auf das Reich Anram bestreifte. In jenem Gebiet sind Schiffe des Ehrenwerten Handelsherrn Jolos-Tar verschwunden. Das Geschwader hatte die Aufgabe, nach der Ursache zu forschen und ihr zu begegnen.«

»Also, zu kämpfen«, warf einer der anderen Räte ein.

»Den Gegebenheiten entsprechend«, brummte der Admiral. »Ihr kennt die allgemeine königliche Order. Jedenfalls sollte das Geschwader bis nach Anram vordringen, doch dazu kam es nicht.« Einige der Räte beugten sich angespannt vor, der König hingegen verharrte reglos, ihm waren die Fakten längst bekannt. Der Admiral zuckte die Schultern und fuhr fort. »Vor sieben Tagen begegnete die Eretanaar einer Seestreife des Reiches Anram. Zumindest schien es so, bis die Schiffe ohne Vorwarnung das Feuer eröffneten.«

»Anram griff uns an?« Einer der Räte erhob sich erregt. »Das kommt einer Kriegserklärung gleich. Wir sollten sofort …«

Der Rat verstummte indigniert, als Merent-Kai ihn unterbrach. »Es waren Schiffe Anrams, doch nicht Besatzungen des dortigen Reiches. Nicht einmal Menschen. Es war ein fremdes … Volk, das die Schiffe Anrams zu einem hinterhältigen Angriff nutzte. Die Eretanaar erlitt bei der ersten Breitseite des Feindes erhebliche Schäden, setzte sich aber zur Wehr. Der ältere Dampfkreuzer Kermaar hörte den Gefechtslärm und kam ihr zu Hilfe. Unglücklicherweise gehörte die Kermaar zu den nachträglich umgerüsteten Schiffen mit mäßiger Panzerung und nur zwei Lichtdrukkkanonen.«

»Gehörte?«

»Sie hielt nicht stand und wurde versenkt.«

Die Räte sahen sich betroffen an. Der Admiral schritt über die Karte und blieb vor der Küste des Kontinentes von Anram stehen. »Der Untergang der Kermaar und ihrer tapferen Besatzung verschaffte der Eretanaar die Zeit, den Gegner trotz ihrer Schäden niederzubrennen. Mit schweren Schäden konnte sich das Schiff nach Alatan zurückziehen. Ein Viertel der Besatzung ist gefallen«, sagte der Admiral mit gesenkter Stimme und neigte seinen Kopf. »Von der Kermaar konnte niemand gerettet werden.«

»Wir werden ihrer gedenken.« König Leos-Hod-Telan sah die Räte eindringlich an. »Und ich hoffe, die Hohen Räte werden mir zustimmen, dass diese Angelegenheit äußerst ernst ist. Nicht nur, weil die südliche Handelsroute bedroht ist.« Ihre Majestät deutete auf die Karte. »Die Angreifer benutzten Schiffe des Reiches Anram zu ihrem Angriff. Wir müssen davon ausgehen, dass Anram in Feindeshand gefallen ist.«

»Vielleicht waren es Meuterer«, meinte ein Rat hoffnungsvoll. »Eine kleine Gruppe, die gegen den Herrscher revoltiert? So etwas kommt in primitiven Kulturen vor.«

»Anram ist keine primitive Kultur«, wies der König den Mann zurecht. »Es ist anders als wir, aber es ist nicht primitiv. Zudem war die Besatzung der Schiffe nicht menschlich, wie Augenzeugen berichteten.«

»Orks?« Einer der Räte schüttelte ungläubig den Kopf. »Sie haben sich nie auf See getraut.«

»Nein, nicht jene dunklen Wesen.« Der Admiral schilderte, was Überlebende berichtet hatten und sah erneut Überraschung, ja Entsetzen, in den Gesichtern der Männer und Frauen des Rates. »Diese Bedrohung ist ernster, als wir auf den ersten Blick vielleicht vermuten. Eine nichtmenschliche Macht hat sich erhoben und das Reich Anram überfallen und erobert. Wir wissen nicht, ob dort noch Menschen leben und wir wissen nicht, ob diese Fremden ihre Hände, oder was auch immer sie haben mögen, nach uns ausstrekken.«

»Ich befürworte die volle Mobilmachung des königlichen Heeres und der Flotte«, sagte ein Rat eifrig. »Sollen sie nur versuchen, Telan anzugreifen, sie sollen es teuer bezahlen.«

Zustimmendes Gemurmel war zu hören, aber eine der Frauen erhob sich und sah die anderen auffordernd an. »Man kann nicht gegen einen Feind kämpfen, den man nicht kennt, Ehrenwerte Räte. Unvorbereitet in den Kampf zu ziehen, bedeutet den Tod.«

»Die Handelswege müssen geöffnet bleiben«, sagte Jolos-Tar bedächtig. »Sie sind der Lebensnerv des Reiches.«

»Der südliche Handelsweg ist nun jedenfalls geschlossen, Handelsherr Tar«, sagte der König mit kalter Stimme. »Dort gibt es niemanden, mit dem sich noch handeln lässt.«

Die Rätin nickte. »Richtig, hier geht es nicht um Gewinn, sondern um Menschenleben. Und es geht um den Bestand Telans.« Sie sah den Admiral an. »Wenn ich es richtig deute, befürchtet Ihr einen Angriff der Unbekannten auf das Reich?«

»Wir können diese Gefahr nicht ausschließen. Die Fremden benutzen Schiffe Anrams, aber wir wissen nicht, über wie viele Schiffe sie verfügen und ob sie eigene gebaut haben oder erbauen werden.« Der Admiral deutete auf den Kontinent Anram. »Wir müssen in Erfahrung bringen, was sich dort ereignet hat und uns auf das Schlimmste vorbereiten.«

Handelsherr Jolos-Tar erhob sich und schnaufte dabei. Erfolglos versuchte er, ein paar Falten über seinem üppigen Leib glatt zu ziehen. »Ich entsinne mich, dass Ihre Majestät mehr als zwei Schiffe entsendete, um die südliche Route aufzuklären.«

Der Admiral nickte. »Zwei der Schiffe bestreifen das Seegebiet zwischen Anram und uns. Morgen läuft ein starkes Geschwader aus, um sie zu verstärken.« Merent-Kai zuckte betrübt die Schultern. »Von einem Schiff fehlt jegliche Nachricht.«

»Und welches Schiff ist das?«

»Ihrer Majestät Schlachtkreuzer Envaar.«

30

Varnum spürte, wie der Eniatol immer wieder mit seiner Keule auf seinen Schädel einprügelte und versuchte verzweifelt, die Schläge abzublocken. Er konnte kaum etwas sehen, fühlte Klauen, die nach ihm griffen und ihn festzuhalten versuchten, während die Hiebe unablässig und unbarmherzig auf ihn einhämmerten. Dann war da eine Stimme, die sich über dem Kampflärm erhob und die immer klarer hervor trat, die Stimme von Esbort Wolkensturm. Die Worte schienen ohne Bedeutung und es brauchte lange, bis Varnum einen Sinn in ihnen fand.

» ...dich endlich beruhigen, junger Mann«, drangen Esborts Worte allmählich in sein Bewusstsein. »Es gibt keinen Grund, die arme Besana zu verängstigen. Hör endlich auf, um dich zu schlagen.«

»Ich bin nicht verängstigt«, war Besanas Stimme zu vernehmen. »Ich bin nur vorsichtig.«

»Er schlägt wie ein Segel, das der Wind frisch füllt.« Offensichtlich war auch Theon Klugweil zugegen.

»Wenigstens haben wir jetzt Wind.« Wieder Esbort, dessen Gesicht nun feste Formen annahm. »Ah, ich glaube, unser tapferer Schürfer kommt wieder zu Sinnen.«

Sofort trat Besana in Varnums Gesichtsfeld und etwas Kühles berührte seinen schmerzenden Kopf. »Lieg ruhig, Varnum Säulenfund«, sagte sie sanft, aber entschieden. »Du hast einen üblen Schlag abbekommen und wenn dein Schädel nicht so hart wäre, würdest du sicher nicht mehr leben.«

»Wir sollten dich Varnum Steinschlag nennen.« Esbort Wolkensturm war versucht, Varnum wieder einmal anerkennend auf die Schulter zu schlagen, aber Besanas scharfer Blick hielt ihn davon ab. »Deine Idee mit den Steinen hat geholfen, junger Freund. Wahrhaftig, das hat sie.«

»Nun, äh, auch der Wind war hilfreich«, wandte Theon Klugweil ein.

»Sicher.« Esbort nickte. »Zudem finde ich, Säulenfund klingt bedeutsamer und passt besser zu unserem jungen Helden.«

Junger Held? Varnum richtete sich halb auf und stützte sich auf seine Ellbogen. Er verzog schmerzlich das Gesicht, denn jede Bewegung rief ein übles Hämmern in seinem Kopf hervor. Gequält grinsend, blickte er um sich. Er lag in der Kajüte, die dem Kapitän der Eldont´eana vorbehalten war und sich im Heck des Schiffes befand. Scheinbar hatte der Handelsherr sein Bett bereitwillig geräumt, damit Varnum es möglichst bequem hatte. Der verhältnismäßig große Raum war mit feinen Hölzern vertäfelt und mit sorgsam gefertigten Möbeln ausgestattet, die weit aufwändiger waren, als beim Zwergenvolk üblich.

Theon bemerkte Varnums Blick und zuckte entschuldigend die Schultern. »Manchmal verhandele ich mit Geschäftspartnern an Bord. Da ist es gut, wenn man nicht wie ein mittelloser Bittsteller auftritt, du verstehst?«

An der leicht gewölbten Decke waren Reflexe zu erkennen, die von dem Sonnenlicht rührten, das vom Wasser reflektiert wurde. Sie verrieten Varnum, dass sich das Schiff bewegte. Er hörte nun auch das leichte Rauschen der Hecksee, die Bewegungen der Ruderzüge und das Knarren der Masten und Takelage. Gelegentlich war das Tappen von Füßen zu hören, leise Kommandos und dazwischen gedämpftes Stöhnen und Schreien.

»Wir haben eine Menge Verwundete«, seufzte Esbort. »Aber wir haben die Eniatol daran gehindert, an Bord zu gelangen. Dann kam Wind auf und wir kamen vom Land frei.« Er sah Varnum warmherzig an. »Ich weiß nicht, wie es geendet wäre, wenn wir ihre Fahrzeuge nicht mit den Steinen versenkt hätten.«

»Leg dich wieder hin, Varnum Säulenfund«, sagte Besana entschieden. »Du bist noch geschwächt.«

Seufzend ließ der junge Schürfer sich wieder in die weichen Kissen sinken und sah der hübschen Besana zu, die das Tuch erneut befeuchtete und auf seine schmerzende Stirn legte. »Du hast eine mächtige Beule an der Stirn«, sagte sie leise und lächelte ihn dabei aufmunternd an. »Aber die verschwindet wieder.«

Sie hatte unglaublich große Augen, wie Varnum fand. Dazu dieses liebliche Gesicht und volle Lippen, wie sie sich ein echter Zwergenmann nur wünschen konnte. Varnum versuchte zu lächeln und als die junge Heilerin auflachte, nahm er an, dass es wohl ein eher dämliches Grinsen geworden war. Er bemerkte kaum, wie die anderen die Kajüte verließen und versuchte, Besana im Auge zu behalten. In gewisser Weise schämte er sich dafür, dass er hier so hilflos vor der jungen Zwergin lag, doch zugleich genoss er ihre Nähe und Fürsorge und hätte in diesem Augenblick mit keinem Zwerg der Welt tauschen wollen.

Alles an Besana war so, wie ein Zwerg es sich wünschte. Varnums Blick verharrte an ihrem Busen und er errötete, als sie dies bemerkte. Für einen flüchtigen Moment schien die junge Zwergin verlegen zu werden, dann lachte sie erneut auf. »Ich glaube, Varnum Säulenfund, deine Verletzung ist wohl nicht besonders schwer. Wenn du schon wieder wie die Silberfische der Meere um ein Weibchen werben kannst, dann bist du wohl auch in der Lage, dich zu erheben.«

Seine Röte vertiefte sich. »Ich wollte dich nicht beleidigen, Besana.«

Sie seufzte leise. »Ich weiß.«

Varnum räusperte sich und hielt ihre Hand mit der seinen fest. »Ich weiß, es ist noch nicht ausgesprochen, Besana, aber ich bin nun ein Schürftaucher mit einem doppelten Namen.«

»Das weiß ich. Was soll daran neu sein?«

Spielte sie mit ihm? Ihre Augen hatten einen eigenartigen Schimmer, der Varnum irritierte. »Nun, äh, ja, ich meine damit, dass ich nun das Recht habe, eine Frau zu erwählen.«

»Sicherlich eine sehr glückliche Frau.« Sie entzog ihm ihre Hand und den Lappen und feuchtete ihn erneut an.

»Nun, ich meine, ich weiß nicht, wie ich dir das erklären soll«, murmelte er beklommen. »Ich bin ein guter Schürftaucher und kann eine Familie ernähren. Ich hätte nun Anspruch auf ein eigenes Heim und, äh, …« Er verstummte unsicher.

»Hm.« Sie sah ihn nachdenklich an. »Und um das Heim zu füllen, suchst du nun eine passende Frau.«

»Ja. Äh, nein, die suche ich nicht.«

»Also, keine Frau.«

»Äh, doch.«

Besana schüttelte lächelnd den Kopf. »Varnum Säulenfund, ich glaube fast, du weißt überhaupt nicht, was du willst.«

»Äh, doch. Dich.«

Endlich war heraus, was er ihr so oft schon hatte sagen wollen. Jeder wusste es. Jeder im Clan der Eldont´runod. Bestimmt auch Besana. Sie musste wissen, wie sehr Varnum und sein Freund Oldrum sie begehrten. Varnum sah sie nervös an und verfluchte seine Unsicherheit. Er hätte ihr seine Gefühle viel lieber in der richtigen Form genannt, wie es sich für die Zwerge der Meere gebührte. Die Situation war seltsam unwirklich und unpassend, wie Varnum fand.

Besana hielt noch immer das feuchte Tuch in den Händen und hatte den Blick gesenkt. »Ist es das, was ich glaube, dass es das ist?«

Waren Frauen immer so kompliziert? Varnum hätte lieber ein paar Tage in einem Schürfgrund am Meeresboden gehackt und gemeißelt, als sich ihrem Blick zu stellen. »Äh, nun, ich denke schon.«

»So, so.« Sie wrang das Tuch ein wenig aus, wohl um Zeit für ihre Worte zu finden und beschäftigt zu wirken. »Ich weiß nicht, ob ich eine Frau für ein Heim bin, Varnum Säulenfund. Ich will Heilerin werden, so wie meine Mutter.«

»Ja, ich weiß.« War das eine Abfuhr? Varnum richtete sich wieder auf, zuckte kurz zusammen und ignorierte den Schmerz. »Das wäre kein Hindernis. Ich würde schürfen und du würdest heilen.«

»So etwas will gut überlegt sein, Varnum Säulenfund.«

Konnte sie nicht einfach Varnum sagen? Musste sie denn immer so förmlich sein? Signalisierte sie ihm auf diese Weise ihre Distanz zu ihm?

Besana erhob sich und strich sich nachdenklich über ihre Haare. »Du hast dabei etwas Wesentliches nicht erwähnt, Varnum Säulenfund.«

»Varnum«, brummte er, halb enttäuscht und halb hoffnungsvoll. »Sag einfach Varnum. Was sollte ich nicht erwähnt haben?«

Die hübsche Zwergin seufzte abrundtief. »Ah, das ist wieder typisch für einen von euch Schürfern. Immer auf der Suche nach dem Goldenen Grund, doch das wirklich Wichtige vergesst ihr.«

»Was sollte das sein?«

Sie schüttelte mit sanftem Lächeln den Kopf. »Solange du das nicht weißt, Varnum Säulenfund …«

Er sah wie sie sich abwandte und Verzweiflung durchströmte ihn. »Heißt das … Heißt das, du gibst uns keine Hoffnung?«

Sie zögerte für einen Moment. »Es gibt immer Hoffnung, Varnum Säulenfund. Doch nun muss ich mich um jene kümmern, die meiner Hilfe wirklich bedürfen.«

Sie schloss die Kajütentür mit sanftem Druck und Varnum starrte auf die feine Maserung des Holzes. Benommen dachte er an ihre Worte. Was hatte sie damit sagen wollen? Wies sie ihn von sich? Gab sie ihm Hoffnung? Was erwartete sie? Er hatte ihr gesagt, dass er nun das Recht zur Heirat und zu einem eigenen Heim hatte. Er hatte ihr gesagt, dass er sie zur Frau wollte. Nun, zumindest in gewisser Weise. Er war nun einmal kein redegewandtes Mitglied des Ältestenrates. Offensichtlich erwartete sie etwas von ihm, doch was sollte das sein?

Ächzend ließ Varnum sich in die Kissen zurücksinken. Frauen waren sicherlich etwas Wundervolles, doch sie waren auch entsetzlich kompliziert.

31

Oldrum sah zu, wie Varnum seine Zöpfe im Nacken verknotete und nach dem Tauchhelm griff. »Willst du wirklich schon wieder runter?« Er deutete auf die farbenprächtig schillernde Beule an Varnums Stirn. »Das Ding da ist noch ziemlich groß.«

Varnum schüttelte den Kopf und unterdrückte den leichten Schmerz, den er empfand. Um nichts in der Welt wollte er versäumen, wenn es daran ging, die von ihm entdekkte Säule aus Weißkristall zu bergen. »Es geht schon.«

Heimur Sichelhieb stand neben dem jungen Schürfer und lächelte. »Das ist die richtige Einstellung. Die Arbeit auf dem Grund schafft einen klaren Kopf.«

Oldrum zuckte die Achseln und half Varnum, den Helm an der Taucherrüstung zu befestigen. Er nickte den beiden anderen Helfern zu, welche die Hebelstange der Luftpumpe in Betrieb setzten. Varnum hatte den Geschmack abgestandener Luft auf der Zunge, bis er durch einen kühlen Hauch frischer Luft ersetzt wurde. Der junge Schürftaucher stieg in das Prüffass, stellte keine Undichtigkeit fest und trat dann mit den anderen Schürfern an den Rand der Plattform. Augenblicke später schlug das klare Wasser des Meeres über ihm zusammen.

Vor einem Tag war die Eldont´eana zur schwimmenden Stadt zurückgekehrt und die Freude über frisches Wasser und Holz hatte sich mit der Trauer um die verwundeten und getöteten Zwerge gemischt. Man hatte die Toten in feierlicher Zeremonie dem Meer übergeben, dann war man daran gegangen, Theons beide Schiffe zu entladen und die Schmiede hatten kostbares Eisen als Ballast genutzt, bis genug neue Ballaststeine vom Meeresgrund heraufgeholt waren.

Überall in der Stadt wurden nun die letzten Sturmschäden repariert und über der Position der Säule hatte man die Bergungsflöße neu verankert und die Kräne wieder aufgestellt. An diesem Tag würden die Schürfer nach guten Ballaststeinen tauchen und versuchen, die kostbare Säule aus dem Grund zu lösen.

»Es wird ein hartes Stück Arbeit«, hatte Birunt Hammerschlag sie ermahnt. »Lasst euch Zeit, alles gut vorzubereiten. Wird die Säule erst gelöst und ihre Ader durchtrennt, muss sie rasch an die Oberfläche und zur Bearbeitung in die Stadt, sonst war alles umsonst.«

Varnum hatte keine Gelegenheit mehr gefunden, mit Besana zu sprechen und rätselte immer noch über ihr Verhalten nach. Es musste aber wohl Gerüchte geben, dass er bei der hübschen Zwergin keinen wirklichen Erfolg gehabt hatte, denn Oldrums Stimmung schien sich gebessert zu haben. Varnum spürte, dass Besana zwischen ihnen stand und begann sich zu fragen, ob es sich für das Herz einer Frau lohnte, die Freundschaft zweier guter Zwerge zu opfern. Andererseits, was für ein Freund war das, der ihm das Glück nicht gönnte? Nun, ein Glück, das ohnehin fragwürdig war, denn Besana hatte keine Anstalten gemacht, sich ihm nochmals zu erklären.

Varnum spürte einen leichten Ruck an seinem Atemschlauch und zuckte zusammen. Verwirrt sah er Heimur Sichelhieb, der ihm mit der Hand ein Zeichen gab und hinter der dicken Scheibe seines Helmes recht unfreundlich aussah. Varnum gab das Zeichen, das alles in Ordnung sei. Der alte Schürfer hatte Recht, er musste sich auf die Arbeit konzentrieren. Es war gefährlich genug, auf dem Grund des Meeres zu arbeiten, auch ohne dass man sich ablenken ließ.

Sedimente stiegen vom Grund auf, als ihre Füße den Meeresboden berührten. Im klaren Wasser sah Varnum alles deutlich und nur leicht durch den Helm verzerrt. Die Ankerleinen der Plattformen, die Atemschläuche der Taucher und deren Gestalten, die rund um die gewaltige Kristallsäule aufgesetzt hatten. Er konnte nur die Schürfer erkennen, die an der Kristallsäule arbeiten würden, jene

Gruppen, welche die Ballaststeine suchten, tauchten an den Plattformen der Stadt, die ein Stück entfernt trieb. Ein Stück über den Helmen der Männer hingen bereits die dikken Leinen und Haken herab, mit denen man den Fund an die Oberfläche ziehen würde. Jedes Teil war sorgsam überprüft worden und der Ältestenrat hatte dem beigewohnt und gewichtig genickt. Sogar der genesene Bernbrat Wellenschlag, der die Operation gut überstanden hatte, war dabei gewesen. Er war noch ein wenig schwach auf den Beinen und verstand, wenn man ehrlich war, sehr wenig vom Schürfen, aber seine Anwesenheit stärkte die Bedeutung der Vorbereitungen.

Der Sturm, welcher der Stadt so zugesetzt hatte, war am Meeresgrund spurlos vorüber gegangen. Noch immer stand der tote Zwerg zwischen den Pflanzen und sie hofften, seine verdiente Ruhe nicht zu stören, wenn sie in seiner Nähe arbeiteten. Aber er war ein Zwerg der Meere gewesen und hatte sicher Verständnis dafür, dass man den kostbaren Fund bergen wollte. Als man ihn einst dem Meer übergab, hatte sein Clan den wertvollen Kristallstock offensichtlich nicht bemerkt und so würde nun eine andere schwimmende Stadt in die Legenden eingehen.

Erneut spürte Varnum einen Schauder der Erregung, als er die riesige Säule des Weißkristalls sah. Sie war nicht nur enorm groß, sondern auch sehr schwer. Auch mit Hilfe der Kräne würden sie alle Kräfte aufbieten müssen, um sie zu bergen. Sie würden erst die große Säule lösen, später dann auch ihre kleineren Ableger. Den gesamten Kristallstock würden sie schürfen, ein enormer Gewinn für die schwimmende Stadt.

Auch Birunt Hammerschlag war bei ihnen. Trotz seines Alters hatte es sich der Schlagführer nicht nehmen lassen, dabei zu sein. Im Grunde waren die anderen froh, dass der erfahrenste Schürfer die Verantwortung für den Erfolg oder Misserfolg trug. Birunt stapfte schwerfällig zur Säule hinüber und eine Wolke feinsten Sediments stieg von seinen

Füßen auf. Wieder einmal prüfte er das Kristall, ging vorsichtig um den Kristallstock herum und die anderen Schürfer achteten darauf, dass sein Atemschlauch frei beweglich blieb und keine verdächtigen Blasen aufstiegen.

Schließlich verharrte der alte Schürfer, nickte Heimur Sichelhieb zu und deutete auf eine bestimmte Stelle, dicht über dem Boden. Heimur nickte mit steifem Oberkörper und gab Varnum einen Wink. Der junge Schürfer nahm den Kristallschneider von zwei anderen Schürfern entgegen und stellte sich zu Heimur, der ihn durch den Helm aufmerksam und forschend ansah. Scheinbar war Heimur zufrieden, denn er nickte abermals und bedeutete Varnum, das eine Ende des Schneiders zu übernehmen.

Weißkristall war sehr empfindlich. Hart wie guter Stahl, doch spröde wie Glas und wenn man ihn falsch behandelte, splitterte und zerbrach er. Das durfte nicht geschehen und Varnum beneidete die Handwerker nicht, welche den Kristall später in der Stadt ausbohren mussten. Wenn sie die Säule in einem Stück bis dorthin brachten. Für Varnum war es eine besondere Ehre, den kostbaren Fund schneiden zu dürfen und er war sich seiner Verantwortung bewusst, als er den Kristallschneider mit Heimur ansetzte, kaum eine Handbreite über dem Boden.

Der Kristallschneider war speziell für diesen Fund gefertigt worden, denn nie zuvor hatte man eine Säule diesen Durchmessers schneiden müssen. Er bestand aus einem mehrere Meter langen Band aus besonderem Stahl. Zähes und biegsames Metall mit zwei Handgriffen und winzigen Splittern von Weißkristall besetzt, denn nichts schnitt besser in Weißkristall, als Splitter desselben Materials.

Heimur und Varnum setzten den Schneider an, begannen ihn behutsam und im gleichen Rhythmus zu bewegen. Vor und zurück, vor und zurück. Sie mussten den richtigen Ansatz bekommen, damit der Schneider nicht einfach über die Außenfläche der Säule rutschte und sie zerkratzte. War man erst einmal ein paar Millimeter in die Säule eingedrungen, galt es, den Schnitt gleichmäßig tiefer zu ziehen. Es war wie das Sägen von Holz und doch vollkommen anders. Man konnte keine Kerbe setzen und einen Fällschnitt machen. Der Einschnitt musste tief genug sein, damit man die Säule durchtrennen konnte, aber nicht so tief, dass die Kristallader zu früh zerstört wurde. Daher musste der Einschnitt sorgsam gemacht und langsam kreisförmig um die Säule herumgeführt werden. So lange, bis die Säule nur noch von einem dünnen Stiel in ihrer Mitte gehalten wurde, der die Ader umschloss. Geriet die Säule aus dem Gleichgewicht und brach sie, dann hatte man nur noch die Chance, sie rasch genug ausbohren zu können.

Die anderen Schürftaucher sahen den beiden Arbeitenden reglos zu. Nur die aufsteigenden Luftblasen aus den Helmventilen verrieten, das Leben in ihnen war. Birunt Hammerschlag machte eine Ausnahme. Der Schlagführer beobachtete die Säule mit Argusaugen, achtete auf jede Vibration, die durch das Wasser drang und gab Heimur und Varnum gelegentlich ein Zeichen, die Geschwindigkeit, die Position oder den Winkel des Schnitts zu ändern.

Heimur und Varnum führten den Kristallschneider, pausierten, traten über die seitlichen Auswüchse des Kristallstocks hinweg, schnitten weiter in die mächtige Säule, bis Heimur das Zeichen gab, aufzuhören.

Sie hatten erst einen kleinen Teil der Arbeit bewältigt, aber Varnum war in Schweiß gebadet. In seinem Helm stand etwas Flüssigkeit und er war sich nicht sicher, ob es sein Schweiß oder eingedrungenes Seewasser war. Mit dem Kinn schob er den Schwamm durch die Feuchtigkeit, sog wenigstens einen Teil davon auf. Er sah den Schlagmeister, der nach oben deutete. Varnum war froh über die Pause, zog leicht an seinem Luftschlauch und spürte, wie Oldrum und seine Helfer reagierten. Unter ihrem sanften Zug begann Varnum zur Oberfläche aufzusteigen. Rund um ihn herum, stiegen auch die anderen Schürfer auf.

»Nun, wie ist es?«, fragte der Schlagmeister schwer atmend, nachdem er seinen Helm abgenommen hatte.

Auch Heimur schnappte erst nach Luft, bevor er antworten konnte. »Ich sage es nur ungern, Schlagmeister, aber sie lässt sich verflucht schwer schneiden. Sie muss weit dichter gewachsen sein, als es bei Weißkristall üblich ist. Varnum kann dir das sicher bestätigen.«

Birunt sah Varnum an, der zustimmend nickte und seufzte dann leise. »Ich kann mir vorstellen, dass sie dichter gewachsen ist. Sie ist ja von außergewöhnlicher Größe.« Der Schlagmeister entknotete seine Bartzöpfe und strich etwas Wasser aus den Enden. »Ganz offen, Heimur, mein Freund, was meinst du? Werden wir sie an die Oberfläche bringen können?«

»Ganz ehrlich?« Heimur spürte die Blicke der anderen Zwerge auf sich ruhen und wusste, wie viel von seinen Worten abhing. »Ich weiß es nicht. Ich kann es einfach nicht sagen. Das Schneiden ist nicht das Problem, darin können wir uns ablösen. Aber sie muss weit schwerer sein, als wir gedacht haben. Ich fürchte, unsere Kräne werden das Gewicht nicht halten.«

Einige der Männer gaben ungläubige Laute von sich, aber Birunt Hammerschlag nickte. »Das befürchte ich auch. Ich habe gesehen, wie du und Varnum gearbeitet haben und spürte die Vibrationen im Wasser. Ich zweifle daran, dass wir es schaffen. Harte Vibrationen, wenn ihr versteht, was ich meine.«

Jeder Schürfer verstand etwas von den Schwingungen, die sich durchs Wasser übertrugen. Seufzer waren zu hören. »Soll alles umsonst sein?«, knurrte einer der Männer. »Die ganze Quälerei und was wir im Sturm riskierten?«

»Das ist nicht gesagt.« Birunt erhob sich ächzend und stützte sich dankbar auf die Schulter eines anderen Mannes. »Es ist halt fraglich, ob wir es mit den Mitteln schaffen, die uns im Moment zur Verfügung stehen. Sag, Heimur, ist die Kristallader beschädigt?«

»Natürlich nicht«, erwiderte der empört.

Birunt machte eine beschwichtigende Geste. »Auf dein Wort ist Verlass, Heimur. Solange die Ader intakt ist, haben wir Zeit, uns etwas zu überlegen.«

»Mehr Kräne und Seilzüge?«, fragte ein Schürftaucher hoffnungsvoll.

»Ja, vielleicht.« Birunt zog an seinen Zöpfen. »Aber wir brauchen auch mehr Auftrieb. Die paar Flöße werden nicht reichen.«

»Theons Schiffe haben mehr Auftrieb«, meinte Heimur. »Wenn wir sie in die Mitte nehmen und die Flöße um sie herum gruppieren …?«

Der Schlagmeister nickte bedächtig. »Das könnte gehen. Wir müssen uns darüber beraten, meine Freunde. Aber bis wir zu einem Entschluss gekommen sind, müssen wir die Säule sichern. Der Schnitt ist tief und noch einseitig, die Säule kann instabil werden. Hier haben wir niedriges Wasser, keine dreißig Meter und eine schwere Grundströmung wäre möglich. Sie könnte die Säule knicken.«

»Dann sollten wir gleich wieder hinunter gehen und sie mit Leinen sichern.«

»Aber mit der gebührenden Vorsicht«, brummte Birunt. »Wir werden jetzt rasten und anschließend die Leinen, Haken und Pflöcke vorbereiten. Telmak, eile zu den Frauen, welche die Schläuche fertigen. Sie sollen dir ein paar dicke Stränge Gummi geben. Die fixieren wir zwischen Pflöcken und Leinen, das hält und gibt ein wenig nach, so dass die Säule nicht belastet wird.«

Während Telmak davoneilte und in eines der Ruderschiffe stieg, setzten sich die anderen auf den Boden der Flöße und machten sich über Brot, Käse und Trockenfisch her. Varnum und Oldrum saßen nebeneinander, aber sie sprachen nur über Belanglosigkeiten. Nach einer Weile kam Heimur zu ihnen, setzte sich und sah Varnum freundlich an.

»Ich habe gehört, du hast mit Besana gesprochen?«, begann er übergangslos.

Varnum spürte, wie Oldrum sich ein wenig versteifte und warf ihm einen raschen Blick zu. »Hm«, brummte er. »Mag sein.«

Heimur sah den jungen Schürftaucher mitfühlend an. »War nicht so, wie du erwartet hast, nicht wahr?«

»Hm.«

Heimur legte ihm die Hand auf die Schulter. »Hast ihr ein Heim geboten, wie ich hörte?«

Varnum stieß erneut ein leises Brummen aus und sah zu Oldrum. Dessen sichtlich zufriedener Gesichtsausdruck ärgerte den jungen Schürfer.

Er spürte, wie Heimur ihn leicht anstieß. »Nun, mein junger Freund, was hast du der schönen Besana denn sonst so geboten?«

»Verdammt, was soll das?«, fuhr Varnum auf. »Musst du deinen Meißel noch tiefer in den Grund bohren und mich quälen? Macht es dir Freude?«

Heimur war über den Ausbruch nicht böse und schüttelte den Kopf. »Unsinn, mein junger Freund. Ich will dich nicht verletzen. Aber ich denke, du solltest den Rat eines erfahrenen Schürfers annehmen. Oder vielmehr, den Rat eines erfahrenen Mannes.«

»Und welcher Rat sollte das sein?«

»Sei nicht so dumm, Varnum Säulenfund.« Der alte Schürfer lachte, aber es klang noch immer freundlich. »Du hast sicher von deinem neuen Namen gesprochen und dass du ihr ein Heim bieten kannst, aber ein Heim können viele gute Männer bieten. Eine Frau erwartet mehr von einem Mann, mein Freund.«

»Etwa ein ganzes Floß?«

Heimur seufzte. »Du bist störrisch und beleidigt, aber du hast keinen Grund dafür. Einer guten Zwergenfrau geht es nicht um die Größe des Heimes, Varnum, mein Freund, sondern um die Größe des Herzens ihres Mannes. Verstehst du? Hast du Besana deine Gefühle eingestanden? Ich meine, liebst du sie?«

»Natürlich liebe ich sie«, knurrte Varnum und bemerkte aus den Augenwinkeln, wie sich Oldrums Gesicht verfinsterte.

»Dann musst du es ihr sagen.« Heimur schlug ihm erneut aufmunternd auf die Schulter. Jene Schulter, die Birunt Tage zuvor schon malträtiert hatte. »Das will sie von dir hören, mein Freund und nicht die Größe deines Namens oder Heimes.«

Varnum sah den alten Schürfer benommen an. Besana wusste ja wohl, dass er sie liebte, oder? Musste man das auch noch besonders erwähnen?

Ein Ruf ließ sie aufschrecken und sie sahen zur Seite, wo sich Telmak mit dem Ruderschiff näherte. Er winkte aufgeregt mit den Armen.

»Verdammt, das sieht nicht gut aus«, knurrte Heimur.

Birunt seufzte. »Er hat das Gummi nicht dabei. Nun, es wird auch ohne gehen.«

Aber Telmaks Aufregung beruhte nicht auf dem Gummi. »Nendia, unsere gute Heilerin schickt mich«, keuchte er atemlos, als habe er persönlich das Ruderschiff über die Wellen getrieben. »Sie hat die Gelbfrüchte überprüft und viele von ihnen sind verdorben. Sie müssen mit Salzwasser in Berührung gekommen sein.«

»Bei den wilden Wasserstrudeln von Merkantar«, fluchte Birunt Hammerschlag grimmig, »als hätten wir nicht schon genug Probleme. Erst das Wasser, dann das Holz, und beides hat uns gute Männer gekostet, und dann das hohe Gewicht der verdammten Säule. Und nun auch noch dies.«

Einer der Männer murmelte etwas vom Grimmzwerg der Tiefe und Hammerschlag sah ihn nachdenklich an.

»Die Gelbfrucht brauchen wir«, sagte einer der Schürfer unbehaglich. »Ohne ihren Saft fallen uns die Zähne aus und nicht nur die.«

»Das weiß ich.« Birunt Hammerschlag stapfte wütend auf den Floßboden. Er sah Telmak an. »Und, was will die Heilerin? Sollen wir nun Gelbfrüchte schürfen?«

Ein paar der Männer mussten bei dieser Vorstellung tatsächlich lachen und das dämpfte den aufgeflammten Zorn des Schlagmeisters.

Telmak zuckte die Schultern. »Nendia sagt, bis unser Freund Herios-Lar mit seiner Beovanaal zurückkehrt, verstreicht zu viel Zeit. Wir brauchen die Früchte früher, sehr viel früher.«

»Ich verstehe.« Birunt zupfte an seinen Bartzöpfen. »Also bleibt uns nichts übrig, als die Früchte selber zu holen.«

Telmak nickte. »Theon macht schon die Eldont´eana bereit. Er hat wieder genug Ballast an Bord und ist bereit für die Fahrt nach Telan.«

Der Schlagmeister nickte. »Der Saft der Gelbfrucht ist wichtiger, als die Bergung der Säule. Das hat Vorrang. Ich werde mitfahren. Unser Freund Herios-Lar müsste wieder im Hafen von Alatan liegen. Ihm können wir vertrauen. Vielleicht weiß er einen Rat, wie wir die Säule am sichersten bergen können.«

»Du willst einen Menschen fragen?«

Birunt sah den Fragesteller drohend an. »Herios-Lar ist ein guter Mensch. Fast schon ein Zwerg. Ich vertraue ihm.« Er nickte zu seinen Worten und leckte sich über die Lippen. »Diese Menschen verfügen über Wissen, welches wir nicht haben. Nicht, weil wir dümmer wären«, sagte er rasch, »aber gewisse Dinge interessieren uns einfach nicht. Die Menschen kennen Maschinen, die uns in diesem Fall vielleicht nützlich sind.«

»Sie werden sie uns kaum leihen«, meinte einer. »Und selbst wenn sie es tun, dann werden sie von unserem Fund erfahren.«

»Na und?« Heimur Sichelhieb stemmte die Arme in die Hüften. »Wir wollen ihn doch ohnehin verkaufen. Welchen Nutzen sollte der Fund denn sonst haben? Vielleicht schmälert es unseren Gewinn und das mag Theon Klugweil die Tränen in die Augen treiben, aber besser ein kleinerer

Gewinn, als überhaupt keiner, weil die Säule auf dem Meeresgrund bleibt.«

Damit war es beschlossen. Sie würden Gelbfrüchte aus Telan besorgen und versuchen, mit ihrem Freund Herios-Lar zusammenzutreffen. Er würde vielleicht Rat wissen und seine kleinen Freunde bestimmt nicht über den Tisch ziehen.

Birunt sah Varnum an und der junge Schürfer wusste sofort, dass er ebenfalls dabei sein würde.

»Na schön«, meinte er leise. »Die Säule läuft uns ja nicht weg.«

Er hatte geglaubt, mit dem Fund der Säule das Glück seines Lebens gemacht zu haben, doch nun hatte er zunehmend das Empfinden, sich darin getäuscht zu haben.

32

Es konnte keinen Zweifel geben, dass es zwei Schiffe des Reiches von Anram waren, die sich unter dem Druck ihrer Segel der Envaar näherten. Inzwischen waren ihre Rümpfe gut zu erkennen.

»Sie halten direkt auf uns zu, mit geringem seitlichem Abstand.« Kapitänin Jalena-Gaheni setzte das Teleskop ab.

»Vielleicht sind es wirklich Schiffe Anrams.« Erster Offizier Hosmut leckte sich nervös über die Lippen. »Immerhin haben sie die Flagge gesetzt. Man kann sie gut erkennen.«

»Eben.« Jalena lachte leise auf. »Die Flaggen kann man gut erkennen.«

Hosmut wirkte irritiert und Major Beltron wandte sich ihm kurz zu. »Man müsste auch die Mannschaften erkennen können. Das sind Segler, Hosmut, und Sie können davon ausgehen, dass auf einem Segler immer Matrosen in den Masten sind oder an Deck. Aber davon ist nichts zu erkennen.«

Hosmut nickte benommen. »Stimmt.«

Jalena-Gaheni wischte sich etwas Schweiß von der Stirn. »Ich kann auch keine Rudergänger sehen. Die Ruder sind ungedeckt am Heck, ihre Bedienungen müssten zu sehen sein. Nicht einmal Offiziere sind auf den Brücken. Nein, das sind keine Schiffe Anrams. Zumindest keine mit anramischer Besatzung.« Sie wandte sich nicht um, als sie den entscheidenden Befehl gab. »Schiff bereitmachen zum Kampf, Erster. Volle Bereitschaft für alle Positionen.« Sie blickte den Major kurz an. »Ihre Seesoldaten in Bereitschaft, aber ich will sie noch nicht an Deck sehen.«

Beltron nickte. »Die wollen uns genau so überrumpeln, wie das Schiff, das wir sinkend gefunden haben.«

»Davon gehe ich aus.« Jalena lächelte kalt. »Wir lassen sie aufkommen. Sie werden versuchen, uns zwischen sich zu nehmen und volle Breitseiten zu feuern oder uns zu entern. Bevor das geschieht, legen wir Hartruder rechts. Turm Zwei ist zerstört und ich will ihnen eine Breitseite aus vier Türmen bieten können. Ich wette, einem Schiff wie der Envaar sind sie nie zuvor begegnet. Mal sehen, wie ihnen unsere Lichtdruckkanonen schmecken werden.«

Überall war das Hasten der Männer und Frauen zu hören, die auf ihre Gefechtsstationen eilten. Harbart, der ehemalige Kanonenführer von Turm Zwei, kauerte missmutig in einem der Niedergänge und kam sich seltsam überflüssig vor. Er trauerte um seinen Freund und die Tatsache, jetzt nichts zur Verteidigung des Schiffes beitragen zu können, verstärkte dieses Gefühl noch. Der Posten der Seesoldaten an der Treppe sah ihn mitfühlend an. »Keine Sorge, Kanonenführer, wenn es hart auf hart kommt, wird jede Hand gebraucht.«

»Ich bin Kanonenführer«, erwiderte Harbart missmutig. »Mit einem Bolzengewehr kann ich nicht umgehen.«

Hosmut wippte leicht auf seinen Versen. »Gefechtsfahne setzen?«

Jalena-Gaheni sah ihn kurz an. »Sobald ich Hartruder befehle.«

»Wir werden ohne Kriegserklärung ins Gefecht gehen«, brummte Major Beltron.

»Mir ist es Kriegserklärung genug, dass sich uns jemand unter anramischer Flagge nähert, der nicht zum Reich Anram gehört. Ich bin nicht bereit, den ersten Schuss hinzunehmen. Keiner von diesem Schiff wird sinnlos geopfert, Major. Jene dort haben anramische Seeleute ermordet. Bei der Envaar wird es ihnen nicht gelingen.«

»Zwei der großen Segler«, sagte Beltron leise. »Jeweils zwei Geschützdecks. Auf kurze Distanz sind sie sehr gefährlich.«

»Das brauchen Sie mir nicht zu sagen, Major.«

»Ich meinte das auch nur, weil Sie wohl vorhaben, eines der Schiffe zu entern, nicht wahr?«

Jalena lachte. »Ich freue mich, dass wir einer Meinung sind, Major. Ja, ich will wissen, wer diese Schiffe bemannt. Trauen Sie sich das zu?«

Beltron war ein fähiger Offizier und gehörte nicht zu jenen, die den Mund leichtfertig zu voll nahmen. »Wir kennen ihre Anzahl und Bewaffnung nicht. Aber wir werden unser Bestes geben, Kapitän.«

»Mehr kann man nicht verlangen.«

Die letzten Bereitschaftsmeldungen liefen auf der Brücke ein. Bis auf das Schließen der Panzerblenden und das Setzen der Gefechtsfahne, war der Schlachtkreuzer kampfbereit. Sein scharf geschnittener Bug schien das Wasser zischend zu zerteilen, das in aufschäumenden Wellen an den Bordwänden entlang lief. Das Schiff lief noch mit halber Kraft, aber Maschine und Rudergänger waren bereit und warteten auf das Kommando.

»Sie beginnen sich zu teilen«, stellte Major Beltron fest.

An Deck der beiden anramischen Kriegsschiffe war noch immer keine Bewegung zu erkennen. Sie begannen nun langsam auseinander zu gleiten, machten Anstalten, die Envaar in die Zange zu nehmen. Jalena-Gaheni kannte die alten Segler des Reiches Telan und die Schilderungen der anramischen Fahrzeuge. Sie wusste, in welche Winkel man die Geschütze auf den beiden gegnerischen Schiffen ausrichten konnte. Ihr Schiff war noch nicht in Gefahr und sie schätzte die Entfernung sorgfältig ab.

»Die Kanonenpforten sind noch immer geschlossen.« Beltron legte die Hände auf den Handlauf der Brücke. Er spürte, wie einer der Seesoldaten neben ihn trat, bereit, die Blenden zu schließen. »Sie wollen uns überraschen, ganz, wie Sie vermutet haben, Kapitänin.«

Die Kommandantin nickte unmerklich. »Achtung am Ruder! Auf meinen Befehl!« Sie wartete, spähte auf das Meer hinaus. »Jetzt! Volle Fahrt und Ruder Hartlage rechts!«

Im Maschinenraum wurden Hebel umgelegt und Ventile geschlossen und unter dem vollen Druck ihrer drei Antriebspropeller beschleunigte der Schlachtkreuzer, während gleichzeitig Hennerk und ein anderer Rudergänger das große Rad herumwirbelten. Die Envaar legte sich stark über, als sie neuen Kurs nahm. Es hallte dröhnend, als die Panzerblenden vor den Brückenfenstern herab fielen und verriegelt wurden und am hohen Ausguckmast stieg die stolze Gefechtsfahne Telans empor.

Die beiden gegnerischen Schiffe wurden völlig überrascht.

»Da sind sie«, knurrte Major Beltron grimmig. Schwarzbraune Gestalten rasten aus den Niedergängen der Segelschiffe hervor, erklommen mit unfasslicher Geschwindigkeit die Masten und eilten an die Leinen an Deck. »Und es ist nichts Menschliches an diesen Scheußlichkeiten.«

Auf beiden Seglern wurden die Ruder gelegt, um der Envaar die Breitseite zu zeigen. Nun wurden auch die Geschützpforten geöffnet. Bei einem der Schiffe erfolgte das sehr ungleichmäßig, doch bei dem anderen mit einer einzigen Bewegung.

Jalena-Gaheni wartete nicht darauf, bis die Kanonenmündungen des Feindes ins Freie stießen. »Alle Waffen! Feuer frei auf das linke Ziel!«

Ein Pfeifen und Knistern lag in der Luft, begleitet vom dem dumpfen »Whump« der feuernden Lichtdruckkanonen. In Sekundentakten verließen die Lichtdruckgeschosse die Mündungen, schlugen mit Lichtgeschwindigkeit im Ziel ein.

Es schien, als stanze ein Riese Löcher in den Rumpf des links fahrenden Seglers. Große, kreisrunde und schwarz geränderte Löcher, die in Sekundenabständen entstanden und die Bordwand zu überziehen begannen. Eine der Kanonen wurde in schrägem Winkel getroffen und ihr Rohr schien förmlich abgetrennt zu werden. Die Pulverkammer detonierte, zerfetzte die Reste der Waffe und ihre

Bedienung und drückte ein großes Stück der Schiffswand nach außen.

Durch die Bewegungen des Wassers und der Schiffe streuten die Lichtdruckwaffen ein wenig und sie durchlöcherten gleichermaßen Rumpf, Segel und jene, welche das Schiff bemannten. Mehrere Explosionen detonierender Pulverladungen waren zu hören, zwei oder drei Kanonen des Seglers feuerten, aber niemand konnte sagen, ob sie gezielt abgeschossen wurden oder sich ihre Ladungen entzündeten. Der Hauptmast wurde von einem Geschoss, dicht über dem Deck, glatt durchtrennt und kippte um, schlug mit berstendem Knall auf das Oberdeck und rutschte dann über Bord, riss Takelage und einige der fremdartigen Wesen mit sich. Sein Gewicht zog das Schiff auf die Seite, es neigte sich der Envaar zu und deren nächste Geschosse trafen schräg auf und schlugen nun in die Räume, die sich eigentlich unter der Wasserlinie befanden. Einer dieser Räume war die Hauptpulverkammer des Schiffes.

Die Explosion war spektakulär.

Von der Mitte ausgehend, schien sich das Schiff vom Bug bis zum Heck in seine Bestandteile aufzulösen. Ein orangebrauner Feuerball verteilte Holzsplitter und Metallfragmente, zusammen mit Gewebefetzen, über die See, die kochend aufschäumte, dem Druck auswich und dann wieder über der Explosionsstelle zusammenschlug. Ein Hagel von Trümmern schlug in das aufspritzende Wasser, über dem eine dunkle Wolke im Wind zerfaserte.

Der Druck der Detonation war auch in der Envaar spürbar und glich einer Sturmböe, die für Augenblicke über das Schiff hinweg fegte. Wie durch ein Wunder wurde niemand verletzt.

Beltron hatte nicht mit der Wimper gezuckt, als unmittelbar neben ihm etwas hörbar gegen die Panzerblende knallte. »Beeindruckend. Ich habe nie zuvor die Wirkung unserer Geschütze im scharfen Gefecht erlebt.«

»Ich auch nicht«, gestand Jalena-Gaheni ein. »Das war fast zu nah.« Sie konzentrierte sich auf das andere Schiff.

Es hatte sich beinahe in Kampfposition geschoben, als sich die Explosion ereignete und wurde davon weit stärker betroffen, als der Schlachtkreuzer Envaar, da es sich dichter an seinem Begleitschiff befand.

Der Explosionswind riss dem Schiff sämtliche Segel ab, auch hier knickte einer der Masten und schlug längs auf das Deck. Das Kampfschiff wurde herumgedrückt und seine Breitseite wies an der Envaar vorbei. Dennoch wurden seine Geschütze nun abgefeuert, auch wenn kaum eine reelle Chance bestand, den telanischen Schlachtkreuzer zu treffen. Ein einziges, massives Vollgeschoss traf den metallenen Bug, rief ein dröhnendes Geräusch hervor und fiel dann, nachdem es eine geringe Beule hinterlassen hatte, harmlos ins Meer.

»Nicht feuern!«, befahl die Kapitänin hastig, denn Turm Eins, das Buggeschütz, erwiderte das Feuer und stanzte hektisch Löcher in das hintere Drittel des Seglers. »Feuer einstellen! Ruder Hartlage links! Halbe Fahrt! Wir legen uns hinter sein Heck, dann kann er uns nicht beschießen!«

Im Augenblick war die Envaar vor Feindbeschuss sicher. Der Gegner trieb mit der Strömung, konnte nicht manövrieren und war dem telanischen Feind nahezu hilflos ausgeliefert.

Beltron sprang bereits aus der Brücke, eilte auf den Bug der Envaar zu. »Seesoldaten zu mir! Klarmachen zum Entern!«

Die Rotuniformierten strömten aus den Niedergängen, eilten beiderseits der Brücke nach vorne, die schweren Bolzengewehre schussbereit und die Stoßklingen aufgesetzt.

»Vorsicht jetzt! Viertelfahrt!«, befahl die Kapitänin.

»Bei allen Göttern«, ächzte Hosmut.

Die sechsbeinigen Wesen begannen das Deck des Seglers zu füllen. Es mussten Hunderte von ihnen sein und Jalena-

Gaheni erinnerte sich an die Szenen, die sie an Bord des sinkenden Schiffes vorgefunden hatte. Beltrons Truppe würde gegen diese Ungeheuer nicht bestehen können.

»Major«, brüllte sie hastig und stellte fluchend fest, dass die geschlossenen Panzerblenden ihre Stimme dämpften. Noch während ein Seesoldat die Blende aufstieß, eilte die Kapitänin bereits auf den Seitenausleger der Brücke und legte die Hände an den Mund. »Major Beltron, nicht entern! Kommando zurück!«

Beltron wandte den Kopf und nickte bestätigend, während Jalena hastig den Rudergängern Befehle gab.

Es war zu spät.

Der Bug der Envaar hatte sich inzwischen dem Heck des Feindschiffes genähert und obwohl sofort Ruder gelegt wurde, betrug die Distanz kaum noch acht Meter. Bei einem menschlichen Gegner noch weit genug entfernt, um vor Enterern sicher zu sein, aber es war kein menschlicher Gegner. Die Sendar brauchten kaum Anlauf, duckten sich zum Sprung und die ersten von ihnen überbrückten scheinbar mühelos die Distanz.

Die Seesoldaten reagierten instinktiv und eröffneten sofort das Feuer.

Die Bolzengewehre bestanden aus nicht viel mehr als einem langen und glatten Lauf, der das Geschoss führte, einem Schlaghaken, der über den Abzug betätigt wurde und dem hölzernen Anschlagschaft. Ihre Kraft lag in den Bolzenpatronen begründet. Metallene Hülsen, in die ein stählerner Bolzen eingelagert war, vor einer straff gespannten Feder, die durch einen Stahldorn gehalten wurde. Man legte die Patrone in die Kammer der Waffe, schloss sie und zog den Abzug. Der Schlaghaken schlug den Stahldorn heraus, die Feder entspannte sich und schleuderte den Bolzen aus der Hülse. Dann öffnete man die Kammer, legte eine neue Bolzenpatrone ein und schoss erneut. Das ging sehr schnell, wenn man geübt war und Beltrons Männer und Frauen waren sehr geübt.

Ein Hagel von Bolzen schoss den springenden Sendar entgegen und für einen menschlichen Feind wäre er von verheerender Wirkung gewesen. Selbst Plattenrüstungen wurden auf kurze Entfernung glatt durchschlagen. Die Chitinpanzer der Sendar waren nicht stabiler, aber sie waren stark gerundet und die meisten Bolzen trafen schräg auf, zudem noch mitten in der Bewegung.

Fünf oder sechs der Angreifer stürzten in die See, tödlich getroffen oder von der Aufprallwucht der Bolzen aus der Richtung gebracht. Die gleiche Anzahl erreichte den Kreuzer, klammerte sich an der Reling fest und zog sich aufs Deck hinauf. Es war ein Glück für die Besatzung, dass der Bug nun endlich herumschwang und sich das Schiff rasch vom Gegner entfernte, denn diese handvoll Sendar erwies sich als tödliche Gefahr. Ohne Zögern stürzten sie sich auf Beltrons Truppe.

Die Männer und Frauen konnten nur begrenzt feuern, denn sie hatten Bedenken, die eigenen Leute zu treffen. Die Sendar kannten solche Einschränkungen nicht. Ihre Armbeine langten nach Menschen, Kieferzangen bissen zu, Seesoldaten fluchten, schrien, kämpften und starben.

Kanonenführer Harbart rannte zum vorderen Waffenturm, zerrte den entsetzten Kanonenführer aus dem Sitz, der sich kaum aus seinen Gurten befreien konnte, so sehr zitterten seine Hände. Harbart schwang sich in den Waffensitz, sah mit bleichem Gesicht, wie die Angreifer unter Beltrons Soldaten wüteten, die verzweifelt versuchten, die Sendar von der Brücke und den Niedergängen fern zu halten.

Eines der Insektenwesen lag tot am Boden, umgeben von mehreren reglosen Gestalten in roten Waffenröcken. Es war nicht durch einen Bolzen gestorben, zwischen seinen Kieferzangen ragte ein Bolzengewehr hervor, dessen Stoßklinge durch den Rachen ins Gehirn gedrungen war.

»Runter!«, brüllte Harbart. »Flach aufs Deck! Runter, verdammt!«

Einige reagierten, andere waren zu sehr damit beschäftigt, sich der Kieferzangen zu erwehren. Der Kanonenführer sah keine andere Möglichkeit, senkte den Lauf von Turm Eins so weit wie möglich und trat einmal kurz auf das Prismenpedal.

Vielleicht konnte Harbart nicht mit einem Bolzengewehr umgehen, aber auf eine Lichtdruckkanone verstand er sich. Auf die kurze Entfernung stanzte sie ein Loch durch den Leib eines Sendar, der von der Wucht über Bord geschleudert wurde. Noch während er in der Luft war, zerplatzte der gepanzerte Leib, da die enorme Hitze sein Innerstes zum Verdampfen brachte.

Einen weiteren Angreifer konnte Harbart töten, als das Wesen sich auf seine Hinterbeine aufstellte und zur Waffe herüber sah. Der Kanonenführer trat das Pedal und das Wesen verschwand.

Noch immer kämpften drei der Kreaturen und eine von ihnen schenkte Turm Eins nun seine volle Aufmerksamkeit. Mit einem Satz sprang es förmlich auf den Lauf und Harbart glaubte, den Weißkristall knirschen und brechen zu hören, als das Rohr sich durchbog. Der Kanonenführer strampelte mit den Beinen, stieß mit den Händen, um aus dem Sitz zu kommen, während das Wesen sich höher schob und drohend mit den Kieferzangen klickte. Der Sendar ignorierte die Seesoldaten, die ihn von der Seite angriffen, versuchte, den Kanonier zu töten. Als die Kreatur ruckartig vorschnellte und Harbart fast geköpft hätte, gelang es diesem gerade noch, endlich freizukommen. Rücklings stürzte er aus dem Sitz, hörte nun auch von der Brücke das Pfeifen der Bolzengewehre.

Nahezu gleichzeitig wurde der Sendar in Facettenauge und Rachen getroffen, schien ein letztes Mal nach dem Kanonenführer zu schnappen und brach dann auf Turm Eins zusammen. Zwei weitere Seesoldaten und ein Matrose starben, bis endlich alle Sendar an Bord der Envaar tot waren.

Der Schlachtkreuzer hatte sich inzwischen ein Stück von dem havarierten Feindschiff entfernt, über dem eine Rauchsäule aufstieg. Warum es dort zum Brand gekommen war, blieb ein Rätsel, seine Auswirkungen waren erschreckend.

Wieder erfolgte eine entsetzliche Detonation, die das Schiff zerfetzte, doch dieses Mal, dieses Mal befand sich die Envaar sehr viel näher.

Hitzewelle und Druck fegten über den Schlachtkreuzer hinweg, drückten ihn bedenklich auf die Seite, so dass die See für ein paar Augenblicke über die linke Deckseite lief, bevor das Schiff sich zögernd wieder aufrichtete. Dieses Mal trafen Trümmer des explodierten Feindes Aufbauten und Besatzung.

Der Seesoldat, welcher auf dem rechten Brückenausläufer stand, wurde von dem armlangen Teil eines zersprengten Geschützrohres getötet, welches dann die Panzerung der Brücke durchschlug und den Rudergänger neben Hennerk enthauptete. Schließlich blieb es, noch immer glühend heiß, in der gegenüberliegenden Wand des Brückenaufbaus stecken. Sofort stieg Rauch aus der hölzernen Innenverschalung.

»Feuer auf der Brücke«, schrie Hosmut instinktiv.

Das Prasseln einschlagender Fragmente mischte sich mit den Schreien getroffener Männer und Frauen, ein Trümmerteil traf den Hauptspeicher hinter der Brücke, zerfetzte den Sammler und die Wucht des Aufpralls ließ den Weißkristall zerspringen. Die Envaar hatte Glück, denn die gleißende Säule aus Licht entlud sich senkrecht in den Himmel, nur der riesigen Gefechtsfahne des Schiffes fehlte unvermittelt das hintere Drittel. Turm Vier, hinter dem zerstörten Turm von Kanonenführer Harbart, wurde von mehreren Splittern durchsiebt, die Besatzung getötet.

Am Schwerwiegendsten war jedoch ein anderer Schaden.

Einer der Masten des Seglers war nahezu senkrecht in die Luft gesprengt worden. Major Beltron und seine Seesoldaten, auf dem Vorschiff des Kreuzers, sahen das gewaltige Schemen, einem monströsen Stoßzahn gleich, ein Stück vor dem Schiff ins Meer stürzen. Der Offizier begriff die Gefahr. »Ruder Hartlage links«, brüllte er zur Brücke hinauf, aber es war zu spät.

Der abgesprengte Mast sank in die Tiefe bis sein Auftrieb die Oberhand gewann und er, erst langsam, dann immer schneller werdend, wieder nach oben stieg. Der gesplitterte Mast hatte Form und Wucht einer Ramme, als er unterhalb des Schlachtkreuzers aus der Tiefe empor kam. Es gab keine Möglichkeit, der Gefahr noch rechtzeitig auszuweichen.

Es war eine Laune des Schicksals, denn die abgeschrägte Spitze des Maststumpfes traf die Envaar an der linken Rumpfseite, im hinteren Drittel. Der mächtige Schlag erschütterte das Schiff, warf Männer und Frauen von den Beinen und drückte den Kreuzer aus dem Kurs. Der linke Propeller verlor ein Schaufelblatt und bekam Unwucht. Noch immer mit maximaler Leistung rotierend, übertrug er die heftigen Vibrationen auf die Antriebswelle, die in ihrem Lager zu schlagen begann. Maschinisten öffneten Sicherheitsventile und ließen augenblicklich Druck ab, kuppelten Propeller Drei aus, aber sie konnten nicht verhindern, dass der linke Antrieb dauerhaften Schaden nahm. Aber der Aufprall hatte weit mehr bewirkt. Der Mast hatte die Unterschiffpanzerung am Ansatz zweier Platten getroffen, sie verbogen und ein Stück nach Innen gedrückt. Dabei hatte das hölzerne Innenschiff Schaden genommen. In Kielnähe splitterten zwei Planken und Wasser begann einzuströmen. Dann legte sich der unheilvolle Mast unter dem Rumpf des Schlachtkreuzers längs, trieb unter ihm entlang und zerschmetterte noch den mittleren Antriebspropeller, bevor er endgültig hinter der Envaar verschwand.

Kapitänin Jalena-Gaheni gehörte zu den Ersten, die nach dem unerwarteten Aufprall wieder auf den Beinen waren und rief ihre Befehle in das Chaos. »Feuerlöschgruppe auf die Brücke! Maschinen auf Nullfahrt, Ruder auf Neutral! Alle Fahrt aus dem Schiff! Treibanker Bug und Heck ausbringen!«

Sie wirbelte herum und sah Hosmut an. Der klammerte sich neben ihr an den Handlauf und starrte benommen auf den toten Rudergänger, neben dem Hennerk kniete und nun mit leisem Schluchzen den Kopf schüttelte. »Schadenskontrollgruppe ins Unterschiff, Erster! Etwas hat uns gerammt und ich muss wissen, welchen Schaden wir genommen haben! Los, verdammt, Hosmut, bewegen Sie sich!«

Jalena stieß ihren Ersten Offizier an und wandte sich dann an Hennerk. »Rudergänger!«

Der Matrose richtete sich wieder auf, wischte mit einem Ärmel Nässe von seinen Wangen und trat wieder an das Ruder. »Nullfahrt und Neutral«, meldete er mit krächzender Stimme. »Ruder vibriert.«

Jalena-Gaheni erkannte sofort, welche Gefahr drohte. Erneut sah sie Hosmut an, der nur langsam zu sich fand. Mit grimmigem Gesicht drückte sie die schützenden Panzerblenden hoch. Grelles Tageslicht flutete herein und der Brandrauch begann abzuziehen. Einige Flammen züngelten an der Verkleidung empor. »Wo bleibt der Löschtrupp, verdammt?«

Eine handvoll Matrosen eilte zur Brücke herauf, gefüllte Eimer in den Händen, einer einen Schlauch entrollend, der an Deck angeschlossen war und bereits Wasser führte. Binnen Augenblicken war das Feuer gelöscht und Jalena nikkte zufrieden. Sie deutete auf einen der Matrosen. »Sie bleiben beim Rudergänger und unterstützen ihn.«

Hosmut stierte abermals auf den Toten hinter dem Ruderrad. Jalena packte ihn fest am Arm. »Ich gehe selbst nach unten. Hosmut, Sie übernehmen die Brücke.« Sie sah ihn forschend an. »Schaffen Sie das?«

»Tut mir … Tut mir leid, es geht wieder«, stammelte er und straffte sich.

»Reißen Sie sich zusammen«, raunte sie ihm zu. »Die Mannschaft braucht uns jetzt ebenso, wie wir die Mannschaft brauchen.«

Der Kundige Oneres und einige seiner Helfer hasteten an Deck, begannen sich um die Verletzten zu kümmern. Einige Seesoldaten stießen misstrauisch mit den Stoßklingen nach den getöteten Sendar, um sich zu vergewissern, das kein Leben mehr in ihnen war. Als eines der Insekten, im Todesreflex, mit den Kieferzangen schnappte, feuerten zwei Dutzend Bolzengewehre und einer der Bolzen hätte fast Major Beltron getroffen, als er vom Chitinpanzer abprallte.

»Halten Sie die Brücke, Erster«, befahl die Kapitänin. »Ich muss nach den Schäden sehen.«

So bitter es in diesen Minuten für die Verletzten klingen musste, aber das Schiff ging jetzt vor. Es war die schwimmende Plattform ihres Lebens und wenn die Envaar unterging, würde sie alle Menschen an Bord mit sich nehmen. Also musste zunächst festgestellt werden, welchen Schaden der Kreuzer genommen hatte.

Jalena hastete den Niedergang hinunter ins Unterschiff. Neben der Treppe saß ein Seesoldat, der sich mit schmerzverzerrtem Gesicht das Bein hielt. Der schwere Schlag des Aufpralls hatte einen der Knochen gebrochen. Der Mann schlitzte sein Hosenbein auf und machte sich zähneknirschend daran, das Bein zu untersuchen. Als er sah, wie Jalena zögerte, wies er mit der Hand zum Heck. »Das Schiff geht vor, Kapitän. Ich komme schon klar.«

Sie nickte ihm kurz zu und eilte in den Maschinenraum. Die dortige Hitze traf sie wie ein Schlag. Augenblicklich trat Schweiß aus ihren Poren. Männer und Frauen arbeiteten mit freien Oberkörpern, Nässe perlte auf ihrer Haut, während sie versuchten, den Schaden zu begrenzen.

Jalena erkannte, dass unter der Raumdecke Dampf stand, kochendes Wasser tropfte nach unten, verbrühte die Haut der Maschinisten, die den Schmerz ignorierten. Jalena hielt die wasserdichte Tür zum Maschinenraum offen, gab einer der Frauen einen Wink, die herbei hastete und einen Keil in das Türblatt trieb. Nun konnte wenigstens ein Teil des Dunstes entweichen.

Irgendwo ertönte ein hallender Schlag und die Maschinisten schrien triumphierend auf. »Endlich«, keuchte Maschinist Kalas, »die verfluchte Notlüftung ist offen.« Er sah die Kapitänin an und zuckte die Schultern. »War verzogen und wir mussten sie mit Gewalt öffnen. Jetzt zieht wenigstens der Dampf ab.«

Der diensthabende Maschinist, eine schlanke Frau, trat heran, ebenso halbnackt, wie die anderen. Sie verzichtete auf einen Ehrensalut, nickte mit müde wirkenden Augen und deutete mit einer unbestimmten Geste hinter sich. »Ich kann noch nicht sagen, was geschehen ist, Kapitänin. Der linke Antrieb ist schwer beschädigt und fällt aus, und auf dem mittleren Propeller haben wir keinen Staudruck. Als wäre er überhaupt nicht mehr da. Rechts läuft normal, aber wir haben vorsichtshalber alles heruntergefahren.«

»Können wir Fahrt machen und sind wir manövrierfähig?«

Die Maschinistin zuckte die Schultern. »Wie gesagt, der rechte Antrieb scheint zu funktionieren. Aber das bedeutet, kaum ein Drittel Geschwindigkeit und rechtslastigen Schub.«

»Die werden am Ruder gegenhalten müssen«, brummte die Kapitänin. »Aber damit kann man leben. Stellen Sie fest, was mit den Maschinen ist. Wir müssen hier so schnell wie möglich verschwinden.«

»Was ist überhaupt geschehen, Kapitänin? Das war ein verflucht mörderischer Schlag und er scheint von unten gekommen zu sein.«

»Ich weiß es nicht. Das Feindschiff ist explodiert und etwas hat uns schwer getroffen. Oben sind uns die Reste des Gegners um die Ohren geflogen.«

»Also ist der Kampf jetzt vorbei?«

»Ja, für den Augenblick.« Jalena-Gaheni knöpfte sich die Uniformjacke auf. »Aber wenn der Feind uns in diesem Zustand vorfindet, wird er leichtes Spiel haben.«

»Verstehe.« Die Maschinisten nahm ein schmutziges Tuch und wischte sich Nässe vom Leib. »Wir tun, was wir können.«

Jalena nickte der Frau zu, grüßte die anderen und trat in den Gang zurück. Sie war erleichtert, denn hier wirkte die Luft deutlich kühler. Ein Stück voraus sah sie den verletzten Seesoldaten, bei dem nun zwei Kameraden waren. Hinter der Treppe stand die Luke offen, die noch tiefer ins Unterwasserschiff führte. Eben wurde der Kopf von Leutnant Pheros sichtbar, der sich umsah und fast ängstlich wirkte, während er Jalena ansah.

Jalena spürte Schweiß unter ihrer Bekleidung, zog Jacke und Hemd ein Stück von der Haut, versuchte, sich Linderung zu verschaffen. Pheros eilte heran und sein Blick war tatsächlich ängstlich.

»Wir haben Wasser im Schiff. Eine Menge Wasser. Wir … wir sinken«, keuchte er.

»Langsam, Leutnant«, erwiderte sie leise und sah ihn beschwörend an. »Bewahren Sie Ruhe, Pheros. Die Männer und Frauen des Schiffes blicken auf ihre Offiziere. Unsere Ruhe muss ihnen die Kraft zum Handeln geben, das hat man Ihnen doch in der Admiralität beigebracht, nicht wahr?«

Pheros atmete mehrmals tief durch und nickte dann. »Ich komme gerade aus dem Kielschiff. Da wo der Ausgleichsballast liegt. Er liegt eine volle Handbreit unter Wasser.«

Jalena bemühte sich, einen ruhigen Eindruck auf den jungen Offizier zu machen. »Welcher Bereich ist betroffen und wie schnell steigt es?«

»Spant Zwölf bis Fünfzehn. Die anderen Bereiche scheinen noch trocken zu sein. Aber wenn das Wasser weiter steigt, werden die Ballastschwellen überflutet und das Wasser strömt auch nach vorne und hinten. Die beiden nächstgelegenen wasserdichten Türen sind beim Aufprall verzogen worden und werden nicht dicht halten.«

»Wie schnell steigt es?«

»Zu schnell für die Pumpen«, keuchte Pheros.

»Kommen Sie, Leutnant, sehen wir es uns gemeinsam an.«

Unten wurden sie von vier Matrosen mit blassen Gesichtern empfangen, dass war trotz der mangelhaften Beleuchtung zweifelsfrei zu erkennen. Schläuche wurden ausgelegt und an Stutzen gekoppelt, die sich in der Decke befanden. Jalenas Füße patschten durch das Wasser, das in der schlechten Beleuchtung düster und drohend wirkte. Einer der Matrosen hob die Hand und winkte sie heran. »Hier ist Strömung, Kapitänin. Nur schwach, aber ich kann sie spüren.« Der Mann hielt seine Hand ins Wasser. »Hier muss ein Leck sein. Nicht groß, aber man kann es fühlen.«

»Können wir es abdichten?«

»Wir müssten einen Meter durch den Ballast graben und das auf mehreren Metern Länge. Ehe wir das schaffen, ist das Wasser so hoch gestiegen, dass wir nicht mehr am Leck arbeiten können.« Er sah die Kapitänin ernst an. »Tut mir leid, Kapitän.«

»Nicht Ihre Schuld, Matrose. Wie viel nehmen wir auf?«

»Mehr, als die Pumpen schaffen«, entgegnete er überraschend ruhig. »Nicht viel mehr, aber …« Er zuckte die Schultern.

Pheros sah sie hoffnungslos an. »Wie ich sagte, wir sinken.«

Einer der jungen Matrosen hatte weit aufgerissene Augen, schien einer Panik nahe. Jalena lächelte ihn aufmunternd an. »Noch ist es nicht so weit, Matrosen. Wir können noch Fahrt machen und steuern und wir können uns noch wehren. Außerdem haben wir vier kräftige Pumpen und zudem können wir noch ein paar Handpumpen bemannen. Keine Sorge, ihr Männer und Frauen, die Envaar wird noch lange nicht auf den Meeresgrund gehen.«

Sie legte Leutnant Pheros die Hand auf die Schulter. »Sie bleiben hier und setzen alle verfügbaren Kräfte ein. Jeder Schlauch, jede Pumpe und jeder Eimer, verstanden?«

Pheros nickte benommen und begann zögernd seine Befehle zu geben. Jalena nickte dem erfahrenen Wortführer der Matrosen zu. Der Mann wusste, worauf es ankam.

Jalena ging zur Brücke hinauf. Gemessenen Schrittes, denn niemand sollte ihr ansehen, wie beunruhigt sie selber war.

Leutnant Marten, der Ausrüstungs- und Waffenoffizier, stand an den Überresten von Turm Vier und folgte ihr auf die Brücke, wo sich Beltron, Hosmut und der Kundige Oneres befanden und erregt miteinander sprachen.

»Kapitän auf der Brücke«, sagte ein neuer Posten der Seesoldaten und das Gespräch verstummte.

Die beiden Toten hatte man fortgetragen und auf dem Vordeck und der rechten Deckseite waren die Helfer des Heilers dabei, die letzten Verwundeten in die Krankenstube zu bringen. Die Envaar trieb ohne eigene Fahrt in der Strömung, gehalten von zwei großen Treibankern, die an Bug und Heck ausgebracht waren.

Waffenoffizier Marten salutierte mit ernstem Gesicht. »Lichtdruckkanonen Eins, Zwei und vier sind zerstört, ebenso der Hauptspeicher. Wir haben die Hälfte unserer Hauptwaffen eingebüßt.«

»Zwölf Tote und die doppelte Anzahl an Verletzten.« Der Kundige Oneres seufzte bedauernd. »Die Toten meist durch diese verfluchten Viecher, die an Bord sprangen. Diese Zangen sind wirklich mörderisch.«

Beltron nickte zu den Worten des Heilkundigen und leckte sich dann über die Lippen. »Ich fürchte, das ist nicht unser Hauptproblem, nicht wahr?«

Jalena-Gaheni schüttelte den Kopf. »Wir haben ein Leck, das wir nicht abdichten können.«

Die Männer wurden blass.

»Die Pumpen?«, murmelte Beltron.

»Werden uns noch eine Weile über Wasser halten.«

»Verflucht.« Major Beltron trat an eines der Brückenfenster und starrte auf die See. »Na schön, Kapitän, kommen wir noch nach Hause?«

Jalena zuckte die Schultern. »Darauf würde ich mich nicht verlassen.« Sie trat an den kleinen Kartentisch, der sich vor dem Steuerrad befand und zog eine Karte hervor. »Wir sind zu weit von Telan entfernt, zudem haben wir höchstens noch ein Drittel der Geschwindigkeit.« Sie lächelte flüchtig. »Sofern unser letzter Propeller durchhält, was er muss.«

Sie entrollte die Karte und Hosmut half ihr, sie offen zu halten. »Wenn wir nach Telan fahren, ist es fraglich, ob wir es erreichen können. Wir brauchen eine Insel mit flachen Gewässern, wo wir notfalls auf Grund gehen können, ohne endgültig abzusaufen und wo man uns finden wird.«

»Wenn man uns sucht«, murmelte Hosmut.

Beltron sah ihn grimmig an. »Man wird uns suchen. So ist es Tradition und Gesetz Telans.«

»So ist es.« Jalena nickte zustimmend. »Zwischen uns und der Heimat ist keine geeignete Insel. Wir werden ostwärts fahren, genauer, südöstlichen Kurs.« Sie tippte auf die Karte. »Dort gibt es eine Reihe von Inseln, wo wir Unterschlupf finden können.«

»Wenn wir sie rechtzeitig erreichen.«

Jalena lächelte kühl. »Ja, wenn wir nicht vorher sinken.«

Minuten später wurden die Treibanker eingeholt und Ihrer Majestät Schlachtkreuzer Envaar dampfte mit kleiner Fahrt auf neuem Kurs. Für die Besatzung würde es ein Wettlauf mit der Zeit werden. Ununterbrochen war das leise Quietschen der Pumpen zu hören und sie alle konnten nur hoffen, dass der schwer angeschlagene Kreuzer eine geeignete Insel erreichen würde, bevor er seine Mannschaft mit sich in die Tiefe nahm.

33

Ena-Inedel-31717 hatte wie durch ein Wunder den Einschlag der Lichtdruckgeschosse auf ihrem Schiff überlebt und war entsetzt von der Wirkung dieser Waffen. Das größere Begleitschiff war kurz zuvor in einer enormen Explosion auseinander gerissen worden, nun war ihr eigenes Schiff kaum mehr als ein Wrack, aber es schwamm noch und Ena gab ihre Befehle, die Feuerrohre auf den Feind abzufeuern, auch wenn der Winkel noch ungünstig war. Als die beiden Schiffe sich zu nähern begannen, verspürte sie Erleichterung. Die Lichtwaffen des Gegners mochten mächtiger sein, als die Feuerrohre des anramischen Schiffes, doch sie wurden von weichhäutigen Menschen bedient und wenn Enas Krieger erst an Bord des weißen Schiffes gelangten, würde sich das Blatt wenden.

Hilfloser Zorn flammte in ihr auf, als sie feststellte, dass sich das Feindschiff erneut entfernte. Eine Gruppe ihrer Krieger versuchte, an Bord zu springen und tatsächlich gelang es einigen. Es war die einzige Möglichkeit, dem Menschenschiff beizukommen und so klickte sie wütend ihre Befehle und hastete selbst über das Deck, um sich ihren Kämpfern anzuschließen.

Sie kam zu sich, als das Wasser über ihr zusammenschlug.

Wasser, das Element des Todes für jeden Sendar. Instinktiv krümmte sich ihr Leib zusammen, sie spürte Widerstand an ihren Armbeinen, umklammerte den Gegenstand, der sie nach oben zog. Ihre Luftmembranen waren geschlossen, aber Ena-Inedel-31717 spürte, dass dies nicht lange so bleiben konnte und sobald sie die dünnen Chitinplatten öffnete, würde Wasser in ihre Atemwege strömen und sie würde ertrinken.

Aber sie hatte Glück. Sie klammerte sich an ein Stück des Decks ihres Schiffes und es war groß genug, sie zur Oberfläche zu tragen und dort zu halten. Als sie die Oberfläche durchbrach, zog sie sich höher auf den schaukelnden Untergrund, gerade weit genug, dass ihr Unterleib mit den Luftmembranen aus dem Wasser frei kam. Der spitz auslaufende Unterleib begann heftig zu pumpen, als sich die Membranen öffneten und Luft in die Atemkanäle saugten. Ein paar Spritzer Wasser drangen mit ein und der Schock hätte Ena beinahe das Bewusstsein geraubt.

Erst nach einer Weile fand sie zu sich, fand sie die Kraft, sich für ihre Umgebung zu interessieren.

Sie hing auf einem Stück des Oberdecks, das in den Wellen des Meeres auf und ab schaukelte. Die schaukelnde Bewegung machte Ena nichts aus und sie versuchte, wann immer das rettende Holzstück aus einem Wellental auf einen Wellenkamm gelangte, umher zu spähen. Der unvergleichliche Orientierungssinn der Sendar zeigte ihr die Richtungen und sie erkannte gelegentlich ein paar treibende Trümmerstücke im Wasser, doch keine toten Krieger. Ihre Leiber waren zu schwer und keiner von ihnen hatte ein rettendes Stück Holz gefunden. Ena war allein.

Nein, nicht ganz allein.

Fern am Horizont, in südöstlicher Richtung, sah sie den seltsamen weißlichen Rauch aufsteigen, der die Ankunft des weißen Schiffes mit den Lichtwaffen angekündigt hatte. Nun entfernte es sich wieder und Enas Facettenaugen folgten ihm, wann immer ihr provisorisches Floß ihr einen Blick auf den Feind ermöglichte. Vielleicht würden ihre Kräfte sie verlassen und sie würde von dem Holz rutschen und ertrinken. Aber sie war eine Sendar und sie war zäh. Vielleicht würde ein Suchschiff des Volkes sie finden und dann würde es gut sein zu wissen, in welche Richtung der Feind gefahren war.

Gefahren, nicht entkommen.

34

Die Eldont´eana stampfte ein wenig in dem eher schwachen Wellengang und Theon Klugweil stand neben seinem Rudergänger und seufzte zum wiederholten Male. Birunt Hammerschlag und Esbort Wolkensturm standen neben ihm auf dem Heckaufbau des Handelsschiffes und vor allem Esbort fühlte sich durch das ständige Seufzen des Handelsherren unangenehm berührt.

»Was willst du?«, knurrte er schließlich und stieß seine Axt mit einer wütenden Geste auf die Planken des Decks. »Wir haben Wind und eine schnelle Fahrt. Wir werden Telan rasch erreichen. Du solltest zufrieden sein, Handelsherr.«

Abermals seufzte Theon und deutete dann auf die Planken zu seinen Füßen. »Sie rollt.«

»Hä?« Birunt kratzte sich verwirrt im Nacken. »Wer rollt?«

»Er meint unsere brave Eldont´eana, Schlagführer.« Der Steuermann warf seinem Handelsherrn einen skeptischen Blick zu.

Theon nickte. »Wir hätten uns mehr Zeit nehmen sollen, die neuen Ballaststeine ordentlich zu verstauen. Die Last ist nicht richtig verteilt.«

»Wenn wir erst die Gelbfrüchte laden, kannst du sie so stauen, dass alles stimmt.« Esbort Wolkensturm stapfte zur Heckreling und blickte in das Fahrwasser hinab. »Gute Fahrt«, sagte er erfreut. »Wenn der Wind hält, werden wir fast eine Woche einsparen.«

»Wer vermag schon die Launen des Windes einzuschätzen?« Theon nickte betrübt und musterte die blank gescheuerten Planken, als könne er, durch sie hindurch, die Ballaststeine im Bauch seines Schiffes erkennen.

»Er wird halten«, meldete sich der Steuermann zu Wort. »Das kann ich spüren.«

»An Deck!« Ihre Blicke richteten sich nach oben zum Ausguck, der sich von der kleinen Plattform in der Mastspitze vorbeugte. »Ein Schiff in Nordwest, vier Handbreiten über dem Bug.«
»Was für ein Schiff?«
»Weiß nicht«, kam die Erwiderung. »Weißer Rauch. Wie beim Schiff unseres Freundes Herios-Lar!«
»Der wird es kaum sein«, knurrte Birunt. »Herios-Lar ist erst in zwei vollen Mondwechseln fällig. Vorher wird er seine Beovanaal nicht zu uns führen.«
Theon nickte. »Aber es muss ein Schiff unserer Freunde sein. Niemand sonst hat Schiffe, die mit weißem Rauch fahren.«
Esbort Wolkensturm wiegte den Kopf. »Nun, wer weiß. Obwohl wir Zwerge der Meere schon lange die See befahren, fast so lange, wie die Elfen, wie ich betonen möchte, so haben wir doch noch lange nicht alles erforscht und gesehen. Es gibt sicherlich Völker, von denen wir noch nichts ahnen.«
Birunt Hammerschlag legte eine Hand vor den Mund. »He, Varnum! Deine Augen sind noch jung und scharf! Steig in den Mast hinauf und berichte, was du erkennen kannst!«
Der junge Schürftaucher sah seinen Schlagführer kurz an, blickte dann den hohen Mast entlang und erblasste ein wenig. Varnum hätte kaum gezögert, ins Meer hinab zu tauchen, aber wenn er zur Mastspitze hinauf sah, erschien sie unglaublich weit entfernt und vor seinen Augen wild zu kreisen. Höhen waren nun einmal nicht die Gefilde eines Zwergenmannes. Er sah die Blicke einiger Matrosen des Handelsschiffes auf sich ruhen, in einigen blitzte gutmütiger Spott. Varnum straffte sich und nickte Birunt zu, dann ging er zur Reling, von der aus die Leinen gespannt waren.
Von Bug zum Heck lief eine dicke Leine über die Mastspitzen und fixierte die Masten nach vorne und hinten. Die seitliche Stabilität wurde durch Leinenpaare erreicht, die

unterhalb der Aussichtsplattformen nach rechts und links zur Reling hinunter gespannt waren. Sie waren allerdings nicht an den Handläufen festgemacht, sondern an schweren Metallrollen, die in Halterungen am Deck montiert waren. Zwischen den Leinenpaaren einer Seite waren kurze Seilstücke eingearbeitet, die es den Matrosen erlaubten, nach oben in den Mast zu steigen, die Aussichtsplattform zu besetzen oder an den Querhölzern der Segel zu arbeiten.

So straff die Leinen auch gespannt waren, sie federten unter Varnums Bewegungen und Wellengang und Winddruck in den Segeln taten ein Übriges, um den Weg auf beunruhigende Weise zu gestalten. Der junge Zwergenmann spürte, wie das Schiff unter ihm schaukelte und sich mal nach rechts oder links neigte. Je höher er stieg, desto weiter schien das Schiff auszuholen und immer öfter glaubte Varnum, sich über freiem Wasser und nicht über den Planken des Schiffes zu bewegen. An Deck war ihm das nicht so bewusst geworden, aber wenn er nun nach unten sah, erschien ihm die Eldont´eana seltsam klein und unbedeutend.

Er spürte, wie eine leichte Böe die Segel traf und das Schiff zur Seite drückte und für einen flüchtigen Moment glaubte Varnum tatsächlich, er hänge mit dem Rücken nach unten. Instinktiv klammerte er sich in den Leinen fest, fühlte, wie das Schiff zur anderen Seite kippte und dabei in der Längsrichtung in ein Wellental glitt. Übelkeit überkam ihn. Solche Bewegungen kamen unter Wasser nicht vor und er empfand Bewunderung für jene Zwerge, die das freiwillig auf sich nahmen.

Er hatte das Querholz erreicht, das zu beiden Seiten des Mastes auslief und die Segel trug und über dem sich der Ausguck befand. Ein barfüßiger Matrose blinzelte Varnum aufmunternd zu, reichte ihm die Hand und zog ihn hinter den Handlauf der kleinen Plattform. »Willkommen zwischen den Wolken«, sagte der Mann grinsend. »Hier, halte dich am Mast fest und genieße die Aussicht. Von dieser Warte aus sehen nur wenige Männer die See.«

Varnum hätte gut darauf verzichten können. Er war nicht erpicht auf diese Aussicht, zumindest, wenn sie mit einem so wankendem Grund verbunden war. Der Matrose betrachtete interessiert Varnums Gesichtsfarbe und deutete dann über die See. »Das Schiff ist dort drüben. Bei der schönen, ruhigen See kaum zu verfehlen.«

Varnum versuchte die Vorstellung zu verdrängen, wie es hier oben wohl bei bewegter See sein mochte und suchte den Horizont in der angegebenen Richtung ab. Schließlich nickte er. »Ich kann es sehen.«

Der Zwerg neben ihm glich die Bewegungen des Mastes mit seinen Beinen aus. Er schien sich in dieser luftigen Höhe und bei den Schwankungen der Plattform durchaus wohl zu fühlen. »Etwas stimmt mit dem Schiff nicht. Ich glaube, es liegt etwas schief im Wasser.« Er deutete hinüber. »In jedem Fall haben sie uns gesehen und halten auf uns zu.«

Varnum seufzte und blickte nach unten, zum Heck, wo Theon, Birunt und Esbort standen. Sofort stieg Übelkeit in ihm auf.

»Nicht hinabsehen«, murmelte der Ausguck. »Halte den Mast fest im Blick, setze deine Füße in die Spannleinen und vertraue der Kraft deiner Arme, dann gelangst du wohlbehalten hinunter.«

Wenn er aus dieser Höhe stürzte, war es gleichgültig, ob er auf das Deck oder ins Wasser fiel, beides konnte gleichermaßen tödlich sein. Varnum verdrängte diese unangenehme Vorstellung und schaffte es irgendwie, wohlbehalten an Deck zu gelangen. Im Vergleich zu den Bewegungen in der Mastspitze, schien es ihm, als stünde er hier unten auf einem festen Felsen, unerschütterlich, obwohl das Wasser ihn umtoste. Varnum musste an die Flöße der schwimmenden Stadt denken. Vielleicht war es deren Größe, dass ihm die Bewegungen der Stadt nie so aufgefallen waren. Abgesehen von einem kräftigen Sturm, natürlich.

»Es ähnelt dem Schiff unseres Freundes Herios-Lar«, meldete er Birunt. »Dennoch ist es völlig anders.«

Theon seufzte ein wenig. »Was denn nun? Ähnelt es ihm oder ist es anders?«

Varnum errötete ein wenig. »Es ist schlanker, anders gebaut und liegt viel tiefer im Wasser. Der Ausguck meint, es läge schief.«

Theon nickte. »Probleme mit den Ballaststeinen, das kenne ich.«

Esbort stützte sich auf seine Axt. »Aber ein Schiff unserer Freunde?«

»Nicht die Beovanaal, aber unzweifelhaft ein Schiff Telans.« Varnum deutete hinter sich, in die ungefähre Richtung des Fremden. »Und es kommt auf uns zu, sagt der Ausguck.«

»Dann stimmt das auch.« Theon beschattete seine Augen. Inzwischen hatten sich die Schiffe ein Stück angenähert und der Telaner war deutlicher zu erkennen. Theon stieß einen leisen Fluch aus. »Der Ausguck hat Recht. Das Schiff liegt schief im Wasser. Links deutlich tiefer als rechts. Da stimmt etwas nicht.«

»Dann ist das Schiff in Not.« Esbort verschränkte die Hände über dem Stiel seiner Axt.

Theon zögerte nicht. »Kurs angleichen. Es ist ein telanisches Schiff und somit sind es Freunde. Also, werden wir ihnen helfen, so gut wir können.«

»Herios-Lar ist unser Freund«, wandte Esbort ein. »Von Jenen dort, wissen wir es nicht.«

»Nun, es sind ebenfalls Telaner«, meinte Theon Klugweil und sah den Axtführer zögernd an. »Sie werden somit unsere Freunde sein, nicht wahr?«

»Menschen sind anders, als wir Zwerge.« Esbort Wolkensturm stützte sich auf den Stiel der Axt, wippte leicht auf seinen Füßen. »Manchen kann man vertrauen, anderen nicht.« Er sah Theon an. »Du als Händler solltest das wissen.«

Alle Zweifel schwanden, als das weiße Schiff immer näher kam, und je kürzer die Entfernung wurde, desto deutlicher wurden die Schäden, die das telanische Schiff genommen hatte. Mit der linken Seite lag es so tief im Wasser, dass die Bordwand der Eldont´eana sie weit überragte.

»Menschen«, seufzte Kapitänin Jalena-Gaheni erleichtert und setzte ihr Teleskop ab.

»Zwerge«, korrigierte Major Beltron lakonisch.

»Na schön, kleine Menschen.« Die Kapitänin lächelte schwach. »In jedem Fall die Rettung. Wenn nicht für das Schiff, so doch wenigstens für unsere Mannschaft.«

»Wenn sie uns helfen.« Erster Offizier Hosmut war bleich und wirkte ebenso erschöpft, wie die anderen Männer und Frauen der Envaar.

»Das werden sie«, bekräftigte Jalena mit fester Stimme. »Es sind Zwerge und nach allem, was man über das kleine Volk hört, haben sie ihr Herz auf dem rechten Fleck.«

Die vergangenen Tage waren ein einziger Überlebenskampf gewesen, der auf brutale Weise an den seelischen und körperlichen Kräften der Besatzung gezehrt hatte und der hoffnungslos gewesen schien, bis nun die Eldont´eana am Horizont aufgetaucht war.

Ohne Pause liefen die Pumpen, wurden Eimer und Bottiche genutzt, um in endloser Kette Wasser aus dem Schiff zu fördern. Ein Teil der Brennsteinvorräte, Einrichtungen der Kabinen, Unterkünfte und Messen, waren über Bord geworfen worden, um das Schiff zu erleichtern. Der Aufenthalt auf der linken Seite wurde nur für unvermeidbare Wege gestattet. Männer und Frauen hielten sich, bis auf die Wasserschöpfer, rechts auf, kämpften gegen die Neigung des Schiffes, die allmählich stärker wurde.

Sie waren noch weit von der rettenden Inselgruppe entfernt und es war absehbar, dass die Envaar sie nicht mehr erreichen würde. Zunehmende Hoffnungslosigkeit hatte sich ausgebreitet und die Disziplin war wohl nur aus dem Grunde erhalten geblieben, weil jeder von ihnen überleben wollte und dies nur gemeinsam möglich war. Es gab keine

Beiboote, auf die man sich hätte retten können und wenn der Kreuzer in den Fluten versunken wäre, hätte wohl ein gnadenloser Kampf um alles eingesetzt, was schwimmen konnte.

Der Anblick des Zwergenschiffes hatte diesen Albdruck gemindert. Auch wenn das hölzerne Schiff bei weitem nicht die Größe der Envaar erreichte, so schwamm es immerhin und würde genug Raum bieten, die Besatzung des telanischen Schiffes vor dem Tod zu retten.

»Major, lassen Sie die Ehrenwache aufziehen«, befahl Jalena mit heiserer Stimme. »Wir wollen die Form wahren.«

Hosmut stierte sie fassungslos an, aber Beltron nickte. Er wusste, dass es der Kapitänin nicht alleine um das Zeremoniell ging. Sie wollte zwei Dinge erreichen, die im Augenblick von besonderer Bedeutung waren, auch wenn das Schiff fast unter ihren Füßen wegsackte. Den kleinen Herren musste der gebührende Respekt erwiesen werden und die Besatzung der Envaar musste spüren, dass sie noch immer die Mannschaft eines Kriegsschiffes des Reiches Telan war. Sie durfte nicht als disziplinlose Horde Schiffbrüchiger auseinander fallen, sondern musste sich gerade jetzt, im Anblick der Rettung, bewähren. Zudem wollten weder Jalena noch Major Beltron sich vor den Zwergen eine Blöße geben. Ob dies für alle Männer und Frauen galt, war sicher fraglich.

Das Schiff der Zwerge legte sich in einem elegant wirkenden Manöver parallel zur Envaar, auf ihrer rechten Seite, denn die kleinen Männer hatten klar erkannt, dass der Kreuzer zu kentern drohte und seine Aufbauten das Handelsschiff zerschmettern konnten, wenn es sich auf die linke Seite legte.

Der Steuermann der Eldont´eana verstand es, Kurs und Geschwindigkeit so anzugleichen, dass nur ein schmaler Saum Wasser zwischen den Bordwänden verblieb und ein paar Matrosen des Handelsschiffes blickten zur Reling des telanischen Schiffes, die sich auf dieser Seite weit über die des Zwergenschiffes erhob. Für die Männer und Frauen der Envaar war es sicher nicht leicht, gegen die Neigung des Decks den schweren Zugangssteg zu bewegen und behutsam auf das Deck der Eldont´eana zu senken. Auf beiden Schiffen wurden Leinen zugeworfen und festgelegt. Auf eine Weise, auf die sie leicht zu lösen waren, sollte der telanische Kreuzer weiter absacken.

Theon Klugweil zögerte nicht, über den Steg zu gehen. Er war den Umgang mit Menschen gewohnt, hatte aber noch nie eines ihrer Kampfschiffe aus solcher Nähe gesehen. Das Schiff selbst beeindruckte ihn nicht, da es sich offensichtlich in Not befand und so seine Mängel bewies, aber die Haltung der Besatzung verlangte ihm Respekt ab. Vor allem jene rot uniformierten Männer und Frauen, die sich, entgegen der Schräge des Decks, um eine gewisse Haltung bemühten.

»Frauen«, murmelte Esbort halblaut, der dicht hinter Theon ging. »Es muss schlimm um Telan stehen, wenn sie so viele Frauen an Bord zulassen. Wahrscheinlich stehen sie in einem verlustreichen Krieg und können nicht mehr genug Männer aufbringen.«

»Herios-Lar erwähnte nichts von einem Krieg«, zischte Birunt, der Esbort folgte.

»Aber warum dann all die Weiber? Nehmen die ihre Frauen mit auf See?« Esbort schüttelte ungläubig den Kopf. »Das ist doch ein Kampfschiff, oder?«

»Zumindest tragen etliche der Männer und Frauen diese roten Uniformen und die unpraktischen langen Griffe für die Klingen. Zu viele Waffen für ein friedliches Handelsschiff.«

»Willkommen an Bord Ihrer Majestät Schlachtkreuzer Envaar. Ich bin Kapitän Jalena-Gaheni und habe die Ehre, das Schiff zu befehligen«, begrüßte die Kapitänin die Zwerge und Esbort gelang es, seine Überraschung zu verbergen, dass eine Frau das Kommando hatte. »Ihr findet mich und mein Schiff in höchster Not und ich bitte euch um Hilfe.«

Theon Klugweil stellte sich und seine Begleiter vor und erlaubte sich eine gewisse Doppeldeutigkeit, als er hinzufügte, »ich bedauere, dass du dich in einer so wenig beneidenswerten Lage befindest.« Er deutete über das Deck. »Möglicherweise können wir helfen?«

»Das Schiff ist verloren«, seufzte Jalena enttäuscht. »Wir hofften, rechtzeitig die Inseln zu erreichen, aber wir schaffen es nicht. Wir haben ein Leck unter der Wasserlinie, an das wir nicht herankommen. Die Pumpen schaffen es nicht.«

»Wie groß ist es?«

Die Kapitänin sah Birunt irritiert an. »Nicht groß und doch zu groß.«

»Wie groß ist zu groß?«

Theon sah aufkeimenden Ärger in den Augen der Frau. »Du musst verstehen, wir haben Männer, die unter Wasser arbeiten können.«

»Unter Wasser … arbeiten?« Einige zeigten ungläubige Gesichter und Jalenas Augen verengten sich. »Wir sind in Not, ihr kleinen Herren und das ist nicht der Zeitpunkt, darüber zu scherzen.«

Birunt Hammerschlag drängte sich an Theon vorbei. »So, wie unsere Brüder an Land in den Tiefen der Erde schürfen, tun wir dies auf dem Grund der See. Unsere Schürftaucher sind die einzigen Wesen, welche in die Tiefen der Meere vordringen und lebend aus ihnen auftauchen können.« Er lächelte kühl. »Von den Fischen einmal abgesehen.«

Theon nickte hastig. »Wir haben Pumpen, Schläuche und Anzüge, die uns das ermöglichen.« Er deutete auf Varnum, der mit anderen Matrosen an der Reling der Eldont´eana lehnte. »Und wir haben Männer an Bord, die sich darauf verstehen.«

Jalena-Gahenis Gesicht nahm einen schwachen Schimmer der Hoffnung an. »Wir wissen ungefähr, wo sich das Leck befindet. Zwei unserer Männer haben versucht, dorthin zu tauchen, aber sie konnten die Luft nicht lange genug anhalten. Nur einer kehrte an Bord zurück und das auch nur, weil wir ihn an Leinen gebunden hatten. Aber er könnte euch beschreiben, wo ihr nach dem Riss suchen müsst.«

»Gibt es etwas, mit dem man ihn abdichten kann?«

Leutnant Marten beugte sich vor. »Wir haben etwas, was man dafür verwenden kann. Ich hoffe nur, es reicht.«

Esbort Wolkensturm räusperte sich. »Haben wir überhaupt eine Schürferrüstung an Bord?«

Theon lächelte. »Mehrere. Zwei meiner Männer waren früher selber Schürfer und können damit umgehen. Weißt du, Esbort, alter Freund, die Eldont´eana ist mir sehr wertvoll und oft hat sie kostbare Waren geladen. Es wäre unangemessen, wenn ein großer Gewinn durch ein kleines Loch im Rumpf verloren ginge.«

Esbort war überrascht. Solche Voraussicht hätte er bei Theon nicht erwartet. Der Handelsherr machte auf ihn immer den Eindruck eines Schreiberlings, der ausschließlich auf seinen Gewinn fixiert war. Andererseits, war Theon Klugweil immerhin ein Zwerg des Clans und hatte schon oft dadurch beeindruckt, sorgfältig nachzudenken, bevor er handelte. Dies hatte ihm immerhin den Namen Klugweil eingebracht.

Varnum räusperte sich. »Bei allem Respekt für die Matrosen unseres Handelsherrn Theon, aber ich denke, ich werde wohl am ehesten geeignet sein, hinabzutauchen und nach dem Schaden zu sehen.«

Unter ihnen, aus dem Rumpf der Envaar, war ein leiser Knall zu hören und die Zwerge, gewöhnt an ein Leben auf See, spürten einen unmerklichen Ruck, der durch das sinkende Schiff ging.

»Wir sollten keine Zeit verlieren«, brummte Esbort Wolkensturm und deutete auf Varnum. »Unser junger Schürfer soll sich eine Rüstung nehmen und tauchen, sonst sinkt uns dieses metallene Schiff unter den Füßen weg.«

»Ein metallenes Schiff«, flüsterte Birunt. Der alte Schürfer zog nervös an den Enden seiner Bartzöpfe. »Es ist nicht einmal aus gutem, schwimmfähigem Holz gebaut, nein, aus Metall. Ein dunkles Werk, das es nicht längst versunken ist.«

»Hör auf mit deinem Aberglauben.« Theon klatschte in die Hände. »Pasram, Schürfanzug, Schläuche und Pumpe! Rasch!«

Varnum entledigte sich ohne Umschweife seiner Oberbekleidung und die Menschen sahen staunend zu, wie er die Rüstung eines Schürftauchers anlegte und sorgsam Riemen und Schnallen prüfte, bevor der alte Birunt ihm den Glashelm reichte. Zwei Matrosen Theons, wohl seine ehemaligen Schürftaucher, traten an die Luftpumpe, prüften den aufgerollten Schlauch und schlossen ihn an Varnums Helm an. Der nickte, als er den kühlen Strom frischer Luft spürte.

Einer der Menschen trat zu ihm und reichte ihm eine Metallplatte. Sie war einen guten Meter lang und einen halben Meter breit und aus unglaublich leichtem Material. Sie ließ sich biegen und war auf einer Seite mit einer weißen Paste bestrichen.

Varnum hob seinen Helm an, damit er die Worte des Menschen verstehen konnte. Leutnant Marten deutete auf die Platte. »Sie müssen die Platte mit der weißen Seite gegen das Leck pressen, so dass es vollständig bedeckt ist. Der Mann, der hinunter tauchte, sagte, sie wäre groß genug. Die weiße Masse beginnt im Wasser klebrig zu werden. Sie brauchen sie nur an den Rumpf zu drücken, dann wird sie schon halten.« Der Mensch lächelte halbherzig. »Wenn der Rumpf nicht zu stark verformt ist«, schränkte er ein. Er legte Varnum die Hand auf die Schulter. »Viel Glück, kleiner Herr. Mögen die Götter Sie begleiten.«

Varnum Säulenfund nickte und der Helm rastete ein. Er stellte sich außen vor die Reling, spürte den Handlauf im Rücken und die Platte in den Händen, während der Strom der Atemluft rhythmisch in den Helm drang. Für einen

Moment zögerte er, denn die Schiffe lagen dicht aneinander. Eine Wellenbewegung konnte die Rümpfe im falschen Moment aufeinander zu treiben und Varnum zwischen sich zerquetschen. Er schüttelte den Gedanken ab. Menschen und Zwerge verließen sich nun gleichermaßen auf ihn.

Er sprang, spürte, wie das kühle Wasser über ihm zusammenschlug. Durch die Bewegung drehte er sich leicht und sah die Rümpfe von unten, dicht nebeneinander und ihm wurde bewusst, wie klein das Handelsschiff neben dem telanischen Kampfschiff wirkte.

Die Gewichte zogen ihn leicht nach unten und er spürte den Widerstand des Luftschlauches, als er sich halb drehte und sich auf den Rumpf des Metallschiffes konzentrierte. Er war gewaltig. Wie konnte ein solches Schiff sich auf dem Wasser halten? Nun, lange würde es nicht mehr an der Oberfläche bleiben, wenn er nicht handelte.

Die Gewichte zogen ihn weiter nach unten und Varnum verrenkte sich ein wenig, um eines von ihnen zu lösen. Als es frei kam, folgte er ihm mit den Blicken und sah es in scheinbar bodenlose Tiefe sinken. Hier war das Meer nicht nur zwanzig Meter tief. Hier mochte es Stunden dauern, bis ein Körper den Grund berührte. Unter sich sah Varnum nichts als ewige Finsternis und das erfüllte ihn mit Unbehagen. Er machte eine ungelenke Schwimmbewegung und war erleichtert. Ohne Mühe konnte er sich unter den Rumpf des Schiffes begeben. Es wirkte ungewöhnlich sauber. Der Rumpf von Theons Handelsschiff war mit Algen und Muscheln bewachsen, trotz der Schutzschicht, doch dieses Schiff schimmerte in makellosem Weiß. Entweder war es sehr neu oder an seiner Metallhaut konnte sich kein Bewuchs bilden.

Er sah den verstärkten Kiel und, kaum wahrnehmbar, eine Unterbrechung in der klaren Linienführung des Rumpfes. Dort musste sich das Leck befinden. Der Schlauch behinderte ihn ein wenig, als er weiter unter den mächtigen Rumpf tauchte. Es war ein beängstigendes

Gefühl. Sonst hatte Varnum beim Tauchen die freie Oberfläche über sich, hier jedoch hing der gewaltige Metallrumpf über ihm. Wenn dieses Schiff nun versank, würde es ihn einfach mit sich in die ewige Tiefe reißen.

Ja, es war wirklich das Leck. Trotz der schummerigen Lichtverhältnisse unter dem Rumpf, konnte Varnum deutlich die Veränderung in der Hüllenstruktur erkennen. Zwei Metallplatten, die aneinander stießen und an ihrer Stoßkante verbeult waren. Glücklicherweise waren sie nach innen verformt, Varnum hoffte also, die Metallplatte einfach auflegen zu können und dass die klebrige Schicht ihren Dienst versah.

Er schrak zusammen, als er aus den Augenwinkeln ein Schemen vorüberhuschen sah. Was war das gewesen? Er sah sich um, konnte nichts erkennen. Hier war Nichts, nicht einmal ein Schwarm der sonst überall zu treffenden Silberlinge. Er spürte, dass sein Atem schneller ging und zwang sich zur Ruhe. Wahrscheinlich spielten ihm einfach seine Nerven einen Streich.

Nein, da war es wieder.

An Deck der Eldont´eana brüllte Birunt Hammerschlag auf. »Dornfische! Dornfische im Wasser! Verfluchte Brut der Finsternis, ausgerechnet jetzt!«

Niemand sonst war im Wasser. Keine Wachen, die Varnum mit ihren Lanzen schützen konnten.

»Major!«

Die Stimme der Kapitänin riss den Kommandeur der Seesoldaten aus seiner Starre. »Pendar! Isuna! Die Dornfische dürfen den Unterwasserzwerg nicht erwischen!«

Die Seesoldatin und der Seesoldat warfen zwei anderen die Bolzengewehre zu, streiften hastig ihre Bekleidung ab, während andere Bewaffnete an der Reling entlang liefen.

»Bei den Inseln über dem Sturm«, schrie Theon die Menschen an, »helft Varnum!«

»Schon dabei«, erwiderte Major Beltron.

Neben ihm löste ein Seesoldat sein Bolzengewehr aus.

Die Zwerge sahen einen Dornfisch, der dicht unter der Wasseroberfläche entlang huschte und sich aufbäumte. Eine Wolke Blut verteilte sich im Wasser. »Meine Truppe nimmt öfter Fische zum Ziel«, erklärte der Major mit kaltem Grinsen. »Das hält sie einsatzbereit.«

Zwei weitere Waffen schleuderten ihre Bolzen ins Meer und die Zielsicherheit der Seesoldaten war beeindruckend. Instinktiv berechneten sie den richtigen Winkel, in dem die Geschosse ins Wasser treffen mussten.

»Das Blut wird die anderen Dornfische rasend machen«, keuchte Birunt besorgt.

»Ich glaube, die Menschen wissen das.« Esbort umklammerte hilflos den Griff seiner Axt.

Isuna und ihr Begleiter sprangen ins Wasser, die Bolzengewehre in den Händen.

Varnum befand sich in einer verzweifelten Lage.

Ein Dornfisch hatte ihn ausgemacht, was nicht schwer war. Varnums Bewegungen waren von den sensiblen Organen des Raubfisches über weite Entfernung zu spüren und es gab kein anderes Objekt, das die Aufmerksamkeit des Fisches auf sich gezogen hätte. Varnum war praktisch wehrlos, denn wenn er die Metallplatte losließ, war das telanische Schiff wohl endgültig dem Untergang geweiht. Er hatte keine Hand frei, den Dolch zu ziehen, den er ohnehin nicht dabei hatte, denn dies war nicht seine eigene Schürfrüstung. So setzte der Dornfisch zum schnellen Angriff an und das Einzige, was der junge Schürftaucher dem entgegen zu setzen hatte, war die Metallplatte.

Er hielt sie mit beiden Händen vor sich, zwischen sich und den Angreifer und spürte den wuchtigen Schlag, mit dem der Fisch dagegen prallte. Die Metallplatte bog sich durch, verformte sich und Varnum wurde zur Seite geschleudert. Er sah den Raubfisch an sich vorüber rasen, um zum nächsten Stoß anzusetzen. Während der junge Schürfer sich der Bedrohung zuwandte, erkannte er einen anderen Dornfisch, der von der Seite auf ihn zujagte.

Varnum wusste, dass ihn nun nichts mehr vor dem Tod retten konnte und schloss instinktiv die Augen. Er wollte den Todesstoß wie ein wahrer Zwerg der Meere hinnehmen, dennoch schrie er peinerfüllt auf, als er den Schlag spürte.

Aber da war kein nachfolgender Schmerz. Irritiert öffnete er die Augen und sah ein nacktes Menschenweib vor sich im Wasser schwimmen, die eine jener merkwürdigen Waffen hielt und ihm hastig Zeichen gab. Um sie herum war das Wasser verfärbt und als Varnum nach unten blickte, sah er den zerfetzten Leib des Dornfisches, der dem Meeresgrund entgegen sank. Tief unten kreisten andere Dornfische und der tote Artgenosse würde ihnen eine willkommene Mahlzeit sein.

Erneut stieß die Frau ihn an und Varnum begriff. Ein Stück über ihr sah er einen ebenfalls nackten Mann, der offensichtlich gerade Luft holte und nun wieder hinabtauchte, so dass die Frau zum Atemholen nach oben konnte.

Varnum wusste nicht, wie gut diese Menschen als Unterwasserwachen waren, aber immerhin hatten sie zwei Dornfische erledigt. Aber er wollte sein Glück nicht überstrapazieren, schließlich hatte er keine Ahnung, wie lange diese Menschen es im Wasser aushielten.

Erneut schwamm er auf das Leck zu, fand es und erkannte, dass die Metallplatte es überdecken würde. Er schob die metallene Fläche über die beschädigte Stelle und drückte sie dagegen. Viel Druck konnte er dabei nicht ausüben, da er nichts fand, an dem er sich hätte abstützen können.

Aber das war auch gar nicht erforderlich. Es war ein relativ kleines Leck, durch welches das Meerwasser ins Schiff eindrang und es zu versenken drohte. Die Strömung war an dieser Stelle recht stark und saugte die Platte förmlich an. Aber war diese dünne Metallfläche in der Lage, das Sinken des Kampfschiffes zu verhindern?

Varnum führte seine Hand tastend an der Kante der Platte entlang. Kein Sog war zu spüren. Sollte es das wirklich gewesen sein? Hatten er und diese unscheinbare Metallfläche das Schiff gerettet?

Der junge Schürftaucher langte an seinen Atemschlauch und zog behutsam, spürte den leichten Gegendruck, als die Männer an Bord der Eldont´eana reagierten. Schneller als gewöhnlich wurde er durchs Wasser gezogen und die Männer dachten wohl nicht daran, dass er sich noch unter dem Metallrumpf der Envaar befand. Er wurde regelrecht an ihren Stahlplatten entlang gezogen und wäre das Unterwasserschiff bewachsen gewesen, hätte der Muschelbewuchs ihm Atemschlauch und Haut zerfetzt. Einmal stieß er unangenehm hart gegen den Kiel, aber der Helm hielt und der junge Schürfer war erleichtert, als der drohende Metallkoloss über ihm zurückwich und er einen Streifen Himmels über sich sah. Nur Augenblicke später durchbrach sein Helm die Oberfläche.

Er sah die angespannten Gesichter von Menschen und Zwergen und signalisierte, dass alles in Ordnung sein. Die Telaner schienen die Geste instinktiv zu verstehen, denn Varnum sah, wie an Bord beider Schiffe Jubel ausbrach.

Hilfreiche Hände zogen ihn aus dem Wasser und nahmen ihm den Helm ab. Varnum sah zu jener Frau hinüber, die das Metallschiff befehligte und nickte. »Die Platte sitzt über dem Leck und ich kann keine Strömung spüren.«

»Den Göttern sei Dank«, sagte Kapitänin Jalena-Gaheni andächtig und lächelte dann fast entschuldigend. »Und Ihnen auch, tapferer Unterwasserarbeiter.«

»Schürftaucher«, murmelte Varnum atemlos und grinste glücklich.

»Hosmut! Wasserstand prüfen, sofort! Wir müssen wissen, ob der Wasserspiegel sinkt!«

Der Erste Offizier Hosmut, der seit Eintritt der Katastrophe einen eher lethargischen Eindruck gemacht hatte, nikkte und hastete zum Niedergang. Schweigen senkte sich über die Schiffe, während man Varnum aus der Tauchrüstung half. Nach endlos scheinenden Minuten erschien Hosmut wieder an Deck und sein Gesichtsausdruck hatte sich grundlegend gewandelt.

»Es steigt nicht weiter«, stieß er atemlos hervor. »Ich glaube … Ich glaube, es sinkt! Also, das Wasser sinkt, dass meine ich.«

Erneut brandete Jubel auf.

Die Kapitänin trat erneut zu Varnum, der von Birunt, Esbort und Theon umringt war. »Ich und meine Besatzung, wir haben euch viel zu verdanken. Wenn die Envaar dies übersteht, dann stehen wir alle, das ganze Reich Telan, tief in eurer Schuld.« Sie lächelte müde. »Wenn wir je etwas für euch tun können, so sagt es und es wird getan.«

»Gelbfrüchte.« Es rutschte Varnum so heraus und er sah Verwirrung in den Augen der Frau.

»In unserer Stadt fehlt der Saft der Gelbfrüchte«, erklärte Theon Klugweil. »Wir handeln ihn von unserem Freund Herios-Lar, aber es ist außerhalb der Zeit und es dauert zu lange, bevor er uns wieder besucht.«

»Herios-Lar? Der Kapitän der Beovanaal?«

Theon runzelte die Stirn. »Ihr kennt ihn?«

»Ja, das tue ich.« Zum ersten Mal seit Tagen lachte Jalena-Gaheni befreit auf. »Er fährt für das Handelshaus Tar und glaubt mir, der Handelsherr ist nicht immer glücklich darüber. Herios-Lar ist eine Legende unter den Handelskapitänen.«

»Das will ich gerne glauben.« Theon lächelte verschmitzt und glättete seine Bartzöpfe. »Er ist unser Freund, der Kapitän Herios-Lar.«

»Vielleicht können wir euch den Weg nach Telan ersparen.« Jalena sah Leutnant Marten an. »Wir haben zwar keine Gelbfrüchte gebunkert, aber einen vollen Vorrat an seinem konzentrierten Saft. Wie viele Menschen leben in eurer Stadt, ihr Herren Zwerge?«

Theon nannte die Zahl und die Kapitänin runzelte die Stirn. Keiner von ihnen nahm Anstoß daran, dass die Kapitänin die Zwerge mit den Menschen gleichsetzte. In diesem Augenblick der gerade abgewandten Katastrophe, erschien es ihnen selbstverständlich. »Es wird für einige Wochen reichen, aber keinesfalls zwei Monate. Früher erwartet ihr Herios-Lar nicht wieder?«

Theon schüttelte den Kopf. »So müssen wir also weiter nach Telan. Sag, Kapitän des Metallschiffes, wird es weiter schwimmen? Ich meine, wird es aus eigener Kraft fahren können? Nach Hause?«

Jalena-Gaheni seufzte. »Nicht ohne erhebliche Reparaturen. Zudem sind wir im Augenblick nicht kampffähig. Wir können die Heimfahrt nicht riskieren und, offen gesagt, ich kann auch euch nicht empfehlen, Telan anzusteuern. Ein Feind ist auf dem Meer. Ein Feind, der keine Gnade kennt.«

Esbort Wolkensturms Augen verengten sich. »Ein Feind?«

Jalena nickte betrübt. »Er hat das Reich von Anram angegriffen und überwältigt. Wir haben gegen ihn gekämpft und ihr seht ja, welchen Schaden wir genommen haben.«

»Ich sehe es.« Der Axtführer musterte den schwer angeschlagenen Kreuzer. »Ohne Reparaturen werdet ihr nicht nach Hause kommen.«

»So ist es.«

Einer der Matrosen Theons meldete sich zu Wort. »Ein Krieg der Menschen ist nicht unser Krieg. Wenn wir diesen da helfen, dann ziehen wir uns die Feindschaft der Fremden zu.«

Major Beltron wollte etwas erwidern, aber Jalena-Gaheni fiel ihm beschwichtigend in den Arm. »Ja, so ist es, kleiner Herr.« Sie sah die anderen ernst an. »Ich kann und will das nicht von euch verlangen. Ihr habt schon viel für uns getan.«

Theon wiegte nachdenklich den Kopf und erneut war es Esbort Wolkensturm, der das Wort ergriff. »Dieser Feind, den Ihr erwähnt habt, Kapitän des Metallschiffes, ist er auch ein Feind unseres Freundes Herios-Lar?«

»Ohne Zweifel.«

Esbort Wolkensturm stützte sich auf den Stiel seiner Axt. »Dann ist es entschieden. Der Feind unserer Freunde ist auch unser Feind.«

Theon Klugweil nickte. »Esbort Wolkensturm spricht im Namen unseres Rates und Clans, Kapitän des Metallschiffes. Ihr seid dem Clan willkommen. Kommt mit uns zur schwimmenden Stadt und wir werden sehen, was unsere Schmiede für Euch zu leisten vermögen.«

Wenig später nahmen die beiden ungleichen Schiffe Kurs auf die schwimmende Stadt. Die Envaar schleppte sich mühsam dahin, aber während der langen Stunden der Fahrt begann sich ihr Rumpf unmerklich aber stetig aufzurichten. Der drohende Untergang war abgewendet. Wenigstens für den Augenblick und wenn der Gegner sie nicht fand.

35

In den Schriften des Volkes der Sendar gab es viele Legenden. Ereignisse, welche die Entwicklung der Stämme wesentlich beeinflusst hatten. Die große Wasserkatastrophe von Atan, der Sturm auf den Bau der Yaded, welcher die Stämme vereinigte oder die Begegnung von Inedel-1 mit der Weisheit, in der die Bestimmung des Volkes offenbart wurde.

Als das Schiff Kurs auf sie nahm, wusste Ena-Inedel-31717, das sie und ihre Rettung ebenfalls in die Legenden eingehen würden. Vielleicht würde man ihre Geschichte sogar auf den Panzer oder die Haut eines toten Feindes schreiben, wie es nur ganz herausragenden Begebenheiten zustand. Ihre Geschichte war sicherlich ein solches Ereignis. Nie zuvor hatte ein Sendar so lange in der Wasserwüste überlebt und Ena wusste sofort, dass es ein Akt der Vorsehung war, der das Schiff heranführte. Sie und ihr behelfsmäßiges Floß waren winzig, einem Sandkorn in der Landwüste gleich und es konnte kein Zufall sein, dass man sie dennoch entdeckte.

Es war ein großer Zweidecker, der einst dem Menschenreich Anram gedient hatte und Ena-Inedel-31717 war extrem geschwächt, als man sie endlich an Bord des Schiffes zog. Dennoch versuchte sie, dem Kommandanten ein Mindestmaß an Respekt zu erweisen. Sie empfand Überraschung, dass ein Männchen das Schiff führte. Es musste sich hervorragende Verdienste erworben haben, wenn man ihm diese Ehre zugestand.

Ena-Inedel-31717 erwartete das Wohlwollen des Kommandanten und sie erstarrte, als sie seine schonungslosen Laute vernahm. »Ich bin Ainbar-Inedel-57 und wir sind vom gleichen Stamm. Aber du hast versagt und deine Krieger und Schiffe verloren. Du hast Schande über das Volk und die Matriarchin gebracht.«

Ena wusste, dass sie nur ein Zangenschließen vom Tod trennte. Sie empfand keine Furcht vor dem Tod, diese Regung war ihr und den anderen Sendar fremd. Aber in Schande zu enden bedeutete, keine Spuren in der ruhmreichen Geschichte des Volkes zu hinterlassen.

»Der Gegner war stark.« Sie bedauerte, keine selbstsichere Haltung zu zeigen, doch sie war noch zu sehr geschwächt.

»Oder du und deine Krieger waren schwach.« Das Männchen klickte mit seinen Kieferzangen und es schien eine Geste des Spotts zu sein. »Bislang habe ich bei den Anram nichts erlebt, was mich beeindruckt hätte.«

»Es waren keine Menschen aus Anram. Es waren … andere Menschen.«

Das Männchen nahm eine interessiertere Haltung an und Ena-Inedel-31717 berichtete von dem weißen Schiff mit dem weißen Rauch und von dem blendenden Tod, gegen den es keinen Schutz gab.

Ainbar-Inedel-57 hatte einen sehr hohen Rang im Stamm der Inedel. Wahrscheinlich gehörte er zu jenen Auserwählten, welche die Eier der Matriarchin befruchten durften. Er hatte diesen Rang nicht nur wegen seiner körperlichen Vorzüge erhalten, sondern auch, weil er zu den planerischen Denkern gehörte. Als er zwei der Krieger einen Wink gab und diese Ena hilfreich stützten, wusste die Kriegerin, dass sie am Leben bleiben würde. Zumindest vorerst, denn Ainbar schien nun Zweifel an ihrem Versagen zu haben.

»Anram baute nicht solche Schiffe. Du sagst, es sei aus Metall gewesen? Wie die Rüstungen der Menschen?«

»Viel stärker. Und das Schiff war sehr schnell und brauchte nicht auf den Wind zu warten.«

»Dann wissen diese Menschen mehr, als jene des toten Reiches Anram.« Ainbar schritt auf vier Armbeinen über die Planken und strich mit dem vorderen Paar über den Schädel. Eine unbewusste Geste, die verriet, wie angestrengt das große Männchen nachdachte. Schließlich blieb es stehen und sah Ena an.

»Wenn es ist, wie du sagst, dann kann das Gefahr für unseren Stamm bedeuten.« Ainbar unterstellte Ena keine Lüge, dies war den Sendar fremd. Aber sie konnte sich irren und daher die Wahrheit verfälschen. Ainbar musste abwägen, was er ihren Worten entnahm. »Ich glaube nicht, dass die Erbauer des weißen Schiffes mit den Menschen Anrams identisch sind. Die Schiffe sind zu unterschiedlich. Also ist es ein zweites Menschenvolk und es ist uns feindlich gesonnen, das beweist seine Kampfbereitschaft. Du sagst, es wurde beschädigt?«

»Schwer beschädigt.«

»Dann braucht es Hilfe und die findet es nur bei seinem Stamm.« Ainbar klickte mit seinen Kieferzangen. Er deutete mit einem Armbein über das Deck. »Es fuhr in jene Richtung? Gut, es wird den kürzesten Weg genommen haben.« Erneut schritt der Kommandant über das Deck und zwei Krieger machten ihm rasch Platz. Er schien sie nicht einmal bemerkt zu haben. »Dafür gibt es zwei Gründe. Ein solches Metallschiff kann nur im eigenen Bau repariert werden und, was vielleicht noch wichtiger ist, sie werden ihrem Stamm von uns berichten wollen. So weit ich weiß, ist es die erste Begegnung mit ihnen. Es sei denn, sie hätten zuvor schon andere unserer Floßschiffe versenkt.«

»Wir haben schon andere Schiffe verloren, von denen wir keine Spur fanden.«

Ainbar musterte Ena. »Das ist wahr. Aber wir haben auch beobachtet, dass ein anramisches Schiff auf See ist, welches Rache für das tote Reich nehmen will.« Er klickte mit den Kieferzangen. »Es ist nur eine Frage der Zeit, bis wir es stellen und vernichten werden. Aber das ist jetzt nicht von Bedeutung. Wir müssen das Metallschiff und seine Heimat finden und daher werden wir es sofort verfolgen.«

»Auch wenn es beschädigt ist, wird es dieses Schiff vernichten können.« Ena beugte sich demütig vor. »Das geht nicht gegen deine Kommandoführung, Ainbar-Inedel-57. Aber die Waffen des weißen Schiffes sind furchtbar.«

Ainbar strich zustimmend mit zwei Armbeinen an seinen Zangen entlang. »Wir werden ihm folgen und beobachten, wohin es fährt. Dann holen wir andere Floßschiffe.«

Ena klickte zustimmend. Das weiße Schiff war beschädigt und fuhr sehr langsam. Wenn die Winde der Wasserwüste günstig waren, würden sie es bald einholen. Dann würde Ena dazu beitragen, dass es endgültig in das tiefe Wasser versank.

36

Das also sind die Inseln der vollen Hand.« Der Himmel war trübe und leichter Nieselregen nässte Schiff und Besatzung. Über dem Bug war ein niedriger Kegel mit buckligen Ausläufern zu erkennen und das einzig Hübsche daran war der Regenbogen, der sich über ihm spannte. Die Inselgruppe lag im Sonnenschein, während die Seefalke noch in den Ausläufern einer Schlechtwetterfront lag.

Segelmeister Theodman nickte bedächtig. »Bin hier schon oft gewesen, Kapitän. Das letzte Mal mit der alten Orkan, das war kurz bevor sie abgewrackt wurde.« Er deutete mit einer Hand zu den Inseln hinüber. »Das mit dem großen Kegel, das ist die Hauptinsel, die Mittelhand. War wohl früher mal ein Vulkan. Lava und Geröll und jede Menge Vogeldung. Nichts für uns.«

»Aus Vogeldung lässt sich Salpeter für unser Pulver gewinnen«, brummte Geschützmeister Karnman.

»Hm, das stimmt.« Theodman schnäuzte sich ausgiebig in den Ärmel. »Das rechts, ein wenig versetzt, das ist der Mittelfinger. Da gibt es Holz, Frischwasser und Früchte. Leider nichts, was sich jagen lässt. Langsam hängt mir der ewige Fisch zum Hals heraus.«

»Wir haben noch Trockenfleisch und Hartbrot, Segelmeister, aber ich will einiges für Notzeiten aufheben.«

»Mit allem Respekt, Kapitän, aber meinen Sie, es könnten noch schlimmere Notzeiten kommen? Außer der Faust von Anram ist uns nur ein einziges anderes Schiff begegnet und auch das war nicht freundlich.«

»Ja, und es liegt jetzt ebenfalls auf dem Meeresgrund.« Tellman wischte sich etwas Regen aus den Augenwinkeln.

»Zusammen mit zwei guten Männern, Kapitän.« Geschützmeister Karnman warf einen Blick zum Heck, wo die leicht zerschlissene Fahne des Königreiches Anram auswehte. »Wir hatten Glück und die Kreaturen haben noch nicht erkannt, was es bedeutet, wenn man das Heck oder den Bug eines Schiffes kreuzt. Aber irgendwann kommt eines der Viecher auf den richtigen Gedanken und dann kann es für uns übel werden.« Er sah den Blick des Kapitäns und zuckte die Schultern. »Nein, ich werde nicht aufgeben, Kapitän. Ich will und werde kämpfen. Aber wir haben ein Drittel unserer Pulvervorräte und Kugeln verbraucht. Verdammt, Sere, auf Kugeln will ich notfalls ja verzichten. Ich kann auch Bachkiesel verfeuern, aber selbst dazu benötige ich Pulver.«

»Ich weiß.« Der Kapitän hob den Blick. Es begann langsam aufzuklaren. »Wir brauchen den Kontakt zu Freunden. Daher werden wir auf den Inseln der vollen Hand unsere Vorräte ergänzen und nehmen dann Kurs Nordost.«

»Warum Nordost?«

»Dort liegt ein Reich, mit dem wir Handel treiben. Ich denke, dort wird man uns helfen.«

»Und wenn nicht?«

Darauf wusste der Kapitän auch keine Antwort.

Auf der Seefalke begann die Stimmung erneut umzuschlagen. Zwar hatten Schiff und Besatzung zwei Gefechte siegreich bestanden und in beiden Fällen wesentlich größere Feinde auf den Meeresgrund geschickt, aber gerade der Anblick ehemaliger anramischer Schiffe, nun unter feindlicher Besatzung, begann die Männer zu entmutigen. Auch wenn sie siegreich kämpften, so mussten sie doch einen Sinn im Kampf erkennen. Rache war sicherlich ein starker Antrieb, doch ohne ein Ziel vor Augen wurde sie zum sinnlosen Selbstzweck.

»Letzte Nacht ist wieder einer über Bord«, sagte Karnman bedrückt.

Tellman schloss kurz die Augen. Der siebte Mann, der nicht durch Feindwirkung, sondern an krankem Herzen und Hoffnungslosigkeit gestorben war. »Warum hat die Deckswache es nicht verhindert? Verdammt, die Deckswache weiß ganz genau …«

»Der arme Kerl war selbst von der Bugwache.«

Der Kapitän sah betroffen zu den Inseln hinüber. »Bei allen Göttern.«

»Mich wundert es, dass dieser Fischer Wandeman noch unter uns ist.« Theodman schüttelte bedächtig den Kopf. »Der hängt nur seinen finsteren Gedanken nach. Er rührt das Essen kaum an und ist abgemagert wie ein gerupftes Huhn. Die Familie von diesem Fennegman ist da ein anderer Schlag. Vor allem diese Frau. Eine Augenweide, Kapitän, alles was Recht ist und sie hat für jeden Mann ein gutes Wort.«

Tellman sah seinen Segelmeister ernst an. »Falls ihr jemand zu nahe tritt …«

»Nicht von unserer Mannschaft, Kapitän. Dafür lege ich meine Hand in eine Esse. Wer die gute Henafraw auch nur schief anschielt, der geht über Bord. Außerdem«, Theodman grinste breit, »würde sich nur ein Lebensmüder mit dem Sere Fennegman und seiner Axt anlegen. Er hat sie in den letzten Tagen ein wenig umgearbeitet. Na ja, ist ja auch nicht viel zu tun. Jedenfalls sieht das Ding echt gefährlich aus.«

»Da kommen sie.« Karnman wies zum Kajütgang hinüber, wo der kleine Mann auftauchte, dicht gefolgt von seiner Frau und seinem Sohn.

Die drei Seemänner grüßten die Familie freundlich. Aus den Gästen der Not waren nun Mitglieder der Notgemeinschaft geworden, deren einzige Heimat im Augenblick das Schiff war.

Die hübsche Henafraw trat an die Bugreling. »Land? Wundervoll, einfach wundervoll. Werden wir an Land gehen? Kommen Sie, sagen Sie ja, Kapitän.«

Sere Tellman lächelte verständnisvoll. »Soweit uns bekannt ist, drohen dort keine Gefahren. Ja, wir werden an Land gehen und ja, natürlich können Sie das ebenfalls.«

Henafraw lachte befreit auf. »Seien Sie mir nicht böse, Kapitän, Sie und ihre Männer haben ein wundervolles

Schiff, aber ich sehne mich wirklich danach, endlich wieder einmal einen Boden unter den Füßen zu spüren, der nicht ständig schwankt.«

»Nun, wir alle werden froh sein, uns wieder die Beine vertreten zu können«, erwiderte Tellman freundlich. »Wir werden dort Frischwasser, Früchte und Holz für Reparaturen aufnehmen.«

»Die Insel sieht so aus, als könne man dort leben.« Fennegman duckte sich ein wenig, denn der Handlauf war direkt vor einem Gesicht.

»Ist eine Inselgruppe«, korrigierte Theodman.

»Vielleicht ließe sich dort leben«, fügte Kapitän Tellman hinzu, »aber ich fürchte, unsere personellen Möglichkeiten sind zu begrenzt, um eine Kolonie zu gründen.«

Der kleine Mann grinste und sah seine Frau an. »Vor allem für Torbjong würde es schnell langweilig.« Er zwinkerte den Männern zu. »Er fängt schon an, sich für Mädchen zu interessieren.«

»Oh.« Tellman unterdrückte ein Auflachen, als er bemerkte, wie der Junge errötete. Zugleich fühlte er sich bedrückt. Natürlich gab es noch andere Menschen in fernen Ländern, aber für Torbjong und auch den Ausguck Merotjong würde es kein normales Heranwachsen geben. Kein unbeschwertes Schäkern mit den jungen Weibern, stattdessen einen harten Kampf ums Überleben. Dabei brauchten sie alle etwas Hoffnung auf eine bessere Zukunft. »Nun, wir werden sehen, was wir für den jungen Herrn tun können.«

Henafraw lächelte den Kapitän an und er erkannte in ihrem Blick die gleichen Sorgen, obwohl sie es verstand, dies zu überdecken.

»Ich habe gehört, Sie haben in der Nacht wieder einen Mann verloren, Kapitän?« Als Tellman nickte, wies Henafraw über das Deck. »Die Männer brauchen eine Abwechslung und ein Ziel, Kapitän. Nur zu kämpfen, wird sie nicht am Leben erhalten.«

»Ich weiß.«

»Wenn wir an Land waren und die Vorräte ergänzt haben, dann sollten sie ein kleines Fest veranstalten.«

Tellman sah sie schockiert an. »Ein Fest? Verdammt, Sera Henafraw, wir haben sicherlich keinen Grund für eine Feier.«

»Natürlich haben wir den.« Sie legte dem Kapitän die Hand an den Arm. »Wir sind am Leben, wir haben den Feind bekämpft und wissen, dass man ihn besiegen kann und wir holen frische Vorräte. Ein wenig Musik und ein paar kleine Matrosenspiele würden den Männern gut tun, glauben Sie mir.«

»Sie hat recht, Kapitän«, meinte Theodman. »Die Mannschaft kann etwas Ablenkung gebrauchen.« Er sah den Kommandanten eindringlich an. »Und wir auch.«

Sere Tellman verschränkte die Hände hinter dem Rücken und sah nachdenklich auf die Inselgruppe. »Nun ja, ein paar Matrosentänze und Wettbewerbe können nicht schaden. Ich denke, sie haben recht. Wir brauchen alle eine kleine Ablenkung.« Er straffte sich leicht und lächelte dann. »Schön, wenn wir Proviant und Wasser aufgenommen haben, veranstalten wir ein kleines Bordfest.«

Die Seefalke glitt nun in hellem Sonnenlicht auf die Inselgruppe zu. Der Abstand zwischen der Hauptinsel und den Nebeninseln war groß genug, um bequem manövrieren zu können. Als an ihrer rechten Seite die Hauptinsel vorüber glitt, spuckte Theodman aus. »Nichts als Vogeldreck. Man kann kaum etwas von unberührten Felsen erkennen. Warum nutzen die Seevögel nicht auch die anderen Inseln?«

»Ich glaube, das hängt mit dem Lavagestein zusammen. Am Tag nimmt es die Wärme auf und in der Nacht gibt es sie wieder ab. Ideal zum Ausbrüten von Eiern.« Tellman zuckte die Schultern. »Habe ich zumindest mal irgendwo gehört.«

»Mir soll es Recht sein. Hauptsache, wir müssen nicht im Vogeldung herum laufen.«

Der kleine Zweimaster hielt auf die Insel des Mittelfingers zu und schien schließlich nur noch über ihrem Spiegelbild dahin zu kriechen. Schließlich wurden die Segel gerafft und die beiden Anker an Bug und Heck klatschten ins Wasser.

In der Besatzung schien die trübe Stimmung endlich aufzubrechen und zum ersten Mal seit Tagen war fröhliches Gelächter zu hören, als sich die Landmannschaft bereit machte. Neben dem kleinen Beiboot der Seefalke stand auch Fennegmans Fischerboot zur Verfügung. Er hatte es nicht aufgeben wollen und die Besatzung hatte es nicht übers Herz gebracht, es einfach zu versenken. Sere Tellman hatte schließlich eingewilligt, es an Deck zu hieven, da man es vielleicht noch einmal brauchen könnte und nun fand sich dies bestätigt.

Natürlich saßen Fennegman und seine Familie mit im Boot, gemeinsam mit Segelmeister Theodman und zwei weiteren Matrosen. Zwischen ihren Beinen standen Kisten und kleine Trinkwasserfässer, die es zu befüllen galt. Tellman hatte die großen Schiffsmesser austeilen lassen. Sie waren länger und schwerer als andere Messer und dienten der Besatzung auch zur Abwehr von Enterern. Der Kapitän hatte die Waffen weniger aus Sorge, man könne einer Gefahr begegnen, ausgegeben, als vielmehr aus der Umsicht, damit die Früchte von den Bäumen zu lösen. Fennegman hingegen hatte sich die umgearbeitete Axt an einem behelfsmäßigen Trageriemen über die Schulter gehängt. Er hatte tagelang mit Feile und Schleifsand gearbeitet und das Resultat sah mörderisch aus. In dem Beiboot der Seefalke saßen nur vier Männer, da sich in ihm zwei der großen Fässer befanden.

Die Männer ruderten an den Strand, der friedlich und einladend wirkte. Ein breiter Streifen feinkörnigen gelben Sandes, der in dichten Grasbewuchs und hohe Palmen überging. Irgendwo aus dem Grün war das beruhigende Zwitschern von Vögeln zu hören.

Als die Boote ans Ufer stießen, sprangen die Männer heraus und zogen sie hoch auf den Sand. Theodman teilte zwei Matrosen als Wache ein, denn der Segelmeister wollte kein Risiko eingehen. Dann wurden Kisten und Fässer aus den Wasserfahrzeugen geladen.

»Die Quelle ist zweihundert Meter landeinwärts«, wies er die Männer an. »Nicht zu verfehlen. Sobald ihr zwischen den Bäumen seid, könnt ihr schon das Murmeln des Bachlaufs hören. Beginnt die Fässer zu füllen, während wir die Früchte sammeln. Hier gibt es gute Gelbfrüchte und außerdem auch Blauschalen. Schmecken recht gut, wenn sie reif sind.«

Fennegman und sein Sohn Torbjong schlossen sich den Männern an, Henafraw hingegen genoss es sichtlich, am Strand entlang zu schlendern und den feinen Sand unter ihren bloßen Füßen zu spüren. Interessiert betrachtete sie einige Muscheln und schlenderte dann weiter.

Fennegman und Torbjong hatten sich Theodmans Gruppe angeschlossen. Einige Dutzend Meter entfernt hörten sie die Stimmen der Männer, welche die Fässer säuberten und neu befüllten. Der Segelmeister wies auf eine Gruppe Gelbfruchtpflanzen und zwei Männer machten sich daran, die überlebenswichtigen Früchte zu pflücken.

»Um an die Blauschalen zu kommen, müssen wir ein Stück die Stämme hinauf steigen.« Theodman grinste. »Ist nicht schwierig. Als wenn man einen Mast erklimmt.«

Torbjong warf einen vielsagenden Blick auf die korpulente Gestalt des Segelmeisters. Wortlos schob er das Schiffsmesser hinter seinen Leibgurt und machte sich daran, den Stamm zu erklimmen. Wenig später mussten die anderen Männer den herunter fallenden Früchten ausweichen. »Langsam, junger Sere«, rief Theodman hinauf. »Lass sie nicht einfach fallen. Die Schalen mögen hart aussehen, aber sie sind nicht dick. Wenn die Früchte platzen, verfaulen sie sehr schnell. Wirf sie uns nacheinander herunter, wir fangen sie dann auf.«

Ein Matrose schlug sich seitlich in die Büsche, da er sich erleichtern musste. Die Männer hörten, wie der Mann einen ärgerlichen Fluch ausstieß und grinsten unbefangen.

»Da ging wohl was daneben«, spottete einer, als der Matrose zurückkam und einen üblen Gestank verbreitete.

»Verdammt, das ist nicht von mir«, stieß der Mann wütend hervor. »Ich kann nichts dafür. Da hinten liegt ein Riesenhaufen Dung und ich habe ihn zu spät gesehen.«

»Geh uns bloß aus dem Wind«, brummte der Segelmeister. »Das ist ja nicht auszuhalten.«

Auch Fennegman konnte sich ein schadenfrohes Grinsen nicht ganz verkneifen, aber dann nahm sein Gesicht einen erschrockenen Ausdruck an. »Dung, sagtest du? Verdammt, was für Dung? Wo soll der herkommen?«

Theodman wurde übergangslos ernst. »Verflucht.«

Gemeinsam eilten sie zu den Büschen, hinter denen der Matrose seine Notdurft verrichtet hatte. »Allmächtiger«, ächzte der Segelmeister. »Er hat nicht übertrieben. Das ist ein enormer Haufen Dung.«

»Und er muss von einem entsprechend großen Biest stammen.« Fennegman löste den Tragegurt seiner Axt und nahm sie in die Hand. »Ich dachte, auf dieser Insel gäbe es nichts Gefährliches.«

»Habe ich auch gedacht.« Auch Theodman packte sein Schiffsmesser fester und beim Anblick des gewaltigen Dunghaufens hätte er sich nun eines der Schiffsgeschütze gewünscht. »Dort, da vorne sind Abdrücke. Geknickte Halme und Mulden. Bei allen Göttern, das Vieh muss riesig sein.«

Dann ertönte ein Schrei.

Fennegman wurde leichenblass. Es war unverwechselbar die Stimme einer Frau und es gab nur eine einzige auf der Insel.

Sie rannten alle zum Strand zurück und Torbjong fluchte heftig, da er erst den Stamm hinunter klettern und der Gruppe hinterher laufen musste. Obwohl Fennegman klein von Gestalt war und die kürzesten Beine der ganzen Gruppe hatte, erreichte er als erster den Strand. Er war von tiefer Furcht und unheilvollen Ahnungen erfüllt, denn nach dem ersten Schrei war kein zweiter erfolgt und dafür konnte es nur einen einzigen, schrecklichen Grund geben.

Doch an Stelle eines Blutbades fanden sie zwei breit grinsende Matrosen und eine hübsche Frau, die zwischen Lachen und Weinen schwankte. Als jedoch Fennegman mit grimmigem Gesicht und blitzender Axt vor ihr auftauchte, konnte sie sich nicht mehr halten und stimmte in das Lachen der Männer ein.

»Kann mir, verdammt noch einmal, jemand mal sagen, was hier los war?«, polterte Theodman.

Einer der Männer konnte sich mühsam beruhigen, so dass seine Worte halbwegs verständlich waren, auch wenn sie immer wieder von Lachanfällen unterbrochen wurden. »Bei den Göttern, Segelmeister, dass war bestimmt der größte Wurm, den man je zu Gesicht bekommen hat. Ein widerliches Vieh und wenigstens zehn Meter lang und einen dick.« Er schüttelte sich erneut vor Lachen. »Ehrlich, Sere Theodman, wir haben im ersten Augenblick fast unter uns gemacht, als wir dieses Riesenvieh gesehen haben.«

Henafraw zog ihren Mann an sich und empfand sichtlichen Stolz, wie bereitwillig er sein Leben hatte einsetzen wollen. »Dieses Vieh hat sicherlich mehr Furcht empfunden, als wir alle zusammen«, sagte sie lächelnd. »Seht euch den Haufen Dung an, den es hier hinterlassen hat.«

Theodman fluchte leise. »Ich war schon froh, die Hauptinsel nicht betreten zu müssen. Wegen des ganzen, verdammten Vogeldungs. Aber dieser Wurm hat sicher mehr Dung produziert, als die ganze Vogelkolonie in einem Jahr.«

Fennegman nickte und schwang die Axt wieder auf den Rücken. »Ja, wir sollten sehen, dass wir die Vorräte auffüllen und dann diese Insel schleunigst verlassen. Lange werden wir diesen Gestank nicht aushalten können.«

Am Abend war der Wurm das Hauptgesprächsthema beim Bordfest und die Landmannschaft machte sich einen Spaß daraus, seine Ausmaße und die seiner Hinterlassenschaften mit jeder Erzählung ein wenig größer zu gestalten. Jedenfalls trug der schreckhafte Riesenwurm zum Erfolg des Festes bei. Die Sera Henafraw unterhielt die Männer mit ihrer schönen Singstimme und ein paar schwungvollen Balladen, in welche die Zuhörer bereitwillig einstimmten. Einige Matrosen trugen eine Reihe Seemannslieder vor und tanzten einen der Matrosentänze. Sere Tellman hatte einen Teil der eisernen Vorräte freigegeben und die Mannschaft durfte einen ordentlichen Becher Alkohol leeren.

Sie würden es am Morgen mit einem Brummschädel bezahlen, aber dieser Abend war jeden einzelnen Tropfen wert gewesen, denn als der Seefalke wieder seine Anker lichtete, hatte sich die Stimmung an Bord wesentlich gebessert. Nur der Feind hätte ihnen in den ersten Stunden nicht begegnen dürfen, denn Geschützmeister Karnman schwor felsenfest, dass sich über Nacht die Rohre der Kanonen verbogen hätten und erst gegen Mittag, wohl durch die heilende Kraft der Sonne, wieder normale Form annahmen.

37

Die beiden ungleichen Schiffe benötigten Tage, bis sie endlich die schwimmende Stadt der Zwerge erreichten. Der telanische Schlachtkreuzer Envaar schleppte sich mit einem Drittel Fahrt dahin und Kapitänin Jalena-Gaheni ließ die Maschine mit äußerster Kraft laufen, auch wenn die Maschinisten sie händeringend baten, die Umdrehungen zu verringern. Diese Männer und Frauen waren in besonderem Maß erleichtert, als die eigentümliche Stadt inmitten des Meeres auftauchte und sie endlich die Drehzahl drosseln konnten.

Theon Klugweil hatte es sich nicht nehmen lassen, auf der Brücke des Metallschiffes zu stehen und wies die Kapitänin an, nicht an der Stadt selbst, sondern an der Bergungsplattform anzulegen, mit der man Varnums Kristallsäule ans Tageslicht holen wollte.

»Derzeit arbeiten wir dort unter Wasser, dort stehen viele Luftpumpen und liegen Schläuche bereit.« Theon schlug leicht auf den Handlauf der Brücke. »Womit sich Luft in einen Helm pumpen lässt, damit kann man auch Wasser aus einem Schiff fördern.«

Inzwischen hatte der Kreuzer keine Schlagseite mehr, aber er lag noch ungewöhnlich tief im Wasser. Die Pumpen der Envaar schafften kaum mehr Wasser heraus, als noch immer eindrang. Die Hoffnung, jene Metallplatte, die Varnum über das Leck geklebt hatte, werde es absolut abdichten, hatte sich nicht erfüllt. Dennoch, die Aktion des jungen Schürftauchers hatte das Schiff unzweifelhaft gerettet.

»Wenn ihr Menschen noch weitere dieser klebenden Metallplatten an Bord habt, dann werden unsere Taucher sie befestigen.« Theon wies ausholend über die Silhouette der schwimmenden Stadt. »Die Möglichkeiten der Zwerge der Meere stehen euch offen.«

»Wir haben euch viel zu verdanken«, bestätigte Jalena-Gaheni. »Es wird nicht vergessen werden, Handelsherr Klugweil.«

Theon lauschte den ruhigen Befehlen der Frau. Er konnte sich noch immer nicht daran gewöhnen, wie viele Frauen zur Besatzung des Metallschiffes gehörten und dass eine Frau auch noch das Kommando hatte. Es gab Geraune unter seinen Matrosen, das Unglück des telanischen Schiffes hänge sicherlich mit den ganzen Weibern zusammen. Jenes seltsame Loch unter Wasser, direkt unter dem Schiff, das könne nur vom Finger des Grimmzwerges stammen. Er sei erzürnt über die vielen Frauen an Bord des Metallschiffes und habe versucht, es zu sich in sein Unterwasserreich zu holen.

»Verfluchter Aberglaube und Unsinn«, hatte Esbort Wolkensturm gewettert. »Denkt an all die Frauen in unserer Stadt. Dann müsste er Eldont´runod ja ebenfalls unter Wasser ziehen.«

Einige hatte das vielleicht überzeugt, aber Theons Rudergänger hatte gemurmelt, es sei schließlich ein Unterschied zwischen den Weibern der Menschen und denen der Zwerge.

Während der Fahrt war die Besatzung der Envaar emsig beschäftigt gewesen, jene Schäden zu reparieren, die man mit Bordmitteln beheben konnte. Die Einschläge der Trümmerteile waren sorgfältig ausgebessert und neu gestrichen worden und selbst Turm Vier hatte man, mit Ausnahme der Kristallsäule des Waffenlaufes, wieder instand gesetzt. Die leere Stelle, an der sich Kanonenführer Harbarts Turm Zwei befunden hatte, war umso auffälliger.

Der Erste Offizier stand neben dem Rudergänger Hennerk und sah auf die Bergungsplattform hinunter, die immer näher kam. Der Kreuzer überragte sie weit, obwohl er so tief im Wasser lag. Theon musste anerkennen, wie elegant Jalena-Gaheni ihr Schiff anlegte. Allerdings wirkte es eher, als sammle sich etwas Treibholz an der mächtigen Flanke des Metallschiffes. Zwerge schwärmten aus, verbanden Flöße und Schiff miteinander, begannen die Schläuche zu verlegen und die Luftpumpen umzukuppeln, damit sie einem anderen Zweck dienen konnten.

Theon Klugweil bemerkte Jalenas Blicke und lächelte wissend. »Wer uns Zwerge nicht kennt und nur nach den Äußerlichkeiten geht, der hält uns für grobschlächtige Handwerker. Es mag auch sein, dass wir gelegentlich etwas grob sind und mit Sicherheit sind wir Handwerker, aber wir haben auch Sinn für die Feinheiten und verstehen uns darauf, Dinge zu konstruieren.

»Ich habe das bereits an dieser Tauchrüstung erkannt.« Die Kapitänin erwiderte Theons Lächeln. »Er zeugt von handwerklichem Geschick und auch eurem Sinn für Schönheit. Er ist zweckmäßig und zugleich kunstfertig.«

Der Handelsherr musterte die Frau forschend und nickte, als er sah, dass sie meinte, was sie sagte.

Leutnant Marten trat auf die Brücke. »Ihre Männer verstehen sich auf die Arbeit mit Pumpen und Schläuchen«, sagte er zufrieden. »Ich habe unseren Matrosen gesagt, sie sollen den kleinen Herren einfach aus dem Weg gehen, dass wäre das Beste.«

Theon Klugweil registrierte die wohlüberlegte Anrede des Offiziers. So, wie es die Handelsherren untereinander vereinbart hatten. Wenn verschiedene Völker miteinander umgingen, galt es die Gebote der Höflichkeit zu wahren. Manche schätzten, wie das Volk der Zwerge, die direkte Anrede, andere die höflichere Form und einige die, für Theon schwer nachzuvollziehende, dritte Person. Unhöflichkeiten wurden im Handel nicht geschätzt und so war man übereingekommen, jeweils die Form der Anrede zu nutzen, die auf dem Territorium üblich war, auf dem man sich befand. Auf der Envaar galt das »Sie« Telans, sobald man das Schiff verließ, das weniger steife »Du« der Zwerge.

Marten räusperte sich. »Wir werden die Envaar wieder dicht bekommen und auch das Wasser heraus haben, aber dennoch bleibt sie ein halbes Wrack, Kapitän. Nur ein Antriebspropeller und nur die Hälfte der Hauptwaffen, dazu noch der Hauptsammler zerstört.«

Esbort Wolkensturm, der schweigend auf dem Brückenanleger stand und zuhörte, stieß den Stiel seiner unvermeidlichen Axt mit leisem Pochen auf den Boden. »Diese Waffen eures Schiffes, wie funktionieren sie?«

Marten lächelte und begann mit einer umständlichen Beschreibung ihrer Funktion, aber Esborts Erwiderung überraschte nicht nur ihn. Der Axtschläger der schwimmenden Stadt nickte wissend und strich mit einer Hand über seine Bartzöpfe. »Ja, Licht kann töten. Unsere Brüder in den Kristallstädten an Land, die benutzen Schüsseln aus Kristall, um das Sonnenlicht zu sammeln, zu verstärken und damit die Feinde zu verbrennen. Ihr benutzt keine Schüsseln sondern Stäbe, aber das Prinzip ist sich ähnlich.«

Jalena-Gaheni war schockiert, dass die Zwerge eine ähnliche Technologie nutzten, die von den Kundigen Telans als die Fortschrittlichste der Welt gepriesen wurde. Aber die Worte Esborts ließen sie aufmerken. »Kristallschüsseln? Sagt, Handelsherr Klugweil, sind diese Schüsseln zufällig aus Weißkristall?«

»Aber ja.« Theon lachte gutmütig. »Natürlich nicht aus Zufall. Unsere Brüder an Land wissen ganz genau, dass Weißkristall ein hervorragender Lichtleiter und Lichtspeicher ist. Kein anderes Kristall hat solche Eigenschaften.«

Jalenas Augen nahmen einen lauernden Ausdruck an. »Ihr verfügt nicht zufällig über solchen Weißkristall, Handelsherr?«

»Nein, nicht zufällig, Kapitän. Er gehört zu jenen Dingen, die wir vom Meeresgrund schürfen. Erze für gutes Metall, Gold, etwas Silber und, natürlich, Kristalle aller Art. Hier, in diesen relativ warmen Gewässern, gedeihen die prachtvollsten Kristallstöcke.« Er lachte auf. »Natürlich verfügen wir über Weißkristall.« Er stapfte auf den Boden der Brücke. »Hier unter uns befindet sich in diesem Augenblick sogar die größte Weißkristallsäule, die man jemals gefunden hat.«

Leutnant Martens Gesichtsausdruck konnte in diesem Augenblick nur als ausgesprochen gierig bezeichnet werden.

Jalena-Gaheni wusste, was in ihrem Waffenoffizier vor sich ging. »Sagt, Handelsherr Theon Klugweil, könntet Ihr uns Weißkristall überlassen, damit wir unsere Waffen reparieren können?«

Esbort Wolkensturm nickte. »Einem Feind muss man wohl gerüstet begegnen.«

Theon hingegen zupfte nachdenklich seine Bartzöpfe. »Ihr wisst nicht, was Ihr da verlangt, Frau Kapitän. Ein Schiff vor dem Versinken retten, das ist eine Sache, aber es mit Waffen auszurüsten, eine ganz andere. Das verstößt gegen den Ehrenkodex des Handels.«

»Hier geht es nicht um Handel«, brummte Esbort. »Hier geht es nicht um Geschäft. Wenn es hier um Gewinn geht, dann um den des Lebens. Unsere Freunde befinden sich im Krieg und brauchen ihre Waffen, um darin zu überleben.«

Theon Klugweil nickte betrübt. »Glaub mir, Esbort, alter Freund, ich weiß sehr gut, was du meinst. Aber der Ehrenkodex des Handels wurde nicht umsonst geschlossen. Er bewahrt uns vor dem Handel mit Waffen, denn Waffenhandel mag hohen Gewinn bringen, aber er schafft auch Feinde. Jene nämlich, gegen den die gehandelten Waffen eingesetzt werden.«

»Mit den Feinden unserer menschlichen Freunde lässt sich nicht handeln, Theon. Die einzige Ware, welche die interessiert, ist dein Leben und das nehmen sie sich einfach, ohne dich vorher zu fragen.«

»So behaupten unsere Freunde mit dem Metallschiff.« Theon sah Jalena-Gaheni freundlich an und zuckte entschuldigend mit den Schultern. »Oh, ich glaube Ihren Worten, verehrter, äh, Kapitän, ganz sicher. Aber obwohl es um einen Feind geht, der Ihr Volk bedrohen mag, so ist es für uns Zwerge eine Angelegenheit des Handels.«

»Ist es nicht.« Esbort stieß protestierend seine Axt auf den Boden. »Hier geht es um einen möglichen Feind und somit ist es eine Angelegenheit der Axtschläger.« Er sah die Menschen freundlich an. »Der Soldaten, wie ihr sagen würdet.«

»Da es nicht um einen Feind geht, der die Zwerge der Meere bedroht, muss ich das ablehnen.« Theon Klugweil schüttelte energisch den Kopf. »Die Fremden mögen die Menschen bedrohen, aber nicht uns. Wir werden zu ihren Feinden, wenn wir die Menschen mit Waffen versorgen.«

Esbort funkelte den Handelsherrn und Freund wütend an. »Schön, dann ist es aber in jedem Fall eine Angelegenheit des Clans.«

Theon biss sich auf die Unterlippe. »Dem stimme ich zu.«

»Gut. Dann mag Bernbrat Wellenschlag darüber entscheiden.« Esbort schwang die Axt über seine Schulter und der Posten der Seesoldaten wurde einen Moment bleich, als die blitzende Klinge haarscharf an ihm vorbei fuhr.

»Wer ist dieser Bernbrat Wellenschlag?«, fragte Jalena leise.

Theon erklärte ihr die Funktion des Rates aus den drei Ältesten des Clan. Die Kapitänin sah Esbort forschend an. »Was für ein Charakter ist er?«

»Ein weiser und abwägender Führer«, murmelte Esbort zögernd.

»Also kein Kämpfer.«

»Hm.« In Esborts Laut konnte vieles hinein gedeutet werden.

Theon Klugweil wippte leicht auf seinen Versen und deutete zur schwimmenden Stadt hinüber. »Ich werde hinüberfahren und dabei den Gelbfrüchtesaft mitnehmen, den ihr uns abgeben könnt, Kapitän Jalena-Gaheni. Bei der Gelegenheit werde ich Bernbrat aufsuchen und sehen, wie es ihm geht. Wenn alles gelingt, werden wir noch heute eine Ratsversammlung abhalten können, die dann entscheiden wird, ob wir euch Menschen mit Weißkristall helfen. In jedem Fall aber«, er deutete zum Heck der Envaar, »werden wir sehen, ob unsere Schmiede etwas für euren Antrieb tun können.«

»Es sind sehr große Propeller«, sagte Leutnant Marten leise. »Bald vier Mal so groß, wie einer von euch kleinen

Herren. Ich weiß nicht, ob eure Schmiede solche Drehblätter herstellen können.«

»Wir werden sehen.« Theon seufzte leise. »In jedem Fall …«

»An Deck«, kam die leicht verzerrte Stimme des Ausgucks der Envaar aus dem Sprachrohr des Ausguckmastes. »Schiff in Nordosten! Eindeutig ein Segler.«

Erster Offizier Hosmut leckte sich über die plötzlich trockenen Lippen. »Was für ein Segler? Kannst du etwas Genaueres erkennen, Matrose?«

»An Deck. Sieht aus wie einer der anramischen Kampfsegler.«

Der Feind hatte sie gefunden.

38

Sie sind fort.« Diese einfachen Worte lösten bei der Versammlung vor dem Ratsgebäude Erleichterung aus.

»Waren es die Fremden? Ist das überhaupt sicher?«

Esbort Wolkensturm, der neben dem Eingang stand, warf einen kurzen Blick auf Kapitänin Jalena-Gaheni und nickte dann. »Sie waren es.«

»Es war ein Schiff Anrams«, fügte Jalena hinzu, »und keines dieser Schiffe fährt noch mit menschlicher Besatzung. Ja, es war der Feind.«

»Der Feind, der Feind«, murmelte eine alte Zwergenfrau. »Wir haben keinen Krieg mit jenen Wesen.«

»Auch wir hatten keinen Krieg mit ihnen, bis sie uns angriffen«, erwiderte die Kapitänin.

Jalena-Gaheni konnte die Haltung einiger der Zwerge gut verstehen. Es waren fleißige Wesen, die ihren Lebensunterhalt durch harte und ehrliche Arbeit verdienten und ihr Leben war sicher nicht leicht und unbeschwert. Niemand wurde gerne in einen Konflikt hineingezogen, wie er sich nun zwischen dem Reich Telan und den Fremden anbahnte.

»Der Älteste ist nun soweit«, meldete ein Axtschläger und stieß die beiden Türflügel auf. »Bernbrat Wellenschlag wird nun über die Angelegenheiten der Stadt und der menschlichen Gäste entscheiden. Tretet ein und vernehmt seine Stimme und seinen Beschluss.«

»Hat euer Ältester schon entschieden?«, flüsterte Jalena zu Esbort.

Der schüttelte den Kopf. »Ich glaube nicht. Obwohl ich mir bei ihm nicht sicher bin. Er war früher immer etwas zögerlich und ich weiß nicht, wie sich die Kopfwunde ausgewirkt hat.«

Die Zwerge drängten in die Halle hinein und Jalena-Gaheni war als einziger Mensch eingeladen, der Versammlung beizuwohnen. Die Kapitänin dachte an ihre Besatzung, welche versuchte, die Envaar wieder in einen kampfbereiten Zustand zu versetzen, so gut dies eben möglich war. Mehrere Ruderschiffe der Zwerge patrouillierten um die schwimmende Stadt und man würde den telanischen Schlachtkreuzer bald zu deren Außenflößen verlegen, damit die besten Schmiede von Eldont´runod versuchen konnten, den Antrieb des Schiffes zu reparieren.

Birunt Hammerschlag und Esbort Wolkensturm schritten zum Podium und nahmen rechts und links des Ältesten ihre Plätze ein. Bernbrat Wellenschlag trug noch immer einen Kopfverband und hielt den Schädel ein wenig schräg, aber seine Augen waren klar und seine Stimme fest, als er sich an die Versammlung wandte.

»Das Schiff der Fremden ist fort, Axtführer?«

Esbort nickte. »Es verschwand am Horizont und unsere Ruderschiffe halten Ausschau.«

»Und es ist ein Schiff dieses Menschenreiches Anram, bemannt mit den fremden Wesen, Menschenfrau?« Bernbrat musterte die Kapitänin und blinzelte ein wenig. Dass die Heilerin Nendia in der Versammlung ihr Wort erhob, daran hatte er sich gewöhnt, aber dass ein Menschenweib ein Schiff führte, noch dazu ein Kampfschiff, dass war doch sehr außergewöhnlich. Als Nendia seine Frage bejahte, seufzte der Älteste leise. »Dann mag es zurückkehren und ich fürchte, es wird dann nicht alleine sein.«

Geraune erhob sich in der Versammlung. Esbort räusperte sich und sah die anderen mahnend an.

Der Älteste sah zu Boden, als könne er dort den Grund des Meeres erkennen. »Wir Zwerge der Meere, wir kommen aus dem Meer und kehren dorthin zurück, wenn unsere Zeit gekommen ist. Wir sind keines Wesens Feind, solange man uns keinen Schaden zufügen will. Jetzt mag es sein, dass jene Menschen, die Theon Klugweil und Esbort Wolkensturm zu uns brachten, auch einen Feind zu uns führten.« Der Älteste hob seinen Blick und sah die Menschenfrau eindringlich an. »Mein Denken gilt dem

Wohl unseres Clans, Menschenfrau. Dem Wohl der Zwerge von Eldont´runod. Wäre jenes Schiff nicht am Horizont erschienen und hätte es dein Schiff bei uns nicht gesehen, so hätte ich dich fort geschickt.« Bernbrat sah die Empörung in Esborts Gesicht und hob beschwichtigend die Hand. »Doch, mein alter Freund, das hätte ich getan. Ich wäre dazu verpflichtet gewesen, denn wenn der Feind das Menschenschiff nicht bei uns gesehen hätte, würde er sich vielleicht mit einem Blick auf unsere schöne Stadt begnügen.«

»Sie wären keine willkommenen Gäste«, warf Esbort grimmig ein und stieß die Axt auf den Boden. Er saß immer an der gleichen Stelle und neben seinem Sitz war das Holz narbig von den vielen Sitzungen und Debatten und der Tatsache, dass Esbort den Stiel seiner Axt oft als Argument einsetzte.

»Wie dem auch sei.« Bernbrat Wellenschlag zuckte die Schultern. »Man hat das Metallschiff der Menschen bei uns gesehen und nun spielt es keine Rolle mehr. Die Fremden werden in jedem Fall glauben, dass wir den Menschen beistehen.«

»Herios-Lar ist unser Freund«, rief eine Stimme.

»Der Händler schon«, warf ein anderer ein. »Aber dieses Schiff ist kein Handelsschiff.«

»Sie sind vom Blute Herios-Lars«, knurrte Esbort und seine Axt stieß auf den Boden. »Sie sind in Not und haben uns um Hilfe gebeten.« Seine Stimme wurde lauter. »Und wir werden unseren Beistand nicht verweigern.«

»Wir haben keinen Pakt mit den Menschen Telans«, rief ein schlanker Schürftaucher.

»Das ist wahr«, stimmte Bernbrat zu. »Immerhin, wir handeln mit ihnen. Zu beiderseitigem Vorteil.«

»Wenn wir Krieg führen, hat das keinen Vorteil.« Einer der Schmiede erhob sich und deutete um sich. »Ein Kampf bedeutet immer Tod und Leid und Zerstörung. Das Leben bietet auch ohne Krieg schon genug davon.«

»Auch das ist wahr.« Bernbrat Wellenschlag seufzte abermals.

Jalena-Gaheni wollte etwas sagen, aber sie sah einen Wink Wolkensturms und schwieg. Sie fühlte Verbitterung, obwohl sie den Zwergen Recht geben musste. Für die Envaar und ihre Besatzung war der Kampf die Bestimmung, nicht jedoch für dieses fleißige Volk, das an seine Familien dachte.

Esbort Wolkensturm erhob sich und stützte sich auf seine Axt. »Gut, wir könnten die Menschen fort schicken und so tun, als seien sie nie da gewesen. Aber was dann? Meint ihr, wir könnten wie gewohnt schürfen und fischen und unserem Tagwerk nachgehen? Wenn wir die Menschen mit ihrem beschädigten Schiff fortschicken, so senden wir sie in den Tod, denn sie haben kaum eine Chance in einem Kampf. Und später, meine Brüder und Schwestern, wird dann der Tod zu uns kommen. Ich sage, wir haben keine andere Wahl, als uns an die Seite der Menschen zu stellen.«

Einige Proteste wurden laut, dazwischen zustimmendes Gemurmel zu Esborts Worten.

Bernbrat Wellenschlag kratzte sich am Kopfverband und verzog dann schmerzlich das Gesicht. »Haltet die Ruhe der Versammlung ein. Jeder hat in dieser Angelegenheit das Recht, gehört zu werden, denn diese Angelegenheit betrifft jede Seele in der Stadt.«

Sofort erhob sich erregtes Stimmengewirr, bis Esbort seine Axt mit machtvollem Dröhnen aufsetzte und nachdrücklich zur Ruhe aufforderte. »Dass der Älteste eure Stimmen hören will bedeutet nicht, dass ihr alle durcheinander redet. Zudem fehlt uns die Zeit, jeden Einzelnen anzuhören, bei allem Respekt für die gute Absicht des verehrten Ältesten.«

»Deine Meinung ist klar«, rief eine Schlauchmacherin. »Du willst deine Axt wetzen.«

»Wenn es stimmt, was diese Menschenfrau erzählte«, schrie ein anderer, »dann wird es kaum dazu kommen, die

Axt an den Fremden zu reiben. Diese Viecher sollen furchtbar sein, mit tödlichen Zangen und Feuerrohren, die auf große Entfernung töten.«

»Die haben sie nicht selbst gebaut, sondern von den Toten Anrams gestohlen.« Esbort hob seine Axt an und ließ die doppelte Schneide blitzen. »Und die Axt eines Zwerges kann auch den Schädel eines solchen Ungeheuers schlagen, wenn sie gut geführt wird.«

Erneut erhob sich erregtes Stimmengewirr, bis sich die Menschenfrau erhob und nun, aufgrund ihrer Größe, die versammelten Zwerge weit überragte. Die anderen verstummten und sahen die Kapitänin erwartungsvoll an.

»Ihr kleinen Herren und Frauen der schwimmenden Stadt, die Ehre gebietet es mir, euch nun mit aller Macht zu warnen. Das Reich Anram war ein starkes Reich und doch war es unterlegen. Auch Telan ist ein starkes Reich, doch ich weiß nicht, ob wir gegen diesen Feind bestehen können. Ich kenne die Macht der Clans nicht und kann nicht sagen, wie stark die Zwerge der Meere sind. Aber diese, eure, schwimmende Stadt, hat keine Chance, wenn der Feind mit mehreren Schiffen angreift.« Sie ließ ihre Worte für einen Moment wirken. »Und ich zweifle nicht, dass er euch angreifen wird.«

Schweigen lag über der Versammlung, als sie sich dem Ältesten zuwandte. »Die Envaar wird noch in dieser Stunde fahren und versuchen, Telan zu erreichen. Unser Volk muss vor dieser Bedrohung gewarnt werden. Ich und mein Schiff haben euch viel zu verdanken und so bitte ich euch von Herzen, nehmt jede lebende Seele der schwimmenden Stadt und versucht, euch in Sicherheit zu bringen. Wenn ihr hier bleibt, könnt ihr nur auf den Tod warten.«

Bernbrat Wellenschlag sah sie forschend an und nickte dann zögernd. »Worte von Ehre. Das war es, was ich hören wollte.« Er reckte sich und ließ seinen Blick über die Versammlung schweifen. »Schön, damit ist es beschlossen. Wir werden das Metallschiff reparieren, so gut wir es vermögen, damit es seine Heimat erreichen kann. Und Eldont´runod wird sich für das rüsten, was uns die Zukunft bringen mag.«

Jalena-Gaheni war sichtlich verwirrt. »Ich … Ich verstehe nicht …«

»Was gibt es da nicht zu verstehen?« Bernbrat zog verwirrt an seinen Bartzöpfen. »Wir werden euch helfen und an eurer Seite stehen.«

»Aber eben …«

Bernbrat machte eine abwiegelnde Handbewegung. »Wir Zwerge sind ein Volk von großer Ehre, Menschenfrau. Dies gilt für unsere Brüder und Schwestern in den Kristallstädten an Land ebenso, wie für die schwimmenden Städte der Meere. Wenn wir an die Seite anderer Wesen treten, so wollen wir auch wissen, ob sie ebensolche Ehre besitzen.« Der Älteste lächelte sanft. »Sie ist nicht bei allen Wesen gleich ausgeprägt.«

»Es geht um deine Bereitschaft, auf unsere Hilfe zu verzichten, um unserem Clan Leid zu ersparen«, warf ein Axtschläger ein. »Damit hast du bewiesen, dass du an das Wohl unserer Stadt denkst.«

Bernbrat Wellenschlag nickte. »Schön, nachdem dies nun geklärt ist, sollten wir uns endlich an die Arbeit machen. Es gibt reichlich zu tun. Unsere Schmiede müssen sich das Metallschiff ansehen und Esbort, alter Freund, du überlegst, wie wir einem Feind begegnen können, der uns aus großer Entfernung angreifen kann.«

»Weißkristall«, warf Theon Klugweil ein. »Die Kapitänin meint, damit ließen sich ihre Waffen reparieren.«

Bernbrat blickte erneut über die Menge. »Wo steckt der junge Varnum Säulenfund? Ich glaube, gerade in diesem Moment könnte sein Fund für uns von großem Nutzen sein.«

39

Unzweifelhaft war Marus Zweistahl der beste Schmied der schwimmenden Stadt und ebenso unzweifelhaft war die Welt unter Wasser nicht die seine. Er saß mit kläglichem Gesichtsausdruck neben Varnum auf der Plattform und ließ es über sich ergehen, wie hilfreiche Hände die Riemen und Schnallen der Tauchrüstung festzogen.

Varnum klopfte ihm aufmunternd auf die Schulter. »Es ist ganz einfach, guter Herr Schmied. Man darf nur das Luftholen nicht vergessen.«

Marus Lächeln wirkte kläglich. »Das Element des Schmiedes ist das Feuer und Wasser löscht Feuer. Es ist nur natürlich, dass Wasser nicht der Freund eines Schmiedes ist, nicht wahr?«

»Nun, immerhin schreckt ihr glühenden Stahl in Wasser ab.« Der alte Birunt Hammerschlag beugte sich über den Schmied und grinste. »So fremd ist dir das Element also nicht.«

»Für den besten Stahl nimmt man feines Öl«, murmelte Zweistahl. Der Schmied hatte diesen Namen erhalten, da er sich wie kein anderer darauf verstand, zwei verschiedene Metalle miteinander zu verschmelzen und zu einem Werkstück zu verarbeiten. Er hatte schon versucht, diese Fertigkeit an seine Gehilfen weiter zu geben, aber offensichtlich brauchte es eine Form von Magie, die nur Marus bei der Arbeit ausübte. Man munkelte, Marus Ururgroßvater habe diese Fähigkeit einst von einem elfischen Schmiedemeister erlernt, aber der Schmied stritt das immer wieder ab. Wichtig war, das Marus Zweistahl einzigartige Arbeiten fertigen konnte, die dem Clan schon guten Gewinn gebracht hatten.

»Ich habe das Schiff schon von unten gesehen«, sagte Varnum freundlich.« Es ist ein fantastischer Anblick. Wie ein Gebirge aus Metall, das da im Wasser schwerelos über einem hängt.«

Marus Blässe vertiefte sich ein wenig. »Ich hoffe nur, der Grimmzwerg lässt es nicht auf mich herab stürzen.«

»Verfluchter Aberglaube«, knurrte Birunt, obwohl er selbst in letzter Zeit gelegentlich von jenem unheimlichen Wesen der Tiefe sprach. »Außerdem musst du dir das Schiff von unten ansehen. Du musst wissen, wie diese, äh, Propeller beschaffen sind und vor allem, welche Maße gebraucht werden. Niemand sonst versteht sich wie du darauf, Marus.«

»Ja, das ist wahr.« Der Schmied klapperte vernehmlich mit den Zähnen. Vielleicht erschien ihm einfach das Wasser zu kalt. »Ich muss es mir nur ansehen und einmal anfassen und dann kenne ich das Maß.«

»Na siehst du?« Birunt grinste breit. »Und lass dich von den Meerjungweibern nicht ablenken!«

»Meer … was?«

»Schon gut.« Der alte Schlagführer zuckte die Schultern. »Konzentriere du dich nur auf deine Arbeit.«

Der Schmied deutete auf das telanische Schiff. »Es ist wirklich groß, das Metallschiff.«

»Das Metallschiff heißt Envaar.« Leutnant Marten, der unbedingt dabei sein wollte, um als Erster zu erfahren, was an Reparaturen möglich sein würde, deutete auf den Kreuzer. »Envaar. Es hat einen Namen, wie eure Schiffe. Ihr möchtet doch auch nicht, dass wir zu eurer Eldont´runod »Holzschiff« sagen, oder?«

Die Zwerge lachten auf und selbst der Schmied stimmte ein.

»Du meinst die Eldont´eana, Offizier Marten. Eldont´runod ist unsere Stadt.« Esbort grinste. »Aber beides ist aus Holz.«

Varnum mochte den Menschenmann. Marten wäre am Liebsten ebenfalls getaucht, aber für seine Größe ließ sich keine geeignete Ausrüstung finden und die Zeit fehlte, eine anzufertigen. Die Neugier des Offiziers paarte sich mit der offensichtlichen Anerkennung dessen, was die Zwerge leisteten. Er hatte die Ausrüstung begutachtet und immer wieder beifällig genickt. Varnum hatte den Verdacht, dass Marten sich viele Details einprägte, um sie für das Reich Telan zu übernehmen.

Marus Zweistahl und Varnum glitten ins Wasser. Varnum hielt sich dicht neben dem Schmied, der sich ungelenk bewegte, was sicher kein Wunder war. Seine Augen hinter dem Helm waren angstvoll geweitet und der junge Schürftaucher glitt gekonnt neben den älteren Mann und machte beruhigende Gesten, deutete regelmäßiges Atmen an, bis Marus tatsächlich ruhiger wurde. Vielleicht war es auch der beeindruckende Anblick des Unterwasserschiffes der Envaar, die Marus Neugier siegen ließ.

Hinter ihnen klatschten Körper ins Wasser. Die Axtschläger der schwimmenden Stadt hatten von Kapitänin Jalena-Gaheni zwei der Bolzenwaffen zum Geschenk erhalten. Zwei Männer hatten mit ihnen geübt und trauten sich zu, die Taucher als Wachen zu begleiten. Diese Waffen hatten eine weit größere Reichweite als die Speere, welche die Axtschläger sonst benutzten.

Sie tauchten unter den Rumpf, entlang der neuen Klebeplatten, welche über dem Leck angebracht waren. Inzwischen waren die Zimmerleute dabei, in dem leer gepumpten Ballastraum den hölzernen Innenboden zu öffnen und ein neues Segment einzufügen. Die Zwerge hatten erwartet, das gesamte Schiff bestehe aus Metall und waren überrascht, auch hier eine hölzerne Innenhülle vorzufinden. Sie war mit ihren zwanzig Zentimetern aber entschieden dünner, als die Rümpfe der hölzernen Segelschiffe. Ein Handelsschiff wie die Eldont´eana hatte Bordwände von fünfzig Zentimetern gutem Hartholz und ein Unterschiff, welches stellenweise die dreifache Dicke aufwies. Fast fünfzehntausend gute Bäume mussten für ein solches Schiff gefällt und verarbeitet werden. Die Zwerge der Meere verfügten daher nur über wenige Schiffe, da auch ihre Städte Holz benötigten und sie es aufwändig an Land besorgen mussten. Eine seefahrende Nation wie Telan oder Anram mussten riesige Wälder abholzen, um genug Holz für den Bau ihrer Schiffe zu erhalten und wenn man nicht sorgsam wiederaufforstete, verschlang die Seefahrt das Holz eines Landes.

Varnum hatte sich vor einigen Tagen nur auf den Schaden am Unterwasserschiff konzentriert und war von der Größe der Antriebspropeller überwältigt. Marus schwamm unbeholfen zu den riesigen Blättern, betastete das Metall und die Welle, auf welcher der intakte Propeller saß. Schließlich gab er Varnum ein Zeichen und sie machten sich an den Aufstieg zur Oberfläche.

»Die Maße habe ich«, sagte Marus schwer atmend, als man ihm aus der Tauchrüstung half. »Ein solches Propellerrad kann ich in meiner Esse nicht fertigen. Es ist zu groß.« Der Schmied sah die Enttäuschung im Gesicht Martens und lächelte erschöpft. »Aber ich kann die einzelnen Blätter anfertigen und das Kernstück. Ich muss sie allerdings miteinander vernieten. Die Esse ist zu klein, um sie in einem Stück miteinander zu verbinden, wie ich erwähnte.«

Marten seufzte. »Sie müssten absolut gleichmäßig gearbeitet sein. Die geringste Unwucht und es zerreißt den gesamten Propeller und die Antriebsmaschine.«

Marus nickte. »Das Metall, welches ihr verwendet habt, es sieht nach Gelbmetall aus. Gießt ihr diese Propeller aus einem Stück? Aus Gold? Es lässt sich leicht verarbeiten.«

»Aus Gold?« Marten lachte. »Das wäre unbezahlbar. Gold wäre viel zu wertvoll.« Der Leutnant sah die Zwerge forschend an. »Etwa nicht?«

»Nun, je seltener ein Metall, desto wertvoller, nicht wahr?«, brummte Birunt Hammerschlag. »Unten im Meer gibt es reichlich davon. Zuviel, als dass es sich der Mühe lohnt, es herauf zu holen. Oh, wir wissen, dass ihr Menschen Wert auf das Zeug legt und gelegentlich bringen wir etwas davon an die Oberfläche.« Er deutete unbewusst ins

Meer hinab. »Wir verwenden es zum Handel mit euch Menschen. In Maßen, denn wir sind weder unvernünftig, noch von der menschlichen Habgier beseelt. Wir verwenden es nicht einmal als Ballast für die Schiffe. Sag, Marus, meinst du, Gold wäre geeignet, um diesen Propeller zu fertigen?«

»Härteres Metall wäre mir lieber«, brummte der Schmied. »Aber es scheint mir am ehesten dem Metall zu entsprechen, welches für die anderen Propeller verwendet wurde.«

»Schön, dann holen wir das Zeug herauf, damit du mit der Arbeit beginnen kannst.« Birunt zog an seinen Zöpfen und sah Varnum an. »Und dann wenden wir uns deiner großen Säule zu. Mit ihr und ihren Ablegern werden wir die Waffen des Metallschiffes, äh, der Envaar, wieder herstellen können.« Er seufzte leise. »Ein kostbarer Fund und wir werden ihn zerteilen müssen. Ein verdammter Jammer, sage ich euch.«

»Ich weiß nicht, ob wir sie in einem Stück bergen können.« Heimur Sichelhieb, jener alte Schürfer, dem Varnum das Leben gerettet hatte, deutete zu der Bergungsplattform hinüber. »Auch mit zusätzlichen Kränen ist es ein Wagnis.«

Leutnant Marten räusperte sich. »Die Envaar hat zwei starke Kräne an Bord. Zur Übernahme der Lasten. Brennstein, Proviant, Trinkwasser und dergleichen.«

Birunt nickte. »Einen Versuch wäre es wohl wert. Gut, während Marus und seine Gehilfen an die Arbeit gehen und die Zimmerleute das Loch endgültig versiegeln, soll das Schiff zur Bergungsplattform fahren und über der Fundstelle ankern. Dann werden wir sehen, ob wir den Fund an die Oberfläche holen können.«

Sichelhieb seufzte. »Wir haben schwere Arbeit vor uns. Ich hoffe nur, die Schleifer werden bereit sein, wenn die Säule zu ihnen kommt.«

»Das werden sie«, versicherte Esbort Wolkensturm. »Das werden sie.«

Die Schürftaucher nutzten die Zeit bis die Envaar an ihrem neuen Ankerplatz lag zu einer Erholungspause. Überall auf den Außenplattformen herrschte hektische Betriebsamkeit. Jeder Schürftaucher kam zum Einsatz, um den Säulenfund zu bergen und Gold vom Meeresgrund zu holen, damit Marus den Propeller fertigen konnte. Er würde nur einen anfertigen, aber mit rechtem und linkem Antrieb würde die Envaar wieder bedeutend schneller und leichter zu manövrieren sein.

Erneut bildete sich die Dreiergruppe aus Varnum und Heimur an der Säule, welche den Kristallschneider führten und aus Birunt Hammerschlag, dessen aufmerksamen Augen nichts entging. Andere Schürfer standen um sie herum auf dem Meeresgrund, die Bergungsleinen waren bereit, an der Hauptsäule befestigt zu werden, sobald sie gelöst werden konnte. An Stelle der Bergungsplattform schwamm das telanische Schiff über der Fundstelle und an seinen beiden Kränen standen erfahrene Zwerge, welche den Matrosen der Envaar ihre Anweisungen gaben.

Es war eine schweißtreibende Arbeit auf dem Meeresgrund.

Obwohl sie von anderen Schürfern abgelöst wurden, glaubte Varnum bald, seine Arme kaum noch spüren zu können. Bald schmerzte jeder Muskel und man glaubte, kaum genug Luft durch den Atemschlauch zu bekommen, obwohl die Pumper ebenso angestrengt arbeiteten. Bei einem der Schürfer entstand ein Riss im Schlauch und der Mann hatte Glück, dass sie in geringer Tiefe arbeiteten und ihn rechtzeitig an die Oberfläche bekamen.

Unentwegt fraß sich der Kristallschneider durch die riesige Säule, bis der Schnitt, viele Stunden später, kreisförmig um die zentrale Kristallader herumgeführt war und nur noch ein dünnes Segment die Säule aufrecht hielt. Eine unachtsame Bewegung, eine plötzliche Strömung, sie konnten die Säule abbrechen und die Schürftaucher gönnten sich nun keine Pause.

Behutsam wurden die Bergungsleinen angelegt. Knoten, die jeder Zwerg der Meere und Seefahrer kannte, und die sonst ein Schiff an seinem Anleger festhielten, verbanden ein ganzes Bündel von starken Leinen mit der Säule. Birunt Hammerschlag tauchte bis zur Oberfläche auf, so dass er die Fundstelle und die Kräne der Envaar gleichermaßen im Auge behalten konnte. Behutsam wurden die Kranwinden gedreht, die Leinen angespannt. Niemand brauchte in diesem Fall die Säule gewaltsam zu lösen, die Envaar vollbrachte dies mit der Kraft ihres Rumpfes. Als die Leinen fast straff waren, hob die leichte Dünung das Schiff an.

Ein helles Klingen war weit unter dem Wasser zu hören, als die Säule von ihrem Sockel brach.

Birunt gab hastig Zeichen und die Kranwinden ächzten, um das schwere Objekt rasch anzuheben. Würde der Zug auf die Leinen nachlassen oder sich das Schiff senken, konnte die Säule seitlich auf den Kristallstock oder Meeresboden schlagen und dabei Schaden nehmen. Aber die Winden hoben die Säule langsam und stetig zur Oberfläche und alle Schürftaucher folgten ihr atemlos mit den Blicken, bis sie längsseits der Envaar dicht unter der Oberfläche hing.

Die Schürftaucher lösten ihre Gewichte, stiegen ebenfalls auf und erreichten die Bergungsplattform neben dem telanischen Schiff. Während die Zwerge erleichtert die Tauchrüstungen ablegten, hastete Birunt Hammerschlag schon auf die Brücke hinauf.

»Langsam und sehr, sehr vorsichtig«, sagte er eindringlich. »Vor allem das Anlegen an der Stadt muss behutsam vor sich gehen. Wird die Säule an eine Plattform geschlagen, kann sie brechen.«

Jalena-Gaheni nickte. »Wir kennen Weißkristall, Herr Schlagführer und wissen, wie empfindlich er ist.« Sie deutete auf die verbliebenen Waffen ihres Kreuzers. »Daher umgeben wir ihn auch mit schützendem Metall.«

Birunt leckte sich über die Lippen. »Diese Säule ist noch nicht durch Metall geschützt.«

»Sie ist gewaltig.« Leutnant Marten beugte sich über den Ausläufer der Brücke und sah auf die Säule hinunter. »Selbst für einen Hauptsammler wäre sie eigentlich zu groß.«

»Unten sind noch kleinere am Kristallstock.« Birunt drückte etwas Wasser aus den Enden seiner Zöpfe. »Aus ihnen lässt sich der Kristall für eure Lichtwaffen fertigen.«

»Er wird wohl besser sein als jener, den die Werft verarbeitete.« Marten warf einen ironischen Blick auf den Ersten Offizier Hosmut. »Besser als jener, welchen das Handelshaus Tar der Werft lieferte.«

Birunt kannte den Zusammenhang nicht, aber er bemerkte eine Anspannung zwischen dem Menschen Hosmut und den anderen. Der Mann schien weder geachtet, noch beliebt, und machte auf den alten Schlagführer auch nicht den Eindruck, als sei er fähig, ein Schiff zu führen. Die Besatzung der Envaar konnte wohl nur hoffen, dass ihrer Kapitänin kein Unglück zustieß und dieser Hosmut nicht das Kommando übernehmen musste.

Jalena-Gaheni, Rudergänger Hennerk und Maschinist Kalas arbeiteten perfekt zusammen. Gekonnt, nahezu elegant, legte die Envaar an der schwimmenden Stadt an, unmittelbar an den Plattformen, die an den Werkstätten der Schleifer angrenzten.

Diese hatten aus den Schilderungen der Schürfer eine ungefähre Vorstellung von der Größe der Säule, aber es war ein Unterschied, sie nun wahrhaftig vor Augen zu sehen. Einige der Schleifer blickten der zu bearbeitenden Säule erwartungsvoll entgegen, andere wirkten bei der Erkenntnis ihrer realen Masse einfach betroffen.

Vosbert Sanfthand strich nachdenklich über seine Zopfenden, beobachtete, wie die Kräne die Säule langsam zur Plattform, hoben und wie das Schiff sich dabei leicht neigte. Wenn schon dieses große Metallschiff dem Gewicht nachgab, würde das erst recht für die Arbeitsplattform der Schleifer gelten. Aber darauf waren sie, wie Vosbert hoffte, vorbereitet. Die Verankerungstaue liefen über Umlenkrollen und waren von Zwergen bemannt, Kräne der schwimmenden Stadt standen auf den Nachbarflößen und würden ein zu starkes Absinken verhindern.

»Langsam nachlassen«, rief Vosbert Sanfthand zur Brükke der Envaar hinauf. »Ganz langsam!«

Das Arbeitsfloß der Schleifer sollte ruhig ein Stück tiefer sacken. Das erleichterte den Männern die Arbeit, denn sie würden das Meerwasser nutzen können. Die Plattform durfte nur nicht zu tief sacken. Allenfalls knietief, mehr wollte der erfahrene Schleifer seinen Gehilfen nicht zumuten. Für die groben Vorarbeiten konnten sie salzhaltiges Wasser verwenden, aber für den Feinschliff würden sie eine Menge des kostbaren Trinkwasser aufwenden müssen. Dann musste die Kristallsäule aus dem Meerwasser frei kommen.

Die Winden und Kräne ächzten, als die riesige Säule sich in die vorbereiteten Lager auf der Plattform senkte. Vosbert spürte, wie das Floß tiefer sank und seine Augen verengten sich. Aufmerksam beobachtete er den Pegel und nickte erleichtert. »Liegt noch im rechten Maß«, murmelte er und hob die Arme. »Die Last liegt nun auf dem Floß«, meldete er zur Envaar. »Aber lasst die Leinen angeschlagen. Sollte etwas geschehen, so will ich, dass die Kräne die Säule halten.«

Er trat zu dem Weißkristall und strich mit der Hand prüfend, fast liebevoll, über die Struktur. »Wäre ein Jammer, wenn uns diese Schönheit wieder auf den Meeresgrund sänke.« Er klatschte in die Hände und sah die anderen Zwerge an. »Nun, auf, ihr Schleifer von Eldont´runod. Arbeit liegt nun vor uns und es soll ein Meisterstück werden. Also gut, Männer, ausziehen.«

Die äußere Politur war eine Kleinigkeit. Sehr viel schwieriger war es, die Kristallader sorgfältig auszuschleifen. Sie hatte den Kristall am Leben erhalten und für sein Wachstum gesorgt. Nun war sie unterbrochen und das Kristall würde absterben und stumpf werden, wenn man nicht rasch handelte.

Ein Kanonier des toten Reiches Anram hätte sich nun sicherlich an den Ladevorgang seiner Vorderladerkanone erinnert gefühlt. Oder vielmehr an den Reinigungsvorgang nach dem Schuss. Zunächst wurde der Kanal, der längs durch die Säule lief, vom Lebenssaft gesäubert. Es war eine glasklare und gallertartige Substanz, die rasch aushärtete und trübe wurde. Sie musste schnell entfernt werden.

Die Schleifer setzten einen langen Stab an, der zwei gegenläufige, korkenzieherartige Auswüchse hatte. Die Männer drehten ihn in den unteren Teil der Ader, bis zum Anschlag des Holzschaftes, dann zogen sie einen Teil der Gallertmasse heraus. Hände griffen zu, zerrten die Gallerte herunter, spülten den Stabzieher mit Meerwasser und schon wurde er erneut angesetzt. Jedes Mal wurden zwanzig bis dreißig Zentimeter der Kristallader von dem absterbenden Lebenssaft befreit.

»Seid vorsichtig und zerkratzt mir nicht die Innenwand«, knurrte Vosbert nervös. »Zieht ihn behutsam aus. Ganz vorsichtig, verstanden?«

»Willst du lieber selbst anpacken?«, knurrte einer der Gehilfen.

Vosbert Sanfthand zuckte die Schultern. »Entschuldigt, ich bin ein wenig nervös. Nein, ich vertraue auf das Geschick eurer Hände und die Kraft eurer Arme.«

Sie hatten schon oft Säulen geschliffen, die einige Meter maßen, aber diese Eine hier, die war gewaltig. Der Stabzieher musste zusätzlich verlängert werden und das machte seine Führung schwierig. Die metallenen Ziehdorne durften die Innenwand des Kristalls nicht beschädigen. Es würde ausgesprochen schwierig sein, sie dann noch zu polieren.

Der erfahrene Schleifer spürte Schweiß auf seiner Stirn und im Nacken, als die Gehilfen den Stabzieher zurücknahmen. Er blickte in die geräumte Ader und nickte zufrieden. »Sehr gut, Männer. Und jetzt auswischen.«

Den Auswischer hatten sie ebenfalls verlängern müssen. Die Arbeit mit diesem riesigen Schwammstab war nicht so gefährlich für die Säule, aber körperlich ebenso anstrengend, wie die Arbeit mit dem Auszieher. Der Schwamm war etwas größer, als der Durchmesser der Ader und glitt nun an seinem langen Stab vor und zurück, um die letzten Reste der Gallerte zu entfernen. Immer wieder wurde er herausgezogen, mit frischem Wasser übergossen und erneut in die Säule eingeführt.

Birunt Hammerschlag, Esbort Wolkensturm und der junge Varnum, verließen das Menschenschiff und traten neben Vosbert. »Nun, wie sieht es aus, Vosbert?«, fragte Birunt leise. »So ein Prachtstück hast du sicher noch nie zuvor bearbeitet, nicht wahr?«

»Es wäre ein Jammer, es zu zerschneiden.« Vosbert Sanfthands Augen leuchteten. »Wie du sagst, alter Freund, es ist ein Prachtstück. Eines, um das sich Legenden bilden werden. Aber es zu zerschneiden … Was für eine Verschwendung.«

»Nun, vielleicht bleibt es in einem Stück.« Esbort wies mit dem Daumen hinter sich, zur Envaar. »Vielleicht lässt es sich oben auf das Schiff stellen.«

»Nun, es ist ein großes Schiff.« Vosbert zuckte die Schultern. »Aber es ist auch eine große Säule. Ich fürchte, selbst dieses Schiff würde umkippen.«

Esbort schlug dem Schleifer freundschaftlich auf die Schulter. »Bleibe du beim Schleifen, andere kümmern sich um die Angelegenheiten der Schiffe.«

Der Axtführer warf seinen Begleitern einen auffordernden Blick zu. »Sehen wir uns an, was unser Schmied Marus Zweistahl zuwege bringt.«

Als sie sich dem Floß näherten, auf dem sich die größte Schmiede der schwimmenden Stadt befand, schienen ihnen gleichermaßen Flüche und Hitze entgegen zu schlagen. Auch Marus hatte mit der abnormen Größe des Objekts zu kämpfen und notgedrungen seine Schmiede verlassen, um auf dem freien Platz vor ihr zu arbeiten. Aus feuerbeständigem Rotkristall war eine Leitung von der Esse nach draußen gelegt worden. Hier hatten Marus und eine Reihe von Männern die Gussform angefertigt. Aus leicht formbarem Lehm, den man mit heißer Luft getrocknet hatte. Die Form war riesig und entsprach der eines einzelnen Propellerblattes der Envaar. Eine andere Form war vorbereitet, in welcher die Nabe gegossen würde. Über der glühend heißen Esse brodelten Kristallkessel mit geschmolzenem Gold und die Hitze war unbarmherzig.

Varnum, der mit Marus hinab getaucht war, deutete auf die gehärteten Lehmformen. »Ich hoffe nur, Marus Zweistahl hält die richtigen Maße ein.«

Birunt sah den jungen Schürftaucher grinsend an. »Sag das bloß nicht laut. Wenn Marus dich so reden hört, reißt er dir die Bartzöpfe aus. Natürlich stimmen die Maße. Darauf kannst du dich verlassen. Marus hat ein unglaubliches Gespür dafür. Er braucht einen metallenen Gegenstand nur anzusehen und einmal zu betasten und schon hat er sich alle Maße verinnerlicht. Glaube mir, manchmal ist mir diese Fähigkeit unheimlich. Ah, der Guss beginnt.«

Varnum war es rätselhaft, wie Marus und seine Gehilfen in der kurzen Zeit die Gussformen hatten fertigen können und vor allem, dass sie wirklich alle erforderlichen Maße berücksichtigen sollten. Aber der Schmied und die anderen hatten offensichtlich keinerlei Zweifel.

Ein Schieber wurde geöffnet, glühendes Gold ergoss sich in die aufgestellte Gussform, sorgfältig von Marus Zweistahl beobachtet, der im richtigen Augenblick die Hand hob und den Guss beendete. »Nun muss es kühlen, damit wir die Form schadlos öffnen können.« Der Schmied lekkte sich über die Lippen und griff nach einem Krug mit frischem Wasser. »Normalerweise wird eine Lehmform nur ein einziges Mal verwendet und zerschlagen, um das Werkstück daraus zu befreien. Aber da wir wenig Zeit haben und drei dieser Propeller benötigen, will ich die Form öffnen und wieder verwenden.« Der Schmied sah die Wartenden lächelnd an. »Es wird noch eine ganze Weile dauern, bis das Propellerblatt abgekühlt ist und ich die Form öffnen kann. Wenn ihr nichts Besseres zu tun habt …?«

Die Männer und Frauen verstanden den Wink. Während sich die Umstehenden abwandten und wieder an ihre eigene Arbeit gingen, kam Leutnant Marten heran. Er trat neben den Schmied und sein Gesichtsaudruck spiegelte gegensätzliche Gefühle. Marus legte dem Menschen aufmunternd die Hand an den Arm. »Es wird ein guter Propeller, langer Herr Marten.«

»Auf jeden Fall wird er sehr kostbar.« Der Offizier lächelte halbherzig. »Nie zuvor fuhr ein Schiff mit einem Propeller aus reinem Gold.« Er seufzte. »Sehr kostbar und sehr empfindlich.«

Der Schmied ließ seine Hände an den Bartzöpfen entlang gleiten. »Wieso empfindlich?«

»Gold ist ein weiches Metall.«

»Ah, ich verstehe.« Marus lachte auf. »Du hast Angst, der Wasserdruck könnte den Propeller verbiegen? Das wird nicht geschehen. Ich habe das Gold gehärtet.«

»Gold kann man nicht härten«, knurrte Marten.

Der Schmied grinste verschmitzt. »Ihr Menschen, ihr könnt das nicht.«

Martens Augen verengten sich. Das Volk der Zwerge war offensichtlich immer wieder für eine Überraschung gut.

40

Natar-Inedel-Eins schritt auf dem Wehrgang der Königsstadt entlang, in Richtung Hafen. Nach all den Wochen lag noch immer der süßliche Geruch der Verwesung über den Gebäuden der Stadt. Man hatte sich keine große Mühe gemacht, die Kadaver der Menschen zu verscharren, ein Fehler, wie Natar sich widerwillig eingestand. Man hatte einige Hundert der Weichhäutigen am Leben gelassen, damit sie für die Sendar arbeiteten. Kanonen, Pulver und Kugeln mussten gefertigt werden und die gefangenen Weibchen und Maden waren ein gutes Druckmittel gegen die Männchen. Aber die Sendar hatten nicht mit der Empfindlichkeit der Menschen gerechnet. Eine Seuche war ausgebrochen, ungefährlich für das Volk Natars, doch tödlich für die Menschenwesen. In aller Eile hatte man die Überlebenden aus der Stadt getrieben und hielt sie nun in einem rasch erbauten Lager gefangen. Die Matriarchin hätte die Stadt am Liebsten niederbrennen lassen, aber man würde die Werftanlagen und Werkstätten noch benötigen. Nun musste man warten, bis alles verrottende Gewebe zerfallen und ungefährlich geworden war. Jahre würden darüber verstreichen, aber das Volk der Sendar war ein geduldiges Volk. Ärgerlich war, dass man in der Zwischenzeit die Weichhäutigen durchfüttern musste, ohne dass sie eine Gegenleistung an Waffen erbrachten.

Natar-Inedel-Eins klickte nachdenklich mit den Kieferzangen und bemerkte, wie die Wache, an der sie gerade vorüber ging, in Ehrenhaltung ging. Die Stadt wurde gut bewacht, auch wenn kein Feind zu drohen schien. Sie war zu wertvoll, um leichtfertig geopfert zu werden. Noch immer gab es gut gefüllte Magazine in den Wehranlagen und man musste verhindern, dass einer der Weichhäutigen sich opferte und sich mit all dem guten Pulver in die Luft sprengte. Aber so gewaltig die Vorräte auch erschienen, Natar war klug genug, um zu erkennen, dass sie nicht lange vorhalten würden. Nicht, wenn sich das Volk erneut in einen Krieg stürzte.

Natar hätte sich nicht gescheut, einen Landkrieg zu beginnen. Nie zuvor hatte das Volk der Sendar einen solchen Gipfel der Macht erreicht und an Land gab es kein Wesen und kein Reich, das ihrer Macht widerstanden hätte. Aber inzwischen mehrten sich die Berichte, dass sich jenseits der tiefen Wasser ein anderes Reich der weichhäutigen Menschen befand. Ein Reich, von dem Gefahr ausging, denn es schien über mächtige Waffen zu verfügen.

Sie hörte das leise Tappen von Armbeinen hinter sich, in einer Körperlänge Abstand, wie es der Respekt vor ihrem hohen Rang verlangte. Als Natar verharrte, verstummte auch das Tappen und sie wandte sich um. »Jenes Schiff, es war mächtig?«

Ainbar-Inedel-57 nickte zustimmend. »Ena-Inedel-31717 behauptet es.«

»Du zweifelst?«

»Nein.« Ainbar nahm sich die Freiheit, leicht amüsiert mit den vorderen Armbeinen über die Kieferzangen zu streichen. »Ihre Worte sind durch die Meldungen anderer Schiffe bestätigt. Auch an anderer Stelle gab es Begegnungen mit den weißen Schiffen.«

»Verlustreiche Begegnungen für sie und für uns.« Natar richtete sich halb auf und spähte über die Mauerzinnen hinaus auf das Land, welches einst den Menschen Anrams gehört hatte. »Aber das Schiff, dem 31717 begegnete, wurde schwer beschädigt. Eine Möglichkeit, es nun doch zu erobern und seine Waffen genauer zu betrachten.«

»Ich bin ihm gefolgt und konnte es an einer hölzernen Insel liegen sehen.«

»Du hast davon berichtet.« Die Matriarchin schritt weiter auf den Hafen zu und Ainbar folgte. »Ein großes hölzernes Floß?«

»Es war nicht genau zu erkennen. Wir waren zu weit entfernt.«

»Du hättest näher heran fahren können.«

Sie stellte ihn auf die Probe, dass wusste das große Männchen. »Nein, das konnte ich nicht. Vielleicht funktionieren noch ein paar Waffen des weißen Schiffs und wenn es uns vernichtet hätte, so hätte niemand von unserer Entdeckung berichten können.«

Natar-Inedel-Eins klickte amüsiert mit den Kieferzangen. »Ich weiß, dass du keinen Kampf verweigerst, 57. Deine Entscheidung war richtig und gibt uns nun die Gelegenheit, das weiße Schiff endgültig zu erobern. Ich werde dich und 31717 damit beauftragen. Ich denke, der Verlust ihres Schiffes hat ihre Kampflust angestachelt.«

»Wir sollten ein starkes Rudel entsenden, Matriarchin. Wir kennen den Ort nicht, an dem das weiße Schiff ankert. Wir wissen nicht, wer ihn bewohnt und wie stark er ist.«

Natar-Inedel-Eins stimmte zu. Sie deutete mit einem vorderen Armbein zum Hafen. »Unsere Mittel, das Wasser zu beschwimmen, sind begrenzt. Auch wenn wir viele Floßschiffe Anrams eroberten, so ist ihre Zahl nicht unendlich. Aber ich kann dir zwanzig gute Schiffe geben und zwei Rudel unserer besten Krieger.«

Ainbar-Inedel-57 klickte erfreut.

Die Matriarchin des Stammes der Inedel musterte ihn. Für einen kurzen Moment senkten sich die Außenlider über ihre Facettenaugen. »Bring mir das weiße Schiff, Ainbar-Inedel-57.«

»Das werde ich, Matriarchin.«

41

Nendia, die Heilerin der schwimmenden Stadt, stand am Rand der Plattform und sah zu, wie einer der Kräne der Envaar mehrere Kisten mit Flaschen absetzte. Sie seufzte skeptisch und der Kundige Oneres lächelte sanft. »Es ist ein Konzentrat aus dem Saft der Gelbfrüchte, Heilerin. Eine dieser Flaschen entspricht einer ganzen Kiste der Früchte. Es ist also mehr, als es zu sein scheint.«

Die Heilerin nickte. »Das ist mir klar, Kundiger. Dennoch wird der Vorrat nicht lange reichen.«

»Die Envaar wird Telan in wenigen Tagen erreichen«, meinte Oneres. »Man wird sofort ein Schiff mit Gelbfrüchten ausschicken.«

Nendias Blick wirkte düster. »Ich kann nur hoffen, dass es uns auch erreicht. Wenn ein Feind auf dem Meer ist, dann ist nichts mehr sicher.«

»Kapitänin Jalena-Gaheni hat das Ohr des Königs, Heilerin. Man wird dem Schiff Geleitschutz geben und es wird euch sicher erreichen.«

»Alle an Bord«, ertönte die Stimme des Ersten Offiziers Hosmut. »Schiff klarmachen zum Ablegen.«

In den letzten Tagen hatte sich der Anblick, den die Envaar bot, entscheidend verändert. Hinter dem Mast mit der Ausguckplattform erhob sich die riesige Säule des neuen Hauptspeichers. Man hatte Varnums Fund in einem Stück belassen und die Handwerker des telanischen Schiffes und der schwimmenden Stadt hatten ein Meisterstück abgelegt, ihn fest zu verankern und mit einer schützenden Hülle aus Stahlplatten zu umgeben. Selbst die zerstörte Waffengondel des Turms Zwei war ersetzt worden und die Bugwaffe unterhalb der Brücke hatte neuen Kristall und einen neuen Waffenlauf erhalten. Leutnant Marten sprach in höchsten Tönen von den kleinen Herren, die an dem Kreuzer ein Wunder vollbracht hatten. Er meinte, das

Schiff sei vollkommener, als zu jenem Zeitpunkt, da es die königliche Werft verlassen hatte und es gab kaum ein Besatzungsmitglied, das anderer Meinung gewesen wäre.

Ein Stück seitlich standen die drei Ältesten von Eldont´runod mit Theon Klugweil und der Kapitänin. Bernbrat Wellenschlag hatte ein paar feierliche Worte vorbereitet, um die neuen Freunde gebührend zu verabschieden und wer Zeit hatte, stand an der Westseite der Stadt, um der Abfahrt des Kreuzers beizuwohnen.

»Wir werden die Stadt verlegen«, sagte Esbort Wolkensturm und deutete nach Osten. »Vier Tagesreisen, das sind rund hundertfünfzig Kilometer mit all den Flößen. Der Gegner kennt unseren jetzigen Schürfgrund und wir wollen es ihm nicht leicht machen. Ein guter Ausguck kann vierzig Kilometer spähen, mehr lässt der Horizont nicht zu. Wir müssten uns also in vier Tagen in relativer Sicherheit befinden.«

»Er wird nach euch suchen und könnte euch finden«, sagte Jalena zögernd.

»Niemand kann seinem Schicksal entgehen.« Bernbrat Wellenschlag strich nachdenklich über seine dunklen Bartzöpfe. »Wenn es denn der Wille der Schöpfung ist, so soll es denn sein.«

»Wir werden uns vorbereiten, so gut es geht.« Esbort stieß seine Axt auf den Boden. »Aber ich denke, wir haben einen Vorsprung. Nur ein oder zwei Tage und die Bestien können suchen, so lange sie wollen.«

Jalena-Gaheni fand diese Auffassung zu optimistisch. Sicher, das Meer war weit und die Sicht begrenzt, aber sie vermutete, dass diese fremden Wesen geduldige und zähe Jäger waren. Aber ihr blieb keine Wahl. Sie musste ihre neuen Freunde nun verlassen, denn Telan musste erfahren, was sich ereignet hatte.

Der Abschied war schmerzlich und als das weiße Schiff am Horizont verschwand, räusperte Bernbrat Wellenschlag sich und klatschte auffordernd in die Hände. »Auf, ihr

Männer und Frauen der Stadt. Es gibt viel zu tun, bevor wir uns in Sicherheit wähnen können. Die Stadt wird vier Tage nach Osten ziehen und ich will, dass dies schnell geschieht. In zwei Stunden, bevor die Sonne den höchsten Stand erreicht hat, will ich den Gang der Wellen unter der Stadt spüren.«

Was der Älteste da verlangte, schien unmöglich, denn die schwimmende Stadt ließ sich nicht wie ein Schiff bewegen. Sie bestand aus einer Vielzahl fünfeckiger Flöße, die miteinander verbunden waren und alle gleichzeitig bewegt werden mussten. Eine ungeheure Masse, denn sie hatten keine schnittigen Rümpfe, welche leicht durch die Wellen glitten sondern ritten sie schwerfällig ab.

»Alle Axtschläger zu den Übergängen«, befahl Esbort. »Überprüft die Leinen und seht nach den Prallsäcken. Die Pumper achten darauf, dass alle Schürfausrüstungen verstaut sind und die Schürfer begeben sich zu den Ankern. Hendebart Zweischlag, wo steckst du, alter Schlagdrauf? Ah, da bist du. Gib Signal an die Ruderschiffe. Die Schleppleinen müssen ausgebracht werden und achte mir darauf, dass die kräftigsten Männer an den Rudern sind. Das Anrudern ist besonders schwer. Ist die Stadt erst einmal in Fahrt, können auch die anderen ran.«

Zweischlag runzelte die Stirn und wollte eine schnippische Bemerkung machen. Die Stadt hatte ihre Schürfgründe schon oft gewechselt und jeder Mann und jede Frau kannte die zugewiesene Aufgabe. Selbst die älteren Kinder würden anpacken, bis sich die Wellen vor den Flößen zu teilen begannen.

Von den mittleren Flößen, die um jenes der Ältestenhalle verankert waren, reichten stählerne Ketten auf den Grund des Meeres, die mit Pflöcken verbunden waren, die in den Meeresboden geschlagen wurden. Winden erlaubten es, die Ketten zu lockern oder zu straffen. In tieferen Gewässern nutzten die Zwerge der Meere krallenartige Anker. An den äußeren Flößen, den Plattformen, von denen aus die Schürfer ihre Arbeit aufnahmen und die Fangboote ausliefen, bewegten sich die großen Treibanker in der Dünung des Meeres. Sie wurden nun ebenso eingeholt, wie die Pflökke und sofort begann die Stadt mit der leichten Meeresströmung zu treiben. Oft folgte man diesen Strömungen zu neuen Gründen, doch in diesem Fall musste man gegen den Strom schwimmen.

Die Schleppleinen waren ausgebracht und mit den Ruderschiffen verbunden. An den Seiten der Stadt legten Männer, Frauen und größere Kinder lange Ruder in dafür vorgesehene Halterungen ein und starrten dann zu jenem Ausgucksturm, der in Fahrtrichtung lag.

Es war eine Angelegenheit der Stadt und so stieg Bernbrat Wellenschlag umständlich und mit leisem Ächzen zu der überdachten Plattform hinauf, um das Zeichen zu geben. Gewohnheitsmäßig sah er sich um, ob alles an seinen Plätzen war. Vieles blieb ihm verborgen, da die Gebäude es verdeckten und zudem waren seine Augen nicht mehr die Besten. Aber es war wichtig, dass der Clan sah, dass der Älteste seine Aufgabe wahrnahm und der Tradition folgte.

»Dem Grund entgegen«, rief er, so laut er konnte. »Rudert … an!«

Die Schlaggeber riefen den Takt. Es waren meist Frauen, die fehlende Muskelkraft durch ihre Stimmgewalt ausglichen und sie stimmten die alte Ballade an, die man immer sang, wenn die Stadt einem neuen Schürfgrund und neuer Hoffnung entgegen strebte. Die Ruder hoben und senkten sich im Takt der Stimmen.

Zunächst schienen die Bemühungen keinen Erfolg zu haben, obwohl sich die langen Stangen der Ruder durchbogen. Aber dann, unmerklich, begann sich die Stadt zu bewegen. Man merkte es daran, wie die Wellen härter an die Floßkanten schlugen, wie die Plattformen sich leicht aufzubäumen schienen, als sträubte sich die Stadt dagegen, von diesem Ort fort bewegt zu werden.

Bernbrat Wellenschlag stand auf der Plattform, hörte den rhythmischen Gesang und das gleichförmige Klatschen der eintauchenden Ruder. Er wandte den Blick zur Sonne und nickte zufrieden. Der gleißende Ball hatte den höchsten Stand erreicht und die Stadt bewegte sich.

Eldont´runod, die schwimmende Stadt der Zwerge der Meere, war auf dem Weg.

42

Varnum und Oldrum arbeiteten Seite an Seite. Ihre Muskeln hatten längst jene Phase überschritten, in denen Schmerz signalisiert wurde und sie hoben und senkten das Ruder in gleichförmigem Takt. Die beiden Freunde sprachen nicht miteinander, aber das tat kaum jemand, der an den Rudern arbeitete. Dazu fehlte einfach die Kraft. Unentwegt tauchten die Ruderblätter ins Meer ein, die Ruderer machten einen Ausfallschritt und hoben das Ruder wieder an, um es erneut zu senken. Die ganze Nacht hindurch, unentwegt, war das leise Klatschen der Ruder, der schwere Atem der Männer und Frauen und das Ächzen der beanspruchten Leinenverbindungen zu hören. Gelegentlich hoben einige erschöpft den Arm oder krächzten mit heiserer Stimme und dann kamen andere heran, die sie ablösten. Die Abgelösten sackten einfach auf den Boden der jeweiligen Plattform, rollten sich zusammen und schliefen fast augenblicklich ein. Die wenigsten aßen, aber der Durst schien allgegenwärtig. Kinder und Frauen eilten umher und reichten Krüge mit kühlem Wasser und die Stimmen der Taktsänger waren heiser. Den Männern in den schleppenden Ruderschiffen musste es noch schlechter ergehen, denn sie hatten nicht einmal eine Ablösung. Aber sie waren ausgewählte Axtschläger und gaben, wie alle anderen auch, ihr Bestes.

Die Schinderei war nicht vergebens. Die Stadt bewegte sich. Sie bewegte sich inzwischen sogar überraschend schnell und gleichmäßig und das Meer schien den Zwergen der Stadt zur Seite zu stehen und war spiegelglatt und ruhig. Der Mond und die Sterne standen klar am Firmament und warfen silbrige Reflexe über die See.

Bald würde der lange Mond der Sonne weichen und Varnum sehnte den Augenblick herbei, an dem er und Oldrum endlich abgelöst würden. Bis zum Sonnenaufgang wollte er durchhalten, das hatte er sich geschworen. Wenigstens so lange, bis sich auch Oldrum ablösen ließ. Ein seltsamer Wettbewerb hatte sich zwischen ihnen entwickelt und der Grund war offensichtlich, denn als die schöne Besana einmal mit einem Krug frischen Wassers zu ihnen trat, da strafften Varnum und Oldrum ihre Gestalten und verdrängten jeden Schmerz. Ihre Blicke folgten den Bewegungen der jungen Zwergenfrau, als sie zum nächsten Ruderpaar hinüber schritt und als die beiden Freunde sich danach anblickten, wurden ihre Gesichter finster und für ein paar Ruderschläge griffen sie härter zu, als sollte die Arbeit ihren Zorn bezwingen.

Die schwimmende Stadt glitt nach Osten und dort begann sich nun ein schmaler Saum zu färben. Das samtene Schwarz und Blau des nächtlichen Sternenhimmels wich einem düsteren Grau, dessen unterer Rand einen rötlichen Schimmer erhielt, der sich stetig ausweitete. Die Sonne begann mit jener Schnelligkeit aufzusteigen, die für das Meer typisch war. Aus dem schmalen Saum wurde ein breites Band, das seine rötlichen Finger ausstreckte, einen gelben Schimmer annahm und sich zu jenem goldgelben Ball formte, der das Leben aller Wesen erwärmte.

»Sie kommen!«

Der Ruf ertönte von einer der hinteren Plattformen, auf der sich einer der Beobachtungstürme befand.

Varnum versteifte sich und verharrte ebenso, wie es viele der anderen unbewusst taten.

»Im Takt bleiben!«, war Esbort Wolkensturms lauter Befehl zu vernehmen. »Haltet den Takt und die Stadt auf Kurs und Fahrt! Noch ist nicht gewiss, wer sich dort nähert! Also rudert, ihr Männer und Frauen von Eldont´runod! Rudert!«

Esbort war unermüdlich auf den Beinen und war die ganze Nacht von einem Floß zum nächsten gegangen, um die Bewohner der Stadt zu ermuntern. Nun legte er seine Axt über die Schulter und stapfte zu dem Floß, von dem der alarmierende Schrei erklungen war.

»Was kannst du erkennen, Mantur?«, rief er zur Plattform hinauf.

»Segel am Horizont im Westen, eine Fingerbreite zu Nord! Viele Segel, Esbort, mein Freund.«

Birunt Hammerschlag eilte herbei und trat neben Esbort. »Ist es der Feind?«

Esbort sah ihn kurz an und nickte. »Es kann nicht anders sein. Telan schickt keine Segler mehr auf die See hinaus und es sollen viele Segel sein.« Er legte die Hände an den Mund. »Was kannst du genau erkennen? Wie viele sind es?«

»Verdammt, schrei nicht so laut«, knurrte Mantur Scherentod von oben. »Auch wenn in meiner schönen Schänke oft lärmendes Treiben herrscht, so bin ich doch noch nicht taub. Ich kann nicht sagen, wie viele es sind. Jedenfalls mehr, als uns lieb sein kann.«

Esbort seufzte vernehmlich. »Wann werden sie da sein?«

»Wenn der Wind für sie nicht stärker wird, als für uns? In einem halben Tag.«

Birunt Hammerschlag kratzte sich im Nacken. »Wir sollten uns auf sie vorbereiten. Ich denke ihnen davon zu rudern wird uns wohl kaum gelingen.«

»Nein.« Esbort wandte sich um. »Hört auf zu rudern! Der Feind ist nah, aber wir haben noch Zeit. Bereitet euch vor, ihr Männer und Frauen. Eldont´runod wird kämpfen müssen.«

»Das dort sind keine Korsaren mit Katapulten und Pfeilgeschützen«, brummte Birunt. »Sie werden uns mit diesen Pulverwaffen zusetzen und dann in die Stadt eindringen wollen. Wir brauchen ein paar Ideen, wie wir ihnen begegnen können.«

»Du hast Recht, alter Freund. Gönnen wir den Männern und Frauen erst eine Ruhepause. Sie haben angestrengt gerudert und brauchen Kraft, um sich auf den Kampf vorzubereiten und ihn durchstehen zu können. In der Zwischenzeit können wir uns überlegen, was uns einfällt, um den Feind zu rupfen.«

43

Das gefällt mir nicht.« Theodman blickte nach Norden, wo sich eine seltsame Ansammlung von Wolken ballte. »Sie bewegen sich zu schnell und sie bewegen sich falsch.«

Kapitän Tellman trat neben seinen Segelmeister. »Es sieht nach einem sehr starken Wind aus. Wir werden eine schnelle Reise nach Norden haben.«

Theodman strich sich über den fülligen Bauch und schüttelte bedächtig den Kopf. »Ich weiß nicht, es sieht einfach seltsam aus. Gesehen habe ich so etwas noch nie, aber ich habe schon davon gehört.«

»Wovon gehört?«

»Von einem Wasserstrudel. Einem gewaltigen Kegel aus Wasser, der auf seiner Spitze aus dem Meer zu wachsen scheint und nach oben breit wird.«

Tellmans Augen verengten sich. »Ein Wasserstrudel? Das hört sich nicht gut an.«

»Diese Dinger sollen sich wie rasend drehen und wie ein Sog wirken, daher heißen sie auch Strudel. Vielleicht haben wir ja Glück. Nein, eher nicht. Sehen Sie, Kapitän, wie sich die Wolken zu drehen beginnen? Wie sich in ihrer Mitte ein Loch bildet, um das sie zu rotieren scheinen?«

»Du hast Recht, Segelmeister, das sieht nicht gut aus. Der Sog ist stark?«

»So sagt man.« Theodman hackte die Daumen hinter seinen Leibgurt. »Das Beste ist, wir umfahren diesen Wasserstrudel. Und zwar in möglichst großem Abstand.«

»Einverstanden. Und wie groß sollte unser Abstand sein?«

Unvermittelt begann sich aus dem Meer ein dünner Trichter aus rotierendem Wasser zu bilden, der rasend schnell an Umfang und Geschwindigkeit gewann.

»Sehr groß«, ächzte Theodman.

Sere Tellman wirbelte bereits herum und legte die Hände als Schalltrichter vor den Mund. »Alle Mann an Deck! Alle

Segel setzen!« Er warf einen erneuten Blick auf den Wasserstrudel. »Ruder Linksweisend und Kurs auf West über den Bug! Rasch, Männer der Seefalke!«

Die Besatzung hastete an Deck, warf einen flüchtigen Blick auf den rotierenden Wasserwirbel und beeilte sich, alle Segel zu setzen. Das Schiff schwang auf den neuen Kurs und Tellman eilte mit Theodman ans Heck, behielt den Strudel im Auge.

»Das Ding ist verflucht schnell.« Tellman legte die Hände an die Heckreling und wich unbewusst der auswehenden Fahne aus. »Ich hoffe nur, wir sind schnell genug, um ihm zu entkommen.«

»Ist schwer zu sagen.« Theodman prüfte den Wind. »Um dieses Ding herum rotiert die Luft. Wahrscheinlich wird es uns vor sich her blasen. Wird wahrscheinlich eine verdammt rasante Fahrt, aber immer noch besser, als in diesen Strudel hinein zu geraten.«

Rasant wirkte fast untertrieben, als die Sturmausläufer des Wasserstrudels sie packten. Mit unerwarteter Gewalt wurde die Seefalke nach vorne gedrückt und ihre Masten ächzten und bogen sich unter der Last ein wenig durch. Eines der Segel zerriss und flatterte in langen Bahnen vor dem Bug aus, doch die anderen hielten.

Der Sturm war derart stark, dass Tellman nur die notwendigsten Männer an Deck beließ. Gerade genug, Ruder und Leinen zu bemannen. Wenn ein Schaden an den anderen Segeln auftrat, würde es kaum eine Möglichkeit geben, ihn zu beheben. Die Matrosen waren es zwar gewöhnt, auch bei Sturm im Mast zu arbeiten, aber dies war kein gewöhnlicher Sturm.

»Alle Mann ins Heck«, schrie der Kapitän in den Niedergang hinunter. »Der Bug muss leichter werden!«

Nie zuvor hatten sie etwas Derartiges erlebt. Es war ein Wunder, dass Segel, Leinen und Blöcke dem Druck standhielten, aber die Folge war, dass der Bug tiefer in die See eintauchte und Tellman schickte die Mannschaft in die

Räume am Heck, damit sich der Bug wieder etwas hob. Vom Heck her peitschte der Sturm Wasser über das Schiff und durchnässte die Männer bis auf die Haut. Theodman und der Kapitän mussten den Rudergängern helfen, das Steuerrad zu halten. Auch die Geräusche des Wasserstrudels unterschieden sich von einem normalen Sturm. Ein dumpfes Brausen lag in der Luft, schwoll an, um wieder an Kraft zu verlieren. Jedes Mal, wenn es stärker wurde, fürchtete die Besatzung, die Wassermassen könnten unvermittelt über ihnen zusammenschlagen und das kleine Schiff hilflos in den Strudel ziehen.

Aber die Seefalke überstand den Sturm und wurde nicht in den Strudel gesogen.

Es war ein Wunder, zumal nun, da die Belastung vom Schiff genommen wurde, zwei der wichtigsten Leinen mit peitschendem Knall zerrissen. Nur wenige Minuten früher hätte es katastrophale Folgen gehabt, doch jetzt stieß Tellman nur ein befreit wirkendes Lachen aus. Männer kamen an Deck, um den Schaden zu beheben und der Kapitän schickte Merotjong in den verwaisten Ausguck hinauf.

»Es kommt mir vor, als wären es Stunden gewesen«, gab der Kapitän zögernd zu. »Ich habe jedes Zeitgefühl verloren. Jedenfalls sind wir weit nach Westen und vom alten Kurs abgekommen.«

Theodman nickte. »Ich werde sofort eine Messung vornehmen und …«

»An Deck!« Merotjongs Stimme klang nervös. »Ein Schiff, eine Handbreit Rechtsweisend vom Bug.«

»Was für ein Schiff?«

Merotjong zögerte. »Ich weiß es nicht.«

Theodman runzelte die Stirn. »Verdammt, Junge, was soll das heißen? Wie viele Masten, welcher Typ, das musst du doch erkennen können. Wenigstens annähernd.«

»Also, ich glaube, es ist ein Schiff. Aber es ist ganz weiß und es brennt?«

»Es brennt?«

»Auch das Feuer ist komisch. Der Rauch ist ebenfalls ganz weiß.«

Sere Tellman seufzte vernehmlich. »Weißes Schiff und weißer Rauch?«

»Äh, ja, Kapitän.«

»Dann sind die Götter uns gnädig und wir begegnen Freunden.« Tellman sah den Segelmeister mit einem knappen Lächeln an. »Gesehen habe ich solche Schiffe noch nicht, aber ich habe von ihnen gehört. Wir treiben Handel mit ihrem Reich und es sollen gute Menschen sein.«

Der Segelmeister zuckte die Schultern. »Mir ist alles recht, solange es kein Schiff voller Bestien ist.«

44

An Deck! Segel hart Rechtsweisend, dicht unter dem Horizont!« Kapitänin Jalena-Gaheni runzelte die Stirn und trat auf den rechten Brückenausläufer hinaus, dicht gefolgt von Major Beltron und Leutnant Hosmut. Der Erste Offizier hatte sich in den zurückliegenden Tagen bemerkenswert ruhig verhalten und spürte die Ablehnung, die ihm entgegenschlug. Niemand bezichtigte ihn der Feigheit und des Versagens, aber die Vorwürfe lagen unausgesprochen in der Luft.

Jalena ließ ihr Teleskop leise aufschnappen und führte es ans Auge. »Ein einzelner Segler.«

»Vielleicht stehen noch andere jenseits des Horizonts«, mahnte Major Beltron. »Vielleicht ist das der Flankenschutz einer großen Flotte.«

»Mag sein.« Jalena biss sich auf die Unterlippe und warf einen Blick über ihr Schiff. »Ich glaube aber eher, dass es ein Suchschiff ist.«

»Das uns finden und den Feind heranführen soll«, knurrte Beltron.

»Welchen Kurs?«, fragte die Kapitänin zum Ausguck hinauf.

»Ost!«

»Sie werden auf unsere kleinen Freunde stoßen.«

»Das steht zu befürchten.« Jalena legte eine Hand auf den heißen Handlauf. Die Sonne stand hoch am Himmel und über den Sammlern der Geschütze und dem neuen Hauptspeicher waren die Kollektoren geöffnet worden und verliehen den hohen Säulen den Anblick exotischer Blüten. »Es sei denn, wir hindern sie daran.«

»Aber das muss schnell gehen«, stimmte der Kommandeur der Seesoldaten zu. »Sie dürfen nicht entkommen und die anderen warnen.«

»Das werden sie nicht.« Entschieden ließ Jalena ihr Teleskop zusammenschnappen. »Ruder hart Rechtsweisend und maximale Fahrt!«, befahl sie. »Schiff bereitmachen zum Gefecht!«

»Hart Rechtsweisend und maximale Fahrt«, bestätigte Rudergänger Hennerk und Augenblicke später ruckte die Envaar an, legte sich weit über, als sie Kurs auf das fremde Schiff nahm.

Männer und Frauen hasteten auf die Gefechtsstationen und hinter dem Ausguckmast stieg die Gefechtsfahne empor. Noch immer war sie verstümmelt, aber sie würde dem Feind zeigen, dass sich ihm der schnelle Tod näherte.

»Der Propeller der kleinen Herren läuft hervorragend«, murmelte Hennerk seinem zweiten Rudergänger zu. »Der Bastard da vorne wird uns nicht entkommen.«

»Schiff ändert Kurs«, meldete der Ausguck.

»Er hat uns gesehen.« Beltron grinste kalt. »Aber er wird uns nicht entkommen.«

»Da stimmt etwas nicht.« Jalena beschattete ihre Augen und zog ihr Teleskop aus. »Ausguck! Welchen Kurs nimmt er?«

»Auf uns zu!«

»Er will sich stellen.« Die Kapitänin nickte bedächtig. »Wir werden ihm keine Gelegenheit zum Kampf geben. Sobald er in Reichweite ist, brennen wir ihn aus dem Wasser.«

Kanonenführer Harbart stieg mit seinem neuen Nebenmann über den Steg zum Turm Zwei hinüber, ließ sich in den Sitz gleiten und schnallte sich an. Der Sitz war ein wenig ungewohnt und eng, passte in den Maßen nicht ganz zu einem Menschen. Aber dies war der einzige Mangel, denn Harbart an der Arbeit der kleinen Herren gefunden hatte. Sicher, die Lichtdruckwaffen waren sehr einfach konstruiert, dennoch war es Erstaunlich, wie mühelos die Handwerker der schwimmenden Stadt den zerstörten Kanonenturm ersetzt hatten. Harbart war davon überzeugt, dass diese Waffe sogar weit besser funktionieren würde als jene, die zuvor von der königlichen Werft eingebaut worden war.

»Schiff ist gefechtsbereit«, meldete Erster Offizier Hosmut mit neutraler Stimme.

Jalena warf ihm einen forschenden Blick zu. Hosmut verriet ihm Augenblick keine Nervosität, aber schließlich stand ihnen auch nur ein einzelner Gegner gegenüber. Die Envaar würde wohl kaum ein Problem haben, ihn zu vernichten.

»An Deck! Es ist ein Kampfsegler aus Anram, ein kleiner Zweimaster!« Die nächsten Worte klangen ungläubig. »Äh, an Deck! Da ist eine Frau an Bord!«

Alle starrten zu dem fernen Schiff hinüber. Ohne Teleskop waren noch keine Einzelheiten zu erkennen. Wer eines hatte, begann den Segler fieberhaft zu beobachten.

»Sie sind in Reichweite«, meldete Leutnant Marten.

»Nicht feuern«, murmelte Jalena-Gaheni. »Holt mir Leutnant Pheros, der hat noch junge und scharfe Augen.«

Minuten später musterte der junge Offizier das näher kommende Schiff. »Ich kann Männer erkennen und eine Frau.«

»Unsinn«, knurrte Beltron.

Pheros wirkte ein wenig beleidigt. »Ich weiß Männer und Frauen voneinander zu unterscheiden.«

Jalena räusperte sich. »Sicherlich, Leutnant. Es ist nur die Überraschung, dass dieses anramische Schiff noch von Menschen bemannt sein soll. Sind Sie sich sicher, Leutnant?«

»Die Frau trägt einen Rock«, murmelte Pheros und blikkte durch das Teleskop. »Eben wird er vom Wind gebauscht.« Der junge Offizier stieß einen leisen Pfiff aus.

Beltron erlaubte sich ein befreites Lachen. »Ich denke nicht, dass sich diese Bestien als Menschen verkleiden können.«

»Bestimmt nicht.« Jalena schloss kurz die Augen. »Sie werden uns viel zu erzählen haben. Bei allen Göttern, vielleicht sind dies die letzten Menschen des Reiches Anram. Eine furchtbare Vorstellung.« Sie wandte sich um. »Schiff bleibt in Bereitschaft, aber alle Waffen sichern.« Sie sah Beltron nachdenklich an. »Ich bin wirklich gespannt, was jene Menschen dort berichten werden. Lassen Sie eine Ehrenwache aufziehen, Major. Sie sollen gebührend empfangen werden.«

Da die Schiffe aufeinander zu hielten, dauerte es nicht lange, bis sie längsseits gingen, Wurfleinen flogen von Deck zu Deck und wurden festgemacht.

Sere Tellman, Kapitän der Seefalke, betrat das Deck der Envaar, grüßte zunächst die Fahne des Königreiches Telan und erwiderte dann den Gruß von Jalena-Gaheni und ihren Offizieren. »Es tut gut, endlich wieder andere Menschen zu sehen«, sagte er leise. »Wir sind schon lange auf See und kämpfen gegen die Bestien, die unser Land überfielen.«

»Sie haben sicher viel zu erzählen, Kapitän Sere Tellmann.« Jalena wies zum Niedergang, der zur Messe hinab führte. »Ich nehme an, Ihr Nachschub war in der letzten Zeit etwas begrenzt?«

»Sehr begrenzt«, knurrte Tellmann. »Es wäre freundlich, wenn Sie uns mit Proviant aushelfen könnten. Trinkwasser konnten wir aufnehmen, aber was uns wirklich fehlt, sind Pulver und Kugeln für die Geschütze.« Er musterte die Aufbauten der Envaar. »Ich fürchte nur, ausgerechnet damit werden Sie uns wohl nicht aushelfen können.«

Jalena-Gaheni zuckte die Schultern. »Ich fürchte nein. Aber nun sollten wir …«

»Ich will nicht unhöflich sein, Kapitän Jalena-Gaheni, aber der Feind ist in der Nähe.« Sere Tellmann wies zum Horizont. »Ein beachtliches Geschwader von mindestens einem dutzend Schiffen. Sie haben uns nicht entdeckt, aber wir konnten sie klar erkennen. Am frühen Morgen, als wir noch im Dunkel lagen und sie gegen die aufsteigende Sonne sichtbar wurden.«

Jalena-Gaheni ächzte leise. »Kurs Ost?«

»Genau Ost.« Tellmann bemerkte die Unruhe, die seine Worte auslöste.

Jalena-Gaheni erklärte es dem Anramer in hastigen Worten. »Unzweifelhaft sind die Bestien auf der Suche nach uns und der schwimmenden Stadt unserer kleinen Freunde«, sagte sie abschließend. »Und ich fürchte, sie werden sie entdecken.«

Sere Tellmann nickte. »Und wie sind eure kleinen Freunde bewaffnet?«

»Äxte und Schilde, und Ruderschiffe mit Rammsporn.«

»Dann sind sie verloren.« Der Anramer zuckte bedauernd die Schultern. »Sie haben keine Chance.«

»Wir schon.« Major Beltron sah die Kapitänin ernst an.

»Gegen ein Dutzend feindlicher Schiffe?« Hosmuts Nervosität war zu spüren. Der Erste Offizier sah Tellman an. »Große Schiffe, wie ich annehme?«

»In der Tat«, bestätigte Tellmann. Sein Blick wurde verächtlich, als er die Furcht in Hosmuts Augen erkannte. »Mindestens die Hälfte sind Zweidecker.«

»Das ist beachtlich.« Kapitänin Jalena-Gaheni straffte sich. »Dennoch sind unsere Chancen ungleich größer, als die unserer kleinen Freunde.«

»Ich muss protestieren, Kapitän«, keuchte Hosmut. »Unsere Pflicht ist es, das Reich zu warnen. Der König muss erfahren …«

»Belehren Sie mich nicht über meine Pflichten«, sagte Jalena kalt. Ihr Blick wurde drohend. »Im Gegenteil, es wird Zeit, dass ich Sie an Ihre Pflichten erinnere, Hosmut! Sie sind eine verdammte Schande für die Envaar! Verbündete sind in Gefahr, Freunde von uns. Zwerge, die uns halfen, obwohl sie die Gefahr kannten, die sie dadurch heraufbeschworen. Verdammt, Hosmut, wir leben ohnehin von geborgter Zeit. Wir alle und unsere Envaar wären schon längst auf den Grund des Meeres gesunken, wenn die kleinen Freunde uns nicht beigestanden hätten. Nun ist es an der Zeit, ihnen beizustehen und genau das werden wir auch tun.«

Sere Tellmann räusperte sich. »Der Seefalke wird nicht zurückstehen. Mein Schiff ist klein, das will ich zugeben, aber es ist schnell und segelt sich weit besser, als die Bestien je begreifen werden. Unsere Schiffe sind im Nachteil, denn der Gegner ist sehr stark. Aber wir können unsere Chancen etwas vergrößern, wenn Sie mir mit etwas Holz, Leinwand und Farbe aushelfen könnten, Kapitän.«

Jalena-Gaheni musterte ihn forschend. »Eine List?«

»Sagen wir, eine Überraschung für den Feind.«

Major Beltron grinste breit. »Möge sie tödlich sein.«

Die Kapitänin nickte. »Sie sollen erhalten, was wir Ihnen geben können, Kapitän. Danach werden wir Fahrt aufnehmen. Freunde sind in Gefahr und wir werden sie nicht alleine lassen.«

45

Vielleicht wollen sie nur mit uns reden. Fragen, wohin das Metallschiff gefahren ist.« »Envaar«, knurrte Esbort Wolkensturm.

»Sagte ich ja.« Birunt Hammerschlag seufzte und stützte sich auf die Einfassung der Beobachtungsplattform.

»Meinst du ernsthaft, die werden nur reden wollen?« Esbort sah den Schlagführer spöttisch an.

Der schüttelte resigniert den Kopf. »Nein, die bestimmt nicht. Bei ihrem Anblick kräuseln sich mir die Bartzöpfe. An diesen Wesen ist nichts Menschliches. Ich spüre den Hass, der von ihnen ausgeht. Ich glaube, diese Biester werden erst ruhen, wenn jegliches menschliche Leben ausgelöscht ist.«

Esbort nickte. »Das denke ich ebenfalls. Eine verdammte Schande. Ein Tag noch, und wir wären ihnen entkommen. Nun können wir nur versuchen, so gut wie möglich zu bestehen.«

»Du hast getan, was du konntest, alter Freund. Wir alle haben das.« Birunt legte dem Freund die Hand auf die Schulter. »Nun liegt es an Jenen dort, ob unsere Bemühungen auch Erfolg haben werden.«

»Immerhin«, Esbort grinste schwach, »wir werden ihnen einen guten Kampf liefern.«

»Das werden wir.«

Die schwimmende Stadt war, so gut es ging, auf die Begegnung mit dem Feind vorbereitet.

Die Segelschiffe standen im Westen, noch außerhalb der Schussweite ihrer Pulverkanonen und der Wind war schwach und trieb die Schiffe nur langsam auf die Stadt zu. Quälend langsam, denn diese zögernde Annäherung, über viele Stunden hinweg, zerrte an den Kräften und Nerven der Verteidiger.

Von den Schilderungen der Telaner wussten die Zwerge, dass der Feind mit massiven Kugeln schoss, welche die hölzernen Bauten der Stadt mühelos zertrümmern konnten. Die Splitter und Trümmerteile würden zusätzliche Gefahren bilden und es gab keine unterirdischen Räume, die Schutz bieten konnten.

Es war schwer einzuschätzen, ob der Feind die Stadt umziegeln und von allen Seiten angreifen würde oder sich damit begnügte, von Westen heran zu kommen und die Zwerge mit einer Breitseite nach der anderen zu beschießen. In den vergangenen Stunden hatte man überlegt, wie man auf beide Situationen reagieren konnte und die Möglichkeiten waren sehr begrenzt. Der schlimmste Fall war die Umzingelung und die Zwerge hofften, der Feind werde sich damit begnügen, sie von Westen her zu attakkieren. Darauf hatten sie ihre Maßnahmen ausgelegt. Sollte der Feind ausschwärmen und sich weit zerstreuen, würde es weit schwieriger sein, ihn zu bekämpfen.

Die Zwerge hatten die Flöße der Stadt voneinander gelöst und in einer übermenschlichen Anstrengung neu gruppiert. Noch immer schwamm die Ratshalle im Zentrum und um sie herum waren die Flöße mit den höchsten Gebäuden gruppiert. Sie bildeten einen groben Ring um die Ratshalle und der nächste Ring wurde von Flößen eingenommen, deren Bauten etwas niedriger waren. Dann kamen jene mit den flachsten Gebäuden. Zur Stadtmitte hin, wurden die Gebäude also immer höher und von den äußeren Plattformen vermittelten die Dächer den Eindruck, als stiegen Rampen zum Stadtzentrum empor. Schürfer, Pumper und Schmiede hatten geschuftet, hatten Erze herauf geholt und die letzten Reserven verarbeitet, so dass stählerne Platten entstanden waren. Mit ihnen hatte man die seewärts weisenden Dachteile bedeckt und hoffte, sie würden dem Aufprall eines Geschosses standhalten und es ablenken. Es reichte bei Weitem nicht für alle Dächer und man hatte Jene, die nicht kämpfen würden, in die Häuser gebracht, die am Besten geschützt waren.

Das Haus der Heilerin Nendia gehörte dazu und sie und ihre Tochter Besana waren mit anderen Frauen dabei, sich auf die Versorgung der Verwundeten vorzubereiten. Tücher wurden in Streifen geschnitten und ausgekocht, Tiegel und Töpfe vorbereitet, Decken gesammelt und die Instrumente der Heilerkunst akribisch gesäubert und griffbereit gelegt. Bauschige Umhängetaschen wurden mit Verbandmaterial gefüllt und wartenden Frauen ausgehändigt, die zu den äußeren Stellungen der Stadt eilten.

Diese äußeren Stellungen bildeten den ersten und einzigen wirklichen Abwehrring der Stadt. Den einzigen, der mit nennenswerten Waffen versehen war, denn die schwimmende Stadt war nicht mit einem Kampfschiff gleichzusetzen.

Die Stadt verfügte über einige kleinere Katapulte, die von Kisten und Kästen, Fässern und Matten umgeben waren, damit man sie nicht sofort entdeckte und ihre Bedienungen ein wenig geschützt waren. Marus Zweistahl war mit seinen Gehilfen von Katapult zu Katapult geeilt und hatte kleine Essen errichtet, in denen metallene Wurfgeschosse zum Glühen gebracht werden konnten.

»Es gefällt mir nicht, ein Schiff in Brand zu setzen«, hatte Esbort Wolkensturm auf Marus Vorschlag reagiert. »Der Tod im Feuer ist ein besonders grausamer Tod und glaubt mir, ich weiß, wovon ich spreche. Aber wenn diese Bestien ihre Klauen, oder was auch immer sie verwenden, nach unseren Frauen und Hüpflingen ausstrecken, dann sollen sie ruhig zu Tode schmoren.«

Also hatte Marus Zweistahl alles vorbereitet und er und seine Gehilfen würden die Essen in Betrieb halten, die Metallstücke erhitzen und darauf hoffen, dass eines der glühenden Geschosse einen oder mehrere der Segler in Brand setzte. Man hatte zudem eine Anzahl von Steinen vom Meeresgrund gehoben, die sich als Geschosse eigneten, aber ihre Anzahl war begrenzt, denn die Zeit war knapp gewesen.

Die bewegliche Verteidigung von Eldont´runod bestand aus den Ruderschiffen der Stadt, die sich hinter den östlichen Plattformen verborgen hielten. Im Vergleich zu den großen Segelkriegsschiffen, wirkten die Ruderkampfschiffe der Zwerge winzig. Aber im Vergleich zu einem gepanzerten Kämpfer galt dies auch für einen Pfeil, der sich oft genug als tödlich erwies. Die Ruderschiffe waren unabhängig vom Wind und wenn sie den Feind ausmanövrierten, waren die Schiffe der Zwerge tödliche Geschosse.

Es gab eine dritte Verteidigungslinie, wenn man sie denn so nennen wollte. Sie war unsichtbar, sehr dünn und vielleicht, so hofften die Zwerge, sehr, sehr tödlich.

Varnum gehörte zu dieser Verteidigungslinie, denn er war Schürftaucher und die besten von ihnen standen auf dem Meeresgrund und warteten auf den Feind.

Die Schlauchmacherinnen hatten mehrere der Atemschläuche miteinander verbunden, damit die Reichweite der Taucher größer wurde. Es war riskant, denn je länger ein Schlauch war, desto höher war die Gefahr, dass er Schaden erlitt und desto größer war das Gewicht, das am Schürftaucher zog. Zudem wurde der Weg sehr lang, durch den die Atemluft gepresst werden musste. Vor allem letzteres erfüllte die Schürfer mit großer Sorge, denn sie spürten, wie schwach der Hauch frischer Luft war, der ihre Helme erreichte, obwohl sich die Pumper enorm anstrengten und öfter abwechselten, als es üblich war.

Zu dem unbehaglichen Gefühl, die lebensnotwendige Luft könne ausbleiben, kam die Gefahr durch räuberische Dornfische hinzu und das Warten auf dem Meeresgrund zerrte enorm an den Nerven. Zwei der Schürfer waren zum Schutz der anderen mit den beiden Bolzengewehren der Telaner ausgerüstet worden. Die Waffen funktionierten unter Wasser ebenso einwandfrei, wie an der Luft. Aber Leutnant Marten hatte seine kleinen Freunde darauf hingewiesen, dass sie eigentlich nicht für den Einsatz unter Wasser konstruiert worden waren. Die Hülsen, welche die gespannte Schlagfeder und den Bolzen enthielten, waren nicht wasserdicht und früher oder später würde das Metall rosten und seinen Dienst versagen.

»Macht euch darüber keine Sorgen«, hatte Esbort Wolkensturm gesagt. »Sie müssen die nächsten ein oder zwei Tage funktionieren. Danach können sie ruhig versagen.«

Es war klar, was der Axtführer meinte. Einen Tag, vielleicht auch zwei, rechneten sie sich eine Chance gegen den Feind aus. Aber wenn er die Stadt stürmte, gab es wohl keinen Zweifel am Ausgang des Kampfes und wohl auch keine Zwerge, die noch Verwendung für die Bolzengewehre hatten.

Das Meer war hier etwas tiefer als am vorherigen Ankergrund. Es mochten vierzig Meter sein und Varnum spürte den Wasserdruck, der die weichen Teile der Tauchrüstung eng an seinen Leib presste. Immer wieder sah er sich vorsichtig um, hoffte darauf, dass sich keine Dornfische blikken ließen und die feindlichen Schiffe endlich näher kämen. Trotz der Verlängerung der Schläuche befanden sich die Rümpfe noch außerhalb der Reichweite der Schürftaucher. Man konnte die Unterwasserschiffe der Segler gut erkennen, das Wasser war kristallklar.

Varnum hätte gerne ein paar Worte mit einem der anderen gewechselt, aber er war, wie sie, zum Schweigen verurteilt. In seinem Gurt hingen ein schwerer Meißel und ein Schlaghammer. Sie verfügten auch über schwerere Werkzeuge, aber sie mussten mit ihnen zu den Schiffen hinauf steigen. Es würde schwierig sein, Halt an den Rümpfen zu finden, damit man die Meißel kraftvoll in die Konstruktionen treiben konnte, aber wenn es gelang, dann würden die Bestien kaum eine Möglichkeit haben, sich gegen diesen Angriff zu wehren.

Varnum hatte die Schiffe in den vergangenen Stunden studiert. Sie trieben nicht viel schneller, als die Strömung des Meeres. Wahrscheinlich herrschte an der Oberfläche Flaute. Einige Schiffe hatten einen langen Bewuchs von

Algen und viele Muscheln an ihren Rümpfen, andere wirkten fast sauber. Die dicken Planken waren mit dünnem Metall beschlagen, welches vor dem Bewuchs schützen sollte und sie würden erst die Metallplatten abschlagen oder zerstören müssen, um an das ungeschützte Holz heran zu kommen.

Die Telaner hatten ihnen die ungefähre Reichweite der feindlichen Kanonen nennen können. Wenn die Schiffe zum Schuss heran kamen, mussten die Schürfer sie eigentlich erreichen können. Sie hofften es, denn die Schläuche ließen ihnen kaum Spielraum.

Varnum schreckte auf, als er im Wasser ein seltsames Grollen hörte, dass er nicht einordnen konnte. Irritiert blikkte er um sich, sah nach oben und erkannte an dem vordersten Schiff einen ungewöhnlichen Schatten, der sich zwischen dem Rumpf und der Stadt gebildet hatte. Ein eigentümliches, dunkles Wogen, das nun wieder zerfaserte. Varnum sah, dass sich das Schiff ein wenig gedreht hatte und seine breite Seite der Stadt zuwandte. Undeutlich und verzerrt sah er schwarze Umrisse, die aus der Flanke heraus ragten und wusste instinktiv, dass es sich um die Rohre der Pulvergeschütze handelte. Dieses Schiff war offensichtlich auf Kampfdistanz heran und nahm die schwimmende Stadt unter Feuer. Damit würde dieses Schiff das erste Ziel sein.

Varnum stapfte schwerfällig über den sandigen Meeresboden. Er musste dieses Schiff erreichen und es sogar ein Stück hinter sich lassen. Wenn er die Fußgewichte löste und aufstieg, würde das Gewicht des Atemschlauches ihn nach hinten ziehen, das musste er berücksichtigen. Er fragte sich, ob man von oben die Schürfer im Meer erkennen konnte. Aber wahrscheinlich dachten die Bestien überhaupt nicht an die Möglichkeit, eine Gefahr könne sich unter Wasser nähern.

Der junge Schürftaucher sah einen anderen Schürfer, der sich demselben Schiff näherte. Es schien Heimur Sichelhieb zu sein, soweit man an der Tauchrüstung erkennen konnte. Der Mann wies auf das Schiff, deutete dann zum Heck hinüber und machte eine Bewegung, als schneide er einen Kristall. Varnum verstand die Bedeutung nicht und schließlich gab der Schürfer auf und stapfte an ihm vorbei. Varnum blickte abermals hoch, sah dann zu seinem Atemschlauch. Er spürte den Zug an seiner Rüstung, der Schlauch war leicht gespannt. Trotz der Verlängerung reichte es gerade, um dieses vordere Schiff angreifen zu können. Vielleicht hatten andere Schürfer eine größere Reichweite.

Varnum ging in die Hocke und begann die Fußgewichte zu lösen. Sofort spürte er einen minimalen Auftrieb, stieß sich leicht ab und stieg nach oben. Er spürte Feuchtigkeit im Helm. Drang Wasser ein, gab es eine Undichtigkeit oder schwitzte er einfach zu viel? Er schob den Kinnschwamm über die Scheibe, so weit es ging. Der Zug des Schlauches war stark, fast zu stark. Varnum spürte, wie er auf das Schiff zugezogen wurde, schätzte seine Tiefe und die Entfernung ab. Er musste rascher aufsteigen und er musste gegen den Zug des Schlauches anschwimmen, sonst würde er den Rumpf verfehlen.

Er schaffte es gerade noch, aber wäre das Unterwasserschiff nicht so stark bewachsen gewesen, hätte er sich nicht festhalten können. Varnum schürfte sich die Finger an scharfkantigen Muscheln auf, verbiss den Schmerz und versuchte, das Blut nicht zu beachten, das die Dornfische anlocken konnte.

Der Zug des Atemschlauches zerrte ihn schräg unter den bauchigen Rumpf, Varnum stemmte sich dagegen und drehte sich umständlich, damit er mit dem Rücken nach unten trieb. Das Gewicht des Schlauches schien ihm überwältigend und drohte ihn vom Unterwasserschiff zu ziehen. Instinktiv zog er den Meißel aus dem Gurt, suchte nach einem Ansatz zwischen den Metallplatten und fand ihn.

Sich mit einer Hand am Bewuchs festklammernd, drükkte er den Meißel in den winzigen Spalt, presste ihn hinein, bewegte das Werkzeug seitlich, um einen besseren Halt zu finden. Bevor der Meißel nicht saß, konnte er den Bewuchs nicht loslassen, dies wusste der junge Schürfer.

Er hatte Glück. In dem Spalt zwischen den beiden Metallplatten erreichte er die Holzplanken des Rumpfes, spürte, dass sein Werkzeug unerwartet leicht eindrang. Für den Schiffsbau verwendete man hartes Holz, doch dieses fühlte sich weich an. Er erinnerte sich an ein Gespräch mit einem der Matrosen Theons, der vom Schwamm gesprochen hatte. Stellen im Holz, die der Fäulnis zum Opfer fielen. Ein schleichender Prozess, den man aufhalten konnte, wenn man die schadhaften Stellen früh genug entdeckte. Dies schien eine solche Stelle zu sein, ein unerwartetes Glück für Varnum.

Der Meißel drang nicht besonders tief ein, aber er saß fest genug, das Varnum seinem Halt vertrauen konnte und den Schlaghammer hervor holte. Das typische helle Klingen der Werkzeuge vermischte sich mit einem erneuten Grollen an der Oberfläche und einem dumpfen Pochen, mit dem der Meißel tiefer ins Holz glitt. Varnum bewegte ihn erneut seitlich, versuchte, das Holz zu öffnen, es auszuhebeln.

Die Kanten der Metallplatten verbogen sich. Es waren dünne Bleche, die der mechanischen Beanspruchung nicht standhielten und nun einrissen. Varnum schob den Schlaghammer in den Gurt zurück, zog den Meißel aus dem Holz und drückte ihn zwischen Blech und Planke. Als er versuchte, beides voneinander zu lösen, ging es unerwartet leicht. Die Bleche waren lediglich mit kurzen Metallstiften in die Planken geschlagen und Varnum schaffte es, eines von ihnen halb zu öffnen. Nun sah er den Verbund der Planken und eine Stelle im Holz, die sich verfärbt hatte. Die schadhafte Stelle, in die sein Meißel viel leichter eindringen konnte.

Wie ein Besessener trieb er das Werkzeug hinein, stocherte in dem faulenden Material und sah, wie sich immer größere Späne lösten. Diese Stelle war ein Glücksfall, das wusste er und er würde ihn nutzen.

Varnum achtete nicht auf das, was um ihn herum vor sich ging. Als er spürte, wie ihm die Luft knapp wurde, hielt er erschrocken inne. War sein Schlauch defekt? Würde er nun hier, unter dem Rumpf des feindlichen Schiffes, ertrinken? Er folgte dem Schlauch mit den Blicken, aber auf der Strecke, in der er ihn einsehen konnte, schien er intakt. Keine verräterischen Luftblasen stiegen auf. Endlich begriff er, dass es nur an ihm selbst lag. Über die weite Strecke konnten die Pumper ohnehin nicht viel frische Luft zum Helm befördern und Varnums hektische Arbeit steigerte seinen Luftbedarf.

Der junge Schürftaucher zwang sich zur Ruhe. So schwer es ihm fiel, er klammerte sich an dem abgewinkelten Blech fest und versuchte, wieder einen ruhigen Atemrhythmus zu finden. Schließlich hatte er sich ein wenig erholt und machte weiter.

Zu seiner Enttäuschung reichte der Schwamm nicht tief. Aber die Entfernung des faulen Holzes hatte einen guten Ansatz zwischen zwei Planken freigelegt. Wie dick war die Beplankung eines Schiffes unter Wasser? Er wusste es nicht mehr, obwohl Theon es ihnen gesagt hatte.

Varnum verlor jegliches Zeitgefühl. Immer wieder schlug er auf den Meißel, hob Späne aus den Planken und drückte sein Werkzeug tiefer. Immer wieder, bis sein Werkzeug plötzlich auf keinen Widerstand stieß. Varnum war so überrascht, dass er nochmals mit dem Hammer zuschlug, bevor er registrierte, dass er tatsächlich ein Loch in den Rumpf geschlagen hatte. Ein winziges Loch und sicher noch keine Gefahr für das Schiff, aber es war ein Anfang.

Er spürte Bewegung neben sich und sah einen anderen Schürfer. Durch den Helm erkannte er Heimur, der breit grinste und auf das Loch deutete. Der alte Schürfer bedeutete dem Jüngeren, den Meißel zu führen, während Heimur mit dem Hammer zuschlug. Nun konnten sie sich mit einer Hand festhalten und mit der anderen arbeiten, das machte es leichter. Das kleine Loch wurde größer. Das Wasser musste bereits mit großem Druck in den Rumpf strömen, aber im Augenblick war es nur eine geringe Menge. Hätte die Besatzung das Leck bemerkt, hätte sie es bestimmt noch stopfen können. Aber wahrscheinlich lag es im Bereich des Ballastes und würde erst bemerkt werden, wenn das Wasser höher stieg.

Sie arbeiteten weiter, bis Varnum einen unangenehmen Zug am Atemschlauch verspürte. Er sah sich um und erkannte, dass der Schlauch rhythmisch ruckte. Das Signal, aufzusteigen. Was immer auch der Grund war, dem Signal musste Folge geleistet werden. Varnum zog den Meißel zurück, tippte Heimur an den Helm und deutete nach oben. Zögernd nickte der alte Schürfer.

Sie gaben dem Zug der Atemschläuche nach und spürten, wie sie durch das Wasser gezerrt wurden. In jener gleichmäßigen Art, die lange Erfahrung verriet und viele Hände, die ihnen halfen, rasch aus der Gefahrenzone zu gelangen. Sofern sie auf der schwimmenden Stadt Sicherheit finden würden.

Während sie durch das Wasser glitten, konnte Varnum das beschädigte Schiff erkennen. Er sah keine auffällige Veränderung, aber es schien nicht mehr zu feuern. Als ihre Helme endlich durch die Wasseroberfläche brachen, erfuhr er den Grund hierfür.

Hände lösten hastig Riemen und Schnallen, zogen ihm den Helm vom Kopf und Varnum hörte Geschrei und spürte Schulterklopfen, konnte die Worte aber nicht verstehen. Nur langsam drang ihre Bedeutung in sein Bewusstsein und er begriff, dass er und Heimur es tatsächlich geschafft hatten.

Das von ihnen beschädigte Schiff hatte das Feuer eingestellt, da es sich langsam zur Seite neigte. Man konnte es deutlich erkennen, denn die Waffenpforten der unteren Batterie lagen tiefer und die Rohre der Kanonen zeigten zum Wasser. Die Neigung war noch nicht sehr stark, aber merklich, wenn man genauer hinsah. Viel deutlicher war die Panik, welche die Fremden befallen hatte.

Ihre dunklen, zweifach eingeschnürten Leiber mit den sechs Gliedmaßen hasteten über das Deck. Zunächst noch in einer Art Ordnung, aber dann begann diese zunehmend zu zerfallen. Einige krabbelten in die Masten hinauf und klammerten sich dort fest, andere rannten auf die höher gelegenen Teile des Schiffes. Aus den Niedergängen strömten immer mehr herauf, bis das Oberdeck voll von ihnen war. Sie standen so gedrängt, dass einige von ihnen über Bord gestoßen wurden. Vielleicht sprangen sie auch, aber das erschien unwahrscheinlich, denn kaum klatschten sie ins Wasser, versuchten sie verzweifelt, sich am Rumpf des Schiffes festzuklammern. Wer keinen Halt fand, versank fast augenblicklich.

»Ich glaube nicht, dass sie schwimmen können.« In Heimur Sichelhiebs Stimme schwang tiefe Zufriedenheit mit, während er Wasser aus den Enden seiner Bartzöpfe drückte.

»Nein, sieht nicht so aus«, bestätigte Varnum lakonisch.

Esbort Wolkensturm stapfte heran. »Offensichtlich können diese Kreaturen nicht schwimmen.« Er schwang die Axt über die Schulter. »Gut, dass zu wissen. Sollten diese ekligen Viecher auf die Stadt gelangen, könnten wir notfalls ein paar Flöße abtrennen. Ein schützender Wassergraben, wie bei einigen Festungen der Menschen.« Er nickte grinsend. »Ich werde das mit Bernbrat besprechen und vorbereiten.«

Das Schiff begann sich nun deutlicher zu neigen. »Haben seine Geschosse Schaden angerichtet?«

Esbort zuckte die Schultern. »Kaum der Rede wert. Sie schossen wohl aus der größten Entfernung. Vielleicht um uns einzuschüchtern.« Er lachte abermals. »Sie kennen uns

Zwerge nicht. Nun, jedenfalls hatten die Geschosse kaum noch Kraft. Dennoch, wir haben drei Verletzte.«

»Ein erträglicher Preis für diesen Anblick.« Einer der Pumper sah mit kalten Augen auf das sinkende Schiff. »Sie kommen ihm nicht zu Hilfe.«

»Ja, dass ist merkwürdig.«

Die Schiffe hielten Abstand zueinander und das war eigentlich normal, denn sie brauchten Raum zum manövrieren und wenn sie zu dicht beieinander segelten, nahmen sie sich gegenseitig den Wind. Aber niemand kam der Besatzung des in Not befindlichen Schiffes zu Hilfe und das empfanden die Zwerge als unverständlich.

»Bestien. Selbst das eigene Leben gilt ihnen nichts«, fluchte eine Frau, die ihnen Brot und frisches Wasser brachte. »Von Denen werden wir keine Gnade erwarten können, wenn sie die Stadt stürmen.«

»Das werden sie nicht«, erwiderte Esbort grimmig. »Erst müssen sie an den Axtschlägern vorbei und wenn sie sich diesen Bissen nehmen wollen, wird es sie teuer zu stehen kommen.«

Das Schiff neigte sich nun stärker und schneller. Dann erreichte das Wasser die unteren Pforten. Es strömte ein und die Masten des Seglers schwangen der Stadt entgegen, als das Schiff zu kentern begann. Kreaturen klatschten ins aufspritzende Wasser, dann Masten und Segel, welche etliche der Wesen unter sich begruben und mit sich zogen, als sich das Schiff weiter drehte. Ein Rumpeln war zu hören, ein grelles Pfeifen, als das sterbende Schiff kieloben schwamm und die Luft aus dem Leck heraus gepresst wurde. Es sackte tiefer, aber es sank nicht.

»Warum geht es nicht unter?«, murmelte ein Pumper.

»Es ist zu groß.« Einer von Theons Matrosen drängte sich nach vorne. »Ein merkwürdiger Zufall, aber ich glaube, es steht auf seinen Masten. Würden sie brechen, dann … Ah, jetzt geschieht es.«

Ein berstendes Splittern war zu hören, das Schiff schien einen Augenblick zur Seite zu rutschen und eine hohe Fontäne aus Wasser und Luft drang aus dem Leck, bevor der Segler endgültig unter die Oberfläche glitt. Nur ein paar Holzteile kündeten von seinem Schicksal.

Heimur legte seine Zöpfe wieder in den Nacken. »Ich glaube, die wissen gar nicht, was mit dem Schiff passiert ist. Die haben keine Ahnung, dass wir dahinter stecken.«

»Mag sein.« Esbort stützte sich auf eine Axt. »Ein verlockender Gedanke, es erneut zu versuchen. Ich glaube auch nicht, dass sie ein Mittel dagegen haben. Schön, jener kleinere Segler dort, er scheint mir nahe genug zu sein. Wenn ihr euch kräftig genug fühlt, ihr Schürfer und Pumper …?«

Varnum fühlte sich ausgelaugt und erschöpft, dennoch grinste er verzerrt und setzte seinen Helm auf. Er sah Oldrums Blick auf sich ruhen und der Freund schien die Eifersucht, die zwischen ihnen herrschte, für den Moment zu verdrängen, denn er nickte ihm aufmunternd zu.

Theon Klugweils Matrose hob die Hand. »Falls ihr die Rümpfe nicht durchschlagen könnt, dann durchtrennt ihre Ruderzüge.«

»Ihre was?«

»Ruderzüge.« Der Matrose grinste breit. »Am Heck befinden sich die großen Ruderblätter, mit denen die Schiffe gesteuert werden. Rechts und links sind starke Taue oder Ketten an den Blättern angeschlagen. Wenn man sie zerstört, ist das Schiff steuerlos.« Sein Grinsen wurde noch breiter und wurde sogar niederträchtig. »Ich glaube nicht, dass die Biester ins Wasser springen und die Ruderzüge reparieren werden.«

Ein Schiff würde nicht sinken, wenn es steuerlos war, aber es würde zum Spielball von Strömung und Wind und alles, was die Kampfkraft der Angreifer schmälerte, war ein Gewinn für die schwimmende Stadt.

Erneut schlug das Wasser über ihnen zusammen und sie hatten sich das Schiff eingeprägt, das ihr nächstes Ziel war. Es gehörte zu den kleineren Eindeckern und trug nur zwei Masten. Aber es schien nahe genug, ihm ebenfalls ein Loch in den Rumpf zu meißeln. Vor ihnen, ein Stück seitlich, ragte das Wrack des zuvor gesunkenen Schiffes vom Meeresgrund auf. Es war auf die Seite gesackt und jede Einzelheit war in dem klaren Wasser deutlich zu erkennen. Einige der Kanonen hatten sich beim Kentern aus dem Rumpf gelöst und lagen verstreut am Boden, durch ihr Gewicht halb in den weichen Sand eingesunken. Varnum erschauerte, als er etliche der fremden Kreaturen sah, die seltsam verkrümmt auf dem Rücken lagen. Es fiel ihm nicht leicht, sich ihnen zu nähern, obwohl er wusste, dass sie ihm nicht mehr gefährlich werden konnten, denn noch immer schienen sie eine tödliche Gefahr und unsäglichen Hass auszustrahlen. Schaudernd betrachtete er die großen Leiber und die riesigen Kieferzangen. Es war leicht, sich vorzustellen, wie sie den Körper eines Zwerges durchtrennten.

Sie mussten nicht dicht an dem Wrack vorbei und Varnum empfand darüber Erleichterung. Nicht wegen der Nähe des Todes, sondern weil die gesplitterten Hölzer, Masten und zahllosen Leinen des Schiffes eine Gefahr für die Atemschläuche bedeuteten.

Sie stapften über den Meeresboden, eine kleine Gruppe von Schürftauchern, bereit, ihr Leben erneut in die Waagschale zu werfen.

Das kleinere Schiff, welches sie ausgewählt hatten, hatte kaum Bewuchs am Unterwasserschiff. Sie waren zu Dritt und einer von ihnen fand keinen Halt, rutschte ab und wurde vom Gewicht seines Atemschlauches vom Schiff gezogen. Heimur und Varnum konnten ihre Meißel jedoch zwischen zwei Platten drängen. Erneut begannen sie in mühevoller Arbeit, eine der Platten zu lösen und dem Holz darunter zuzusetzen.

Als Varnum einen Blick in Richtung der Stadt warf, erkannte er eine weitere Gruppe Taucher, die sich auf den Weg machte. Scheinbar war ein weiteres Schiff in Reichweite geraten. Er zuckte zusammen, als über ihm das Grollen abgefeuerter Geschütze zu hören war. In stillem Einvernehmen begannen die beiden Schürfer das Holz zu bearbeiten, schufen ein kraterartiges Loch, das immer tiefer in die Planken führte.

Varnum hörte ein Rauschen, nicht weit entfernt. Als er den Blick wandte, sah er den Körper eines Fremden, der zuckend zum Meeresgrund hinab sank. Das Wesen ertrank und der junge Schürftaucher glaubte, den Hass in den Facettenaugen des Feindes zu erkennen. Erneut rauschte es, dann nochmals.

Wieder sanken Fremde hinab, ruderten verzweifelt mit ihren Gliedmaßen.

Gerieten die Kreaturen in Panik? Hatten sie bemerkt, dass Varnum und Heimur ihr Schiff beschädigten, um es zum Sinken zu verurteilen?

Ein vierter Körper klatschte ins Wasser und Varnum erkannte eine Leine, die man dem Wesen umgelegt hatte.

Jetzt begriff er. Es war ein verzweifelter Versuch der fremden Kreaturen, an die beiden Taucher heranzukommen und sie zu töten. Die Wesen waren keineswegs in Panik, sondern sprangen freiwillig oder von den anderen gezwungen ins Verderben, um vor ihrem Tod vielleicht die Schürfer zu erreichen.

Das Wesen zuckte und starb, aber dann folgten zwei andere. Diese sprangen nicht ins Wasser, sondern ließen sich an den Leinen hinein gleiten und schafften es irgendwie, sich an den schmalen Fugen des Rumpfes festzuklammern. Varnum erblasste, als er erkannte, wie zielstrebig diese Wesen, noch im Todeskampf, auf die Schürfer zukrochen. Doch beide starben, ohne den Männern gefährlich zu werden.

Immer wieder, in unregelmäßigen Abständen, versuchten die Kreaturen es. Ihre Bemühungen waren nicht von Erfolg gekrönt, aber sie lenkten Heimur und Varnum von ihrer Arbeit ab. Es war kein angenehmes Gefühl, unter dem Rumpf des Schiffes zu arbeiten und zu wissen, dass die Bestien alles versuchten, sie zu erreichen und zu töten. Immerhin, die Kreaturen schienen keine Möglichkeit zu haben, wie ein Zwerg Luft in den Lungen zu speichern, sofern sie überhaupt Lungen besaßen.

Die Arbeit an diesem Schiff war weit mühseliger, als an dem zuvor beschädigten. Das Holz hatte keine faule Stelle, zumindest nicht dort, wo Varnum und Heimur ihre Meißel hinein senkten. Zudem waren sie erschöpft und der junge Schürfer war nahe daran, aufzugeben.

Er sah den älteren Schürfer resigniert an und Heimurs Augen verrieten, dass er ebenfalls am Ende seiner Kräfte war.

Erneut klatschte es hinter ihnen und sie sahen die Leiber der fremden Wesen, die ins Wasser schlugen und versanken. Viel zu weit entfernt, um ihnen gefährlich zu werden und Varnum war erleichtert, wollte den Blick schon abwenden, als er bemerkte, was die Kreaturen planten.

Durch das klare Wasser waren die dunklen Atemluftschläuche der Schürftaucher gut zu erkennen. Die Fremden konnten die Taucher unter ihrem Schiff nicht erreichen, wohl aber die Schläuche, die unter den Rumpf führten und nur wenige Meter unter der Oberfläche schwammen.

Varnum stieß Heimur an und deutete nach hinten, in Richtung der Stadt. Sie mussten sich zurückziehen oder sie würden sterben. So schnell die Wesen im Wasser auch starben, ihr Todeskampf währte lange genug, so dass einige von ihnen die Schläuche erreichen konnten und für Kieferzangen, die mühelos einen Leib durchtrennen konnten, waren die Metallspiralen und Gummihüllen der Schläuche kein ernsthaftes Hindernis.

Eine der Kreaturen umklammerte einen der Schläuche, krümmte sich im Todeskampf und biss zu. Sofort stieg ein Strom von Luftblasen an die Oberfläche und Varnum spürte, wie Heimur zusammenzuckte. Sein Schlauch war durchtrennt und die Pumper der schwimmenden Stadt hatten nicht einmal die Möglichkeit, den alten Schürfer an seinem Schlauch heran zu ziehen.

Heimur und Varnum wussten, dass sie auf sich selbst gestellt waren. Der alte Schürfer ließ die Werkzeuge fallen, begann mit fliegenden Fingern die Riemen und Schnallen der Tauchrüstung zu lösen. Varnum schwamm zu ihm, hielt sich mit einer Hand an Heimur fest und half dem Gefährten. Er war überrascht, dass Heimurs Blick keinerlei Furcht verriet. Nur eine grimmige Entschlossenheit lag in seinen Augen, während er sich mühsam aus der Rüstung schälte.

Varnum wusste, dass sein eigener Atemschlauch jederzeit zerstört werden konnte, aber er war nicht bereit, Heimur alleine zu lassen. Er schrie auf, als er einen harten Ruck verspürte, glaubte, auch sein Schlauch sei nun durchtrennt. Aber dann wurde er mit großer Kraft nach hinten gezogen, auf die Stadt zu. Instinktiv streckte er die Arme aus, um Heimur zu ergreifen, aber es war viel zu spät.

Heimurs Helm begann sich mit Wasser zu füllen und der Körper des alten Schürfers begann zu kippen, denn der Schwerpunkt lag nun beim schweren Helm und der Halskrause. Varnum sah verzweifelt auf den Mann, der nun zum Tode verurteilt war und von dem er sich rasend schnell zu entfernen schien. Heimur verriet noch immer keine Panik, seine Augen sahen Varnum ruhig an, obwohl der Helm fast voll gelaufen war. Dann hob er, zu einem letzten Gruß, die Hand und Varnum schluchzte auf, als der sterbende Schürfer aus seinen Blicken entschwand.

Seine Augen füllten sich mit Tränen und er konnte kaum etwas erkennen, bis man ihn an der Plattform aus dem Wasser zerrte. Er spürte, wie man ihn aus der Tauchrüstung befreite, wie sich eine Hand tröstend auf seine Schulter legte.

»Ruhe dich aus, Varnum Säulenfund«, ertönte Esbort Wolkensturms Stimme. »Deine Arbeit ist getan und mehr kannst du nicht bewirken. Nun müssen wir sehen, was unsere Rammschiffe zu leisten vermögen.« Der Axtführer löste sich von Varnum. »Immerhin, eines der fremden Schiffe ist steuerlos und treibt vor dem Wind. Dort gelang es, die Ruderzüge zu durchtrennen.«

Noch immer waren die feindlichen Schiffe weit verstreut und hatten die Stadt kaum beschossen, wenn man von dem versenkten Segler absah und jenem, den Varnum und Heimur angegriffen hatten. Es herrschte absolute Windstille und die Schiffe trieben mit der gleichen Geschwindigkeit, wie die schwimmende Stadt.

Esbort reckte seine Axt gegen den Himmel. »Schickt die Lanzen des Wassers!«

Hinter der schwimmenden Stadt, bislang vor den Blicken der Fremden verborgen, nahmen die Ruderschiffe Eldont´runods Fahrt auf. Die Ruder hoben und senkten sich in gleichförmigem Takt, während die acht Kampfschiffe die Stadt umrundeten und Fahrt auf den Feind nahmen. Sie waren relativ klein und boten nicht mehr als dreißig Ruderern Platz. Nicht alle von ihnen waren Axtschläger, denn die Kämpfer der Stadt hatten im Kampf gegen die Eingeborenen auf Eniatol Verluste erlitten und Esbort wollte die erfahrensten Kämpfer zurückhalten, falls die Fremden die Stadt zu stürmen versuchten. Schmiede, Fischer, Schleifer und sogar der Schankwirt Mantur Scherentod füllten die Lücken auf den Ruderbänken.

Auf den Schiffen des Feindes wurden die Kampfboote bald erkannt, aber es würde für den Gegner nicht leicht sein, auf diese Bedrohung zu reagieren. Nicht, solange er durch die Windstille zur Bewegungslosigkeit verurteilt war. Natürlich waren die Segelschiffe nicht wehrlos, aber die Zwerge würden sich hüten, sie von den Seiten anzugreifen, wo sie von den Breitseiten der Geschütze erreicht werden konnten. Zwar waren die Rümpfe der Segler an

Bug und Heck etwas widerstandsfähiger gegen die Rammsporne der kleinen Ruderschiffe, aber dafür waren die Ruderer in relativer Sicherheit vor den Kanonen. In relativer Sicherheit, da die Feindschiffe sich möglicherweise gegenseitig decken konnten. Von dem einen nicht angegriffen werden zu können besagte nicht, dass nicht ein anderes seine Waffen abfeuern konnte, denn die Segler lagen verteilt und in verschiedenen Lagen zur schwimmenden Stadt.

»Gleichmäßig durchziehen, Männer«, befahl der Schlagmann in Mantur Scherentods Boot. »Spart die Kraft, bis wir zum Rammstoß beschleunigen.«

Die Ruderer saßen mit dem Rücken zum Bug und nur der dortige Beobachter und der Schlagmann am Heck konnten sehen, was sich vor dem Kampfboot ereignete. Die Ruderbänke waren schmal und wiesen hohe und massive Rükkenlehnen auf. Sie sollten die Ruderer vor Beschuss schützen und ihnen Halt geben, wenn sich der Rammsporn in einen Gegner bohrte.

Die Kampfboote der Zwerge waren schlank und glitten leicht durch die See. Sie wurden nicht umsonst als Lanzen der Meere bezeichnet. Die besonders robuste Bauweise war erforderlich, da sie am Bug, dicht unter der Wasserlinie, einen metallenen Rammsporn von fast fünf Metern Länge trugen, der mit einer schuhartigen, metallenen Vorrichtung am Rammboot befestigt war. Der Sporn war vorne sanft gerundet, denn er sollte das Holz nicht spalten sondern durch die Aufprallwucht zertrümmern. Er durfte sich dabei nicht festkeilen, denn das Boot musste sich befreien und vom Gegner entfernen können.

»Gleichmäßig, Männer, schön im Takt.« Der Schlagmann stieß den Stiel seiner Axt im Rhythmus der Ruder auf den Boden und ähnelte dadurch ein wenig Esbort Wolkensturm und dessen unvermeidbarer Axt. »Wir nehmen uns einen der großen Segler vor«, erläuterte er. »Der da vorne scheint günstig zu liegen, quer zu uns und der Stadt.«

Die See war unverhältnismäßig ruhig. Kein Wind, keine Dünung, als hielte alles den Atem an und warte auf jenen Moment, in dem sich eine Orgie der Gewalt entladen musste. Das Klatschen der eintauchenden Ruder mischte sich mit dem leisen Zischen, mit dem die Kampfboote die Wellen teilten. Dazwischen das Pochen der Schlagmänner und der schwere Atem der Ruderer. Von den Schiffen der Feinde war nichts zu hören. Scheinbar leblos lagen sie da, obwohl es auf ihren Decks von den Fremden wimmelte und man die Kampfboote längst erkannt hatte. Aber obwohl die Boote inzwischen in Reichweite der vorderen Segler waren, konnten sie von deren Batterien nicht erfasst werden.

Der Schlagmann warf einen Blick auf das Führungsboot und sah die Handzeichen des dortigen Schlagmanns, der die kleine Flottille anführte.

»Wir teilen uns zur Hand«, sagte der Zwerg, ohne den Takt zu unterbrechen. »Wir gehören zum Mittelfinger und werden weiter auf den großen Segler zuhalten. Schlagt nun schneller, wir kommen bald heran.«

Der Axtstiel pochte schneller auf den Boden, die Ruder hoben und senkten sich im raschen Schlag, als seien es die Schwingen eines Seevogels. Ein Dröhnen lag plötzlich in der Luft und einige der Männer zuckten zusammen.

»Nur ruhig«, knurrte der Bugmann. »Das gilt nicht uns. Sie schießen auf den kleinen Finger.«

Irgendwo links von ihnen stiegen Einschlagsfontänen aus der See. Eines der Schiffe hatte eine Breitseite auf die angreifenden Kampfboote abgefeuert, obwohl Entfernung und Winkel sehr ungünstig waren. Immerhin lagen mehrere Geschosse in der Nähe des linken Flügelbootes der Formation und einige von dessen Ruderern wurden von aufspritzendem Wasser durchnässt.

Auch andere Segler begannen nun zu schießen.

Die Kampfboote der Zwerge hatten einen Bogen geschlagen. Vom Osten der Stadt nach Süden und nun stießen sie nördlich vor, um die feindliche Formation in der Flanke zu packen. Je näher sie den Segelschiffen kamen, desto riskanter wurde die Rammfahrt, denn immer mehr Schiffe begannen zu feuern. Die wenigsten hatten die Aussicht, ein Kampfboot zu treffen und einige stellten auch rasch die Kanonade ein, um Pulver und Geschosse zu sparen. Andere lagen jedoch günstig genug, um die Sturmfahrt der Kampfboote zumindest behindern zu können.

»Ruhig und gleichmäßig«, schrie der Schlagmann in Manturs Boot. »Haltet den Takt!«

Wieder lag ein Dröhnen in der Luft und um ihr Nebenboot stiegen Wassersäulen auf. Aus den Augenwinkeln glaubte Mantur Scherentod, Ruder, Bänke und Körper durch die Luft wirbeln zu sehen und zu erkennen, wie das Boot ruckte, aber dann fing es sich und glitt weiter durch die See. Zwischen den Rudern klaffte eine Lücke, aber es schien kein Leck zu geben.

»Ruhig!« Der Schlagmann hielt die Ruderpinne des Bootes zwischen Arm und Körper geklemmt und korrigierte die Richtung ein wenig. »Auf mein Kommando achten, Männer!«

Sie wussten, dass sie nahe am Ziel sein mussten, denn die Anspannung im Gesicht des Schlagmanns war unübersehbar. Sie zogen die Ruder gleichmäßig, starrten auf die Axt des Mannes. Dann schnellte sein Arm nach oben. »Schlagt sie … JETZT!«

Die Ruder hoben sich aus dem Wasser und die Ruderer pressten die Rücken gegen die hohen Lehnen der Ruderbänke. Sie bereiteten sich auf den Rammstoß vor und die wenigsten von ihnen hatten Erfahrung, welche brutale Gewalt beim Stoß freigesetzt wurde. Bei großen Schiffe, die das Rammen als Waffe nutzten, steckte die gesamte Masse des Rumpfes dahinter und ein Schiff konnte relativ langsam rammen, da die Trägheit seinen Rumpf vorantrieb. Bei den kleinen Kampfbooten war es nicht die Masse sondern die Kraft der Ruder und so brauchte man brutale Gewalt, um die Planken eines Schiffes zu brechen.

Man hatte einmal versucht, die Ruderer so zu setzen, dass sie sahen, was auf sie zukam. Es hatte geborstene Schädel und ausgeschlagene Zähne gekostet. Auch Mantur Scherentod glaubte, sein Leib breche entzwei, als sich der Rammsporn unter der Wasserlinie in den Rumpf des großen Zweideckers bohrte. Das Splittern berstender Planken war zu hören, während die Zwerge nach Atem rangen.

»Abrudern, Männer«, schrie der Schlagmann, den es nach vorne geworfen hatte, obwohl er sich dem Aufprall entgegen gestemmt hatte. »Wir müssen uns lösen! Los, abrudern!«

Der Bugmann hatte sich angegurtet und nahm nun eine stumpfe Stange, mit der er gegen den Rumpf des Seglers drückte, während die anderen hastig nach den Rudern griffen.

Der Rammsporn war tief eingedrungen. Durch die geborstenen Planken strömte bereits die See in das Schiff. Es war eine tödliche Wunde und nun mussten die Zwerge dafür sorgen, dass sie nicht auch für sie tödlich würde. Das große Leck würde den Feind rasch sinken lassen und wenn das Kampfboot nicht rechtzeitig freikam, würde es mit auf den Grund des Meeres gezogen werden.

Der Bug des Kampfbootes begann sich bereits ein wenig zu neigen und der metallene Sporn löste sich, begleitet von Splittern und Quietschen aus dem Rumpf des Seglers.

»Vorsicht!«

Vom Deck des sinkenden Schiffes sprang eine der Kreaturen herab. Der Schlagmann hatte dies gesehen und schleuderte seine Axt, die durch die Luft wirbelte und die Bestie tötete. Der Bugmann warf einen dankbaren Blick zum Heck und reckte die Abstoßstange nach oben, als ein weiteres Wesen sprang. Dann ein Drittes, ein Viertes …

Mantur Scherentod brüllte auf, als der Bugmann leblos über Bord kippte und die beiden vorderen Ruderer unter den Leibern der Angreifer verschwanden. Er langte an seinen Leibgurt, zog seine zweischneidige Axt hervor.

»Die vordere Hälfte kämpft«, schrie der Schlagmann, »die anderen rudern! Wir müssen vom Schiff freikommen. Wir sind zu nah, sie können uns noch erreichen.«

Sie mussten gleichzeitig vom Schiff fort rudern und sich gegen die Angreifer wehren, sonst waren sie verloren. Die Bestien hatten eine unglaubliche Sprungkraft und Mantur sah, wie eine von ihnen sich an der vorderen Ruderbank duckte und dann in einem einzigen Satz nach hinten sprang. Sie erreichte den Schlagmann, aber da war sie bereits tot, denn Mantur hatte sie getroffen, als sie über ihn hinweg segelte. Er hörte das Krachen des Chitinpanzers, Flüssigkeit und Gewebe spritzten über ihn.

Mantur stieß einen grimmigen Fluch aus und stellte sich dem nächsten Feind. Ein anderer Zwerg trat zu ihm. Ihre Äxte waren tödliche Waffen, aber ihre Reichweite war bedeutend geringer, als die der Kieferzangen des Feindes. Mantur dachte an das riesige Meerestier, das er einst bezwungen hatte. Das Glück war auf seiner Seite gewesen und hier würde er es ebenfalls benötigen.

Eine der Kreaturen stand unmittelbar vor ihm und versuchte, ihn mit den Kieferzangen zu ergreifen. Mantur kam nicht an ihren Schädel heran, um ihn zu zertrümmern und musste stattdessen versuchen, die zustoßenden Zangen zu parieren. Ein Speer oder eine Lanze wären hilfreich gewesen. Die Zangen waren unglaublich dick und hart wie Metall. Seine Versuche, sie mit der Axt zu zerschlagen, scheiterten. Immerhin, das Biest hatte ebenfalls gegen einen Nachteil zu kämpfen. Das Kampfboot war schmal und erlaubte es gerade mal zwei Zwergen, nebeneinander zu sitzen. Die Kreatur klammerte sich mit ihren Gliedmaßen an den Bordwänden fest und kämpfte darum, nicht ins Wasser zu stürzen.

Erneut versuchte eine der Bestien, über die andere hinweg zu springen, aber diesmal waren es der Schlagmann und die Ruderer, die ihre Absicht vereitelten. Mitten im Sprung nutzten sie die enorme Wendigkeit des Kampfbootes und drehten es. Statt auf den hinteren Ruderbänken, landete die Kreatur im aufspritzenden Wasser.

Zwei Männer erhoben sich von ihrer Ruderbank, nutzten die langen Ruder. Eines splitterte unter den zupackenden Kieferzangen, aber im gleichen Moment drückte das andere gegen den Leib des Wesens. Verzweifelt mit den Gliedmaßen um sich tastend, verlor es den Halt und stürzte über Bord.

Die Zwerge sahen sich keuchend an. Sie waren nun weit genug von dem beschädigten Schiff entfernt und keiner der Gegner konnte es noch schaffen, in ihr Boot zu springen. Zwei verwundete Zwerge stöhnten schmerzerfüllt, fünf andere lagen in ihrem Blut oder waren verschwunden, als sie über Bord stürzten.

»Verfluchte Brut«, knurrte Mantur und band den Arm eines Ruderers ab. »Das war ein kostspieliger Kampf. Diese Bestien haben harte Panzer, dass muss ich schon sagen.«

Der große Zweidecker, dem sie ein großes Leck ins Heck gerammt hatten, sank rasch. Sein Bug hob sich immer weiter und auch hier wiederholte sich das Bild von Kreaturen, die verzweifelt versuchten, vom Wasser fern zu bleiben. Für die Männer in Manturs Boot war es eine unsägliche Genugtuung, als das Schiff endgültig unter Wasser glitt.

Erst jetzt fanden sie die Zeit, sich umzusehen. Wie war es den anderen Kampfbooten ergangen?

Sie sahen zwei weitere Schiffe des Feindes, die offensichtlich sanken und ein Stück entfernt das Heck eines Kampfbootes, das gerade verschwand. Ein Stück voraus kämpften sich zwei andere Boote auf einen großen Zweidecker zu, gerieten aber in das Schussfeld eines anderen Schiffes. Die Bordwand dieses Seglers verschwand hinter einer Wand aus braungelbem Nebel und das Dröhnen der Breitseite hallte über das Meer. Das eine Kampfboot wurde förmlich zerfetzt. Holzteile und Körper wirbelten durch die Luft, der Rumpf zerbarst in der Mitte und der schwere Bug mit dem Sporn versank augenblicklich.

Einige Zwerge schwammen zwischen den Trümmern und der Schlagmann in Manturs Boot wies zu der Stelle hinüber. »Beeilen wir uns, Männer. Wir lassen niemanden zurück.«

Das andere Kampfboot setzte seinen Angriff fort. Auch hier näherte es sich dem Heck des Ziels, doch die Kreaturen an Bord des Seglers warteten nicht ab, bis der Rammsporn den Rumpf erreichte. Sie griffen an, sprangen über die Heckreling des Schiffes hinweg in das angreifende Boot hinunter. Die Zwerge hatten keine Chance, aber das Boot trieb weiter, rammte dennoch den Segler in Höhe des Ruderblattes, welches zerbrach und bohrte den Sporn in die Planken des Schiffes. Niemand saß noch an den Rudern, um das Kampfboot zu befreien und so sanken Angreifer und Angegriffene, durch den Rammsporn vereint, gemeinsam auf den Grund der See.

Mantur beugte sich über die niedrige Bordwand, packte die Arme eines verzweifelt strampelnden Zwerges und half ihm ins Boot hinein. Auch an anderen Stellen wurde zugepackt. Einer der Männer war tot, aber sie nahmen seine Leiche auf. Er sollte in Ehren auf den Grund gehen, was wohl vielen an diesem Tag verwehrt bleiben würde.

Mantur wurde von Wasser durchnässt, als eine Einschlagfontäne aus dem Wasser stieg. Erneut packte er zu, zerrte mit einem anderen Mann einen Geretteten an Bord. »Das war der Letzte.«

»Dann zur Stadt«, befahl der Schlagmann mit heiserer Stimme. »Vorwärts, Männer, packt die Ruder.«

Nur vier der Kampfboote kehrten zur Stadt zurück und eines davon konnte sich nur mühsam über Wasser halten. Ein Geschoss hatte einen Teil der Bordwand, dicht über der Wasserlinie, zerschlagen und die Männer in dem Fahrzeug ruderten und schöpften gleichermaßen um ihr Leben.

Hinter ihnen ertönte eine gewaltige Explosion und ein heißer Explosionswind fegte über sie hinweg. Diesmal hatten die Ruderer den Vorteil, sehen zu können, was sich ereignet hatte und Mantur lächelte freudlos, als er den fragenden Blick des Schlagmanns sah. »Über einem der Schiffe stieg Rauch auf. Jetzt ist es auseinander geplatzt.«

Der Schlagmann nickte betrübt. »Wir hätten brennende Bündel auf die Schiffe werfen sollen. Dann wäre es uns vielleicht nicht so teuer gekommen.«

»Hinterher, wenn der Angriff vorbei ist, weiß man es immer besser«, brummte ein Ruderer.

Ja, sie hatten teuer bezahlt. Kampfboote und Leben verloren und einige der ihren waren dem Tod weit näher, als dem Leben. Aber sie hatten dem Feind zugesetzt. Vier seiner Schiffe waren gesunken und mit dem, welches schon zuvor versenkt worden war, hatte der Gegner fünf kampfstarke Einheiten verloren.

Esbort Wolkensturm stützte sich auf seine Axt und seufzte schwer. »Wir hatten den Vorteil auf unserer Seite. Windstille, der Feind ohne Fahrt und manövrierunfähig … Nun ist er auf die Lanzen der Meere vorbereitet und weiß, wie er sie nehmen muss.«

»Es spielt keine Rolle mehr, Esbort.« Bernbrat Wellenschlag trat neben den Axtführer und stützte sich dabei auf einen Stock auf. Er winkte ab, als Esbort besorgt das Bein des Ältesten musterte. »Ein Splitter, alter Freund. Nendia hat es bereits versorgt.« Er hob den Kopf und lächelte trübe. »Spürst du es?«

Esbort runzelte die Stirn, sog die Luft ein und nickte dann. »Wind kommt auf.«

»Ja, Wind kommt auf.« Wellenschlag blickte zu den Schiffen des Feindes hinüber. »Nun werden sie heransegeln können und dann ihre Kanonen auf unsere schöne Stadt abfeuern.«

Esbort schloss für einen Moment die Augen. »Die Nacht wird bald hereinbrechen.«

»Das verschafft uns einen Aufschub, Esbort, aber nicht mehr.«

Der Axtführer nickte. »Ja, einen Aufschub.« Er schulterte seine Axt. »Wir werden ihnen morgen einen Kampf bieten, den sie nie vergessen werden.«

Bernbrat Wellenschlag spürte die sanften Bewegungen des Floßes unter seinen Füßen.

Ein Aufschub und, vielleicht, eine letzte Nacht.

Spätestens am Morgen würde der Feind zum Sturm ansetzen.

Ja, sie würden ihm einen guten Kampf liefern.

Einen letzten Kampf.

46

Die Nacht hatte sich über das Meer gesenkt, aber kaum jemand hatte einen Blick für die Schönheit des Sternenhimmels. Der Mond zeigte nur ein Drittel seines Antlitzes und hatte einen ungewöhnlichen, leicht rötlichen Schimmer. So etwas war selten zu sehen und die alten Legenden besagten, dass beim Anblick des Blutmondes jemand starb. Vielleicht war es ein Symbol für das Schicksal der schwimmenden Stadt Eldont´runod. Alle möglichen Vorbereitungen zur Abwehr des Feindes waren getroffen und in den langen, untätigen Stunden der Nacht, gab es viel Zeit, um nachzudenken.

Es waren Stunden, in denen die Gedanken der Zwerge von wenig Hoffnung erfüllt waren. Esbort und die anderen Ältesten waren sich einig, dass in der Nacht kein Angriff zu erwarten war. Und selbst wenn, würden die Wachen es rasch erkennen und die Männer in die Kampfpositionen rufen. So hatten die Ältesten es den Familien ermöglicht, sich zusammen zu finden. Jene, die keine Familie hatten, trafen sich vor der Ratshalle, um einander Trost zu spenden und der Toten des Clans zu gedenken.

Nein, es gab keine Zuversicht, aber auch keine Resignation. Die Zwerge von Eldont´runod waren von grimmiger Entschlossenheit erfüllt, ihr Leben so teuer wie möglich zu verkaufen.

Bernbrat Wellenschlag saß auf einem Schemel, den man ihm, aus Rücksicht auf sein Alter, in den Kreis der Versammelten gestellt hatte. Die anderen saßen oder standen und die Axtschläger stützten sich, wie ihr Anführer Esbort Wolkensturm, auf ihre Kampfäxte.

»Die Hälfte unserer Kampfboote haben wir verloren«, sagte Esbort leise. »Und achtzig tapfere Seelen sind auf den Grund gesunken. Vierzig weitere wurden verletzt.«

Bernbrat nickte betrübt. Es war dunkel in der Stadt. Kein einziges Licht brannte, um dem Feind kein Ziel zu bieten, denn man konnte ja nie wissen, ob ihn das nicht dazu verführt hätte, eine Kanonade zu versuchen. Dennoch waren die Gesichter im Sternenlicht klar zu sehen. »Wenn es vorbei ist, werden die Schürfer hinunter gehen. Wir müssen den Toten ihre Namen geben.«

Sie mussten ihnen die kleinen Tafeln geben, auf denen die Namen und ihre Verdienste verzeichnet waren. Kein Zwerg der Meere ging auf den Grund, ohne dass man ihm die Ehre erwies und seiner gedachte. Nur wenn die Tiefe zu groß war und man den Körper eines Toten nicht mehr bergen konnte, schickte man die Tafel alleine auf die letzte Reise.

»Wenn es vorbei ist.« Eine der Frauen sah den Ältesten resigniert an. »Glaubst du denn, Ältester, es gibt noch Hoffnung?«

»Solange ein Funken von Leben in uns ist, solange gibt es auch Hoffnung.« Birunt Hammerschlag räusperte sich und wies in die Nacht hinaus. »Unser Volk hat schon viele Krisen erlebt. Verheerende Stürme, Wassernot, Überfälle von Korsaren und Meeresungetümen. Manchmal mussten wir uns beugen, aber wir sind niemals zum Grund gegangen, haben uns immer wieder aufgerichtet. Das Leben auf dem Meer ist hart und die Gefahr ist allgegenwärtig. Manchmal verdrängen wir das, denn es ist nicht unser Wesen, in Trübsinn zu verfallen. Nicht umsonst gibt es die verschiedenen Clans der Meere. Ist einem von uns das Schicksal nicht gnädig, mag ein anderer sein Glück finden.«

»Wir haben ein Viertel ihrer Streitkräfte vernichtet«, wandte Esbort ein. Er stützte sich schwer auf den Stiel seiner Axt. »Das gibt ihnen sicher zu denken.«

»Vielleicht wollen sie ganz sicher gehen und beschießen uns aus der Ferne mit den Kanonen.«

»Ja, vielleicht tun sie das.« Esbort sah den Sprecher an. »Aber dann können sie nicht sicher sein, uns wirklich zu vernichten. Nein, diese Wesen sind Kämpfer und sie werden versuchen, die Stadt zu nehmen. Darin liegt unsere Chance. Dies ist unsere Stadt, ihr Männer und Frauen von Eldont´runod, und diese Stadt wird mit uns kämpfen.«

»Oder untergehen.«

»Das wird sie nicht«, knurrte Esbort. »Nicht, so lange mein Arm diese Axt schwingen kann.«

»Hast du Angst, Esbort, alter Freund?« Die Stimme des Ältesten war leise und kaum zu vernehmen.

Der Axtführer schwieg einen Moment. »Angst? Nein, keine Angst. Ich habe zu oft dem Tod ins Auge geblickt, um noch Angst vor ihm zu empfinden.«

»Ich habe Angst«, gestand ein junger Pumper ein.

»Manchmal ist es nicht schlecht, ein wenig Angst zu empfinden«, brummte ein verletzter Axtschläger. »Nicht zuviel, aber ein wenig.« Er lächelte unmerklich. »Das macht einen Mann vorsichtig und verdrängt den Leichtsinn.«

»Ja, ein wenig Furcht kann Leben erhalten«, stimmte Esbort zu. »Man darf ihr nur nicht zu sehr nachgeben.«

Irgendwo in dem Kreis stimmte eine Frau eine der Balladen des Zwergenvolkes an. Die Ballade von der ewigen Suche nach dem Goldenen Grund. Sie lauschten der Stimme andächtig und andere fielen ein, immer mehr, bis die Stadt von dem Gesang erfüllt schien.

Varnum war durch die Straßen der Stadt geschlendert, von einem Floß zum anderen, ohne ein festes Ziel vor Augen. Jetzt, da die Familien einander suchten und sich die anderen versammelt hatten, war ihm schmerzhaft bewusst, wie sehr er Besanas Nähe vermisste. Er glaubte nicht, dass sie den morgigen Tag überstehen könnten und er wollte nicht auf den Grund gehen, bevor er der hübschen Zwergenfrau nicht seine Liebe eingestanden hatte. Er wusste, wo er sie finden würde und hatte seine Schritte, wenn auch unbewusst, zum Haus der Heilerin gelenkt.

Die Sturmläden an den Fenstern waren fest geschlossen, aber durch eine Ritze war schwacher Lichtschein zu sehen.

Natürlich, die Heilerin Nendia versorgte Verletzte und benötigte Licht. Vor dem Eingang brannte nur eine kleine Laterne, mit einem Tuch abgedunkelt. Die Tür war geschlossen und Varnum zögerte kurz, dann stieg der die Stufen hinauf und trat ein.

Der untere Behandlungsraum war angefüllt mit Männern und Frauen, deren Wunden versorgt wurden und aus dem oberen Stock drang leises Stöhnen herunter. Obwohl der Angriff der Fremden gegen die Stadt noch nicht ernsthaft begonnen hatte, gab es schon viel zu viele Zwerge, die Hilfe benötigten. Innerhalb kürzester Zeit hatten die Zwerge der schwimmenden Stadt einem schweren Sturm, dem Ansturm der Eingeborenen auf Eniatol und dem Angriff der Fremden standzuhalten gehabt. Und das war erst der Vorgeschmack gewesen, denn morgen würden die Kreaturen mit ihren Schiffen näher kommen und es gab nicht viel, das sie davon abhalten konnte.

Als Varnum die verletzten Männer und Frauen sah, zögerte er erneut. Besana und ihre Mutter Nendia hatten mehr als genug zu tun, obwohl andere Frauen ihnen halfen. Gerade als er sich zurückziehen wollte, kam Nendia aus dem Obergeschoss herunter. Sie wirkte erschöpft, lächelte ihn aber aufmunternd an. »Varnum Säulenfund. Ich hoffe, du bist nicht verletzt?«

Er räusperte sich nervös. »Nein.«

Nendia sah ihn forschend an. »Was führt dich dann in die Heilerstube? Ein Freund, der hier versorgt wird?«

Die Zwerge der Stadt kannten und schätzten einander. Das Leben auf begrenztem Raum hatte bei ihnen dazu geführt, die Schwächen und Stärken des anderen hinzunehmen und auch wenn nicht alle eng befreundet waren, so schätzten sie sich doch untereinander.

Die Heilerin spürte Varnums Zögern. »Du wirkst bedrükkt, Varnum.«

Der junge Schürfer wich ihrem Blick aus. Wie sollte er ihr erklären, was ihn hergeführt hatte? War es überhaupt noch von Belang? Sicher, er liebte Besana, aber machte es Sinn, dies einzugestehen? Jetzt, wo der Tod so nahe war? Sollte er auf ein Glück hoffen, welches der Tod so bald beenden würde? Vielleicht war es besser, manche Dinge unausgesprochen zu lassen …

»Varnum?«

Er zuckte verlegen die Schultern. »Ich, äh, muss wieder gehen.«

Nendia trat auf ihn zu. »Ich spüre, welche Gedanken dein Herz bewegen. Du solltest darüber sprechen, solange du es kannst.« Sie legte ihre Hand in einer unerwartet vertraulichen Geste an seinen Arm. »Manchmal weiß man nicht, ob man sich einem anderen Zwerg anvertrauen soll und zögert. Aber vielleicht zögert man zu lange, Varnum Säulenfund. Mancher ist die Reise zum Grund angetreten, ohne die Gelegenheit zu haben, sich vorher auszusprechen. Glaube mir, es ist nicht gut, wenn Dinge unausgesprochen bleiben. Nur wenn man sie ausspricht, werden die Gedanken frei.«

Varnum seufzte vernehmlich. »Ich bin ein guter Schürfer, Heilerin, aber mir fehlen die Fähigkeiten unserer Ältesten, geschickt mit Worten umzugehen.«

»Unsinn.« Sie zog ihn ein wenig zur Seite, da zwei Frauen einen Korb mit frischen Tüchern brachten. »Zudem kommt es nicht auf die Menge der Worte an oder auf das Geschick, mit ihnen umzugehen. Es kommt darauf an, dass man fühlt, dass sie aus dem Herzen kommen.« Sie lächelte sanft. »Sie ist oben, Varnum.«

Nendia ließ ihn einfach stehen und Varnum sah ihr nachdenklich hinterher. Die Heilerin wusste ganz genau, wie es um ihn stand. Vielleicht hatte sie ja recht? Die Vorstellung, auf den Grund zu gehen, ohne Besana seine Gefühle offenbart zu haben, war schrecklich.

Er sah die Stufen der Treppe empor und trat näher, legte eine Hand auf den Handlauf und zögerte abermals. Dann ging er langsam hinauf.

47

Die Seefalke fällt zurück«, drang der Ruf des Ausgucks zur Brücke. »Kein Wunder«, murmelte Rudergänger Hennerk und sah den Matrosen an, der neben ihm am Ruderrad stand. »So, wie die Kapitänin die Envaar durch die See hetzt, kann uns kein Segler folgen.«

Seit Stunden glitten die beiden ungleichen Schiffe durch die See und der anramische Seefalke konnte mit dem schnellen Schlachtkreuzer nicht mithalten. Er begann immer weiter abzufallen und wenn die Envaar die Geschwindigkeit beibehielt, woran kaum jemand zweifelte, würden die Segel des Anramers bald am nächtlichen Horizont verschwinden.

Seit sie Kurs auf die vermutete Position der schwimmenden Stadt genommen hatten, waren die Kapitänin und die Offiziere nur kurz unter Deck gewesen, um sich etwas zu stärken und eine Stunde zu ruhen. Mehr hatten sie sich nicht gegönnt und das galt auch für die übrige Besatzung. Obwohl nur die notwendigsten Kampfstationen besetzt waren, konnte kaum jemand schlafen, denn alle wussten um die Bedeutung dieser Kriegsfahrt.

Jalena-Gaheni trat mit ihrem Teleskop auf den linken Brückenausleger und sah zum anramischen Schiff zurück. »Sere Tellmann hat jeden Faden Tuch gesetzt, um mehr Geschwindigkeit herauszuholen.«

Major Beltron trat neben sie und lächelte. »Ich wette, die gute Frau Henafraw musste sogar ihre Röcke opfern.« Er lachte leise. »Aber das nutzt nicht viel. Obwohl sie guten Wind unter den Segeln hat, kann die Seefalke nicht mithalten.«

Die Kapitänin nickte. »Kein Grund zur Freude. Wenn sie zu weit abfällt, wird sie uns im Gefecht fehlen.«

Das Wasser glitt zischend am Rumpf vorbei, Bugsee und Heckwasser schäumten unter der Kraft, mit der die Envaar vorangetrieben wurde. Sie hatte nicht die volle Leistung, da sie nur zwei Propeller fahren konnte, aber die Schlünde der Maschinen wurden unermüdlich mit Brennstein gefüttert.

»Kapitän?« Erster Offizier Hosmut räusperte sich. »Meldung von der Maschine. Die Kessel halten nicht mehr lange stand.«

Jalena-Gaheni setzte das Teleskop ab. »Schön, ich will es mir ansehen.«

»Wir sollten die Fahrt reduzieren«, meinte Hosmut zögernd.

Sie erwiderte seinen Blick. »Wenn ich es für erforderlich halte.«

Mit dem letzten Tageslicht hatte die Kapitänin die gesamte Besatzung an Deck antreten lassen und sich an die Männer und Frauen gewandt. Sie hatte von der Tradition der Flotte Telans gesprochen und von der Ehrenwand in der Admiralität. Vom Eid, den ein jeder geleistet hatte und davon, dass der Eid sie nicht verpflichtete, zur schwimmenden Stadt zurückzukehren. Aber das die Flagge der Envaar auch ein Symbol ihrer Ehre sei, und dass es darum gehe, eine Schuld zu begleichen.

Die Besatzung hatte das verstanden. Es hatte einige Hochrufe auf den König und die Kapitänin gegeben, wenn sie sich auch in bescheidenem Maße hielten. Keiner fuhr gerne ohne zwingenden Grund in eine Schlacht, aber die Männer und Frauen erkannten, dass es keinen anderen Weg gab, wenn sie ihre Ehre behalten wollten. Manchmal zählte die Ehre mehr, als die Nähe des Todes.

Die Gruppe der Offiziere ging ins Unterdeck hinunter und auf dem Weg zum Maschinenraum schloss sich auch Leutnant Marten an, der gerade seine Uniformjacke zuknöpfte. Der Posten der Seesoldaten am Maschinenraum stieß den Kolben des Bolzengewehrs auf den Boden und öffnete die wasserdichte Tür. »Der Kapitän.«

Seesoldaten konnten nicht aus ihrer Haut. Sie waren auf besondere Weise den alten Traditionen verpflichtet. Jahrtausendelang hatte es die Kapitäne der Flotte gegeben und es würde wohl noch Jahrtausende dauern, bis die Seesoldaten sich an einen weiblichen Kapitän gewöhnt hatten. Noch länger würde es brauchen, bis sie in ihren eigenen Reihen einen weiblichen Kommandeur dulden würden. Selbst Major Beltron hatte lange Zeit benötigt, bis er Jalena-Gaheni mit Kapitänin angesprochen hatte.

Kalas war diensthabender Maschinist und er wischte sich mit einem schmutzigen Tuch den Schweiß von der Stirn, als die Kapitänin mit den anderen Offizieren eintrat. Er deutete den Ehrensalut an und wies dann sofort auf die großen Brennsteinkessel und die stampfenden Kolben der Maschinen.

»Wir müssen die Fahrt drosseln, Kapitänin. Wir fahren seit Stunden mit höchsten Umdrehungen. Das halten die Wellen, die Kolben und die Kessel nicht mehr aus. Wenn die Kessel hochgehen, Kapitänin, dann zerreißt es uns das Schiff.«

Jalena-Gaheni kannte die schwüle Hitze, die hier herrschte und die Männer und Frauen im Maschinenraum wirkten sichtlich erschöpft. »Wurden Sie abgelöst, Maschinenführer?«

»Es geht nicht um die Ablösung, verdammt«, stieß Kalas hervor. Der Posten der Seesoldaten blickte bei seinem Gefühlsausbruch herein und seine Augen verengten sich drohend. Jalena-Gaheni machte eine beschwichtigende Bewegung. »Worum geht es dann?«

»Die Anlage hält nicht stand, darum geht es.« Kalas wies auf einen der Kessel. »Dafür ist sie nicht gebaut worden. Ununterbrochen stopfen wir die Feuerschlünde mit Brennstein, die Leitungen platzen bald auseinander. Sehen Sie da oben, Kapitänin? Da entweicht schon Dampf aus einigen Verbindungen. Wir müssen den Druck mindern und mit der Fahrt heruntergehen, Kapitänin, sonst macht die Envaar sehr bald überhaupt keine Fahrt mehr.«

Jalena-Gaheni nickte. »Gut, Maschinenführer. Ich brauche die Geschwindigkeit und Sie brauchen weniger Druck. Wie lässt sich das bewerkstelligen?«

Kalas kratzte sich im Nacken. »Wir haben die dritte Welle ausgekuppelt, da sie keinen Propeller trägt. Wir könnten sie wieder einkuppeln, aber das geht nur, wenn wir die Maschine für kurze Zeit stoppen.«

Jalena-Gaheni spürte, wie ihr langsam der Schweiß über den Rücken sickerte. »Wie lange?«

»Dreißig Minuten«, knurrte Kalas. »Zwanzig, wenn wir ein paar zusätzliche Hände haben.«

»Ich kann ein paar Leute rufen«, erbot sich Beltron.

»Die Leute haben sich ihre Ruhe verdient.« Jalena-Gaheni lächelte schwach. »Ich bin es, welche die hohe Fahrt haben will.«

Die Kapitänin begann ohne Umschweife, ihre Uniformjacke abzulegen und stand bald ebenso mit freiem Oberkörper da, wie die anderen Männer und Frauen. »Also, Maschinist, wo brauchen Sie meine zusätzlichen Hände?«

Kalas sah, wie Beltron und dann auch die anderen ihre Jacken öffneten. Er sah die Kapitänin forschend an. »Ihr Platz ist auf der Brücke, Kapitänin. Geben Sie uns die zwanzig Minuten und Sie bekommen wieder die volle Fahrt.«

Jalena-Gaheni erwiderte seinen Blick und lächelte leicht. Dann streifte sie ihre Jacke wieder über und verließ den Maschinenraum.

Als die Offiziere gegangen waren, stieß einer der Männer einen anerkennenden Pfiff aus. »Sieht nicht übel aus, die Kapitänin.«

Kalas nickte. Er hatte Jalena-Gaheni immer nur als Kapitän gesehen und nie als Frau. Für ihr Alter sah sie noch verdammt attraktiv aus. »Zwanzig Minuten, Leute. In der Zeit müssen wir stoppen, müssen die Kolben blockieren, damit sie sich nicht bewegen können. Dann an der Welle arbeiten, die Welle einkuppeln und wieder Druck draufgeben.« Er klatschte in die Hände. »Also, bewegen wir uns. Und du, Helnar, achte mir auf die Sicherheitsventile. Lass nicht zuviel Druck entweichen.«

Die Offiziere hatten die Brücke wieder erreicht. Jalena blickte über den Bug auf die See. »Zwanzig Minuten, verdammt.«

»Ist nur eine kurze Zeit«, sagte Major Beltron leise. »In zwanzig Minuten wurden Schlachten entschieden und Kriege gewonnen oder verloren.«

Der Kommandeur der Seesoldaten nickte. »Das ist wahr, Kapitänin. Aber es hat auch einen Vorteil.« Er wies mit dem Daumen hinter sich. »Der Seefalke wird ein wenig aufschließen können.«

Sie sahen sich an, wie zwei Verschwörer, dann musste Jalena-Gaheni lachen und sie spürte überrascht, wie etwas von der Anspannung, die sie beherrschte, von ihr abfiel.

Kaum zwanzig Minuten später wurden die Wellen eingekuppelt und die Bugsee wuchs, als Ihrer Majestät Schlachtkreuzer Envaar erneut auf Höchstfahrt ging. Jalena-Gahenis Hände krampften sich um den Handlauf der Brücke.

Im Osten, in Richtung der schwimmenden Stadt, begann der Tag heraufzudämmern. Hoffentlich kamen sie nicht zu spät.

48

Die Sendar waren kein Volk der See, auch wenn sie sich inzwischen der erbeuteten Schiffe Anrams bedienten. Seit Urzeiten waren sie es gewöhnt, ihre Kämpfe mit den Kieferzangen auszutragen und auch der Sieg über Anram war mit diesen tödlichen Waffen erkämpft worden. Vielleicht war das der Grund für ihre Angriffsweise, vielleicht wollten sie auch kostbares Pulver sparen.

Als die Gebäude der schwimmenden Stadt in das rötliche Licht des beginnenden Tages getaucht wurden, rückten die Segelschiffe der Sendar vor. Zwei der Großen legten sich breitseits vor die Stadt und begannen eine wilde Kanonade aus maximaler Entfernung. Obwohl die Geschosse beim Einschlag schon viel von ihrer Wucht verloren hatten, wurden die metallenen Schutzschilde auf das Äußerste beansprucht. Für eine Weile lenkten sie die meisten der Geschosse ab, doch immer mehr Metallplatten verformten sich oder stürzten um, da ihre hölzernen Stützten brachen. Geschosse fetzten in ungeschützte Bauten, Trümmer flogen umher und es war überraschend, wie wenige Opfer dieser Beschuss kostete.

Die Frauen und Kinder sowie die kampfunfähigen Männer hatte man auf die östlichen Flöße gebracht und die Hoffnung, der Feind werde nur von Westen aus angreifen, schien sich zu erfüllen. Die Zwerge in der vorderen Verteidigungslinie hielten sich verborgen, duckten sich hinter ihre Deckungen und hofften, das Bombardement unbeschadet zu überstehen.

Varnum und Oldrum hatten sich mit Waffen ausgerüstet und kauerten mit einigen anderen Männern hinter einer Barrikade, die aus Kisten, Fässern und Möbeln aufgeschichtet war. Ein zweifelhafter Schutz, denn wenn ein Geschoss einschlug, würden Unmengen gefährlicher Splitter durch die Luft sausen. Dennoch vermittelte ihnen die

Barrikade wenigstens ein schwaches Gefühl von Sicherheit.

Schließlich wurde die Kanonade schwächer. Einer der Axtschläger spähte über die Barrikade hinweg.

»Und, was kannst du sehen?«, fragte einer der anderen. »Geht ihnen das Pulver aus?«

»Unsinn.« Der Axtschläger strich über die Schneide seiner Kampfaxt. »Viele der Schiffe haben noch gar nicht geschossen. Selbst wenn die vorderen kein Pulver mehr hätten, bräuchten die Bestien nur die anderen nach vorne zu holen.«

»Schön, aber was geht dann vor sich?« Der andere reckte sich ebenfalls. »Warum hören sie auf?«

»Weil sie jetzt kommen.«

Varnum erhob sich und sah neugierig nach Westen. Fünf der großen Segler kamen auf die Stadt zu und auf ihren Decks wimmelte es von Kreaturen. Zweifellos wollte der Feind nun mit seinen Kämpfern in die Stadt eindringen.

»Ruhig bleiben, Männer.« Wie ein Schemen war Esbort Wolkensturm hinter ihnen erschienen. »Wir warten ab, bis sie in Reichweite sind. Die Essen glühen und die Brandgeschosse sind vorbereitet. Die Bestien werden zum Frühstück eine sehr warme Mahlzeit bekommen, die ihnen sicher nicht schmecken wird.«

»Worauf warten die anderen Schiffe?«

Der Axtführer lächelte grimmig. »Sie wollen abwarten, wie viel Widerstand wir bieten. Nötigenfalls werden sie die Krieger der zweiten Welle an einer anderen Stelle der Stadt absetzen.«

»Dann werden sie uns überrennen.« Es war die Stimme einer Frau, die sich nicht gescheut hatte, eine Rüstung anzulegen und eine Axt zu wählen. Den Widerstand einiger Männer, hatte sie hinweggefegt. »Was wollt ihr, Axtschläger? Wenn die Bestien uns im Tod vereinen, dann können wir auch im Kampf vereint stehen.«

Manche murmelten, es sei ein böses Omen, wenn eine Frau zur Waffe greife, andere waren über jede Klinge froh, die zusätzlich verfügbar war.

Die Kanonen feuerten nicht mehr, da sich die ersten Segler der Stadt näherten und ins Schussfeld glitten. Esbort stützte sich auf seine Axt. »Entweder legen sie bald Ruder und kürzen die Segel, oder sie brechen direkt in die Stadt hinein.«

»Das wird ihren Schiffen mehr schaden, als unseren Flößen«, stellte ein Schleifer grinsend fest.

»Gleich ist es soweit.« Esbort blickte nach rechts und links, wo im Schutz ihrer Tarnungen die kleineren Katapulte standen. Rauch stieg aus den Essen auf und als Esbort seine Axt hob, luden die Helfer glühende Metallstücke in die Schleuderschaufeln. Mit hartem Schnalzen schwangen die Balken empor, schlugen krachend gegen die Widerlager und die Rauchspuren am Himmel machten es leicht, dem Flug der Geschosse zu folgen. Auch an anderer Stelle stiegen die dünnen Rauchfahnen empor, neigten sich dem Wasser entgegen.

Die meisten Geschosse klatschten harmlos ins Wasser. Vor, hinter und neben den Schiffen. Aber mindestens ein Geschoss hatte sein Ziel gefunden.

»Da, der zweite Segler von rechts«, schrie einer der Männer. »Das große Segel, es hat ein Loch mit schwarzem Rand und es wird größer. Oh!«

Noch während die Männer zu dem Schiff hinüber blikkten, stiegen Flammen und Rauch von dem Loch auf, das sich rasend schnell ausweitete. Die Kreaturen hatten es bemerkt und etliche von ihnen kletterten über die Wanten in den betroffenen Mast oder krochen direkt am Holz empor. Scheinbar trugen einige von ihnen Eimer mit Löschwasser, aber es war längst zu spät.

Die Flammen hatten die Rah erfasst, züngelten über die Taue und Leinen, die zum Schutz gegen die See und ihre Feuchtigkeit, mit Fetten und Ölen getränkt waren. Innerhalb weniger Augenblicke stand der gesamte Vordermast in Flammen, die sofort auf den Rest des Schiffes übergriffen. Bestien verbrannten oder ertranken in der See.

Die Katapulte schleuderten die Geschosse so schnell es ging und ein zweiter Segler begann zu brennen.

Esbort sah es mit grimmiger Genugtuung, aber auch mit Sorge. »Ein paar Momente noch, dann können wir die glühenden Geschosse nicht mehr verwenden.« Er deutete auf das Stück freier See zwischen den vorderen Schiffen und der Stadt. »Sie sind zu nah und das Feuer könnte übergreifen. Wir können nicht den Feind und ein Feuer bekämpfen.«

Donnergrollen lag über der See. Eines der Schiffe hatte, ungeachtet der Tatsache, dass die eigenen Segler im Schussfeld schwammen, erneut das Feuer eröffnet, wohl, um die Katapulte auszuschalten. Der Rauch der glühenden Geschosse verriet ihren ungefähren Standort und die Bestien zielten auf den Ursprung des Qualms.

Varnum hörte das Bersten von Holz und schmerzerfüllte Schreie. Ein Hagel von Geschossen hatte die Stellung des linken Katapultes getroffen. Die Waffe war zerstört, Splitter zischten umher und trafen Männer, die verzweifelt Deckung suchten.

»Verfluchter Bastard«, knurrte Esbort. »Der nimmt keine Rücksicht.«

Die zweite Salve des Schiffes traf ein anderes Ziel, wenn auch unabsichtlich. Einer der großen Segler hatte sich dazwischen geschoben und die Geschosse hämmerten in Bug und Flanke des Zweideckers. Scheinbar wurde auch eine Pulverkammer getroffen, denn der Vorderteil platzte förmlich auseinander.

Hinter Varnum huschten Frauen heran, die sich angstvoll vor den Geschossen duckten, aber nicht zögerten, den verwundeten Männern zu Hilfe zu eilen.

Eines der Schiffe war bis auf ein Dutzend Meter an die Stadt herangekommen und machte keine Anstalten, die Fahrt zu verlangsamen. An seinem Bug duckten sich Kreaturen zum Sprung.

Ein Pfeifen und Knistern lag in der Luft, begleitet vom einem dumpfen »Whump«.

Esbort und seine Männer starrten verwirrt auf den Bug des Schiffers, in dem plötzlich faustgroße Löcher erschienen, die in rasender Folge den Rumpf entlang wanderten. Grelles Blitzen war zu sehen, der Rumpf zerbarst in einem orangegelben Feuerball und verspritzte Trümmer und Bestien. Die Druckwelle fegte über den Westen der schwimmenden Stadt, Varnum spürte, wie er angehoben und nach hinten geschleudert wurde und dennoch lachte er. Er konnte gar nicht anders. Er schlug mit dem Rücken schmerzhaft gegen eine Wand, stürzte schwer zu Boden und dennoch lachte er. Er kniete auf allen Vieren, konnte einen schmalen Streifen der See erkennen und ein weißes Schiff, aus dessen Lichtdruckkanonen grelle Salven fuhren.

Auch die anderen sahen die Envaar, die mit voller Fahrt fuhr und aus großer Entfernung feuerte.

Esbort reckte seine Axt empor und deutete auf jene Stelle der Stadt, an der ein zweites Schiff der Bestien anlegte. »Schlagt sie, Männer Eldont´runods! Für den Clan, für die Familien und für die Legenden des Volkes! Schlagt sie!«

Auch Varnum rappelte sich vom Boden auf. Erneut stürzte er, denn das zweite Segelschiff stieß mit großer Wucht in den Verbund der Flöße. Entschlossen umklammerte er die Kampfaxt und folgte Esbort und den anderen Männern, die zur Stelle des Zusammenpralls eilten.

Über der See mischte sich Donnergrollen von Pulverkanonen in die Kampfgeräusche der Envaar. Segelschiffe schwenkten ein, wandten sich der neuen Bedrohung zu, die rasend schnell näher kam. Die Lichtdruckwaffen gaben dem telanischen Schlachtkreuzer eine überlegene Feuerkraft und Reichweite, aber je näher er kam, desto gefährlich wurden ihm die Geschosse des Feindes.

Ein weiterer Segler wurde von den Lichtdruckkanonen durchschossen. Er brannte sofort, explodierte aber nicht, denn er kenterte so schnell, dass die Pulverkammern rasch überflutet waren.

Die ersten Einschlagssäulen stiegen um den Bug der Envaar auf, überschütteten das Vordeck mit Wasser.

»Zweidecker kommt von links auf«, meldete Erster Offizier Hosmut. »Der nimmt uns gleich unter Feuer!«

»Kein Zielwechsel«, befahl Jalena-Gaheni. »Wir müssen die Bestien von der Stadt fernhalten. Wir kennen ihre Stärke im Nahkampf und sie dürfen die Stadt nicht erreichen! Weiter auf die Truppenschiffe halten!«

»Das wird uns Einiges kosten«, sagte Major Beltron lakonisch.

»Dann müssen wir es hinnehmen.«

Ein drittes Schiff, welches Eldont´runod fast erreicht hatte, sank mit zerfetztem Heck unter dem konzentrierten Feuer der Envaar, aber dieser Erfolg verschaffte einem Zweidecker die Gelegenheit, seine Kanonen aus größerer Nähe abzufeuern. Das Schiff wurde gut geführt und die Krieger an Bord waren ebenso gut ausgebildet. Die Waffen feuerten in einer einzigen, brüllenden Salve.

Der Rumpf der Envaar erbebte, als er von den massiven Geschossen getroffen wurde. Einige Seesoldaten, die am linken Niedergang bereit standen, um Enterer abzuwehren, wurden zerfetzt. Ein Geschoss riss eine der Metallblenden von den Brückenfenstern, schleuderte sie nach Innen und tötete den Rudergänger neben Hennerk.

»Zweiter Rudergänger auf die Brücke«, schrie Hennerk hastig und versuchte, die blutverschmierte Leiche zu ignorieren.

Der Speicher von Turm Drei wurde zerschlagen, eine Säule aus Licht explodierte über der Waffe und zerschmolz sie, die Waffengondel und die Bedienung in einem grellen Blitz. In der riesigen Gefechtsfahne des Kreuzers, die ohnehin verstümmelt war, erschien ein klaffender Riss.

»Zielwechsel auf Zweidecker links!«, befahl die Kapitänin mit ruhiger Stimme. »Brennt den Bastard aus dem Wasser!«

Die Türme Eins, Fünf und Sechs erfassten das Ziel, gerade als der Segler seine Kanonen zur zweiten Salve ausrannte.

Feuer aus Lichtdruckgeschossen explodierte aus der Bordwand, eine handvoll Kanonen schoss, während schon eine Flammensäule über dem Deck aufstieg.

»Drei weitere Gegner kommen auf. Links und Bugweisend!«

»Schon gesehen.« Die Kapitänin wischte sich Schweiß von der Stirn. »Feuerverteilung von links nach rechts! Maximale Energie, die wollen uns entern!«

»Keine Segler an der Stadt, außer dem, der schon angelegt hat«, meldete Major Beltron. »Wird schlimm genug für unsere kleinen Freunde.«

Esborts Gruppe hastete durch jene Straße, die zu den beiden Flößen führte, mit denen der große Segler kollidiert war. Andere Kämpfer schlossen sich ihnen an, als offensichtlich wurde, dass keine weiteren Schiffe des Feindes anlegten. Dennoch würde es hart werden, denn die Kreaturen waren tödliche Nahkämpfer.

»Die Axtschläger mit den Schilden in die vordere Reihe«, befahl Esbort. »Die anderen dahinter. Denkt daran, dass diese Biester verdammt gut springen können. Ich will keinen lebenden Feind in unserem Rücken haben.«

Esbort vertraute, wie viele seiner Axtschläger, auf die traditionelle Kampfaxt. Neben der langstieligen Axt, die sie in den Händen führten, steckten noch ein oder zwei kurzstielige Wurfäxte in ihren Gurten. Sie waren auf Mantur Scherentods Empfehlung ausgegeben worden. Der Schankwirt hingegen hatte sich mit einer langen Metallstange bewaffnet, an deren Spitze ein langer Schlagdorn befestigt war. »Diese Panzer der Bestien, sie sind wie Metall«, hatte der Wirt gebrummt. »Wenn man Metall in Form bringen will, nimmt man keine Axt, sondern einen guten Hammer.«

Vor ihnen waren Schreie zu hören. Die Bestien waren in Gruppen auf das Floß gesprungen und hatten kaum Widerstand vorgefunden, denn Esbort hatte die Verteidigungslinie vor den Kanonen schützen wollen. Das gab den Bestien die Gelegenheit, sich zu formieren. Die Zwerge sahen sich einer erschreckenden Anzahl Feinde gegenüber, die nicht zögerten, anzugreifen.

»Das sind Hunderte«, keuchte Mantur Scherentod.

»Eher Tausende.« Esbort langte mit einer Hand in den Nacken, ob seine Zöpfe richtig geknotet waren. »Dieses verfluchte Schiff war voll mit ihnen.«

»Da kommen noch mehr!« Varnum hatte ein weiteres Feindschiff entdeckt, dass an der Westseite der Stadt entlang segelte und seine Kanonen schussbereit ausgerannt hatte. Es hatte noch nicht gefeuert und suchte wohl ein lohnendes Ziel. Irgendetwas an dem Schiff war seltsam, aber der junge Schürfer konnte nicht sagen, was ihn irritierte.

»Wir haben schon mit denen da vorne genug zu tun.« Esborts Blick war wild. »Nun denn, Männer Eldont´runods …«

Es war eine kleine Salve, denn es war ein kleines Schiff. Mit dem Donner der Kanonen stieg die Gefechtsfahne Anrams am Heck empor und aus den Niedergängen strömten Menschen an Deck. Menschen, keine Bestien!

Die Salve schlug genau in die größte Ansammlung der feindlichen Krieger. Aus nächster Nähe abgefeuert, hatten die Kugeln eine brutale Wirkung und pflügten durch die dicht gedrängten Reihen. Der kleine Segler kreuzte nun das Heck des Schiffes, welches die Stadt gerammt hatte, und feuerte erneut. Diese Salve durchschlug das Heck, raste in der gesamten Länge durch die Decks und zerfetzte jene Krieger, die dort noch darauf warteten, auf die Stadt zu gelangen. Dann legte das anramische Schiff Ruder und hielt auf jene Stelle zu, an der die Envaar um ihr Leben kämpfte.

Jetzt wusste Varnum auch, was ihn irritiert hatte. Er hatte nur wenige der Bestien am Heck des kleinen Schiffes erkannt. Seltsam starr und unbeweglich und als die Menschen auf Deck stürmten, war ihm klar geworden, dass es sich um Puppen aus Stoff und Holz handeln musste, welche den Feind getäuscht hatten.

Der Feind stürmte auf die Verteidiger der Stadt zu, aber seine Zahl war nun geringer.

Der Aufprall war von brutaler Gewalt geprägt.

Die Axtschläger der vorderen Reihe hatten lange mit Esbort beratschlagt, wie man einem solch mächtigen Feind mit solch langen Kieferzangen begegnen könne. Die Zwerge waren weit kleiner als der Gegner und sie machten aus ihrer Not eine Tugend.

Die mit Schild und Axt bewaffneten Kämpfer der ersten Reihe ließen sich vom Ansturm des Feindes auf den Boden drücken und die vorderen Krieger reckten instinktiv ihre Zangen nach den Verteidigern der zweiten Reihe. Von unten trieben die Zwerge der ersten Reihe die kurzstieligen Äxte in die gepanzerten Leiber des Gegners und die Männer der zweiten Reihe stießen ihre Stangen und Kampfäxte vor. Einige Zwerge starben, aber die vordere Reihe des Feindes wurde unglaublich leicht überwältigt. Aber da war schon die zweite Reihe heran, direkt gefolgt von den restlichen Kriegern.

Varnum hätte nicht zu sagen vermocht, was sich im Einzelnen ereignete. Es war eine Abfolge blutiger Bilder, bei denen keine Gnade erwartet oder gewährt wurde. Während er versuchte, den Tod zu verteilen und selbst am Leben zu bleiben, hörte er fernen Kanonendonner und wusste, dass auch an anderer Stelle erbittert gekämpft wurde.

Kanonenführer Harbart hatte seinen Turm Zwei bis zum Anschlag eingeschwenkt und die Salve seiner Lichtdrukkgeschosse fegte dicht über den Bug und schlug in eine Gruppe Krieger ein, die von einem großen Zweidecker an Bord sprangen. Der Zweidecker brannte bereits lichterloh und sank, ein Grund mehr für die Bestien, in schneller Folge auf die Envaar zu gelangen.

Turm Eins war überrannt worden, Seesoldaten kämpfen verzweifelt um die Brücke, deren Niedergänge von den Kreaturen berannt wurden. Einige Bestien hatten sich unterhalb der Brücke gesammelt, kletterten übereinander und versuchten, die Panzerblenden von den Fenstern zu reißen, um durch die Öffnungen einzudringen. Turm Fünf war geräumt worden, aber Turm Sechs feuerte noch, auch wenn seine Lichtdruckgeschosse ungleichmäßig kamen, denn der Speicher schien erschöpft zu sein.

Major Beltron hatte das Bolzengewehr eines toten Seesoldaten aufgenommen und feuerte durch die Seeschlitze der Schutzblenden. Jalena-Gaheni, Hosmut, Pheros und eine Seesoldatin verteidigten den linken Brückenausläufer, Marten und drei andere Soldaten den rechten.

Jalena-Gaheni hatte die Ehrensäbel, die bei Paraden und Ehrenzeremonien getragen wurden, immer als nutzlosen Ballast empfunden und sich nur widerwillig der Tradition gefügt. Immerhin hatte sie die freie Wahl der Blankwaffe gehabt und sich für ein schweres Exemplar entschieden, wie es die Ritter Telans noch immer benutzten. Eigentlich war es eine Trotzreaktion gewesen, doch nun war sie froh, über diese schwere Klinge zu verfügen.

Der junge Leutnant Pheros führte die übliche Ehrenklinge. Lang, schmal, wundervoll verziert und im Kampf vollkommen nutzlos. Er stieß einige Male nach dem vordersten Krieger, der über die Brückentreppe herauf drängte, dann zerbrach die Klinge und der Angreifer legte seine Kieferzangen um den Hals des Offiziers und durchtrennte ihn.

Jalena-Gaheni stieß ihre schwere Klinge in den Ansatz einer Kieferzange, spürte, wie sie den Panzer durchbrach, da sich hier Gelenk und Muskeln der Zange befanden. Bevor sie nachsetzen konnte, wich das Wesen zurück und riss Jalena fast die Klinge aus der Hand. Ein anderer Angreifer sprang vor, noch bevor die Kapitänin ihre Waffe frei bekam.

Es war Hosmut, ausgerechnet Hosmut, der ihr das Leben rettete.

Der Erste Offizier sprang mit einem Aufschrei vor und rammte seine zierliche Klinge zwischen die geöffneten Zangen der Bestie. Sie traf das Gehirn tödlich, aber im

Todeskampf schlossen sich die Zangen und Hosmut taumelte schreiend zurück, starrte auf den Stumpf seines Armes. Die Kreatur stürzte seitlich von der schmalen Treppe und sofort nahm eine andere ihren Platz ein. Jalenas Klinge drang in eines der Augen. Sie spürte den Widerstand einer zähen, gallertartigen Masse, dann drang der Stahl in den Schädel ein und tötete das Wesen.

»Zielt auf die Augen!«, schrie sie erregt. »Dort sind sie verletzbar! Und einer soll Hosmuts Arm abbinden! Rasch!«

Wieder griff eines der Wesen an, sprang mit unglaublicher Kraft auf den Brückenausläufer, aber Beltron fuhr herum und der Bolzen seiner Waffe traf durch das Auge ins Gehirn. Jalena nickte ihm kurz zu, doch der Major schoss schon wieder aus dem Sehschlitz einer Panzerblende und brüllte den Männern und Frauen auf dem Vordeck seine Befehle zu. Einer von Martens Gruppe rannte zu Jalena und deckte sie mit seiner Waffe, Marten selbst und die beiden anderen Seesoldaten befolgten Jalenas Rat und begannen gezielt auf die Augen der Angreifer zu feuern.

Eines der Schiffe, von dem noch immer Krieger auf das Deck der Envaar strömten, trieb an der Bordwand des Kreuzers entlang, in Richtung von dessen Heck und geriet in den Feuerbereich von Turm Sechs. Ein langer Feuerstoß aus Lichtdruckgeschossen fegte die zum Sprung ansetzenden Krieger von der Reling, der Waffenlauf senkte sich ein wenig und die nächste Serie schlug in die Bordwand. Eine heftige Explosion riss sie auseinander, wirbelte Geschützteile und Bedienungen gegen den Rumpf und die Aufbauten des Kreuzers und die Telaner hatten Glück, dass keine große Pulverkammer getroffen worden war sondern nur die Bereitschaftsmunition einer einzelnen Pulverkanone. Der Segler sackte sofort über den Bug ab, seine über die Envaar hinweg ragenden Rahen rissen mehrere Krieger und einige Seesoldaten mit sich über Bord. Dann legte sich das Schiff auf die Seite und sank in einem Strudel aus Blasen und Trümmerteilen.

Trotz dieses Erfolges standen die Chancen für die Menschen schlecht. Zu viele Sendar enterten das Schiff, denn einer der großen Zweidecker lag nun quer vor ihrem Bug, in einem Winkel, in dem er von den schweren Waffen nicht erreicht werden konnte, da Turm Eins und Drei ausgefallen waren. Ein dritter Zweidecker machte Anstalten, zur Envaar aufzuschließen, als sich das Blatt unerwartet wendete.

Mit einer Geschwindigkeit, die ihrer Bezeichnung als Lanzen der Meere alle Ehre machte, schossen die vier verbliebenen Rammboote der schwimmenden Stadt heran und von der anderen Seite tauchte endlich die Seefalke auf, um eine unerbittliche Kanonade auf den angelegten Zweidecker zu eröffnen.

Varnum Säulenfund und Esbort Wolkensturm kämpften unterdessen Seite an Seite. Die Kämpfer der Zwerge bildeten Zweiergruppen aus Axtkämpfern und Stangenträgern. Die Verluste waren erschreckend, denn zunächst schien nichts die Angriffswut der Bestien dämpfen zu können. Zwar erwies sich die Taktik der Zwerge als erfolgreich, aber es waren einfach zu viele Sendar auf die westlichen Flöße gelangt.

»Zur zweiten Linie«, brüllte Esbort Wolkensturm und andere nahmen den Befehl auf. »Zieht euch zurück, aber achtet auf eure Ordnung. Wer flieht und dem Feind den Rükken kehrt, wird von ihm niedergemacht.«

Die zweite Linie wies kaum Verteidiger auf, denn die standen meist vorne im Kampf. Aber die zweite Linie konnte die Rettung bedeuten, denn zwischen den vorderen Flößen und den inneren, hatten die Zwerge die meisten der starken Verbindungsleinen gekappt. Frauen, alte Männer und die großen Kinder standen mit Stangen bereit, um die Flöße voneinander abzustoßen. Zusätzlich waren Seilzüge mit Umlenkrollen angeschlagen, damit dies schnell und sicher geschehen konnte.

Die Kämpfer zogen sich so schnell zurück, wie es der Gegner erlaubte, ohne ihm den Rücken zu wenden. »Es wird knapp«, keuchte Esbort. »Auch wenn der Plan gelingt, werden noch etliche von den Biestern auf unsere Seite gelangen.«

»Aber bedeutend weniger als Jene, mit denen wir es jetzt noch zu tun haben«, ächzte Varnum.

Ihre Verluste stiegen, denn sie mussten sich auf Kampf und Rückzug gleichermaßen konzentrieren und die Sendar spürten, dass ihr Sieg nahe war.

»Vorsicht!« Esbort warf sich gegen Varnum, der zur Seite stürzte.

Der Axtführer kämpfte mit beiden Äxten gleichzeitig. Der Sendar, der sich mit weit geöffneten Zangen auf ihn stürzte, wich für einen kurzen Augenblick zurück, gerade lange genug, dass Varnum die Stange mit dem spitzen Dorn in seinen Rachen rammen konnte. Im gleichen Moment sprang schon eine andere Kreatur über sie hinweg und Esborts kurze Axt wirbelte durch die Luft, prallte aber an dem dicken Chitin ab. Das Wesen setzte auf seinen sechs Gliedmaßen sicher auf und wandte sich blitzschnell um.

»Verfluchte Brut.« Esbort zog seine langstielige Kampfaxt in einem weiten Bogen herum und traf den Sendar seitlich an einer Kieferzange. Das Wesen wurde zur Seite gedrückt, stürzte jedoch nicht, sondern schüttelte seinen ovalen Schädel und griff abermals an.

Varnum hatte endlich die lange Stange aus dem Kadaver der anderen Bestie frei und stieß zu. Die Zangen des Sendar schlossen sich und packten die Waffe. Das Wesen war nicht stark genug, die Metallstange zu durchtrennen, aber es hielt so fest, dass es sie aus Varnums Händen zog und mit einem Schlenker des Kopfes zur Seite warf. Wieder stürmte Esbort vor und diesmal traf seine Axt eine der Zangen an der Innenseite. Einige der tödlichen Zacken splitterten und der Sendar stieß ein seltsames Pfeifen aus.

Nein, das war nicht die Kreatur gewesen.

»Runter!« Esbort Wolkensturm packte Varnum an den im Nacken verknoteten Zöpfen und riss ihn rücksichtslos auf den Boden.

Dicht über sie hinweg raste gleißendes Licht.

Impuls auf Impuls schlug in das Floß und seine Gebäude, stanzte Löcher in Holz, Metall und Chitin, als die lange Salve, scheinbar blindlings, das Zielgebiet bestrich. Irgendwo musste der telanische Kreuzer liegen und versuchte den Zwergen Deckungsfeuer zu geben, damit sie sich auf den anliegenden Flößen in Sicherheit bringen konnten.

Esbort grinste verzerrt, ergriff Varnums Arm und zerrte ihn mit sich. »Unten bleiben! Kriechen! Sonst erwischt uns der helle Tod!«

Wer immer auch die Lichtdruckkanone bediente, er war ein meisterlicher Schütze. Obwohl sich das Floß in der Dünung des Meeres bewegte, schaffte er es, die Geschosse mit einem gewissen Abstand über dem Boden abzufeuern. Meistens, denn die Bewegung des Floßes machte es schwer, und gelegentlich fuhr eines der Geschosse in die Stämme und Bohlen des Untergrundes, wirbelte Splitter empor und entfachte Brände, die zunehmend zwischen den Trümmern aufstiegen.

Schließlich verstummte das Feuer, als der Speicher der Waffe leer war, aber Esbort, Varnum und die anderen hatten es geschafft. Jene, die von ihnen noch lebten.

Haltetaue wurden von Äxten gekappt, Seilzüge angespannt und die westlichen Flöße wurden langsam, aber stetig abgestoßen.

Die Sendar erkannten die Bedrohung, sprangen über den sich bildenden Wassergraben hinweg, aber es waren nicht viele, denen dies gelang.

Esbort Wolkensturm stützte sich schwer atmend auf den Stiel seiner Axt, die tief im Schädel eines feindlichen Kriegers steckte, Schweiß rann ihm über das Gesicht und tropfte im Nacken von den Enden seiner Zöpfe.

Varnum sah ihn keuchend an. »Ist es … Ist es vorbei?«

Esbort sah den weißen Rumpf des telanischen Kreuzers und zwei der Rammboote der Stadt, die sich langsam näherten. Rauchschwaden der Brände verdeckten sie gelegentlich, doch die Schäden an der Envaar waren unübersehbar. Aber ihre Kriegsflagge wehte noch, obwohl ihre Waffen nun schwiegen, da es kein Ziel mehr für sie gab.

»Ja, Varnum, es ist vorbei«, sagte Esbort leise und blickte zu den Flößen, auf denen der Kampf getobt hatte.

Tote Kreaturen und Zwerge lagen zwischen Trümmern verstreut. Rauch und Flammen stiegen empor, aber der Abstand zwischen den Flößen der ersten und zweiten Linie war nun so groß, dass die Brände die Stadt nicht gefährdeten. Ein paar Sendar rannten dort noch herum, aber sie waren keine Gefahr. Entweder würden sie mit den abbrennenden Flößen versinken oder ein leichtes Ziel für Waffen der Verteidiger werden.

Varnum grinste verzerrt. »Dann ist es gut.«

Der junge Schürfer stürzte einfach vornüber, als die Anspannung von ihm abfiel und ihn die Erschöpfung übermannte.

49

Es war die Zeit der Abenddämmerung. Das goldene Licht der sinkenden Sonne nahm einen intensiver werdenden rötlichen Schimmer an. Von den westlichen Flößen trieb noch immer etwas Rauch herüber und ließ Zwerge und Menschen gelegentlich Husten. Die Tränen in ihren Gesichtern hatten einen anderen Grund, obwohl sie alle sich bemühten, ihre Trauer nicht zu sehr zu zeigen.

Die nördlichen Plattformen der Schürftaucher waren von Arbeitsgerät geräumt worden und die Bewohner der Stadt und die Besatzungen der menschlichen Schiffe hatten sich hier versammelt, um den Toten die letzte Ehre zu erweisen.

Eine lange, viel zu lange Reihe toter Zwerge lag am Rand der Plattformen. Männer, einige Frauen und, der größte Verlust, ein paar Hüpflinge, die durch feindlichen Beschuss getötet worden waren. Man hatte sie sorgfältig gesäubert und in gute Kleidung gesteckt. Ihre Füße waren aneinander gelegt und mit einer stählernen Kette umgeben, an denen die Schmiede die Ehrenplaketten befestigt hatten. Keines dieser Opfer würde namenlos auf den Grund gehen.

Bernbrat Wellenschlag, der sich auf einen Stock stützte, hatte die Trauerrede gehalten. Eine sehr lange und sehr gute Rede, die den Schmerz jedoch nicht mildern konnte. Der Älteste kam nun zum Ende, schniefte leise und wies mit der freien Hand über die Unendlichkeit des Meeres.

»Wir haben Brüder und Schwestern verloren. Gute Seelen des Clans von Eldont´runod, die nun auf ihre letzte Reise gehen. Sie treten sie nicht alleine an, denn wir haben Freunde, die ebenfalls Verluste zu beklagen haben.« Bernbrat blickte zu den Menschen hinüber. »Auch bei ihnen treten nun viel zu viele Seelen die Reise zum Grund an. Mögen ihre und unsere Toten auf dem Grund des Meeres jenen Frieden finden, der ihnen im Leben verwehrt war.«

Der Älteste nickte unmerklich und jeweils zwei Zwerge traten vor, hoben die Toten an und ließen sie sanft über die Kante der Plattform ins Wasser gleiten. Von den Menschen ertönte ein leises Kommando und eine Salve von Bolzengeschossen pfiff in die Luft.

Nendia, die Heilerin, stimmte die »Ballade vom Goldenen Grund« an und andere Stimmen fielen ein. Während die Toten zur letzten Ruhe versanken, erfüllte der schwermütige Gesang die Flöße der schwimmenden Stadt, bis der Tag endgültig der Nacht gewichen war.

Die Nacht galt dem Gedenken, wie es die Tradition gebot. Erst mit dem Anbruch des Tages würden die zahlreichen Arbeiten in Angriff genommen werden, die auf Zwerge und Menschen warteten.

Mit dem ersten Licht der Morgenröte trafen sie sich an den südlichen Flößen, wo die Envaar und die Seefalke vor Anker lagen. Das anramische Schiff hatte keinerlei Schäden erlitten, während dem telanischen Kreuzer unzweifelhaft ein längerer Werftaufenthalt bevor stand.

»Keine Sorge, meine kleinen Freunde«, sagte Kapitänin Jalena-Gaheni. »Der Feind ist geschlagen und wir werden Telan sicher erreichen. Ich verspreche euch, dass man das schnellste Schiff entsenden wird, um euch Gelbfrüchte zu bringen. Es ist das Mindeste, was wir für euch tun können.«

Bernbrat lächelte sanft. »Eure Schuld ist längst getilgt. Ihr seid zurückgekehrt und habt uns beigestanden, als wir in höchster Not waren.«

»Kann man unter Freunden von der Tilgung einer Schuld sprechen?«, fragte Jalena leise.

Bernbrat schüttelte den Kopf. »Nicht unter Freunden, nein.«

Sie legten sich die Hände auf die Schultern und wussten, was auch immer geschehen mochte, der Bund der Freundschaft war zwischen ihnen geschlossen.

»Wir werden mit der Stadt nach Nordosten fahren«, murmelte Esbort Wolkensturm. »Dort werdet ihr uns finden.«

»Was ist mit Ihnen, Sere Tellman?« Jalena-Gaheni sah den Kapitän des Seefalken fragend an. »Euer Land ist in Feindeshand und ihr Anramer habt nun keine Heimat mehr? Wollt ihr uns nicht begleiten? Telan wird euch willkommen heißen.«

Sere Tellman schüttelte den Kopf. »Ich danke Ihnen für das Angebot, Kapitänin, auch im Namen meiner Mannschaft. Aber wir haben noch immer eine Heimat, auch wenn sie vom Feind besetzt ist. Solange wir nicht wissen, ob nicht noch jemand von unserem Volk lebt, solange wird der Seefalke kämpfen, bevor er ein neues Heim wählt.«

»Bei allem Respekt, Sere, aber eure Mittel sind begrenzt. Ein einzelnes Schiff, kaum Pulver und Geschosse …«

Sere Tellmann lächelte kalt. »Von Zeit zu Zeit werden wir unsere kleinen Freunde aufsuchen. Esbort hat versprochen, dass die Schürfer zu den Wracks hinab tauchen werden. Dort gibt es Geschosse und Pulver in Mengen. Man muss es trocknen, aber das lässt sich bewerkstelligen. Wir werden genug Munition für einen langen Krieg haben.«

Jalena nickte unmerklich. »Ihr rechnet damit, dass sie wiederkommen?«

»Das werden sie.« Sere Tellmann sah Bernbrat forschend an. »Ich habe eine Familie an Bord, die des Herrn Fennegman. Es ist ein sehr kleiner Herr, für unsere Verhältnisse, und er hat mich gefragt, ob …«

Der Älteste nickte. »Er und seine Familie sind uns willkommen.«

Sie reichten sich die Hände, wie es im Reich Telan üblich war, dann wandte sich die Kapitänin um und schritt über den Steg an Bord der Envaar. Die Dampfhörner des Schiffes dröhnten, als es ablegte und Kurs nach Westen nahm. Die Blicke und guten Wünsche der Zwerge begleiteten es, bis es am Horizont verschwand.

Esbort Wolkensturm stützte sich auf den Stiel seiner Axt. »Nun sind sie nicht mehr zu sehen, unsere menschlichen Freunde.«

Bernbrat legte ihm die Hand auf die Schulter. »Es mag sein, dass uns das Schicksal eines Tages wieder zusammenführen wird. Doch nun komm, alter Freund, es gibt noch viel zu tun, bevor Eldont´runod einen neuen Grund ansteuern kann.«

50

Handelsherr Jolos-Tar hatte sich in kostbare Gewänder gehüllt, die seinen üppigen Bauch nicht verdekken konnten und hatte jene Miene aufgesetzt, die seinen Gesprächspartnern begreiflich machen sollte, was für ein viel beschäftigter Mann er war. Dennoch wusste er, dass dies auf seinen Begleiter keinerlei Eindruck machte.

Das Gesicht von Admiral Merent-Kai wirkte seltsam ausdruckslos, als sie den langen Gang betraten, der zum Amtsraum des Flottenkommandeurs führte. Mitten im Gang verharrte der Admiral unvermittelt und Jolos-Tar bemerkte es erst nach einigen Schritten.

Indigniert wandte er sich dem Offizier zu. »Was ist, Admiral? Ich dachte, es gäbe Wichtiges zu besprechen? Ihre Einladung klang sehr, äh, eindringlich.«

Sie hatte mehr als eindringlich geklungen und der Admiral erlaubte sich ein kühles Lächeln, denn die Einladung war von zwei hohen Seeoffizieren überbracht worden, die den Handelsherrn mit jenem Mindestmaß an Respekt behandelten, das nur wenig über einer offenen Beleidigung lag. Jolos-Tar spürte, das Ungemach in der Luft lag, denn jeder behandelte ihn sonst mit höchstem Respekt, da sein Reichtum und seine Macht groß waren. »Sehen Sie die Wand, Handelsherr Tar?«

Jolos-Tar sah auf die lange Wand mit den endlosen Namensreihen. »Natürlich, sehe ich sie. Was soll das?«

»Es sind die Namen Jener, die für das Reich Telan auf See geblieben sind.«

»Das weiß ich, verdammt«, knurrte Tar, nun ein wenig verärgert.

»Sie sollten das nicht vergessen.« Die Stimme Admiral Merent-Kais wurde eisig. »Denn einige Namen werden nun Ihretwegen hinzugefügt.«

Jolos-Tars Augen verengten sich. »Was soll das? Admiral, ich bin es nicht gewohnt …«

Merent-Kais Handbewegung schnitt dem Handelsherrn das Wort ab. »Sie sind ein verdammter Bastard, Handelsherr Tar. Sie haben fehlerhaften Kristall an die königliche Werft geliefert und das, Handelsherr, hat die Flotte Leben gekostet.«

»So ein verdammter Unsinn.« Jolos-Tar sah den Seeoffizier empört an. »Das ist eine üble Verleumdung, die ich …«

»Ich kann nicht beweisen, dass Sie davon wussten, Handelsherr.« Admiral Merent-Kai warf einen kurzen Blick auf die Ehrenwand. »Könnte ich es beweisen, Tar, dann stünden Sie noch in dieser Stunde vor einem Marinegericht und ich garantiere Ihnen, in der kommenden Morgendämmerung würden sie in Schande erdrosselt.«

Tar wurde ein wenig blass. »Ich habe in keiner Weise …« Er verstummte und leckte sich nervös über die Lippen. »Hören Sie, Admiral, ich habe Verbindungen bei Hofe. Ich habe das Ohr des Königs und …«

»Ich weiß, dass Sie öfter zwischen den Schenkeln der Königin liegen, Tar.« Merent-Kai lachte kalt. »Auch Ihre Majestät weiß es. Glauben Sie, König Leos-Hod-Telan scheut den Skandal? Vielleicht tut er das wirklich, aber Sie sollten sich nicht darauf verlassen. Im Gegenteil.« Der Admiral sah den feisten Handelsherrn angewidert an. »Das Reich Telan steht im Krieg gegen einen fremden und gnadenlosen Gegner. Wieder einmal ist es die königliche Flotte, die den ersten Wall zwischen uns und dem Feind bildet. Eine Flotte, der Sie geschadet haben, Handelsherr. Der Skandal, den Sie durch ihre Buhlerei mit der Königin entfachen können, ist nichts gegen jene Wut, der Sie begegnen werden, wenn ihre Sabotage an der Envaar bekannt wird.«

Erneut leckte sich Jolos-Tar über die Lippen. Seit dem gestrigen Tag lag der Schlachtkreuzer im Hafen und wurde nun in der Werft repariert. »Hören Sie, Admiral, ich habe überhaupt nicht ahnen können …«

Merent-Kai hob kurz die Hand. »Sie haben es, vielleicht, nicht gewusst, Sie verdammter Bastard. Aber Sie haben es geahnt, nicht wahr? Und das immerhin, kann ich beweisen.« Er deutete den Gang entlang zu seinem Amtsraum. »Dort warten Ihre Majestät, der König, die Kapitänin der Envaar und ihr Bastardsohn Hosmut. Er ist bereit zu beschwören, dass es nur einen Grund gab, warum Sie ihn auf den Kreuzer schickten. Sie ahnten, dass die Waffen fehlerhaft waren, Tar, und Hosmut sollte dafür sorgen, dass kein Verdacht auf Sie fällt.«

»Unsinn.« Tars Stimme klang nicht besonders selbstsicher.

Admiral Merent-Kai packte den Handelsherrn am Kragen. »Wir sind im Krieg und das bedeutet, dass Ihre Majestät viele Schiffe benötigt. Viele erstklassige Schiffe, Handelsherr. Eine hohe Belastung für die Reichskasse. Ihre Majestät wird sehr erfreut sein zu hören, dass Sie die Flotte ausgesprochen großzügig unterstützen werden.«

»Es … Es wird mir eine Ehre sein«, ächzte Jolos-Tar.

»Schön.« Merent-Kai ließ den Handelsherrn los und wischte die Hand an seiner Uniform ab, als habe er sich beschmutzt. »Dann wollen wir Ihrer Majestät die gute Nachricht überbringen.«

Der Admiral stieß den Handelsherrn an, der ihm wie betäubt folgte. »Und vergessen Sie eines nicht, Handelsherr Tar. Die Flotte wird Sie nun sehr genau im Auge behalten. Ach, und bevor ich es vergesse … Hosmut wird auf einem Versorgungsschiff der Flotte dienen und heute Abend schon auslaufen. Eine große Ladung Gelbfrüchte, aber das braucht Sie nicht zu interessieren. Nur für den Fall, dass Sie gehofft hatten, er könne in der Stadt einen Unfall erleiden.«

Die große Doppeltür öffnete sich und Handelsherr Tar sah die Gesichter der Versammelten vor sich. Er hatte Mühe, eine Art von Haltung zu bewahren. Die Aussichten für das Handelshaus Tar schienen im Augenblick nicht sonderlich günstig.

51

Es war eine gefährliche und grauenvolle Arbeit gewesen, zu den Wracks hinabzutauchen. Einige waren durch Explosionen vollkommen auseinandergerissen und ihre Trümmer verteilten sich über viele hundert Meter auf dem Meeresgrund. Sie abzusuchen lohnte nicht, denn der Seefalke benötigte intakte Fässer mit Pulver und Kisten mit Geschossen. Um sie zu finden, mussten die Schürftaucher in jene Wracks eindringen, deren Rumpf nicht zu sehr beschädigt war.

Sie stießen auf Unmengen der toten Fremden und ihre Kadaver waren noch immer gefährlich, denn ein unachtsamer Schürfer konnte seinen Atemschlauch an den scharfkantigen Zangen beschädigen. In den Wracks kam noch die Gefahr hinzu, sich in den engen Decks, zwischen Ausrüstungsteilen und toten Sendar bewegen zu müssen, zusätzlich bedroht durch geborstenes Holz oder die zerstörte Takelage der Schiffe.

Irgendwie schafften sie es, ohne einen einzigen Mann zu verlieren und sie fanden eine überraschend große Anzahl an Pulverfässern und Geschosskisten. Drei Tage lang wurde die Ausbeute auf die Flöße der Stadt gehievt und der Seefalke würde wohl lange keinen Mangel an Pulver leiden.

An diesem Abend war die Arbeit vollbracht und am nächsten Morgen würden das anramische Schiff und die schwimmende Stadt Anker auf gehen. Sie würden getrennte Wege nehmen, aber sie würden sich auch wieder begegnen.

Varnum war erleichtert, als er sich endlich auf die Plattform schwang und die Pumper den Atemschlauch von seinem Helm kuppelten. Oldrum half ihm, die Riemen und Schnallen zu lösen und den schweren Glashelm abzunehmen. Varnum blickte zur Seite und wurde sich schmerzlich bewusst, das Heimur Sichelhieb nie mehr mit den Schürfern tauchen würde. Aber er ruhte in Ehre, eine Plakette würde von seinen Taten berichten und sie würden in die Balladen des Volkes eingehen.

Oldrum bemerkte den Blick des Freundes und legte die Hand auf dessen Schulter. »Mir fehlt er auch. Uns allen fehlt er.«

Varnum blickte auf das Meer hinaus, das ruhig und friedlich wirkte. Nur eine einsame Mastspitze, die in einigen hundert Metern Entfernung aus dem Wasser ragte, wies darauf hin, welcher erbitterte Kampf hier getobt hatte. »So Vieles ist in so kurzer Zeit geschehen … Die Expedition nach Eniatol, die Begegnung mit dem telanischen Schiff und der Angriff der Fremden. Schreckliches hat sich in dieser Zeit ereignet. So viele sind auf den Grund gegangen.«

»He, es gab auch gute Dinge.« Oldrum grinste. »Denk an deinen großen Fund.«

»Selbst der ist nun fort.«

»Ja, ist er.« Oldrums Grinsen wurde breiter. »Doch selbst darüber wird es eine Ballade geben. Wie Varnums Säule das weiße Metallschiff stärkte und so die Stadt Eldont´runod rettete.«

»Meinst du wirklich?«

»Kein Zweifel.« Oldrum setzte sich neben Varnum und ließ die Füße ins Wasser baumeln. Er wirkte plötzlich sehr nachdenklich. »Du hast dir deinen zweiten Namen mehr als verdient.«

»Findest du?«

»Verdammt, ich meine, was ich damit sagen will …« Oldrum seufzte schwer. »Sie ist im Haus ihrer Mutter und du solltest mit ihr reden.« Oldrum seufzte abermals und stieß den jungen Schürfer auffordernd an. »Und tue es, bevor ich es bereue.«

»Freundschaft?«

»Gab es daran je einen Zweifel?« Oldrum bemerkte das Zögern Varnums und lachte, aber es klang ein wenig gezwungen. »Ein Weib sollte niemals zwischen Schürfer und Pumper stehen. Das Einzige, Varnum, mein Freund, was uns jemals trennt, ist der Atemschlauch, der uns zugleich verbindet.«

Birunt Hammerschlag und Esbort Wolkensturm befanden sich gerade im Gespräch mit der Heilerin Nendia, als Varnum hereinstürmte. Esbort hob den Blick und lächelte. »So eilig, Varnum? Hat sich die Neuigkeit herumgesprochen? Wahrhaftig, es gibt nur eines, was schneller ist, als ein sich ausbreitendes Feuer, und dass ist das Geschwätz der Leute.« Er bemerkte Varnums irritierten Blick und strich über seine Zopfenden. »Noch vor dem Mittag gehen wir vom Grund. Es wird eine mühselige Arbeit, zumal die Rammboote noch nicht alle ersetzt sind, aber wir müssen nach Norden.«

»Nach Norden?«

»Zum Turm von Ehat´lan und seiner magischen Glocke. Die Clans der Meere müssen zusammenkommen.« Birunt Hammerschlag nickte ernsthaft. »Alle Zwerge der Meere müssen erfahren, welche Gefahr von den Fremden drohen kann. Es ist noch nicht die Zeit der Zusammenkunft und so müssen wir die magische Glocke schlagen, damit ihre Botschaft um die Welt reist und die Clans zusammenruft.«

Esbort Wolkensturm stützte sich schwer auf den Stiel seiner Axt. »Seit Jahrtausenden ist das nicht geschehen, aber wir sind uns darin einig, dass wir nach Ehat´lan reisen müssen. Ein langer und gefahrvoller Weg, auf dem uns Wesen begegnen werden, die deine Vorstellungskraft übersteigen, Varnum. Aber es muss sein.«

Nendia legte dem Axtführer die Hand an den Arm. »Ich glaube nicht, dass Varnum wegen der Reise nach Ehat´lan gekommen ist.«

»Nicht?« Esbort runzelte die Stirn, dann ging ein verstehendes Lächeln über sein Gesicht. »Nun, äh, ja, es könnte sein.«

Nendia wies die Treppe hinauf.

Varnum nickte ihnen zu und nahm gleich zwei Stufen auf einmal.

Besana stand an einem der Betten und beugte sich gerade über eine verletzte Frau.

»Besana, ich muss dir etwas sagen«, ächzte Varnum, den der rasche Aufstieg doch ein wenig außer Atem gebracht hatte.

»Hat das nicht etwas Zeit?« Die schöne Besana deutete auf die Verletzte.

»Ich habe nun meinen zweiten Namen und …«

» …und das ist nichts Neues«, erwiderte Besana.

Die Verletzte richtete sich ächzend auf und musterte Varnum. »Lass ihn ausreden, Besana, lass ihn nur ausreden.«

Varnum spürte die Blicke der anderen, die ihn verlegen machten. »Ja, also, ich habe meinen zweiten Namen und bin ein anerkannter Schürfer und …«

»Und?«

»Ich liebe dich.«

»Auf ihr Zwerge von Eldont'runod«, ertönte Esbort Wolkensturms dröhnende Stimme vor dem Haus. »Es geht auf die Reise. Wir verlassen den Grund und fahren nach Ehat'lan!«

Esbort Wolkensturms Worte waren für Varnum in diesem Augenblick vollkommen ohne Belang.

Bedeutung hatten nur Besanas Augen und das Lächeln in ihrem Gesicht.

~ ENDE ~

Die Hauptfiguren:

Zwergenclan der Eldont'runod:
Varnum – Ein junger Schürftaucher,
Oldrum – Freund von Varnum, der an den Luftpumpen arbeitet
Besana – Hübsche Zwergenfrau, die in der Heilerstube tätig ist
Nendia – Heilerin des Eldont'runod-Clans
Bernbrat Wellenschlag – Der Älteste des Clans
Birunt Hammerschlag –Schlagführer, der älteste und erfahrenste Schürfer
Esbort Wolkensturm – Axtführer, der älteste und erfahrenste Krieger
Heimur Sichelhieb – Schürftaucher
Hendebart Zweischlag – langt kräftig hin
Mantur Scherentod – Wirt vom »Goldenen Grund«
Theon Klugweil – Händler der Zwergenstadt

Telan:
Jolos-Tar – Handelsherr aus der Hauptstadt Alatan
Leos-Hod-Telan – König Telans
Merent-Kai – Admiral der Flotte und Freund des Königs
Herios-Lar – Kapitän des Handelsschiffes Beovanaal
Pernat – Erster und Ladeoffizier der Beovanaal
Jalena-Gaheni – Kapitänin des Schlachtkreuzers Envaar
Major Beltron – Kommandeur der Seesoldaten der Envaar
Hosmut – Erster Offizier der Envaar
Pheros – Leutnant
Marten – Waffenoffizier
Kundiger Oneres – Heiler
Elatena – Matrosin
Kalas – Maschinist
Noribant – unsicherer Neuling auf See
Harbart – Kanonenführer Turm Zwei
Melekas – Kanonier Turm Zwei
Isuna – Seesoldatin
Hennerk – erfahrener Rudergänger

Sendar:
Natar-Inedel-Eins – Matriarchin der Inedel
Ainbar-Inedel-57 – Berater der Matriarchin
Ena-Inedel-31717 – Kapitänin des Rudels der Inedel
Tabet-Inedel-212 – Großkapitänin

Anram:
Fennegman – Ein ungewöhnlich kleiner Herr
Henafraw – Fennegmans Frau
Torbjong – Fennegmans Sohn
Sere Tellman – Kapitän der Seefalke
Sere Jolderman – Erster Offizier der Seefalke
Theodman – Segelmeister der Seefalke
Karnman – Geschützmeister der Seefalke

Hinweis:

www.zwerge-der-meere.de

führt direkt zur Homepage der »Zwerge der Meere«. Hier gibt es Hintergrundinfos und die Möglichkeit, Fragen an den Autor zu richten.

Die Abenteuer gehen weiter!

Covervorschau Band 9 »Die Pferdelords und die Nachtläufer des Todes«

Als in der nördlichen Öde von Rushaan eine Gruppe Zwerge erschlagen wird, brechen die Pferdelords auf, um den Spuren der Mörder zu folgen. Der Weg führt nach Norden, in das Land des ewigen Eises. Doch das ferne Land Julinaash hält manche Überraschung bereit. Ein tropisches Land, geteilt durch den Krieg zwischen den Geschlechtern und bedroht von einem heimtückischem Plan unheimlicher Wesen. Wieder einmal müssen die Pferdelords um ihr Leben kämpfen, aber die Nachtläufer des Todes scheinen unbesiegbar.

Dieser Band erscheint Februar 2011 im Arcanum Fantasy Verlag.
Die vorherigen Abenteuer der Pferdelords sind im Mira Taschenbuch Verlag oder im Handel erhältlich.

L E S E P R O B E

aus: »Die Pferdelords und die Nachtläufer des Todes«

1

Der Fluss spendete Leben. Er entsprang aus einer kleinen Quelle tief im Süden. Sein Weg führte durch das gewaltige Gebirge des Noren-Brak, von der Hochmark des Pferdevolkes durch das Reich der Zwerge, teilte die nördliche Öde von Rushaan, bis er das Kaltland erreichte. Kein Mensch hatte den Verlauf des Flusses Eten jemals von seinem Ursprung bis zu jener Stelle verfolgt, an dem er in das Kaltmeer mündete. Er war reich an Fischen und stillte den Durst. Entlang seines mächtigen Stroms erblühte das Land. Von seinen Ufern ausgehend schob sich das üppige Grün der Pflanzenwelt tief in das Land hinein. Die Laute der Tiere und das Summen der Insekten erfüllten die Luft.

Der Fluss war die Grenze.

Er teilte das Land in den Westen und den Osten. Er war die Grenze zwischen jenen, die das Land von Julinaash bewohnten und zugleich selbst geteilt waren. Nur selten wurde der Fluss überquert, und Misstrauen und Hass waren dabei die ständigen Begleiter.

Das namenlose Dorf lag im Süden des Landes Julinaash, weit genug entfernt von den Städten Julinaar und Ataraan und dem Hass, der dort herrschte. Es war eine kleine Siedlung, und nie verirrte sich jemand dorthin.

Die Häuser schienen sich an das Ufer des Flusses zu schmiegen. Klein und zweckmäßig und doch auch in einer verspielt wirkenden Weise erbaut, die hohe Handwerkskunst offenbarte. Aus Lehm gebrannte Eckpfeiler bildeten die tragenden Stützen für die hölzernen Wände. Farbige Ornamente und Schnitzereien gaben jedem der Bauten eine individuelle Note. Geschwungene Vordächer gingen in pyramidenförmige Dächer über. Irdene Gefäße mit bunten Pflanzen hingen von den Dachkanten herab und verströmten einen betörenden Duft. Die kleinen Fenster waren rund und mit bestem Klarstein versehen, doch die hölzernen Blenden hatte man jetzt, zur Zeit des Tageslichtes, fest verschlossen. Keine Tür stand offen und lud zum Betreten eines Hauses ein. Kein Rauch kräuselte sich aus den Kaminen.

Die Häuser standen entlang des Ufers. In dem klaren Wasser waren Schwärme von Fischen zu erkennen. An einem hölzernen Steg lag ein kleines Boot vertäut. Es wirkte zierlich und war reich mit Schnitzwerk versehen. Ein kurzer Mast ragte empor, doch kein Segel war daran befestigt. Kein Fischer fuhr hinaus, um seinem Tagwerk nachzugehen.

Nicht jetzt, in der Helligkeit des Tages.

Zwischen den Häusern standen mächtige Bäume, deren ausladende Äste Schatten spendeten und einen großen Teil des Dorfes in ewiges Dämmerlicht zu hüllen schienen. Ein Stück von den Gebäuden entfernt erhoben sich sieben gleichförmige Hügel. Dicht bewachsen mit Gras und kleinen Büschen. Pfade waren mit steinernen Platten ausgelegt und führten zu ihnen hinauf. Auf ihren höchsten Punkten erhoben sich steinerne Säulen. Sieben Säulen, die sorgfältig bearbeitet waren. Die feinen Reliefs zeigten die Geschichte eines Volkes, und die Inschriften nannten seine Bestimmung.

Jenseits des namenlosen Dorfes und der sieben Hügel begann der Dschungel, mit all der Vielfalt seines üppigen Lebens.

Nichts schien sich in dem kleinen Ort zu regen.

Abgesehen von einer Bewegung an einem der Häuser.

Die einsame Gestalt einer Frau trat hervor und schien kurz zu zögern, bevor sie in das Licht des Tages trat. Nur wenig Sonne fiel durch das dichte Blattwerk der Bäume, und die Bewegungen der Äste zauberten irrlichternde Muster auf den Boden.

Langsam, bedächtig trat die Frau hinaus.

Es war eine Frau von unvergleichlicher Schönheit. Die Ebenmäßigkeit ihrer Gesichtszüge und die Proportionen ihres Körpers mussten einen Betrachter unwillkürlich an die Vollkommenheit eines elfischen Wesens erinnern. Das lange Gewand schien ihre Figur zu umschmeicheln, und der kleine Stab, den sie an ihrem Gürtel trug, bewegte sich im Takt ihrer Schritte.

Sie war Gajath, und es spielte keine Rolle, ob dies ihr Name war oder ihren Rang bezeichnete. Sie war die Einzige und Letzte ihrer Art und doch fern jeglicher Einsamkeit. Auch wenn das namenlose Dorf so leblos schien, so war es doch von Leben erfüllt.

Gajath blickte zu den Ästen der Bäume empor. Die Schatten wanderten, und bald würde sich die Nacht über das Land Julinaash senken. Ihr Blick ging zwischen den Bäumen hindurch zu den sieben Hügeln. Die Hügel mit ihren sieben Säulen waren in der Form eines Halbkreises errichtet worden, und die untergehende Sonne tauchte die Säulen in goldenes Licht. Die Schatten der Säulen wurden länger, und je tiefer die Sonne glitt, desto näher kamen sich diese Schatten. Gajath musste sich beeilen, denn wenn sie sich berührten, war die Zeit gekommen.

Sie beschleunigte ihre Schritte und ihre Hand tastete nach dem kurzen Stab, löste ihn vom Gürtel. Unter ihrer Berührung begann er sanft zu schimmern. Ein bläuliches Licht, durchsetzt von schwarzen Schlieren.

Gajath erreichte den Punkt, an dem sich die Schatten der sieben Säulen nun trafen, und hob den Stab in ihrer emporgereckten Hand. »Schewar, deine Dienerin und Gebieterin ruft dich.«

Es war die Zeit des Zwielichts, in der Tag und Nacht sich begegneten. Zu hell, um die Sterne schon zu erkennen, zu dunkel, um die Konturen der Umgebung noch klar zu sehen.

Von der Spitze des Stabes schien sich eine blaue Wolke zu lösen. Sie wuchs und verdichtete sich. Aus dem Blau wurde Schwarz. Nebel schienen zu wallen.

»Schewar, deine Dienerin und Gebieterin ruft dich«, wiederholte Gajath, und ihre Stimme klang fordernder.

Der wallende Nebel schien einen Körper zu formen. Erst undeutlich, doch dann traten die Konturen zunehmend hervor. Eine Gestalt, einem Menschen ähnlich und doch vollkommen anders, wurde sichtbar. Das Wesen trug keine Kleidung und sein Leib war von kurzem graubraunem Fell bedeckt. Arme und Beine waren zu lang für ein menschliches Wesen und mit Krallen bewehrt. Der Schädel war langgezogen und spitz auslaufend. Scharfe Reißzähne wurden sichtbar, als die Kreatur den lippenlosen Mund öffnete.

»Schewar hört die Dienerin des Volkes und die Gebieterin der Rudel.« Die Stimme klang weich und freundlich und schien so gar nicht zum Äußeren der Kreatur zu passen. »Ist es an der Zeit?«

Gajath lächelte sanft. »Es ist an der Zeit.«

Schewar schloss für einen Augenblick die Augen. Die seitlichen Nikkhäute schoben sich über die waagrechten Schlitzpupillen, die in einem hellen Grün schimmerten. »Endlich ist die Zeit gekommen. Wir haben lange gewartet. Sehr lange, Gajath.«

»Ich habe nicht weniger lange gewartet«, erinnerte die Dienerin und Gebieterin. »Doch der Plan der Alten war gut. Keiner der Menschen erinnert sich noch an das, was vor so vielen Jahrtausendwenden geschah. Wir hingegen, wir haben nichts vergessen. Die Macht der Menschen vergeht, und das Volk der Nachtläufer steht nun vor neuer Blüte.«

»Es ist an der Zeit«, stimmte Schewar zu.

»Ja, es ist an der Zeit.« Gajath senkte den Stab und steckte ihn wieder an den Gürtel. »Die Rudel der sieben Hügel sind stark. Nun werden sie ihr Land wieder in Besitz nehmen. Dennoch müssen wir vorsichtig sein, Schewar.«

»Kein sterbliches Wesen ist eine Gefahr für die Rudel der Nachtläufer«, erwiderte die Rudelführerin. »Der Tod kann uns nichts mehr anhaben.«

»Die Menschen haben die alten Zeiten vergessen, aber wir haben diesen Fehler nicht begangen.« Gajaths Blick war mahnend.

»Wir meiden das Licht der Sonne«, erwiderte Schewar leicht verärgert …

»Die Pferdelords und die Nachtläufer des Todes« erscheint im Februar 2011!